JAN GUILLOU
Niemandsland

SERIE PIPER

Zu diesem Buch

Noch hat nominell der Generalsekretär die Macht in der Sowjetunion, die nicht mehr lange so heißen wird. Doch längst ist ihm die Kontrolle über den Apparat des Imperiums entglitten, und er, Michail Gorbatschow, muß das Ausland bemühen, um einen gigantischen Deal mit acht Atomsprengköpfen aus den Beständen der Roten Armee zu verhindern. Sie sollen für die stolze Kaufsumme von einer Milliarde Dollar das Selbstbewußtsein eines arabischen Staates aufbessern. Als Chef der Gegenoperation kommt nur der schwedische Topagent Graf Hamilton alias Coq Rouge, mittlerweile zum Fregattenkapitän befördert, in Frage. Der ist jedoch mit ganz anderem beschäftigt, mit seiner Scheidung zum Beispiel, um eine Jugendliebe heiraten zu können. Mitten in der sibirischen Eiswüste, dem Niemandsland, kommt es dann zu einem erbarmungslosen Kampf um die tödliche Fracht.

Jan Guillou, 1944 in Södertälje geboren, ist mit seinen »Coq-Rouge-Romanen« zum erfolgreichsten Thriller-Autor Schwedens avanciert. Der Journalist und Fernsehmoderator, der selbst unter Spionageverdacht im Gefängnis saß, nahm immer wieder illegale Spionageaktionen seines Landes kritisch unter die Lupe. Guillous Recherchen erregten weltweit Aufsehen. Mit Coq Rouge hat er eine der eindrucksvollsten Agentenfiguren nach James Bond geschaffen. Im Piper Verlag erschien von ihm zuletzt der Coq-Rouge-Thriller »Der einzige Sieg«.

JAN GUILLOU

Niemandsland

Ein Coq-Rouge-Thriller

Aus dem Schwedischen von
Hans-Joachim Maass

Piper München Zürich

Von Jan Guillou liegen in der Serie Piper
außerdem vor:
Coq Rouge (5578)
Der demokratische Terrorist (5592)
Feind des Feindes (5632)
Im Interesse der Nation (5634)
Der ehrenwerte Mörder (5644)
Unternehmen Vendetta (5654)

Der 8. Band der Coq-Rouge-Thriller erschien 1996 als Hardcover-Ausgabe ebenfalls im Piper Verlag.

Ungekürzte Taschenbuchausgabe
Januar 1997

Titel der schwedischen Originalausgabe:
»Ingen Mans Land«, Norstedts Förlag, Stockholm 1992

Umschlag: Büro Hamburg
Simone Leitenberger, Susanne Schmitt, Andrea Lühr
Umschlagabbildung: © CSA Archive
Foto Umschlagrückseite: Ulf Lodin
Satz: Alinea GmbH, München
Druck und Bindung: Ebner Ulm
Printed in Germany ISBN 3-492-25656-2

1

Das einzige, was den Toten von anderen Leichen unterschied, war seine Fähigkeit, immer noch andere Menschen zu töten. Im übrigen schien er eine gewöhnliche Wasserleiche zu sein.

Die häufigste Todesursache am Enaresee ist Ertrinken in Verbindung mit Alkohol. Das große Seensystem an der nordfinnischen Grenze zu Rußland ist ein veritables Anglerparadies, und besonders zur Sommerzeit strömen Angelbegeisterte aus ganz Finnland hier oben zusammen, um das gewaltige Stück unberührter Natur zu genießen. In tragisch vielen Fällen geht dies mit einer feuchtfröhlichen Freizeitbeschäftigung einher, die in seeuntüchtigen Booten tunlichst vermieden werden sollte.

Jedoch war kein Mann entsprechenden Alters als vermißt gemeldet worden, so daß die Polizei in der nächstgelegenen Stadt Ivalo kaum mehr zu tun brauchte, als die Leiche in einem Müllsack zu verstauen, der wegen des Geruchs sorgfältig mit Klebeband verschlossen wurde. Anschließend besorgte das örtliche Bestattungsinstitut gegen feste Gebühr den Transport nach Rovaniemi.

Im Krankenhaus von Rovaniemi wurde die Leiche bis zum Besuch des Gerichtsmediziners, der meist an einem Sonnabend in der Stadt war, in ein Kühlfach gelegt.

Die gerichtsmedizinische Station befindet sich weiter südlich in Uleåborg, und Professor Jorma Lehtinen, der auf seiner gewohnten Runde über Kemi am folgenden Sonnabend in Rovaniemi ankam, erwartete keine besonderen Schwierigkeiten. Er würde nur die Todesursache feststellen und Material für die Identifizierung sichern.

Schon eine erste Inaugenscheinnahme ergab einige nicht ganz unerwartete Hinweise. Die Schwellung der Leiche und der Verwesungsgrad deuteten angesichts der Jahreszeit darauf hin, daß die Leiche einige Monate alt sein konnte.

Die Haut war stellenweise noch vorhanden. Die Zerstörung durch Tiere wies keinen ungewöhnlichen Umfang auf, abgesehen vielleicht von der Tatsache, daß größere Hautpartien an Brust und Bauch von jedem Befall frei waren.

Der Tote war ein Mann von dreißig bis vierzig Jahren mit normalem Körperbau und normaler Muskulatur gewesen. Da Lippen und Wangenfleisch von Fischen und Krebstieren abgefressen worden waren, ließ sich schnell erkennen, was der Pathologe schon vermutet hatte, da in Finnland keine männliche Person als vermißt gemeldet war: Die Zahnplomben waren typisch russisch.

Die Lungen waren unelastisch, und die Atemwege enthielten Wasser. Damit stand fest, daß Ertrinken die direkte Todesursache war; die chemischen Analysen von Blut und Urin würden lange Zeit später erweisen, daß der Mann zum Zeitpunkt seines Todes wider Erwarten nüchtern gewesen war.

Die Tatsache, daß bestimmte Hautpartien an Brust und Bauch von Fischen und anderen Besuchern offenbar verschmäht worden waren, weckte schon bald das Interesse des Obduzenten. Dort fanden sich Spuren von möglichen Verätzungen, worauf für eine spätere toxikologische Analyse Präparate entnommen wurden.

Etwa in diesem Stadium der Untersuchung spürten Professor Lehtinen und sein ortsansässiger Mitarbeiter, den er den »Präparator« nannte, gleichzeitig zunehmende Übelkeit. Das kam beiden sehr merkwürdig vor, und sie begannen laut darüber nachzudenken, ob sie tatsächlich gleichzeitig und an verschiedenen Orten verdorbene Lebensmittel zu sich genommen haben konnten. Keiner der beiden wäre je auf den Gedanken gekommen, die Übelkeit mit der einfachsten Tatsache in Verbindung zu bringen, daß sie hier in den verwesten Überresten eines Menschen herumschnitten. Das war kaum ein Grund, Übelkeit zu empfinden, und schon gar nicht gleichzeitig. Da die Übelkeit sich schnell verschlimmerte, mußten sie das recht bald als Warnsignal auffassen. Ihre Körper schlugen Alarm. Aber wovor warnte ihr biologisches Alarmsystem?

Eine plötzliche Eingebung brachte Professor Jorma Lehtinen dazu, die Leiche schnell zu verpacken, ohne die Arbeit zu Ende zu bringen, und sie in eins der Kühlfächer zurückzubefördern. Anschließend sanierte er in aller Hast den rostfreien Arbeitstisch. Danach verließen die beiden Obduzenten den Raum und baten den diensthabenden Hausmeister, den Obduktionssaal abzuschließen und zu versiegeln.

Die Expertise, die möglicherweise ihre schlimmsten Befürchtungen bestätigen würde, war an diesem Sonnabend nur noch schwer zu erhalten. Die Männer kamen erst am Sonntagnachmittag und brauchten im Obduktionssaal nur ihre Meßinstrumente einzuschalten, um schnell bestätigen zu können, was folglich die eigentliche Todesursache gewesen war: eine massive radioaktive Strahlendosis.

An den nächsten Tagen kam es zu einer umfassenden und ein wenig von Panik geprägten Tätigkeit. Einmal wurde der Obduktionssaal saniert, zum andern wurden sorgfältigere Messungen durchgeführt, um festzustellen, woher die Strahlung stammte.

Die Antwort war ebenso deprimierend wie erschreckend. Strahlungsquelle war das Element Plutonium.

Plutonium ist ein sehr schweres Element und hat überdies eine Reihe spezifischer Eigenschaften. Es ist eine der tödlichsten Substanzen der Erde. Schon äußerst kleine Mengen, theoretisch schon ein tausendstel Gramm, können einen Menschen töten. Die Halbwertzeit beträgt 24 000 Jahre. Hauptsächlicher Verwendungszweck von Plutonium: Kernwaffen.

Es bestand weder Anlaß noch gab es überhaupt eine praktische Möglichkeit, exakte Berechnungen anzustellen, und die umfassende und heimlich durchgeführte Sanierung der Räume mußte allem anderen vorgehen. Doch es war so gut wie sicher, daß der Tote mit der tödlichen Substanz in direkte Berührung gekommen war. Das erklärte die Brand- oder Ätzspuren an den nicht von Tieren befallenen Teilen der Haut des Toten. Insoweit gab es keine Unklarheiten.

Wo jedoch diese Kontamination stattgefunden hatte, ließ sich nicht feststellen, nur vermuten. Da es im Norden Finnlands keine Kernwaffen und folglich auch kein Kernwaffenplutonium gibt, mußte sich der Unfall in dem Teil der Welt ereignet haben, der die größte Kernwaffendichte des Globus aufweist: in der Region Murmansk auf der anderen Seite der Grenze.

Wie der Mann jedoch nach Finnland gekommen war, blieb ein Rätsel.

Er fuhr langsam, wie es die Geschwindigkeitsbeschränkungen vorschrieben, oder nur unbedeutend schneller, wie es seinem Temperament entsprach, da er jede Aufmerksamkeit vermeiden wollte. Sie würden acht Stunden für die Fahrt nach Kivik brauchen. Sie hatten also viel Zeit, reichlich Zeit für Gespräche.

Ihm war bewußt, daß sie früher oder später damit anfangen würde, ihm bohrende Fragen nach Details zu stellen, doch das bereitete ihm kaum Kopfzerbrechen. Er fühlte sich innerlich vollkommen kühl, da alles vorbei war und da für ihn sowohl beruflich wie privat eine völlig neue Phase seines Lebens begann.

Der Gedanke machte ihn leicht aufgekratzt, und er bekam ein Gefühl, als hätte er gerade das Abitur hinter sich gebracht. Die Zukunft wurde heller und gehörte ihnen. Von jetzt an konnten sie mit aller Kraft auf ihr Privatleben setzen, auf das, was er zu ihrem Verdruß das zivile Leben nannte. Denn das, was sie auf ihre typisch amerikanische Weise sein *killing business* nannte, war vorbei. Von jetzt an war er so etwas wie ein Bürokrat, in der Praxis stellvertretender Chef. Er erzählte bedächtig, ohne sich sonderlich um Argumente zu bemühen.

Damit verfolgte er unter anderem die Absicht, sie von eingehenderen Verhören darüber abzuhalten, was auf Sizilien passiert war. Bis jetzt hatte er alle Gespräche dieser Art aufgeschoben, und zwar mit dem Hinweis, es werde sich eine bessere Gelegenheit dafür finden.

Kaum hatten sie Södertälje hinter sich gelassen, bemerkte sie, daß sich eine bessere Gelegenheit kaum ergeben könne. Dagegen ließ sich nichts einwenden.

Also. Dreißig Tote? Frauen und Kinder?

»Dir ist natürlich klar«, begann er langsam, »daß ich wie immer ein Hintertürchen in Gestalt von Geheimhaltung, Verhältnis zu einer fremden Macht und all dem habe.«

»Wage es nicht, mir damit zu kommen«, brummelte sie.

»Nein«, erwiderte er, »das würde ich kaum wagen. Dann nehmen wir es hübsch der Reihe nach, wenn du nichts dagegen hast. Erstens. Wie du sicher schon weißt, war ich nicht allein dort unten, und …«

»Aber du hast die entscheidende Verantwortung gehabt. Du warst doch wohl der kommandierende Offizier des schwedischen Militärs. Und demnach militärisch, juristisch und moralisch verantwortlich?«

»Ja, das stimmt. Aber sei so nett und unterbrich mich nicht dauernd. Zweitens haben wir mit den italienischen Streitkräften und der Polizei zusammengearbeitet. Wir konnten ohne deren Billigung in dieser oder jener Form nichts unternehmen. Drittens verhält es sich so, daß italienische Militärs für die Geschichte mit den Frauen und Kindern verantwortlich sind. Sie haben uns und unsere Anwesenheit nur als Cover benutzt, um eigene offene Rechnungen zu begleichen.«

»Du hattest also nur bitteren Kaffee getrunken und obskure Spaghettigerichte gegessen, während die Pizzabäcker durch die Gegend rannten, um sich gegenseitig umzubringen. Und das soll ich glauben?«

»Nein, so ist es nicht gewesen. Sowohl ich selbst wie Offiziere unter meinem Befehl haben bei einigen Gelegenheiten italienische Gangster gestellt. Das will ich nicht leugnen.«

»Gestellt?«

»Ja, genau. Wir nennen das so.«

»Ein Euphemismus für ermorden?«

»Wenn du so willst.«

»Und du hast auch einige persönlich *gestellt*?«

»Ja.«

»Wie viele?«

»Warum willst du das wissen?«

»Ich weiß nicht, ob ich es wissen will, aber ich möchte wissen, ob ich eine Antwort erhalte.«

»Sieben oder acht, etwas in der Richtung.«

Sie warf sich gegen die Rückenlehne, atmete einmal heftig ein und aus, und es hatte den Anschein, als bereute sie die letzte Frage, als wollte sie nichts mehr wissen. Er hielt den Blick starr auf die Fahrbahn gerichtet und wartete.

»Waren Frauen und Kinder unter denen, die du persönlich *gestellt* hast?« fragte sie nach zehn sehr langen Sekunden. Sie hörte sich wie eine Rechtsanwältin an, was sie ja auch war, und ihr Tonfall klang so, als verfolgte sie ein rein berufliches Interesse.

»Nein«, erwiderte er und bemühte sich, seiner Stimme keinen verbissenen Tonfall zu geben. »Ich habe keine Frauen und Kinder getötet.«

»Hast du einen Befehl dieses Inhalts erteilt?« fuhr sie mit der gleichen unerbittlichen Hartnäckigkeit fort, als befände sie sich in einem Gerichtssaal.

»Ja.«

Die knappe Antwort schien sie für einen Moment aus dem Gleichgewicht zu bringen, doch dann nahm sie das Verhör in dem gleichen Tonfall wie zuvor wieder auf.

»Ich sollte vielleicht darauf hinweisen, daß der Beklagte sich jetzt selbst widerspricht«, sagte sie.

»Ich widerspreche mir durchaus nicht, und außerdem bin ich kein Beklagter«, begann er und nahm dann Anlauf, um in der eigentlichen Sachfrage mit einer längeren Darlegung zu beginnen. Doch wie aus einem unerklärlichen Impuls heraus versuchte er es statt dessen auf einem vollkommen anderen Gleis.

»Ich widerspreche mir also nicht und bin auch kein Beklagter vor Gericht. Ich versuche der Frau gegenüber, von der ich hoffe, daß sie sowohl vor dem Gesetz wie vor dem katholischen Gott bald meine Frau werden will, vollkommen aufrichtig zu sein.«

»Hältst du damit endgültig um meine Hand an?« fragte sie, ohne eine Sekunde zu zögern.

»Ja.«

»Kann es sein, daß du die Umstände nicht etwas unromantisch findest?«

»Doch, durchaus.«

Er blickte einige Sekunden starr und steif auf die Fahrbahn und wandte sich dann plötzlich zu ihr um. Er lächelte und hob ein paarmal die Augenbrauen; das war eine kleine Grimasse, die weit in ihre gemeinsame Geschichte zurückreichte, so wie die Badestrände vor San Diego.

Sie sah ihn erst verblüfft und zweifelnd an und lachte dann laut auf. Sie warf auf eine für sie bezeichnende Weise den Kopf in den Nakken, so daß er schon glaubte, der unangenehme Moment sei überstanden.

»Kann man von deiner Seite vielleicht auch ein kleines *Ja* zu hören bekommen?« fühlte er vor.

»Jetzt hör mal zu, sailor«, sagte sie mit etwas mehr Schärfe in der Stimme. »Von allen Ablenkungsmanövern und Versuchen, sich aus der Schlinge zu ziehen, die ich je erlebt habe, gebührt diesem wohl die Krone. Du wolltest wohl vom Haken, indem du um meine Hand anhieltest. Na schön, die Frage ist gestellt und wird bei passender

Gelegenheit beantwortet werden. Doch jetzt zurück zum Thema. Du hast dir also widersprochen. Du hast unter Punkt drei in deiner etwas mageren ersten Darstellung gesagt, die Pizzabäcker hätten Frauen und Kinder umgebracht. Aber eben hast du zugegeben, du hättest selbst einen Befehl mit solchen möglichen Konsequenzen erteilt. Wie soll's denn sein?«

»Meinen Sie es ernst, Frau Anwältin?«

»Ja, könnte man sagen.«

»Und möchten Sie eine vollständige, erschöpfende und ernste Antwort?«

»Ja.«

»Na schön. Ich sehe hier weder die gute Absicht oder auch nur einen Sinn darin, aber von mir aus. Bei einer bestimmten Gelegenheit haben wir eine Heroinraffinerie gesprengt, die der von uns bekämpften Mafia-Familie gehörte. Ich hatte das Ziel im Visier, und einer meiner Mitarbeiter sollte es beschießen, wenn ich den Befehl dazu gab. In dem Gebäude befanden sich zwei Kinder und eine Frau. Ich wartete, bis die Kinder und die Frau das Haus verlassen hatten und sich in sicherem Abstand befanden. Erst dann gab ich Befehl, gezielt zu feuern. Das Labor wurde zerstört, und alle Anwesenden starben.«

»Aber?«

»Was heißt aber? Warum sollte es ein Aber geben?«

»Das merke ich dir an. Falls du dich erinnerst, kennen wir einander schon recht lange.«

»Na schön, es gibt ein Aber. Ich kann nicht ausschließen, daß sich noch eine Frau in diesem Haus befand. Ich weiß aber, daß keine Kinder mehr da waren, als ich den Befehl gab.«

»Woher kannst du das wissen?«

»Weil ich sie sah.«

»Durch die Wände?«

»Ja, stell dir vor.«

»Mit deinem Röntgenblick also?«

»Nein. Aber mit einem Infrarotgerät, das die Körpergröße der Menschen und ihre Wärmeausstrahlung feststellen kann, wenn schon nicht ihr Alter.«

»Teufel auch.«

Sie sagte lange Zeit nichts, und er wurde unterdessen immer unsicherer, was sie mit ihrem »Teufel auch« gemeint hatte. Zunächst hatte er den Eindruck, daß es sich nur auf die Möglichkeit bezog, durch dünne Holzwände hindurch die Körperwärme von Menschen zu messen. Doch je länger ihr Schweigen dauerte, um so unsicherer wurde er.

Schließlich kam er auf den Gedanken, daß sie nur dasaß und darauf wartete, daß er etwas sagte. Er hatte das Gefühl, daß es jetzt wie bei einem chirurgischen Eingriff oder zumindest einem Zahnarztbesuch nur darum ging, die Qual so kurz wie möglich zu machen.

»Mir ist nicht ganz klar, was du wissen willst, oder warum es so wichtig ist, es zu wissen«, begann er mit zusammengebissenen Zähnen. »Rein sachlich gesehen und in aller Kürze ist folgendes in Italien geschehen: Eine italienische Mafiafamilie hatte vier schwedische Staatsbürger entführt. Sie boten uns das Leben ihrer Opfer im Austausch gegen eine Waffenlieferung durch den schwedischen Staat, die sie mit einem ansehnlichen Verdienst in Libyen weiterverkaufen wollten. Unser Auftrag lautete, die Geiseln zu befreien und das Geschäft somit zunichte zu machen. Insoweit alles in Ordnung? Ich meine, deine Landsleute in den entsprechenden Organisationen hätten auch nicht anders reagiert oder gedacht.«

»Nein, insoweit ist alles in Ordnung«, erwiderte sie leise. »Und unsere entsprechenden Behörden zu Hause hätten wie ihr gedacht und gehandelt. Doch jetzt zu den Methoden.«

»Was unsere rein operativen Methoden betrifft«, begann er und holte tief Luft, »war es natürlich ausgeschlossen, auf Sizilien so etwas wie einen Guerillakrieg zu beginnen. Statt dessen stachelten wir zwei der mächtigsten sizilianischen Mafia-Familien dazu an, gegeneinander Krieg zu führen. Das gelang uns über Erwarten gut. Die Entführer waren am Ende gezwungen, uns aus reiner Verzweiflung ihre Geiseln zurückzugeben, nämlich gegen unser Angebot, ihrem Bürgerkrieg ein Ende zu machen. Sie hielten ihren Teil der Abmachung, und wir unseren. Doch danach stiegen die italienischen Streitkräfte ein und richteten ein Massaker an, das vermutlich den Eindruck erwecken sollte, es sei nur eine Fortsetzung dessen, was schon geschehen war. Erst da kam es zu zivilen Verlusten. Können wir das Thema jetzt beenden?«

»Ja«, erwiderte sie, »jetzt haben wir genug darüber gesprochen. Findest du es unangenehm?«

»Na und ob!«

»Und jetzt ist es zu Ende, für immer zu Ende?«

»Falls du glaubst, ich würde Sizilien je freiwillig wieder betreten, dann …«

»Sizilien oder einen anderen Ort!«

Sie hatte die Stimme erhoben, was sie nur selten tat. Sie saß entspannt und zurückgelehnt da, hatte die Hände auf dem Schoß gefaltet und blickte nach vorn auf die Fahrbahn, doch er spürte deutlich, daß sie innerlich vor Spannung vibrierte. Er ging automatisch davon aus, daß es etwas mit Moral und Katholizismus zu tun hatte, um etwas wie »Du sollst nicht töten«, ein Dilemma, das in diesem Fall ihn weit mehr betraf als sie. Doch er beschloß, so lange zu warten, bis sie etwas sagte.

»Ist es jetzt vorbei?« fragte sie kurz, als das Schweigen schon unerträglich lange gedauert hatte.

»Ob es vorbei ist? Ob das, was du *killing business* nennst, vorbei ist? Ist es das, was du meinst?« erwiderte er schnell.

»Ja.«

»Ja, das ist vorbei.«

»Und woher soll ich das wissen?«

»Das kannst du nicht wissen. Da es bei meinem Job so gut wie immer um Geheimnisse der Streitkräfte geht, kannst du und wirst du nichts davon erfahren, und außerdem dürfen wir solche Verhöre nicht zur Gewohnheit werden lassen. Rein formal begehen wir dabei ein Verbrechen, und …«

»Du, aber nicht ich! Doch nicht mit mir!« schnitt sie ihm blitzschnell das Wort ab. Doch sie lächelte, als sie es sagte, und das gab ihm das Gefühl, daß die Gefahr bald vorbei sein würde.

»Hören Sie mal, Frau Anwältin, wir wollen jetzt keine juristischen Haarspaltereien betreiben«, sagte er lachend, »aber ich wollte auf folgendes hinaus. Möchtest du es Punkt für Punkt in guter militärischer Reihenfolge?«

»Ja.«

»Okay, dann gehen wir so vor. Ich habe, wie ich vorhin schon sagte, die Lage mit meinem Chef durchdiskutiert. Also Punkt eins. Wir sind uns darin einig, daß ich künftig am Boden bleibe. Ich bin praktisch eine Art Chefsekretär, wenn ich mich als Zivilist äußern soll. Punkt zwei. Ich bin draußen auf dem Feld ganz einfach kaum noch zu gebrauchen, da man mich überall erkennt. Was für uns Spione eine schlechte Voraussetzung ist. Punkt drei. Wenn ich mich trotzdem aufs Feld begebe, steigt das Risiko weiterer Verluste in unserer Abteilung. Dann bin ich nämlich in Gefahr. Und das halten wir für ein schlechtes Wirtschaften mit knappen Ressourcen. Da ist es schon besser, daß ich mit anderen Worten Stabsfunktionen übernehme. Punkt vier. Ich habe ein eigenes Leben zu leben. Niemand kann sagen, ich hätte den Hintern nicht schon weit genug aus dem Fenster gereckt, aber jetzt habe ich wie jeder Mensch das Recht, ihn wieder einzuziehen. Zufrieden mit dieser Antwort?«

»Sehr, besonders mit Punkt vier, denn für mich geht es vorwiegend darum.«

»Um unser Privatleben, um dich und mich?«

»Ja. Ich fühle mich als Frau eines Fliegers nicht wohl. Du weißt, wie in diesem Buch von Tom Wolfe.«

»Männer von echtem Schrot und Korn? Kühne Männer in feschen blauen Uniformen, von denen einer pro Woche abstürzt, während die Frauen vor Sorge fast verrückt werden?«

»Ungefähr so.«

»Aber wenn es nur das wäre«, sagte er verwirrt, »wenn es nur das wäre ... Nein, ich meine natürlich nicht *nur*, denn für mich ist dies genauso wichtig wie für dich. Aber trotzdem. Warum dann all diese inquisitorischen Fragen nach operativen Details, was Sizilien betrifft?«

»Operativen Details?«

»Ja. Ich habe mich absichtlich so euphemistisch ausgedrückt.«

»Weil ich wissen wollte, ob du mich anlügen kannst, und vielleicht, weil ich mich ganz einfach gefragt habe, was da in dir steckt, was wir anderen nicht sehen, vielleicht nicht einmal ich. Ist es etwas, wovor ich Angst haben muß?«

»Ich bin Offizier.«

»Mit dem Recht zu ... ja, ich weiß, ich weiß. Eine letzte Frage wegen Sizilien, eine persönliche Frage. Okay?«

»Ja, vor allem, wenn du sagst, daß es deine letzte Frage dazu ist.«

»Was war für dich am schwierigsten? Dir ist doch hoffentlich klar, daß ich das nicht technisch meine.«

Er zögerte mit der Antwort. Aber nicht, weil es irgendwie zweifelhaft sein konnte, was am unerträglichsten gewesen war, sondern weil es ihm unmöglich erschien, eine Antwort zu formulieren. Zumindest in der geschäftsmäßig kühlen oder fast juristischen Sprache, in der sie sich bisher unterhalten hatten.

Sie sah sein Zögern, sah, daß sein Gesicht gleichsam zu zerspringen begann, als gäbe es da einen Schmerz, den er jetzt, da er daran erinnert wurde, nicht mehr zurückhalten konnte.

»Nein!« rief sie plötzlich aus. »Ich nehme das zurück. Es war dumm von mir. Ich will es nicht mehr wissen.«

»Das ... es geht nicht«, sagte er angestrengt und hätte um ein Haar gestottert. Dann konzentrierte er sich und antwortete mit zusammengebissenen Zähnen. »Einer meiner engsten Freunde ist buchstäblich in meinen Armen gestorben. Wir wurden aus nächster Nähe beschossen. Aber die wollten nur ihn töten. Wir waren bei der Gelegenheit unbewaffnet. Das war meine Schuld. Ich war dumm und nachlässig, und deswegen mußte er sterben. Ich versuchte es mit Herzmassage und Mund-zu-Mund-Beatmung, aber er hatte rund zehn Durchschüsse bekommen, auch mehrere durch die Lungen. Als ich Luft in ihn hineinblies, sprudelte es an mehreren Stellen. Er war schon tot.«

Er brachte es nicht über sich fortzufahren, da er die Szene zu deutlich vor sich sah. Es kam ihm vor wie eine dieser modernen Videoaufzeichnungen, bei denen man ein Bild nach dem anderen abspulen oder sogar Teilvergrößerungen machen kann.

Er wurde von seinen Gefühlen überwältigt, einer Mischung aus nachtschwarzer Verzweiflung, wütender Trauer und etwas wie Scham. Es war unmöglich, die Tränen zurückzuhalten, und dessen schämte er sich auch. Er wischte sich erst mit der rechten und dann mit der linken Hand energisch die Tränen aus dem Gesicht.

»Ich glaube, ich muß eine Weile aufhören«, sagte er mit rauher Stimme.

»Ich auch, mir ist leicht übel«, erwiderte sie mit abgewandtem Gesicht, als wollte sie ihm den Dienst erweisen, nicht zuzusehen, wenn er weinte.

Sie fuhren auf einen Rastplatz mit zwei überquellenden Mülltonnen, einem Holztisch und festen Bänken. Diese standen natürlich neben den Mülltonnen. Ein Elternpaar schien in einem Kampf um Recht und Ordnung mit fünf lärmenden und zankenden Kindern hoffnungslos zu unterliegen.

Carl parkte in beruhigendem Abstand, ging nach amerikanischer Manier um den Wagen herum, hielt ihr die Tür auf und nahm sie in die Arme, als sie ausstieg. Sie legte ihm die Wange an die Brust, und er hielt sie vorsichtig an dem dicken mexikanischen Zopf.

Sie blieben lange so stehen, ohne etwas zu sagen, als müßten sie sich ausruhen.

»Es ist jetzt vorbei. Hörst du, geliebte Tessie, es ist vorbei jetzt«, flüsterte er, als er schließlich spürte, daß er Stimme und Gefühle wieder unter Kontrolle hatte.

»O nein«, kicherte sie. »Wenn du zum Katholizismus konvertieren willst, fängt es jetzt erst an, für dich richtig hart zu werden.«

Er glaubte sich erst verhört zu haben, nahm ihre Wangen behutsam zwischen die Hände und drehte ihr Gesicht nach oben, um an ihren Augen zu sehen, was sie gemeint hatte. Sie sah fröhlich aus, und er begriff nichts.

»Wollen Sie so nett sein, Frau Anwältin, mir diese letzte Bemerkung zu erklären?« sagte er.

»Aber gern. Du sagtest, ich sollte vor dem Gesetz *und* vor dem katholischen Gott deine Frau werden. Man beachte diesen zweiten Teil, und ich habe vorhin gesagt, du würdest bei einer passenden Gelegenheit Antwort erhalten.«

»Ja. Und? Akzeptiert der katholische Gott denn keine schwedischen Pastoren?«

»Nein. Du müßtest erst konvertieren, dich vermutlich sogar taufen lassen und zur Erstkommunion gehen.«

»Dich soll der Teufel holen.«

»O nein, ganz und gar nicht, und du machst deine Lage auch nicht besser, indem du lästerst.«

»Nein, natürlich nicht, aber wir Schweden haben eine etwas leichtsinnigere Einstellung zu diesen Dingen. Wir haben Pastoren, die nicht an Gott glauben, aber jederzeit bereit sind, Prominente in Jeans zu trauen, falls es gewünscht wird. Du kannst sogar eine Pa-

storin bekommen, die nicht an Gott glaubt, uns aber trotzdem traut.«

»Nein danke. Ich bin zwar Feministin mit allem Drum und Dran, aber irgendwo muß es trotzdem eine Grenze geben.«

»Das ist eine rigide Einstellung. In Schweden würde man sie sogar reaktionär nennen, denn bei uns kommt die Gleichberechtigung sogar noch vor Gott.«

»Du hast also nicht vor, zu konvertieren?«

»Sag mal, du träumst wohl!«

»Dann können wir nicht vor dem katholischen Gott heiraten, wie du gesagt hast.«

»Ach. Jetzt frage ich dich noch einmal. Ja, ich muß die Frage modifizieren, aber trotzdem. Willst du oder willst du nicht ... vor dem schwedischen Gesetz meine Frau werden?«

Sie lachte auf und machte sich frei, ergriff die Revers seiner Wildlederjacke und schüttelte ihn lachend hin und her. Er wehrte sich nicht, so daß er durch ihre Bewegungen hin und her schwankte.

»Du hast einen einzigartigen Sinn für Romantik, Seemann«, lachte sie.

»Schon möglich«, versuchte er mit gespieltem Ernst, »aber die Frage ist gestellt, und ich möchte die Frau Anwältin daran erinnern, daß Sie unter Eid steht. Wir warten gespannt auf die Antwort. Wie lautet sie also?«

»Ja!«

»Gut. Und wann?«

»Jederzeit.«

Sie lachten, umarmten sich von neuem und wirbelten ein paar Mal engumschlungen wie in einem Tanz herum, so daß sie die Aufmerksamkeit der Familie erregten, die sich gerade über ihren Lunch hermachte.

Einer der Teenager entdeckte Carl als erster, zeigte auf ihn und redete aufgeregt, und einige Augenblicke später waren die Kinder bei ihnen und wollten Autogramme, obwohl sie weder Papier noch Bleistift hatten. Carl wurde verlegen, wollte aber nicht unfreundlich sein. Er sagte, wenn sie etwas zum Schreiben besorgen könnten, würde er ihren Wunsch gern erfüllen. Es dauerte eine Weile, bis einer

der Teenager einen karierten Block und einen Kunststoffkugelschreiber hervorgekramt hatte. Carl schrieb auf dem Rücken eines der Kinder kleine Freundlichkeiten für alle, hübsch der Reihe nach. Sie nahmen die Zettel mit großen Augen in Empfang, als wären es Wertpapiere, und verstummten dann schüchtern. Ihre Eltern standen etwas abseits und machten den Eindruck, als wollten sie auch hinzukommen, trauten sich aber nicht.

»Wer bist du denn?« fragte die Kleinste, ein Mädchen mit einer Zahnlücke. Sie zeigte auf Tessie.

»Sie kann leider kein Schwedisch«, erklärte Carl.

»Oh, dann ist sie eine Spionin!« stellte das Mädchen fest.

»Nein«, entgegnete Carl, »ganz und gar nicht. Das da ist Frau Hamilton.«

»Was habt ihr gesagt?« fragte Tessie amüsiert und verwirrt zugleich.

»Sie haben gefragt, ob du eine Spionin bist«, erklärte Carl und öffnete die Autotür, damit Tessie einsteigen konnte. Dann ging er um den Wagen herum, winkte den Kindern zu, setzte sich ans Steuer und fuhr los.

»Und was hast du geantwortet?« fragte sie, als der Wagen auf die E 4 rollte und in der Anonymität des Verkehrsgewimmels untertauchte.

»Ich habe gesagt, wie es ist«, stellte Carl sachlich fest. »Selbstverständlich seist du eine Spionin, sogar eine der gefährlichsten.«

Es war keineswegs sonderbar, daß Eero Grönroos einen Hausrussen hatte. Erstens war er Ministerialrat in der Osteuropa-Abteilung des finnischen Außenministeriums, so daß Umgang mit Leuten aus dem Osten schon aus diesem Grund natürlich war. Zweitens hielten sich alle Angehörigen der Oberschicht Helsinkis in Verwaltung und Wirtschaft einen Hausrussen.

Der Begriff ist sehr finnisch und läßt sich kaum in eine andere Sprache übersetzen. Ein Hausrusse bedeutet etwa einen russischen Kontaktmann, um den man sich bemüht und den man kultiviert oder von dem man sich schlimmstenfalls selbst kultivieren läßt, weil man damit seine vorurteilslose Einstellung gegenüber dem mächti-

gen Nachbarn im Osten zeigen kann, wie man die Sowjetunion in Finnland oft nennt.

Eero Grönroos war sich sehr wohl bewußt, daß sein Hausrusse, Kirill Jewgeniwitsch Tschernenko, sich normalerweise sowohl dümmer als auch unwissender stellte, als er sein konnte, und daß seine offizielle Position als Zweiter Sekretär an der Botschaft der Sowjetunion nur die Fassade einer bedeutend qualifizierteren Funktion war. Doch es hatte nie auch den mindesten Anlaß gegeben, sich zu beunruhigen. Kirill Jewgeniwitsch war bei allen seinen Verbindungen immer außerordentlich korrekt gewesen. Er war nie mit Plastiktüten voll klirrender Wodkaflaschen oder derlei aufgekreuzt und hatte somit nicht einmal andeutungsweise zu erkennen gegeben, daß er Kontakte oder Erkenntnisse außerhalb der gesetzlich akzeptierten Sphäre zu gewinnen wünschte. Er war nicht einmal unnötig persönlich geworden, hatte zum Beispiel nie Geschenke für Frau und Kinder und derlei überreicht.

Jetzt saßen sie auf der Dachterrasse des Hotels Vaakuna und aßen Krebse. Das hatte sich zu einer alljährlichen Tradition entwickelt. Es war ein milder Augustabend und immer noch hell draußen. Es befanden sich nur wenige Gäste auf der Terrasse, und noch war es nicht zu kühl, um draußen zu sitzen, zumindest in der nächsten Stunde noch nicht.

Eero Grönroos hatte den gewohnten Gesprächsverlauf erwartet, eine Besprechung der wirtschaftlichen Lage, verschiedener europäischer Verhandlungsrunden, Bemerkungen über Estland und all das andere, doch sein Hausrusse schien stärker unter Druck zu stehen als seit langer Zeit. Er schwitzte sichtlich und bearbeitete seine Krebse mit einer gewissen Aggressivität. Das Gespräch schleppte sich zähflüssig dahin.

Das war jedoch kein Grund zur Verwunderung. Die meisten Russen, denen man neuerdings begegnete, schienen nervös zu sein und unter Druck zu stehen. Sie litten zudem sichtlich unter Geldmangel, was den Umgang im Westen nicht gerade erleichterte. Eigentlich war der Hausrusse heute an der Reihe, die Rechnung zu bezahlen, doch Eero Grönroos hatte sich schon entschlossen, dieses Detail zu übernehmen.

Sie aßen ihre zwanzig Krebse schnell und unter fast vollständigem

Schweigen. Eero Grönroos bemühte sich, das Thema Estland und die künftigen Wirtschaftsverbindungen im Dreieck Sowjetunion–Estland–Finnland zur Sprache zu bringen. Das hätte seinem Hausrussen normalerweise Dampf machen müssen, tat es aber nicht.

Als der letzte Krebs aufgegessen war, fragte er auf eine Weise, die deutlich erkennen ließ, daß er und nicht der Russe die Rechnung begleichen sollte, ob sie nicht noch einen Schwung bestellen sollten.

»Nein danke, denn ich habe eine sehr ernste Sache mit dir zu besprechen, lieber Freund«, entgegnete Kirill Tschernenko, drückte die Zitronenspalte energisch über der kleinen Fingerschüssel aus und trocknete sich sorgfältig mit der Serviette ab.

Eero Grönroos sagte nichts, sondern lehnte sich zurück und zeigte mit einer Handbewegung, daß er bereit sei zuzuhören.

»Wie dir vielleicht klar ist, habe ich seit langem eine höhere Verantwortung, als sie ein Zweiter Botschaftssekretär zu tragen hat«, sagte der Russe und wischte sich erneut den Mund ab. Es machte ihm Mühe fortzufahren. »Ich habe eine ziemlich hohe Position beim KGB. Ja, unser Umgang ist stets völlig korrekt gewesen. Ich habe sorgfältig darauf geachtet, aber so ist es nun mal.«

»Gerade deshalb fällt es mir schwer, dieses plötzliche Geständnis zu verstehen«, sagte Eero Grönroos fast amüsiert. »Heißt es nicht, Glasnost ein wenig übertreiben, wenn du mir so etwas erzählst? Ich meine, selbst wenn nichts anderes passiert, könnte es doch unseren lockeren Umgang beeinflussen.«

»Unser Umgang wird von diesem Augenblick an ohnehin nicht mehr das werden, was er einmal gewesen ist. Von jetzt an ändert sich alles«, sagte Kirill Tschernenko sehr ernst und mit einem Nachdruck, der seinen finnischen Kontaktmann sofort das amüsierte Lächeln gefrieren ließ.

»Nun ja, das hört sich ernst an, lieber Kirill Jewgeniwitsch. Aber wenn du A gesagt hast, mußt du auch B sagen.«

»Wir brauchen trotzdem nicht so förmlich zu sein. Sei so nett und fang nicht damit an, mich mit meinem Vaternamen anzureden. Nun. Ich habe eine Botschaft an den finnischen Staat. Sie kommt nicht von Krutschkow, da unser Präsident ihm nicht vertraut, denn es gehen Gerüchte um über einen Staatsstreich und anderes.«

»Bist du jetzt möglicherweise nicht doch ein bißchen indiskret, Kirill? Ich meine, eure inneren Angelegenheiten sollten vielleicht nicht so x-beliebig vorgetragen werden. Und außerdem, von wem kommt die Botschaft?« sagte Eero Grönroos, der schon eine ganze Reihe mühseliger bürokratischer Komplikationen vor sich sah.

»Von Präsident Gorbatschow persönlich«, erwiderte Kirill Tschernenko und verstummte dann sofort, als brauchte die unglaubliche Nachricht ein wenig mehr Zeit, um zu wirken.

»Aber jetzt hör mal, Kirill«, sagte Eero Grönroos zweifelnd. »Überleg dir, was du sagst, Kirill. Hier sitzen wir beide, zwei relativ subalternde Beamte, zwar mit guten persönlichen Verbindungen, aber trotzdem Untergebene. Ja, ich sage dies mit allem Respekt, denn selbst wenn du Oberst oder Generalmajor beim KGB bist, sind wir beide trotzdem kleine Fische. Und dann sagst du, Präsident Gorbatschow wolle der Republik Finnland über dich und mich eine Botschaft übermitteln. Du mußt schon zugeben, daß das ... zumindest etwas unorthodox klingt?«

»Ja, selbstredend. Aber unsere Situation ist sehr kompliziert. Die Frage der politischen Ebene läßt sich nicht mit irgendeinem beliebigen diplomatischen Formular entscheiden. Außerdem haben wir das Problem studiert. Vor dem Winterkrieg 1939 hat der höchste Diplomat der Sowjetunion, in Wahrheit unser Botschafter, Finnlands Außenminister aufgesucht, um einige Botschaften zu überbringen. Man nahm ihn jedoch nicht ernst, weil man der Meinung war, er stünde politisch auf zu niedriger Ebene. Vielleicht hätte der Winterkrieg noch gestoppt werden können, wer weiß?«

»Nun ja. Aber jetzt sind wir fünfzig Jahre weiter. Warum ausgerechnet du und warum gerade ich?«

»Ich, weil ich mich mit dem Präsidenten getroffen habe. Wir sind entfernt miteinander verwandt. Er hat mich zu sich gerufen, da er in der ersten Runde nur ein einziges Bindeglied nach Finnland wünscht. Und du, nun, du, weil du Beamter im Außenministerium bist und auf jeden Fall beurteilen kannst, wie wir anschließend verfahren sollen. Du weißt, wer in Finnland mit wem in Moskau Kontakt aufnehmen kann.«

»Du mußt schon verstehen, lieber Kirill, daß mich das Ganze ein bißchen konsterniert macht.«

»Das dürfte die Untertreibung des Tages sein, wie die Amerikaner sagen.«

»Nun. Und was ist mit der Sache selbst?«

»Die Sache selbst ist folgende«, sagte Kirill Tschernenko und wischte sich mit seiner fleckigen Serviette tatsächlichen oder nur eingebildeten Schweiß von der Stirn. »Der Präsident hat Kenntnis von einem kühnen Vorhaben, das darauf hinausläuft, sowjetische Kernwaffen außer Landes zu schmuggeln und auf dem anzubieten, was wir den Weltmarkt nennen könnten. Der Präsident weiß in etwa, wann und wo, und es geht in allerhöchstem Maß um dein Land. Die Kernwaffen sollen irgendwann später in diesem Jahr über die finnische Grenze geschmuggelt werden. Das müssen wir natürlich erstens verhindern. Zweitens müssen unsere beiden Länder irgendwie zusammenarbeiten. Ferner muß das auf eine Weise geschehen, die sicherstellt, daß nichts herauskommt. Es darf keine Zeugen geben, keine Zeitungsartikel, nichts.«

Eero Grönroos saß eine Zeitlang da und drehte sein leeres Bierglas vor sich auf dem Tisch, ohne auch nur ansatzweise eine Vorstellung davon zu haben, an welchem Ende er beginnen sollte. Er ging davon aus, daß das Gehörte den Tatsachen entsprach, zumindest insoweit, als der sowjetische Präsident tatsächlich seinen, Grönroos', Hausrussen direkt an die Krebstafel geschickt hatte und daß eben dieser Präsident ernsthaft der Meinung war, daß ein beträchtliches Risiko bestand, sowjetische Kernwaffen könnten in der Welt herumvagabundieren.

Die weltpolitischen Konsequenzen waren damit bereits von einer fast unfaßbaren Größenordnung.

Jetzt hatte er den Ball. Sein Hausrusse schwieg abwartend, möglicherweise um zu sehen, ob man ihm Glauben schenkte.

»Wie du verstehst, habe ich einige Fragen. Ich weiß nicht, ob du darauf antworten kannst, aber ich muß trotzdem ein paar Fragen stellen ...«, begann Eero Grönroos vorsichtig.

»Selbstverständlich. Frag ruhig drauflos, dann werden wir sehen, ob du eine Antwort bekommen kannst«, erwiderte Kirill Tschernenko und breitete die Arme aus. Die vermeintlich freigebige Geste wirkte einigermaßen bemüht.

»Besteht die Absicht, daß Finnland und die Sowjetunion ... was

dieses Problem angeht ... mit einer direkten Zusammenarbeit beginnen sollten?«

»Ja.«

»Warum Finnland? Es muß ja interessierte Großmächte mit bedeutend größeren Möglichkeiten geben?«

»Weil es um Operationen auf unseren gemeinsamen Territorien geht, in unseren Grenzgebieten. Wenn ich die Sache richtig verstanden habe, ist unser Präsident der Meinung, daß sich das mit fremdem Militärpersonal nicht machen läßt. Mit solchen Leuten kann er sich keine Operationen auf unseren gemeinsamen Territorien vorstellen. Das würde, wenn es schon nichts anderes anrichtet, zuviel Aufmerksamkeit erregen.«

»Aha. Ja. Wenn aber der Präsident der Sowjetunion Kenntnis von solchen abenteuerlichen Vorgängen besitzt, sollte sein Interesse doch in erster Linie darauf hinauslaufen, alle solchen Vorhaben zu stoppen ... Ja, diese Leute festzunehmen, schon bevor sie mit dem Schmuggeln begonnen haben, ich meine, bevor überhaupt etwas auf finnischem Territorium geschieht?«

»So einfach ist es nicht, lieber Eero. Unser Land ist im Augenblick außerordentlich instabil. Der Präsident vertraut dem KGB nicht, sondern glaubt vielmehr, daß dessen Führung gegen ihn konspiriert. Normalerweise wäre der Auftrag selbstverständlich und ohne jede Diskussion an den KGB gegangen. Wenn man dem KGB aber nicht vertrauen kann, wenn es sogar beteiligt ist? Oder wenn der KGB sich solcher Informationen bediente, um eine Konterrevolution anzuzetteln?«

»Konterrevolution? Verzeihung, daß ich auf diese Wortwahl reagiere. Nun, das gehört strenggenommen nicht hierher.«

»Na ja, dann eben Staatsstreich. Der Präsident geht davon aus, daß die Verwaltung der sowjetischen Kernwaffen eine Sache internationaler Verantwortung ist, daß man deshalb die Möglichkeit hat, im Ausland um Hilfe zu bitten. Und da es um Finnland geht ... nun ja.«

»Laß mich auf deine Formulierung von ›unseren gemeinsamen Territorien‹ zurückkommen. Was, um Himmels willen, bedeutet das?«

»Die Grenzregionen natürlich. Ich sehe aber, daß ich deiner Meinung nach in diesem Punkt genauer sein sollte. Scherze in diesem

Zusammenhang könnten vielleicht unpassend wirken. Die Sowjetunion hat nämlich wahrlich keine neuen territorialen Forderungen an Finnland. Kurz, es geht um sowjetisches Territorium. Die Schmuggler sollten tunlichst gestoppt werden, bevor irgendwelche Kernwaffen euer Land erreicht haben.«

»Präsident Gorbatschow wünscht also, daß finnische Polizei oder finnisches Militär auf *eurem* Territorium operiert?«

»Genau.«

»Das ist viel auf einmal.«

»Eben.«

»Hast du etwas dagegen, wenn ich eine Weile nachdenke?«

»Nein, bitte sehr.«

Eero Grönroos hatte zu schwitzen begonnen. Er spürte es deutlich in den Achselhöhlen. Die Situation war alptraumhaft und unwirklich und dennoch vollkommen klar. Auf dem Tisch lagen ein rotkariertes Tischtuch und besondere Krebsservietten in Rot und Weiß. Leergetrunkene Gläser; er bestellte ein neues Bier und zeigte fragend auf Kirill Tschernenko, der den Kopf schüttelte.

Die Terrasse füllte sich allmählich mit Gästen. Einige festlich gekleidete und nach Parfum duftende Frauen gingen vorbei. Sie unterhielten sich fröhlich über Kleider, wie es schien. Alles ganz alltäglich.

Eero Grönroos blickte auf einen Parkplatz hinunter. Leute bestiegen ihre Autos oder stiegen aus. Kein Mensch in der Nähe konnte auch nur ahnen, worum es bei dem Gespräch an ihrem Tisch ging. Kein einziger Mensch in Finnland besaß in diesem Moment das gleiche ungeheuerliche Wissen und damit eine Verantwortung wie er selbst.

Er mußte sich zusammennehmen. Es gab keinen Ausweg. Was gesagt worden war, konnte nicht mehr zurückgenommen werden.

»Wir sollten uns jetzt den Formalien zuwenden, was in diplomatischen Zusammenhängen nicht unwichtig ist und in diesem Fall schon ganz und gar nicht«, begann er mit einer Kraftanstrengung. »Die Verbindung zwischen unseren beiden befreundeten Ländern, wie ihr sagt, muß in dieser Sache ja irgendwie geregelt werden. Wir müssen sozusagen von diesem Restauranttisch wegkommen. Hat Präsident Gorbatschow insofern irgendwelche Wünsche?«

»Nein«, erwiderte Kirill Tschernenko und senkte dann die Stimme, da sich am Nebentisch Gäste niederließen. »Der Präsident der

Sowjetunion möchte den zuständigen finnischen Behörden die Entscheidung überlassen, auf welcher Ebene weitere Kontakte stattfinden sollen. Die Entscheidung liegt also bei euch. Falls erforderlich, kann Präsident Gorbatschow direkte Gespräche mit dem Staatspräsidenten Finnlands führen. Falls nötig, können alle weiteren Kontakte nur zwischen dir und mir erfolgen. Falls gewünscht, könnt ihr euch auch für eine andere Ebene irgendwo dazwischen entscheiden.«

»Wozu diese freie Spielfläche? Es ist immerhin eine Angelegenheit für die höchste Führung unser beider Länder.«

»Gewiß, das könnte man meinen. In einigen westlichen Ländern hätte man eine solche Sache auf einem niedrigeren operativen Niveau behandelt, um der höchsten Führung *deniability* zu geben, falls etwas schiefgeht. Dann feuert man einen Obersten oder so. In anderen westlichen Staaten würde die Entscheidung beim Premierminister landen, beispielsweise in England. In den USA ließe sich denken, daß die Angelegenheit beim CIA-Chef hängenbleibt, in eurem Nachbarland Schweden vermutlich bei einem Kapitän zur See, der Entscheidungen trifft und der Regierung erst nachträglich berichtet. Das heißt, falls es gutgegangen ist. Das Feld ist mit anderen Worten ziemlich frei. Wir sind der Meinung, daß Finnland selbst die Ebene wählen sollte, das ist alles.«

»Präsident Gorbatschow hat dem Problem einige gedankliche Mühe gewidmet, wie es scheint.«

»Ja, davon kann man ausgehen.«

»Was verlangst du im Moment von mir?«

»Ich verlange gar nichts. Der Präsident der Sowjetunion hat einen Wunsch geäußert.«

»Nun ja. Und was verlangt er?«

»So schnell wie möglich einen Bescheid, wie die weiteren Kontakte ablaufen sollen. Zuvor ist es nicht sinnvoll, auf praktische Details einzugehen.«

»Damit wir auf der falschen Entscheidungsebene nicht unnötig großes Wissen verbreiten?«

»Richtig.«

»Und was bedeutet Bescheid so schnell wie möglich?«

»Innerhalb von achtundvierzig Stunden möchte ich Nachricht haben, wie die weiteren Kontakte in dieser Angelegenheit stattfinden sollen. Der Einfachheit halber sollten wir beide uns treffen. Sagen wir, wieder hier am selben Tisch, um die gleiche Uhrzeit, und zwar an dem Tag, an dem du mich anrufst und sagst ... na ja, du kannst mir am Telefon irgendwas sagen.«

Eero Grönroos nickte, trank gierig sein Bierglas leer und nahm dabei einen so großen Schluck, daß er fast einen Krampf im Hals bekam und mehrere Anläufe machen mußte, bevor es ihm gelang, den Rest herunterzuschlucken. Dann bezahlte er und verließ das Restaurant mit einem kurzen Kopfnicken zu seinem ehemaligen Hausrussen. Dieses Scherzwort würde er bei Kirill Jewgeniwitsch Tschernenko nie mehr verwenden können.

Der ehemalige Hausrusse blieb am Tisch sitzen und sah eher nachdenklich als besorgt aus. Er machte sich wegen des unruhigen und abrupten Aufbruchs seines ehemaligen Freundes nicht die geringsten Sorgen. Dieses Verhalten war leicht zu verstehen.

Eero Grönroos handelte so entschlossen, wie es ihm möglich war. Er spazierte mit schnellen Schritten zu seinem Dienstzimmer im Außenministerium, machte Licht, hängte sein Jackett auf und lockerte den Krawattenknoten. Die ganze Abteilung war leer und still. Es war ein Sommerabend wie jeder andere.

Eero Grönroos rief zu Hause an und sagte, er werde später kommen. Es sei eine Komplikation eingetreten, die Estland betreffe und noch an diesem Abend bereinigt werden müsse.

Dann holte er Papier und Bleistift hervor und zeichnete sorgfältig die Substanz des Gesprächs auf, Punkt für Punkt. Als das erledigt war, ließ seine Tatkraft nach. Denn jetzt mußte er Entscheidungen treffen. In diesem Moment war er der einzige Beamte in ganz Finnland, der ein furchtbares Wissen verwaltete. In diesem Moment lag die gesamte Verantwortung bei ihm. Es galt also, die Angelegenheit weiterzugeben.

Die Frage war, an wen.

Er selbst war Ministerialrat. Über sich in der Hierarchie hatte er einen Abteilungsleiter, und über dem Abteilungsleiter befand sich ein Staatssekretär, und dann war man schon beim Außenminister.

Eine normale Angelegenheit wäre diesen Dienstweg gegangen. Wenn jedoch sensationelle oder pikante Erkenntnisse auf diesem

Weg verbreitet wurden, würde das Gerücht den meisten Bewohnern Helsinkis schon nach zwei Tagen bekannt sein.

Er konnte sich direkt an den Außenminister wenden oder zumindest an Juakko Blomberg, seinen nächsthöheren Vorgesetzten.

Der Außenminister würde sich auf der Stelle zum Präsidenten begeben. Das war kristallklar. Für einen Juristen wie Eero Grönroos gab es da keinerlei Zweifel. Dem Grundgesetz zufolge war der Präsident der Republik für die Außen- und Verteidigungspolitik des Landes zuständig. Die Angelegenheit konnte unmöglich am Präsidenten vorbeigeleitet werden.

Am klügsten wäre es also, gleich zum Präsidenten zu gehen. Die Sache würde anschließend freilich in der Hierarchie hinunterwandern, beispielsweise zum Außenminister, der sich vielleicht fragte, weshalb es ein kleiner Ministerialrat für richtig hielt, den Chef des Ministeriums zu übergehen.

Eero Grönroos versuchte das Für und Wider abzuwägen und kam nach einiger Zeit zu dem Ergebnis, daß in der einen Waagschale seine eigene kleine Karriere lag und in der anderen die Frage vagabundierender sowjetischer Kernwaffen, mit allem, was das für die Zukunft bedeuten mochte; soviel er wußte, waren die auf Hiroshima und Nagasaki abgeworfenen Bomben mit heutigen Maßstäben gemessen kleine, ja nachgerade nur taktische Kernwaffen gewesen.

Als er nach dem Hörer griff, rutschte er mit der Hand aus, da die Handfläche verschwitzt war. Er legte wieder auf, wischte sich die Hand am Hosenbein ab und nahm einen neuen Anlauf. Er rief den Kanzleichef des Präsidenten in dessen Wohnung an und erklärte leicht stammelnd, er bitte schon am folgenden Tag um einen Termin beim Präsidenten. Der Anlaß: Es gehe um eine Sache von so außergewöhnlicher Bedeutung, daß sie nicht warten könne.

Der Kanzleichef des Präsidenten war am Telefon sehr kühl und gemessen und wies darauf hin, daß er Essensgäste habe und dienstliche Angelegenheiten am besten während der Bürozeit zu erledigen seien. Er wies auf die Unüblichkeit hin, daß Ministerialräte einen Termin beim Präsidenten der Republik verlangten, der im übrigen den ganzen folgenden Tag keine Zeit habe und auch nicht an den darauffolgenden Tagen. Und dann beginne das Wochenende.

Eero Grönroos sagte jetzt etwas, was er sich noch vor wenigen

Stunden nicht hätte vorstellen können. Er erklärte, er halte es zwar durchaus für möglich, daß er verrückt geworden sei, was sich gegebenenfalls sehr schnell herausstellen werde; dann könne man ihn ohne viel Federlesens aus dem Präsidentenpalast entfernen.

Oder aber es gehe tatsächlich um eine die Außen- und Verteidigungspolitik des Landes betreffende Frage von solcher Bedeutung, daß der Präsident an keinem der folgenden Tage auch nur annähernd eine so wichtige Angelegenheit zu behandeln habe.

Eine Zeitlang wurde es still am Telefon, als könnte der Kanzleichef schon jetzt den offenkundigen Irrsinn diagnostizieren.

»Ruf mich morgen früh zu Beginn der Dienstzeit an, dann werden wir schon irgendwo Zeit finden«, sagte er und legte hastig auf, um ein weiteres Hin und Her zu vermeiden und zu seinen Gästen zurückzukehren.

Die Apfelernte war in vollem Gang. Der Alte kam ihnen inmitten der Bäume entgegen, als sie nach ihrer Ankunft im Gewimmel der polnischen Schwarzarbeiter dem Haus zustrebten. Der Alte trug einen Strohhut, hatte ein verschwitztes Gesicht und wischte sich die Hand an seinen blauen Arbeitshosen ab, bevor er Tessie begrüßte. Er schien von Tessie auf der Stelle hingerissen. Er hielt ihre Hand zu lange.

»Sie sind sehr willkommen, Miss O'Connor, sehr willkommen. Doch Carl hat wie immer nicht die ganze Wahrheit gesagt«, sagte er lächelnd und zeigte seinen Gästen mit einer Handbewegung das Haus. Dann drehte er sich um und rief in einem radebrechenden Polnisch den Schwarzarbeitern ein paar Befehle zu, wobei er Tessies Hand noch immer nicht losließ.

»Inwiefern?« fragte sie verwirrt und machte sich verlegen frei.

»Oh«, fuhr der Alte sichtlich aufgeräumt fort, als er langsam auf das Haus zuging, »oh, das ist sehr einfach. Carl hat nichts davon gesagt, daß Sie so außerordentlich schön sind, Miss O'Connor.«

»Ich möchte das Kompliment damit erwidern, daß Sie für einen pensionierten operativen Spionagechef ungewöhnlich zivil aussehen«, erwiderte Tessie mit einem amüsierten Blick auf den Strohhut des Alten.

»Tsstss«, machte der Alte mit gespieltem Ernst und sah sich um, als hätte jemand es hören können. »Das ist geheim. Ich streite alles ab, kein Kommentar. Einen Carl Hamilton habe ich nie gekannt.«

Tessie sah Carl fragend an, doch dieser lächelte nur und zuckte die Achseln zum Zeichen, daß alles nur ein Scherz sei.

Sie gingen um das Haus herum und setzten sich auf die Gartenterrasse. Dann holte der Alte aus dem Haus eine Karaffe mit einem unbestimmten Getränk sowie Gläser und entschuldigte sich gestenreich, daß er sich erst mal die Hände waschen müsse.

»Das hier«, sagte Carl leise lachend, während er zwei Gläser mit dem leicht trüben Getränk füllte, »ist der selbstgemachte Cidre des Alten. Das Zeug ist durchaus trinkbar, und wenn du sagst, es sei gut, freut er sich. Wenn er heute abend aber etwas von seinem *Moonshine* serviert, mußt du aufpassen. Es ist das reine Teufelszeug.«

»Brennt er eigenen Apfelschnaps?« fragte Tessie und probierte mißtrauisch den Cidre. Sie runzelte die Stirn, nippte erneut und sah erleichtert aus, als könnte sie Carls Urteil über das Getränk bestätigen.

»Ja. Ich weiß nicht, ob er mehr auf die Qualität stolz ist oder darauf, daß es illegal ist. Du kannst ja auf die Tatsache hinweisen, daß du Juristin bist, aber im Gegensatz zu manchen anderen nicht zwischen den Geboten Gottes und den Verordnungen der Menschen unterscheiden kannst. Das wird ihn amüsieren.«

»Ihr scheint einander sehr nahe zu stehen, ich meine, rein persönlich?« fragte sie, obwohl es sich eher wie eine Feststellung anhörte.

»Mm, sehr nahe«, bestätigte Carl und ließ den Blick über die Rasenfläche schweifen. Diese war mit charakteristischen kleinen Erdhaufen übersät, die ihn laut auflachen ließen.

»Das da«, sagte er und wies auf den Rasen, »ist sein ewiges Problem. Es sind Maulwürfe. Er wird sie nie los, obwohl er sie mit Gas und anderem bekämpft. Ein Spionagechef, in dessen Garten es von Maulwürfen wimmelt …«

»Ich nehme an, er ist für dich so etwas wie ein Vaterersatz«, bemerkte Tessie, als hätte sie die Komik von Maulwürfen im Garten eines Spionagechefs nicht erfaßt.

»Ja, das nehme ich an«, sagte Carl und hob sein Glas. »Papi, der Alte, ist pensioniert, und mich hat man inzwischen auch vom Baum gepflückt. Mach dir keine Sorgen, wir sind rein privat hier.«

»Über deinen richtigen Vater hast du nie gesprochen. Was für ein Mensch war er?« fragte Tessie wie aus einer plötzlichen Eingebung heraus.

»Nun«, erwiderte Carl etwas angestrengt. »Es gibt zwei Möglichkeiten, es auszudrücken. Wenn man freundlich sein will, könnte man sagen, er war ein Mensch des neunzehnten Jahrhunderts, und wenn man weniger freundlich sein will, kann man ihn einen Scheißkerl nennen. Wir sind nicht sehr gut miteinander ausgekommen. Er hat mich sogar enterbt, wie er meinte, denn er hatte von Juristerei keine Ahnung.«

»Warum?«

»Warum er mich enterbt hat?«

»Nein, warum ihr nicht gut miteinander ausgekommen seid.«

»Er war der Meinung, ich sei eine Schande für die Familie. Er hat einmal sogar vorgeschlagen, ich sollte mir einen anderen Namen zulegen und mich von Rotbart oder so was nennen, um nicht mehr mit der Sippe Hamilton in Verbindung gebracht zu werden.«

»*Von* Rotbart?« fragte sie verblüfft und platzte dann laut heraus. »Warum *von* Rotbart?«

»Er hat wahrscheinlich nicht klar genug gedacht. Mein lieber Vater pflegte äußerst ungern Umgang mit Personen, die nicht von Stand waren. Manchmal frage ich mich, ob er sie überhaupt als richtige Menschen ansah. Und da ich leider ein Rotbart war und trotzdem unleugbar adlig, mußte es folglich *von* Rotbart werden. So muß es zusammenhängen. Eigentlich grotesk.«

»Ja, aber recht lustig! Und was hätte er heute wohl gesagt?«

Carl mußte nachdenken und runzelte die Stirn.

»Schwer zu sagen. Ich wurde noch recht jung zum Fregattenkapitän befördert und habe einige Auszeichnungen erhalten. Dafür hätte ich natürlich Pluspunkte bekommen. Andererseits wäre ich mit meinen politischen Ansichten durchgefallen. Allerdings hätte er nie für möglich gehalten, daß ich solche Grillen im Kopf habe, wenn ich Offizier bin. Das wäre für ihn nie und nimmer auf einen Nenner zu bringen gewesen.«

»Trauerst du um ihn?«

»Nein, das kann ich nicht sagen. Bei näherem Nachdenken war er wohl eher ein Scheißkerl. Er hatte nur ein Interesse, zu töten. Damit hat er sich hartnäckig und konsequent von Kindesbeinen an bis zu seinem Tod beschäftigt. Er starb sozusagen *in action*.«

Tessie starrte ihn eine Zeitlang zweifelnd an, um zu sehen, ob er einen Scherz gemacht hatte. Carl hob fragend die Augenbrauen, als könnte er nicht begreifen, daß etwas unklar war oder er etwas Unpassendes gesagt hatte.

»Er war Jäger. Soweit ich mich erinnere, hat er nie etwas anderes getan, als auf die Jagd zu gehen, wenn ich mal davon absehe, daß er seine Geschäfte vernachlässigt hat«, fügte Carl nach einiger Zeit hinzu. »Schrecklich, nicht wahr?«

»Du meinst also, er hat Tiere getötet«, stellte sie beherrscht fest.

»Ja, Tausende in jedem Jahr. Er fuhr nach Schottland, um auf die Entenjagd zu gehen, hat dort achthundert geschossen, fuhr nach England, um auf die Fasanenjagd zu gehen, hat dort fünfhundert geschossen, nach Deutschland ging er, um Wildschweine zu jagen, drei Keiler erlegt, und so weiter. Das war übrigens auch eine seiner Enttäuschungen, was mich betraf. Er hielt mich für einen lausigen Jäger, einen miserablen Schützen und all das.«

»Miserabler Schütze? Warst du das?«

»Nein, nicht im technischen Sinn. Es war eher psychologisch. Sentimentalität und Weibermanieren, hätte er gesagt. Ich fand die Rehe einfach zu süß, falls man das sagen kann ...«

Sie schüttelte lächelnd den Kopf und beschloß, bei einer etwas passenderen Gelegenheit zu diesem Thema zurückzukehren, da der Alte inzwischen wieder aufgetaucht war. Frisch geduscht, rasiert und umgekleidet, halb zum Essen, halb in Freizeitkleidung.

Er hatte eine Flasche Moselwein bei sich und drei neue Gläser, die er hinstellte und ohne zu fragen vollschenkte. Dann setzte er sich und rieb sich die Hände.

»Diesen Wein habe ich gerade deinetwegen gekauft, Carl«, sagte er und hob sein Glas.

Carl starrte mißtrauisch auf die Weinflasche, die der Alte so hingestellt hatte, daß er das Etikett lesen konnte. »Moselblümchen« – kein sonderlich edler Wein.

»Man sieht nicht immer, was man zu sehen glaubt«, bemerkte der Alte sozusagen nebenbei, als er sein Glas abstellte.

»Nein«, sagte Carl nachdenklich und kostete sorgfältig von dem Wein. »Was man sieht, ist nicht immer das, was man zu sehen glaubt. Oder was man zu schmecken glaubt, was das betrifft. Aber warum machst du es so einfach?«

»Bist du sicher, daß es so einfach ist?«

»Nein, bei dir kann man das nie sein. Wenn du nichts gesagt hättest, wäre es schwieriger gewesen, zumindest bei oberflächlicher Betrachtung. Aber da du etwas sagst, tust du es möglicherweise, um mich auf eine falsche Fährte zu locken.«

»Und da ich weiß, daß du das weißt, versuche ich vielleicht doch nicht, dich nur deshalb auf eine falsche Fährte zu locken, um dich zu verwirren«, gluckste der Alte. »Nun?«

»Einen Moment noch«, sagte Carl und kostete erneut. Er hielt das Glas gegen das Licht und studierte die Farbe des Weins.

»Wovon um alles in der Welt sprecht ihr eigentlich? Ich verstehe jetzt gar nichts mehr«, ließ sich Tessie vernehmen.

»Der Alte spielt ein Spiel mit mir«, erklärte Carl. »Wenn du weißt, wie der Feind denkt, und er weiß, daß du es weißt, dann laß ihn glauben, er habe dich durchschaut, dann kannst du ihn nach Strich und Faden hereinlegen. Dieser Logik zufolge trinken wir jetzt Moselblümchen.«

»Genau«, gluckste der Alte zufrieden. »Und was trinken wir?«

»Es steht doch Moselblümchen auf der Flasche«, sagte Tessie.

»Ja«, sagte Carl, »aber ...«

Er machte eine abwartende Handbewegung, damit beide Männer die Fortsetzung des Satzes gleichzeitig äußern konnten:

»Man sieht nicht immer das, was man zu sehen glaubt.«

Beide lachten erneut, und Tessie kostete mißtrauisch von dem Wein.

»Also gut«, sagte Carl. »Dann stürzen wir uns in den Abgrund. Kein Raten, keine Fragespiele, sondern direkt zur Sache, als wäre alles selbstverständlich und einfach. Wir trinken einen Chablis Premier Cru.«

Der Alte verzog keine Miene.

»Bist du deiner Sache absolut sicher?« fragte er.

»Ja«, erwiderte Carl schnell, »so sicher man überhaupt sein kann.«

Der Alte nickte nachdenklich, als wollte er die Spannung noch etwas steigern.

»Du hast sonst meist bessere Feuerdisziplin«, knurrte er mit etwas wie gespieltem Mißvergnügen.

»Nein«, entgegnete Carl. »Ich wußte, daß ich nur eine Chance zum Feuern hatte, und wählte die sicherste Möglichkeit.«

»Na schön«, sagte der Alte, »ich gebe auf. Aber hältst du dich bei Wein wirklich für so teuflisch sicher, daß du so etwas ohne jeden Zweifel entscheiden kannst?«

»Ganz und gar nicht«, entgegnete Carl. »Aber du verstehst andererseits rein gar nichts von Wein, da du ein Cidretrinker bist. Du sagtest, du hättest den Wein meinetwegen gekauft oder etwas in der Richtung. Moselblümchen trinkst du selbst. Deswegen mußt du dich übrigens gar nicht schämen, denn im Sommer ist es ein angenehmer Nachmittagswein, paßt gut zu Äpfeln. Und dann hast du etwas gekauft, was du von mir gelernt hast, einen Wein, den ich mal mitgebracht habe. Ich habe aber nur drei Weißweinsorten nach Kivik mitgebracht. Und Chablis hat eine grünere Farbe als die beiden anderen, und von denen kommt einer aus ganz anderen Gründen nicht in Betracht. Eine qualifizierte Vermutung also. Aber wenn du gar nichts gesagt hättest …?«

»Dann wäre es ein peinlicher Scherz geworden, wenn du nichts gemerkt hättest.«

»Wie rücksichtsvoll von dir.«

»Kabbelt ihr beiden euch immer so?« fragte Tessie.

»Aber sicher«, erwiderte der Alte munter und schob seine buschigen, frisch gebürsteten Augenbrauen in die Stirn, so daß er wie ein Uhu aussah, »obwohl es dabei meist um ernstere Zusammenhänge geht. Aber all das ist für uns beide ja jetzt zu Ende. Also müssen wir uns jetzt mit solchen Rentnerspielchen begnügen. Und was gibt es für einen Rotwein zum Essen, Carl? Was meinst du?«

»Was essen wir denn?«

»Wildente.«

»Wildente? Also gewildert?«

»Selbstredend. So schmeckt sie besser. Nun?«

»Ist das wieder eine Falle?«

»Nein. Nun?«

»Chambertin 1981.«

»An den Jahrgang kann ich mich nicht erinnern, aber Chambertin ist richtig.«

Tessie schüttelte nachsichtig lächelnd den Kopf und stand auf. Sie sagte, sie wolle einen kleinen Spaziergang am Strand machen, da es dort so schön aussehe und das Meer so anders rieche.

Der Alte sah ihr bekümmert nach.

»Ein rasend hübsches Mädchen, aber ich glaube, ich bin ein ziemlich dämlicher Gastgeber und alles andere als gentlemanlike. Wir müssen das beim Essen reparieren.«

»Du kannst jetzt wieder schwedisch sprechen. Dein Englisch ist übrigens besser, als ich gedacht habe«, sagte Carl, der Tessies entschwindenden Rücken fixierte.

Der Alte wechselte Sprache und Gesprächsthema. Und Carl, der ihn besser kannte, als er je seinen Vater gekannt hatte, wußte sofort, was die Stunde geschlagen hatte.

»Wie fühlst du dich eigentlich?« fragte der Alte mit einer Miene, die deutlich zu erkennen gab, daß die Antwort kaum so kurz geraten konnte wie die Frage. Der Alte hielt unbewußt den Kopf ein wenig zur Seite geneigt, wenn er die Rolle des Chefs aufgab und in die des Psychologen schlüpfte.

»Besser, als du dir vorstellen kannst, und besser, als ich es verdiene. Der entscheidende Grund ist, daß Tessie und ich heiraten werden.«

An dieser Stelle hielt Carl fast resigniert inne, denn er wußte, daß der Alte nicht so leicht lockerlassen würde, auch wenn er jetzt aus rein gesellschaftlichen Gründen zu einer Kursänderung gezwungen war.

»Aber das ist ja eine fabelhafte Neuigkeit«, platzte der Alte heraus. »Die kalifornische Liebe hat sich am Ende also am dauerhaftesten erwiesen. Wann ist es soweit?«

»Das wissen wir noch nicht. Du bist übrigens der erste, der es erfährt. So schnell wie möglich, nehme ich an.«

»Ja, das dürfte am besten sein. Aber sonst? Wie steht es denn diesmal mit der Reue? Ja, ich habe deine Berichte gelesen. Das rein Operative kannst du also überspringen. Kompliment, übrigens, die

Dankbarkeit einer ganzen Nation und all das. Aber jetzt möchte ich mehr über deine Reuegefühle wissen.«

»Du darfst doch keine geheimen Berichte mehr lesen«, sagte Carl in einem mokanten Tonfall, als wollte er den Kopf aus der Schlinge ziehen. »Pensionäre sollen sich nicht mehr einmischen.«

»Ach was, sei nicht albern. Nun?«

»Wie ich schon sagte. Es ist besser, als du dir vorstellen kannst, und besser, als ich es verdiene. Abgesehen von Tessie gibt es ja noch die Veränderungen im Job. Ich bin jetzt frei. Jetzt wird nie mehr etwas Großes passieren, da ich inzwischen Bürokrat geworden bin und Sams engster Mitarbeiter.«

»Was sagt er dazu?«

»Er ist meiner Meinung. Es ist eine praktische Lösung, und außerdem ist es ein Job, den ich in den letzten Jahren ohnehin ausgeübt habe, obwohl ich mich nur selten in unseren geheimen Büroräumen herumtreiben konnte.«

»Wärst du als Chef des SSI nicht besser geeignet?«

»Nun ja, in der Praxis bin ich ohnehin so etwas wie der operative Chef der Abteilung, aber ich sehe trotzdem nicht die Gefahr, daß wir wieder aufs Feld müssen. Ich werde ein normaler Arbeitnehmer sein, der morgens um acht zur Arbeit geht und um fünf wieder bei Frauchen ist. Draußen an der Front habe ich meinen Anteil abgeleistet.«

»Damit bleiben jetzt nur noch das Sortieren von Akten und die Buße?«

»Sortieren von Akten hört sich zu respektlos an und Buße zu religiös.«

»Du weißt, was ich meine. Ich meine Joar Lundwall.«

Carl zuckte zusammen, als der Alte den Namen nannte, und spürte, wie ihm Blut, Hitze, Verzweiflung und Kälte durch den Körper strömten. Er wußte nicht, was er sagen sollte, doch der Alte hatte nichts anderes erwartet.

»Du bist natürlich der Meinung, es sei deine Schuld«, stellte er mit einem fast müden Tonfall fest, als wäre dies typisch Carl und natürlich vollkommen meschugge.

»Ja«, erwiderte Carl leise, »aber ich finde nicht, daß du dich darüber lustig machen darfst. Du sagst ja, du hättest meine Berichte gelesen. Es war meine Schuld, daß wir unbewaffnet waren. Wären wir bewaffnet gewesen, hätte dieser Ganove nicht die Zeit gehabt, seine Waffe auch nur zu ziehen, bevor sowohl ich als auch Joar auch ihn erwischt hätten. Du weißt, daß es so ist.«

»Nein«, entgegnete der Alte und schüttelte sacht den Kopf, »so ist es nicht, weil es so nicht gewesen ist. Diese Argumentation führt zu nichts. Wärt ihr bewaffnet gewesen, hätten die es gewußt und die Kämpfe vielleicht mit einem Gewehrschuß von einem Balkon aus eröffnet. Was auch immer. Joar wußte genausogut wie du, worauf er sich eingelassen hatte.«

»Wir waren der Meinung, wir sollten einen einfachen Polizistenjob erledigen. Wir haben den Feind unterschätzt, ich meine, ich habe es getan. Ich hatte ja die Verantwortung, und Joar hat meine Anweisungen natürlich befolgt.«

»Ich meine nicht nur Sizilien. Das hätte schon früher passieren können, dir oder Joar oder Åke, das habt ihr schon immer gewußt. Ich darf darauf verweisen, daß euer Job freiwillig ist. Ihr seid keine Dummköpfe und wißt, worum es geht. Das Unfallrisiko ist hoch, etwa so wie bei Piloten. Allerdings sind wir an Verluste nicht gewöhnt, das ist wahr.«

»Nicht gewöhnt? Es ist doch bisher überhaupt nichts passiert.«

»O doch. Und ein Teil davon fällt in meine ganz persönliche Verantwortung. In den fünfziger Jahren haben wir unsere sämtlichen Agenten im Baltikum verloren. Hundert Prozent. Jeden einzelnen Mann. Ich habe nie begriffen, wie die Russen das geschafft haben, ob es Unterwanderung war oder ob sie unseren Code geknackt haben. Sie haben aber die eine Hälfte getötet und die andere umgedreht und gegen uns eingesetzt. Das heißt eine Zeitlang, denn später haben sie auch die anderen umgebracht. Du kannst nicht sagen, das Leben von Agenten sei weniger wert als das von Nachrichtendienstoffizieren, oder?«

»Natürlich nicht. Wie viele waren es?«

»Mehr als dreißig Mann.«

»Und das schleppst du seitdem mit dir herum?«

»Nun ja, wir wollen nicht übertreiben. Ich war damals sehr jung, und meine Verantwortung war wohl begrenzt, zumindest im Vergleich zu dem, was mir später auferlegt wurde. Aber es ist schon richtig, ich trage einen Teil der *Schuld*, wie du sagen würdest.«

»Tust du das denn nicht?«

»Sowohl als auch. Wir *sind* Offiziere eines Kampfverbands. Das mußt du akzeptieren. Alle anderen tun es auch. Was würde Joar wohl in seinem Himmel sagen, wenn er jetzt sehen könnte, wie du Trübsal bläst?«

»Ich blase nicht Trübsal.«

»Na ja, weniger, als ich gedacht habe. Wahrscheinlich hatte ich mir vorher nur vorgenommen, so etwas zu sagen, und dann ist es weniger elegant geraten.«

»Weniger elegant?«

Carl fühlte sich mit einem Mal befreit und lachte fast hysterisch los. Der Alte sah ihn forschend an und kam zu dem Schluß, daß es überwiegend doch ein gutes Lachen war und daß die Gefahr geringer war, als er befürchtet hatte. Er glaubte nicht, daß es etwas mit innerer Verhärtung zu tun hatte, sondern eher mit der wiedergefundenen Jugendliebe. Doch für den Alten, der ein praktisch veranlagter Mensch war, spielten die Methoden keine Rolle, solange sie nur wirkten. Beispielsweise wenn es darum ging, Wunden verheilen zu lassen. Und diese Tessie schien ganz ausgezeichnet zu funktionieren.

»Ich finde, du solltest jetzt an den Strand gehen und deinem Mädchen eine Zeitlang Gesellschaft leisten. Sie hält sich vielleicht nur aus Feingefühl zurück, damit wir über unsere Geheimnisse sprechen können. Geh ruhig zu ihr runter, dann fange ich mit unserem gewilderten Essen an. Als Vorspeise hatte ich mir ...«

»Avocados mit Maränenkaviar oder frischen Grönlandkrabben gedacht«, ergänzte Carl lächelnd und stand auf, um Tessie zu suchen.

Sie saß unten am Meer an einer der zwei Stellen auf dem Grundstück, die der Alte als denkbare Standorte für einen Außengrill mit Gartenmöbeln gedacht hatte. Bis jetzt hatte er sich jedoch noch nicht entschieden, da beide Stellen gleich schön waren.

Sie saß da und hatte die Knie bis zum Kinn hochgezogen. Carl schlich sich lautlos an und setzte sich neben sie, während sie in die andere Richtung blickte. Als sie sich umdrehte, war er wie durch

Zauberei neben ihr. Sein plötzliches Auftauchen erschreckte sie jedoch nicht im mindesten; sie zuckte nicht einmal zusammen, sondern beugte sich nur zu ihm und küßte ihn.

»Das Meer riecht so anders. Ich fange an, mich an mein neues Meer zu gewöhnen«, sagte sie nach einiger Zeit.

»Wir werden viel Zeit haben, am Meer zu sitzen, sehr viel Zeit«, erwiderte er.

Der Wind wehte von Westen und führte einen starken Duft frisch geernteter Äpfel aus den Gärten des Alten mit. Die Sonne begann unterzugehen, so daß auch der Tau angekrochen kam. Die beiden sagten lange Zeit nichts, sondern schienen ihr gemeinsames Schweigen zu genießen. Erst als er sah, daß ihr kalt wurde, zog er sie vorsichtig hoch und legte den Arm um sie. Auf dem Weg zum Haus kam ihm ein Einfall.

»Hättest du etwas dagegen, an einem See zu wohnen, einem großen See?« fragte er.

»Ja«, entgegnete sie mit einem amüsierten Glitzern in den Augen, »wenn es ein großer amerikanischer See ist. Ich will hier wohnen. Mein Schwedisch wird bald richtig verständlich. Wenn du willst, kann ich mit unserem Gastgeber schwedisch sprechen.«

»Nein, ich habe nicht an einen großen amerikanischen, sondern an einen kleinen großen schwedischen See außerhalb von Stockholm gedacht. Wir können ja nicht ewig in dieser Bude am Värtavägen wohnen.«

»Ein kleines Haus, ein kleines rotes Haus am Ufer eines Sees?«

»Ja, etwas in der Richtung schwebt mir vor. Aber vielleicht ein weißes Haus, auch nicht so verdammt klein, aber trotzdem an einem See. Hört sich gut an, nicht wahr?«

»Hört sich sehr gut an.«

Gut zweitausend Kilometer nordöstlich von Kivik war es schon Herbst. An den Stränden des Litsafjords, nur ein paar Dutzend Kilometer von der norwegischen Grenze entfernt, glitzerte es in dem scharfen klaren Sonnenschein wie Gold vom Laub der Zwerg- und Polarbirken; das arktische Heidekraut flammte lila, und Moose leuchteten in blutigem Rot. Das Nördliche Eismeer zeigte sich von seiner einschmeichelnd schönen Seite. Der Wind war schwach und die tiefblaue Wasserfläche vollkommen still.

Etliche Kilometer landeinwärts im Fjord waren an Land noch immer keine Häuser zu sehen und auch keine Tiere außer Möwen und anderen Seevögeln, die in großen Gruppen erste vorbereitende Manöver für ihre kollektive Flucht nach Süden durchführten. Kein Mensch war zu sehen, keine menschlichen Einrichtungen, nicht einmal Schrottreste aus dem Zweiten Weltkrieg, obwohl in dieser Region jahrelang heftige Kämpfe getobt hatten. Hier hatte Nazi-Deutschland versucht, Rußlands Lebensader in Murmansk einige Dutzend Kilometer weiter östlich zu erreichen und abzuschneiden. Auf russisch heißt dieses Gebiet »Das Tal des Todes«. Hier sind einige der härtesten Kämpfe des Großen Vaterländischen Krieges ausgefochten worden.

Auf der Wasseroberfläche bewegte sich plötzlich ein kleiner weißer Punkt mit einiger Geschwindigkeit. Auf den ersten Blick glich er einer tauchenden Seemöve. Die größer werdende Bugwelle um den Gegenstand hätte einen Betrachter jedoch schnell über seinen Irrtum aufgeklärt. Es war ein Periskop, und kurze Zeit später ragten vier weitere Instrumente verschiedenen Aussehens hinter dem Periskop in die Höhe.

Es war nur wenigen Menschen vergönnt, die anschließende schwindelerregende Verwandlung zu sehen, als das Monstrum aus der Tiefe kam, ein schier unbegreiflich großes U-Boot. Die schwarze, walähnliche Konstruktion maß von der breiten stumpfen Schnauze bis zu der hohen Ruderflosse am Heck etwas über hundertsiebzig Meter.

Bei dem klaren Wetter und in der reinen Eismeerluft war die Sicht außerordentlich gut, und einer der Computer der amerikanischen Spionagesatelliten nahm den neuen Gegenstand sofort ins Visier und begann, Daten durchs Weltall zu senden; die Länge des Gegenstands war einer der Hauptgründe dafür, daß er sofort identifiziert werden konnte. Die sechs sowjetischen U-Boote der Taifun-Klasse waren bis auf einen halben Meter gleich lang, und den wohlbekannten Daten zufolge war dies PLARB, Powodnaja Atomnaja Raketnaja Ballestiitscheskaja MINSKIJ KOMSOMOLETS, ein U-Boot, das nach acht Wochen auf See zu seiner Basis zurückkehrte.

Die Kameralinsen des Satelliten richteten sich auf das Vorderdeck und kontrollierten, daß sämtliche vierundzwanzig länglichen Luken intakt waren. Die »Minskij Komsomolets« kehrte mit derselben tödlichen Last zurück, mit der sie im Sommer ausgelaufen war.

Unter mindestens zwanzig der vierundzwanzig Luken verbargen sich je eine SS-N-20, in der NATO-Sprache »Der Stör« – fünfzehn Meter hohe Raketen mit einem Durchmesser von 2,2 Metern. Jede der dreistufigen Raketen war mit mindestens sechs Sprengköpfen versehen, von denen jeder sich ein eigenes Ziel sucht. Die Sprengkraft jedes einzelnen Sprengkopfes wurde von westlichen Nachrichtendiensten auf ungefähr 150 Kilotonnen geschätzt, einfach ausgedrückt zwischen sieben und acht Hiroshima-Bomben.

An Bord der »Minskij Komsomolets« befanden sich folglich mehr Tod und Vernichtung als in allen vorhergehenden Kriegen der Menschheit zusammen. Die gesamte Vernichtungskraft entsprach etwa 1 500 bis 1 600 Hiroshima-Bomben.

Gerade jetzt, als die »Minskij Komsomolets« aus der Tiefe aufgestiegen war und sich auf fast demonstrative Weise zeigte, war sie verwundbar wie ein Wal in seichtem Wasser. Doch draußen in den großen Tiefen des Atlantik sah es anders aus. Sie konnte mehr als 450 Meter tief tauchen, und ihr gewaltiges Gewicht, 25 000 Tonnen, machte sich überdies auf einem ganz besonderen Einsatzgebiet bemerkbar. Die sechs Taifun-U-Boote operierten normalerweise unter dem dichten Packeis des Nördlichen Eismeers, unerreichbar für sämtliche Waffen und Überwachungssatelliten. Doch plötzlich konnten sich diese 25 000 Tonnen wie ein urzeitliches Monster aus dem Eis emporpressen und innerhalb von fünfzehn Sekunden abschußbereit sein. Die zwanzig oder vierundzwanzig SS-N-20 hatten eine Reichweite von mindestens 8 500 Kilometern und konnten folglich von jedem beliebigen Punkt unter dem polaren Packeis jeden beliebigen Punkt auf dem nordamerikanischen Kontinent erreichen.

Nur wenige Dinge, wenn überhaupt etwas bei den sowjetischen Streitkräften, hatten die westlichen Nachrichtendienste so sehr in Atem gehalten wie diese sechs Ungeheuer, seit sie sich Anfang des Jahres 1983 zum ersten Mal zeigten. Die festen Abschußrampen der Sowjetunion waren schon seit langem unter relativ guter Kontrolle und wurden buchstäblich jede Sekunde überwacht. Raketen, die von diesen bekannten Positionen aus abgeschossen würden, gaben eine ausreichende Vorwarnzeit, um den Einsatz von Gegenmaßnahmen zu erlauben. Zumindest in einer normalen Alarmsituation. Doch bei den sechs Taifun-U-Booten war es anders. Sie konnten sich an jeder Stelle unter dem polaren Packeis befinden, was zu gewaltigen Überwachungsproblemen führte. Unten in der Meerestiefe waren sie vorsichtig und wachsam. Es war unerhört schwierig, sie zu verfolgen, ohne entdeckt zu werden. Eine Taktik der Amerikaner bestand nämlich darin, Jagd-U-Boote hinter den sowjetischen Ungeheuern herfahren zu lassen, die wie Haie hinter ihrer Beute herschwammen, um die Taifun-U-Boote jederzeit mit Torpedos versenken zu können. Allerdings war nicht bekannt, ob die Verfolgten davon wußten, daß sie verfolgt wurden. Wenn ja, blieb nur die Frage, wer als erster feuerte. Wenn man an Bord eines Taifun-U-Boots tatsächlich jederzeit wußte, wo sich der Schatten befand, würde die allererste Maßnahme so aussehen: Bei Eintreffen des entscheidenden Befehls per Langwellensignal unter dem Packeis würde zunächst nicht der Angriff gegen die strategischen Ziele erfolgen, sondern die Vernichtung des Verfolgers. Theoretisch konnte der Verfolger dann nur versuchen, Geistesgegenwart genug aufzubringen, um die eigenen Torpedos abzufeuern, bevor es zu spät war. Alles, buchstäblich alles, was mit diesen Giganten der Meerestiefe zu tun hatte, war ein Alptraum.

Während die beiden amerikanischen Satelliten einen steten Strom von Daten nach Hause sandten, strömten im gleichen Tempo Funksignale durch die Luft zu den Antennen des U-Boots; da es jetzt aufgetaucht fuhr, konnte schneller gefunkt werden, und die drei Schreiber unten in der Kommandozentrale arbeiteten mit Hochdruck.

Der Chef der Sowjetflotte hieß Schiff und Besatzung willkommen. Man gratulierte der Besatzung zu bestens ausgeführten Aufträgen, hoffte auf einen angenehmen Aufenthalt an Land, bedankte sich für den Einsatz fürs Vaterland, und so weiter. Fast nebenbei wurde mitgeteilt, das Schiff habe vor einiger Zeit einen neuen Namen erhalten. Der Name, der auf die jungkommunistische Bewegung in der Hauptstadt Weißrußlands anspielte, war offensichtlich nicht mehr opportun gewesen. Der neue hingegen war sehr russisch: ALEXANDER NEWSKIJ.

Alexander Newskij war ein sagenumwobener Heldenkönig des

Mittelalters gewesen, der Rußland im Kampf gegen schwedische und livländische Invasionsarmeen geeint hatte.

Eine weitere Mitteilung betraf einen der beiden Ersten Offiziere des Schiffs höchstpersönlich, Alexej Borisewitsch Mordawin, der selbst am Schreiber stand und die Meldungen gleich las. Nach einem Beschluß des Chefs der Sowjetflotte wurde er für seine außerordentlichen Einsätze vom Fregattenkapitän zum Kapitän zur See befördert.

Die Entscheidung traf ihn vollkommen unerwartet, und es fiel ihm schwer, seiner Umgebung keine übertriebene Gefühlsreaktion zu zeigen. Unter anderem bedeutete es mehr als hundert Rubel zusätzlich im Monat. Das entsprach gut zwei Kilo Fleisch von besonders guter Qualität oder einem Kilo Fleisch und ausreichend Taschengeld für den jungen Sascha unten in Frunse; der älteste Sohn befand sich weit weg in der kirgisischen Sowjetrepublik. Angesichts der Entfernung und des Geredes um Preissteigerungen bei Inlandsflügen würde Sascha in den nächsten zwei Jahren kaum nach Hause kommen können. Bei den neuen Preisen würden sich nur korrupte Staatsbeamte, Mafiosi und Prostituierte Flüge leisten können. Die Ausbildung Saschas bedeutete ein Opfer für die gesamte Familie, doch die Militärakademie in Frunse war eine der besten der ganzen Sowjetunion. Ihre Aufnahmeprüfungen gehörten zu den schwierigsten. Sascha würde einen erstklassigen Start ins Leben erhalten, doch es würde Geld kosten.

Über Bordlautsprecher wurde Fregattenkapitän Alexej Borisewitsch zum Kommandanten auf die Brücke befohlen. Er hatte es zunächst nicht gehört, da er gerade dabei war, einige der frisch eingetroffenen Meldungen auf einem der Schreiber zum zweiten Mal zu lesen. Eine Mitteilung war ihm zunächst vollkommen unwahrscheinlich erschienen, und er deutete fragend auf die Zeilen und dann auf seinen stellvertretenden Waffenoffizier, der neben ihm stand, und dann wieder auf die vier Zeilen. Sachlich betrachtet konnte es keinen Zweifel geben, was dort stand. Sämtliche Offiziere an Bord waren zum Dank für ihre außerordentlichen vaterländischen Dienste mit dem Alexander-Newskij-Orden ausgezeichnet worden.

»Sind die in Moskau verrückt geworden?« fragte er. Doch sein jüngerer Kollege zuckte nur die Achseln und machte ihn darauf aufmerksam, daß der Kommandant ihn auf der Brücke sprechen wollte.

Er eilte zum Vorschiff und auf die Treppe, bat über Lautsprecher um die Erlaubnis, auf die Brücke zu kommen, erhielt sie und kletterte schnell die Leiter hinauf.

Die Seeluft und der scharfe Sonnenschein warfen ihn fast zu Boden. Er war seit mehr als einem Monat nicht mehr an der frischen Luft gewesen.

Als er sich beim Kommandanten und beim Navigationsoffizier zur Stelle meldete, fühlte er sich noch immer etwas geblendet. Alles, was er sah, verschwand hinter einem lila-roten Geflimmer.

»Du siehst aus wie ein Maulwurf mit schlechtem Gewissen, aber das hast du vermutlich nicht, mein lieber Alexej Borisewitsch«, schmunzelte der Kommandant.

Alexej Mordawin blieb die Antwort schuldig. Die Frage war viel zu merkwürdig. Michail Sagwoskin galt allgemein als einer der besten U-Boot-Kapitäne der Sowjetflotte, war jedoch unleugbar etwas seltsam und hatte überdies die Gabe, einen verlegen zu machen.

»Hier ist in der letzten Zeit einiges passiert«, fuhr der Kommandant ruhig fort, als hätte er auf die Bemerkung mit dem Maulwurf keine Antwort erwartet. Er reichte Mordawin einen Feldstecher. »Wir werden hier bald wohl genausogut ausgestattet sein wie die drüben in Gremicha, oder was meinst du?«

Es war das erste Mal, daß sein Vorgesetzter ihn duzte, und es klang wie selbstverständlich, fast beiläufig.

»Schon möglich, aber in Gremicha haben sie ja schon viel früher angefangen«, erwiderte Mordawin.

Der Kommandant meinte vermutlich die Tatsache, daß die Basis in Gremicha, dreihundert Kilometer östlich von Murmansk an der Nordküste der Halbinsel Kola, inzwischen schon voll ausgebaut war. Man hatte in die hohen Granitberge am Meer Schutzräume für U-Boote gesprengt. Dem lag der Gedanke zugrunde, daß die Basis selbst einen Angriff mit Kernwaffen überstehen sollte.

Die drei Männer schwiegen eine Zeitlang. Sie waren zu neugierig und zu sehr damit beschäftigt, durch die Ferngläser zu studieren, was seit ihrem Auslaufen in der Heimatbasis Sapadnaja Litsa geschehen war. In den zwei Monaten war erstaunlich viel geschafft worden. Zwei neue Piers und ein Schutzraum waren fertiggestellt. Wahrscheinlich würde man sie dorthin beordern. Am Kai lagen vier Delta-U-Boote ohne Tarnung, den wachsamen Weltraumaugen des Feindes gegenüber fast obszön entblößt.

»Ich glaube, das da hat etwas mit vertrauensbildenden Maßnahmen zu tun«, brummte Kapitän zur See Sagwoskin und zeigte mit dem Fernglas auf die ungetarnten Kollegen. »Damit die Amerikaner glauben, sie hätten uns jederzeit unter Kontrolle, oder was glaubst du?«

»Das haben sie ja schließlich auch«, erwiderte Alexej Mordawin vorsichtig, erhielt aber nur ein schmunzelndes Kopfschütteln zur Antwort, das er nicht deuten konnte.

»Abgesehen davon haben wir sicher einige Neuigkeiten erhalten«, wechselte der Kommandant das Thema. »Ich nehme an, du hast einen Blick auf die Meldungen riskiert?«

»Ja, Herr Kapitän, es sind unleugbar einige Neuigkeiten eingetroffen. Unter anderem haben wir einen neuen Namen erhalten.«

»Ach ja?« erwiderte der vierschrötige, bärenhaft massive Kommandant. »Und inwiefern hat sich unsere liebe Komsomol-Jugend in Minsk in Mißkredit gebracht?«

»Vor allem vermutlich dadurch, daß sie Weißrussen sind, da unser neuer Name Alexander Newskij ist«, erwiderte Alexej Mordawin. Es war ihm peinlich, so leichtfertig darüber zu scherzen, da es noch vor zwei Monaten so ausgesehen hatte, als würden die Gegensätze innerhalb der Union zu ernsten Konflikten führen. »Alle Offiziere an Bord haben überdies den Alexander-Newskij-Orden erhalten«, fügte er schnell hinzu, als wollte er das Gesagte vergessen machen.

»Alexander Newskij und der Alexander-Newskij-Orden«, stellte sein Kommandant nachdenklich fest. »Wie soll man das deuten? Wir vertreten jetzt wohl das Heilige Mütterchen Rußland, oder?«

»Ja, Herr Kapitän, das würde ich auch vermuten.«

»Hör mal! Hör jetzt auf mit deiner förmlichen Anrede, Alexej. Hast du deine Ernennung noch nicht erhalten? Sie sollte fertig sein, sobald wir den Heimathafen anlaufen.«

»Doch, ich habe die erfreuliche Mitteilung gesehen. Ich weiß nicht, ob sie so wohlverdient ist, aber wer beklagt sich schon über eine schnelle Beförderung?«

»O nein, lieber Freund, das tut sicher niemand. Außerdem ist sie wohlverdient. Ich habe dich selbst für eine Beförderung vorgeschlagen. Nun, überlegst du, selbst erster Mann zu werden, vielleicht Kommandant auf einem der neuen Delta-U-Boote zum Beispiel?«

Die Frage überraschte Alexej Mordawin, und das aus dem einfachen Grund, weil er sie sich nie gestellt hatte.

»Ich bin ja Spezialist«, sagte er. »Und da ich für die strategischen Waffen verantwortlich bin, ist es vielleicht nicht so glücklich, diese Verantwortung mit der des Kommandanten zu teilen.«

Das Gespräch verstummte, da sie sich jetzt dem Kai näherten. Der gigantische Schiffsrumpf ließ sich bei geringer Geschwindigkeit nur schwer manövrieren; die Ebbe machte es noch schwieriger. Wenn einer der sechs Riesen beschädigt wurde, gab es nur einen Ort, an dem sie repariert werden konnten, nämlich an ihrem Herkunftsort: Werft Nr. 402 Sewerodwinsk im Weißen Meer bei Archangelsk.

Ihnen kamen zwei Schlepper entgegen, die schnell anlegten und sie das letzte Stück in den Schutzraum schleppten, der bei ihrem Auslaufen im Frühjahr noch nicht einmal halbfertig gewesen war. Die Trossen der Schlepper wurden eingeholt, und Spillen des Schutzraums übernahmen das Einholen, bis die »Alexander Newskij« am Kai lag. Diesmal stand keine Musikkapelle bereit, was sicher eine politische Erklärung hatte, von der die einhundertfünfzig Besatzungsmitglieder und Offiziere an Bord nichts wissen konnten; in der Sowjetunion wandelte sich neuerdings alles sehr schnell, zumindest in der Politik.

Die Meldung bei dem unterirdischen Stab von Sapodnaja Litsa war schnell erledigt und entsprach der Routine, abgesehen davon, daß Alexej Mordawin mitgeteilt wurde, er solle sich nach zwei dienstfreien Wochen beim Chef von Seweromorsk einstellen, um von diesem ein neues Kommando zu erhalten. Der wachhabende Offizier hatte keine Ahnung, worum es ging.

Es war ein merkwürdiger Bescheid, da das Hauptquartier der mit Kernwaffen bestückten U-Boot-Flotte nicht in Seweromorsk lag, doch es schien zwecklos, jetzt darüber nachzugrübeln. Ihr Schiff würde jetzt ohnehin gründlich überholt werden, unter anderem mußte auch der Reaktor kontrolliert werden, und das konnte mehrere Wochen dauern. Vielleicht handelte es sich auch nur um ein vorübergehendes Kommando, bei dem es um rein waffentechnische Probleme ging; grundsätzlich waren die Raketenkreuzer in etwa mit der gleichen Waffentechnologie ausgerüstet wie die Taifun-U-Boote. Die Unterschiede lagen hauptsächlich bei den Waffenträgern.

Alexej Mordawin rief das Krankenhaus in Murmansk an, bekam seine Frau jedoch nicht an den Apparat, da sie offenbar operierte. Er ließ ihr ausrichten, daß er gegen Abend nach Hause kommen werde, und entschied dann, sich in einem Wagen nach Murmansk mitnehmen zu lassen, statt mit der Bahn zu fahren. Das konnte länger dauern als mit der Bahn, besonders im Frühjahr und im Herbst, aber es war in mehrerer Hinsicht angenehmer. Er verabschiedete sich von seinem Kommandanten, erzählte von dem rätselhaften Befehl, sich in Seweromorsk zu melden, und beide hofften, daß es sich nur um eine vorübergehende waffentechnische Angelegenheit handelte. Sie gaben sich die Hand und gingen davon aus, daß sie sich nach dem Urlaub wiedersehen würden. Der Kommandant fuhr in einem eigenen Wagen, die anderen Offiziere fuhren jeweils zu dritt.

Das Gerücht von seiner Beförderung und die Verleihung des Alexander-Newskij-Ordens an alle ließ die Autofahrt trotz der miserablen Straßen schnell munter werden. Jemand hatte in der Basis eine Flasche amerikanischen Whiskey organisiert. Die war schnell leergetrunken, und die Männer verfluchten sich gegenseitig, weil sie ihren Bedarf nicht richtig eingeschätzt und nicht vorgesorgt hatten. Die Nächte waren immer noch hell, so daß sie keinerlei Zeitvorstellung hatten, da sie in den letzten Monaten zeitlos in zwei Zwölf-Stunden-Schichten gelebt hatten. Aus diesem Grund waren so viele Soldaten an Bord. Jede Funktion war doppelt besetzt. Einer der Offizierskameraden auf dem Rücksitz des Wagens war Waffenoffizier wie er selbst. Als sie allmählich wieder nüchtern wurden, kam es zu langen, verwickelten Diskussionen über die Tests, die sie während der Reise durchgeführt hatten. Sie sprachen aus reinem Interesse über technische Fragen, vielleicht aber auch, um politische Themen zu vermeiden. Alle drei waren Parteimitglieder, doch es war unklar, ob es die Partei überhaupt noch gab. Nur einmal kam das Gespräch auf die Politik, als sich der Wagen der südlichen Einfahrt nach Murmansk mit dem Denkmal näherte, das stolz, wenngleich mit abgeblätterter Farbe erklärte, daß Murmansk eine Heldenstadt der Sowjetunion sei; Murmansk war erstaunlich spät zur Heldenstadt ernannt worden, lange nach dem Ende des Zweiten Weltkrieges.

Jemand sagte, es sei wohl an der Zeit, das Kaff in Heldenstadt *Rußlands* umzubenennen.

Der Navigationsoffizier wohnte am südlichen Ende der Stadt und wurde als erster abgesetzt. Nach einer Viertelstunde, als sie auf dem Leninskij Prospekt die Stadtmitte passiert hatten, war es Zeit für Alexej Mordawin auszusteigen. Er lehnte die komplizierte Fahrt auf den »Steinberg«, Skolnij, ab, da die Straße vermutlich noch nicht fertig war. Es war leichter, die endlosen Treppen hinaufzugehen, zumindest solange kein Glatteis drohte und er noch kein Pensionär war.

Er war strahlender Laune, als er die mehrere hundert Meter langen Treppen zu dem erst vor kurzem fertiggestellten Neubauviertel hinauflief. Manche Leute sagten, Hochhäuser seien häßlich und nur eine schlechte Nachahmung westlichen Stils. Doch die Aussicht vom Balkon da oben war wundervoll, besonders während des langen Sommerhalbjahrs mit den weißen Nächten. Es war neun Uhr abends und immer noch recht hell draußen. Mordawin versuchte sich eine Art Plan für all die kommenden Freuden zurechtzulegen, ob es nun um die Liebe ging oder eine Festmahlzeit; Jelena hatte ja nicht viel Zeit gehabt, sich um irgend etwas zu kümmern, nachdem sie im Krankenhaus die Mitteilung erhalten hatte, daß er endlich wieder zu Hause war. Wenn es nach ihr gegangen wäre, hätte er freilich schon vor einem Monat oder vor zwei Wochen kommen können. Viel hing natürlich davon ab, ob der jüngste Sohn zu Hause war oder nicht; Alexej Mordawin bereiteten die Freuden der körperlichen Liebe noch immer etwas Unbehagen, wenn er und seine Frau nicht allein in der Wohnung waren. Sie hatten zwar zwei Zimmer und Küche, aber trotzdem.

Der Fahrstuhl war außer Betrieb, und so war er gezwungen, sieben Treppen hinaufzugehen. Schon nach zwei Stockwerken spürte er, was zwei Monate ohne Bewegung an Bord bewirkt hatten; er beschloß, während des kommenden Kurzurlaubs möglichst viel zu schwimmen und zu laufen.

Als er an der Tür läutete, dauerte es erstaunlich lange, bis geöffnet wurde. Schließlich machte eine wildfremde Frau in Lockenwicklern und Morgenmantel auf, die ihm mürrisch mitteilte, er sei umgezogen. Sie erinnere sich zwar nicht an die Adresse, aber die Nachbarin könne sie ihm wohl sagen.

Verdutzt und enttäuscht klingelte er bei der Nachbarin und erhielt seine neue Adresse. Er wohne jetzt in der Innenstadt, in der Rybnij Prajeschd, ob er die kleine Gasse kenne? Es sei eine Querstraße der Karl-Marx-Straße, und dann wisse er sicher Bescheid, fast bei der Schwimmhalle.

Doch, er wußte Bescheid. Er begriff nicht, warum der Umzug erfolgt war, aber eine Tatsache blieb es. Es würde zwanzig Minuten dauernd, zu Fuß wieder in die Stadt zu kommen, und er hatte kein Geld bei sich.

Brummend ging er die Treppen hinunter. Doch nach einiger Zeit kehrte die gute Laune zurück. Die Familie konnte kaum in eine schlechtere Wohnung umgezogen sein, und selbst wenn die Aussicht dort unten in der Stadt dahin war, hatten sie es dort beispielsweise näher zum Kino Rodina. Jeder in der Familie ging gern ins Kino. Überdies hatten sie vielleicht mit etwas Glück Aussicht auf das Zentralstadion, und wenn die neue Wohnung nur ein paar Stockwerke hoch lag, hatten sie kostenlose Tribünenplätze bei Sportereignissen.

Das Zentralstadion, so zeigte sich jedoch, wurde gerade von Grund auf umgebaut. Alles wirkte wie eine einzige Baustelle.

Er fand die Rybnij Prajeschd, die »Fischgasse«, ohne Mühe. Für eine Stadt wie Murmansk war das ein außerordentlich passender Name, außerdem unpolitisch, so daß es keine peinlichen Namenswechsel geben würde, die offenbar überall sonst vorgenommen wurden. An einigen Ecken der Hauptstraße unten in der Stadt hatten Unbekannte die Straßenschilder des Leninskij Prospekts übermalt und versucht, darauf Seweromortsi Prospekt zu schreiben.

Im Keller neben der Tür, die offenbar zu seinem neuen Haus gehörte, lag ein merkwürdiger Laden, in dem Kleider und Fernsehgeräte, Videokassetten und allerlei Krimskrams aus dem Westen verkauft wurde. Ein kleines Schild an der Hauswand erklärte, es sei ein privates Geschäft. Alexej Mordawin wunderte sich, wie ein Privatmann es sich leisten konnte, solche Waren zum Verkauf zu beschaffen.

Im Hauseingang hing ein weißer, verstaubter und leicht verschmutzter Zettel mit handgeschriebenen Erklärungen, wer oder welche Familie in welcher Wohnung wohnte. Er bemerkte, daß bei einer der hochgelegenen Wohnungen nur sein Familienname stand. Schön, dann brauchten sie die Wohnung wenigstens nicht mit anderen zu teilen. Einen Fahrstuhl gab es nicht, und so ging er die vier Treppen hinauf, langsam und vorsichtig, um nicht allzusehr in unmännliche Atemnot zu geraten. Er sammelte sich kurz, bevor er an der Tür zu läuten versuchte, auf der er einen Zettel mit dem Namen Mordawin in der Handschrift seiner Frau entdeckte. Die Klingel funktionierte nicht, zumindest hörte er keinen Laut, und so pochte er entschlossen an die Tür. Sofort hörte er die Schritte seiner Frau. Er konnte sie an ihrem Gang erkennen. Er stellte zufrieden fest, daß sie hohe Absätze trug und folglich festlich gekleidet war. Sie strahlte ihn an, als sie aufmachte. Sie hielten einander lange eng umschlungen, ohne etwas zu sagen; zwei Monate sind eine sehr lange Zeit.

Er merkte, daß sich noch andere Personen in der Wohnung befanden. Sie kamen vorsichtig hinzu, um ihn zu küssen und willkommen zu heißen. Es waren sein Neffe Kolja und dessen Frau, die er bisher nur ein paarmal gesehen hatte, und der Sohn Pjotr; damit war also schon ziemlich festgelegt, in welcher Reihenfolge die grundlegenden Freuden des Lebens stattzufinden hatten.

Sie gratulierten ihm zu seiner Beförderung, die seiner Frau Jelena schon seit ein paar Wochen bekannt war. Aus diesem Grund hatten sie eine viel bessere Wohnung erhalten. Drei Zimmer! Sie entschuldigte sich dafür, daß alles noch nicht in Ordnung war, aber drei Zimmer! Dazu eine große Küche und eine eigene Toilette, und das Ganze mußte mit niemandem geteilt werden. Die Wohnung hatte einem Vizeadmiral gehört, der soeben in Pension gegangen war. Die Sowjetflotte hatte den ersten Zugriff gehabt. So war es, phantastisch, nicht wahr!

Kolja entkorkte zwei Flaschen Sekt. Sie prosteten einander zu und lachten über den großen Glücksfall. Sie hatten tatsächlich Aussicht auf das Zentralstadion, und Kolja erklärte, die Restaurierungsarbeiten würden recht schnell gehen, da ein halbprivates Konsortium für den Neubau verantwortlich zeichne. Bald werde es im Sommer wieder Fußball geben und im Winter Bandy. Murmansk, das auf dem Gebiet des Sports bisher nicht gerade geglänzt hatte, würde sich mit Klang und Jubel zurückmelden.

Sie hatten oben im Restaurant Panorama in der Nähe des Siegesdenkmals einen Tisch bestellt, und Kolja ging auf die Straße hinunter, um Taxis zu besorgen.

Alexej Mordawin protestierte etwas lahm, sie könnten sich auch zu fünft in einen Wagen quetschen, wenn sie nur einen Wolga erwischten; es war schließlich eine unnötige Geldausgabe. Seine Frau wischte das mit einer Handbewegung beiseite. Einmal hatten sie ein Fest zu feiern, zum andern lud Kolja die ganze Familie ein und zahlte alles, vom Taxi bis zum Essen. Mordawin wandte ein, es sei unmöglich, daß ein junger Mann solche Ausgaben auf seine Kappe nehme, aber sie tat das nur mit einem Lachen ab und sagte, er habe von der neuen Zeit offenbar keine Ahnung. Der *junge Mann* war neuerdings Geschäftsmann, hatte Auslandskontakte und verdiente soviel Geld, daß es über den Verstand ging. So war nun mal die neue kommunistische Ordnung. Neuerdings konnte man auch ohne Korruption reich werden.

Die sarkastischen Bemerkungen seiner Frau gefielen ihm nicht, aber Jelena hatte noch nie allzu große Neigung gezeigt, die Wirklichkeit auf ihren ideologischen Unterbau hin zu prüfen. Daß sie Parteimitglied war, sah sie selbst nur als die beruflich einfachste Möglichkeit an, Streit zu vermeiden, wenn man eine neue Arbeit oder in eine andere Stadt umziehen wollte. Wie hätte es der Familie sonst so leichtfallen sollen, von Sewastopol und der Schwarzmeerflotte über Leningrad und der Ostseeflotte bis nach Murmansk und zur Eismeerflotte zu kommen?

Es wurde allmählich dunkel, als sie sich oben beim Restaurant Panorama aus ihren Taxis zwängten. Die untergehende Sonne verwandelte das große Siegesdenkmal in eine schwarze Silhouette. Das Restaurant hatte wie die meisten russischen Lokale dicke, zugezogene Vorhänge. Als sie es betraten, wurde es urplötzlich Nacht. Im Restaurant dröhnte lärmende westliche Musik.

Kolja bewegte sich sicher und, wie es schien, mit einiger Übung. Er lotste die Gesellschaft fast onkelhaft gutmütig zu einem großen reservierten Tisch mitten im Lokal. Dann bestellte er sofort ein paar Flaschen russischen Sekt und eine große Karaffe Wodka sowie Gläser für alle, sogar für Pjotr, der erst siebzehn war.

Sie tranken erneut auf Alexej Borisewitschs Ernennung zum Kapitän zur See und erkundigten sich nach den Speisen, aber es endete damit, daß Kolja für alle bestellte.

Der Schnaps wärmte Alexej Mordawin, machte ihn schläfrig und betäubte überdies alles, was ihm unter normalen Umständen die Laune verdorben hätte. Manieren, wie sie sein Neffe jetzt an den Tag legte, hatten ihm schon immer mißfallen. Aber Kolja war ja noch jung, und wenn er jetzt an dem neuen System so viel Geld verdiente, sollte man es ihm wohl verzeihen und verstehen, daß er sich darüber freute und sogar stolz darauf war.

Alexej Mordawin versuchte sich zu erkundigen, wie es vor den Sommerferien mit Pjotrs Studien gegangen war, doch das Gespräch erstarb bald angesichts der jetzt beginnenden Cabaretvorführungen. Acht junge Mädchen in freizügigen Kleidern westlichen Schnitts standen plötzlich auf dem Podium und zappelten im Takt der Orchestermusik mit den Beinen. Es sah verblüffend albern aus, wie Alexej Mordawin fand, und außerdem erkannte er eines der Mädchen. Sie arbeitete in der Konservenfabrik, in der sie Fische putzte, und war die Tochter eines der Nachbarn oben auf dem Skolnij. War dies jetzt ihr Beruf? Sie sah ja wie eine Prostituierte aus. Doch als er sah, wie sein junger Sohn Stielaugen bekam, lachte er laut und verzieh allen alles und drohte dem jungen Pjotr in gespielter Strenge mit dem Zeigefinger.

Nachdem die Mädchen eine Zeitlang getanzt hatten, trat eine Sängerin auf, die Alla Pugatschowa imitierte, und auf sie folgte eine Akrobatin, eine Art Schlangenfrau. Die Stimmung im Lokal stieg immer mehr.

Die Vorspeisen waren fürstlich, und sie langten kräftig zu. Es gab geräucherten Stör, Heilbutt, Kaviar, Salzgurken, Schmand, Radieschen und sogar gekochte Kalbszunge. Alexej Mordawin hatte schon längst aufgehört, sich über all das Geld aufzuregen, das dafür ausgegeben wurde, und die merkwürdigen Ansichten der jungen Leute über das Leben machten ihm jetzt auch nichts mehr aus.

Dann wurden gegrillte Steaks mit einem merkwürdigen französischen Namen aufgetragen. Das Fleisch war recht zäh, dafür aber ohne Fett und Sehnen, und dazu gab es eine dicke weiße Sauce mit einem ebenfalls französischen Namen, den Alexej Mordawin nicht aussprechen konnte.

Am Nebentisch saß eine Gruppe Frauen in seinem und Jelenas Alter. Er entnahm den Gesprächsfetzen, die er hörte, daß sie draußen in der Basis von Seweromorsk arbeiteten, vermutlich in einer Kommandozentrale, und daß sie heute abend ausgingen, um jemanden zu feiern. Die Höhe der zu erwartenden Rechnung schien ihnen nicht das geringste auszumachen.

Als die Auftritte beendet waren, sollte der Tanz beginnen, und die Frauen vom Nebentisch sprangen sofort auf und begannen miteinander zu tanzen. Alexej Mordawin vermutete, daß es irgendein westlicher Tanz war. Die Frauen standen in einem Kreis und tanzten gleichsam jede für sich. Sie hüpften auf und nieder, schwankten und wirbelten um die eigene Achse herum. Es sah sehr merkwürdig aus, aber andererseits schienen die Frauen sehr fröhlich zu sein. Ihre Fröhlichkeit war ansteckend, denn kurz darauf war das halbe Lokal auf dem Tanzboden und drängte sich dort in dem gleichen, eigentümlichen Tanzstil. Jelena zerrte an ihm und wollte ihn auf die Beine bekommen. Er flüsterte, es gehöre sich nicht, in Uniform zu tanzen, jedenfalls nicht in einem solchen Lokal. Doch da zeigte sie ihm einen begeisterten Kollegen, einen Fregattenkapitän, der fröhlich und schwitzend wie alle anderen herumhüpfte. Alexej Mordawin kippte ein Glas Wodka und ließ sich dann zunächst etwas schüchtern und widerwillig auf die Tanzfläche schleifen. Er kam zu dem Schluß, daß es sinnlos war, Widerstand zu leisten. Kurz darauf hüpften er und Jelena wie alle anderen herum. Wegen der Kunstfasern in ihrer Kleidung begannen sie bald vor Schweiß zu dampfen, und die Düfte von Jelenas herrlich rundem Körper ließen ihn denken, daß seine Freude nicht ganz schicklich war. Jelena war eine sehr gutaussehende Frau. Sie tanzte trotz des einfältigen Tanzstils, der für alle galt, wie eine Königin.

Als es schließlich immer enger auf die Tanzfläche wurde und ihr Körper immer näher kam, erkannte er, daß sie sich setzen mußten. Nicht nur weil sie beide allmählich zu sehr schwitzten, um es noch als angenehm zu empfinden, sondern auch weil er sich schämte, daß man ihm nur zu gut ansehen konnte, was ihm am meisten im Kopf herumging.

Als sie wieder an den Tisch kamen, hängte er die Uniformjacke auf die Stuhllehne und kippte zwei große Wodkagläser mit Mineralwasser, um sich abzukühlen. Jelena verschwand auf der Toilette, um sich auf andere Weise zu kühlen.

»Sie spüren hoffentlich, Onkel Alexej, daß dies ein richtiges Willkommensfest sein soll«, sagte der junge Kolja, als er sich setzte, ihre Gläser mit Wodka füllte und prostete.

»Natürlich, selbstverständlich!« erwiderte Alexej Mordawin, nachdem er sein Glas mit einem Kopfnicken zu seinem Neffen geleert hatte. »Und dir scheint es gut zu gehen. Du arbeitest offenbar nicht mehr auf dem Trawler?«

»Nein, das ist schon lange her. Das war früher mal, in der alten und nicht so guten Zeit«, lachte Kolja und schüttelte den Kopf. »Himmel, für vierhundert Rubel im Monat wie ein Hund arbeiten, selbst mit See- und Murmansk-Zulage und allem. So kann man nicht leben. Das ist kein Leben für einen jungen Menschen von heute.«

»Aha«, sagte Alexej Mordawin. Er fühlte sich ein wenig beleidigt, was Kolja offenbar beabsichtigt hatte. »Und was verdienst du neuerdings?«

»So vierzig-, fünfzigtausend. Im Monat, meine ich«, sagte Kolja lässig.

Alexej Mordawin glaubte seinen Ohren nicht zu trauen. Er konnte sich nicht vorstellen, daß es ein Monatsgehalt sein sollte. Und genau wie Kolja beabsichtigt hatte, sah er sich gezwungen nachzufragen, um bestätigt zu bekommen, daß es sich tatsächlich um soviel Geld handelte.

»Und Sie selbst? Jetzt, da Sie Kapitän zur See geworden sind, bekommen Sie doch sicher eine Gehaltserhöhung?« fragte Kolja freundlich, wie es schien, vielleicht etwas zu freundlich.

»Ja«, sagte Alexej Mordawin verletzt, »ich glaube, es gibt jetzt mehr als hundert Rubel zusätzlich im Monat. Das können wir sehr gut gebrauchen, da wir uns ein paar neue Möbel kaufen müssen.«

Kolja lachte fast herzlich auf, zog einen Dollarschein aus der Tasche und hielt ihn seinem Onkel unter die Nase.

»Sehen Sie den hier, mit George Washington drauf, das ist nur ein Dollar. Nein, machen Sie sich keine Sorgen, der ist absolut legal, ich habe ihn legal verdient. Ein Dollar – das sind Ihre hundert Rubel.«

»Das liegt an der ökonomischen Kriegführung, das hat nichts mit der Wirklichkeit oder wirklicher Arbeit zu tun«, wandte Alexej Mordawin zögernd ein. Ihm gefiel die Vorführung nicht.

»Doch, Onkel, bei allem Respekt, es hat doch etwas mit der Wirklichkeit zu tun. Nicht mit wirklicher Arbeit, damit haben Sie allerdings recht. Ich mache Geschäfte in Schiffsschrott, und zwar mit einem amerikanischen Unternehmen. Wir könnten jemanden wie Sie gebrauchen, Onkel Alexej, einen Mann von Ihrer Kompetenz. Lohnt es sich nicht, mal darüber nachzudenken, Onkel Alexej?«

Mordawin sah seinen Neffen an, als versuchte er einen üblen Scherz oder einen hinterhältigen Gedanken zu durchschauen, doch er sah nur den blauen, offenen Blick des jungen Mannes; im Grunde sah der junge Kolja sehr angenehm aus mit seiner Stupsnase und den Sommersprossen, die ihn jünger wirken ließen als er war.

»Ich habe, wie du vielleicht weißt, eine ungeheuer verantwortungsvolle Tätigkeit. Ich kann da nicht einfach wegen Geld aufhören«, sagte er.

»Und wie lange werden Sie diese Verantwortung noch haben, lieber Onkel Alexej? Was meinen Sie?« lachte der junge Kolja ohne jedes Anzeichen von Bosheit. »Das erste, was stillgelegt werden wird, dürfte die strategische Flotte sein. Warum sollen wir jetzt noch unter dem polaren Packeis patrouillieren, jetzt, da der Kalte Krieg beendet ist?«

»Man kann nie wissen«, brummte Alexej Mordawin mürrisch.

»Denken Sie doch nur an die beiden Kreuzer, die man jetzt stillgelegt hat, Onkel Alexej. Wenn Sie aber mal an der Reihe sind, sollen Sie wissen, daß wir in der neuen Firma jeden Mann brauchen, der etwas kann.«

»Du hast eine Firma?« fragte Alexej Mordawin verblüfft. »Eine richtige eigene Firma wie ein richtiger Kapitalist?«

»Ach, Onkel Alexej, es heißt nicht mehr Kapitalist in unserer Zeit, seit der Perestroika heißt es unternehmungslustiger junger Mann. Aus diesem Grund ist der Dollarschein legal. Aber ja, ich habe eine Firma, die mir fast ganz allein gehört. Also, ich habe den russischen Teil, ein Tochterunternehmen, könnte man sagen. Denn das Kapital befindet sich nicht hier, sondern auf der anderen Seite.«

»Das Kapital?«

»Ja. Ohne Kapital kann man keine Firma gründen.«

Alexej Mordawin schüttelte angesichts dieser neumodischen Dinge den Kopf. Er war nicht sicher, ob er verstand, wovon der Junge Kolja sprach, oder ob es nur Prahlerei war.

»Ach, übrigens, ich werde dafür sorgen, daß man Ihnen und Jelena ein paar neue Möbel in die Wohnung schickt, außerdem einen Farbfernseher, einen Videorecorder und solche Dinge. Die können Sie bestimmt gebrauchen, und für Ihre hundert Rubel bekommen Sie die nicht.«

Der junge Lümmel sagte dies, als wäre es vollkommen selbstverständlich, fast nebenbei. Alexej Mordawin wußte nicht, ob er staunen oder wütend werden sollte. Solche Manieren konnte man nicht dulden, denn selbst wenn es jetzt legal war, trat Kolja auf eine Weise auf, wie es sich bislang nur Spekulanten und Kriminelle erlaubt hatten.

Er zögerte, ob er den Neffen in scharfer Form zurechtweisen oder eine weitere Diskussion ablehnen sollte, da das Gespräch allein zu den Bedingungen des jungen Mannes geführt wurde, nämlich mit Begriffen wie »Firma« und »Kapital« und derlei Dingen, aus denen kein Mensch schlau werden konnte.

Doch da kam Jelena zurück. Sie sah aus, als hätte sie sich mit kaltem Wasser gewaschen und frisches Make-up aufgelegt. Sie setzte sich hin und rückte dicht an ihn heran, so daß er die Wärme ihres weichen Schenkels spüren konnte. Er spürte ihre Absicht dahinter, und damit war nicht mehr von Kapital und Firma die Rede, sondern jetzt lautete die Frage, ob sie nach Hause gehen oder hierbleiben sollten. Da alle anderen sich sehr wohl zu fühlen schienen, flüsterte er Jelena einen Vorschlag ins Ohr, wobei er ihren Haarzopf im Nacken streichelte. Sie nickte kichernd. Er stand plötzlich auf, nahm seine Uniformjacke und sagte, sie seien müde, aber er hoffe, alle anderen amüsierten sich weiter wie bisher. Der junge Pjotr könne sich mit dem Nachhausekommen ruhig Zeit lassen.

Er sah sich genötigt, von Kolja Geld für das Taxi zu leihen. Dieser zog lachend einen Stapel Rubelscheine aus der Tasche, der fast zehn Zentimeter dick war, und schälte einen Hundert-Rubel-Schein ab, ohne mit seinem ärgerlichen Lachen aufzuhören.

Ola Ullsten galt nicht als glänzender Botschafter.

Möglicherweise war dieses Urteil ungerecht und ging nur auf die lange Feindschaft zwischen ihm und dem sozialdemokratischen Staatssekretär im Außenministerium, Peter Sorman, zurück. Denn als es in den siebziger Jahren gleichsam aus Versehen zu einer kurzen Periode mit einer bürgerlichen Regierung gekommen war, war Ola Ullsten Außenminister geworden. Als einem der bürgerlichen Parteiführer mußte man ihm einen gewichtigen Ministerposten geben.

Mit einer Art Arroganz des Siegers hatte er Peter Sorman lange auf eine neue Verwendung warten lassen, bis man diesem schließlich den Botschafterposten in der nordkoreanischen Hauptstadt Pjöngjang angeboten hatte. In bürgerlichen Regierungskreisen hatte dieser Vorschlag große Heiterkeit ausgelöst. Diese Heiterkeit war durchgesickert, und damit hatte sich Ola Ullsten in Peter Sorman einen ewigen Todfeind geschaffen.

Als die Sozialdemokraten die Regierungsmacht zurückeroberten, war selbstverständlich Ola Ullsten an der Reihe, unnötig lange auf der Warteliste zu stehen. Wer einmal Chef des Außenministeriums gewesen war, konnte jedoch kaum als unqualifizierter Botschafter betrachtet werden. Überdies mußte ein besiegter Parteiführer einen guten Posten erhalten.

Nach langem Warten wurde es Kanada, wo sich die schwedische Botschaft durch einen weitläufigen Garten, angenehm großzügige Räumlichkeiten und relativ wenig Arbeit auszeichnete.

Botschafter sollen jedoch von Zeit zu Zeit ausgetauscht werden, und da Ola Ullsten am diplomatischen Leben inzwischen Gefallen gefunden hatte, war keine Rede davon, daß er in die Politik zurückkehrte.

Und immer noch der Regel zufolge, daß Parteiführer passende Jobs haben müssen, hatte man ihm schließlich Rom zugeteilt. Es war eine kleine Botschaft, die am Ende zweier zusammenlaufender Straßen eingeklemmt lag, so daß ihr Grundstück, ein kleiner Park, wie ein Stück Torte aussah. Hinter dem Park lag die Königlich Schwedische Botschaft aus Beton und Glas, von außen recht unansehnlich.

Die Augusthitze in Rom kann sehr unangenehm werden, vor allem weil sie oft nicht enden will. Und jetzt währte sie schon zwei Wochen. Es war kein glänzender Tag für ein Repräsentationsessen, vor allem deshalb nicht, weil schwedische Speisen gereicht werden sollten.

Normalerweise hätte Ola Ullsten die beiden erwarteten Gäste relativ einfach zu einem Restaurantessen ausgeführt.

Doch das ließ sich jetzt nicht machen, und das lag nicht am Klima. Eher war es aus Sicherheitsgründen und auch aus Taktgefühl undenkbar: Ola Ullsten hatte ein offizielles Dankeschön des italienischen Staates zu übermitteln, und das hätte in einem Restaurant recht albern gewirkt.

Die beiden hatten ihre Ankunft sowohl genau wie ungenau angekündigt, »zwischen dreizehn und vierzehn Uhr«, und sich im übrigen am Telefon recht knapp geäußert, wie vielleicht nicht anders zu erwarten.

Ola Ullsten saß ab etwa ein Uhr in seinem Arbeitszimmer und tat, als arbeitete er. Unterdessen versuchte er sich vorzustellen, wie die beiden Männer aussahen.

Nach dem zu urteilen, was in den Zeitungen zu lesen war, konnten sie kaum wie irgendwelche Durchschnittsschweden aussehen, aber wissen konnte man das natürlich nie. Vermutlich sahen sie wie schwedische Offiziere aus, schlank, kurzgeschnittenes Haar, aber kein Bürstenschnitt, adrette Kleidung und ein etwas steifer Gang, höflich und unsicher zugleich.

All das erwies sich als völlig falsch. Als der Pförtner mitteilte, daß die beiden Gäste auf dem Weg nach oben seien, räumte Ola Ullsten das bißchen Unordnung auf seinem Schreibtisch auf, rückte seine Kleidung zurecht, teilte seiner Sekretärin über die Gegensprechanlage mit, sie solle die beiden Gäste einlassen, und nahm Direktorenhaltung an, also die Arme lose auf der Brust verschränkt, die Handflächen nach innen.

Als die Tür mit einem Krachen geöffnet wurde und der Botschafter die beiden Gäste sah, blieb er wie versteinert stehen, zunächst ohne auch nur zu grüßen. Er glaubte seinen Augen nicht zu trauen.

Als erster trat ein Zwei-Meter-Riese mit üppigem Bart, langem Nackenhaar und einem Sonnenbrand ein, der fast nach Verbrennung ersten Grades aussah. Er trug ein blau-weiß-gestreiftes kurzärmeliges T-Shirt und Jeans mit einem Seil statt einem Gürtel sowie Jesuslatschen, die den Blick auf die ungewaschenen Füße freigaben. Er trug eine Sonnenbrille, die er abnahm, als er Ullsten die Hand gab. Sein Händedruck war erschreckend hart.

»Stålhandske, OP 5, Hauptmann. Verdammt angenehm, schwedisches Territorium zu betreten«, sagte der Riese und ließ sich der Länge nach auf eins der grazilen hellen Ledersofas fallen, das besorgniserregend knackte.

»Das ist unleugbar ein passender Name« (Stålhandske = Stahlhandschuh, *Anm. d. Übers.*), sagte Botschafter Ullsten froh, im richtigen Augenblick das richtige Wort gefunden zu haben.

Seine Verblüffung wurde nicht geringer, als er den Begleiter entdeckte. Ungefähr die gleiche Art von Hippiekleidung, aber im übrigen ein rein italienisches Aussehen.

»Bertoni-Svensson, Leutnant, dieselbe Abteilung«, stellte sich der andere mit einem bedeutend kultivierteren Handschlag vor und trat dann höflich einen Schritt zur Seite, ohne sich zu setzen.

»Bitte, nehmen Sie doch Platz, Leutnant ... war es Bertoni-Svensson?« sagte Botschafter Ullsten und setzte sich dann vorsichtig auf die Vorderkante eines Sessels. Er schlug die Beine übereinander und rückte seine Bügelfalten zurecht.

»Bertoni deutet natürlich auf einen italienischen Hintergrund hin«, versuchte er Konversation zu machen, doch Luigi Bertoni-Svensson fand nicht die Zeit zu antworten.

Der halb liegende Riese nahm den beiden anderen mit einer einzigen ausholenden Handbewegung das Wort.

»Nur nicht zu neugierig, Botschafter. Stimmt es übrigens, daß man dich den Schafskopf nennt? Nein, werd bloß nicht wütend, ich hab's nicht bös gemeint«, lächelte der Riese, rieb sich die Augen, betrachtete seine schwarzen Zehen und streckte sich dann wie ein riesiger Tiger zu voller Größe aus, so daß das zartgliedrige Sofa erneut ächzend protestierte.

»Ich hatte mir gedacht, daß die Herren zum Lunch kommen«, sagte der Botschafter und hob mißbilligend die graumelierten Augenbrauen.

»Ich glaube und hoffe, Botschafter, daß unsere unkonventionelle Kleidung für Sie kein Ausdruck von Gleichgültigkeit ist. Wir haben getan, was wir konnten, um nicht wie schwedische Offiziere auszusehen, das ist alles«, erklärte Luigi sanft und bestätigend.

»Ich muß schon sagen, das ist den Herren jedenfalls über Gebühr gelungen«, stellte Ola Ullsten fest, der seine erste Verblüffung allmählich überwand und sich zum Herrn der Situation machen wollte. »Und apropos Lunch, so haben wir uns gedacht ...«

Weiter kam er nicht, da der Riese ihn unterbrach.

»Teufel, wir brauchen doch nichts zu futtern, schon gar nicht so was Italienisches. Wir haben da unten so viel Spaghetti gegessen, daß wir davon nicht mehr viel vertragen. Wir wollten nur ein paar Sachen abliefern, dann verschwinden wir«, sagte Åke Stålhandske. Er richtete sich im Sofa auf, als wollte er in einem geschäftsmäßigeren Gesprächston fortfahren.

»Sachen?« fragte der Botschafter, der zunehmendes Unbehagen in sich aufsteigen spürte. »Was für Sachen, und wo befinden sie sich?«

»Wir haben da unten in der Halle ein paar Reisetaschen abgestellt, nachdem wir die Schleuse passierten«, erklärte Åke Stålhandske schnell. Er fuhr ebenso schnell fort, um das Problem sofort loszuwerden: »Die Taschen enthalten militärische Ausrüstung, wie sie in den meisten Ländern illegal ist. Es wäre absolut überflüssig, falls man uns auf dem Heimweg nach Schweden damit erwischt. Jetzt mußt du das Zeug übernehmen und das Eigentum des schwedischen Staates auf einem Weg nach Hause schicken, den du geeignet findest, jedenfalls so, daß niemand neugierig wird und herumschnüffelt. Das ist alles, worum wir dich bitten wollen, dann verschwinden wir.«

»Das läßt sich wohl nicht so ohne weiteres machen. Ich muß zunächst einmal wissen, was für eine Art Ausrüstung ... ihr wollt doch nicht etwa sagen, ihr hättet hier Waffen reingeschleppt und ... Sprengstoff? Hierher, in die Botschaft?« sagte Ola Ullsten aggressiver, als er beabsichtigte.

»Nur keine Unruhe jetzt, Botschafter«, lächelte Åke Stålhandske. »Teufel, es sind doch keine Sachen dabei, die explodieren könnten. Dieses Zeug haben wir draußen auf See versenkt. Die Taschen enthalten keine Waffen und keinen Sprengstoff. Es handelt sich um elektronische und optische Ausrüstung, die aber recht kostbar ist und in den falschen Händen recht gefährlich werden kann.«

»Solches Frachtgut können wir kaum mit unserer Diplomatenpost transportieren, das sollten die Herren doch verstehen«, wandte Ola Ullsten ein.

»Nun, dann müßt ihr die Klamotten bis ans Ende der Zeit hier in irgendeinem Kabuff aufbewahren. Wir können das Zeug jedenfalls nicht auf Flughäfen oder Bahnhöfen herumschleppen. Das könnte leicht zu Streit und Mißverständnissen führen, und dann mußt du uns aus dem Knast rausholen. Und das wäre doch schlimmer?« stellte Åke Stålhandske mit einem amüsierten Glitzern in den Augen fest.

»Nun ja«, ließ sich Ola Ullsten vernehmen. Er begann zu erkennen, daß das Problem zwar unkonventionell, bei näherem Überlegen jedoch keineswegs unlösbar war. »Können wir nicht damit anfangen, daß wir uns die Sachen mal ansehen? Ich meine, wenn wir unsere diplomatischen Verbindungen eventuell belasten müssen, kann ich es nicht verantworten, Dinge loszuschicken, die mir unbekannt sind.«

»Du möchtest also eine kleine Vorführung?« fragte Åke Stålhandske verblüfft und biß sich auf die Lippe, um nicht laut loszulachen.

»Ja bitte, das halte ich im Hinblick auf die Umstände für wünschenswert«, entgegnete der Botschafter.

Åke Stålhandske erhob sich und breitete die Arme aus.

»Ich gehe runter und hole die Sachen«, sagte er und war schon auf dem Weg aus dem Raum.

»Wir können jemanden schicken ...«, wandte der Botschafter ein.

»Das glaube ich nicht, die Sachen sind ziemlich schwer«, grinste Åke Stålhandske in der Tür und war verschwunden.

»Aha ... das wäre das ... und die Reise von Palermo hierher ist problemlos verlaufen?« fragte Ola Ullsten den anscheinend etwas zivilisierteren Nachrichtenoffizier.

»O danke, es gab keine Probleme«, antwortete Luigi gemessen. »Wir sind mit einem Segelboot von Palermo nach Neapel gefahren und haben uns draußen auf See aller gefährlichen Dinge entledigt.«

»Ihr habt all das nur zu dritt unternommen? Ich meine, nach den Berichten in der Presse und im Fernsehen zu urteilen, hat es auf Sizilien ja einen kleinen Krieg gegeben«, sagte der Botschafter mit absolut aufrichtigem Interesse. In seinem Gedächtnis flimmerten Bilder von gesprengten Häusern und verbrannten, verzerrten Leichen vorbei. Es war ein unwirklicher Gedanke, daß drei Mann all das zustande gebracht haben sollten.

»Es ist vielleicht nicht ganz passend, operative Details in einem Botschaftsgebäude zu besprechen«, entgegnete Luigi zögernd und vorsichtig, während er sich eine möglichst höfliche Fortsetzung zurechtlegte. »Es dürfte aber inzwischen klar geworden sein, daß wir mit Genehmigung der entsprechenden italienischen Behörden Ausrüstungsgegenstände verwenden durften, die eine erhebliche Wirkung haben.«

Ola Ullsten fiel keine Erwiderung ein. Der Gegensatz zwischen den beiden Männern und der Berichterstattung in den Massenmedien ließ ihn verstummen; die beiden Männer hingegen waren durchaus wirklich.

Die Tür wurde von Åke Stålhandske aufgetreten, der mit zwei grünen Militärtaschen hereinkam, die unter ihrem Gewicht fast zu bersten schienen.

»Hier«, sagte er und stellte sie vorsichtig auf den hellblauen Teppichboden. »Hier sind die Klamotten. Ich möchte sie nicht auf den Tisch stellen. Der würde das nicht aushalten, wie mir scheint.«

Er öffnete die Reißverschlüsse und verteilte die Ausrüstungsgegenstände dann auf dem Fußboden. Luigi stand auf und half ihm. Sie sortierten das Material schnell nach einem System, das Ola Ullsten entging.

Dann bat Åke Stålhandske seinen Gastgeber, zu einer Besichtigung vorzutreten, und zeigte auf die Gegenstände, während er gleichzeitig erklärte, worum es sich handelte: Funkausrüstung, Zielsucher, Infrarotgeräte, Lasersucher und gewöhnliche optische Sucher und ähnliches.

»Es ist also völlig ungefährlich, dieses Material per Luftfracht zu transportieren«, bemerkte Ola Ullsten, als die Vorführung beendet war.

»Ja, wenn man davon absieht, daß es empfindliche Dinge sind, die gut verpackt werden sollten«, erwiderte Åke Stålhandske, der schon mit dem Einpacken begonnen hatte. Als er damit fertig war, hob er die beiden Taschen mit einem vorsichtigen Ruck auf, trug sie an die Wand und stellte sie dort ab.

»Jaja«, seufzte Ola Ullsten, nahm die Brille ab und putzte sie sorgfältig, während er zu entscheiden versuchte, wie er sich jetzt verhalten sollte. Bei näherem Überlegen war die Situation eher grotesk und komisch als empörend. Zumindest nachträglich würde er diesen Besuch so sehen. Es war sogar eine lustige Geschichte, falls er sie angesichts der Geheimhaltungspflicht überhaupt erzählen konnte.

»Jaja, es passiert nicht jeden Tag, daß mir solche Angelegenheiten ins Haus flattern. Man könnte sogar sagen, so was ist ein wenig aufmunternd. Ich werde prüfen, welcher Transportweg am geeignetsten ist, um – wie soll ich sagen? – das Eigentum der Krone nach Hause zu bringen. Doch damit nun zu unserem Lunch.«

»Ich glaube nicht ...«, begann Åke Stålhandske einzuwenden, kam jedoch nicht weiter, da er fast leutselig von Ola Ullsten unterbrochen wurde, der wieder das Gefühl hatte, die Situation im Griff zu haben.

»Ich glaube nicht, Hauptmann, daß man dazu nein sagen kann. Ich mache nämlich ein Angebot, das man nicht ablehnen kann, hehe, um in der Sprache der Mafia zu reden, mit der die Herren ja unleugbar Bekanntschaft geschlossen haben. Nein, dieser Lunch muß stattfinden. Wir haben schon gedeckt. Die Gewerkschaft protestiert, wenn nichts gegessen wird, obwohl schon gedeckt ist. Außerdem gibt es schwedisches Essen. Überdies habe ich einen offiziellen Auftrag, der die Herren betrifft und den ich beim Lunch zu erledigen gedenke. Hier entlang!«

Er stand auf und dirigierte seine Gäste, die mit einem schnell gewechselten Blick kopfnickend kapitulierten.

Sie baten darum, erst einen Waschraum aufsuchen zu dürfen, und fanden sich dann notdürftig aufgehübscht im Speisesaal ein, der mit Paravents geteilt worden war, um für die kleine Gesellschaft nicht unangemessen groß zu wirken.

Das Essen war durch und durch schwedisch: Eier mit Maränenkaviar, Räucherlachs, Hering mit Dillkartoffeln, eingelegte Heringsfilets, Matjes mit Schnittlauch und Schmand sowie all die anderen Dinge, die gut zu einer schwedischen Mittsommertafel paßten.

»Und was möchten die Herren trinken? Ich habe mir gedacht, Bier und Schnaps finden eure Zustimmung«, sagte der Botschafter, als er die beiden mit einer Geste aufforderte, sich zu setzen. Die beiden nahmen sich merklich zusammen und begannen jetzt trotz ihrer auffälligen Kleidung wie Offiziere auszusehen.

»Es ist mir immer schwergefallen, dieses schwedische Essen mit Wein in Verbindung zu bringen, aber Branntwein trinke ich nicht, besten Dank«, erklärte Luigi mit einer ablehnenden Handbewegung, als eine Bedienstete mit einer Schnapskaraffe erschien. »Aber Bier sehr gern«, fügte er schnell hinzu, als der Gastgeber Miene machte, Wein zu bestellen.

Ola Ullsten und Åke Stålhandske machten sich sichtlich begeistert über die Mahlzeit her, während Luigi sich etwas reservierter verhielt. Er lächelte leise vor sich hin, als die beiden anderen sich feierlich mit dem Schnaps zuprosteten, einander in die Augen blickten und »Aah!« riefen, und dann die Gläser mit einem Knall auf den Tisch stellten – zum Zeichen, daß nachgeschenkt werden sollte.

Ola Ullsten konnte nicht umhin zu bemerken, daß einer seiner beiden Gäste nur wenig Enthusiasmus an den Tag legte.

»Ich habe mir gedacht, daß euch nach einiger Zeit mit ausschließlich italienischem Essen auch mal wieder richtiges Essen schmecken wird«, sagte er freundlich zu Luigi.

»Wenn Sie entschuldigen, Herr Botschafter, ich bin mit italienischer Küche aufgewachsen und sehe sie wirklich als, hm, richtig an«, entgegnete Luigi, ohne eine Miene zu verziehen.

»Oh, ich hatte nicht die Absicht, ins Fettnäpfchen zu treten, aber das habe ich wohl getan«, entschuldigte sich der Gastgeber.

»Oh, macht nichts«, erwiderte Luigi mit einem sehr breiten und anzüglichen Lächeln. »Für mich ist die schwedische Küche ziemlich lustig, exotisch, könnte man sagen.«

Sie aßen eine Zeitlang schweigend. Dann betupfte sich der Botschafter demonstrativ den Mund und legte die Serviette neben sich aufs Tischtuch. Eine Bedienstete erschien sofort mit zwei blauen Schachteln, die sie neben die Serviette legte.

»Ja, hrm«, begann der Botschafter und stellte schnell fest, daß er die Aufmerksamkeit beider Gäste hatte. Sie saßen nämlich plötzlich gespannt und aufrecht da, fast wie brennende Kerzen. Sie ahnten vermutlich schon, was bevorstand.

»Der Präsident der Italienischen Republik hat mir einen sehr ungewöhnlichen und angenehmen Auftrag erteilt. Normalerweise steht es keinem Ausländer zu, Auszeichnungen des italienischen Staates zu überreichen, aber die Situation ist ja etwas ungewöhnlich, nicht zuletzt im Hinblick auf die geheimen Funktionen der Herren. Ich kann jetzt allerdings nicht aufstehen und euch umarmen und küssen, na ihr wißt schon, wie die Leute es hier unten tun ...«

Er gluckste leise, verstummte aber, als er Luigis Blick sah.

»Ja, also, dagegen ist natürlich nichts zu sagen. Aber wir Schweden sind ja etwas weniger förmlich. Aufstehen sollten wir trotzdem.«

Åke Stålhandske und Luigi Bertoni-Svensson erhoben sich schnell, schoben die Stühle unter den Tisch, traten einen Schritt zurück und nahmen Haltung an.

Der Botschafter öffnete die beiden großen blauen Etuis, so daß die von den Farben Italiens umgebenen emaillierten weißen Kreuze sichtbar wurden.

»Darf ich zunächst Hauptmann Stålhandske bitten vorzutreten«, befahl der Botschafter. Der blonde bärtige Riese trat vor und nahm einen Dreiviertelmeter vor dem Botschafter Haltung an.

»Es ist für mich als Botschafter Schwedens ebenso eine Ehre wie für Schweden als Land, wenn ich jetzt Ihnen, Hauptmann Åke Stålhandske, L'Ordine al Merito della Repubblica des Grads Commendatore überreiche. Das Kreuz wird am Hals getragen, bei Zivilkleidung trägt man, falls gewünscht, die Ordensnadel im Knopfloch. Bitte sehr, Hauptmann Stålhandske.«

Åke Stålhandske nahm das blaue Etui mit der rechten Hand in Empfang, legte es sofort in die linke und streckte dann mit einer verbissenen Miene, die Ola Ullsten zögern ließ, seine gewaltige Rechte zum Handschlag aus. Doch dann reichte ihm Ola Ullsten die Hand, und gab sich Mühe, das Gesicht nicht vor Schmerz zu verzerren.

Åke Stålhandske trat mit versteinertem Gesicht zurück und stellte sich kerzengerade hinter seinen Stuhl, ohne Miene zu machen, sich zu setzen.

Anschließend wurde die Prozedur mit Luigi wiederholt, allerdings mit dem Unterschied, daß es Luigi schwerfiel, seine Rührung zu verbergen.

Dann wurde Champagner hereinbefohlen, französischer Champagner. Und es gelang Ola Ullsten, seine Zunge im Zaum zu halten und nichts Unpassendes über italienischen Sprudelwein zu äußern. Sie prosteten einander zu und zeigten keinerlei Gefühlsregung.

Zur gleichen Zeit saß der Präsident der Republik Finnland in seinem Dienstzimmer in tiefe Grübelei versunken. Er hatte darum gebeten, man möge ihn allein lassen, bis der erste Mitbürger erschien, den er zu sich gerufen hatte. Es fiel ihm schwer, sich zu konzentrieren. Seine Gedanken flackerten hin und her. Er mußte überlegen, was jetzt zu geschehen hatte und in welcher Reihenfolge, und zwischendurch meldeten sich immer wieder seine Erinnerungen an den Krieg.

Bei Ausbruch des Krieges war er kaum mehr als ein Junge gewesen. Bis zu hundert tote Russen hatte er gezählt, etwa so, wie ein Jäger Buch darüber führt, wie viele Vielfraße oder Wölfe er erlegt hat. Doch irgendwann hatte er den Faden verloren, und es fiel ihm schwer, sich den Grund zu erklären. Vielleicht hatte er nicht geglaubt, den Krieg zu überleben. In dem Fall hätte es keine Rolle gespielt. Vielleicht ist es zu grotesk, tote Menschen zu zählen, als wären sie Wildbret; das war die menschlich ansprechendste Erklärung, zu der er natürlich am liebsten Zuflucht nahm. Doch sie entsprach vermutlich nicht den Tatsachen.

Der Präsident Finnlands war ohne jeden Zweifel ein Kriegsheld. Jedoch ein Held ungewöhnlicher Art: kein Offizier, den man mit dem Mannerheim-Kreuz ausgezeichnet hatte, sondern ein junger Wehrpflichtiger, dem man unmögliche Aufträge erteilt hatte, ein namenloser junger Mann, der später vergessen oder zu einer Nummer auf einer Liste mit Gefallenen wird, ohne daß sich jemand etwas dabei denkt.

Sein Verband hatte hoch oben im Norden und weit hinter den feindlichen Linien mit Sabotage und Aufklärung gearbeitet. Eine Voraussetzung war, daß man sich gut auf Skiern bewegen konnte. Eine weitere Voraussetzung war, daß man erst kurz vor Anbruch der Dämmerung zu feuern begann, damit die nahende Dunkelheit selbst bei tiefem Schnee jede Verfolgung unmöglich machte.

Er hatte nie viel Aufhebens davon gemacht. Um seiner selbst willen hatte er versucht, es zu vergessen, und seine Umgebung hatte es respektiert. Tatsächlich war seine Vergangenheit in dieser Hinsicht nur bei einer einzigen Gelegenheit an die Öffentlichkeit gedrungen, nämlich als er als neugewählter Präsident zu einem Staatsbesuch im Weißen Haus in Washington eintraf.

Das war während der schlimmsten Zeit der »Finnlandisierungs-

Debatte« gewesen. Es war schwierig gewesen, Gespräche über Zellstoff, Forstindustrie und gute Beziehungen zu führen, da die Fragen ständig um ein anderes Problem kreisten: den krummen Rücken Finnlands gegenüber dem Nachbarn im Osten.

Am Abend vor seinem ersten Auftritt bei der Pressekonferenz hatte einer seiner Pressesekretäre mit amerikanischen Kollegen getrunken und sich dabei bohrenden Fragen nach dem mangelnden Rückgrat gegenüber den Russen stellen müssen. Schließlich hatte sich der finnische Patriotismus gemeldet, und der Pressesekretär hätte fast die Selbstbeherrschung verloren, als er sagte: »Unser Präsident hat im Krieg persönlich mehr als zweihundert Russen getötet. Wie viele Russen hat euer Präsident erwischt – außer auf der Leinwand?«

Das konnte nur ein Ergebnis haben. Der Präsident trat bleich, nervös und gespannt vor die amerikanischen Journalisten, sowohl von seinem unbeholfenen Englisch gequält wie von der mangelnden Gewohnheit, Finnland insgesamt zu vertreten; er brachte seine vorbereitete Einleitung stotternd hinter sich und erklärte mit einer verlegenen Geste, er wolle gern Fragen beantworten, falls welche gestellt würden.

Darauf hoben fünfzehn Mann auf einmal die Hand, und als er auf den ihm am nächsten Sitzenden zeigte, stellte ihm dieser die Frage, die alle stellen wollten:

»Mr. President, wie viele Russen haben Sie getötet?«

Die Frage traf ihn wie ein Faustschlag ins Gesicht. Er hatte alles erwartet, selbst härteste Fragen, doch nicht diese. Es dauerte eine Weile, bis er sich faßte.

Dann antwortete er:

»In dieser für Finnland so harten Zeit hat jeder Mann seine Pflicht getan. Ich auch.«

Dann sagte er nichts mehr und erwartete voller Angst, daß sie weiterfragen würden. Doch im Saal wurde es still. Man mußte ihm etwas angesehen haben. Vielleicht das, was er fühlte.

Und jetzt bestand also die Möglichkeit, daß er andere junge Finnen, die vielleicht so waren, wie er selbst einmal gewesen war, auf Skiern in die Polarnacht schicken mußte, und zwar mit dem Auftrag zu töten.

Er erkannte sehr wohl, daß er sich bei dieser Entscheidung nicht von Sentimentalität leiten lassen durfte. Rein logisch und rational fiel es ihm nicht schwer, das moralische Problem zu formulieren.

Wenn die Gefahr bestand, daß der Kernwaffendrache aus der zerfallenden Sowjetunion entkam, mußte jeder Verantwortung übernehmen, der dazu in der Lage war. Keine Katastrophe konnte größer sein als vagabundierende Kernwaffen. Das war leicht zu erkennen.

Daß einzelne große Opfer auf sich nehmen und vielleicht sogar ihr Leben einsetzen mußten, durfte dem ebenfalls nicht im Weg stehen. Auch das war leicht einzusehen.

Die Konsequenz dieser leicht einzusehenden Dinge blieb trotzdem, daß er junge finnische Soldaten in einen nicht unwahrscheinlichen Tod würde schicken müssen.

Eine andere mögliche Folge, wenn auch von weit geringerer Brisanz, war die, daß man ihn hinterher vielleicht unter quälendsten Formen zur Verantwortung ziehen konnte. Quälend nicht in erster Linie für ihn selbst als Person, sondern vielmehr für die Nation. Eine solche Diskussion würde, wenn sie je öffentlich wurde – aber dieses Risiko bestand schließlich bei allem; früher oder später wurde ja strenggenommen alles öffentlich –, historische Wunden aufreißen, außerordentlich unwillkommene Stimmungen im Lande erzeugen und schlimmstenfalls das ganze Volk spalten.

Dennoch kam er um eine Entscheidung nicht herum. Welchen Entschluß er auch traf, er würde unüberschaubare Konsequenzen haben.

Bestimmte Maßnahmen und Schritte waren für den Anfang trotzdem selbstverständlich. Zunächst mußten die gesetzlichen Fragen geregelt werden. Anschließend galt es, die rein praktischen Möglichkeiten zu erkunden.

Er hatte einen Jugendfreund zu sich gebeten, der seit einigen Jahren Professor für öffentliches Recht an der Universität Helsinki war sowie Grundgesetzexperte. Nun saß dieser Professor und Jugendfreund draußen beim Kanzleichef, wahrscheinlich außerordentlich neugierig darauf, was den Präsidenten der Republik dazu gebracht hatte, ihm einen Kurier zum Sommerhäuschen bei Borgå zu schicken. Er hatte die Krocketkugel einfach fallen, seine Freunde und Bekannten stehenlassen und sich in den wartenden schwarzen Volvo gesetzt.

Der Präsident drückte auf den Herein-Knopf neben seinem Schreibtisch und stand auf, um dem nichts Böses ahnenden Besucher entgegenzugehen.

Sie begrüßten sich kurz und nicht sonderlich herzlich in der Tür, während der Präsident seinem erstaunten Kanzleichef ein Zeichen gab, draußen zu bleiben. Dann betraten sie gemeinsam den hellen, luftigen Raum, und der Präsident zeigte stumm auf einen der beiden Stühle vor seinem Schreibtisch. Er ging herum, setzte sich und faßte sich kurz an die Stirn, um darüber nachzudenken, wie er anfangen sollte.

Sein ungeduldiger und vor Neugier bald platzender Besucher kam ihm jedoch zuvor. »Mauno, was hat das zu bedeuten? Du läßt mich zu dir rufen, als sollte ich zum Rektor, um mir einen Anpfiff anzuhören. Du hast dich ausdrücklich auf deine Stellung als Präsident der Republik berufen, so daß ich nicht nein sagen konnte. Findest du nicht, daß du dich erklären solltest?«

Präsident Koivisto lächelte bleich und nickte zustimmend. Dann holte er tief Luft und begann so, wie er es sich zurechtgelegt hatte.

»Heikki, du hast vollkommen recht. Es ist nicht in erster Linie dein Freund, der dich hergebeten hat, ich habe es in Ausübung meines Amtes getan. Darum möchte ich dir zuallererst die allerstrengste Schweigepflicht auferlegen. Sie betrifft alles, was zwischen uns geäußert werden wird. Du bist dir sicher der Bedeutung dessen bewußt, was ich sage. Du bist dir sicher auch bewußt, daß du zumindest theoretisch die Möglichkeit hast, jetzt aufzustehen und nein zu sagen. Was du vermutlich nicht tun wirst.«

»Nein, Herr Präsident, ich akzeptiere Ihren Vorschlag und werde die Schweigepflicht getreulich erfüllen, die Sie mir auferlegt haben, Herr Präsident.«

»Nun ja, das ist gut. Aber wir brauchen deswegen noch lange nicht so verdammt förmlich zu werden. Schließlich hört uns keiner zu.«

Er verstummte mit einem Lächeln. Da saß sein Jugendfreund auf dem Besucherstuhl vor dem Schreibtisch, mit Shorts und einem blauweiß karierten Sporthemd – es fehlte nur noch ein Krocketschläger in der Hand –, und in ein paar Augenblicken würde er in die Weltpolitik hineingezogen werden.

»Verzeih mir mein Lächeln, Heikki, aber das liegt nur daran, daß die Situation mir so grotesk vorkommt. Was du schon bald verstehen wirst«, fuhr der Präsident fort und ließ dann jeden Anflug eines Lächelns aus seinem Gesicht verschwinden.

»Der Präsident der Sowjetunion hat mir mitteilen lassen, daß es in relativ naher Zukunft einen Versuch geben wird, gestohlene Kernwaffen nach Finnland zu schmuggeln, nämlich in der Absicht, diese Waffen auf einem leider allzu geneigten Weltmarkt zu verkaufen. Ich brauche nicht darauf einzugehen, was für eine Bedeutung dies hat. Jetzt verhält es sich aber so, daß der sowjetische Präsident zu erwarten oder zu fordern scheint, daß finnisches Personal sich auf sowjetisches Territorium begibt, um die Schmuggler unschädlich zu machen. Also bevor sie unser Territorium erreicht haben. Darum geht es.«

Der Mann vor ihm sah ein wenig zweifelnd aus oder als wollte er gleich nervös loslachen. Die Miene des Präsidenten ließ für Zweifel jedoch keinen Raum.

»Nun, das nenne ich ein bißchen viel auf einmal«, sagte der unfreiwillige Gast, nachdem er sich besonnen hatte. »Warum ziehst du mich da hinein, und was kann ich in dieser Sache unternehmen?«

»Du sollst mir die gesetzlichen Möglichkeiten vortragen, Heikki. Ich habe eine Reihe von Entschlüssen zu treffen. Ich kann zunächst ja oder nein sagen, und in beiden Fällen stellt sich damit beispielsweise die Frage, welchen anderen Entscheidungsträger der Präsident in die Sache einbeziehen sollte. Soll ich mit dem Ministerpräsidenten konferieren, etwa den Außenminister hinzuziehen oder andere? Kann ich selbst Entschlüsse treffen? In welcher Reihenfolge sollten wir vorgehen? Fangen wir doch damit an.«

»Entschuldige, wenn ich mir ein bißchen die Beine vertrete. Ich bin ein bißchen durcheinander«, erklärte der Besucher. Er stand nach einem kurzen Kopfnicken seines Präsidenten auf und ging mit energischen langen Schritten in dem großen Raum auf und ab, was ihn recht schnell wieder zu sich zu bringen schien.

»Als Präsident des Landes bist du letztlich für die Außen- und

Verteidigungspolitik verantwortlich. Die Angelegenheit deckt diese Felder exakt ab, und insoweit ist alles selbstverständlich«, begann er und ging dann zweimal stumm auf und ab, bevor er fortfuhr.

»Angesichts der unbestreitbaren Notlage, mit der wir es hier zu tun haben, kann man natürlich geltend machen, daß du im großen und ganzen überhaupt niemanden sonst hineinzuziehen brauchst, nun ja, abgesehen von denen, die den Job erledigen sollen. Eine vergleichbare Situation hat es noch nie gegeben. Historische Parallelen zu anderen Komplikationen verbieten sich allein schon aus dem einfachen Grund, daß es früher nie um Kernwaffen gegangen ist. Wir sprechen über Millionen Menschenleben, und da darf man mit der Juristerei nicht allzu kleinlich sein. Dagegen etwas anderes, eine wichtige Sache. Wie sieht diese Forderung Gorbatschows eigentlich aus? Welche Form hat sie, ich meine, er hat dich doch in dieser Sache bestimmt nicht angerufen?«

Er blieb mitten im Raum stehen zum Zeichen, daß hier der erste notwendige Kontrollpunkt sei.

Mauno Koivisto nickte nachdenklich.

»Ja, das ist es gerade«, murmelte er. »Ich habe die Botschaft in einer gelinde gesagt merkwürdigen Form erhalten, das kann ich nicht einfach abtun. Aber deswegen komme ich trotzdem nicht umhin, die Angelegenheit ernst zu nehmen.«

»In welcher Form denn?« fragte der Professor und setzte sich wieder auf seinen Platz. »Das ist nicht ohne Bedeutung. Es muß für die Nachwelt nachprüfbar sein, denn es ist ja deine wichtigste Entscheidungsgrundlage.«

»Ein untergeordneter Spionageoberst der Sowjetunion hat einem Beamten der mittleren Ebene in unserem Außenministerium eine Botschaft übermittelt«, erwiderte der Präsident fast verschämt. Er erkannte, daß das, was er soeben gesagt hatte, in rein formaler Hinsicht nicht sehr perfekt klang und in psychologischer Hinsicht geradezu miserabel.

»Aber lieber Herr Präsident«, rief der vor ihm stehende Mann mit einer fast peinlich deutlichen Skepsis aus. »Sollte man in einer solchen Angelegenheit nicht einen etwas offizielleren Bescheid verlangen?«

»Doch, natürlich«, sagte der Präsident und nickte. »Das ist natürlich wahr. Aber immerhin hat die Botschaft den Inhalt, daß wir selbst die Ebene weiterer Kontakte bestimmen können. Das schließt auch die Möglichkeit eines direkten Kontakts der Präsidenten Finnlands und der Sowjetunion ein.«

»Für diesen Weg mußt du dich entscheiden. Gar keine Frage. Ich würde sogar vorschlagen, daß du dir ein Handschreiben des Michail Gorbatschow in dieser Angelegenheit schicken läßt, nicht unbedingt mit allen Details, aber es muß inhaltlich klar genug sein, um erkennen zu lassen, worum es geht. Anschließend können wir sehen, was das Grundgesetz zu bieten hat. Ich kann mir vorstellen, daß es in einer solchen Lage eine ganze Menge ist.«

»Ich sollte also, kurz gesagt, einen Brief an Gorbatschow schreiben und ihn fragen, ob die Botschaft ernst gemeint ist und er mir dies schriftlich versichern kann?«

»Ja. Im Hinblick auf die außerordentlich ernsten Entscheidungen, die vor dir liegen. Unabhängig davon, ob sie so oder so ausfallen, wozu ich mich bis auf weiteres nicht äußern möchte, solltest du ein solches Dokument in der Hand halten, um weitergehen zu können. Bin ich damit entlassen und kann wieder zu meinen Gästen und meiner Krocketpartie zurückfahren?«

Der Präsident lächelte schwach, nickte, stand auf und gab seinem Besucher die Hand, ohne noch etwas zu sagen. Er folgte seinem Gast zur Tür und hielt sie ihm auf. Sie trennten sich mit einem langen Blick und einem kurzen Kopfnicken.

Alexej Mordawin zwang sich zu der Einsicht, daß die letzten beiden Tage wohl die erschütterndsten seines ganzen Lebens gewesen waren, zumindest seines Berufslebens.

Als er sich oben beim Chef der Marinebasis von Seweromorsk einfinden sollte, hatte er sich nichts weiter vorstellen können als eine Versetzung zu den Überwasser-Einheiten, obwohl ihm das ein wenig weit hergeholt schien. Die Waffenoffiziere an Bord der mit Kernwaffen bestückten U-Boote kannten sich mit den Besonderheiten dieser Schiffsgattung aus, und es wäre offenkundige Verschwendung von Geldmitteln und Ausbildung, Offiziere wie ihn etwa auf einen Kreuzer zu versetzen.

Er hatte sich verspätet, zwar nur um eine Minute, aber immerhin, und das lag an einer reinen Trivialität. Als der Bus am Geschäft der Bewaffneten Streitkräfte unten am Leninskij Prospekt vorbeikam, fiel im plötzlich ein, daß seine Uniform die falschen Rangabzeichen hatte. Er stürzte aus dem Bus, rannte in den Laden und kaufte sich neue Rangabzeichen. Dann bat er um Nadel und Faden, was bei den im übrigen recht säuerlich dreinblickenden Damen, die dem kleinen Warenhaus vorstanden, einige Heiterkeit auslöste.

Er konnte gut nähen. Immerhin war er mit der Sowjetmarine oft genug auf großer Fahrt. Überdies war er in seiner Jugend Vollmatrose gewesen, bevor man ihn bei der Marineschule angenommen hatte. Es ging folglich recht schnell, die Beförderung an seiner Uniform kenntlich zu machen. Er bekam sogar einige zwar barsche, aber doch anerkennende Kommentare von einer der älteren Frauen. Sie meinte, es sei fast ein Wunder des Herrn, einen Kerl nähen zu sehen. In letzter Minute kam ihm noch die Idee, eine neue Schirmmütze zu kaufen, und als er das Warenhaus verließ, verpaßte er nur knapp den Bus nach Seweromorsk. Obwohl er in dem Militärkaufhaus nicht viele Rubel ausgegeben hatte, kam er doch zu dem Schluß, daß ihm das Geld für ein Taxi fehlte.

Der Chef des Stabes von Seweromorsk war Vizeadmiral und der zweithöchste Offizier des gesamten Militärdistrikts. Das Empfangsritual war sorgfältig darauf angelegt, daß der Besucher sich nichtig und unbedeutend fühlte. Zunächst mußte Mordawin warten. Dann wurde er wegen seiner Verspätung getadelt, und anschließend wartete der Vizeadmiral demonstrativ lange damit, ihn zum Sitzen aufzufordern.

Doch dann war das Zeremoniell zu Ende, und nach nur wenigen Minuten war ihm klar, was ihn in seinem neuen Kommando erwartete, das auf unbestimmte Zeit lief.

Zynisch ausgedrückt sollte er Chef einer Verladestation bei der Eisenbahn werden. Die Streitkräfte waren gerade dabei, an der Bahnlinie zwischen Kola und Petschenga südlich seiner Basis bei Sapadnaja Litsa ein Anschlußgleis zu legen. Bestimmte Eisenbahnwaggons mit einer bestimmten Ladung sollten dort nämlich diskret aussortiert werden. Die Ladung sollte anschließend neu sortiert und verpackt werden, bevor sie für den Weitertransport zu den neuen Schutzräumen bei Sapadnaja Litsa umgeladen wurden.

Es war keine gewöhnliche Ladung. Es handelte sich um unspezifizierte Sprengköpfe sowohl strategischer wie taktischer Kernwaffen aus allen nur denkbaren Ecken und Enden der Sowjetunion, selbstverständlich aus der Ukraine und Weißrußland, aber auch aus Kasachstan.

Der politische Zusammenhang war klar, aber dennoch erschreckend. Es fand offensichtlich ein verzweifelter Wettlauf gegen die Zeit statt, damit Moskau über möglichst viele Kernwaffen die Kontrolle erhielt. Solange die Sowjetarmee noch eine zusammengehaltene interrepublikanische Macht war, galt es, sich zu beeilen. Törichte Politiker in der Ukraine wie in den anderen mit Kernwaffen bestückten Republiken hatten es sich in den Kopf gesetzt, selbständig zu werden. Nach ihren Begriffen gehörten eigene Kernwaffen zur politischen Selbständigkeit. Die höchste Führung der Sowjetunion hatte deshalb beschlossen, diese Bedrohung nach Möglichkeit mit größter Geschwindigkeit zu beseitigen. Schon der Gedanke, daß Kernwaffen in innenpolitischen Streitereien als Argumente eingesetzt werden konnten, war eine Katastrophe. Die internationalen Verwicklungen, die es mit sich brachte, wenn neue, selbständige Staaten ohne andere Ressourcen als ausgerechnet Kernwaffen entstanden, waren zwar noch etwas abstrakt, aber trotzdem äußerst bedrohlich.

Das rein praktische Problem bestand jetzt darin, daß es nicht genügend spezialisiertes Personal zur Demontage aller Standorte außerhalb Rußlands gab, die ihrer Kernwaffen beraubt werden mußten. In vielen Fällen wurden gewöhnliche Wehrpflichtigenverbände eingesetzt, die lediglich den Auftrag erhielten, bei strategischen Raketen die dritte Stufe zu entfernen und diese dann einfach per Bahntransport nach Norden zu verfrachten. Diese tödlichen Ladungen fuhren mit fahrplanmäßigen Güterzügen und manchmal sogar mit gemischten Fracht- und Personalzügen. Man hatte dies als sicherer beurteilt als den plötzlichen Einsatz aufsehenerregender Sonderzüge. Die Operation war natürlich geheim und mußte möglichst weit vorangetrieben werden, bevor einige Politiker in den aufsässigen Republiken überhaupt mitbekamen, was da vorging.

Eine Konsequenz von all dem war allerdings, daß an bestimmten Endstationen Engpässe entstanden, und da die meisten beschlagnahmten Waffen aus leicht erkennbaren Sicherheitsgründen nach Norden gingen – hier oben würde kein Mensch an die Waffen herankommen –, standen in der Region immer mehr merkwürdige Bahnladungen herum.

Konkret ging es also darum, die Demontage zu Ende zu führen, damit die beschlagnahmten Waffen effektiv und sicher gelagert werden konnten. Die Gefechtsköpfe beispielsweise mußten aus den Raketenhüllen entfernt, neu gesichert und in Container von ausreichender Stabilität umgeladen werden, um sicher gestapelt werden zu können. Alles mußte natürlich sorgfältig markiert, bezeichnet und nach guter Seemannsart katalogisiert werden.

Neben vielen anderen Dingen war dies die Erklärung dafür, daß der Ausbau von sicheren Schutzräumen oben in Sapadnaja Litsa forciert worden war. Die in den Fels gesprengten Höhlen waren also nicht dafür gedacht, in Kriegszeiten die Taifun-U-Boote zu schützen – solche Überlegungen gab es im Moment überhaupt nicht –, sondern nur dazu, nukleares Überschußmaterial zu lagern.

Kurz, in den nächsten Monaten würden mehrere tausend Megatonnen Sprengkraft auf den Polarlinien der Eisenbahn vorbeirattern.

Bei diesem Kommando gab es nichts zu diskutieren oder einzuwenden. Alexej Mordawin wußte auch nichts zu sagen, als er erfuhr, daß sein Sonderurlaub auf nur noch zwei weitere Tage verkürzt worden war. Dann würden nämlich die Baracken bei dem schon überlasteten Anschlußgleis südöstlich von Petschenga fertig sein. Anschließend würde er in Zehn-Tage-Schichten arbeiten, dann zwei Tage frei erhalten und wieder zehn Tage arbeiten. Für einen U-Boot-Offizier war das kein Grund zu jammern.

Das Treffen beim Vizeadmiral in der Basis von Seweromorsk war trotz seines schauerlich ernsten Anlasses kurz gewesen. Mordawin hatte jetzt reichlich Zeit, aber nach den Auslagen für neue Uniformteile kaum noch Geld bei sich und beschloß, einen Spaziergang durch die Stadt zu machen. Er hatte ohnehin noch fast eine Stunde Zeit, bis er Kolja und dessen amerikanischen Geschäftspartner unten im Hotel Arktika traf.

Er lief mit gesenktem Kopf und den Händen auf dem Rücken energisch los und versuchte, die politische Bedeutung dessen abzuschätzen, was jetzt geschah. Als er sich vergegenwärtigte, was in letzter Zeit in der *Polarnaja Prawda* gestanden hatte, zeigten sich unleugbar drohende Untertöne in der Kritik an den *Spaltern und bestimmten unverantwortlichen Elementen* und anderen. Konkret befürchtete die Führung der Sowjetunion also Auflösungstendenzen im Staat, Gegensätze, die sich bis zu bewaffneten Konflikten ausweiten konnten, sowie innerstaatliche Erpressungen unter Einsatz von Kernwaffen. Das waren in mehr als nur einer Hinsicht schauerliche Aussichten.

Er erinnerte sich an das gestrige Telefongespräch mit seinem Bruder, der ihn aus Sewastopol angerufen hatte. Sie hatten natürlich über den jungen Kolja und dessen wirtschaftliche Erfolge gesprochen. Beide waren sich nicht ganz schlüssig, ob sie das als unangenehmes Zeichen von Abenteuerlust werten sollten oder ganz einfach nur als Ausdruck des neuen Zeitgeists. Mordawins älterer Bruder hatte versichert, so müsse man es wohl sehen. Bis dahin war es beiden leichtgefallen, trotz der schlechten Verbindung miteinander zu sprechen.

Doch als der Bruder andeutete, sie würden sich vielleicht bald sehen und ihre Kräfte schneller vereinen, als mancher annehme, und ähnlich gewundene Formulierungen verwendete, horchte Alexej Mordawin auf. Offenbar hatte der Bruder Angst davor, unbefugte Ohren könnten mithören. Doch wen hatten zwei Offiziere der Sowjetflotte bei einem Inlandsgespräch zu fürchten? Alexej Mordawin vermutete, daß Teile der Schwarzmeerflotte vielleicht schon bald ukrainisches Territorium verlassen würden, um sich entweder mit der Pazifik- oder der Eismeerflotte zu vereinigen. Als er sich das im Licht des heutigen Gesprächs vergegenwärtigte, schien es tatsächlich möglich zu sein, so unwahrscheinlich es ihm gestern auch vorgekommen war. Es galt, so viele strategische Waffensysteme wie möglich aus der Ukraine abzuziehen. Sein älterer Bruder war Navigationsoffizier auf einem Raketenkreuzer, einem der schlagkräftigsten und modernsten Schiffe der Schwarzmeerflotte. Ja wahrhaftig, sie würden vielleicht schon schneller zu einem Verband gehören, als man ahnen konnte. All dies weiter zu bedenken, war entsetzlich, denn es deutete auf die vollständige Auflösung des Staates hin.

Er hatte den Stadtteil Rosta passiert, ohne es auch nur zu bemerken, und war schon unten am Semjonowskij-See angekommen, in dem immer noch viele Menschen badeten. Er selbst gehörte dem Verein der Winterschwimmer von Murmansk an und hatte nicht viel dafür übrig, in lauwarmem Wasser zu baden. Er hatte Jelena versprochen, mit ihr gelegentlich einen Ausflug zum See zu machen. Das würde jetzt wohl schwer werden, da sie ihre knappe Freizeit sorgfältig abstimmen mußten.

Er sah am Strand eine Zeitlang den spielenden Kindern zu. Der Anblick machte ihn irgendwie wehmütig. Die meisten Kinder waren Russen, in der Sowjetunion geboren, doch jetzt war es mehr als unklar, in welchem Land und unter welchen Verhältnissen sie aufwachsen würden.

Es kam Alexej Mordawin vollkommen absurd vor, unter diesen Bedingungen Kolja und irgendeinen Ausländer zu treffen, um über etwas so Unwichtiges wie »Geschäfte« zu reden. Doch er hatte versprochen, sich zu dem Treffen einzufinden, und so, wie sich einige Dinge peinlicherweise entwickelt hatten, war es nicht einfach, dem jungen Kolja abzusagen. Inzwischen hatte sich die Wohnung in der Fischgasse nämlich mit merkwürdigen japanischen Geräten, Kabeln und neuen westlichen Möbeln gefüllt, und das in einem Umfang, dessen ökonomische Bedeutung er sich nicht einmal vorstellen konnte. Alles hatte plötzlich dagestanden, und während Pjotr überglücklich war, hatte er Jelena davon zu überzeugen versucht, daß sie die Waren zurückschicken müßten. Ehrliche Leute könnten nicht wie Spekulanten wohnen. Doch sein jüngster Sohn und seine Frau hatten sich heftig gegen alle Argumente dieser Art zur Wehr gesetzt. Unter anderem hatten sie auf die Ungerechtigkeit in der alten Zeit verwiesen, in der ausgerechnet Spekulanten die einzigen gewesen seien, die sich Videogeräte leisten konnten. »Was ist denn falsch daran, wenn auch mal ehrliche Leute in den Genuß der gleichen Vorteile kommen?« Kolja hatte versichert, diese Dinge seien Kleinigkeiten für einen Mann wie ihn, der sich mit legalem *business* befasse. Außerdem könne es ja nicht falsch sein, erst einmal für seine Angehörigen zu sorgen.

Alexej Mordawin hatte sich widerwillig überreden lassen. Noch widerwilliger hatte er sich von den Dingen interessieren lassen, die man auf diesen Videokassetten sehen konnte. Unter anderem hatte Kolja einen ganzen Karton mit Filmen über das Tierleben im Nördlichen Eismeer mitgeschickt.

Alexej Mordawin fühlte sich unwohl, als er die große düstere Halle des Hotels Arktika betrat und die Treppe zum Restaurant hinaufging. Es war recht dunkel im Lokal, und da mehrere Tische durch kreisrunde, gepolsterte Wandschirme abgetrennt waren, so daß man in diesen Nischen wie in einem Séparée saß, brauchte er einige Zeit, um Kolja und den amerikanischen Geschäftsmann zu finden.

Der Amerikaner, ein Mann mit grauem und kurzgeschnittenem Haar, sprach recht gut russisch. Er hatte wie Kolja eine Stupsnase, so daß die beiden auf den ersten Blick miteinander verwandt zu sein schienen. Und angesichts der unverhüllten Bewunderung, mit der Kolja den Amerikaner bedachte, hätte man sie für Vater und Sohn halten können.

Alexej Mordawin lehnte entrüstet Champagner und Wodka ab und bat statt dessen um einen Stachelbeersaft. Der Amerikaner lachte und sagte, das sei ein offenes Wort, bei geschäftlichen Besprechungen solle man tatsächlich lieber auf Schnaps verzichten.

Alexej Mordawin wandte säuerlich ein, von einer geschäftlichen Besprechung könne keine Rede sein, denn er habe ein neues Kommando erhalten, das sehr zeitraubend sei und ihn längere Zeit von der Stadt fernhalten werde. Die beiden anderen taten seine Einwände lachend und mit einer Handbewegung ab. Er solle ja nicht gleich die Sowjetflotte verlassen und *Partner* werden, zumindest nicht in diesem Stadium, sondern etwas viel Einfacheres.

Der amerikanische Geschäftsmann kam zur Sache. Zunächst beschrieb er etwas, was er seine *Geschäftsidee* nannte, ein Wort, das sich auf russisch sehr lustig anhörte. Wie auch immer: Es war eine einfache Geschäftsidee.

»Außerhalb von Murmansk, im Fjord, hat man seit dem Zweiten Weltkrieg Schiffe versenkt. Einige stammen sogar aus der Zeit davor. Man hat in Ihrem Land den Fjord einfach als Schrottplatz und Müllkippe verwendet, da man offenbar keinen Grund gesehen hat, Eisenschrott nach Süden zu verfrachten und daraus wieder Stahl zu kochen. Die Stahlproduktion der Sowjetunion scheint mit den vorhandenen Ressourcen aber gut ausgekommen zu sein.

Nach westlicher Denkweise ist das jedoch außerordentlich unwirtschaftlich. Außerdem ist es äußerst umweltschädlich, einen ganzen Fjord nach und nach mit Schiffswracks zu füllen.

Meine einfache kleine Geschäftsidee läuft also darauf hinaus, daß wir gemeinsam ein russisch-amerikanisches Unternehmen gründen, und zwar zu dem Zweck, den gesamten Eisenschrott aus dem Fjord zu entfernen. Dort muß Stahl für mehrere hundert Millionen Dollar liegen ...«

An dieser Stelle warf Kolja eine astronomische Zahl ein, den Gegenwert in Rubel.

»... der Wechselkurs unserer beiden Währungen läßt hier ein glänzendes Geschäft für alle Beteiligten vermuten. Einmal können manche viel Geld dabei verdienen, was keineswegs häßlich ist, und das sollte nicht verschwiegen werden. Zum andern wird die Bucht von Murmansk von all dem Müll gesäubert, und überdies kann der russische Staat« – der Amerikaner sagte *der russische* und nicht der sowjetische Staat – »ebenfalls einen ordentlichen Batzen verdienen.

Der Grundgedanke ist also, den Eisenschrott sehr billig zu kaufen. In Dollar gerechnet wird es sehr preiswert. Dann verfrachten wir ihn nach Norwegen und kochen Stahl daraus, der immer noch billiger sein wird als alles andere.

Der Stolperstein ist jedoch, wie wir die verschiedenen Bergungsvorhaben finanzieren. Denn wenn wir in Norwegen einen Hebekran mieten, was ohne weiteres möglich ist, etwa wenn wir einen ausreichend großen Kran von den norwegischen Bohrplattformen nach Murmansk schleppen lassen, würde es mindestens zwanzigtausend Dollar am Tag kosten, und damit wäre der Gewinn dahin.

Wenn wir die entsprechende Ausrüstung aber bei der Sowjetflotte mieten, würden wir mit weniger als tausend Dollar pro Tag davonkommen. So könnte es für alle Beteiligten ein glänzendes Geschäft werden und außerdem ein sehr umweltfreundliches Vorhaben.«

Alexej Mordawin ließ sich eine Zeitlang von der Argumentation gefangennehmen. Ihn faszinierte die Selbstverständlichkeit, mit der der Amerikaner von großen Beträgen und großen Projekten sprach, als wäre das alles völlig unproblematisch. Gleichzeitig war er jedoch mißtrauisch. Was er vorhin erfahren hatte oder nach dem Treffen mit dem Vizeadmiral in Seworomorsk hatte einsehen müssen, ließ alle

Diskussionen über »Business« und »Geschäftsidee« zutiefst unverantwortlich erscheinen.

Als er brummend fragte, wo um Himmels willen er selbst ins Bild passen solle, solange er noch Offizier der Sowjetflotte sei, zeigte sich, daß es darauf wider Erwarten eine sehr einfache Antwort gab.

»Wir haben schon mit den sowjetischen Behörden in Moskau verhandelt, und dort sieht man das ganze Projekt sehr positiv. Im Industrieministerium beispielsweise haben die Herren nur gelacht und erklärt, hier würden ja alle Beteiligten Geld verdienen, und gleichzeitig würden wir ein Umweltproblem los. Wer könne gegen einen solchen Vorschlag Einwände erheben?

Was die technische Hilfe betrifft, hat man uns an verschiedene Stellen der Sowjetflotte verwiesen, doch da wurde die Angelegenheit sofort etwas kniffliger. Wenn wir beispielsweise das Bergungsschiff »Alexander Brykin« mieten würden ...«

An dieser Stelle unterbrach ihn Alexej Mordawin mit unnötiger Empörung, wie es schien.

»Ausgerechnet die »Alexander Brykin«! Das ist doch ein geheimes Schiff, dessen Hauptaufgabe darin besteht, die mit Kernwaffen bestückten U-Boote auf See mit neuen Raketen zu versehen, und ...«

Er verstummte, weil er das Gefühl hatte, zuviel gesagt zu haben, obwohl die beiden anderen die »Alexander Brykin« sehr wohl kannten; er selbst hatte das Schiff noch vor einem Monat gesehen, als sie das einzige Mal über Wasser gefahren waren. Sie hatten mit der »Alexander Brykin« gerade das Umladen von Raketen geübt.

»Schon gut, schon gut«, klärte der Amerikaner abwehrend. »Wir haben immerhin schon fast die Zusage bekommen, die »Alexander Brykin« mieten zu können. Die hat ja einen hervorragenden Hebekran mittschiffs, der zwar für ganz andere Aufgaben gedacht, aber dennoch gut zu gebrauchen ist. Es spielt keine große Rolle, ob wir diesen oder einen anderen Kran verwenden, die Hauptsache ist, daß die gesamte Ausrüstung dieses Typs in dieser Region bei der Sowjetflotte verfügbar ist. Und dort hat man nichts dagegen, das Schiff für tausend Dollar am Tag zu vermieten. Das nenne ich wirklich gute Perestrojka. Sie stellen aber die Bedingung, daß Offiziere mit der Befähigung, sowjetische Kriegsschiffe zu führen, an Bord sind. Das hängt unter anderem mit den Bedingungen westlicher Versicherungsgesellschaften zusammen. Wir könnten das ganze Vorhaben nicht versichern, wenn wir auf einem sowjetischen Kriegsschiff zivile Offiziere fahren lassen. Nur daran hängt das Ganze.

Die Frage ist also sehr einfach. Können Sie sich nicht vorstellen, das Kommando zu übernehmen? Sozusagen als Nebenjob?«

Nebenjob? Alexej Mordawin war ein einziges Fragezeichen.

»Ich bin doch Angestellter der Sowjetflotte, wie soll ich da für jemand anderen arbeiten können?«

Beide versicherten ihm lachend, das sei durchaus möglich. Gerade das mache ja einen Nebenjob aus, daß man in der Freizeit für einen anderen arbeite. Sie könnten sich einen Lohn von hundert Dollar am Tag vorstellen.

Kolja erläuterte lässig, was hundert Dollar waren. Nach heutigem Geld zehntausend Rubel, also zwei anständige Jahresgehälter für einen Kapitän zur See. Ein guter Tagesverdienst, nicht wahr?

Alexej Mordawin wurde zunächst wütend. Er fühlte sich gekränkt. Es war unanständig, ihm mit solchen Vorschlägen zu kommen. Was für eine Zumutung!

Kolja und der Amerikaner beruhigten ihn und wiesen darauf hin, wenn seine Vorgesetzten schon einverstanden seien, gebe es doch kein Problem. Alles sei ja vollkommen legal, eine gesunde Geschäftstätigkeit und ein Beispiel für Perestrojka, und dagegen könne niemand etwas einzuwenden haben. Wenn er nicht mitmachen wolle, brauchten sie sich nur an einen seiner Kollegen zu wenden. An der Sache werde sich nichts ändern. Der einzige Unterschied bestehe darin, daß dann ein anderer Kapitän zur See in seiner Freizeit hundert Dollar am Tag verdiene. Sie hätten schließlich nur einen Grund gehabt, sich an ihn zu wenden, nämlich weil er ein naher Verwandter Koljas sei.

Nach einiger Zeit sagte Mordawin, er werde sich die Sache überlegen und sie mit seiner Frau besprechen. Doch da lachten beide laut auf, bestellten Champagner und erklärten, keine Frau auf der ganzen Welt, die ihre fünf Sinne beisammen hätte, würde ihrem Mann in einer solchen Situation abraten. Und außerdem sei ja entscheidend, daß jederzeit der offizielle Weg eingehalten werde. Alles sei vollkommen legal und sowohl vom sowjetischen Staat wie von der Sowjetflotte genehmigt. Es sei nur ein natürliches Ergebnis des gegenwärtigen Regimewechsels. Gerade in der ersten Zeit des Neubeginns würden die, die als erste zur Stelle seien, mühelos soviel Geld verdienen können. Das liege in der Natur des Systemwechsels. Später werde es sicher bedeutend schwieriger werden.

Alexej Mordawin gefiel das Wort Systemwechsel nicht, es gab ihm tiefe unangenehme Assoziationen ein. Er war jedoch in der Unterhaltung an einem Punkt angelangt, an dem es ihm schwer wurde, Gegenargumente vorzubringen.

Er durfte ja nicht einmal andeutungsweise sagen, daß er jetzt mit einem neuen Job anfing, der wichtiger und gefährlicher war als jeder nur denkbare Systemwechsel.

2

Angefangen hatte es mit einem Diskussionsbeitrag auf Seite drei in *Dagens Nyheter*. Doch während der folgenden zehn Tage fand sich in dem politischen und intellektuellen Establishment niemand bereit, den Faden aufzunehmen. Das lag vor allem daran, daß der Beitrag von der falschen Seite oder zumindest von der falschen Person kam, einem Sprachrohr der Umweltpartei.

An der Argumentation war nichts auszusetzen, zumindest nicht formal. Der Schreiber bezweifelte, daß es für Schweden in einer Zeit der Abrüstung und des Friedensstrebens richtig sei, sich so etwas wie eine herumreisende Theatertruppe zu leisten, die politische Morde und Sabotage begehe. Die außenpolitische Stärke Schwedens liege möglicherweise eher darin, seine Dienste als neutraler Vermittler in internationalen Konflikten anzubieten. Deshalb sei es grotesk, wie eine Großmacht früherer Zeiten aufzutreten, mit dem Anspruch, Sondertruppen in alle Welt zu entsenden, um Konflikte mit Gewalt zu lösen.

Da die Gewalt überdies einen Umfang angenommen hatte, der ebenso blutig wie übertrieben erschien, mußte man sich ernsthaft fragen, wer dafür die Verantwortung übernahm. Wußte die Regierung überhaupt, womit die Militärs des OP 5 sich eigentlich beschäftigten? Und wenn ja – wer war auf den Gedanken gekommen, schon im Vorfeld Operationen zu billigen, die, wie man jetzt erfahren hatte, zum Tod von mehr als dreißig Menschen geführt hatten, unter denen sich auch mehrere Frauen und Kinder befanden?

Die Fragen waren durchaus von öffentlichem Interesse, aber einen Monat vor den schwedischen Reichstagswahlen wollten die beiden Hauptgegner, Sozialdemokraten und Konservative, die politische Diskussion um jeden Preis innerhalb eigener und vorherbestimmter Grenzen halten. Die Konservativen sprachen von dem Systemwechsel und dem Neuanfang, der für Schweden Wirklichkeit werden könne, wenn sich das Land der letzten Reste von Planwirtschaft und Sozialismus entledige – die Partei wollte gerade diese beiden Reizworte besonders oft betonen und in den Vordergrund stellen. Die Sozialdemokraten hingegen wollten die soziale Not und die sozialen

Verwerfungen diskutieren, die unweigerlich die Folge seien, wenn die politische Rechte die Möglichkeit erhielt, das schwedische Wohlfahrtssystem zu schleifen.

In diese Debatte paßte die Frage vereinzelter, wenn auch spektakulärer militärischer Operationen wie die Faust aufs Auge. Die Ereignisse auf Sizilien waren gerade mit solchen Dingen geladen, die Politiker verabscheuen, mit Gefühlen, die eine Debatte ausufern und in völlig unerwartete Richtungen lenken können, und das unabhängig von rationalen und im voraus taktisch berechneten Argumenten.

Es bestand überdies das Risiko, daß eine öffentliche Debatte zu diesem Thema ein weiteres ärgerliches Ergebnis haben würde: daß nämlich ein Sprachrohr der Grünen sich in einer Hauptrolle auf der politischen Bühne sonnen durfte, ausgerechnet in einem Moment, in dem es aussah, als würde die Umweltpolitik aus dem Reichstag verschwinden. Den beiden Hauptgegnern hätte ein solcher Wahlausgang die Politik in mancherlei Weise vereinfacht.

Die politischen Kommentatoren in den vom Staat kontrollierten Rundfunk- und Fernsehsendern teilten in dieser wie in allen anderen Fragen die Auffassung des politischen Establishments. Und Dinge, die weder im Rundfunk noch im Fernsehen angesprochen wurden, existierten als politische Fragen auch nicht in einem Wahljahr.

Die Journalisten empfanden einen instinktiven Widerwillen dagegen, etwas zu attackieren, was sie selbst ein paar Wochen lang mit geschürt hatten, nämlich einen an Euphorie grenzenden Nationalstolz. Wenn man sich jetzt dagegen aussprach, wäre das etwa wie die Behauptung, Stefan Edberg habe ein Wimbledon-Finale mit Hilfe unlauterer Mittel gewonnen.

Nach dem Ende der rein militärischen Operationen auf Sizilien und der Rückkehr der befreiten Schweden hatte sich die Publizität natürlich auf wiedervereinte Familien mit weinenden Kleinkindern, Ehefrauen, Hunden und Katzen konzentriert. Hoffnung und Furcht. Die Entführten hatten in Lebensgefahr geschwebt und geglaubt, nie überleben zu können. Plötzlich war die Hölle losgebrochen, und aus Rauch und Staub war jemand aufgetaucht und hatte gesagt: »Still liegenbleiben, wir sind vom Generalstab und sind gekommen, um euch nach Hause zu holen.« Und dann Tränen, Befreiung und all das andere.

Die Ausgangslage für eine kritische Debatte zum Thema des schwedischen Rechts, im Ausland militärische Operationen durchzuführen, wäre also selbst dann miserabel gewesen, wenn ein anderer als ein Grüner sie eröffnet hätte.

Zwei Zufälle, von denen jeder für sich nicht ausgereicht hätte, der Debatte in einem Wahljahr eine neue Richtung zu geben, veränderten die Lage dramatisch.

Da es Sommer war, saßen in den meisten Nachrichtenredaktionen viele Urlaubsvertreter, junge, hungrige Menschen, die gern Aufsehen erregen und sich einen Namen machen wollten, um irgendwann eine feste Anstellung zu erhalten.

Ein solcher Urlaubsvertreter der Regionalnachrichten des Fernsehprogramms »Sydnytt« in Schonen stolperte über den Verteidigungsminister des Landes, der soeben in Malmö gewesen war, um über die Werftindustrie zu sprechen. Der Minister verließ seine Pressekonferenz, auf der er sich in bekannter Manier nur kurz und knapp geäußert hatte. Er verhedderte sich in ein Mikrophonkabel, an dessen anderem Ende der junge Fernsehreporter steckte.

Die beiden Männer sahen einander erst verblüfft an, doch der jüngere gewann als erster die Fassung wieder, als ihm aufging, daß sein Mikrophon sich weniger als zehn Zentimeter von einem Verteidigungsminister befand, der sich buchstäblich eingewickelt hatte.

»Herr Verteidigungsminister, was halten Sie von dem Treiben unserer Nachrichtendienstoffiziere auf Sizilien?« sprudelte es aus dem Nachrichtenreporter hervor. Vermutlich war es das einzige, was ihm spontan in den Sinn kam.

»Oh, unsere Spione kann niemand im Zaum halten. Das kann kein Verteidigungsminister der Welt«, erwiderte der Verteidigungsminister lächelnd, was vorwiegend an dem eigenwilligen Mikrophonkabel lag.

Die Regionalnachrichten von »Sydnytt« brachten den Beitrag, da er lustig war und man überdies einen Film hatte; der Kameramann hatte sich ohne Wissen um das, was der Reporter fragte, auf den Verteidigungsminister konzentriert.

Ein kleines Bonbon, sagte man in der Redaktion, ein lustiges kleines Bonbon, mit dem wir die Abendnachrichten abschließen können, etwa wie mit einem Beitrag über eine Katze, die in einem Baum hockt und erst von Feuerwehrleuten gerettet werden muß, oder über eine Entenmutter, die mit ihren Küken von einem uniformierten Polizeibeamten zu einem Wasserlauf geführt wird. Die Zentralredaktion von »Rapport« in Stockholm erwog keinen Augenblick, diesen Beitrag aus Schonen zu senden, da man ihn nicht für seriös hielt.

Ein schwedischer Schriftsteller jedoch, ein sehr einflußreicher Mann, der als Sozialdemokrat galt, obwohl er in der größten bürgerlichen Tageszeitung des Landes schrieb, sah sich an diesem Tag zufällig »Sydnytt« an, da er sich in Kopenhagen aufhielt.

Und da er einen Vertrag mit seiner Zeitung hatte, in dem es hieß, man werde ihn fürstlich entlohnen, allerdings nur, wenn er etwas Originelles biete, erkannte er sofort die Möglichkeit zur Kolumne der Woche:

»*Wenn* es tatsächlich so gewesen ist, daß der Verteidigungsminister des Landes nicht gewußt hat, was ›unsere Spione‹ draußen in der Welt treiben, ist das grundsätzlich eine sehr ernste Angelegenheit. In jeder Demokratie kämpft man mit dem Problem, daß weder das Militär noch eine andere Macht zu einem Staat im Staat werden darf.

Wenn der Verteidigungsminister andererseits zu diesem Thema nur einen Scherz gemacht hat, zeigt dieser Scherz eine ungewöhnliche Verachtung für das demokratische System unseres Landes.

Wenn schließlich ›unsere Spione‹ überall in der Welt Amok laufen dürfen, wie es ihnen behagt, ist auch das außerordentlich ernst. Diesmal ist es zwar gutgegangen, aber es hätte ebensogut schiefgehen können, und außerdem kann es jeden Augenblick wieder passieren.«

Damit waren mehrere Hindernisse für eine öffentliche Debatte aus dem Weg geräumt. Erstens durfte der Auslöser einer eventuellen Diskussion nicht länger bei den Grünen gesucht werden.

Zweitens hatte der Verteidigungsminister erneut etwas Lustiges gesagt, etwa so wie früher einmal, als er die modernsten Schiffe der Marine »Blechkästen« genannt und sich anschließend zwei Monate lang mit mehr oder weniger gequälten Entschuldigungen abgemüht hatte.

Drittens griff die konkurrierende Abendzeitung die Sache jetzt auf, indem sie unter den Rocksängerinnen des Landes eine Blitzumfrage veranstaltete. Neun von zehn Rocksängerinnen sprachen sich für Hamilton aus.

Denn die Frage war so formuliert worden:

»Bist du der Meinung, daß es von Hamilton richtig war, schwedische Entführungsopfer auf Sizilien zu befreien, auch wenn es Menschenleben gekostet hat?«

Die Angelegenheit war damit zu einer Prominentengeschichte geworden, und so brachen alle publizistischen Dämme. Die Journalisten machten Jagd auf Politiker jeglicher Couleur, um ein Statement zu dieser Frage zu erhalten. Die bedrohliche Publizität türmte sich am Horizont wie eine riesige Flutwelle auf.

Carl widmete der zunehmenden Publizität nur flüchtige Aufmerksamkeit. Er hatte das Gefühl, als ginge ihn das Ganze nichts an. Doch nicht etwa, weil die grundlegenden Fragen ihm uninteressant vorkamen oder weil er die Kritik für unberechtigt hielt, sondern aus dem sehr einfachen Grund, daß diese Dinge zu seiner Vergangenheit gehörten.

Er lebte jetzt ein völlig neues Leben und konzentrierte sich fast manisch auf die privaten Seiten dieses neuen Lebens. Während einiger Tage brachte er sogar ein gewisses Interesse für seine Geschäfte auf. Diese befanden sich in gewaltiger Unordnung, nachdem er vor etwa einem Monat im Zusammenhang mit der Abfassung seines neuen Testaments drastische ökonomische Operationen angeordnet hatte.

Unter anderem hatte er für annähernd dreißig Millionen Kronen Aktien in der Immobilienbranche veräußert, und dieses Geld war lediglich auf einer Art Sparbuch untergebracht worden, ein Arrangement, das seine beiden angestellten Diplomkaufleute hatte aufjaulen lassen, als litten sie körperlichen Schmerz. Sie meinten, es sei geradezu unverantwortlich, Geld auf diese Weise zu vernichten.

Als er jetzt einen Tag der Aufgabe widmete, seine Papiere in dem Büro durchzusehen, das ihm zwar gehörte, das er aber so gut wie nie besuchte, stellte sich heraus, daß die beiden sich Freiheiten genommen hatten. Sie hatten ihre sehr weit gehenden Vollmachten dazu genutzt, wie sie sich ausdrückten, dem toten Fleisch Beine zu machen.

Sie hatten in Optionsscheinen spekuliert, was sich unleugbar gelohnt hatte. Sie hatten das Geld fast verdoppelt.

Die erste Frage, die sie jetzt besprechen wollten, war folglich die eigene Belohnung, also die Verteilung des Spekulationsgewinns zwischen dem rechtmäßigen Eigentümer und den beiden selbstherrlichen Spekulanten. Sie schlugen zehn Prozent für jeden vor, also knapp drei Millionen pro Mann.

Carl war nicht einmal wütend, eher amüsiert und brummte, ihre Frechheit sei so ausgeprägt, daß man sich fragen müsse, weshalb sie nicht bei einem Nachrichtendienst gelandet seien; bestimmte Sektionen der lichtscheueren Abteilungen des schwedischen Nachrichtendienstes seien lange Zeit nicht mit staatlichen Mitteln finanziert worden, sondern mit Hilfe eigenmächtiger Geschäfte. Carl senkte die Belohnung auf fünf Prozent pro Mann, da ihm auch das als ein anständiger Monatslohn für die beiden erschien. Als Gegenleistung erbot er sich mit übertrieben großzügiger Geste, ihnen nicht die Polizei auf den Hals zu hetzen. Die Herren wurden schnell handelseinig.

Doch dann entstand die Frage, wie die allzu große Kasse jetzt erneut gewinnbringend angelegt werden sollte. Da die Immobilienpreise seit einiger Zeit in den Keller rutschten, lag eine Möglichkeit darin, den Bestand an Immobilien fast zu verdoppeln.

Carl empfand Mißtrauen gegen den Vorschlag und argumentierte, man solle es genau umgekehrt machen, den gesamten Immobilienbestand veräußern, bevor die Preise noch mehr sänken. Er begründete es damit, daß das Preisgefüge am Kunstmarkt zusammengebrochen sei.

Die beiden Diplomkaufleute starrten ihn erst ungläubig an, als hätte er einen Scherz gemacht. Sie sahen keinen rational zu begründenden Zusammenhang zwischen Immobilienmarkt und Kunstpreisen.

Carl entgegnete, das liege daran, daß sie sich zuviel mit Zahlen und Geld beschäftigten, und fuhr fort: »Ihr seht nicht, was in der Gesellschaft geschieht, und versteht nichts von Politik. Die meisten neuen, durch Spekulation entstandenen Vermögen der achtziger Jahre, auch meins, sind durch unablässig steigende Immobilienpreise zustande gekommen. Und alle diese Neureichen haben doch geradezu darin gewetteifert, teure Kunst zu kaufen, nicht wahr? Schwedisches Spekulationskapital hat sogar dazu beigetragen, die Kunstpreise in New York und London in die Höhe schießen zu lassen, oder etwa nicht?«

Er hatte sich noch immer nicht verständlich gemacht.

»Folglich«, fuhr er mit demonstrativer Geduld fort, »kann man an den dramatisch fallenden Kunstpreisen ablesen, daß so gut wie alle Immobilienjobber dabei sind, auf die Nase zu fallen. Und da sie von geliehenem Geld leben, wird es bald vielleicht einen Börsenkrach geben, der es sinnlos macht, Immobilien zu besitzen. Also – verkauft das ganze Zeug sofort! Nehmt jetzt lieber mäßige Verluste in Kauf, statt in einem halben Jahr oder so den totalen Zusammenbruch zu erleben!«

Jetzt schien er sie endlich überzeugt zu haben. Überdies witterten sie einen gewaltigen Zuschuß an frischem Kapital, das sich bei neuen Optionsgeschäften einsetzen ließ. Doch dann beschnitt er ihre Vollmachten, so daß sie nur mit der Hälfte des bald freiwerdenden Immobilienkapitals würden spielen können. Gegen fünf Prozent des Gewinns, falls es welchen gab.

Sie wandten ein, es sei idiotisch, Geld auf einer Art Sparbuch stehen zu lassen, und darin gab er ihnen recht. Er wies jedoch darauf hin, daß dies nicht das entscheidende Moment sei. Entscheidend im Augenblick sei es, einem zu erwartenden Immobilienkrach zu entgehen. Damit gaben sie sich widerwillig zufrieden.

Einige andere Seiten seines neuen Privatlebens waren bedeutend einfacher und angenehmer, etwa wenn er Tessie gelegentlich im Wagen mitnahm, um große weiße Häuser anzusehen, die irgendwo malerisch am Wasser lagen. Denn den Rest ihres gemeinsamen Lebens würden sie nicht in einer Zwei-Zimmer-Wohnung am Värtavägen verbringen und auch nicht mehr in einem IKEA-Bett mit wackeligen Beinen.

Anderes wiederum war schwierig. Manchmal mußte er sich mit Eva-Britt zusammensetzen und über die Scheidung und deren praktische und gefühlsmäßige Konsequenzen diskutieren. Er versuchte, sich vor diesen Begegnungen zu verhärten, um konkret und sachlich mit ihr sprechen zu können. Das mußte auf Eva-Britt den Eindruck machen, als stünde er unter Druck, als wäre er eher gequält als unerschütterlich entschlossen.

Sie war jedoch fair und verlangte nichts, was er nicht sofort zugestehen konnte. Im Gegenteil, sie lehnte fast verächtlich einige finanzielle Angebote ab. Sie begnügte sich mit der Wohnung und einem formlos geregelten Unterhalt, der eher für ihre Tochter gedacht war als für sie selbst. Daß sie das Sorgerecht für Johanna Louise haben wollte, war selbstverständlich.

Hier bekam seine Maske aus erzwungener Geschäftsmäßigkeit deutliche Risse. Er spürte, daß er in jeder aufgeregten Diskussion über das Thema den kürzeren zog. Er versuchte, davon abzulenken, begann von praktischen Fragen zu sprechen, sagte, natürlich wolle er dafür sorgen, daß sie eine neue Wohnung bekomme. Natürlich habe er Verständnis dafür, daß sie nicht »in so einem gottverdammten Hamilton-Museum« mit glotzenden Touristenscharen und fotografierenden Japanern auf der Straße wohnen wolle. Nein, er habe absolut nichts dagegen, wenn sie wieder in das achteckige Haus zurückziehen und sich einen neuen Schäferhund anschaffen wolle; im Gegenteil, ein Schäferhund sei sicher eine gute Idee, wenn man etwas abseits wohne.

Sie trafen sich mehrmals, ohne sich in anderen Dingen als den selbstverständlichen Fragen zu einigen, die beide berührten – ja, gleichgültig, was geschehen sei, müßten sie sich gegenseitig respektieren; ja, jeder müsse sein eigenes Leben leben; nein, man dürfe nicht glauben, daß seelische Wunden mit Geld geheilt werden könnten; ja, sie müßten an einem anderen Tag weitersprechen; nein, außenstehende Sozialarbeiter und Rechtsanwälte sollten keineswegs in die Sache hineingezogen werden, und so weiter.

Er verließ eine dieser kurzen Restaurantbegegnungen mit einem mahlenden, undefinierbaren Gefühl der Scham. Er wußte nicht, woran es lag, vielleicht, weil er die Situation nicht beherrschte und nicht auf Wörter und Formulierungen kam, die ihm erst hinterher einfielen, oder weil er Eva-Britt schlecht behandelt hatte. Er versuchte, »dem Leben« ganz allgemein die Schuld zu geben, all den Zufälligkeiten, die wie Spielgeld überall durch die Luft fliegen und alles auf den Kopf stellen; wenn Tessie sich nicht hätte scheiden lassen, wenn er vor einigen Jahren nicht diesen idiotischen Einfall gehabt hätte, sie in ihrem Haus in Santa Barbara aufzusuchen – wie hatte er nur auf eine so dämliche Idee kommen können? –, wenn sie überdies nicht auf den unmöglichen Gedanken gekommen wäre, nach Schweden zu reisen, wenn die amerikanischen Sicherheitsorgane nicht dermaßen rabiat gewesen wären, sich in den Kopf zu setzen, eine kalifornische Anwältin mit mexikanischem Hintergrund müsse schon deshalb eine »kommunistische Agentin« sein, weil sie vor vielen Jahren mit einem verdächtigen Offizier des schwedischen Nachrichtendienstes bekannt gewesen sei; wenn dies nicht, wenn das nicht, würde er jetzt immer noch mit Eva-Britt zusammenleben, und zwar sowohl mehr als auch weniger glücklich als jetzt.

Diese Kette der vielen *wenn nicht* konnte lang und kompliziert werden, es war sogar möglich, vollkommen absurde Zusammenhänge herzustellen, etwa daß es *die Opposition*, wie man die Russen früher genannt hatte, gewesen war, die das meiste entschieden hatte, etwa durch den Versuch, ihn zu einem sowjetischen Agenten zu stempeln, um so im Generalstab für Wirrwarr zu sorgen und etwas über die Operation Big Red zu erfahren. Das hatte dazu geführt, daß eine Bande Paviane vom FBI und vom Naval Intelligence in Tessies neues Leben hineingestürmt waren und sie und ihren Mann auf eine Weise verhört hatten, die zur Scheidung führte.

Also war es im Grunde die Schuld der Russen?

Carl lächelte in sich hinein. Immerhin war es ein gutes Zeichen, daß er noch über sich selbst lächeln konnte. Und dann beschloß er, sich auf jeden Fall so schnell wie möglich der praktischen Dinge zu entledigen und zu tun, was getan werden mußte.

Als er einmal von einem dieser Treffen mit Eva-Britt zurückkam, in diesem gespaltenen Gemütszustand, tief im Privaten vergraben, rief ihn Samuel Ulfsson zu einem Gespräch unter vier Augen.

Carl ging davon aus, daß in Moskau etwas geschehen war, vermutlich etwas, das die Funküberwachung aufgeschnappt hatte. Einige Truppenbewegungen außerhalb der sowjetischen Hauptstadt hatten einen merkwürdigen Eindruck gemacht.

Samuel Ulfssons intensives Rauchen und seine unbekümmerte Miene sprachen dafür, daß es sich so verhielt.

»Wollen Sie wissen, ob der Staatsstreich vor oder nach der Wahl kommt?« versuchte Carl zu scherzen, als er sich auf seinen gewohnten Platz neben und nicht vor dem Schreibtisch des Chefs setzte.

»Ich nehme an, daß die Regierung nichts gegen einen sowjetischen

Staatsstreich vor der Wahl einzuwenden hat. Die Opposition dürfte auf Knien darum beten, daß die Generäle und der KGB sich bis nach der schwedischen Wahl beherrschen«, sagte Samuel Ulfsson mit einer fast zerstreuten Miene, die erkennen ließ, daß er darüber nicht sprechen wollte.

»Wieso?« fragte Carl und machte ein dummes Gesicht. Er vermochte an einer Weltkatastrophe keinerlei innenpolitische Bedeutung zu erkennen.

»Nun ja, man pflegt zu sagen, daß die amtierende Regierung von einer Weltkrise begünstigt wird. Die Menschen rücken sozusagen enger zusammen. Der größte Wahlsieg der Sozialdemokraten in neuerer Zeit wurde errungen, nachdem die Russen im August 1968 in Prag einmarschiert waren. Elementary, my dear Watson. Doch darüber wollten wir nicht sprechen.«

»Aha«, sagte Carl mit gerunzelter Stirn. »Wollen wir den KGB bitten zu warten, oder sollen wir sie anfeuern?«

»Wie schon gesagt, darüber will ich nicht sprechen. Das können wir morgen früh bei der großen Lagebesprechung erörtern«, entgegnete Samuel Ulfsson mit einer gewissen Schärfe in der Stimme, die klar den Chef erkennen ließ. Er fragte sich, ob Carl seelisch wirklich im Gleichgewicht war. Politische Frivolitäten dieser Art sahen ihm nicht ähnlich. »Wir haben nämlich ein eigenes politisches Problem, dem wir uns stellen müssen«, fuhr er fort und packte die Akten zusammen, die vor ihm lagen, als wollte er den Schreibtisch für diese neue Frage frei machen. Er zündete sich eine Zigarette an, entdeckte, daß der Aschenbecher wie nur allzuoft überquoll, und leerte ihn ohne jedes Zögern in den Papierkorb unter dem Tisch.

»Politisches Problem, *politisches* Problem«, sagte Carl zögernd und mit Betonung, als hätte sein Chef etwas höchst Unpassendes gesagt. Was der Chef, jedenfalls nach seinem Selbstverständnis, auch tatsächlich getan hatte.

»Ja«, sagte Samuel Ulfsson, »wir haben unleugbar ein Problem, das selbst beim allerbesten Willen nur als *politisch* bezeichnet werden kann, wenn du die Wortwahl entschuldigst. In einer anderen Gesellschaft als deiner oder vor Zeugen hätte ich taktisches Problem gesagt. Doch jetzt bahnt sich etwas Furchtbares an. Wir sind nämlich dabei, in den Mittelpunkt einer politischen Auseinandersetzung zu geraten, und das kann für unsere gesamte Abteilung zu einem Ende mit Schrecken werden. In kurzer Zeit wird es Forderungen geben, alle operativen Funktionen außerhalb der Landesgrenzen einzustellen, und irgendwann wird man sogar verlangen, daß die gesamte Operationsabteilung stillgelegt wird.«

Samuel Ulfsson machte eine Pause, um zu sehen, ob seine Worte verstanden worden waren. Das waren sie. Carl schwieg verblüfft, wobei unklar war, ob er mehr darüber staunte, daß der Chef des schwedischen Nachrichtendienstes Informationen über innenpolitische Strömungen besaß – und sich folglich um sie bemüht hatte –, oder über den Inhalt der Botschaft.

»Wenn es so ist, wie du sagst«, sagte er nach einiger Zeit, da sein Chef zögerte, den Faden weiterzuspinnen, »kann ich nicht verstehen, inwiefern uns das etwas angehen sollte. Wir können uns ja nicht direkt in die innenpolitische Auseinandersetzung stürzen. Woher sollen wir denn wissen, welche Forderungen man uns von außen stellen wird? Ich habe nicht gedacht, daß wir uns auch mit Inlandsspionage befassen.«

»Das tun wir auch nicht«, erwiderte Samuel Ulfsson zufrieden. »So etwas wäre uns völlig fremd. Aber es ist immer noch erlaubt, Zeitungen zu lesen. Und der Musik nach zu schließen, die jetzt ertönt, braucht man kein Wunder an analytischer Intelligenz zu sein, um zu erkennen, wie es weitergeht. Teufel auch, hier sitzen wir und raten den halben Tag herum, was die Russen wohl als nächstes anfangen werden, und wenn du mich fragst, verstehen wir uns ganz gut darauf. Na, und dann wäre es wohl merkwürdig, wenn wir uns nicht auf unsere eigenen Leute verstehen.«

»Natürlich, vielleicht, aber immerhin sitzen wir nicht mit ihnen am Tisch, ich meine, du bist doch nicht dabei, ebenfalls einen Staatsstreich auszuhecken«, wandte Carl mürrisch ein.

»Was soll das heißen, *ebenfalls*?« sagte Samuel Ulfsson mit gespielter Unduldsamkeit.

»Ich dachte an Krutschkow, den KGB-Chef, entschuldige den Vergleich«, sagte Carl mit einem feinen Lächeln, das signalisieren sollte, daß er nicht zu widersprechen gedachte. Er machte eine ausholende Handbewegung über den Tisch, die etwa bedeutete, her mit den Papieren.

»Die Allgemeinheit hat aus leicht erkennbaren Gründen nur sehr vage Vorstellungen davon, inwieweit die Arbeit der Operationsabteilung etwas mit ausländischen Territorien zu tun hat«, fuhr Samuel Ulfsson in einem Tonfall fort, als würde er einem Politiker etwas erklären, verstummte aber, als er sah, wie Carl angesichts dieser Binsenweisheit mit den Augen rollte. Er nahm erneut Anlauf.

»Was ich meine, ist also folgendes. Du hast der Allgemeinheit in sachlicher Hinsicht vielleicht ein fehlerhaftes Bild vermittelt, zumal deine Unternehmungen immer wieder an die Öffentlichkeit gelangt sind. Das ist unsere Schwäche. Du bist also immer derjenige, der die gesamte operative Tätigkeit verkörpert. Es besteht das Risiko, daß es ihnen dann gelingt, eine Menge Dinge einzustellen, über die überhaupt nicht diskutiert worden ist, etwa unser Agentennetz im Ausland, unsere Reisenden, die Zusammenarbeit mit der schwedischen Industrie und alles andere. Wir müssen es irgendwie schaffen, unsere Schwäche zu unserer Stärke zu machen.«

»Wie denn?« fragte Carl mißtrauisch. Er hatte das Gefühl, auf eine Schulbank gesetzt worden zu sein, und verstand nicht, was damit bezweckt werden sollte.

»Na ja, wir schicken dich raus, werfen dich sozusagen den Wölfen zum Fraß vor. Wir haben hier Anfragen wegen Interviews von jedem einigermaßen bedeutenden Nachrichtenmedium und noch etliche andere dazu. Du hast die freie Auswahl.«

»Wie nett von dir«, sagte Carl mit einer Miene, die seinen Widerwillen verriet. »Ich soll also darauf antworten, wie ich mich dabei fühle, wenn ich kleine Kinder erdrossele und andere Dinge tue, die Journalisten um jeden Preis erfahren wollen. Ein sehr konstruktiver Vorschlag. Unsere politischen Machthaber werden sofort zu Kreuze kriechen und sogar die Etats unserer operativen Systeme erhöhen.«

»Stell dich nicht dumm. Du kannst natürlich selbst die Journalisten aussuchen und sagen, daß du persönliche und politische Fragen nicht beantworten wirst. Was ist schon dabei?«

»Geht es denn nicht um Politik?«

»Doch, sicher. Aber nicht in offenkundiger Gestalt, es geht also nicht darum, ob du die Verteidigungspolitik der Konservativen der der Sozialdemokraten vorziehst, um mich einmal pädagogisch auszudrücken. Ach was, du verstehst sehr gut, wie der Schleifstein bedient werden muß. Du verstehst dich in diesem Haus besser darauf als jeder andere. Außerdem startest du jedesmal mit hundert Bonuspunkten als Nationalheld, wenn ich das Ganze nüchtern und kühl betrachte.«

»Das hört sich sehr kühl und nüchtern an.«

»Ja, und es hat überdies den Vorzug, wahr zu sein. Du wirst Uniform tragen, denn du vertrittst auf meinen Befehl hin die Streitkräfte. Unser Respekt vor den demokratischen Grundwerten und dem Recht der Öffentlichkeit, informiert zu werden, hat uns zu der Schlußfolgerung geführt, daß wir möglichst offen sein und so viele Fragen wie möglich beantworten sollten. Mit etwas Glück wird es so gehen wie letztes Jahr vor dem Verfassungsauschuß.«

»Die haben damals doch gar nichts Wichtiges erfahren.«

»Eben.«

Carl schwieg nachdenklich. Er war nicht gewohnt, seinen Chef ironisch über demokratische Grundwerte und das Recht der Öffentlichkeit auf Informationen sprechen zu hören. Traditionell galt in der Abteilung die Auffassung, daß die Öffentlichkeit möglichst wenig erfahren sollte. Außerdem wurde seit langer Zeit versucht, nach außen hin einen Stil des Respekts für den Arbeitgeber der Abteilung zu kultivieren, nämlich die Allgemeinheit.

»Eigentlich sollte man darüber keine Scherze machen«, brummte Carl.

»Ich weiß«, erwiderte Samuel Ulfsson. »Ich weiß. Ich bin vielleicht selbst nicht so im Gleichgewicht, wie ich es mir wünschen würde. Die Lage ist wirklich ernst, in diesem Punkt kannst du mir glauben. Beata hat die Liste mit den Anfragen da draußen. Hast du den Befehl voll und ganz verstanden?«

»Ja«, sagte Carl resigniert. »Ich habe alles verstanden. Zu Befehl.«

Er ging mit einem kurzen Kopfnicken und verweilte draußen bei Beata, die schon Bescheid wußte. Sie kicherte über Sams Entscheidung, Carl den Wölfen zum Fraß vorzuwerfen, und wühlte in dem Haufen mit schriftlichen Anfragen.

Carl blätterte voller Unlust in dem Stapel und seufzte tief. Sein flackernder, unkonzentrierter Blick fiel auf ein neues kleines Schild auf ihrem aufgeräumten Schreibtisch.

»Sekretärin des Sicherheitschefs beim Nachrichtendienst«, las er erstaunt. »Ist das dein neuer Titel?«

Beata nickte errötend und mußte sich zusammennehmen, um nicht laut loszulachen.

»Gratuliere zur Beförderung, wenn es eine ist«, fuhr er fort. »Es muß eine der längsten Amtsbezeichnungen sein, die es überhaupt gibt. Wie um Himmels willen willst du das abkürzen?«

»SSN, das ist doch nicht so schwer«, überlegte sie zerstreut und betrachtete das Schild. »Oder SSCN. Vielleicht fällt dir noch was ein?«

»Ich ziehe die Dienstbezeichnung in ihrer vollen Länge vor«, lächelte Carl. »Ruf diesen Ponti beim *Echo des Tages* an. Wir sollten mit dem anfangen. Ich bin ihm einige Gegenleistungen schuldig.«

»Sekretärin des Sicherheitschefs beim Nachrichtendienst«, sprach er dann laut und langsam vor sich hin, als deklamierte er ein Gedicht. »Hört sich wie Poesie an. Was für Talente wir hier im Haus haben.«

Er zwinkerte ihr zu und ging, scheinbar in bester Laune.

Eero Grönroos befand sich in einer Hölle, was ihn grundsätzlich nicht erstaunte. Hingegen war es eine Hölle ganz anderer Art, als er sie sich vorgestellt hatte: die letzte Freitagsmaschine der Finnair von Moskau nach Helsinki.

Es fiel ihm schwer, seinen Augen und Ohren zu trauen. Zwar hatte ihm die schwarze Tasche, die mit einer Kette an seinem Handgelenk befestigt war, und sein Diplomatenpaß einen Sitzplatz ganz vorn in der Maschine eingebracht, einen Platz ohne Nachbarn, doch inzwischen war es schon gelungen, ihm ein Bier über den Anzug zu kippen, und um ein Haar hätte sich ein Stahlwerksdirektor, der auf dem Weg zur Toilette gestolpert war, auf ihn übergeben.

Die Gewerkschaft bei Finnair führte schon Verhandlungen über besondere Risiko- und Erschwernis-(Ekel-)Zulagen, die gerade den letzten Freitagsflug zwischen Moskau und Helsinki betrafen. Es war ein berüchtigter und gefürchteter Flug, obwohl er nur eineinhalb Stunden dauerte; die Entfernung zwischen den beiden Hauptstädten ist nicht sehr groß.

Eine Stewardeß erbarmte sich seiner oder suchte dankbar seine

Nähe, da er nüchtern und still war. Sie erklärte mit knappen Worten, worum es ging. Die gesamte Maschine sei voller Geschäftsleute, die in Moskau eine Woche damit zugebracht hätten, auf Leute zu warten, die nie erschienen, auf Verträge, die nie geschrieben wurden, oder auf Abmachungen, die geändert werden mußten, oder auf Zahlungen, die nicht erfolgten. Alle Passagiere an Bord hatten folglich frustrierendste Niederlagen und Mißerfolge erlitten, und jetzt sollten sie nach Hause und hätten in ihren Zentralen nichts als Prügel zu erwarten und überdies den Auftrag, nächste Woche wieder nach Moskau zu reisen.

In der Maschine wurde gesungen, gegrölt und gestritten, und einige kurze Augenblicke lang kam es weiter hinten sogar zu einer Schlägerei. Das Rauchverbot wurde souverän mißachtet, und wenn die Stewardessen sich weigerten, noch mehr Alkohol auszuschenken, wurden sie mit Strömen kraftvoller finnischer Flüche und Verwünschungen überschüttet. Wer einen solchen Freitagsflug einmal mitgemacht hatte, vergaß ihn nie mehr.

Eero Grönroos hätte ihn selbst dann nicht vergessen, wenn alles wie gewohnt gewesen wäre. Oder, richtiger, dieser Flug hätte unter gar keinen Umständen wie gewöhnlich sein können, denn alles Gewöhnliche und Normale hätte im Gegenteil das Gefühl von Traum und Unwirklichkeit noch verstärkt. Insofern entsprachen der höllische Lärm und der Geruch nach Zigarren, Bier, Wodka, Schweiß und Erbrochenem seiner Situation; es herrschte eine Untergangsstimmung, die ganz einfach besser zu der kleinen schwarzen Tasche paßte, die an seinem Handgelenk angekettet war.

Seine Handflächen waren feucht, und er lachte vor Unruhe nervös auf. In einer Stunde etwa würden seine Kleider nach Bier stinken.

Vor zwei Stunden war er Michail Gorbatschow begegnet. Dieser war vollkommen wirklich gewesen, in Wahrheit kleinwüchsiger als auf Fotos, doch das Feuermal saß, wo es sitzen sollte. Sie waren in einem sehr russischen und viel zu großen Konferenzsaal zusammengekommen. Vielleicht war es das Arbeitszimmer des Kreml gewesen.

Eero Grönroos hatte vor Nervosität geschwitzt. Der finnische Botschafter hatte den Vortritt verlangt und war ihm wie eine Art Aufpasser gefolgt, wobei er seine Irritation über diese unerhörte und flagrante Verletzung der normalen Verfahrensweise keine Sekunde verbarg. Es paßte ihm nicht, daß die normalen diplomatischen Kanäle diesmal übergangen wurden. Am Ende war Eero Grönroos in dem Augenblick allein zum sowjetischen Staatspräsidenten hineingeschubst worden, als zwei Personen den Raum verließen. Übrig blieb Gorbatschow, der unter einem Kristalleuchter stand. Er trug graue Hosen und einen Cardigan mit V-Ausschnitt sowie eine Krawatte. Seine Jacke hing auf der Stuhllehne hinter dem überladenen Schreibtisch. Neben dem Schreibtisch stand ein Mann, den Eero Grönroos wiederzuerkennen glaubte, ohne sagen zu können, woher er ihm bekannt vorkam.

Er fühlte sich verwirrt und wußte nicht, was er sagen sollte oder auch nur in welcher Sprache. Sein Russisch war miserabel, doch der Präsident half ihm schnell aus dem Dilemma, indem er ihm mit einem Wortschwall entgegenkam, den Sendboten des Präsidenten der Republik Finnland willkommen hieß und ihm mit einer Handbewegung bedeutete, er möge sich setzen.

Eero Grönroos setzte sich auf einen schweren, vergoldeten und mit rotem Samt gepolsterten Stuhl. Er wollte gerade etwas sagen, als ihm der unbekannte Mann zuvorkam, indem er schnell und routiniert die Worte seines Präsidenten ins Englische übersetzte. Es waren die schon vermuteten Höflichkeitsfloskeln.

Dann setzte sich Michail Gorbatschow ein wenig umständlich hin. Sein freundlicher Blick wurde kummervoll, als er anschließend zur Sache kam.

Eero Grönroos verstand sehr wohl, worum es ging, und zeigte dem Dolmetscher mit einer Handbewegung, daß die Übersetzung nicht notwendig war. Er zog den Brief seines Präsidenten aus der Jackentasche und überreichte ihn weisungsgemäß direkt an Gorbatschow. Dieser bedankte sich mit einem Kopfnicken und öffnete den Umschlag mit dem Daumen, als wäre es irgendein alltäglicher Brief, warf einen flüchtigen Blick auf den Inhalt und reichte ihn dann seinem Dolmetscher. Dieser setzte sich eine Lesebrille auf und übersetzte den Text ins Russische.

Eero Grönroos, der nur vermuten konnte, was der finnische Präsident in dem Brief geschrieben hatte, musterte intensiv Michael Gorbatschows Gesicht, um dessen Reaktionen zu deuten.

Doch dieser nickte nur nachdenklich, bekümmert und bestätigend. Am Inhalt des Briefes konnte also nichts überraschend oder fremd sein.

Irgendwie empfand Eero Grönroos dies als Befreiung. Er hatte mit leichter Panik davon phantasiert, ausgelacht und ausgeschimpft zu werden, als wäre alles nur ein satanischer Streich. Davon konnte also keine Rede sein. Die Bedrohung, daß der Kernwaffengeist aus der Flasche entweichen konnte, war folglich absolut real.

Als der Dolmetscher zu Ende gelesen hatte, saß Michail Gorbatschow kurze Zeit still da und massierte sich die Stirn unterhalb des leuchtenden Feuermals. Dann nickte er entschuldigend zu Eero Grönroos hin, trat an seinen Schreibtisch, ergriff einen dicken Füllfederhalter und zog zwei Blatt Papier aus der Schublade.

Er schrieb ruhig und ohne Unterbrechung etwa fünf Minuten lang. Anschließend unterschrieb er und reichte den Brief seinem Dolmetscher, der sich ans kurze Ende des Schreibtischs setzte und eine Übersetzung anfertigte, vermutlich ins Englische. Er sah von Zeit zu Zeit auf, um über eine bestimmte Formulierung zu diskutieren, und erhielt schnelle, entschlossene Antworten, die fast gegrunzt wurden.

Als die Übersetzung fertig war, nahm Michail Gorbatschow sie an sich und überflog sie in aller Hast, als wäre er des Englischen mächtig, und unterschrieb dann erneut. Er nahm einen Umschlag und legte den zusammengefalteten Brief mit der unterschriebenen Übersetzung hinein, leckte selbst die Gummierung ab und verschloß den Brief. Erst danach wandte er sich wieder seinem unbedeutenden Gast zu, denn so sah sich Eero Grönroos im Verhältnis zu den weltgeschichtlichen Ereignissen, deren Zeuge er wurde.

Der sowjetische Präsident erhob sich und erklärte, er habe mit Dankbarkeit die Botschaft des Präsidenten der Republik Finnland entgegengenommen. Aus dieser Botschaft gehe hervor, daß Eero Grönroos sofort mit der Antwort zurückkehren solle, weshalb es keinerlei Anlaß gebe, die Rückkehr zu verzögern. Und dann entschuldigte er sich für seine karge Gastfreundschaft.

Fünf Minuten später saß Eero Grönroos mit der Tasche am Handgelenk in einer zwei Tonnen schweren russischen Limousine mit zugezogenen Gardinen und raste mit hoher Geschwindigkeit zum

Flughafen Scheremetjewo II. Er war an diesem Tag wie immer aufgestanden, ohne die geringste Ahnung, daß man ihn nach Moskau beordern würde. Und am Abend desselben Tages würde er sich wieder in dasselbe Bett legen, als hätte er gar kein Weltereignis miterlebt.

Und jetzt saß er bei diesem alptraumhaften Flug in der Finnair-Maschine unter lauter niedergeschlagenen Landsleuten, denen nichts weiter bevorstand, als in ein paar Tagen wieder nach Moskau zurückzukehren, wo ihnen vermutlich erneut mißlingen würde, was ihnen gerade mißlungen war.

»Fotze!« schrie ein Nokia-Direktor, der sich auf die beiden freien Plätze neben Eero Grönroos fallen ließ, als besäße der leere Raum dort eine magische Anziehungskraft auf torkelnde Menschenleiber. »*Vitto*! Wie verflucht ungerecht das Leben doch ist!«

Der Mann kam einigermaßen wieder zu sich und schüttelte sich wie ein Bär, um sich mit einem Anlauf zu erheben, als er plötzlich Eero Grönroos erblickte.

»Oder bist du etwa anderer Meinung, du Scheißkerl?« fragte er drohend. »Wie ist es dir, unbekannter Genosse, bei unseren großen, wohlorganisierten Nachbarn im Osten ergangen? Sicher auch nur Scheiße im Kanonenrohr?«

»Nun ja«, erwiderte Eero Grönroos nervös, »ich kann nicht klagen. Ich sollte nur einen Vertrag abholen, und dabei hat es keine Probleme gegeben.«

»Verflucht!« rief der Nokia-Direktor verblüfft aus. »Verflucht noch mal, gibt es so was? Du hast also keine Probleme gehabt. Aber dann ist es sicher auch nicht um ein großes Geschäft gegangen?«

»Nein, das meiste war Routine«, log Eero Grönroos. Ihm brach kalter Schweiß aus, als er daran dachte, wie er die Unterhaltung fortführen sollte. Doch gleichzeitig mußte er unwillkürlich über die unmögliche Situation lächeln.

»Aha, du lachst, du Arschloch. Dann ist was faul«, stellte der Nokia-Direktor fest und beugte sich vor, um auf die schwarze Tasche zu schlagen, die an Eero Grönroos' linkem Handgelenk angekettet war.

Doch die Entfernung war zu groß. Der Mann verlor das Gleichgewicht und landete mit dem Gesicht auf Eero Grönroos' Schoß, wenn man es taktvoll ausdrücken will, ruderte mit den Armen herum und stieß sich dann mit einer Faust ab, die er fest gegen den empfindlichsten Körperteil seines Landsmanns preßte. Eero Grönroos biß die Zähne zusammen und ächzte leicht. Gleichzeitig schossen ihm panikartige Gedanken durch den Kopf, dies sei gar kein Nokia-Direktor, und betrunken sei er auch nicht, und so hielt er seine schwarze Tasche eng umklammert.

Eine Stewardeß, die ihre Freundlichkeit und Geduld schon längst verloren hatte, kam hinzu und zog den ungebetenen Gast mit einem harten Griff um den Jackenkragen hoch und schob ihn dann mit einem kurzen, resignierten Blick zu Eero Grönroos weiter nach hinten.

Weniger als eine Stunde später hielt das Taxi auf dem Kai vor dem Präsidentenpalast. Er hatte nicht gewagt, die genaue Adresse anzugeben. Er zahlte und ging zunächst zögernd in die falsche Richtung, bis das Taxi verschwunden war. Dann kehrte er um und ging langsam zurück, blieb kurz stehen und blickte in das schwarze Wasser und zu dem Präsidentenpalast hoch. Das gesamte Gebäude war dunkel, nur das große Eckzimmer nicht, in dem er sich einfinden sollte. Zwei Wachposten standen in den Schilderhäuschen vor dem Haupteingang. Diesen Weg durfte er auf keinen Fall nehmen. Er ging um das Gebäude herum zur Rückseite und meldete sich bei dem Wachposten, der uninteressiert einen Telefonhörer abnahm, um eine Bestätigung zu erhalten.

Zwei Minuten später kam ihm der Kanzleichef des Präsidenten entgegen und nahm ihm den Mantel ab. Er hatte ihn über den Arm gelegt, da er ihn wegen der Tasche nicht hatte anziehen können.

Weitere zwei Minuten später schloß sich die Tür hinter ihm, und er ging zu seinem Präsidenten, vor dem er sich feierlich verneigte. Das wurde mit einem kurzen, fast mürrischen, aber vermutlich eher besorgten Kopfnicken quittiert. Dann öffnete er das Kombinationsschloß der Kette, mit der die schwarze Tasche an seinem Körper befestigt war, klappte sie auf und schob sie vorsichtig auf den Schreibtisch, an den sich der Präsident inzwischen gesetzt hatte.

Mauno Koivisto forderte Eero Grönroos mit einer kurzen Handbewegung zum Sitzen auf. Dann nahm er den Umschlag und öffnete ihn mit dem Daumen, genau wie sein sowjetischer Kollege vor einigen Stunden.

Er las zunächst ein wenig in dem russischen Text, stellte fest, daß der Brief unterschrieben war, und nahm sich dann die englische Übersetzung vor, die er sehr sorgfältig studierte. Er verriet mit keiner Miene, was der Inhalt in ihm auslöste. Dann schob er die beiden Briefe nachdenklich von sich und wandte sich Eero Grönroos zu.

»Ich danke Ihnen für einen bestens erledigten Auftrag, Herr Ministerialrat. Die Angelegenheit ist tatsächlich so bedeutungsvoll, wie Sie angenommen haben. Ich habe einige Fragen an Sie.«

Eero Grönroos nickte untertänig, vielleicht mehr angesichts des Problems des Präsidenten seines Landes.

»Wann haben Sie meinen sowjetischen Kollegen getroffen? Welche Personen waren sonst noch anwesend?« fragte Mauno Koivisto kurz.

»Es befanden sich zwei Personen im Raum, die ihn verließen, als ich eintrat. Dann waren nur noch der Präsident, sein Englisch-Dolmetscher, den ich übrigens von Bildern her kannte, und ich selbst anwesend.«

»Und Michail Gorbatschow hat diesen Brief also unter Ihren Augen geschrieben? Sie waren da noch im Zimmer?«

»Ja. Er hat zunächst Ihren Brief gelesen, Herr Präsident. Dann begab er sich direkt zu seinem Schreibtisch und schrieb den Brief, der jetzt vor Ihnen liegt. Dann unterzeichnete er ihn und ließ seinen Dolmetscher eine Übersetzung anfertigen, ebenfalls von Hand, wie Sie sehen.«

Der finnische Präsident nickte nachdenklich. Sein Gesicht war völlig verschlossen. Es war unmöglich, seine Reaktion auf das zu erraten, was er soeben gelesen hatte. Er stützte die Hände auf die Schreibtischkante, ruhte einen Augenblick aus, als dächte er nach, dann stand er mit einem Ruck auf. Er streckte die Hand aus, ohne etwas zu sagen, während er gleichzeitig um den Schreibtisch herumging und wie in einer Fortsetzung der Bewegung Eero Grönroos den Arm um die Schultern legte, um ihn dann freundschaftlich, aber entschlossen zur Tür zu geleiten.

Als sie fast schon an der Tür waren, machte der Präsident einige besorgniserregende Beobachtungen, was den Geruch im Raum anging oder vielmehr Eero Grönroos selbst.

»Das ... es war der letzte Rückflug aus Moskau, und jemand hat mir Bier auf den Anzug gekippt«, erklärte Eero Grönroos nervös. Er fühlte, daß er errötete.

Ein amüsiertes Glitzern blitzte in den Augen des Präsidenten auf. »Na ja«, sagte er. »Es ist nicht einfach da drüben, das ist es wirklich nicht. Gute Nacht und vielen Dank.«

Als der finnische Präsident wieder allein im Zimmer war, ging er zu seinem Schreibtisch zurück und setzte sich mit einem schweren Seufzen. Die Unruhe, die er seinem Sendboten um keinen Preis hatte zeigen wollen, war jetzt als Schmerz an seinem ganzen Gesicht abzulesen. Er nahm die englische Übersetzung des Briefs und las ihn langsam erneut durch.

Sehr geehrter Herr Präsident,
mit Erleichterung und Dankbarkeit stelle ich fest, daß Sie meine Botschaft trotz des ungewöhnlichen und vielleicht nicht ganz passenden Übermittlungswegs entgegengenommen haben.
Ich kann Ihnen hier, sehr geehrter Herr Präsident, in meiner Eigenschaft als Präsident der UdSSR mitteilen, daß ich die schwere Pflicht habe, Ihre Befürchtungen zu bestätigen.
Die Situation ist sehr gefährlich und kompliziert dazu. Wir haben es mit bestimmten Kreisen zu tun, die sich in ihrer wahnsinnigen Geldgier und ihrem totalen Mangel an Achtung vor dem Streben der Welt nach Freiheit, Demokratie und Frieden dafür entschieden haben, die gefährlichste Karte zu spielen, die sich auf unserer Erde überhaupt denken läßt.
In dieser schwierigen Lage kann ich mich nur darüber freuen, daß Sie, Herr Präsident, den Ernst unserer Situation und unserer gemeinsamen Probleme in vollem Umfang erkannt zu haben scheinen.
Es ist ohne Zweifel unsere gemeinsame Pflicht und Schuldigkeit gegenüber unseren beiden Brudervölkern und vor unserem Amt, eine illegale Ausfuhr sowjetischer Kernwaffen an Personen oder Staaten, die zu äußerster Rücksichtslosigkeit bereit zu sein scheinen, mit allen Mitteln zu stoppen.
Lassen Sie mich auch als Antwort auf Ihre direkte Frage erwidern, daß es mein ausdrücklicher Wunsch ist, diese Verbrecher aufzuspüren und unschädlich zu machen, bevor sie sowjetisches Territorium

verlassen haben. Auf Grund der unklaren und unsicheren Situation, die gegenwärtig in meinem Land herrscht, halte ich es für gefährlich, die üblicherweise mit solchen Problemen betrauten Organe zu Rate zu ziehen, da jeder Mißerfolg die Katastrophe noch verschlimmern könnte. Daher diese Bitte um Ihren Beistand und den Ihres Landes in dieser für uns alle sehr ernsten Situation.
Was unsere künftigen Verbindungen in dieser Angelegenheit angeht, bin ich der Meinung, daß wir auch weiterhin so kommunizieren sollten wie bisher, nämlich per Handschreiben. Als Abgesandten habe ich Oberst Kirill Jewgeniwitsch Tschernenko vorgesehen, zu dem ich volles Vertrauen habe. Der kritische Zeitpunkt scheint aus heutiger Sicht der Monat Dezember zu sein. Doch zuvor werden wir hoffentlich noch mehrmals kommunizieren können.
Mit vorzüglicher Hochachtung
Michail Sergejewitsch
Präsident der UdSSR

Präsident Mauno Koivisto faltete die Übersetzung des Briefes und das Original langsam zusammen und ging zu seinem Panzerschrank auf der anderen Seite des Raums, in dem er die Dokumente einschloß. Dann sah er auf die Uhr. Es war kurz nach 23.00 Uhr, überdies ein Freitag.

Es war nicht zu ändern. Er ging mit schweren Schritten zu seinem Schreibtisch zurück und suchte kurz nach einer der vielen Telefonnummern, die jederzeit greifbar sein mußten. Dann rief er den Chef der SKYPO an, der finnischen Sicherheitspolizei, und bat um ein sofortiges Zusammentreffen. Er hörte an den Hintergrundgeräuschen am Telefon, daß der SKYPO-Chef offensichtlich Gäste zu Hause hatte und daß die Stimmung recht munter war. Möglicherweise war sein Gesprächspartner nicht mehr ganz nüchtern. Das war nicht zu ändern. Er würde schon wach werden, wenn er erfuhr, worum es ging.

»Sagen Sie Ihren Gästen nicht, wer angerufen hat«, sagte Mauno Koivisto kurz und legte auf.

Carl traf beim *Echo des Tages* in einer Gemütsverfassung ein, die nach außen entspannt wirken mochte, doch er selbst empfand so etwas wie Galgenhumor. Der Gedanke, vor Massenmedien zu treten und über die operative Arbeit des Nachrichtendienstes zu diskutieren, stand in diametralem Gegensatz zu seiner Pflichtauffassung.

Er mußte sich jedoch eingestehen, daß Sam recht hatte. Es war wichtig, daß sie sich verteidigten, denn wenn man Journalisten und Politikern freies Feld für Spekulationen überließ, würde das Land in guter demokratischer Manier, zumindest formal, wahnsinnige Entscheidungen treffen.

Der Kampfauftrag war insoweit klar. Er konnte zwar keine Frage vorhersehen, denn darüber hatte er noch gar nicht nachgedacht, fühlte sich aber bestens gerüstet, die Arena als Sieger verlassen zu können.

Er hatte seit langem keine Uniform mehr getragen, doch im Augenblick mochte er sie, denn sie war so etwas wie eine psychologische Waffe. Erik Ponti durfte nicht allein sein, da dieses erste und folglich sehr exklusive Interview mit dem gegenwärtig heißesten Interview-Objekt des Landes mit zuviel Prestige verbunden war, und da die anderen auch Männer waren, sprach die Uniform zu ihnen. Zwar würden sich ein Auslandschef vom *Echo des Tages* und dessen Vorgesetzter von einem Fregattenkapitän nicht beeindrucken lassen, denn sie hatten immerhin täglich mit Ministern und Generälen zu tun. Es waren nicht die vier goldenen Streifen an den Ärmeln, sondern die vier Reihen mit Ordensspangen auf der linken Brustseite, die ihre Blicke auf sich ziehen und sie zweifellos in eine unterlegene Position bringen würden.

Er wußte inzwischen, daß es so funktionierte. Es machte ihn weder besonders froh noch stolz. Es war nur eine objektive operative Voraussetzung, etwa so, wie Dunkelheit im Gegensatz zu hellem Tageslicht selbstverständlich ein Vorteil war.

Er erschien drei Minuten vor der Sendung. Das war ebenfalls ein Teil seiner psychologischen Kriegführung. Er hatte behauptet, unmöglich früher kommen zu können, daß aber andererseits drei Minuten immer noch besser als zweieinhalb seien.

Er ging sehr schnell durch die gewaltige, hangarähnliche Halle von Sveriges Radio, sah auf die Uhr und verlangsamte die Schritte ein wenig, um nicht etwa zu früh hinter den verschlossenen Türen anzukommen. Dort standen zwei nervöse Sekretärinnen und warteten. Er trug sich ins Besucherbuch ein und fragte freundlich, ob er sich ausweisen solle, bekam von einem der ABAB-Männer ein nervöses Lachen zur Antwort und folgte dann den beiden Sekretärinnen zu den Fahrstühlen, die ein paar Meter von den verschlossenen Glastüren entfernt waren.

Zwei Minuten später befand er sich im Studio und setzte sich an einen achteckigen, mit grünem Filz bezogenen Tisch. Auf Aufforderung machte er eine Sprechprobe und begrüßte Erik Ponti und dessen Chef. Die beiden sahen sehr angespannt aus, was durchaus beabsichtigt war.

Carl lehnte sich behaglich zurück, wurde aber aufgefordert, den Abstand zum Mikrophon nicht zu groß werden zu lassen.

»Tja, wir haben ja kaum noch Zeit, über die Voraussetzungen zu sprechen, wir haben nur noch dreißig Sekunden bis zur Sendung«, erklärte Erik Ponti und wühlte in seinen Aufzeichnungen.

»Ihr fragt, und ich antworte«, sagte Carl lächelnd, »weitere Voraussetzungen brauchen wir nicht. Wenn ihr Fragen stellt, die ich mit Rücksicht auf die Geheimhaltung nicht beantworten kann, werde ich es erklären.«

Carl breitete die Arme aus und deutete damit an, wie einfach alles sei. Die beiden Journalisten warfen sich einen prüfenden Blick zu, und dann ging das rote Licht an, an dem sie erkannten, daß sie auf Sendung waren.

Der Echo-Chef leitete das Interview leicht keuchend ein und sprach von einer Debatte, die in Abwesenheit der Hauptperson stattgefunden habe, der Hauptperson, die jetzt erstmalig beim *Echo des Tages* präsentiert werde.

»Willkommen beim *Echo des Tages*, Fregattenkapitän Hamilton«, sagte er dann zu Carl gewandt.

»Danke«, sagte Carl.

»Ist es ein merkwürdiges Gefühl, im Mittelpunkt einer hitzigen Debatte zu stehen, ohne selbst daran teilnehmen zu können?« fragte der *Echo*-Chef.

Carl lachte auf, vor allem weil es eine Frage war, mit der er absolut nicht gerechnet hatte.

»Nein«, erwiderte er. »Wir leben in einer Demokratie, und das bringt eine gewisse Arbeitsteilung mit sich. Normalerweise ist es bei den Streitkräften nicht unsere Aufgabe, an Debatten teilzunehmen. Das ist vielleicht eine überholte und etwas zu konservative Meinung, und im übrigen haben ja recht viele Offiziere in den letzten Jahren an öffentlichen Debatten teilgenommen. Aber gerade beim Nachrichtendienst befinden wir uns in einer besonderen Lage, und das macht es meist unmöglich, sich öffentlich zu äußern.«

»Inwiefern? Was unterscheidet euch beispielsweise von den Generälen und den anderen hohen Offizieren, die sich in den letzten Jahren in der Presse geäußert haben?« wollte Erik Ponti wissen.

»Zwei Dinge«, erwiderte Carl schnell und überlegte dann, wie er zwei Dinge zusammenbekommen sollte. »Erstens ist so gut wie alles, womit wir uns beschäftigen, streng geheim. Zweitens: Stellen wir uns vor, daß zum Beispiel der Chef des Nachrichtendienstes, Kapitän zur See Samuel Ulfsson, sich in *Dagens Nyheter* mit verschiedenen Artikeln zu allgemeineren Themen melden würde. Dann würden Leser in Schweden wie im Ausland glauben, daß es mehr ist als nur ein Diskussionsbeitrag. Sie würden meinen, daß die private Ansicht einer Einzelperson in Wahrheit auf qualifizierten, geheimen Informationen beruht. Das würde einen eigenartigen Eindruck machen, und das ist alles, glaube ich.«

Die drei Anwesenden im Studio erkannten jetzt, daß das Interview viel zu theoretisch geraten war, daß die sicher rekordverdächtig große Zuhörerzahl etwas anderes erwartete.

»Doch nun zu der Debatte der jüngsten Zeit, zu den Fragen, die dich persönlich betreffen, Fregattenkapitän Hamilton. Es ist von mehreren Seiten gesagt worden, Schweden solle sich keine militärische Feuerwehr leisten, die jederzeit ausrücken kann, als wären wir eine Großmacht. Was hältst du von dieser Ansicht?« fragte Erik Ponti mit einem Blick auf seinen Notizblock. Jetzt fing es also an.

»Das ist in gewisser Weise völlig richtig«, erwiderte Carl zögernd. »Wir haben solche Verbände übrigens gar nicht, denn dabei fällt einem nur beispielsweise die Delta Force der USA in Fort Bragg ein oder der britische SAS, der Special Air Service. Diese Verbände füllen mit einer Vorwarnzeit von nur wenigen Stunden eine ganze Hercules-Maschine. Es ist motorisierte Spezialinfanterie, die in kürzester Zeit an jeden Punkt der Erde gebracht werden kann. Solche Möglichkeiten stehen uns nicht einmal annähernd zu Gebote, und natürlich brauchen wir solche Truppen auch gar nicht. Ich halte den Vergleich also gelinde gesagt für übertrieben.«

»Aber wir besitzen offenbar die Mittel, Spezialeinheiten nach Sizilien zu schicken?« wandte der *Echo*-Chef ein und zeigte damit, daß er in diesem Punkt nicht nachgeben wollte.

»Ich möchte darauf hinweisen, daß sich zu keinem Zeitpunkt mehr als vier Angehörige der schwedischen Streitkräfte auf Sizilien aufgehalten haben«, entgegnete Carl trocken.

»Sollen wir das wirklich glauben? Angesichts der beträchtlichen Zerstörungen, die es auf Sizilien gegeben hat, erscheint es recht merkwürdig, daß nur vier Mann des OP 5 dort unten gewesen sein sollen?« hakte Erik Ponti nach.

»Vom OP 5 waren wir bei keiner Gelegenheit mehr als zu dritt«, entgegnete Carl, ohne sich provozieren zu lassen. Er ertappte sich dabei, die Situation fast zu genießen. Er hatte das Gefühl, alles in der Gewalt zu haben.

»Und ich möchte wirklich, daß ihr das glaubt«, fuhr er fort. »Es gibt nämlich keinen Grund für Geheimniskrämerei. Man hat mir nicht auferlegt, in dieser Hinsicht etwas zu verbergen. Wären wir zu fünft gewesen, hätte ich es gesagt, wären wir mit fünfzehn Mann dort gewesen, hätte ich es ebenfalls gesagt. Und was du beträchtliche Zerstörungen nennst, so wurden die in erster Linie von den sizilianischen Gangsterorganisationen selbst bewirkt und nicht von uns.«

»Ihr hattet also so viel Glück, daß die Mafia mit einem Bürgerkrieg begann, als ihr mit nur drei Mann dort unten ankamt?« wandte der *Echo*-Chef ironisch ein.

»Nein«, sagte Carl und tat, als hätte er die Ironie nicht gehört. »Mit so viel Glück kann man nie rechnen. Wir haben die beiden größten Mafia-Familien dazu provoziert, gegeneinander Krieg zu führen. Daher die große materielle Zerstörung und die gewaltigen Verluste an Material und Menschenleben. Das war es, was wir ihnen zufügen wollten, große Verluste und Kosten. In einer entscheidenden Situation sind wir eingeschritten und haben erklärt, wie die Dinge lagen. Wir haben uns dann erboten, einen Frieden zu vermitteln, um als Gegenleistung unsere gefangenen Mitbürger zurückzuerhalten.«

»Ihr habt also nicht, wie behauptet wird, Frauen und Kinder umgebracht?« fragte Erik Ponti mit hörbarer und sichtlicher Skepsis.

»Nein, das haben wir nicht«, entgegnete Carl leise.

»Und der Gedanke wäre euch gar nicht in den Sinn gekommen?« fuhr Erik Ponti mit noch mehr Schärfe fort.

»Das kann man nicht behaupten, glaube ich«, erwiderte Carl in dem gleichen ruhigen Tonfall. »Jeder operative Einsatz erfolgt erst nach genauer Abwägung der Kosten und dessen, was man erreichen will. Wir wollten erreichen, daß vier schwedische Staatsbürger freikommen, die als Geiseln gehalten wurden. Dafür waren wir bereit, sehr weit zu gehen, da auch der Gegner darauf eingestellt war. Wir müssen uns klarmachen, daß es sich um die vielleicht rücksichtsloseste Gangsterorganisation der Welt handelt. Wir waren nicht zu einem Picknick dort unten, sondern zu einem Kampfauftrag mit dem Ziel zu siegen.«

Carls Antwort hatte mehrere Möglichkeiten der Fortsetzung eröffnet, und die beiden Journalisten verstellten sich sofort gegenseitig den Weg, als sie jetzt zum Angriff übergehen wollten.

»Wenn es also für den Sieg, wie du sagst, notwendig gewesen wäre, hättet ihr auch Frauen und Kinder getötet?« fragte Erik Ponti.

»Ihr habt also nur bewaffnete Männer getötet, ist es das, was du sagen willst?« fragte der *Echo*-Chef.

»Ja, wir haben nur bewaffnete Männer getötet«, erwiderte Carl, der keine Mühe hatte, zwischen den beiden letzten Fragen zu wählen.

»Aber du mußt doch trotzdem zugeben, daß das Ganze an die Großmächte erinnert, die eine Delta Force oder einen SAS, oder wie diese Verbände heißen, um die Welt schicken?« hakte der *Echo*-Chef nach.

»Wie war das nun? Hättet ihr auch Frauen und Kinder getötet, wenn es ›operativ‹ notwendig gewesen wäre?« fragte Erik Ponti.

»Ja, in einer bestimmten Hinsicht erinnert es an die Möglichkeiten der Großmächte und deren Einstellung«, erwiderte Carl. »Die Großmächte haben einen Grundsatz, den sie ewig am Leben erhalten möchten, nämlich: Wer einen unserer Bürger antastet, wird es bereuen. Wir werden ihm eine Hölle bereiten. Ich halte das für ein gutes Prinzip und glaube schon, daß die meisten Schweden bei näherem Nachdenken meiner Meinung sind. Nämlich, daß es gut ist, Ressourcen zu haben, die den Großmächten zumindest in dieser Hinsicht entsprechen. Wie schon gesagt: Wer im Ausland schwedische Staatsbürger antastet, *wird* eine Hölle bekommen, gern innerhalb von vierundzwanzig Stunden. Der Preis für die Entführung von Schweden ist jetzt bekannt.«

»Die Einsätze auf Sizilien dienten also einem rein vorbeugenden Zweck?« ließ sich Erik Ponti ironisch vernehmen.

»Nein, natürlich nicht. Übrigens möchte ich mich gegen deine Ironie verwahren«, entgegnete Carl, ohne die Stimme zu heben oder das Tempo zu verändern. »Wir wollten in erster Linie unsere Landsleute befreien. Ich glaube aber, daß dies auf längere Sicht gerade den guten Effekt haben kann, den ich genannt habe. Ich glaube, daß beispielsweise sizilianische Gangster es sich künftig genau überlegen werden, bevor sie sich wieder an Schweden heranwagen.«

»Wie du eben gesagt hast, ist dies genau das, was die Großmächte durchzusetzen versuchen. Trotzdem haben es keine Delta-Truppen der Welt geschafft zu verhindern, daß in Beirut ständig zahlreiche amerikanische, britische und französische Geiseln gehalten werden«, wandte der *Echo*-Chef ein.

»Das ist wahr«, bestätigte Carl. »Die von dir genannten Länder sind Großmächte. Amerikanische Geiseln lassen sich theoretisch dazu benutzen, die amerikanische Regierung zu erpressen. Diesem Gedankengang zufolge kann man einiges damit gewinnen, wenn man die erheblichen Risiken eingeht, die es trotz allem bedeutet, amerikanische Geiseln zu nehmen. Das ist es gerade, was ich sagen will. Die schwedische Regierung hat schließlich nicht den gleichen Einfluß etwa auf den Nahen Osten wie die amerikanische. Wenn man aber wertlose Schweden, falls ihr den Ausdruck entschuldigt, als Geiseln nimmt und dafür einen gleich hohen Preis zahlen muß wie für die Entführung politisch wertvoller Amerikaner, liegen wir damit recht gut, wie ich glaube. Wir haben in den letzten Jahren drei Geiselnahmen gehabt, und es hat jedesmal damit geendet, daß die Schweden innerhalb recht kurzer Zeit wohlbehalten nach Hause kamen. Das ist ein sehr gutes Gesamtergebnis.«

Vielleicht war Carl jetzt ein wenig übermütig geworden. Jedenfalls sah er den beiden Journalisten an, daß seine Argumente Wirkung gezeigt hatten, und ließ die Deckung zu sehr sinken.

»Wenn wir aber von den Ereignissen auf Sizilien einmal absehen, wo es unleugbar zu einer Gewaltlösung gekommen ist, sind ja die beiden früheren Geiselnahmen mit stiller Diplomatie und nicht mit Gewalt gelöst worden«, fühlte Erik Ponti vor.

»Nein, das ist nicht wahr«, erwiderte Carl lächelnd und bereute seine Worte im selben Augenblick.

Die beiden Journalisten entdeckten sofort, daß er zuviel gesagt hatte. »Das ist jedenfalls der Standpunkt der Regierung«, betonte der *Echo*-Chef. »Bei welcher der beiden anderen Geiselnahmen wurde Gewalt eingesetzt?« fragte Erik Ponti.

Carl mußte überlegen. Er konnte das Gesagte nicht ungesagt machen. Er konnte unmöglich den Rückzug antreten und so tun, als hätte ihn sein Gedächtnis im Stich gelassen.

»Bei einer der zwei Geiselnahmen, die angeblich mit sogenannter stiller Diplomatie gelöst worden sind«, begann er gequält, bis er zu dem Schluß kam, daß es für ihn kein Zurück mehr gab. Er fuhr mit normaler Stimme fort: »Bei einer war ich selbst beteiligt. Ich habe die militärische Operation geleitet. Dabei ist es also zu dem gekommen, was ihr eine Gewaltlösung des Problems nennen würdet. Ich kann verstehen, wenn die Regierung es aus mancherlei Gründen für unpraktisch gehalten hat, die Sache so darzustellen, möchte den Vorgang aber hier nicht gern weiter kommentieren.«

»Warum?« fragten beide Journalisten wie aus einem Mund.

»Weil es mir nicht passend erscheint, daß sich militärisches Personal in politischen Fragen äußert. Das ist ganz einfach nicht unser Job.«

»Von welcher Geiselnahme sprechen wir jetzt überhaupt? Welche ist mit Gewalt und nicht mit friedlichen Mitteln gelöst worden?« fragte Erik Ponti voller Eifer. Er hatte zum ersten Mal das Gefühl, die Oberhand zu gewinnen.

Carl schüttelte den Kopf, und Erik Ponti zeigte vielsagend auf das Mikrophon, da ein Kopfschütteln im Radio nicht zu hören ist.

»Es ist denkbar, daß ich in dieser Hinsicht schon zuviel gesagt habe«, erwiderte Carl unangenehm berührt. »Dann gibt es keinen Grund, die Situation noch mehr zu verschlimmern. Wenn ich zum Kernpunkt meiner Aussage zurückkommen darf, so hat Schweden bei mehreren Gelegenheiten gezeigt, daß die Kosten größer sind als der Nutzen, wenn man schwedische Geiseln nimmt. Wenn die Welt gut wäre, würden Mitbürger nie in so eine Situation geraten. Die Welt ist zwar gewiß nicht gut, aber ich glaube trotzdem, daß es jetzt eine Zeit dauern wird, bevor wir uns wieder um irgendwelche schwedischen Geiseln draußen in der Welt Sorgen machen müssen.«

»Denn wir haben zwar keine Delta Force, ziehen aber mit drei Mann ins Feld?« fragte der *Echo*-Chef lächelnd.

»Wir haben in unserer Abteilung eine sehr hohe Bereitschaft und können nach sehr kurzer Vorwarnzeit eingesetzt werden, falls die Regierung sich dafür entscheidet«, stellte Carl kurz angebunden fest, da ihm das ironische Lächeln und die Anspielung auf die Delta Force nicht gefielen.

»Seid ihr ebenso gut wie die Delta Force?« fragte der *Echo*-Chef weiter, der bemerkte, daß Carl bei diesem Vergleich eine gewisse Schwäche zeigte.

»Ja, aber wir sind zahlenmäßig schwächer«, erwiderte Carl irritiert. Er bereute seine Offenheit und beschloß, seine Geduld wiederzugewinnen und alles zu erklären, auch wenn es sich um selbstverständliche Dinge handelte. »Denn jedes Land mit einem hohen technologischen Niveau bei seinen Streitkräften verfügt auch über Spezialisten verschiedener Art. Ich bin überzeugt, daß es zum Beispiel russische Truppen gibt, die in etwa den gleichen Standard halten, so die Spezialtruppe des KGB, ALFA. Das gleiche gilt für Großbritannien, Frankreich und einige andere Staaten, Israel vielleicht. Was Schweden betrifft, haben wir punktuell einen guten Standard, etwa bei der Luftwaffe, der Marine und beim Nachrichtendienst. Es ist ja kein Geheimnis, daß wir auf einem technisch so fortgeschrittenen Gebiet wie der Funküberwachung in der Spitzengruppe liegen. Die operative Abteilung des OP 5 ist also in jeder Hinsicht mit einer Delta-Force- oder ALFA-Gruppe oder einer Einheit des SAS vergleichbar. Der Unterschied ist, wie ich schon sagte, rein quantitativ.«

Er atmete auf. Er hatte das Gefühl, als hätte er seinen Schnitzer von vorhin zumindest notdürftig wiedergutgemacht. Die nachdenklichen Mienen der Journalisten und ihr Blick auf die Studiouhr deuteten dies ebenfalls an.

Journalisten brauchen zum Schluß jedoch immer einen kleinen Knalleffekt, und sie hatten noch zwanzig Sekunden zur Verfügung.

»Eine letzte Frage, noch einmal zurück nach Sizilien, zu den Ereignissen, die zu diesem Gespräch geführt haben«, sagte Erik Ponti ein wenig gezwungen. »Wie viele Menschen habt ihr da unten eigentlich getötet, also nur ihr drei?«

Carl schnappte nach Luft. Die Wahrheit war, daß er es nicht wußte, aber diese Antwort würden die beiden nicht gelten lassen, das war ihm klar.

»Die schwedische Einheit auf Sizilien hat unter wechselnden Formen gegen vierzehn Männer gekämpft. Auf unserer Seite endeten die Kämpfe mit einem Toten, auf der Gegenseite mit dreizehn Toten und einem Verwundeten«, erwiderte er ruhig und ohne besondere Betonung.

Er hatte in diesem Moment keine Ahnung, ob seine Angaben den Tatsachen entsprachen. Er versuchte zu zählen, verlor jedoch schnell die Konzentration, weil Journalisten und Pressefotografen ins Studio quollen und durcheinanderzureden begannen.

Vor dem Studio herrschte großes Gedränge, da dies der erste öffentliche Auftritt Carl Hamiltons seit langer Zeit war. Für die Journalisten gab es jetzt keinerlei Zweifel mehr, was den Nachrichtenwert betraf. In fast allen Fragen, die Carl zu hören bekam, ging es um Peter Sorman vom Außenministerium. Jeder wollte wissen, wann und wie Sorman gelogen hatte. Carl erkannte, daß er sich nicht darauf einlassen durfte. So schüttelte er nur den Kopf und setzte die Schirmmütze auf, um anzudeuten, daß er das Studio jetzt verlassen wollte. Er drängte sich sanft, aber bestimmt durch die Menge der Fotografen und Reporter, ohne ein Wort zu sagen. Ein Stück weiter im Korridor, auf dem Weg zu den Fahrstühlen, hatte er es nur noch mit ein paar Fotografen zu tun, die rückwärts vor ihm herstolperten, während ihre Motorkameras surrten.

Er war unzufrieden und unsicher, inwieweit er sich blamiert hatte. Er hatte auf jeden Fall zuviel gesagt. Zwar hatte er keine geheimen militärischen Informationen verraten, die er nicht hätte preisgeben dürfen. Sam hatte ihm diesbezüglich keine Instruktionen gegeben;

die Geiseldramen gehörten kaum zu den typischen oder sicherheitsempfindlichsten Vorgänge in der Abteilung.

Was in militärischer Hinsicht jedoch kaum ein Geheimnis war, konnte aber in politischer Hinsicht um so geheimer sein, und so hatte er sich wie ein Elefant im Porzellanladen in den laufenden Wahlkampf eingeschaltet, obwohl er das genaue Gegenteil hatte erreichen wollen, nämlich die Tätigkeit des OP 5 als politisch harmlos erscheinen zu lassen.

Er sollte Tessie am U-Bahnhof Karlaplan abholen. Sie wollten sich auf eine höchst private Expedition begeben, wie er gesagt hatte: zu den Mälarinseln. Dort draußen lag ein weißes Herrenhaus am Wasser, das er ihr zeigen wollte. Es stand für einen angemessenen Preis zum Verkauf, obwohl noch recht viel repariert oder umgebaut werden mußte. Daß er keine Zeit mehr hatte, sich umzuziehen, ging ihm erst auf, als es schon zu spät war. Doch bei näherem Überlegen kam er zu dem Schluß, daß Makler und Eigentümer den neuen Interessenten deshalb kaum weniger zuvorkommend behandeln würden.

Bei Tessie war das natürlich etwas völlig anderes. Sie lachte laut auf, als sie ihn entdeckte.

»Okay, Sailor Boy, was meinst du, wem du jetzt wohl imponierst«, sagte sie und schüttelte den Kopf, als sie sich auf den Beifahrersitz gleiten ließ.

»Für einen Seemann bist du wirklich eindrucksvoll«, lachte sie. Sie stellte sich ohne jede Scham auf die Zehenspitzen und küßte ihn, obwohl sie wußte, daß ihn derlei verlegen machte. In Rußland dürfen nur Männer in jeder Lebenslage küssen, wenn ihnen danach ist.

»Liebe, geliebte Jelena, doch nicht so in aller Öffentlichkeit«, flüsterte er, lächelte dabei aber schüchtern und räusperte sich, bevor er sich wieder den Pilzen zuwandte.

Der freie Markt hinter dem Bahnhof in Murmansk hatte sich in der letzten Zeit erheblich ausgeweitet. Normalerweise waren sie mit ihren Ausgaben sehr vorsichtig, wenn sie hier einkauften. Doch jetzt war nichts mehr wie früher.

Hier oben im Norden gab es im Grunde nur zwei Pilzarten: Sandpilze, die beim Aufschneiden blau werden, und Birkenpilze. Die beiden Arten waren nach Größe sortiert. Die größten waren am billigsten, da sie am schlechtesten waren.

Alexej Mordawin wußte, daß Birkenpilze manchmal von Insekten befallen sind, auch wenn sie klein und frisch aussehen. Die Larven von Hautflüglern bohren Gänge in die Pilze, und die Exkremente der Larven bilden schwarze Bakterienherde. Der Sandpilz schmeckt dafür nicht so gut, und einigen Menschen macht es angst, daß er beim Aufschneiden blau wird. Gegen die Angst vor der Natur, erklärte Alexej, gebe es nur Wissen als Waffe. Seine Frau wußte sehr wohl, daß er zur Zeit mit dem Gefährlichsten hantierte, das es auf der Erde gab.

Sie fanden frische Kartoffeln des gelben, länglichen Typs, der auf russisch Sandkartoffeln heißt, und Jelena versprach, das Gericht zuzubereiten, das sie sich so gut wie nie hatten leisten können: Kartoffelknödel von frischen Kartoffeln mit Pilzsauce. Und dazu saure Sahne und Salzgurken!

Es war ein eigenartiges Gefühl, sich auf dem Markt alles leisten zu können. Sie wurde fast euphorisch beim Gedanken an den ersten Abend, den sie seit langer Zeit für sich allein hatten; der junge Pjotr war für zwei Tage mit der Komsomol-Jugend auf einer Wanderung.

Sie schlenderte heimwärts, er mit der Uniformmütze im Nacken wie ein junger Seemann, und sie lachten so viel, daß sie fast Aufsehen erregten. Passanten warfen ihnen forschende, mißbilligende Blicke zu, als wäre der hohe Marineoffizier betrunken und trüge nur deshalb die Schirmmütze so jugendlich-lässig.

Alexej Mordawin spürte ein starkes Bedürfnis, mit seiner Frau zu sprechen. Es war stärker als je zuvor. Er hatte jedoch nichts Privates im Sinn, etwa die Ausbildung der Söhne, die Finanzen der Familie, die Vorhaben der Verwandtschaft oder gar die schwierige Frage, wie sie ihr intimstes Privatleben organisieren sollten.

Vielmehr wollte er über Dinge sprechen, über die ein Offizier seines Rangs und seiner Qualifikation sonst nie mit einem anderen Menschen sprach. Doch jetzt ging es nicht einfach nur um Technologie, nicht um die Frage, daß er eine Art Unterwasser-Garage voller hoher Silos hatte, in die er von Zeit zu Zeit hineinklettern sollte wie ein kleiner Affe auf den Masttopp der Ewigkeit, um etwas zu kontrollieren oder zu justieren.

Was jetzt zu seinem Job geworden war, vermittelte ihm ein Gefühl von Untergang und Hölle, wie er es an Bord seines U-Boots nicht einmal andeutungsweise kennengelernt hatte.

Sie gingen langsam über den Leninskij Prospekt heimwärts. Für ihre Umgebung mochten sie wie ein normales Offizierspaar aussehen, das ausgegangen war und ein paar Getränke zuviel genossen hatte, das sich aber nur über alltägliche Dinge unterhielt.

Seine erste Zehn-Tage-Schicht draußen bei den Hallen, die den Eindruck einer provisorischen Bahnstation machten, hatte er inzwischen schon hinter sich. Angesichts dessen, womit sie dort hantierten, waren die Zustände dort schauerlich primitiv und improvisiert. Bei seinem ersten Besuch hatte er seinen Augen nicht getraut. Der große Mittelbau, in dem die Eisenbahnwaggons unter Dach entladen werden sollten – schon bald würde alle Arbeit im Freien auf Grund von Kälte und Schnee unmöglich werden –, hatte ihn an etwas wie einen Friedhof erinnert, einen Elefantenfriedhof. Dort lagen schätzungsweise zweihundert Tonnen Kernwaffen kunterbunt durcheinander. Man hatte sie einfach nur abgeladen, um die Waggons wieder wegschaffen zu können. Die Fachleute, die sich um alles weitere kümmern sollten, waren noch nicht eingetroffen. Die meisten Gefechtsköpfe schienen aus der Ukraine zu kommen und stammten von Mittelstreckenraketen, was unter anderem aus den unangemessenen Schmierereien hervorging, mit denen die äußeren Metallhüllen vollgekritzelt waren. Dort standen Dinge wie *Jetzt vögelt doch in Paris, wenn ihr könnt* oder *Jetzt lutsch mal an dem hier, Viertes Reich* oder *Ist das nicht das Richtige zum Five-o'clock tea?*

Menschen, die so etwas kritzelten, mußten vollkommen pervers sein; bei der Marine hatte er so etwas nie gesehen.

Die Personen, welche die Raketen vor Ort demontierten, hatten manchmal gewußt, was sie taten, manchmal auch nicht. Einige Waffenkerne waren vollkommen entblößt. Das bedeutete unter anderem, daß das Lager nicht betreten werden konnte, bevor Personal mit entsprechender Ausrüstung alles saniert hatte. Das alles überschattende Problem, zumindest jetzt zu Beginn der Operation, war die Tatsache, daß zuwenig Verpackungsmaterial zur Verfügung stand. Irgendwo in der Sowjetunion, nur Gott wußte wo, wurden Stahlkisten produziert, in denen die Sprengköpfe verstaut und für den Transport verschlossen wurden, bis sie in dem Bergmassiv, das Alexej Mordawin für einen U-Boot-Hangar gehalten hatte, ihre letzte Ruhe fanden. Vielleicht war es übrigens die Absicht, daß die Außenwelt genauso denken sollte. Wenn ja, war es ein guter Gedanke.

Wie auch immer: Es war eine gute und wichtige Sache, für die er arbeitete. Wenn man auch nur die Hälfte von dem glaubte, was in der *Polarnaja Prawda* zu lesen stand, waren die Leute völlig durchgedreht, die unten in der Ukraine und in Weißrußland die Macht an sich gerissen hatten.

Seine Frau merkte süßsauer an, es gebe kaum einen Grund, ausgerechnet der *Polarnaja Prawda* zu trauen, um so weniger, als es jetzt Konkurrenz durch die neue Zeitung *Sowjetskij Murman* gebe, und dort stehe nichts über politische Taugenichtse mit Selbständigkeitsgelüsten.

Er wandte ein, das liege natürlich daran, daß die *Sowjetskij Murman* eine typische Jelzin-Zeitung sei, und da könne man keinerlei Kritik an Selbständigkeitsbestrebungen erwarten. Dieser Verrückte wolle ja Rußland aus der Union herausbrechen und sich selbst zu einem neuen Zaren machen.

Ihr politischer Streit war nur von kurzer Dauer. So war es immer, wenn sie sich stritten. Und Jelena machte der Diskussion auf eine Weise ein Ende, gegen die mit Argumenten nichts auszurichten war. Sie hielt plötzlich inne, schlang ihm die Arme um die Taille, schob seine Uniformmütze noch mehr in den Nacken und sagte, sie liebe ihn, obwohl er ein Seemann sei. Jetzt müsse Schluß sein mit Kernwaffen und solchen Dingen, denn jetzt seien sie allein zu Haus, und es sei ein Fest im Gang.

Er gab mit einem verlegenen Lachen nach, und auf dem letzten Stück des Heimwegs sprach sie von einer neuen Methode in der Thorax-Chirurgie, die sie seit einiger Zeit anwende.

Als sie die Wohnungstür aufmachten, fiel ihm als erstes der Geruch auf. Es war ein angenehmer Geruch, ein sauberer Duft, der zugleich nach Technik roch. Wahrscheinlich kam er von dem neuen Ledersofa; Kolja hatte gesagt, es sei dänisch, und dänische Sofas röchen so, doch das lege sich mit der Zeit.

Ihr Zuhause war schön geworden, das war nicht zu leugnen. Obwohl hier und da merkwürdige Kabel das Gesamtbild verunstalteten.

Er ging mit Jelena in die kleine Küche, die tatsächlich nur eine Küche war. Sie diente also nichts anderem als der Zubereitung von Mahlzeiten. Sie halfen einander dabei, die eingekauften Waren auf der steinernen Arbeitsplatte aufzustapeln. Er bot an, ihr beim Schneiden der Pilze zu helfen, aber sie lachte nur und zog ihn mit sich ins Schlafzimmer, während sie gleichzeitig ihren Zopf löste. Unterwegs warf er seine Schirmmütze auf das angeblich dänische Ledersofa und tastete nach seiner Krawatte.

Er träumte, als sie sich liebten. Er träumte von ihrer Zukunft, von Frühling und der Musik Tschajkowskijs, vom Duft der Birken in hellen Sommernächten und von allem, was sie einander damals gesagt hatten und was zum größten Teil sogar heute noch stimmte. Sie hatte sich in den Kopf gesetzt, daß er ihren Zopf nicht mochte. Sie behauptete, es habe vor allem mit der Arbeit im OP zu tun. Sie müsse alles Haar aus dem Gesicht bekommen, und sie habe ja so dichtes Haar. Doch das stimmte nicht. Es war ein prickelndes Gefühl, ihren dicken Zopf in die Hand zu nehmen und sie an sich zu ziehen. Jetzt lag ihr langes blondes Haar auf den neuen Kopfkissen, die mit Daunen gefüllt waren oder etwas, was dem Geruch nach an Seevögel erinnerte.

Es machte ihn ein bißchen verlegen, daß es immer noch hell im Zimmer war, aber sie lachte wieder nur. Du dummer Kerl, sagte sie, wir sind jetzt ja ganz allein, wir sind wieder im Birkenwald außerhalb von Leningrad.

Das heißt jetzt wieder St. Petersburg, wandte er ein, doch dann sagte er lange Zeit nichts mehr. Später fühlte er sich sehr glücklich, schlaff, aber glücklich. Der Schweiß trocknete an ihren Körpern, und er zitterte leicht wie unter einer merkwürdigen Kälte. Ausgerechnet er, der jeder Kälte standhalten konnte, denn immerhin war er Winterschwimmer. Doch das hier war eine erregende, wunderbare Kälte, etwas völlig anderes als Eis. Ihn überkam das merkwürdige Gefühl, genau in diesem Augenblick den Höhepunkt seines Lebens erreicht zu haben; dies war der beste Augenblick seines Lebens, genau jetzt. Sie lag mit dem Gesicht auf seiner Brust still da, und er strich ihr sacht übers Haar. Draußen wurde es schnell dunkel. Die dunkle Jahreszeit näherte sich.

»Nein, so geht das nicht mehr weiter, wir verhungern«, sagte sie plötzlich und sprang erstaunlich geschmeidig aus dem Bett, schnappte sich einen Morgenrock und verschwand in der Küche.

Er sah ihr verblüfft nach, legte die Arme unter den Kopf und schloß die Augen. Sie waren seit mehr als zwanzig Jahren verheiratet. War es allen Paaren vergönnt, noch nach zwanzig Jahren so zu lieben?

Die eigenartige Kälte kam wieder angekrochen, und so zog er die zerknüllte Decke über sich, aber der Zauber war gebrochen.

Er hörte, wie sie in der Küche hantierte. Er würde bald ebenfalls aufstehen, um ihr bei den Pilzen zu helfen, wie er es versprochen hatte. Der Platz eines Mannes war gewiß nicht in der Küche, aber bei Pilzen war es anders. Frauen verstanden sich nicht auf derlei.

Er hatte einen Vertrag unterschrieben. Einen Vertrag, der vom Kommandeur des Wehrbereichs gebilligt worden war. Dieser wußte sehr wohl, was für ein Kommando Alexej Mordawin hatte. Insoweit war alles in Ordnung.

Die norwegische M & N-Stahl AG hatte einen Vertrag mit ihm gemacht, und bei der Unterschrift hatte er völlig legal zweitausend Dollar in bar erhalten. Der Wehrbereichsstab hatte auf Anfrage sogar zugestanden, ihm bei seinem geheimen Kommando kürzere Arbeitsschichten zu gewähren, damit er bei den ersten Bergungsarbeiten im Fjord helfen konnte. Ein Hebekran war von Sewerodwinsk unterwegs und würde wohl bald da sein; falls es auf der letzten Strecke Treibeis gab, würden Eisbrecher assistieren. Im Fjord selbst gab es niemals Probleme mit Eis.

Er zog sich einen der neuen Morgenmäntel an, ging ins Wohnzimmer und blickte aus dem Fenster. Das Zentralstadion lag noch immer in chaotischem Durcheinander da. Aber immerhin hatten sie einen Balkon auf dieser Seite. Sobald das Stadion fertig war, hatte er mit seiner Familie eine eigene Loge, wenn es Bandy-Spiele gab. Wenn es kalt war, würde es hier oben nicht kälter sein als unten auf einem Stehplatz, und außerdem hatte er zwei Marinegläser zu Hause. Man konnte gelegentlich in die Wohnung gehen und einen warmen Tee trinken, und in der Halbzeit konnte man sich auch noch aufwärmen.

Er setzte sich prüfend auf das wohlriechende, angeblich dänische Ledersofa und zog sich das Musikgerät über den Kopf, das wie ein

Ohrenschützer aussah. Dann drückte er eine Zeitlang auf die verschiedenen Knöpfe dieses Zauberstabs, bis Schostakowitschs Leningrader Symphonie ihm in den Ohren dröhnte, als säße er mitten unter den Musikern. Er schloß die Augen und schlief ein, ohne einzuschlafen.

Er wachte davon auf, daß Jelena lachend an ihm zerrte, und als er die Ohrenschützer abnahm, wies sie mit gespielter Entrüstung und in die Hüften gestemmten Händen darauf hin, daß er sich über die Pilze hermachen müsse.

Sie zündeten beim Essen Kerzen an. Sie hatte irgendwo echte Stearinkerzen gekauft, und außerdem hatten sie den Eßtisch vor das große, zugige Fenster der Balkontür geschoben. Noch war es nicht so kalt. Vielleicht würden sie bis zum Winter etwas gegen die Zugluft unternehmen müssen. Die Kartoffelklöße mit der Pilzsauce schmeckten himmlisch, denn immerhin waren sie mit richtiger Sahne angemacht. Sie aßen langsam, ohne viel miteinander zu sprechen, und zogen die Mahlzeit in die Länge, bis es draußen dunkel geworden war. Die Kerzen waren die einzige Beleuchtung.

Es war ein vorzügliches, vierstündiges Essen zu Hause bei Familie Bertoni gewesen, in jeder Hinsicht sehr italienisch einschließlich einiger Streitereien. Etwas anderes war nicht zu erwarten gewesen.

Luigi fühlte sich fast euphorisch. Die Streitereien trugen ebenfalls dazu bei, ihn aufzumuntern. Ihren Großvater hatten sie schließlich aus dem Zimmer führen müssen. Er fuchtelte wild mit seinem Stock herum, da er am Ende seine Wut nicht mehr im Zaum halten konnte. Es ging um die Frage, ob man in einer anständigen Familie wirklich französischen Wein trinken müsse, und ob es wirklich nötig sei, immer so verdammt viele Kleider anzuhaben, wenn man etwas aß. Großvater zufolge genoß man gutes Essen am besten im Unterhemd und mit italienischem Wein in einer Karaffe. Es sei unerhört, diese französische Angeberpisse zu trinken. Es solle alles so sein wie in der guten alten Zeit.

Die Frage hatte Tanten und Onkel in eine mehrstündige heftige Diskussion verwickelt. Waren es Emporkömmlingsmanieren, französischen Wein zu trinken?

Luigis Vater versuchte, in dem Konflikt zu vermitteln – wie es jeder Schwede getan hätte –, und wie die meisten Schweden hatte er damit nur wenig Erfolg. Er wies darauf hin, daß er als neutraler Schwede aus einem nicht weinproduzierenden Land gewiß den Vorteil habe, sich in nationaler Hinsicht weder an den einen noch an den anderen Wein gebunden zu fühlen. Manche Gerichte verlangten nach einem italienischen Wein, andere nach einem französischen. Außerdem könne man bei manchen Gelegenheiten sogar spanischen trinken (lautes, mißbilligendes Gemurmel), und zumindest in Schweden gebe es bestimmte Gerichte, die nach Schnaps verlangten, zum Beispiel Krebse (er sagte »Kleine Süßwasserlangusten«, was die Sache nicht besser machte), und so gingen die Wellen der Erregung hoch, während es draußen immer dunkler wurde und die Illuminierung der Kathedrale bis ins Eßzimmer drang.

Luigi saß so, daß er die Kathedrale von Zeit zu Zeit durch die Fenster betrachten konnte. Er trug einen Anzug und hatte die Jacke anbehalten. Er hatte in seinem Zimmer oder seinem ständigen Gästezimmer eine italienische Garderobe. Die Wahl der Kleidung fiel ihm schwer, so wie es ihm schwerfiel zu entscheiden, ob er Schwede oder Italiener war. Doch im Augenblick war es angenehm und schön, ganz in der italienischen Identität aufzugehen und sich gelegentlich voller Glut in Großvaters Nonsens-Diskussion zu stürzen.

Eine kurze Zeit hatte er selbst im Mittelpunkt des permanenten Familienstreits gestanden, nämlich als die Frage seiner plötzlichen Flucht von dem damaligen Familienfest zur Sprache kam. Es wurde heftig moniert, daß er nach fünf Jahren in Amerika heimgekommen war, nur um zu Hause zu essen und dann zu verschwinden, statt mit aufs Land zu fahren.

Es war seine Mutter, die das Thema zur Sprache brachte. Die früheren Streitigkeiten des Abends hatten ihr Gesicht gerötet, und wenn ihr nach Streit zumute war, war sie alles andere als eine kühle Geschäftsfrau; gerade das liebte er so an ihr, daß sie gelegentlich aus der Rolle der perfekten Direktorin fallen und zu einer Anna Magnani werden konnte. »Nun, wie kann ein Sohn seiner Mutter so etwas antun?« Er erklärte, ein Mann habe eine gewisse Verantwortung, und es gebe Dinge, die eine Mutter einfach nichts angingen. Er habe eine lästige Liebesgeschichte beendet, basta.

Die Tanten schlugen sich auf die Seite seiner Mutter, und die Onkel gaben ihm recht. Wie würde es in der Welt aussehen, wenn ein Mann nicht mehr Mann sein dürfe, fragten sich die Onkel.

Wie würde es in der Welt wohl aussehen, wenn Jungs ihre Eltern behandeln könnten, wie sie wollten, wandten die Tanten ein, die unter Eltern offenbar nicht diesen Schweden meinten, Luigis Vater. Man tolerierte ihn zwar, betrachtete ihn aber in allen Dingen, die geheiligt waren, als nicht ganz richtig im Kopf. Alle waren wütend aufeinander, und alle liebten einander trotzdem und würden zusammenhalten, bis der Tod sie trennte.

Luigi fragte sich, ob sein schwedischer Vater je all das verstehen würde. Der Ärmste war immer so konfliktscheu und stand bei solchen Auseinandersetzungen immer abseits.

Lange nachdem Großvater schreiend und gestikulierend hinausgeführt und von den Dienstboten ins Bett gebracht worden war, standen sie taumelnd vom Tisch auf. Während Onkel und Tanten sich zu verabschieden begannen, eine Prozedur, die mindestens eine halbe Stunde dauern konnte, trat sein Vater zu ihm, faßte ihn entschlossen an den Schultern, führte ihn auf einen der Balkone und begann auf der Stelle, schwedisch zu sprechen. Ein sicheres Anzeichen dafür, daß es jetzt ernst wurde.

Es war recht spät, und auf dem Marktplatz unter ihnen zeigten sich die ersten herbstlichen Nebelschwaden. Nur wenige Menschen waren unterwegs. Die illuminierte stattliche Kathedrale nahm das ganze Blickfeld ein.

»Wie war das eigentlich mit dieser Liebesgeschichte?« fragte sein Vater trocken.

»Oh, danke«, erwiderte Luigi mißtrauisch, »sie ist jetzt jedenfalls vorbei.«

»Ja, das hoffe ich wirklich. Daß es vorbei ist, meine ich«, sagte sein Vater mit abgewandtem Gesicht. »Wie du weißt, bin ich kein Idiot, obwohl das in dieser Familie die allgemeine Meinung zu sein scheint.«

»Ach was«, sagte Luigi, »du weißt doch, wie sie sind. Sie meinen es nicht böse. Du bist Ausländer, das ist alles, obwohl wir Italiener bedeutend toleranter sind als die meisten anderen Völker. Nicht einmal Mussolini war Rassist.«

»Ihr Italiener?«

»Jaja. Schwede bin ich natürlich auch. In Stockholm bin ich Schwede, aber hier in Mailand Italiener. Das ist recht praktisch. Ich habe nichts gegen Kohlrouladen, wenn wir sie in den Stockholmer Schären essen. Mit Schnaps dagegen ist es etwas anderes. Dazu kriegst du mich nicht, nicht mal zu Krebsen. Man kann beispielsweise Frascati zu Krebsen trinken, kein Problem«, versuchte Luigi dem Thema zu entkommen. Er ahnte, daß da noch etwas war, worauf sein Vater in seiner etwas umständlichen schwedischen Art hinauswollte.

»Und jetzt zur Sache«, sagte sein Vater.

»Und was ist die Sache?« seufzte Luigi.

»Ich kann nicht umhin, einige Informationen zusammenzuzählen. Bei einer Wehrübung bist du ja nicht gerade gewesen. Du bist nämlich nicht in Schweden gewesen. Ich würde meinen, du warst auf Sizilien.«

Luigi zögerte. Er erkannte, daß er sich entscheiden mußte, denn die Frage war damit schon ausgesprochen. Doch zunächst versuchte er, Zeit zu gewinnen.

»Und was läßt dich glauben, daß ich ausgerechnet auf Sizilien gewesen bin?« fragte er mit einer Lässigkeit, die leicht zu durchschauen war.

»Schwedisches Militär hat dort unten ziemlich gewütet. Du bist Fallschirmjäger und noch etwas, worauf ich nie den Finger habe legen können, und außerdem sprichst du italienisch.«

»Laß uns um der Diskussion willen einmal annehmen, du hättest recht«, begann Luigi nachdenklich. »Dann mußt du einsehen, daß du nach Dingen fragst, bei denen ich als Offizier der Schweigepflicht unterliege. Ich hätte dich nur angelogen.«

»Ein gewisser Fregattenkapitän Hamilton hat in letzter Zeit erhebliche Aufmerksamkeit auf sich gezogen. Er hat dort unten in Palermo auf einer Pressekonferenz etwas gesagt, das mir aus einem bestimmten Grund aufgefallen ist«, fuhr sein Vater still fort, als hätte er keinen Einwand gehört.

»Aha«, sagte Luigi, »und was sollte das sein?«

»Daß wir beim schwedischen Nachrichtendienst neuerdings über Personal verfügen, das perfekt italienisch spricht. In meinem Job beschäftige ich mich ja mit Mathematik und Wahrscheinlichkeitsrechnung, und so kann ich einfach nicht umhin, ein paar sehr einfache Berechnungen anzustellen.«

»Ach nein«, sagte Luigi. »Und was hast du jetzt ausgerechnet?«

»Daß es etwa bei schwedischen Fallschirmjägern nicht allzu viele geben kann, die ein perfektes Italienisch sprechen.«

»Beim Nachrichtendienst kommen die meisten von der Marine, beispielsweise von den Küstenjägern.«

»Die meisten?«

»So kann das nicht weitergehen.«

»Nein«, erwiderte sein Vater zögernd. »Aber dir muß doch klar sein, daß ich gewußt habe, wie die Dinge liegen.«

»Und was willst du mit diesem Verdacht anstellen, ob du nun recht hast oder nicht?« fragte Luigi fast aggressiv.

»Eines, nur eine einzige Sache. Ich bitte dich, es Mama nicht zu erzählen. Sie würde ... na ja, du weißt schon.«

»Ja, sie würde zu Anna Magnani werden«, sagte Luigi lächelnd.

Sie sahen sich in die Augen. Sein Vater lächelte. Dann umarmten sie sich wie zwei Italiener.

»Ich bin stolz auf dich, selbstverständlich bin ich das«, sagte sein Vater und verbarg das Gesicht in der Umarmung. »Ich verstehe ja, daß du einen teuflisch gefährlichen Job hast, den nicht jeder x-Beliebige übernehmen kann.«

»Nein, es ist ein Vorteil, wenn man italienisch spricht, zumindest auf Sizilien«, erwiderte Luigi. Damit hatte er schließlich gestanden und in dienstrechtlicher Hinsicht militärische Geheimnisse verraten, die der absoluten Schweigepflicht unterlagen.

»In der Zeitung stand«, begann sein Vater, nachdem er seine Rührung überwunden hatte, »in der Zeitung stand, zwei anonyme schwedische Offiziere seien mit dem Ordine al Merito della Repubblica ausgezeichnet worden, dazu mit dem Grad Commendatore. Bist du einer davon?«

»Was du jetzt fragst, mein Alter«, lächelte Luigi, wobei er zustimmend nickte, »sind militärische Geheimnisse. Ich könnte dir sagen, wie es ist, aber dann müßte ich dich anschließend zum Schweigen bringen.«

Sein Vater schüttelte langsam und lange den Kopf. Dann legte er die Arme um seinen Sohn, worauf sie sich gemeinsam in die noch andauernde Kakophonie aus Abschied und Streit begaben.

»Wie Ihnen schon klar ist, meine Herren«, begann Mauno Koivisto, ohne sich mit Vorreden aufzuhalten, »habe ich Sie als Präsident der Republik Finnland in einer hochsensiblen Angelegenheit zu mir gerufen. Sie betrifft die Verteidigungs- und Außenpolitik des Landes. Nach der Verfassung kann der Präsident in solchen Dingen aus eigener Machtvollkommenheit recht weit gehen, doch jetzt halte ich die Zeit für reif, den Ministerpräsidenten und den Außenminister zu konsultieren.«

Die Herren saßen auf der Sofagruppe am hinteren Ende des Arbeitszimmers, zwischen sich einen leeren Tisch aus Glas und gemaserter Birke. Kein Kaffee, keine Papiere. Sie kannten sich recht gut aus früheren Zeiten, als sie sich innenpolitisch nach Herzenslust bekämpft hatten, aber der Präsident hatte von Anfang an jeder Munterkeit oder Vertrautheit einen Riegel vorgeschoben. Er trat unzweideutig als Präsident auf.

»Ich habe Juakko, meinen Kanzleichef, gebeten, dabeizusein und ein Protokoll anzufertigen«, fuhr Mauno Koivisto fort, »obwohl das natürlich bedeutet, daß dann ganze sieben Personen in Finnland um diese Angelegenheit wissen. Es wäre jedoch unpassend, einen anderen Protokollführer zu benennen, da unsere Entscheidungen von der Nachwelt möglicherweise auf die Goldwaage gelegt werden.«

Keiner der Anwesenden hatte vor, den Präsidenten zu unterbrechen oder ihm Fragen zu stellen, obwohl dieser erneut eine kleine Pause machte, bevor er sich zurücklehnte und einen Punkt an der Zimmerdecke fixierte. Dann legte er in schnellem Tempo, fast leiernd eintönig und mit knappen Worten dar, was sich ereignet hatte. Er begann mit dem Augenblick, in dem Ministerialrat Eero Grönroos von der Osteuropa-Abteilung des Außenministeriums um einen Termin gebeten hatte, und endete damit, daß er einen etwas zu sehr angeheiterten SKYPO-Chef mit dem Auftrag nach Hause geschickt hatte, eine Einsatztruppe zusammenzustellen, die den zu erwartenden hohen Anforderungen genügte.

»Diese Bemerkung über den angeheiterten SKYPO-Chef brauchst

du nicht zu notieren, Juakko«, sagte er mit der Andeutung eines Lächelns, als er fertig war. »Also, meine Herren. Jetzt habe ich selbst noch zwei Fragen an Sie, bevor wir die Angelegenheit etwas allgemeiner besprechen. Sollten wir in diesem Stadium noch einen weiteren Entscheidungsträger des Landes einweihen? Verfassungsmäßig dürfte die Verteidigungsministerin als erste an der Reihe sein. Und: Können wir die Kontakte mit dem sowjetischen Präsidenten über die bisherigen Kanäle fortsetzen?«

Es kam zu einem recht langen Schweigen. Das war kaum verwunderlich, denn die eine Frage erschien den Anwesenden leicht, während es auf etwas peinliche Weise schwer sein würde, die andere zu beantworten. Schwierig war jedoch nicht die Billigung des eigentümlichen Vorgehens, einen mittleren Beamten als Brieftaube zum Präsidenten der früheren Supermacht einzusetzen. Schwierig war die Frage, ob die Verteidigungsministerin hinzugezogen werden sollte, sowie die Tatsache, daß alle Äußerungen für die Nachwelt aufgezeichnet wurden.

Finnland war das erste Land der Welt mit einer Frau an der Spitze des Verteidigungsministeriums. Delikat war die Angelegenheit, weil die Dame nicht das ungeteilte Vertrauen der Anwesenden genoß. Natürlich hätte es als eine erfrischende und moderne Idee erscheinen können, eine Frau als Verteidigungsministerin zu haben, und überdies war ihre schließliche Ernennung einer der vielen Kompromisse in der Frage der Verteilung der Ministerposten gewesen, wie sie bei einer Koalitionsregierung unvermeidlich sind. Die erfrischende Munterkeit der Dame hatte sich gelegentlich jedoch auf unkonventionelle Weise Ausdruck verschafft. So hatte sie in der Öffentlichkeit mehrmals witzige Äußerungen gemacht. Manche glaubten, sie habe dies nur getan, um im Rampenlicht zu stehen. Hätten die Anwesenden Herren weniger offiziell zusammengesessen, hätten sie gesagt, das Weibsstück quatscht zuviel, so geht das nicht, diese Frage ist dafür einfach zu ernst.

»Tja, wenn ich anfangen darf«, sagte der Außenminister in einem Tonfall, als wäre ihm eine glänzende Idee gekommen, »wenn ich also anfangen darf, scheint es mir nur vernünftig zu sein, sich auch künftig des gleichen Kanals zu bedienen, der in der Praxis ja schon funktioniert hat. Der Ernst der Angelegenheit wiegt wirklich schwerer als die Frage, wer offizieller Sendbote ist oder derlei. Von Seiten des Außenministeriums haben wir also keine Einwände dagegen, daß Ministerialrat Grönroos auch künftig in dieser Frage als Postillon eingesetzt wird.«

Er lehnte sich zufrieden zurück. Es hatte fast den Anschein, als entspannte er sich. Von den Anwesenden konnte ihm ja niemand das Recht nehmen, sich in der Frage zu äußern, die schon definitionsmäßig in seinen Verantwortungsbereich gehörte. Damit hatte er jedoch die glühende Kohle weitergereicht.

Der Ministerpräsident, dem die glühende Kohle jetzt auf dem Schoß lag, erkannte, daß er an der Reihe war. Er erkannte auch, daß alle um die besondere Schwierigkeit wußten. Er warf dem Kanzleichef des Präsidenten einen Seitenblick zu. Dieser hatte die Äußerung des Außenministers schon notiert und wartete jetzt höflich mit erhobenem Stift.

»Ja, hm«, begann der Ministerpräsident angestrengt, »wie ich sehe, ist es von größter Bedeutung, den Kreis der Verantwortlichen so klein wie möglich zu halten, und zwar angesichts der unerhörten Konsequenzen eines Durchsickerns dieser Angelegenheit nach draußen.«

Er machte eine kurze Pause. Es war offenkundig, daß er dabei war, seine soeben geäußerten Worte vorzeitig auf der Goldwaage der Geschichte zu wiegen. Dann fand er einen Ausweg und fuhr fort.

»Ich möchte damit natürlich nicht gesagt haben, daß einer der hier Anwesenden oder nicht Anwesenden weniger vertrauenswürdig sei als sonst jemand. Es ist nichts weiter als eine arithmetische, praktische Beobachtung. Und da die Angelegenheit die Landesverteidigung noch nicht berührt und offenbar eher unsere auswärtigen Beziehungen und möglicherweise bestimmte polizeiliche Vorbereitungen tangiert, bin zumindest ich der Meinung, daß wir den Kreis bis auf weiteres genügend ausgeweitet haben, und zwar in sowohl verfassungsmäßiger als auch rein praktischer Sicht.«

Keiner der Anwesenden machte Anstalten, etwas einzuwenden oder hinzuzufügen.

»So«, sagte der Präsident, »damit sind wohl die Fragen beantwortet, die ich zu stellen hatte. Dann können wir fortfahren. Mir ist klar, daß Sie unvorbereitet zu diesem Gespräch gekommen sind, meine

Herren, aber ich möchte trotzdem Ihre Standpunkte und Fragen hören.«

Die anschließende Diskussion wurde recht lebhaft, so daß der Präsident sich genötigt sah, das Tempo wegen des Protokolls zu bremsen. Es kristallisierte sich bald eine Hauptfrage heraus: Warum wollte Gorbatschow die Schmuggelexpedition schon auf sowjetischem Territorium stoppen? Wenn Zeit und Ort bekannt waren, warum dann nicht einfach auf die Schmuggler warten und sie schnappen, wenn sie sich zehn Meter auf finnisches Territorium begeben hatten? Und warum konnten die Russen das Problem nicht intern lösen?

Michail Gorbatschow hatte im Klartext zugegeben, daß er den zuständigen sowjetischen Organen nicht traute, was in erster Linie wohl für das KGB galt. Eine derart wichtige Angelegenheit wie das Zuschlagen gegen eine Schmugglerbande, die Kernwaffen durchs Land schleifte, würde irgendwann unweigerlich den bürokratischen Apparat des KGB durchlaufen und den eventuellen Feind alarmieren.

Finnische Polizei oder finnisches Militär mußte dem sowjetischen Präsidenten als bedeutend sicherere und zuverlässigere Alternative erscheinen.

Die Frage des Territoriums hatte überdies einen höchst empfindlichen politischen Aspekt. Natürlich war es von einiger Brisanz, Polizei oder Militär einer fremden Macht dazu aufzufordern, auf dem eigenen Territorium zu operieren. Doch war dies in politischer Hinsicht eine Kleinigkeit gegen das, was geschehen würde, wenn sowjetische Kernwaffen bei irgendeiner Gelegenheit, und sei es auch nur kurzzeitig, sowjetisches Territorium verließen.

Und so wie der Westen funktionierte, war wohl zu erwarten, daß eine Polizeistreitmacht, die auf der Lauer lag, um ein paar hochinteressante Schmuggler zu fassen, Pressefotografen und schlimmstenfalls sogar Fernsehkameras im Troß hatte.

Publizität wäre katastrophal. Es ging schließlich nicht nur um eine Art Prestigeverlust für die sowjetische Staatsführung – der es offenbar nicht einmal gelang, die eigenen Kernwaffen unter Kontrolle zu halten –, sondern auch für finnische Behörden würden sich, gelinde gesagt, Probleme ergeben.

Was fängt man mit einer beschlagnahmten Wasserstoffbombe an? Versieht man sie mit einem Aufkleber und schickt sie ans Fundbüro des Polizeipräsidiums von Helsinki? Oder befördert man sie mit ein paar Fußtritten fünfzehn Meter zurück über die sowjetische Grenze?

Sollte man sie von Militär bewachen lassen, allen Beteiligten Schweigepflicht auferlegen und warten, bis Gorbatschow sie persönlich abholte?

Nein, es war klar, daß der sowjetische Präsident das Problem gründlich durchdacht hatte. Jede Form von Öffentlichkeit, das heißt Publizität, würde katastrophale Probleme mit sich bringen. Einmal alle politischen Verwicklungen (»Seien Sie doch so nett, Ihre Wasserstoffbombe abzuholen«), zum andern die Tatsache, daß die Publizität auch die chaotisch zerfallende Sowjetunion erreichen und dort als riesenhafte Werbung dafür dienen würde, wie man selbst die schwierigsten Geldprobleme löst. Eine halbe Million Kernwaffendiebe würden sich auf der Stelle zu einem professionelleren Versuch aufgerufen fühlen.

Die Anwesenden waren sämtlich Berufspolitiker und seit vielen Jahren gewohnt, sich bei schwierigen Fragen zusammenzuraufen, und nachdem die psychologisch kniffligste Frage, nämlich die der Verteidigungsministerin, abgehakt worden war, konnte es schnell weitergehen. Die Konferenz dauerte weniger als eine Stunde.

Die Entscheidungen, die jetzt getroffen wurden, oder vielmehr die Beschlüsse, die der Präsident jetzt mit verfassungsmäßiger Unterstützung durch die Regierung des Landes in die Tat umsetzen konnte, waren einfach und konkret.

Der Präsident sollte durch persönliche Kontaktaufnahme mit dem Chef des Sicherheitsdienstes dafür sorgen, daß die praktischen Vorbereitungen weitergingen.

Ferner sollte der Präsident mit seinem Partner in Moskau fortlaufend Kontakt halten, und zwar durch den dafür eigens ernannten Sendboten Eero Grönroos, für den sich sein Außenminister so vorbehaltlos einsetzte.

Åke Stålhandske war strahlender Laune, als er in Rom die SAS-Maschine bestieg, und dieser Umstand hatte vermutlich eine ganz entscheidende Wirkung für das, was später geschah.

Er hatte wohlweislich ein Ticket für die Affenklasse hinter dem Vorhang gekauft, aber nicht, weil er auch nur einen Augenblick annahm, daß die Streitkräfte ihm unter den gegenwärtigen Bedingungen einen Heimflug zum vollen Preis verweigert hätten, sondern weil seine äußere Erscheinung im Augenblick sehr gut zur Affenklasse paßte, in der Euroclass jedoch unnötiges Aufsehen erregen würde. Und sein Job bestand zu einem nicht unwesentlichen Teil darin, letzteres zu vermeiden.

Als er an all den Krawattenträgern in der Euroclass vorbeiging und dem Vorhang im hinteren Teil der Maschine zustrebte, machten ihn ihre Blicke verlegen. Er sah nicht ihre Verwunderung und heimliche Bewunderung, da er eher von eigenartigen Komplexen wegen seines Aussehens erfüllt war. Er konnte sich keinen Augenblick vorstellen, daß diese Reihen von Unternehmensberatern und Diplomkaufleuten mehr als einen kleinen Finger hergeben würden, um mit einem Mann zu tauschen, der so aussah, als würde Arnold Schwarzenegger in ihm seinen Meister finden. Was in Wahrheit Schüchternheit und Neid war, sah er nur als Verachtung.

Ein Mann, der 1,99 Meter groß ist und 115 bis 120 Kilo ohne ein einziges Gramm überschüssigen Fetts wiegt, wird von seinen kleinwüchsigeren Freunden und Feinden leicht wie ein Idiot behandelt, weil Muskeln und Intelligenz herkömmlicher Denkweise zufolge, besonders von Leuten, die selbst keine Muskeln haben, als Gegensätze empfunden werden. Solche kleinen Arschlöcher in Hemd und Krawatte hatten ihn seit der Jugendzeit verfolgt. *Willst du dem Affen nicht eine Banane geben, dann könnten wir beide endlich tanzen?* Solche Sätze hatte er öfter zu hören bekommen, und darauf hatte er nur mit einem Erröten erwidern können.

Doch gerade jetzt, auf dem Weg durch den Flugzeugrumpf, rächte er sich, indem er an das dachte, was in seinem Handgepäck lag. Verblichene Jeans, ein gestreiftes T-Shirt und ein Stück Seil statt eines Gürtels, dazu solche elenden Jesuslatschen an dreckigen Füßen, aber daneben lag im Handgepäck ebenfalls L'Ordine al Merito della Repubblica. Beim Durchleuchten des Handgepäcks hatte man den Orden entdeckt. Die Beamten hatten Åke in einen Nebenraum geschleift und drohten schon unfreundlich zu werden, als er sich als schwedischer Offizier auswies. Auf dem Rückflug. Von der Schwedischen Botschaft, die man jederzeit anrufen könne. Daß er auf dem Rückweg von Sizilien sei. Wenn die Herren also die Güte hätte, sein Cover zu respektieren …

Diese Worte hatten eine verblüffende Wirkung gehabt, und die komisch anmutende Verwandlung des Flughafenpersonals hatte wohl auch zu seiner guten Laune beigetragen, dieser strahlenden Laune, die ihn den bevorstehenden Schock halbwegs gerüstet überstehen ließ.

Denn als er den Vorhang zur Seite schlug, entdeckte er zwanzig sehr junge und sehr schöne Frauengesichter. Nach einem kurzen verblüfften Schweigen brachen sie in Jubel, Beifall und Pfiffe aus.

Er stand und begriff nichts. Sie konnten ja nicht wissen, woher er kam und wer er war und was es sonst noch gab, worüber man jubeln konnte.

Das wußte die weibliche Gymnastiktruppe aus Stockholm auch tatsächlich nicht, sie jubelten vielmehr genau über das, worüber die Männer da draußen seiner Meinung nach die Nase gerümpft hatten.

Er gewann notdürftig die Fassung wieder und fand schnell seinen Platz vorn am Vorhang neben den beiden Leiterinnen der Gruppe. Sie stellten sich munter vor und erzählten, alle seien so gut aufgelegt, weil sie bei einem internationalen Wettbewerb in Rom einen Preis gewonnen hätten. Sobald die Maschine gestartet war, bestellte jede eine kleine Flasche Champagner, für die fünfundzwanzig Kronen zu bezahlen waren. Vom Vorhang abgesehen ist das der entscheidende Unterschied zwischen Affenklasse und Euroclass. In der Euroclass bezahlt man für die Strecke Rom-Stockholm zwar viertausend Kronen mehr, erhält dafür aber ein Champagnerfläschchen gratis. Es ist also der bei weitem teuerste Champagner der Welt.

Doch in der Affenklasse kostete er nur fünfundzwanzig Kronen und nicht viertausend. Unter zwanzig vernichtend schönen jungen skandinavischen Frauen und einem Riesen stieg die Stimmung immer mehr. Kurz darauf herrschte fröhlicher Lärm.

Eine der beiden Leiterinnen brachte Åke dazu, etwas zu tun, was er sich bis dahin nicht einmal im Traum hätte vorstellen können. Sie bat ihn, sich hinzustellen, das T-Shirt auszuziehen, die Arme über den Kopf zu nehmen, die Hände zu ballen und die Fäuste in einem Bogen aufeinander zuzuführen. Dann bat sie ihn, sich langsam zu drehen, während sie bei ihren Schülerinnen nach den lateinischen Namen der Muskeln fragte, alles unter unausgesetztem Beifall, Gekicher und Jubel.

Anschließend sollten die jungen Frauen beantworten, wofür dieser Körper geschaffen war, also um welche Sportart es sich handelte. Zehnkampf erwies sich als richtige Antwort, möglicherweise auch Speerwerfen.

»Ach was, Teufel auch, das sagt ihr nur, weil ihr mich für einen Finnen haltet«, lachte Åke Stålhandske glücklich, nicht so sehr wegen der hemmungslosen Bewunderung, die ihm entgegenschlug, sondern weil er etwas so Unmögliches tun konnte und dabei kaum Scham empfand.

Eine strenge Stewardeß erschien und unterbrach die Vorstellung mit der Behauptung, die Herren da draußen hätten sich beschwert.

»Sag diesen Scheißkerlen, sie können sich an die Wand klatschen!« schrie ein Teenager ganz hinten. Damit wurde der Champagnerverkauf eingestellt. Åke Stålhandske mußte sich setzen, sein T-Shirt anziehen und sich die Tränen trocknen, da er vor lauter Lachen und gemischten Gefühlen weinte.

Während der restlichen Flugreise schloß er mit den beiden Dozentinnen der Stockholmer Sporthochschule wie selbstverständlich nähere Bekanntschaft. Am Anfang stand die Frage, ob Zehnkampf die richtige Antwort war.

Er erkannte ihre Sachkenntnis. Wenn nötig, konnten sie sogar die lateinischen Namen jedes einzelnen Körperteils herunterbeten, und folglich würden seine üblichen Märchengeschichten, er habe früher dies oder jenes getrieben, sei aber seit kurzem ein gewöhnlicher Bürohengst, hier nicht überzeugen. Er sagte, er hätte soeben fünf Jahre in den USA studiert und amerikanischen Fußball gespielt. Was ja auch nicht ganz unrichtig war, und die entsprechenden neugierigen Fragen zu diesem Sport konnte er ohne Mühe parieren.

Falls Åke Stålhandske je in seinem Leben eine perfekte Ausgangssituation gehabt hatte, um trotz seines mangelnden Selbstwertgefühls eine Frau kennenzulernen, so wurde sie ihm hier noch dadurch erleichtert, daß eine der beiden Sportdozentinnen verheiratet war und die andere unverlobt.

Sie hieß Anna. Als die Maschine landete, beschlossen sie, sich schon am nächsten Abend zu treffen. Auf dem Weg durch die Paßkontrolle änderten sie ihren Entschluß dahingehend, daß sie sich noch am selben Abend sehen wollten, das heißt gleich vom Flughafen an.

3

Als die ersten Panzerkolonnen auf den Straßen Moskaus in Richtung Innenstadt rasselten und die ersten lokalen Rundfunksendungen bekanntgaben, daß Präsident Michail Sergejewitsch Gorbatschow abgesetzt worden sei, empfanden die zentralen Einheiten beim schwedischen Nachrichtendienst fast so etwas wie Erleichterung, denn seit ungefähr vierundzwanzig Stunden hatten sie fast in einem Zustand der totalen Mobilmachung gelebt.

Alle waren müde und unrasiert und hatten blutunterlaufene Augen. In Samuel Ulfssons Zimmer waberte der Zigarettenrauch wie dichter Nebel.

Jetzt, da der Staatsstreich eine Tatsache war, brauchten sie nicht mehr auf Hochtouren zu laufen. Die beiden schwedischen Spionageflugzeuge, von denen mindestens eines ständig im Luftraum der Ostsee war, konnten zur Basis zurückkehren. Das Funküberwachungsschiff »Orion« wurde nach Südosten befohlen, um wie zuvor den baltischen Raum abzudecken. Die zusätzlich einberufenen Russisch-Dolmetscher und das Funkpersonal wurden entlassen, und wer nach Hause gehen und schlafen wollte, konnte es ungehindert tun.

Spionagesatelliten, »die aus dem Weltraum einen Tischtennisball fotografieren können«, gibt es nicht, und wenn es sie gäbe, würden sie trotzdem Glück mit dem Wetter brauchen. Doch der Himmel über Moskau ist selten oder vielmehr nie so klar wie im Nahen Osten, und selbst »klarer« Himmel über Moskau bedeutet, daß die Sicht der gesamten Region durch eine Kuppel aus Dieselabgasen, Braunkohlenrauch und Schwaden allgemeiner Umweltzerstörung stark herabgesetzt ist.

Entscheidend ist der militärische Funkverkehr, die Fähigkeit, Tausende von Mitteilungen, die gleichzeitig gesendet werden, aufschnappen, dechiffrieren, trennen und vernünftig interpretieren zu können. Keine Invasion, nicht mal die Invasion der eigenen Hauptstadt eines Landes, läßt sich ohne umfassenden Funkverkehr durchführen, und vor vierundzwanzig Stunden waren die Hinweise allmählich deutlicher geworden, um sich dann besorgniserregend zu verdichten.

Luigi Bertoni-Svensson und Göran Karlsson hatten ihre Feuertaufe an den Datenzentralen erhalten, dem eigentlichen Gehirn des Unternehmens. Dorthin wurde alles in einem wilden Durcheinander geschickt, dechiffrierte Nachrichten, fast dechiffrierte und solche im Klartext; je mehr sich die Krise ihrem Höhepunkt näherte, um so häufiger gab es Mitteilungen im Klartext. Aus diesem Grund wurde zusätzliches Personal in Form von Russisch-Dolmetschern angefordert, die stundenlang vor ihren Tonbandgeräten saßen und wie Simultandolmetscher gleichzeitig redeten.

Während der letzten Stunden hatten die Nachrichtendienste der USA und Schwedens mehr Mitteilungen ausgetauscht als während des gesamten vorhergehenden Jahres. Jemand hatte sogar vom »BBC World Service from Stockholm« gewitzelt, da der Begriff USA in solchen Zusammenhängen eine Anzahl weiterer Länder in der NATO-Gemeinschaft einschließt. Noch vor einigen Jahren, als der Begriff »Neutralität« für Schweden einen etwas präziseren Inhalt hatte, zumindest als heilige Kuh der Politik, wäre dieser intensive Austausch von Erkenntnissen der Nachrichtendienste höchst umstritten gewesen. Doch jetzt dachte niemand mehr über diese Frage nach. Was jetzt geschah, war eine Angelegenheit der ganzen Welt.

Für Schweden bestand keine unmittelbare Gefahr. Der gedachte Fall eines Staatsstreichs in Moskau war aus den meisten Blickwinkeln schon bestens geprobt, und da man von dem internationalen Luftraum über der Ostsee aus einen vollständigen Überblick über die gesamte baltische Küste hatte, waren einige wohlvorbereitete Kontrollflüge mit äußerster Sorgfalt durchgeführt worden. Dort war von signifikanter militärischer Aktivität der Sowjets nichts zu bemerken. Sollte ein Staatsstreichregime, das seine »nationale Rettungstat« höchstwahrscheinlich zu dem Zweck inszenierte, die Sowjetunion mit Gewalt zusammenzuhalten, etwa planen, das Baltikum dem Sowjetimperium wieder einzuverleiben, so war zumindest jetzt nichts davon zu bemerken. Man wollte offenbar zunächst den Griff um Moskau konsolidieren, was niemanden überraschen konnte.

Folglich war keine besondere Form einer schwedischen Mobilmachung nötig; ein Bürgerkrieg im Baltikum richtete sich schon definitionsmäßig nicht nach außen; in einem solchen Fall mußte daran gedacht werden, die erwarteten Flüchtlingsströme auf der Ostsee zu empfangen und zu verteidigen.

Samuel Ulfsson und Carl blieben nach einiger Zeit allein im Chefzimmer zurück. Sie waren düsterer Stimmung und müde und versuchten, ihre letzten intellektuellen Kräfte auf die Frage zu lenken, wie Samuel Ulfsson dem Oberbefehlshaber die Lage vortragen sollte. Sie hatten sich mehr als ein Jahr auf das, was jetzt geschah, vorbereitet, hatten geübt und diskutiert, doch als der Fall fast exakt so eingetreten war, wie man es geübt hatte, wurden sie trotzdem ein Gefühl von Unwirklichkeit nicht los.

»Teufel auch«, sagte Samuel Ulfsson und tastete in mehreren leeren Schachteln nach einer neuen Zigarette. »Teufel auch. Sie haben es getan, diese Dummköpfe haben es getan. Wer ist bis jetzt mit von der Partie?«

»In der untersten Schublade links«, seufzte Carl. Er hatte rote Augen, mehr wegen des Zigarettenrauchs als vor Müdigkeit.

»Wie?« fragte Samuel Ulfsson, der schon dabei war, in dem überquellenden Kristallaschenbecher nach den längsten Kippen zu suchen.

»In deiner untersten Schublade links, du hast noch eine Stange mit drei Schachteln drin«, fuhr Carl ohne Begeisterung fort. »Also, da haben wir sowohl den KGB-Chef als auch den Verteidigungsminister. Wenn wir nach dem Lehrbuch vorgehen, ist die Sache damit gelaufen.«

»Was heißt Lehrbuch«, sagte Samuel Ulfsson. Sein Gesicht hellte sich auf, als er feststellte, daß Carl zumindest in der Zigarettenfrage vollkommen recht hatte. »Gilt das Lehrbuch denn heute immer noch?«

»Woher soll ich das wissen«, sagte Carl, »aber KGB und Sowjetarmee gegen eine Partei, die nicht mehr existiert, bedeutet zumindest theoretisch, daß die Sache gelaufen ist. Obwohl man sich natürlich auch fragen kann, in welcher Hinsicht die Sowjetarmee noch existiert.«

»Genau!« sagte Samuel Ulfsson merklich aufgemuntert. Es war nicht auszumachen, ob es der zuletzt geäußerten Ansicht galt oder der neuen Zigarette, die er gerade anzündete. »Genau, existiert die Sowjetarmee noch?«

»Na ja, wenn wir jetzt über sie herfallen, würde sie wahrscheinlich munter werden«, überlegte Carl. »Und falls sie Riga besetzen sollten ... tja. Aber Moskau besetzen, darüber haben wir immer nur Witze gemacht, und jetzt sind sie tatsächlich dabei, es zu tun.«

»Na schön. Jedenfalls keine Mobilmachung?«

»Nein, es sei denn als politische Geste. Wir geben lautstark unserer Mißbilligung Ausdruck und schlagen uns auf die Brust. Aber wenn überhaupt, ist das Sache der Regierung. Die holen damit vielleicht noch ein paar Stimmen mehr. Ich meine, das hast du doch vorhin gesagt, daß so etwas der amtierenden Regierung nützt«, murmelte Carl.

»Jaja«, sagte Samuel Ulfsson, »doch das hat Zeit bis später. Von jetzt an überwachen die Nachrichtenmedien vor Ort unten am Boden den Ablauf der Ereignisse besser als wir. Ich gehe also zum OB und sage, daß es passiert ist. Sie werden es in spätestens zehn Minuten im Radio bringen. Keine signifikante Tätigkeit im baltischen Küstengebiet, kein Anlaß zu einer schwedischen Mobilmachung, es sei denn aus politischen Gründen. Ja, das wär's dann wohl.«

Es klang wie eine sehr dürftige Zusammenfassung eines Weltereignisses. Sie hörten es beide und lächelten sich fast verlegen an.

»Bevor wir auseinandergehen, habe ich einen Vorschlag, der eine etwas unwichtigere Frage betrifft. Na ja, es geht um etwas, das man zumindest in diesem Zusammenhang als kleinere taktische Disposition deinerseits bezeichnen könnte«, sagte Samuel Ulfsson und zündete sich an der Glut der soeben aufgerauchten Zigarette eine neue an. »Wir müssen auch an unser Haus denken. Ich meine, die jetzigen Weltereignisse erwecken ja nicht gerade den Eindruck, daß wir den schwedischen Nachrichtendienst unbedingt in der näheren Zukunft gegen Null fahren sollten.«

»Nein«, sagte Carl wenig interessiert, »dann sollten wir vielleicht Stålhandske und Bertoni herbeordern, auf die Krim fliegen und Gorbatschow vor dem Märtyrertod retten.«

»Fabelhafter Gedanke«, sagte Samuel Ulfsson eingeschnappt, »aber aufrichtig gesagt halte ich das nicht für ein realistisches Vorhaben. Scherz beiseite. Ich habe gedacht, daß du dich am besten revanchieren solltest.«

»Verzeihung«, sagte Carl, »ich glaube, ich habe nicht recht verstanden. Verzeih mir, falls ich den Eindruck ... ich weiß nicht, wie ich im Augenblick auf dich wirke, aber ich finde das Ganze verdammt traurig. Okay, ich reiß mich jetzt zusammen. Wiederhol den Satz bitte.«

»Also, jetzt bricht die Hölle los. Im Rundfunk und im Fernsehen melden sich jetzt all diese Weltuntergangspropheten, obwohl nicht einmal wir genau wissen, wie es weitergehen wird.«

»Ja, selbstredend. Und was haben wir damit zu tun?«

»Nun, jeder Dozent hier an der Militärhochschule, ob nun die Experten für die Feldstrategie der 1880er Jahre oder der Luftlandetruppen oder der Marineinfanterie, wird jetzt die Mattscheibe füllen. Du weißt doch, der Krieg gegen den Irak.«

»Ja. Und?«

»Ich habe mir gedacht, du solltest unser Sprecher sein.«

»Unser?«

»Ja. Des Nachrichtendienstes. Das haben wir noch nie getan.«

»Und was soll ich deiner Meinung nach sagen?«

»Was wir wissen und was wir nicht wissen. Aber nicht unbedingt alles darüber, wie und warum wir wissen und nicht wissen. Das ist, wenn ich so sagen darf, eine sehr klare Anweisung.«

»Ja, das ist es. Doch dann zur Frage: warum?«

»Es gibt mehrere Gründe. Erstens bin ich der Meinung – ich verbitte mir ironische Kommentare und dein maliziöses Lächeln, und *das* ist ein Befehl –, erstens bin ich der Meinung, daß wir den Steuerzahlern viel zuviel vorenthalten. Sie sind es nämlich, die rund eine Million für Überstunden hinblättern müssen, die wir in den letzten vierundzwanzig Stunden gekostet haben. In dem Fall sind unsere Erkenntnisse die ihren, das ist doch gar keine Frage. Wegen der Steuerzahler haben wir die Erkenntnisse gewonnen, die uns sagen, wir sollten beispielsweise nicht mobilmachen. Warum sollen sie es nicht erfahren?«

»Hast du das Recht, das zu entscheiden?« fragte Carl ohne die mindeste Ironie und auch ohne jedes Anzeichen seines früheren Desinteresses oder von Müdigkeit.

»Ich werde es dem Oberbefehlshaber jetzt sagen, wenn ich zu ihm gehe und ihm einen Vortrag halte. Er ist ein kluger Mann, so daß wir uns wohl einig werden, denke ich. Und dann ist da noch die Sache mit deiner Revanche, hehe.«

»Was soll das hehe?«

»Nun, dieser Einfall, das *Echo des Tages* dazu zu benutzen, sich einen Todfeind in Gestalt des wichtigsten Außenpolitikers der Sozialdemokraten zu machen, war doch keine Taktik, die du von Alexander dem Großen hast, oder?«

»Nein, ich habe einfach einen Schnitzer gemacht. Manchmal läßt sich nur schwer unterscheiden, was die tatsächliche Wahrheit und was die in der Öffentlichkeit geltende Wahrheit ist, und das weißt du sehr wohl. Na schön, ich will mich nicht herausreden. Ich hätte das lieber nicht sagen sollen.«

»Nein, denn jetzt sind sie hinter dir persönlich her, und das bedeutet, daß sie den Umweg über irgendeine Abteilung bei uns nehmen, die sie mehr oder weniger zu Recht mit dir in Verbindung bringen.«

»Ja. Und jetzt haben die Russen sich sozusagen selbst besetzt, so daß die amtierende Regierung erheblich bessere Aussichten bei der Wahl hat. Aus diesem Grund soll ich ins Fernsehen und schon wieder den Fuß in den Mund stecken?«

»Den Fuß in den Mund stecken?«

»Ach, entschuldige, ich bin müde. Das ist ein Anglizismus, mich also wieder danebenbenehmen.«

»Wenn das Thema deiner Auslassungen etwas stärker eingegrenzt wird, verringert das sicher das Risiko.«

»Möglicherweise. Aber was soll das Ganze?«

»Erstens das, was ich gesagt habe, daß wir tatsächlich eine Möglichkeit zur Informierung der Menschen haben, die wenigstens dieses eine Mal völlig problemlos ist. Ich meine, dem stehen nur konservative Vorstellungen im Weg, daß alles, was wir an Erkenntnissen gewinnen, grundsätzlich geheim bleiben sollte. Es ist richtig, den Weltuntergangspropheten entgegenzutreten, die jetzt überall im Land wach werden und in die Fernsehstudios eilen, um vom Jüngsten Gericht zu geifern. Außerdem könntest du eine andere Seite unserer Tätigkeit zeigen.«

Carl senkte den Kopf, lächelte und biß sich auf die Lippe, um nicht laut loszulachen. Er erkannte, daß sein Chef da einen vollwertigen

Punkt gelandet hatte. Was in den letzten vierundzwanzig Stunden geschehen war, *das* war schwedischer Nachrichtendienst. Der Öffentlichkeit stellte es sich jedoch so dar, als wäre das, was etwa auf Sizilien passiert war, die typische Beschäftigung des schwedischen Nachrichtendienstes.

»Na schön«, sagte er, »unleugbar eins zu null für dich. Sie sind der Meinung, man sollte mich und überflüssige internationale Abenteuer einstellen, aber es besteht die Gefahr, daß sie auch unsere Datenanalyse einstellen wollen. Es besteht also die Gefahr, daß sie das Kind mit dem Bade ausschütten. Ungefähr so?«

»Ungefähr so.«

»Und wohin werde ich befohlen?«

»Nimm die größte Nachrichtensendung. Ich weiß nicht, ob es *Rapport* oder *Aktuellt* ist. Wahrscheinlich *Aktuellt*, da die am besten sind, aber das ist nicht so wichtig. Achte nur darauf, daß du den Laden mit den Weltuntergangspropheten ausfegst. Geh nach Hause, mach dich ein bißchen hübsch, und dann stichst du in See. Vergiß nicht die Uniform.«

Sie standen gleichzeitig auf, nickten und gingen in verschiedene Richtungen. Der eine, um den Oberbefehlshaber, der andere, um die Allgemeinheit zu unterrichten.

Es hätte *Rapport* sein müssen, die Sendung, die im Gegensatz zu Samuel Ulfssons Vorstellungen mehr als doppelt so viele Zuschauer hat wie *Aktuellt*. Doch *Rapport* hatte gerade kraft seiner Größe unter der wachsenden Schar geneigter militärischer Schlaumeier den richtigen Fang gemacht. Wie andere westliche Länder war auch Schweden in den letzten Jahren infolge der Kriegsdarbietungen des internationalen Fernsehens mit selbsternannten Militärexperten gesegnet worden. Und *Rapport* hatte sich jetzt den Friedensforscher gesichert, der gerade en vogue war, einen bärtigen jungen Mann, der seit mehr als drei Jahren warnte, in Moskau könne sich jederzeit ein Staatsstreich ereignen.

Bei den Äther-Medien kam jedoch kein Mensch auf den verrückten Einfall, den militärischen Nachrichtendienst des Landes anzurufen, um einen sachkundigen Militärexperten zu gewinnen. Jeder wußte, daß man von dort nie eine andere Antwort erhielt als »kein Kommentar«.

Carl war in Erwartung von Anrufen, die nicht erfolgten, auf den Fluren auf und ab geschlendert. Von Zeit zu Zeit ging er zu Beata hinein, die ihm aber keinen Trost spenden, sondern nur mitleidig den Kopf schütteln konnte. Als die *Rapport*-Sendung begann, war immer noch keine Anfrage gekommen. Inzwischen gab es gute Gründe für die Annahme, daß alles, was sich bewegen, sprechen und gleichzeitig eine Uniform tragen konnte, für die schwedischen Äther-Medien mobilisiert war.

Carl sah sich die Sendung mit Beata an. Das Telefon befand sich in Griffweite. Was sie sahen und hörten, verblüffte und entsetzte sie zugleich. Der junge Friedensforscher versicherte in vollem Ernst, jetzt sei absolut sicher, daß die Welt für dreißig und vielleicht sogar vierzig Jahre in den Kalten Krieg zurückgeworfen worden sei. Es seien militärische Blitzaktionen zu erwarten, zunächst gegen die baltischen ehemaligen Sowjetrepubliken. Wahrscheinlich werde es in Estland beginnen. Die künftige Strategie werde darauf hinauslaufen, sich mit Gewalt eine Sowjetrepublik nach der anderen wiedereinzuverleiben, etwa in einer Art Domino-Taktik. Gegen Ende dieses Prozesses werde die Geschwindigkeit der rein militärischen Operationen eskalieren. Die letzten ehemaligen Sowjetrepubliken würden sich kampflos ergeben.

Unmittelbare Konsequenz: Das Risiko eines neuen Weltkriegs war größer als je zuvor. Denn wenn die Sowjetunion in ihrer alten Form erst einmal zementiert war, entstand natürlich die Frage, was mit den ehemaligen Satellitenstaaten geschehen sollte. Schon die Frage war gefährlich. Denn wenn die Sowjetunion glaubte, im Westen würde erwartet, daß sie beispielsweise in der Tschechoslowakei, Ungarn oder schlimmstenfalls sogar in Ostdeutschland zuschlagen wollte, stellte sich die Frage, ob das nicht der *casus belli* sei, also der Auslöser der endgültigen Auseinandersetzung mit Kernwaffen.

Allerdings, erklärte der Friedensforscher tröstend, sei es auf kurze Sicht unwahrscheinlich, daß die Sowjetunion ihre Interkontinentalraketen so im Griff habe, daß sie ohne weiteres einen Weltkrieg beginnen könne.

Beata glühte vor Entrüstung. Sie wußte natürlich, was in den letzten vierundzwanzig Stunden an echten Erkenntnissen eingegangen war, denn sie saß weniger als eineinhalb Meter von der Tür ihres Chefs entfernt.

Carl lümmelte sich in einen Sessel, die Hände tief in den Hosentaschen und die Schirmmütze über den Augen.

»Derart kategorische Aussagen sind nicht ganz risikofrei«, brummte er. »Ich frage mich wirklich, ob das nicht das Dümmste gewesen ist, was ich in meinem ganzen Leben gehört habe.«

»So, jetzt mache ich denen Beine!« sagte Beata. Sie stand so heftig auf, daß sie dabei den Sessel hinter sich umkippte, und trat ans Telefon.

»Willst du ihn festnehmen lassen?« fragte Carl und schob die Mütze hoch, so daß er feststellen konnte, daß sie tatsächlich anrief. »Du hast doch wohl nicht vor, *Rapport* anzurufen und um Sendezeit zu betteln?«

»Nein, keine Rede davon!« schnaubte sie. »Ich rufe *Aktuellt* an.«

Carl erhob sich schnell und machte Anstalten, sie daran zu hindern, doch sie riß den Hörer zur Seite.

»Dummkopf!« brüllte sie. »Du glaubst doch nicht, daß ich *Aktuellt* direkt anrufe. Hallo? Hallo, bist du es, Björn, hej, hier ist Beata vom USK ... ja, ihr habt natürlich alle Hände voll zu tun, aber das ist nichts gegen das, was wir hinter uns haben ... Nun, wen hat *Aktuellt* für die Abendvorstellung gemietet?«

Sie kicherte leicht und legte die Hand auf den Hörer, sobald sie die Antwort gehört hatte.

»Die haben sich diesen Admiral von der Militärhochschule gesichert«, flüsterte sie fröhlich und wandte sich dann wieder dem Unbekannten am Telefon zu.

»Du, hör mal! Ruf sie an und sag ihnen, daß sie einen offiziellen Sprecher des USK in Gestalt von Fregattenkapitän Hamilton kriegen können, falls sie ihn zufällig diesem Admiral vorziehen sollten ... Wie bitte? Ja, der OB hat das Arrangement gebilligt. Genau, der OB persönlich.«

Sie knallte den Hörer auf die Gabel, kehrte mit klappernden Absätzen zu ihrem Platz zurück und hob ihren umgekippten Sessel auf. Carl war in seiner Verblüffung nicht auf die Idee gekommen, ihr das abzunehmen, bevor sie die Arbeit selbst erledigt hatte.

»Jetzt wollen wir mal sehen«, sagte sie zufrieden, »ob es mehr als fünf Minuten dauert.«

Es dauerte vier Minuten.

Eine Dreiviertelstunde später war Carl zum ersten Mal in seinem Leben geschminkt. Er fühlte sich, als sollte er auf eine Cabaretbühne treten und nicht vor die Nation.

In der Maske wimmelte es von Personen mit unklaren Funktionen, die ihn gleichzeitig fragten, warum er sich zur Verfügung stelle, wie so etwas möglich sei und ähnliches, was er mühelos beantworten konnte. Die Erkenntnisse, die der schwedische Nachrichtendienst hatte oder nicht hatte, waren in der jetzigen Lage von allgemeinem Interesse. Es war nichts, was unter Geheimstempeln in Archiven zu Bedeutung heranreifen sollte, wie Sam gesagt hatte.

Kurze Zeit später saß er einer Frau gegenüber, die er schon oft auf dem Bildschirm gesehen hatte, und es fiel ihm schwer zu akzeptieren, daß sie auch außerhalb einer Sendung und ohne Manuskript sprechen konnte. Sie war sichtlich nervös und fragte indirekt, ob Carl mit irgendwelchen »Überraschungen« aufwarten wolle.

Carl hatte keine rechte Vorstellung davon, was mit »Überraschungen« gemeint sein konnte, versicherte aber sicherheitshalber, er habe nichts dergleichen vor. Dann wollte sie eine Antwort auf die Frage, ob es einen Weltkrieg geben werde. Darauf erwiderte er mit einem kurzen Nein, und dann begann die Sendung mit synthetischer Musik.

In den ersten fünf oder sechs Minuten, bevor Carl auf Sendung ging, wurden Bilder und Berichte verschiedener Korrespondenten gebracht. Zu seinem Erstaunen entdeckte er, daß er im Studio der am wenigsten Nervöse war.

»Bedeutet dies, Fregattenkapitän Hamilton vom militärischen Nachrichtendienst unseres Landes, daß wir am Rande eines Weltkriegs stehen?« lautete die erste Frage.

»Nein«, erwiderte Carl, »definitiv nicht. Aus mehreren Gründen. Im Moment sind keine offensiven sowjetischen Truppenbewegungen festzustellen, die sich sozusagen nach außen richten. Es gibt nicht einmal Anzeichen für die Vorbereitung einer Annexion früherer Sowjetrepubliken. Und der Westen wird die Sowjetunion wegen ihrer inneren Auseinandersetzungen selbstverständlich nicht angreifen.«

»Aber es haben doch mehrere Experten von einer unmittelbar bevorstehenden Gefahr gesprochen?«

»Wer von einer unmittelbar bevorstehenden Gefahr spricht, weiß nicht, wovon er redet.«

»Wissen Sie es beim Nachrichtendienst denn?«

Carl lächelte zum ersten Mal, bevor er antwortete. Es war eigentlich ein eher diskretes Lächeln, das jedoch von der elektronischen Kamera stark vergrößert wurde.

»Lassen Sie es mich so sagen: Wir sprechen jedenfalls nicht von Dingen, die wir nicht wissen.«

»Bedeutet dies eine Rückkehr zum Kalten Krieg?«

»Ja, wenn der Staatsstreich gelingt, aber das steht noch längst nicht fest.«

»Die Kommentatoren der Welt scheinen sich aber vollkommen einig zu sein, daß der Putsch eine Tatsache ist?«

»Wenn das so ist, wissen die Leute nicht, was sie sagen. Der Putsch ist in sehr kurzer Zeit vorbereitet worden und macht einen deutlich improvisierten, um nicht zu sagen panikartigen Eindruck.«

»*Wissen* Sie das?«

»Ja.«

»Woher können Sie das wissen?«

»Nun ja, ohne zuviel zu verraten, kann ich wohl auf Dinge verweisen, die eher Selbstverständlichkeiten als militärische Geheimnisse sind. Wir belauschen sie, verfolgen ihre Vorbereitungen und rechnen aus, welche Truppenkontingente sie einsetzen. Von Interesse ist beispielsweise, daß es im Moment keinerlei Anzeichen dafür gibt, daß militärische Einsätze gegen frühere Sowjetrepubliken vorbereitet werden, etwa gegen die baltischen Staaten.«

»Es steht mit anderen Worten also keine Besetzung des Baltikums bevor?«

»Nein, in der jetzigen Lage nicht. Falls ja, hätte Schweden schon vor Stunden mit der Mobilmachung begonnen, doch das ist nicht der Fall.«

»Was wird als nächstes geschehen?«

»Wir wissen, was geschehen muß, wissen aber nicht, wie es gehen wird. Die Putschisten müssen die Lage stabilisieren und ihren Sieg sozusagen endgültig sichern. Das haben sie noch nicht getan.«

»Trotz all der Panzer auf den Straßen Moskaus?«

»Ja, aber in den Panzern sitzen russische Soldaten, keine Soldaten aus Turkmenistan oder so, was übrigens noch schlechter gewesen wäre ...«

»Verzeihung, daß ich Sie unterbreche, aber woher können Sie das wissen?«

»Weil sie sich auf russisch miteinander unterhalten, in perfektem Russisch. Nun, wie ich schon sagte, findet die Entscheidung im Augenblick in den Köpfen der russischen Soldaten statt, genau dort, und dorthin reichen unsere Antennen genausowenig wie Ihre.«

»Das Rennen ist also noch nicht gelaufen, um mal eine Anleihe beim Sport zu machen?«

»Ja, das läßt sich, glaube ich, mit Gewißheit sagen. Wir dürfen nicht vergessen, daß die Soldaten über diese Möglichkeit genauso nachgedacht haben wie wir. Die Besatzung jedes russischen Panzers muß sich irgendwann einmal gefragt haben: Was passiert, wenn sie uns befehlen, uns selbst zu besetzen? Und die Frage ist für sie wohl ebenso verblüffend wie für uns.«

»Aber wenn die Führung sowohl des KGB, das man ja traditionell als eine der Machtsäulen der sowjetischen Gesellschaft ansieht, als auch der Sowjetarmee an dem Putsch teilnehmen, welcher Widerstand ist dann theoretisch überhaupt noch denkbar?«

»Der Widerstand von Teilen der Sowjetarmee und des KGB, die *nicht* in führender Position an dem Putsch beteiligt sind, und das dürfte die überwältigende Mehrheit sein. Die entscheidende Frage ist vielleicht eher, ob die russischen Soldaten alles daransetzen werden, ihre eigene Hauptstadt zu okkupieren und auf die eigene Bevölkerung zu schießen. Wir haben schließlich gesehen, wie eng es auf den Straßen ist, und wir haben auch gesehen, wie wenige Todesopfer es gegeben hat. Das spricht gegen die Putschisten.«

»Sie hätten von Anfang an viel brutaler vorgehen müssen?«

»Vermutlich ja. Die Zeit arbeitet nicht für sie, doch darauf können wir nicht allzu große Wechsel ziehen. Es gibt noch zu viele Dinge, von denen wir nichts wissen. Zufälle können eine große Bedeutung erhalten. Gorbatschow ist am Leben, wie es scheint, Boris Jelzin ebenfalls, und das erscheint mir als Fehler von seiten der Putschisten.«

»Fassen wir zusammen: Wir wissen also nicht, wie es ausgehen wird?«

»Diese Frage läßt sich mit absoluter Sicherheit beantworten. Nein, wir wissen es nicht.«

»Vielen Dank, Fregattenkapitän Hamilton.«

Und damit war es zu Ende. Es wurde ein neuer Film angekündigt, und die Redakteurin nahm Carl bei der Hand und führte ihn hinaus. Er hatte das dumme Gefühl, nicht die Zeit gehabt zu haben, überhaupt etwas zu sagen, bevor es schon zu Ende war.

In Wahrheit war es das längste Fernsehinterview des Tages, das man gleich nach Beginn der Sendung in andere Sprachen zu übersetzen begann, da man in der *Aktuellt*-Redaktion sofort erkannte, daß es hier einen Scoop gab. Eine einzige qualifizierte Stimme in der gesamten westlichen Kakophonie von Fernsehsendungen, die etwas Positives zu sagen hatte. Eine eigenständige Meinung, vermutlich völlig falsch, aber mit ausreichend qualifizierter Warenbezeichnung unter Namen und Dienstrang im Text der Mattscheibe, um das Ganze innerhalb der nächsten Stunden auf dem internationalen Fernsehmarkt gut verkaufen zu können.

Der englische Übersetzer ernannte Carl nach kurzem Grübeln zum »stellvertretenden Direktor des schwedischen Nachrichtendienstes«.

Als Carl den langen, hangarähnlichen Korridor vor dem *Aktuellt*-Studio betrat, tat er, was die meisten anderen Menschen tun würden, die zum ersten Mal in einer Nachrichtensendung aufgetreten sind. Er fragte, ob er telefonieren könne, und rief seinen Chef an, um zu fragen, wie es geworden war.

Er erhielt von Samuel Ulfsson eine sehr heitere und aufmunternde Reaktion. Er überlegte, ob er Tessie anrufen sollte, aber da es bis nach Hause nur ein kurzer Spaziergang war, verzichtete er darauf. Zehn Minuten später saß er zu Hause und sah sich selbst auf dem Bildschirm, da Tessie die Sendung aufgezeichnet hatte.

Es war ein verblüffendes Erlebnis. Auf dem Nachhauseweg hatte er halb im Laufschritt Fragen und Antworten zu wiederholen versucht und sich ständig dabei ertappt, was er hätte besser machen können.

Als er jetzt das Ergebnis sah, kam es ihm vor, als ließe er sich durch das Bild von sich selbst überzeugen. Er bekam sofort gute Laune, doch nicht weil er vermieden hatte, sich zu blamieren, sondern weil es tatsächlich recht hoffnungsvoll klang, was er in dem Interview gesagt hatte.

Als Tessie ihn fragte, ob er ein Glas Wein wolle, denn er habe doch sicher nicht vor, sich voll geschminkt und in Uniform schlafen zu legen, sagte er mit Feuereifer ja, obwohl er es sonst immer ablehnte, aus alltäglichen Anlässen Wein zu trinken.

»Einen Far Niente«, sagte er. »Sieh nach, ob wir einen Far Niente aus deiner wilden Heimat haben. Ich glaube, ein paar Flaschen müßten noch da sein.«

»In deiner wilden Heimat ist nichts mehr so, wie es sein sollte«, seufzte Jelena Mordawina. Das war eine scherzhafte Formulierung, die auf irgendeine Kabbelei zwischen Vater und Sohn anspielte; Saschas Heimat war im Augenblick nämlich Kirgisien. Doch ihr Scherz kam nicht an. Alexej lächelte nicht, versuchte es nicht einmal.

»Nein«, sagte er geistesabwesend, »in unserer wilden Heimat ist nichts mehr so, wie es sein sollte. Möchte gern wissen, ob Sascha seine Ausbildung da unten in Frunse beenden kann, oder ob die Kirgisen sich auch selbständig machen wollen.«

»Sie haben doch gesagt, daß sie das vorhaben.«

»Ja. Und dann werden sie unsere sowjetischen Militärakademien wohl schließen. Was soll eigentlich aus Sascha werden?«

Das Gespräch verebbte. Endlich waren sie dazu gekommen, einen Ausflug zum Semenkowskij-See zu machen, und für Ende August war das Wetter gar nicht übel.

Jelena machte sich an ihrem Proviant zu schaffen. Es war ein fürstlicher Proviant, der trotzdem nicht so schmecken würde, wie er es verdiente; geräucherte Sprotten, gesalzener Lachs, Schwarzbrot und sogar Eier sowie einige ausländische Biere in farbenfrohen grünweißen Dosen, aus denen es so lustig spritzte, wenn man sie öffnete. Jelena betrachtete verstohlen ihren Mann. Alexej war immer ein sehr moralisch denkender Mann gewesen, der es sehr genau damit nahm, recht und nach seinem Gewissen zu handeln. Sie hatte manchmal geglaubt, daß er Admiral geworden wäre, wenn er wie andere gewesen wäre und im richtigen Augenblick immer das Richtige gesagt hätte. Er sah immer noch etwas jungenhaft aus. Wie sehr er auch versuchte, es gelang ihm nie, diese Haare unten zu halten, die vom Wirbel abstanden, und er hatte mit seinen dreiundvierzig Jahren noch kein einziges graues Haar. Er hatte immer gesagt, man werde im Leben gut zurechtkommen, wenn man nur ehrlich arbeite und tue, was man für richtig halte. Wichtig sei nicht das Materielle – sie hatte über diese Einstellung manchmal rohe Scherze gemacht –, sondern der moralische und politische Inhalt, den man seinem Leben gebe. Im Augenblick mußte seine Lebensphilosophie also in Trümmern liegen. Die Union befand sich in voller Auflösung, und die Partei war in ganz Rußland verboten worden. Sie hatten das zunächst für einen Scherz gehalten, denn wer war schließlich dieser Jelzin, die Partei zu verbieten, die ihn selbst an die Macht getragen hatte?

»Ich will verdammt sein, wenn nicht dieser Jelzin hinter allem steckt!« sagte Alexej, als hätte er ihre Gedanken gelesen.

»Wieso?« fragte sie abwartend, während sie ihm ein dickes Butterbrot mit echter Butter und Sprotten reichte.

»Erst macht er wegen des Unionsvertrags Schwierigkeiten und zieht die Verhandlungen in die Länge, dann kommen die Putschisten und schicken Panzer auf Moskaus Straßen und machen andere Dummheiten, während sie saufen wie die Schweine. Dann kommt – ja wer wohl? – unser Held und rettet Gorbatschow. Dann verbietet er die Partei und ruft sich zu unserem neuen Führer aus. Man muß darauf achten, wessen Interessen das nützt. Man muß sich immer die Frage stellen: Wer verdient daran? Und in diesem Fall ist das ja klar.«

»Sind deine Verschwörungstheorien jetzt nicht ein bißchen reichlich abenteuerlich?« fragte Jelena mit fast nachsichtiger Freundlichkeit. »Ich meine, es müßte ihm schon eine ganze Menge gelingen, wenn er es wagen sollte, auf ein Mißlingen des Putsches zu setzen. Stell dir vor, diese Saufköpfe hätten Erfolg gehabt, ihn erschießen lassen, und wären dann vor Lachen brüllend nach Hause gegangen. Sie hätten dann zufrieden festgestellt, da hat der Scheißkerl bekommen, was er verdient hat.«

»Du hast natürlich recht«, gab Alexej Mordawin widerwillig zu. »Was du sagst, muß stimmen, aber für mich geht es trotzdem nicht zusammen. Er geht ja mit vollem Bewußtsein daran, die Union zu zerschlagen. Außerdem sagt er, als Präsident Rußlands müsse er für alle strategischen Kernwaffen verantwortlich sein.«

»Macht dich das besonders besorgt?«

»Ja. Ich muß mich fragen, womit ich mich selbst jetzt beschäftige. Wenn ich allein schon daran denke! Will er, daß wir alle anderen Republiken entwaffnen, und zwar keineswegs aus Sicherheitsgründen, sondern nur aus Machtgier? Das ist wirklich eine sehr ernste Frage. Eine sehr ernste Frage.«

»Aber stell dir vor, wenn das, was geschieht, trotzdem eine historische Notwendigkeit ist, wenn es unvermeidlich ist. Mütterchen Rußland braucht doch nicht gleich unterzugehen, nur weil wir mehr Demokratie bekommen«, wandte sie in sanftem Tonfall ein, in der Sache aber hart. Er war sich dessen sehr wohl bewußt.

»Darum geht es doch nicht«, sagte er und breitete resigniert die Arme aus. »Wer zum Teufel ist denn gegen Meinungsfreiheit und Popmusik? Wenn die jungen Leute sich Popmusik anhören wollen, dann sollen sie es doch tun. Und das politische Leben kann durch Meinungsfreiheit nur gewinnen.«

Er biß ein Stück von dem dicken, üppig belegten Butterbrot ab und kaute nachdenklich, bevor er fortfuhr und mit dem Brot gestikulierte.

»Wir hätten mehr Zeit gebraucht. Ich weiß genau, welche Fehler unser System gehabt hat. Das wissen wir beide, aber wir hätten mehr Zeit gebraucht.«

»Ein halbes Jahrhundert war wohl zuwenig«, unterbrach sie ihn ironisch.

»Nein, natürlich nicht! Wir brauchen uns da nicht zu streiten. Wenn es die grundlegenden Fragen betrifft, sind wir uns doch immer einig. Was mir aber Sorgen macht, ist all das, was in der Welt geschieht, wenn die Sowjetunion jetzt als Schutz für die schwächsten Nationen verschwindet.«

»Meinst du den proletarischen Internationalismus?«

»Nein. Geliebte Jelenka, jetzt wirst du schon wieder ironisch. Ja, laß es uns so nennen. Genau, der proletarische Internationalismus!

Denke doch nur daran, daß unsere Schwäche es den Imperialisten erlaubte, die armen Iraker zuschanden zu bomben. Unsere Zeitungen wagten nicht zu schreiben, wie übel es ihnen erging, aber wir haben während der letzten Reise eine Menge Berechnungen angestellt und ...«

»Ihr habt unterm Polareis gesessen und Berechnungen über einen Wüstenkrieg angestellt?« unterbrach sie lachend. »Entschuldige bitte, aber bei allem Respekt vor deiner gewaltigen Kompetenz in Sachen Polareis, deiner und der deiner Offizierskollegen, was habt ihr da eigentlich berechnet?«

»Die Zahl der Toten«, brummte er übellaunig. »Zeit, Zahl der Flugeinsätze, durchschnittliche Bombenladung. Wir kennen ja all ihre Waffentypen recht gut. Es sind nämlich genau die Waffen, denen entgegenzutreten wir ausgebildet sind. Wir haben errechnet, daß sie mehr als hunderttausend Araber getötet haben müssen. Das macht mich traurig. Noch trauriger macht es mich, daß wir auf Grund unserer Schwäche gezwungen waren, die Amerikaner zu unterstützen. Das bedeutet, daß sie jetzt weltweit grünes Licht haben. Welches Land bekommt als nächstes Besuch von den Flugzeugträgern? Iran? Libyen? Nordkorea? Die verrückten Chinesen? Ich vermisse diesen irren, alten Breschnjew wahrhaftig nicht, das ist es nicht. Aber unsere Schwäche wird noch viele Menschenleben kosten.«

Sie hielt es für geraten, die Diskussion nicht fortzusetzen. Es würde ihnen beiden nur Kummer bereiten, und dabei waren sie hier, um ihren Spaß zu haben. In diesem Jahr ein einziger Badeausflug. In einer Woche würde es vielleicht schon schneien.

»Wollen wir nicht baden?« schlug sie vor.

Er warf ihr unter seiner jungenhaften Haartolle einen amüsierten Blick zu. Er wußte sehr genau, was sie von kalten Bädern hielt.

»Mach dir keine Sorgen«, sagte er in einem unerwartet ausgelassenen Tonfall. »Wenn es in der Luft elf Grad sind, dürfte es im Wasser nicht viel kälter sein.«

Er stand entschlossen auf und zog die Jacke seines Trainingsanzugs aus. Sie erhob sich etwas zögernder und dachte, ich bringe es lieber gleich hinter mich.

Sie ging vor ihm zum Wasser hinunter und beschloß, nicht erst mit den Zehenspitzen die Temperatur zu erkunden. All das würde die

Qual nur verlängern. Sie würde auch nicht zulassen, daß er sie mit Wasser vollspritzte oder sonstwie ärgerte, wenn er sich selbst schon hineingestürzt hatte und wie ein Wahlroß auf dem Rücken im Wasser schwamm und prustete, wie *schöön* es sei. Sie ging mit langen, entschlossenen Schritten zum Wasser, trat mit den Fersen fest auf den Rasen, war jedoch völlig verwirrt, als sie ihn hinter sich lachen hörte.

Sie wandte sich verblüfft und etwas verletzt um, da sie es verstehen wollte. Aber er sagte zuerst nichts, sondern lachte nur.

»Darf man fragen, was es da zu lachen gibt, Kapitän zur See Mordawin?« fragte sie mit gespielter Wut und stemmte die Fäuste in die Seiten.

»Nichts Besonderes, liebe Dozentin Mordawina«, lächelte er. »Es ist einfach nur so, daß Sie einen wunderschönen Hintern haben, Genossin Dozentin. Er bewegt sich so herrlich, wenn Sie wütend sind, Frau Dozentin.«

Sie lief in das seichte Wasser hinaus, stürzte sich hinein und ließ sich von der Kälte umschließen, die zunächst schmerzte und ihr fast den Atem raubte. Er trottete immer noch lachend hinter ihr her und ließ sich weich neben sie ins Wasser fallen, als handelte es sich nur um eine wohltemperierte Badewanne. Er streckte einen Arm aus und umfaßte ihre Taille, zog sie an sich, sah ihr in die Augen und lächelte über ihre verkrampften Versuche, wieder ruhig zu atmen.

»Das … fin … dest … du … schön?« keuchte sie.

»Ja, und ob!« grinste er und tat, als fühlte er sich pudelwohl. Er preßte sich näher an sie, so daß seine Körperwärme sie fast verbrannte. »So sollte es für immer sein. Für immer! Wenn ich dich dabei nur so am Po halten dürfte!«

Er umfaßte sie mit einem festen, liebevollen Griff, und sie kämpfte zwischen Kälte, Lachen und Entrüstung, die doch nicht echt war.

»Diese … un … anstän … digen … Reden … schicken … sich nicht«, keuchte sie. Doch er lachte nur.

Als sie an Land gingen, rieb er sie mit zwei neuen weißen Handtüchern aus dem Westen kräftig ab. Es war ein wunderbares, schönes Gefühl, als der Blutkreislauf in den Kapillaren wieder in Gang kam; sie erklärte ihm, was dabei geschah.

Er frottierte sich dann selbst ab und zog seinen Trainingsanzug an. Er strich das nasse Haar mit den Händen zurück, bevor er den Picknickkorb zu sich nahm. Nach einem Blick auf seine blaugefrorene Frau überlegte er es sich anders und rückte näher an sie heran, um ihr etwas von seiner Wärme abzugeben. Erst dann wühlte er im Korb weiter. Sie aßen eine Zeitlang mit wachsendem Appetit, und er erkundigte sich vielsagend nach dem, was der junge Pjotr gerade vorhabe. Sie erwiderte, soviel sie wisse, seien Pjotr und seine Kameraden draußen im Fjord und angelten Dorsch. Wahrscheinlich würden sie in den nächsten Tagen eher frischen Fisch essen statt gesalzenen. Er fuhr dann mit übertriebener Betonung fort und bot ihr ein Ende ihres Leidens in der sogenannten Kälte an. Sie sollten lieber nach Hause gehen und sich aufwärmen. Sie ließ sich nicht lange bitten. Sie wollten gerade ihre Sachen einpacken, als Kolja wie ein Schatten aus dem Nichts hinter ihnen auftauchte. Alexej Mordawin würde sich später exakt an den Augenblick erinnern.

»Guten Tag, Onkel, guten Tag, Tante. Aha, ihr badet und amüsiert euch in dieser schwierigen Zeit des Vaterlandes«, begrüßte er sie, als wäre es keine Ironie.

Er erklärte, es sei etwas Ernstes passiert, und bat um ein Gespräch mit seinem Onkel unter vier Augen. Das war eine seltsame Bitte. Normalerweise nahmen sich junge Leute nie solche Freiheiten heraus. Aber so wie die Dinge sich entwickelt hatten, war es nicht mehr so leicht, Kolja etwas auszuschlagen.

Sie gingen schweigend ein Stück abseits. Kolja blinzelte in die Sonne, die das große Siegesdenkmal auf der anderen Seite des kleinen Sees in eine schwarze Silhouette verwandelte, sagte eine Zeitlang aber nichts. Er wies auf eine leere Parkbank, sah sich um und setzte sich als erster hin.

Alexej Mordawin witterte natürlich sofort Unrat. Doch nicht einmal mit einem Höchstmaß dessen, was seine Frau gelegentlich seine Neigung zu konspirativem Denken nannte, hätte er vorhersehen können, wohin das Gespräch jetzt führte.

»Wir haben ein Problem, und die Situation ist sehr ernst, Onkel Alexej«, begann der junge Kolja auf eine Weise, die das Gespräch nicht einen Millimeter weiterbrachte. Alexej Mordawins Augen wurden schmal vor Mißtrauen, doch er sagte nichts.

»Es geht kurz gesagt darum, daß wir einiges militärisches Material organisieren müssen. Es ist sehr dringend. Außerdem geht es um sehr viel Geld, und ich kann nicht leugnen, daß wir zu einem Teil auf Ihre Hilfe angewiesen sind, Onkel Alexej.«

Endlich war er mit etwas herausgerückt. Die Frage war nur, womit. Alexej Mordawin ordnete seine Gedanken, bevor er einige sehr kurze und seiner Meinung nach präzise Fragen stellte.

»Wer sind *wir*? Was ist so dringend? Was für Material? Meinst du mit *organisieren* das, was ich glaube?«

»Auf die letzte Frage kann ich mit ja antworten«, begann Kolja mit einem leichten Seufzen. Er tat, als betrachtete er eine Mantelmöwe, die ein Stück weiter weg im Sturzflug auf die Reste eines Butterbrots niederschoß. »Was die Frage betrifft, wer wir sind, läßt sie sich nicht so leicht beantworten. Ich kann nur sagen, daß nicht nur Sie und ich dazugehören. Und schließlich. Die Art von Material, von der wir sprechen, sind die Gefechtsköpfe der landgestützten Version Ihrer *Störe*.«

Damit hielt Kolja Mordawin inne.

Alexej Mordawin bekam für einen kurzen Moment die Vision, verrückt geworden zu sein. Er saß auf einer verwitterten Parkbank aus Zement. Unter seiner linken Hand ragte ein Stück Stahldraht aus dem zerbröselten Mauerwerk. Er spürte den verrosteten Stahldraht deutlich und dachte, das ist aber gar nicht gut. Wenn ein Kind mit einem Eis in der Hand angelaufen kommt und sich zu eifrig hinsetzt und zu schnell, kann es sich weh tun. All das war absolut greifbare Wirklichkeit.

Doch gleichzeitig saß sein Neffe neben ihm und sagte mit sichtlich vollem Ernst, man solle ein Exemplar der Waffe aller Waffen stehlen. Keiner von ihnen war verrückt; nur das, was gesagt worden war, deutete darauf hin. Alexej Mordawin beschloß, nicht gleich loszuprügeln und nicht aufzubrausen. Er mußte verstehen. Zunächst ging es nur darum, zu verstehen.

»Was um Himmels willen bringt dich zu der Annahme, ich, ein Kapitän zur See der Sowjetflotte, könnte mich an solchen Schurkereien beteiligen?« hörte er sich fragen. Er hatte nicht mal die Stimme erhoben.

»Das ist sehr einfach, Onkel Alexej«, begann Kolja lässig. Er schüttelte ein paar Zigaretten aus einer rotweißen amerikanischen Schachtel und bot seinem Onkel eine an. Er stellte fest, daß sein Onkel keineswegs die Absicht hatte, ausgerechnet jetzt mit dem Rauchen anzufangen, zündete sich selbst eine Zigarette an, inhalierte tief und ließ die Kunstpause die Spannung noch mehr steigen, bevor er fortfuhr.

»Wie gesagt. Alles hängt zusammen und ist sehr einfach. Die Stahl- und Schrottfirma, bei der Sie angestellt sind, ist nur für dieses Projekt gegründet worden und nichts anderes, und unter anderem deswegen sind Sie bei diesem ›Wir‹ dabei, nach dem Sie gefragt haben. Es gibt einige sehr besorgte Araber, die zu den nächsten Opfern einer sogenannten UNO-Strafaktion zu werden befürchten. Sie sind deshalb bereit, einen phantastischen Preis für die Risiken zu zahlen, denen wir uns hier oben aussetzen. So hängt es zusammen.«

Kolja blickte zur Seite, rauchte ein paar Züge und schien nicht einmal nervös zu sein. Er spielte perfekt die Rolle eines Mannes, der mit seinem Onkel nur eine Art Familiengespräch über irgendeine Banalität führt. Alexej Mordawin beschloß, das Gespräch möglichst weit zu treiben, ohne handgreiflich zu werden. Er mußte mehr wissen.

»Und wozu wollen diese arabischen Freunde eine solche Vernichtungskraft anwenden? Hast du überhaupt eine Vorstellung davon, um wie viele Menschenleben es dabei gehen kann?« fragte er, immer noch in dem gleichen ruhigen, geschäftsmäßigen Tonfall, der auf ihn selbst vermutlich mehr Eindruck machte als auf den jungen Kolja.

»Zu dem gleichen Zweck, zu dem sie bei uns auch eingesetzt worden wäre«, erwiderte Kolja mit fast gelangweilter Miene. »Im Namen des proletarischen Internationalismus. Ja, ich nehme an, daß Sie gläubiger sind als ich, Onkel Alexej, aber im Namen des proletarischen Internationalismus müssen wir schließlich davon ausgehen, daß die arabischen Genossen vernünftige Menschen sind. Sie werden unsere Waffen also zu exakt dem gleichen Zweck einsetzen, wie wir es selbst getan hätten.«

»Nämlich zu was?« fragte Alexej Mordawin mit zusammengebissenen Zähnen.

»Sehr einfach, Onkel Alexej. Um einer Zerstörung im Wert von zehn Milliarden Dollar zu entgehen. Sie kaufen eine Versicherung, für die sie, sagen wir, eine Milliarde Dollar bezahlen. Dann sind sie genauso versichert wie wir. Die USA ermorden keine Araber, wenn sie dabei riskieren, daß New York zerstört wird. Logisch, nicht wahr? Fortschrittlich, anständig, human, was Sie wollen. Nicht wahr?«

»In meinem langsamen, computerisierten und eckigen Militärgehirn kann ich formal einige Logik in dem erkennen, was du sagst, mein junger Kolja«, begann Alexej Mordawin mit erstickter Wut. Doch dann sah er ein, daß er sich beherrschen mußte. Er atmete ein paarmal tief durch, bevor er fortfuhr. »Aber wie zum Teufel sollen die Araber die Gefechtsköpfe nach New York bringen? Sie vielleicht mit Kamelen dorthin verfrachten?«

Der junge Kolja lachte unbekümmert auf.

»Na, na, Onkel Alexej, das Thema ist für solche Scherze vielleicht zu ernst. Aber sonst haben Sie im Prinzip recht, wie ich glaube. Im Krieg muß man die Sprengköpfe einfliegen oder sie aus den Tiefen des Eismeers abschießen, worauf Sie vielleicht mehr eingestellt sind. Aber im Frieden verfrachtet man sie inmitten einer Ladung Apfelsinen oder Datteln, was in diesem Fall vielleicht besser wäre, montiert sie an einem geheimen Ort und hat damit die Transportfrage geklärt. Ein Gleichgewicht des Schreckens ohne Raketen, mit anderen Worten.«

»Das hast du dir aber nicht ausgedacht, du Lümmel!« zischte Alexej Mordawin, den die simple Logik überwältigte. Er sah ein paar technische Probleme, doch grundsätzlich war möglich, was er soeben gehört hatte.

»Hören Sie mal, Onkel Alexej! Ich verstehe ja sehr gut, daß diese neue Dimension Ihrer Arbeit Sie sehr erschüttert. Aber Lümmel? Ist das nicht ein bißchen zu stark?«

»Ganz und gar nicht, mein junger Kolja. Überhaupt nicht. Weißt du, wohin du gehörst? Du gehörst entweder ins Irrenhaus oder hinter Schloß und Riegel. Und dort wirst du auch ohne jeden Zweifel landen!«

»Nein, Onkel Alexej, ich werde niemals hinter Schloß und Riegel landen, es sei denn nur vorübergehend. Das gleiche gilt im übrigen für Sie. Es gibt zwei Alternativen, die für uns alle gleich sind. Entweder werden wir erschossen, oder wir ziehen diese Sache durch.«

Er drückte seine Zigarette aus und lächelte frech und freundlich.

Alexej Mordawin ahnte, daß hinter dieser Selbstsicherheit ein eigentümlicher Schutz steckte, den er noch nicht durchschaute.

»Sobald ich mich umgezogen habe und etwas passender gekleidet bin, werde ich zu den entsprechenden Behörden gehen und ihnen diese Information geben«, bemerkte er knapp und mit einer Miene, als wäre die Unterhaltung damit beendet, was er jedoch selbst nicht glaubte.

»Dann wird man Sie erschießen, Onkel Alexej«, stellte Kolja fast traurig fest. »Verstehen Sie, so einfach ist die Sache nicht. Das gesamte Schrottunternehmen, für das Sie arbeiten, ist für diese Operation gegründet worden. Sie haben Ihren Job nur wegen dieser Operation bekommen. Sie haben dienstfrei erhalten, um zum Schein an der Beseitigung dieses idiotischen Eisenschrotts mitzuarbeiten, alles nur wegen dieser Operation. Alles dient nur einem einzigen Zweck, vielmehr sechs Zwecken, sechs Mehrfachsprengköpfen. Und falls Sie sich fragen, wie hoch Ihr Anteil ist – verzeihen Sie, daß ich dieses Detail noch nicht erwähnt habe –, werden es hunderttausend Dollar sein. In Scheinen. Diesmal an und für sich illegal, aber kein Mensch kann zwischen einem legalen und einem illegalen Dollarschein unterscheiden.«

Es war nur zu offenkundig, daß sein junger Verwandter nach einem ausgeklügelten Plan vorging. Es steckte eine teuflische höhere Logik sowohl in der Argumentation als auch in der Organisation des Komplotts, und kein normaler Siebenundzwanzigjähriger wäre aus eigener Kraft auch nur andeutungsweise darauf gekommen. Es war vollkommen. Hatte der Vizeadmiral ihm damals, als er wegen der Rangabzeichen zu spät gekommen war, den Auftrag erteilt, all diese tödlichen Waffen zu sortieren, nur weil *dies alles* organisiert werden sollte? Er wollte viel sagen, brachte aber nur ein einziges Wort heraus, das sich wie ein Fluch anhörte.

»Tschekistenmanieren!« stieß er hervor.

»Wahr. Wie wahr, Onkel Alexej. Einige sehr hochstehende Tschekisten gehören tatsächlich zu diesem *Wir*, nach dem Sie sich vorhin erkundigt haben. Dies ist übrigens einer der Gründe, weshalb Sie nicht nein sagen können.«

»Du Dummkopf! Du Irrer. Du bittest mich, Kernwaffen zu stehlen und dabei mitzuhelfen, sie außer Landes zu schmuggeln. Und dann sagst du, ich könne nicht nein sagen. Hast du den Verstand verloren?«

»Nein, Onkel Alexej, das habe ich wirklich nicht. A propos Tschekistenmanieren, genau darum geht es ja gerade. Ich glaube, ich habe es schon gesagt. Betrachten Sie doch nur Ihre Alternativen. Nein, unterbrechen Sie mich nicht, Onkel Alexej, lassen Sie mich das Problem methodisch darstellen. Wir haben zwei Seiten, nicht wahr? Ja oder nein?«

»Du bist nicht ganz bei Trost, junger Mann, man wird dich erschießen!«

»Das ist nicht ausgeschlossen. Sie sagen also nein. Lassen Sie uns dieses Nein jetzt methodisch prüfen. Wir klären das wie gute Genossen bei einer Konferenz. Wer verdient woran, und was bedeutet nein? Ich werde es Ihnen sagen, Onkel Alexej. Nein bedeutet folgendes. Ich werde erschossen. Selbstverständlich wird man auch unseren amerikanischen Freund erschießen, nun ja, vielleicht tauscht man ihn auch gegen irgendeinen Spion aus und sperrt ihn zu Hause lebenslänglich hinter Gitter, falls sie ihn nicht auch erschießen oder in die Gaskammer stecken.

In manchen Staaten der USA verwendet man Gas, wie Sie vielleicht wissen. Nun ja. Sie wird man ebenfalls erschießen, glauben Sie bloß nichts anderes. Kurz, es werden verdammt viele Leute erschossen werden, und Jelena wird Witwe. Vielleicht wird auch meine Mutter Witwe, denn es wird meinen Vater belasten, daß er Ihr Bruder ist. Wie wird es Sascha ergehen? Eins wissen wir genau: Seine militärische Laufbahn ist zu Ende, und was mit meinem jüngsten Vetter geschieht, wissen die Götter. Jelena wird natürlich umziehen müssen. Entweder wird sie wegen Korruption und Mittäterschaft und Spekulation und was weiß ich eingesperrt, da sie inmitten dieser Ledersofas wohnt, die Sie sich durch Ihre verbrecherische Tätigkeit erworben haben. Nein, Onkel Alexej, unterbrechen Sie mich nicht. Denn, wie Sie sagen, dies sind tatsächlich Tschekistenmanieren. Die Tschekisten sind Meister darin, einem Vorschläge zu machen, zu denen man nicht nein sagen kann.«

Alexej Mordawin fror. Das war er nicht gewohnt. Ihm kam der eigenartige Gedanke, geschrumpft zu sein, als hätte all die Wärme, die aus ihm verschwunden war, ihn auch körperlich kleiner gemacht.

Er hörte seinen jungen Neffen sprechen, es war seine Stimme, kein Zweifel. Doch dahinter war eine andere Stimme zu ahnen, etwas viel Größeres und entsetzlich viel Stärkeres und Intelligenteres. Hier saßen sie auf der zerfallenden Zementbank, auf der sich irgendein kleines Mädchen mit einem Eis in der Hand den Po hätte weh tun können, hier saßen sie, und alles war wahr und wirklich und auf unabänderliche Weise logisch. Es stimmte, daß er sterben würde, wenn er seinen Neffen denunzierte. Doch das war nicht entscheidend. Es gehörte zu seinem Job zu sterben, das hatte er vertraglich mit seiner Unterschrift besiegelt. Aber Jelena? Und die Kinder? Und sein Bruder und dessen Lümmel von Sohn und alle anderen in der Familie?

»Lassen Sie uns das Ganze in aller Stille einmal umdrehen«, ließ sich das Werkzeug einer höheren Macht an Alexej Mordawins Seite erneut vernehmen, »lassen Sie uns mal die andere Möglichkeit betrachten. Ich weiß, daß Sie ein sehr seriöser Mann sind, Onkel Alexej. Wenden wir uns also zunächst dem Politischen zu. Etliche arabische Genossen brauchen nicht zu sterben. Das Gleichgewicht des Schreckens gereicht auch Ihnen zum Segen. Können wir uns darauf einigen, daß wir von mindestens hunderttausend Menschenleben sprechen? Wir, das alte *Wir*, die Sowjetunion, können arme Menschen in der Dritten Welt ja nicht mehr schützen. Nun, soweit die Politik. Daß es vorteilhaft ist, wenn all die Menschen am Leben bleiben, die uns nahestehen, statt von Marineinfanterie füsiliert zu werden, brauche ich nicht besonders zu betonen. Nichts kommt an die Öffentlichkeit, was unleugbar ein großer Vorteil ist. Ihre Familie und die von Papa überlebt alle Krisen von Mütterchen Rußland, denn hunderttausend Dollar bringen Sie über alles hinweg. Leben und Glück oder Tod und Unglück – so einfach ist Ihre Wahl, Onkel Alexej.«

Alexej Mordawin antwortete nicht. Er wußte ganz einfach nicht, was er sagen sollte. Er war kein religiöser Mann, kannte jedoch einige christliche Legenden und erinnerte sich an etwas, was er in seiner Kindheit gehört hatte: daß der Teufel Menschengestalt annehmen und sich mit überirdischer Beredsamkeit für das Verderben der Menschen einsetzen kann, etwas in der Richtung. Er gluckste leise vor sich hin. Er war sicher, daß der junge Teufel an seiner Seite es mißverstehen würde. Doch dann erinnerte er sich mit der unbändigen Unlogik, die in der viel zu logischen Situation nötig war, an einen Gedanken, den er vor nicht allzu langer Zeit gedacht hatte, daß nämlich gerade jener Augenblick irgendwie der Höhepunkt seines Lebens war. Damals, genau in dem Moment, war er zum letzten Mal glücklich gewesen. Nein, zum letzten Mal nicht, das hatte er nicht gedacht. Wie hätte er so denken können? Doch er hatte um die Einmaligkeit des Augenblicks gewußt.

Åke Stålhandske fühlte sich so glücklich, wie er es noch nie gewesen war. Als er darüber nachdachte, ging ihm auf, daß er das Wort nie in den Mund genommen und kaum je gedacht hatte. Dabei war er keineswegs unglücklich gewesen. Von einer »unglücklichen Kindheit« oder ähnlichem konnte keine Rede sein. Doch ein solches Wort oder solche Gefühle waren ihm immer erschienen, als wären sie nur etwas für Frauen; ein richtiger Mann war verdammt noch mal nicht *glücklich*, zumindest kein richtiger finnischer Mann, und in einer ganz bestimmten Hinsicht war Åke genau das, mochte er auch schwedischer Staatsbürger und Offizier sein.

Weltkrise hin, Weltkrise her, sie hatten sich mehrere Tage lang besinnungslos geliebt. Sie hatten morgens damit angefangen, dann eine Dreiviertelstunde einen Geländelauf gemacht, geduscht und sich wieder geliebt, waren dann zur Arbeit gegangen, nach Hause geeilt, um sofort wieder loszulegen.

Anna hatte sich in ihrer Freizeit meist dem Hochsprung gewidmet, und so sah sie auch aus – 1,87 Meter ohne hohe Absätze; wenn sie solche Schuhe trug, die sie erst jetzt zu kaufen gedachte, reichte sie mit knapper Not an Åkes Körpergröße heran, wie sie ausgerechnet hatte.

Das war ein Problem gewesen. Sie beschrieb es sogar als einen Komplex, auf die meisten Männer hinabsehen zu müssen. Die mochten es nicht und zeigten es auch. Seit der Grundschule hatte man sie ihr ganzes Leben lang damit geärgert. Irgendwie hatte es alles andere ihres Äußeren überschattet, denn Anna war nach allen nur denkbaren Kriterien eine skandinavische Schönheit.

Normalerweise, also in der Zeit vor Anna, hätte er sich möglicherweise und nicht ohne Grund etwas besorgt gefühlt, wenn er in einer sogenannten Personalangelegenheit zu seinem Chef gerufen worden wäre. Mit Ausnahme von Operationen im Feld hing er organisatorisch beim Nachrichtendienst ziemlich in der Luft. Er befand sich zwar auf der Gehaltsliste des KSI, dem nachrichtendienstlichen Büro, das einmal die nachrichtendienstliche *Sektion* gewesen war, SSI. Offenbar klang Büro in den Ohren von Politikern etwas unschuldiger und harmloser als Sektion. Doch da er im Gegensatz zu den anderen Kaliforniern der Firma nur einen halben MA in Computertechnik gemacht hatte und seine wirkliche Spezialität, alles was mit Abhören und Lauschangriffen zu tun hatte, im Augenblick das Verbotenste war, was es im Königreich Schweden gab – sogar so verboten, daß der Nachrichtendienst es gar nicht wagte, sich damit zu beschäftigen, und ein Trupp des zivilen Sicherheitsdienstes deswegen sogar angeklagt war –, erhielt er in »Friedenszeiten« einige unklar formulierte Aufgaben und wurde dem harmloseren Bereich der Firma zugeschlagen.

Eine einfache *Personalangelegenheit* konnte zum Beispiel eine Versetzung vom Nachrichtendienst sein. Vielleicht drohte ihm etwas so Einfältiges wie ein Job als Nahkampfausbilder für Küstenjäger. Er wußte, daß einmal davon die Rede gewesen war, doch danach hatte eine dichte Folge von Operationen im Feld die Katastrophe hinausgeschoben.

Die Operationsabteilung konnte ihn sehr wohl irgendwo anders bei den Streitkräften unterbringen, um ihn nur dann anzufordern, wenn besondere Qualifikationen erwünscht waren. Das war durchaus nicht unlogisch, wie er erkannte. Sizilienreisen würden künftig kaum mehr auf dem Programm stehen.

Er war also in gewisser Weise auf das Schlimmste gefaßt, als er zu Carl unterwegs war. Doch es hatte den Anschein, als machte ihn seine strahlende Laune – die Liebe, hätte eine Frau gesagt – unverwundbar. Er überlegte sogar, ob er den einfacheren Weg wählen sollte, nämlich Anna anzulügen, falls er Nahkampfausbilder wurde.

Carl sah sehr ernst aus, als sie sich im Dienstzimmer trafen. Er nickte und wies Åke Stålhandske mit einer Handbewegung an, sich auf den Stuhl vor dem Schreibtisch zu setzen, also in eine Position, in der auch ohne Worte klar war, wer selbst unter Freunden der Chef ist.

»Ich habe hier ein Dokument, das dich betrifft. Es ist vom OB unterzeichnet«, begann Carl grimmig und drehte ein Blatt Papier in den Händen. Dann hellte sich sein Gesicht plötzlich auf.

»Du siehst ja gar nicht so verängstigt aus, wie ich es erwartet habe, du Mistkerl. Nun, du bist jedenfalls zum Major befördert und zur Sektion, Verzeihung, zum nachrichtendienstlichen Büro beim Generalstab versetzt worden. Dort wirst du für Analyse-Koordination verantwortlich sein. Gratuliere.«

Carl schob das Papier über die blanke Schreibtischplatte, so daß es in den Händen des verblüfften Åke Skålhandske landete.

»Na ja, das ist gar nicht so verdammt schlecht«, stellte Åke Stålhandske fest. »Aber was zum Teufel bedeutet es, ich meine, abgesehen von zweihundert Kronen mehr im Monat und einem weiteren Streifen am Ärmel?«

»Du meinst, was du tun sollst?«

»Ja, genau.«

»Das gleiche wie ich, nur beim KSI. Sam und ich haben darüber gesprochen und aus meinem erzwungenen Koordinationsjob hier oben im Hauptbüro einige Schlußfolgerungen gezogen. Wie du weißt, kann ich ja nicht bei unseren Deckadressen herumlaufen und Aufsehen erregen. Jedenfalls hat sich gezeigt, daß wir Kalifornier auf dem Gebiet des Nachrichtendienstes so etwas wie Allgemeinbildung besitzen. Wir können ja so manches, ich meine, außer Leuten auf die Schnauze zu schlagen. Sam und ich sind zu dem Ergebnis gekommen, daß erhebliche Mengen an disparaten Informationen beim KSI zusammenströmen, so daß wir dort einen Koordinator haben sollten, einen Mann, der täglich sichtet, was an Meldungen eingeht, und die Papiere dann nicht nur in den richtigen Ordner stopft, sondern auch Sam oder mich anruft, wenn es etwas Besonderes gibt. Da der Chef dort unten ein Politiker ist, können wir in der Leitung einige Kompetenz gerade dieser Art gebrauchen, also einen von uns.«

»Entschuldige, wenn ich lache«, sagte Åke Stålhandske, der tatsächlich lachte, »aber das liegt wohl daran, daß ich so verdammt verliebt bin.«

Carl verlor vollkommen den Faden.

»Ja, aber das ist ja großartig«, sagte er und machte ein dummes Gesicht, »ich meine, was zum Teufel sagst du da! Meinst du *verliebt*, so richtig verliebt, und das in einen anderen Menschen, so was, was wir anderen Sterblichen auch gelegentlich erleben? Was! Das ist nicht übel, und deiner zufriedenen Miene nach zu schließen ist sie – ich setze voraus, daß es eine Sie ist – auch in dich verliebt?«

»Na ja, es scheint jedenfalls so«, grinste Åke Stålhandske. »Ich glaube, wir werden uns sehr bald verloben.«

»Wie heißt sie, was macht sie, was weiß sie?« fragte Carl, immer noch genauso begeistert, aber auch reflexhaft professionell, so daß sich Åkes Gesicht etwas verdüsterte.

»Anna Erikadotter heißt sie«, erwiderte er vorsichtig, »ja, sie hat also den Namen ihrer Mutter angenommen. Das hat was mit ihrem Feminismus zu tun. Sie ist so.«

Carl grübelte eine Zeitlang schweigend, warf sich dann gegen die Rückenlehne und jubelte fast vor Lachen.

»Eine Feministin! Ja, aber das ist ja absolut glänzend, genau das, was du brauchst. Teufel auch. Die Wege des Herrn sind wahrhaft unerforschlich.«

»Wir sollten vielleicht wieder zu meiner Arbeitsplatzbeschreibung zurückkehren und das Private hinterher besprechen«, murmelte Åke Stålhandske, dem die Heiterkeit seines Chefs sichtlich unangenehm war.

»Nein, nein, nein, ganz und gar nicht!« versicherte Carl und erhob sich mühsam, da seine krampfhafte Lachsalve noch nicht beendet war. »Entschuldige, daß ich lache, aber ich freue mich so für dich. Das hast du schon lange gebraucht.«

Er trat zu Åke Stålhandske hin, zielte mit einer Handkante deutlich auf dessen Hals, eine Bewegung, die dieser natürlich sofort parierte, um dann zu seinem verlegenen Erstaunen von seinem Chef umarmt zu werden.

»Teufel auch, Åke, wie schön«, sagte Carl. Er sah gerührt aus. Er hielt seinen bedeutend größeren Untergebenen mit einem harten Griff um die Oberarme und schüttelte ihn ein paarmal; Åke Stålhandske ließ es willenlos mit sich geschehen.

Sie sahen einander kurz in die Augen. Immerhin waren sie aus einer Reihe ebenso tiefer wie einfacher Gründe Freunde fürs Leben.

»Okay«, sagte Carl und ging zu seinem Platz zurück, »jetzt nehmen wir das Private zuerst, eine Reihenfolge, die mir übrigens immer mehr zusagt. Dann wieder zum Job, obwohl dort das meiste schon gesagt ist. Also, was hast du ihr gesagt?«

Åke Stålhandske wußte sehr wohl, daß dies nach Dienstvorschrift geregelt werden mußte, wie gut die Stimmung unter Freunden auch sein mochte. Er richtete sich auf und versuchte, sich etwas geschäftsmäßiger zu geben.

»Ich habe wohl etwa folgendes gesagt. Ich habe an der UCSD Computertechnik studiert und amerikanischen Fußball gespielt. Eine bestimmte Mannschaft habe ich nicht genannt. Ich bin erst vor kurzem nach Schweden zurückgekehrt, und im Augenblick arbeite ich vorübergehend für die Streitkräfte an einem Computerprogramm. Ungefähr so.«

»Well well well«, sagte Carl nachdenklich. »Wie hättest du's in Zukunft gern? Willst du lügen, oder sollen wir dir eine Legende aufbauen?«

»Weiß nicht. Es ist nicht so verdammt leicht, jemanden anzulügen, den man ...«

Åke Stålhandske zögerte vor dem Wort.

»Ich weiß, was du meinst«, sagte Carl schnell und begütigend, »aber es ist keine Kuh auf dem Eis. Das KSI ist so etwas wie eine Reederei. Die brauchen bestimmt einen Computerspezialisten, und von außen sieht es ja so aus, als wärst du irgendein beliebiger ziviler Angestellter. Dein vorübergehender Job bei den Streitkräften ist also zu Ende, und jetzt hast du einen neuen festen Job bei einer Reederei. Falls Teile einer Uniform oder ähnliches im Kleiderschrank liegen, bist du Reserveoffizier. Das wird funktionieren.«

Åke Stålhandske sah nicht zufrieden aus.

»Es ist gar nicht so leicht zu lügen. Wie hältst du es damit selbst, übrigens?« fragte er leise.

Carl dachte eine Zeitlang über die Antwort nach.

»Ich habe es mit beiden Methoden probiert«, erwiderte er nachdenklich. »Bis auf weiteres kümmern wir uns einfach nicht um die Vorschriften, denn kein normaler Mensch kann auf die Dauer nach ihnen leben. Ich meine, so zu tun, als wäre man Schiffsreeder statt Militär. Es ist ja was ganz anderes, wenn man auf Einzelheiten eingeht ...«

»Schon möglich. Aber weich mir nicht aus. Wie hast du beide Methoden ausprobiert?«

Carl lächelte verlegen und hielt die Handflächen mit einer amerikanischen Handbewegung nach außen. Das sollte heißen, daß er den Protest akzeptierte.

»Also«, sagte er. »Ich habe es wie folgt angestellt. Als ich noch ein sehr grüner Junge und am verliebtesten war, falls man so etwas überhaupt messen kann, und allein in San Diego war, als einsamer Schwede, du weißt schon, habe ich sie so sehr angelogen, daß ich sie verlor. Das war klug und richtig, und ich habe mich richtig verhalten. Aber der Preis war teuflisch hoch. Und ich bin nicht sicher, ob es diesen Preis wert gewesen ist.«

»Damals brauchtest du doch gar nicht so viel zu lügen?«

»O doch. Die Hälfte der Zeit unten in San Diego, das war nicht so schlimm. Aber die andere Hälfte oben in Ridgecrest auf der Sunset Farm, was habe ich da wohl getan? Sie glaubte, ich hätte eine andere. Ich konnte sie nicht vom Gegenteil überzeugen und es gleichzeitig natürlich nicht vermeiden, die Hälfte meiner Zeit dort oben zu verbringen.«

»Und du hast nie etwas gesagt.«

»Nein.«

»Das war ein hoher Preis.«

»Ja. Aber diese Frau werde ich bald heiraten. Wenn auch um den Preis einer Scheidung und eines Streits um das Sorgerecht und um ein Kind, das zwar mein Kind ist, aber trotzdem nicht meins. So kann es einem ergehen, wenn man immer nach den Spielregeln lebt. Was gedenkst du zu tun?«

»Ich weiß nicht«, sagte Åke Stålhandske zögernd, denn er fragte sich gerade, ob er das soeben Gesagte einfach unerwidert lassen sollte. »In erster Linie kann ich wohl gratulieren. Brauchst du einen *best man*?«

»Das würde vielleicht aussehen«, entgegnete Carl lächelnd. »Der vermeintliche Schiffsmakler würde danach zu Hause eine Menge zu erklären haben. Aber ich danke dir für die gute Absicht.«

»Was soll ich sagen, ich weiß noch nicht, wie ich das handhaben soll«, fuhr Åke Stålhandske in ruhigem Tonfall fort, »aber es wird wohl schon so sein, wie du sagst, es ist keine Kuh auf dem Eis. Ich bekomme einen neuen Job in unserer sogenannten Reederei, und dann werden wir sehen. Es wird nur schwer sein, etwas zu erklären, wenn ich auf Dienstreisen gehe, bei denen man nicht zu Hause anrufen kann.«

»Das ist eine spätere Frage. Das wird erst dann aktuell, wenn ihr zusammen wohnt, und so weit ist es ja noch nicht«, entgegnete Carl kurz.

»Und jetzt zu der anderen Methode«, fuhr Åke Stålhandske ebenso knapp fort. »Du sagtest, du hättest es mit beiden Methoden probiert. Du hast also auch die Wahrheit gesagt?«

»Aber ja«, erwiderte Carl kühl, »aber das lag wohl daran, daß ich auf eine Weise öffentlich geworden bin, die hier in der Firma nicht üblich ist. Du weißt doch, ich mußte zum Beispiel vor dem Verfassungsausschuß aussagen. Und im Fernsehen mußte ich mehr sagen, als ich zu Hause je gesagt hatte, und damit war alles heraus.«

»Aber wenn das Fernsehen nicht gewesen wäre, wenn du nicht an die Öffentlichkeit gegangen wärst, hättest du weiterhin so getan, als wärst du Computerfachmann?«

Carl lächelte, bevor er antwortete. Dabei ahmte er unbewußt Tessies Kopfbewegung nach, die beim Lächeln den Kopf immer in den Nacken warf.

»Mitten ins Schwarze, Hauptmann, Verzeihung, Major Stålhandske, mitten ins Schwarze. Jetzt kommen wir zum Kern der Sache. Nein, das hätte ich nicht. Ich hätte erzählt, was ich tue, aber ohne allzu viele berufsmäßige Details. Ich glaube offen gestanden nicht, daß ein anderer Weg überhaupt gangbar ist.«

»Erst soll ich also Schiffsreeder oder so was spielen, und dann kriecht die Wahrheit allmählich ans Licht?«

»Ungefähr so. Das ist mein Ratschlag als Mitmensch, nicht als dein Chef.«

»Werden sie nicht gottverdammt wütend, wenn man sie anlügt und sie es herausfinden?«

»Wer?«

»Die Frauenzimmer!«

Carl lachte laut auf.

»Na schön, auf finnlandschwedisch kannst du sicher irgendwie damit durchkommen, dann hört es sich nicht so gefährlich an, aber nimm dich in acht. Ich sage dir nur eins, nimm dich in acht! Scherz beiseite, jetzt ist es mir vollkommen ernst. Wenn Anna Erikadotter die Frau ist, so heißt das in reinem Schwedisch, von der du weißt, daß du mit ihr leben willst, wie heißt es noch, *for better and for worse*, etwas in der Richtung …«

»In guten und in schlechten Tagen. Auf schwedisch. Und auf finnlandschwedisch.«

»Ja, etwas in der Richtung. Wenn Anna diese Frau ist, dann sag ihr offen, womit du dich beschäftigst.«

»Das ist doch eigentlich verboten …«

»Ja, aber kümmer dich nicht darum. Wir beide haben das Vaterland ja nicht gerade im Stich gelassen, wenn es um militärische Bestimmungen und militärische Sprache geht. Auch wir haben das Recht auf ein menschliches Leben. Du kümmerst dich um die Aktenordner beim KSI, ich kümmere mich um die Aktenordner hier. Werktags gehen wir um 17.00 Uhr nach Hause, und an den Wochenenden sehen wir uns bei Familienessen und reden beim Cognac über Erinnerungen an alte Zeiten, während die Kinder toben und die Frauen abwaschen.«

»Die Frauen waschen ab?«

»Ja. An den Wochenenden. Werktags waschen wir vermutlich ab, und zwar etwa um 19.30 Uhr.«

»Ist das dein werter Ernst?«

»Ja, es ist mir ernster, als du deinem Gesichtsausdruck nach zu glauben scheinst. Aber zum Teufel, Åke! Einer von uns dreien ist gestorben. Wir hätten genausogut alle drei sterben können. Wenn es nach der statistischen Wahrscheinlichkeit geht, leben wir schon viel zu lange. Und der gleichen statistischen Wahrscheinlichkeit zufolge kann sich nichts davon wiederholen. Ich meine, es dürfte in der Ostsee nicht mehr viele russische Unterwasserbasen geben, die wir sprengen müssen, und Sizilianer werden wohl kaum weitere Schweden entführen, und so weiter. Solche Dinge können sich einfach nicht wiederholen. Jetzt heißt es Aktenordner, Analyse, Funküberwachung und Familienleben, und das alles ist ziemlich wohlverdient.«

Åke Stålhandske gab sich die größte Mühe, sein Erstaunen zu verbergen, vermutlich nicht sehr erfolgreich.

»Nun«, fuhr Carl in einem gespielt geschäftsmäßigen Tonfall fort,

»soweit das Private. Doch jetzt wieder zum Geschäft. Luigi hat vom Oberbefehlshaber ebenfalls ein Kommando erhalten. Er wird Hauptmann in der Computereinheit, übernimmt Joars Job und wird praktisch Chef der Datenverarbeitungseinheit. Wir versuchen, unser Haus zu bestellen. Es kommt nämlich darauf an, daß alle diese Ernennungen und Einsätze vor dem 16. September geregelt sein müssen.«

»Vor der Wahl?«

»Ja. Die Regierungspartei will uns ans Leder, also müssen wir uns an unseren Stühlen festzurren.«

»Warum wollen sie uns ans Leder? Was haben wir denn Böses getan?«

»Bei einfacher gestrickten Politikern und Meinungsführern herrscht die allgemeine Vorstellung«, begann Carl ironisch und holte dann Luft, »nachrichtendienstliche Tätigkeit in Schweden laufe irgendwie darauf hinaus, in fremden Ländern Frauen und Kinder zu ermorden. Ich habe keine Ahnung, wie sie auf solche Ideen kommen, aber jedenfalls wollen sie uns humanisieren und demokratisieren, das heißt möglichst viele Bereiche des Nachrichtendienstes stillegen. Bei den Streitkräften sieht es ähnlich aus. Seitdem die Sowjetunion zu Rußland geworden ist, brauchen wir angeblich keine Landesverteidigung mehr. Unsere Gegner möchten das Geld lieber für Renten und Kindertagesstätten und so weiter ausgeben.«

»Aha, aber das ist doch hochgradig unvernünftig.«

»Ja. Aber nun ist es so, daß wir in einer Demokratie leben, und so sind Politiker, die ihre fünf Sinne nicht beisammen haben, durchaus erlaubt.«

»Aber das kann doch ein furchtbares Durcheinander geben, jetzt da die Sowjetunion zusammenbricht. Viele Monate kann es doch nicht mehr dauern?«

»Nein, zwei oder drei Monate, vielleicht etwas länger. Wir versuchen gerade, es auszurechnen. Aber was für uns selbstverständlich erscheint, ist es für diese Politiker noch lange nicht. Das liegt zum Teil daran, daß unser Wissen und die daraus folgenden selbstverständlichen Erkenntnisse intelligenterweise so geheim sind, daß nur wir sie kennen. Brauchst du dienstfrei?«

»Wieso?«

»Weil du frisch verliebt bist. Wenn Anna sich freinehmen kann, solltest du ein paar Tage verschwinden.«

Åke lächelte sehr zufrieden, stand auf und gab Carl die Hand.

»Das lasse ich mir nicht zweimal sagen«, sagte er und deutete einen Gruß an. »Verstanden. Zu Befehl.«

Sie lachten beide, als Åke den Raum verließ.

Carl fühlte sich froh und aufgeräumt. Nichts hätte besser zu seinen Vorstellungen von der Organisation des neuen Daseins passen können. ORCA würde in einen sicheren Hafen einlaufen und wie er selbst Zeit für ein menschliches Leben haben.

Er vermißte seine alte Lebensgewohnheit nicht mehr: Er hatte seit mehr als zehn Jahren täglich Pistolenschießen geübt. Es war nicht nur Übung gewesen, sondern auch Kontemplation; wenn er keine Gelegenheit zum Üben gehabt hatte, war er entweder auf Reisen gewesen oder in Aufträgen unterwegs, bei denen die Waffen gegen lebende Ziele eingesetzt werden mußten.

Seine Waffen waren in den Waffenschränken der Wohnung eingeschlossen, die er jetzt als Behausung Eva-Britts ansah. Sie wollte die Wohnung gegen eine Drei-Zimmer-Wohnung im Süden mit Aussicht auf den Riddarfjärden tauschen. Für eine Vier-Zimmer-Wohnung in Gamla Stan konnte man auf dem Markt für Wohnungstausch praktisch alles bekommen, was man wollte. Es würde noch einige Zeit dauern, bevor sie die Wohnung ausräumen und die Einrichtung aufteilen konnten.

Sie war vernünftig gewesen, wie im Grunde nicht anders zu erwarten war. Sie hatte ihn überzeugt, daß ein geteiltes Sorgerecht in Schweden weder ungewöhnlich noch eine Katastrophe war. Vielleicht sollte er sich etwas Besseres besorgen als eine Zwei-Zimmer-Wohnung auf Gärdet, damit Johanna Louise ein eigenes Zimmer hatte und sich auch bei Papi zu Hause fühlen konnte. Zumindest, so Eva-Britt, sei es so üblich bei Leuten, die es sich leisten könnten.

Er konnte es sich leisten. Sein jüngster Fund eines weißen Hauses am Wasser brachte ihn noch mehr in Hochstimmung. Er hatte ein Herrenhaus draußen auf den Mälarinseln entdeckt. Es hatte irgendeinem Finanzhai gehört, der vor kurzem in Konkurs gegangen war; Wasserleitungen und Stromkabel waren in Ordnung. Zu ändern waren hauptsächlich Dinge, die mit dem Geschmack zu tun hatten. Er würde dicke Teppichböden herausreißen und blaue Neonleuchten und andere Albernheiten beseitigen, mit denen Yuppies Häuser aus dem achtzehnten Jahrhundert zu verschandeln liebten.

Park und Garten lagen auf der Wasserseite. Es gab zwei neu gebaute Bootsanleger und ein Lusthäuschen am äußersten Ende der einen Brücke. Helle Juninächte dort draußen ließen sich leicht vorstellen, und alles andere sah Carl schon ebenfalls mühelos vor sich. Freunde zum Essen, Johanna Louise im Park, Musik, die aus dem Hauptgebäude ertönte, ein Hirschgehege, vierzig Minuten Autofahrt zur Arbeit, sowohl für Tessie als auch für ihn.

Er lehnte sich im Stuhl zurück und träumte. So sollte es werden. Ein neues Leben als normaler, unbewaffneter, netter Schwede.

Juha Kekomäki war zufrieden mit dem, was er bisher erreicht hatte. Am liebsten hätte er Punkt für Punkt alles schriftlich zusammengestellt. Der Präsident hatte sich jedoch überflüssige Papierberge ausdrücklich verbeten, und so würde er mündlich Vortrag halten müssen. Das war eine ungewohnte Situation, wie immer er es betrachtete. Als langjähriger Chef des finnischen Sicherheitsdienstes, der Schutzpolizei – ein Wort, mit dem sich leicht billige Witzchen machen ließen –, war er bislang natürlich derjenige gewesen, dem andere Vorträge hielten. Angesichts des bevorstehenden Rollentauschs fühlte er sich nervös wie ein Schuljunge.

Er hatte das Problem auf möglichst einfache Weise in Angriff genommen und war persönlich zur Anti-Terror-Sektion in der Sjömansgatan gegangen und hatte die dreiköpfige Führungsriege zu sich gerufen. Anschließend hatte er alles Wesentliche erklärt. Bis auf eins: daß es Kernwaffen waren, mit denen die russischen Schmuggler ins Land kommen würden.

Alles andere hatte er jedoch gesagt; daß sie auf sowjetischem Territorium eingreifen sollten, daß es in dieser Hinsicht eine Übereinkunft zwischen Finnland und der Sowjetunion gebe und daß alle denkbaren gesetzlichen Hindernisse beseitigt seien, nämlich durch die Tatsache, daß die Anweisungen vom Präsidenten der Republik kämen.

Die Anti-Terror-Gruppe hatte es in Finnland zwar kaum je mit Terror zu tun gehabt, doch die drei schienen praktisch veranlagte und handfeste Männer zu sein. Sie hatten anfänglich darüber gewitzelt, daß sie vor fünfzig Jahren eine solche Streitmacht oder gar zehn in fünf Minuten hätten zusammentrommeln können. Doch jetzt waren die denkbaren Kandidaten aus schwächerem Holz geschnitzt.

Wie auch immer: Wenn es um Fahrzeuge und Logistik ging, brauchten sie eine gewisse militärische Kompetenz. Nach kurzer Diskussion kamen die Männer zu dem Ergebnis, daß es am besten sei, eine zur Hälfte aus Sicherheitspolizei und zur Hälfte aus militärischen Spezialisten bestehende Gruppe zusammenzustellen, die Militärs am besten vom Lapplandjägerbataillon.

Dann erhob sich die Frage, wieviel Lärm man sich in der entscheidenden Phase der Operation erlauben könne. Sogar unten in Helsinki war leicht einzusehen, daß die Polarnacht am leichtesten mit Schneemobilen zu bewältigen war. Wenn die Operation aber unauffälliger durchgeführt werden sollte, mußte man auf das alte finnische Fortbewegungsmittel zurückgreifen, Skier. Außerdem brauchten sie Schlitten für die Waffen, Sprengstoff und andere Ausrüstung. Soweit bekannt, waren die Lapplandjäger für beide Alternativen bestens gerüstet.

Eine rein polizeiliche Frage war, wie man sich mit dem Grenzschutz einigen sollte; es wäre fatal, wenn die Grenzschützer ausrückten und den falschen Trupp aufgriffen.

Doch bei diesem Problem meinte Juha Kekomäki keine Schwierigkeiten zu erkennen. Bei Beginn der Operation könne er ganz einfach den Stab der Grenzschutztruppen in Helsinki anrufen und sagen, worum es gehe. Er konnte dann die Einstellung aller Tätigkeiten in einem bestimmten Grenzabschnitt zu einer bestimmten Zeit verlangen.

Nach der Besprechung flog er nach Rovaniemi, und von dort fuhr er zu Lapplands Jägerbataillon. Dort beschrieb er etwas behutsamer den künftigen Auftrag, obwohl er natürlich versicherte, daß alle gesetzlichen und außenpolitischen Probleme höchsten Orts durchgesprochen und gelöst worden seien. Doch jetzt wollte er wissen, wie viele Mann erforderlich waren, wie lange es dauerte, eine Handvoll

Polizisten in den Trupp zu integrieren, und von welchem Zeitpunkt an man einsatzbereit war.

Die Militärs hielten drei Wochen für das Minimum, doch angesichts dessen, daß der kritische Zeitpunkt beim jetzigen Erkenntnisstand erst im Dezember eintreten werde, habe man mehr als ausreichend Vorbereitungszeit. Es werde schon im Oktober zu schneien anfangen, und da könne man mit den Übungen beginnen.

Juha Kekomäki fühlte sich folglich bestens gerüstet, als er sich beim Kanzleisekretär des Präsidenten einfand.

Zu seinem Erstaunen – möglicherweise berührte es auch sein Selbstwertgefühl ein wenig – bat man ihn, sich zu setzen und zu warten, als ginge es um irgendeinen Routinebesuch. Der Präsident hatte einige schwedische Politiker bei sich, eine Angelegenheit also, die aus leicht erkennbaren Gründen erheblich wichtiger sein mußte als sein Anliegen. Als er jedoch etwas gründlicher nachdachte, kam er zu dem Ergebnis, daß gerade das schauerliche Geheimnis es ratsam machte, den Anschein zu erwecken, als behandelte man in Wahrheit eine x-beliebige Angelegenheit. Es war dem Präsidenten ja kaum zuzumuten, ausländische Politiker einfach vor die Tür zu setzen und als Grund dafür anzugeben, die Herren müßten also entschuldigen, doch jetzt müsse man sich mit russischem Kernwaffenschmuggel beschäftigen.

Dem Präsidenten zufolge waren es sieben Menschen in Finnland, die davon wußten, daß es um Kernwaffenschmuggel ging. Juha Kekomäkis Untergebene und die Militärs im Norden glaubten sicher, daß es zwar um etwas Interessantes gehe, das aber bei weitem nicht so gefährlich sei.

Die schwedischen Politiker verabschiedeten sich. Juha Kekomäki mußte trotzdem eine weitere Viertelstunde warten, bevor er zum Präsidenten hereingelassen wurde, der soeben einen Stapel Akten unterzeichnet hatte. Er trug eine Lesebrille und saß in Hemdsärmeln da. Die Jacke hing über der Rückenlehne seines Stuhls wie bei irgendeinem Beamten.

»Du mußt schon entschuldigen, Juha, aber ich muß mich zwischendurch auch mal wieder um das Land kümmern. Setz dich und erzähl«, begrüßte ihn der Präsident. Dann nahm er die Brille ab, schraubte die Kappe seines Füllfederhalters zu und lehnte sich zurück.

Juha Kekomäkis Vortrag verlief schneller und flüssiger, als er selbst vermutet hatte. Die praktischen Probleme seien bislang nicht sehr groß. Knifflig werde es in einem späteren Stadium. Dann müsse man sich einige handfeste Fragen stellen, nämlich was man mit ein oder zwei beschlagnahmten Wasserstoffbomben anfangen solle. Wie gefährlich sei das für das Personal, wenn einigen wenigen oder allen Teilnehmern an der Operation bekannt sei, womit man hantiere?

Wie sehr man die Sache auch drehe und wende, stellten sich Probleme. Denn wenn niemand Bescheid wisse, werde jede, auch die kleinste Unachtsamkeit mit dem irgendwann beschlagnahmten Gefahrengut entsetzliche Folgen haben können.

Wenn alle Bescheid wüßten, werde das neben dem Risiko eines Nachrichtenlecks unter Umständen dazu führen, daß der eine oder andere sich zurückziehen wolle.

Wenn einige wenige Bescheid wüßten, könne es zu Spannungen in der Gruppe führen.

Dann legte Juha Kekomäki seinen Vorschlag vor:

»Zwei Personen aus der Gruppe, meine eigenen Leute, sollten die nötigsten Grundkenntnisse erhalten, um mit Kernwaffen hantieren zu können. Sie müssen also schon in einem frühen Stadium erfahren, worum es geht. Wenn wir die Grenze zur russischen Seite überschritten haben, müssen sie dann allen anderen mitteilen, worum es geht. Dann kann sich niemand mehr zurückziehen.«

Präsident Koivisto hörte nachdenklich zu. Er nickte von Zeit zu Zeit bekümmert und schien keine Einwände zu haben. Und als der Chef der Schutzpolizei seinen Vortrag beendet hatte, gab ihm der Präsident nur eine sehr knappe Anweisung.

»Na ja, das hört sich alles sehr durchdacht an. Sorge dafür, daß unsere Spezialeinheit so schnell wie möglich gebildet wird, damit wir behaupten können, schon in drei Wochen bereit zu sein.«

Der Chef der Schutzpolizei wollte zu einem Einwand anheben, doch Mauno Koivisto stoppte ihn.

»Ich weiß schon, was du sagen willst, daß es bis Dezember noch lange dauert und daß es Zeitverschwendung und so weiter wäre.

Aber was wissen wir? Moskau ist ein einziges Chaos, und urplötzlich haben wir gar nicht mehr so viel Zeit, wie wir glauben. Wir sollten uns lieber zu sehr beeilen, statt zu spät zu kommen.«

Mit diesen Worten erhob sich der Präsident, und streckte die Hand aus. Das war das Zeichen, daß sowohl die Diskussion als auch das Treffen beendet waren, und hinter Juha Kekomäki war schon der Kanzleichef in der Tür aufgetaucht, als hätten er und der Präsident per Gedankenübertragung kommuniziert.

Juha Kekomäki verbeugte sich stumm und ließ sich hinausbegleiten. Als sich die Tür hinter ihm schloß, richtete er sich auf und beschleunigte seine Schritte, um den Präsidentenpalast möglichst schnell zu verlassen. Ihm standen jetzt einige sehr konkrete Aufgaben bevor, die er in Angriff nehmen mußte.

Der Präsident blieb an seinem Schreibtisch sitzen und legte die Fingerspitzen aneinander. Er grübelte.

Nicht über die technischen oder praktischen Fragen, denn die schienen beherrschbar zu sein. Auch nicht über die Gefahr, der er finnische Soldaten und Polizisten vielleicht würde aussetzen müssen, denn das war ein notwendiger Preis, wenn eine Katastrophe mit weltweiten Folgen vermieden werden sollte.

Dagegen grübelte er darüber nach, wer sein Partner war. Zu Anfang war das selbstverständlich gewesen, denn Gorbatschow war der gewählte Präsident der Sowjetunion.

Aber wenn Rußland sich jetzt für selbständig erklärt hatte, wenn die Ukraine, Rußland und Weißrußland selbständige Staaten außerhalb der Sowjetunion waren – gab es dann die Sowjetunion im eigentlichen Sinne überhaupt noch?

Waren formlose Abmachungen mit dem Präsidenten der Sowjetunion überhaupt das Briefpapier wert, auf dem sie geschrieben standen, dazu noch von Hand, und das in einer Lage, in der Boris Jelzin der Präsident des selbständigen Rußland war? Wer war denn Finnlands Nachbar von den Polarregionen im Norden bis zum Ladogasee im Süden, wenn nicht Rußland?

Und würde Jelzin angesichts der bekannten Animosität zwischen den beiden Männern nicht toben, wenn er erfuhr, daß Gorbatschow eine Abmachung getroffen hatte, die in Wahrheit Rußland und das russische Territorium betraf?

Das waren keine formalen Petitessen. Es ging immerhin um eine Frage, in der sich alle Beteiligten vollkommen einig und überdies voll und ganz über das Tun und Lassen der Gegenseite informiert sein mußten.

Er sollte die Angelegenheit mit seinem Außenminister besprechen. Erstens. Und zweitens sollten sie ohne Zweifel gemeinsam zu dem Ergebnis kommen, daß es gegenwärtig keine rechtliche Grundlage für ein Tätigwerden auf *russischem* Territorium gab. Es sei denn, es gelänge, Boris Jelzins Einverständnis zu gewinnen und die Abmachung mit dem sowjetischen Präsidenten nachträglich ratifizieren zu lassen. So wie es jetzt aussah, saßen alle Putschisten zwar hinter Schloß und Riegel, und Gorbatschow befand sich wieder in Moskau. Doch Boris Jelzin war ohne Zweifel der Sieger in dem politischen Spiel, was er Gorbatschow und der ganzen Welt deutlich genug demonstriert hatte. In Wahrheit war schwer zu entscheiden, wer von den beiden Männern eigentlich in Rußland die Macht hatte.

Folglich konnte die gegenwärtige Abmachung nicht gültig sein. Folglich mußte auf finnischer Seite die Nuß geknackt werden, wie man die Diskussion mit Jelzin weiterführen konnte, ohne hinter dem Rücken Gorbatschows zu operieren.

Vielleicht war es sogar am einfachsten, Gorbatschow selbst zu fragen, wie er das Problem sah.

Genau. Natürlich. Das war die Lösung. So einfach.

4

Vier Tage vor der schwedischen Reichstagswahl schien alles schon entschieden zu sein. Die Meinungsumfragen deuteten auf eine überwältigende bürgerliche Mehrheit hin. Es würde also einen Regierungswechsel geben.

Der bürgerliche Block brauchte nichts mehr zu tun, brauchte kein Wagnis einzugehen, keine neuen Vorstöße zu unternehmen, deren Folgen sich unmöglich vorhersehen ließen. Er brauchte sich nur still zu verhalten und ganz allgemein von Steuersenkungen zu sprechen, von Freiheit, von der künftigen Gemeinschaft Europas und dem Tod des Sozialismus.

Trotzdem fehlte es nicht an internen Auseinandersetzungen. Das größte Problem für die drei bürgerlichen Parteien bestand darin, daß eine von ihnen, die Liberalen, sich stark gegen die zunehmende Ausländerfeindlichkeit im Land engagierte. Was sich in den Meinungsumfragen sogleich ungünstig bemerkbar machte.

Auch mußte Schweden zum ersten Mal durchleiden, was die meisten Länder Europas schon miterlebt hatten: nämlich den zunehmenden Erfolg einer populistischen Partei, die sich mit allgemein rechten Parolen, dem Einsatz für ungehinderten Zugang zu Alkohol und offenem Ausländerhaß profilierte und daher erwarten ließ, daß sie auch im Reichstag vertreten sein würde.

Diese politische Partei war selbstverständlich nicht »sozialistisch«. Die bürgerlichen Parteien wollten mit diesen Leuten trotzdem nichts gemein haben. Jedoch stellte sich die Frage, ob eine künftige bürgerliche Regierung im Parlament von einer Gruppe abhängig sein würde, mit deren Angehörigen sich kein Mensch auch nur in einem Zimmer aufhalten wollte.

Eine Konsequenz dieser Arithmetik war es auch, daß die Rangordnung der bürgerlichen Parteien untereinander ins Wanken geriet.

Damit wurde die Versuchung, im Endspurt des Wahlkampfs dramatische Aussagen zu machen, unwiderstehlich. Einige wenige Prozent mehr oder weniger entschieden über den Regierungseinfluß einer Partei in den kommenden Jahren.

Es war der Führer der Zentrumspartei, der keine vier Tage vor einem sicheren Wahlsieg nicht an sich halten konnte. Auf einer Pressekonferenz, wo er von den Klageweibern unserer Zeit, den sogenannten innenpolitischen Reportern, mit der Frage in die Enge getrieben wurde, ob er nicht »im rechten Käfig sitze«, das heißt ob er nicht gezwungen sein werde, nach der Pfeife der Konservativen zu tanzen, nannte er einige Themen, in denen es unterschiedliche Auffassungen gebe. Die Tatsache, daß er gegen die Kernkraft war, nannte er eher beiläufig. Das war allen bekannt, und niemand konnte damit mehr hinter dem Ofen hervorgelockt werden. Doch dann erwähnte er unerhört routiniert, es gebe auch in der Frage der Streitkräfte Gründe, die konservative Rechte auf dem Teppich zu halten. Die Entwicklung in der Welt sei gegenwärtig nicht gerade so, daß ausgerechnet Schweden als einziges Land mit einer dramatischen Aufrüstung beginnen solle. Vor allem solle Schweden natürlich nicht – jetzt kam es mit einem sehr wohlüberlegten Wort – »Todesschwadronen in der Welt herumreisen lassen, die überall nur Unheil anrichteten«.

Das Wort lautete tatsächlich *Todes-Schwadronen.* Wenn man es trennt, wird es sehr schlagkräftig, und das war auch beabsichtigt.

Im Verlauf weniger Stunden war die Politik wieder mit Volldampf in Gang gekommen. Die regierenden Sozialdemokraten erkannten sofort die Chance, die scheinheilig einigen bürgerlichen Parteien zu spalten, und begrüßten die Äußerung des Zentrumsführers als ein vernünftiges Wort zur rechten Zeit. Es zeige kristallklar, welche abgrundtiefen Unterschiede es beim bürgerlichen Block in gewichtigen ideologischen Fragen gebe. Doch, natürlich hätten sie schon selbst in der Praxis Entscheidungen der Art getroffen, wie sie der Zentrumsführer vorgeschlagen habe, obwohl man keinerlei Anlaß gesehen habe, diese Frage im Wahlkampf zu behandeln. Die Äußerung des Zentrumsführers zeige dennoch, daß die politische Mitte sehr viel mehr gemeinsam habe als die am rechten Rand angesiedelten Parteien. Die Sozialdemokraten umarmten den Zentrumsführer also und gaben ihm damit den Todeskuß.

Der Führer der Konservativen tobte, sah sich aber genötigt, seine Wut gegen die Regierungspartei zu richten, als hätte er die Äußerung seines gedachten Koalitionspartners gar nicht gehört. Er bezeichnete es als vollkommen irrsinnig, daß die Regierung solche Beschlüsse avisiere. Denn in weniger als hundert Stunden würden diese ohnehin aufgehoben werden; er tat also, als hätte die Regierung von einem »Beschluß« gesprochen, obwohl die Sozialdemokraten in Wahrheit nur einen Zentrumsführer gelobt hatten, um den Führer der Konservativen zu reizen.

Die Liberalen wollten in der Frage wie gewohnt nicht Stellung nehmen, aber die größte liberale Morgenzeitung pries am nächsten Tag den Mut des Zentrumsführers, für humanistische Ziele einzutreten und nach seinem Gewissen zu handeln, obwohl es Stimmen kosten könne (der Leitartikler zeigte damit also deutlich, daß er die Absichten des Zentrumsführers nicht im mindesten begriffen hatte). Denn einerseits werde man gewiß nicht zulassen, daß Schweden sich Todesschwadronen halte – der Begriff war jetzt ein unausrottbarer Bestandteil der Debatte geworden –, doch andererseits könne man kleine und empfindliche Teile der Stabsfunktionen der Streitkräfte nicht ohne weiteres stillegen; es war also völlig unklar, was die Zeitung meinte.

Die Rechtspopulisten der neuen ausländerfeindlichen Partei benutzten ebenfalls Formulierungen, die sowohl Schlagzeilen brachten als auch Stimmen. Sie meinten, es sei unverschämt, so von heldenmütigen schwedischen Offizieren zu sprechen, die unter großer Gefahr für das eigene Leben schwedische Staatsbürger gerettet hätten. Sie schlugen vor, man solle Carl Hamilton nach der Wahl zum Oberbefehlshaber machen.

Die ehemaligen Kommunisten, die sich jetzt zwar V nannten, das für *vänster*, links, stand, dennoch aber eher an die Protagonisten einer Horrorserie im Staatsfernsehen erinnerten, schlugen sich natürlich auf die Seite des Zentrumsführers und der Sozialdemokraten.

Die Sprecher der Umweltpartei konnten sich in dieser spezifischen Frage nicht auf einen gemeinsamen Standpunkt einigen, da sie sich nicht sicher waren, ob Schweden überhaupt Streitkräfte brauche. Es stehe jedoch fest, daß man gegen unnötiges Töten sei. Man sei auch nicht der Meinung, daß Schweden offensive Luftstreitkräfte brauche.

Carl hatte die Publizität der letzten vierundzwanzig Stunden ziemlich amüsiert. Er las die Zeitungen mit wachsender Verblüffung, aber doch mit dem merkwürdigen Gefühl, daß das Ganze ihn nichts anging. Er lehnte alle Angebote ab, in diesem oder jenem Nachrichtenmedium Kommentare abzugeben.

Samuel Ulfsson hingegen war tief bekümmert.

»Es ist doch wirklich zum Kotzen«, sagte er in einer Qualmwolke, als Carl das Zimmer betrat und auf seinem gewohnten Platz niedersank. Er hatte die aufgeschlagenen Zeitungen gesehen und erkannt, wohin die Reise gehen sollte.

»Es ist wirklich zum *Kotzen*«, wiederholte Samuel Ulfsson. »Diese Politiker können einen wahnsinnig machen.«

»Das liegt nur daran, daß wir in einer Demokratie leben«, erwiderte Carl müde.

»Schon richtig, aber wir waren doch gerade dabei, etwas Stil in die Sache zu bringen. Mit deinem Auftreten als unser Sprecher haben wir zumindest die schlimmsten Dummheiten zum Schweigen bringen können. Wir konnten ja wirklich die goldene Gelegenheit nutzen, um zu zeigen, daß wir hier in der Abteilung intellektuelle Arbeit leisten. Du nimmst mir das doch nicht übel, wie?«

»Nein«, sagte Carl, »ich hoffe aber, daß du mich auch zu den Intellektuellen zählst.«

»Wie? Natürlich, selbstverständlich. Wo war ich stehengeblieben? Ja! Wir hatten ja die begründete Hoffnung, diesem oder jenem gezeigt zu haben, daß wir das Geld der Steuerzahler dafür verwenden, daß sie nachts gut schlafen können. Und das ist uns gelungen, ich meine, es ist dir gelungen, das muß man schon sagen. Alle anderen standen als Idioten und Weltuntergangspropheten da. Aber plötzlich stehen wir wieder am Pranger. Todesschwadronen! Als wären wir irgendwelche Argentinier oder so was!«

»Ja. Das war wirklich ein schrecklicher Vergleich«, sagte Carl amüsiert.

»Du scheinst das Ganze nicht ernst zu nehmen.«

»Offen gestanden nein. Ein Mann vom Zentrum möchte Aufsehen erregen, und es gelingt ihm. Einige aufgeregte Sozialdemokraten schlagen sich auf seine Seite. Die Reptilienpartei ist in allen Lebenslagen gegen uns. Was ist daran so neu?«

»Daß die Sozis es praktisch zu einem Wahlversprechen gemacht haben, uns nach der Wahl die Ohren abzuschneiden. Das darf man doch wohl als eine Neuigkeit bezeichnen.«

»Ja, aber sie werden die Wahl ja verlieren, und dann schneidet der Führer der Konservativen statt dessen dem Zentrumsmann die Ohren ab. Das geht uns zwar alles nichts an, ist aber trotzdem die angenehmere Lösung.«

»Geht uns nichts an?«

»Nein. Korrigiere mich, wenn ich mich irre, aber ich glaube, wir treten bei der Reichstagswahl nicht an.«

Die Aufregung fiel plötzlich von Samuel Ulfsson ab. Er setzte sich und schüttelte lächelnd den Kopf.

»Grundsätzlich«, sagte er und zeigte auf Carl, nicht in militärischer Manier mit der ganzen Hand, sondern nur mit dem Zeigefinger, »*grundsätzlich* hast du natürlich recht. Wir leben in einer Demokratie, und so weiter, und so weiter, dafür sollten wir letztlich ins Feld und kämpfen, daran glaube ich selbst, das ist kein Problem. Haben wir nun aber A gesagt, wenn es um einige Finessen der Demokratie geht, ich denke da an die Freiheit der Meinungsäußerung, die freie Auseinandersetzung und all das, dürfen wir auch B sagen.«

Carl seufzte und wand sich. Ihm war schon klar, was ihm bevorstand.

»Du seufzt?«

»Ja, denn wenn du B sagst, bedeutet das doch wohl, daß ich wieder in die Manege muß, um mich erneut zum Affen zu machen.«

»Sachlich gesehen ja. Ich würde das Ganze aber respektvoller ausdrücken.«

Damit gab es kaum noch etwas zu diskutieren. Samuel Ulfsson hatte sich schon entschlossen, und im Grunde hatte Carl keine Einwände vorzubringen. Ihm war nicht entgangen, daß er seine »Revanche« schon vor ein paar Wochen bekommen hatte, als er im Chor der Kommentatoren um den versuchten Staatsstreich in Moskau als einzig vernünftige Stimme hervorgetreten war. Angesichts der Konkurrenz war das nicht schwierig gewesen.

»Der Sprecher des Nachrichtendienstes« hatte als effektive Waffe fungiert. Das ließ sich leicht feststellen und war auch in operativen Begriffen leicht zu verstehen.

Carl empfand jedoch tiefen Widerwillen dagegen, daß die Streitkräfte direkt oder indirekt an einem politischen Spiel teilnahmen. Die Arbeitsteilung sollte selbstverständlich sein – Politiker erledigen die Politik, und das Militär kümmert sich um die Verteidigung. Jeder Gedanke an einen Rollentausch hatte etwas Abschreckendes.

Doch jetzt war es also wieder soweit. Natürlich brauchte Carl nur zu wählen, da jede Zeitung und jedes Nachrichtenmedium seine Kommentare haben wollte. Er entschied sich für die Fernsehnachrichten *Aktuellt*, auch wenn ihm das den Abend zerstörte, und Erik Ponti vom *Echo des Tages*. Dies jedoch nur, um den letzten Rest einer Schuld zu tilgen, die Erik Ponti andeutungsweise geltend gemacht hatte.

Die Äther-Medien waren leicht zu handhaben. Da sämtliche Äußerungen kurz und konzentriert sein mußten und man nie Zeit hatte, tiefer auf ein Thema einzugehen, konnte man leicht mit Schlagworten davonkommen, ohne je in Bedrängnis zu geraten. Überdies war es ein natürlicher Teil seines Berufs und seines Wissens, Theater zu spielen und sich zu verstellen, und das kam im Fernsehen besonders gut an.

»Was hältst du davon, einer Todesschwadron zugeordnet zu werden?«

»Wenn der Parteichef des Zentrums tatsächlich mich und unsere Abteilung gemeint hat, was ich nicht mit Sicherheit weiß, finde ich das natürlich genauso übel, wie jeder andere es fände. Aber der Vergleich ist ja vollkommen albern.«

»Inwiefern albern?«

»Das Wort läßt einen an faschistische Mörderbanden in lateinamerikanischen Diktaturen denken. Da fällt es mir schon schwer, das mit uns in Verbindung zu bringen, die wir mit legalen Mitteln und im Auftrag des schwedischen Staates nur versucht haben, Menschenleben zu retten. Denn ich nehme an, daß es schon wieder die Ereignisse auf Sizilien sind, die hier herumspuken. Mit dem schwedischen Nachrichtendienst hat das alles jedoch nur wenig zu tun.«

»Du meinst, ihr beschäftigt euch mit sehr viel anderen, größeren und wichtigeren Dingen?«

»Vielleicht kann man nicht sagen, daß es etwas Wichtigeres gibt, als das Leben von Mitbürgern zu retten. Größeres jedoch ja, ohne Zweifel. Die Dinge, die in den Zeitungen veröffentlicht werden und auch woanders Publizität erreichen, sind vielleicht spektakulär, und ich kann verstehen, daß Journalisten dem Interesse entgegenbringen und allem sorgfältig nachgehen wollen. Aber es ist wie bei der Spitze des Eisbergs. Das Schwergewicht unserer Arbeit ist bedeutend technischer und bürokratischer. Kaum sehr romantisch, könnte man sagen.«

»Du meinst etwa die Aufgabe, die Entwicklung in der zerfallenden Sowjetunion zu verfolgen?«

»Ja, das ist ein Beispiel. Ich verrate ja kaum ein Staatsgeheimnis, wenn ich sage, daß dieses Feld im Augenblick bei uns höchste Priorität genießt.«

»Was hältst du davon, in den schwedischen Wahlkampf hineingezogen worden zu sein?«

»Dazu habe ich gar keine Meinung. Wir leben in einer Demokratie, und es ist mein Job und der meiner Kollegen, diese Demokratie zu verteidigen, notfalls mit Gewalt. Zur Demokratie gehört nun mal, daß selbst die abwegigsten Meinungen geäußert werden können, um dann, wie zu hoffen ist, in einer freien Auseinandersetzung zu unterliegen. Wir Militärs sollten uns dann jedenfalls zurückhalten und uns nicht in die Auseinandersetzung einmischen. Das ist Sache anderer.«

»Aber ihr seid doch stimmberechtigte Staatsbürger wie alle anderen?«

»Ja, selbstverständlich.«

»Beim schwedischen Nachrichtendienst dürften nach dieser Äußerung kaum viele Stimmen auf das Zentrum entfallen?«

»Das ist eine Vermutung, deine Vermutung, übrigens. Sie erscheint mir jedoch nicht allzu kühn.«

»Für welche Partei gedenkst du selbst zu stimmen?«

»Ich gehe nicht zur Wahl. Ich möchte nicht in die Situation kommen, Anweisungen von einer Regierung annehmen zu müssen, gegen die ich gestimmt habe. Außerdem spielt es keine Rolle, welche Regierung wir bekommen, denn sie ist in jedem Fall Dienstherrin des Nachrichtendienstes. So müssen wir die Demokratie interpretieren, soweit es uns betrifft.«

Er hatte leichtes Spiel. Nach kurzem Training kam ihm das Ganze wie ein choreographisches Muster vor, das er einüben konnte, als handelte es sich dabei um nichts weiter als ein paar Tanzschritte.

Man mußte zunächst vollkommen aufrichtig und direkt auf eine

Frage antworten, um vertrauens- und glaubwürdig zu erscheinen. Am Ende der Antwort konnte man jedoch einen Köder auslegen und gleichsam nebenbei etwas wie »verdreht« oder »verrückt« sagen, um so erklären zu müssen, wer albern oder verdreht sei. Dann hatte es den Anschein, als fühlte man sich bedrängt, es offen und ehrlich auszusprechen, wenn auch widerwillig. Dann konnte man sagen, was man wirklich dachte.

Er faßte es mit Humor als eine Art Spiel auf. Er hatte immer noch das Gefühl, daß das Ganze für ihn im Grunde ohne jede Bedeutung war. Falls eine Regierung sich in ein paar Wochen über die operativen Einheiten des Nachrichtendienstes hermachte, um bestimmte Abteilungen stillzulegen oder abzuschaffen, würde sie trotzdem zunächst alles untersuchen und durchdenken. Das Vorhaben würde sich als nicht ganz leicht erweisen, gleichgültig, welche Versprechungen im Wahlkampf gemacht worden waren. Überdies nahm in Carl die Gewißheit zu, daß er es vielleicht als Befreiung empfinden würde. Er würde sich dann um ein neues Leben bemühen, so werden wie alle anderen, wenn auch mit einem schöneren Domizil.

Tessie war hingerissen von dem letzten Haus, das sie sich angesehen hatten. Es sei so »exotisch«, sagte sie. Für ihn war es so schwedisch wie Selma Lagerlöf. Er erzählte von dem Wohlstand der schwedischen Oberschicht im achtzehnten Jahrhundert, von der Neuerung des Kachelofens, die Jahrhunderten des Frierens ein Ende machte, sogar hier oben im Norden. Er erzählte vom französischen Ursprung der Gärten, da die Oberschicht der damaligen Zeit fast in allem darauf eingestellt war, die Franzosen nachzuahmen; am Hof Gustavs III. habe man das Französische sogar als Konversationssprache eingeführt, etwa so, wie heutige Schweden es liebten, englisch zu sprechen, sobald sie betrunken waren.

Aber natürlich war das Haus für Tessie »exotisch«; sie malte sich aus, wie es bei vertauschten Rollen hätte aussehen können. Dann hätten sie sich auf einer braunen, ausgedörrten Ebene befunden; in der Ferne hätte man die Berge in flirrender Hitze blau schimmern sehen, und das Haus wäre aus weißen Ziegelsteinen erbaut, ein einstöckiges Haus mit einer umlaufenden Veranda, mit Pferden in einem Corral auf der Rückseite des Hauses, mit großen Viehgehegen und vor allem mit Staub und Hitze, zumindest in dieser Jahreszeit.

Sie zögerte nur in einem Punkt, nämlich was die Größe des Hauses betraf. Es war zwar ein kleines Herrenhaus, und da die Zimmer im achtzehnten Jahrhundert klein gewesen waren und der Finanzjongleur, der das Haus bis vor kurzem besessen hatte, hier und da Wände hatte herausreißen lassen, um mehr Platz zu bekommen, waren jetzt acht Zimmer übriggeblieben. Drei große Gesellschaftsräume im Erdgeschoß und fünf Schlafzimmer im Obergeschoß, davon ein sehr reichlich bemessenes mit Balkon, Aussicht zum See hin und Spiegeln an der Decke.

Das landwirtschaftliche Areal, das dazugehörte, war zum größten Teil verpachtet. An der Grenze des Hausgrundstücks begann jedoch ein Gehege mit Dam- und Rotwild. Wenn man oben im Haus stand und zum Wasser hinuntersah, hatte man den Eindruck, als spazierten die Hirsche im Garten umher. Es war schwindelerregend schön.

Nichts von all dem konnte falsch sein. Die Fahrtzeit zu IBM in Kista oder zum Generalstab am Lidingövägen konnte in keiner Jahreszeit und bei keinem Straßenzustand mehr als vierzig Minuten betragen.

Nach außen hin und in ästhetischer Hinsicht war alles vollkommen. Sie fürchtete sich jedoch, in einem so großen Haus allein zu sein. Sie dachte an dunkle schwedische Herbst- und Winterabende, an Sturm und Regen, der gegen die Fensterscheiben peitschte, lauter solche Dinge, an knarrende Äste, und dann allein zu Haus.

Er entgegnete, so müsse es durchaus nicht werden. Er sei jetzt an den Schreibtisch gebunden, halbwegs so etwas wie ein »Sprecher« des Generalstabs und für Undercover-Aufträge im Ausland definitiv nicht mehr zu gebrauchen. Sie werde nicht allein sein müssen. Als er es sagte, glaubte er selbst daran.

Von einigen anderen Überlegungen teilte er ihr jedoch nichts mit. Er war das Grundstück abgeschritten und hatte sich ein Alarmsystem ausgedacht und überlegt, wo man Fernsehkameras unterbringen konnte. Er hatte überlegt, wie man die Eisengitter verstärken und mit elektronischen Schlössern versehen konnte, die sich vom Auto oder vom Haus aus öffnen ließen. Er wollte bei Gelegenheit einmal mit Åke Stålhandske hinausfahren, um sich alles anzusehen. Doch darüber sagte er nichts, aus dem einfachen Grund, weil diese

Überlegungen nichts mit dem Domizil zu tun hatten. Sollten sie eine große Wohnung in Stockholm beziehen, würde es dort genauso sein. Meschuggene und Sizilianer stellten die größte Bedrohung dar. Verrückte gab es immer. Sie konnten den Ministerpräsidenten genausogut erschießen wie einen bekannten Offizier. Und unten auf Sizilien gab es wohl immer einige, die auf Rache sannen und genügend Artikel über ihn gelesen hatten, um sich eine Reise nach Schweden zu überlegen. Er dachte nicht näher darüber nach, da er schnell zu dem Ergebnis kam, daß es kaum leichter sein konnte, aus Sizilien anzureisen und sich nach einem Hamilton durchzufragen, als umgekehrt für einen Schweden, nach Palermo zu reisen und sich nach einem Don Tommaso zu erkundigen.

Sizilianer würden in Schweden auf dem Land einiges Aufsehen erregen. Nein, ein solcher Auftrag ließe sich in einer Großstadt leichter durchführen als hier draußen. Vom Haus aus hatte man in alle Richtungen auf mehrere hundert Meter freie Sicht. Als sie das zweite Mal hinausfuhren, entschied sie sich. Später glaubte er immer, daß er den Hirschen die Entscheidung zu verdanken hatte.

Es war am Abend, nachdem er, wie er hoffte, sich im Fernsehen zum letzten Mal zum Affen gemacht hatte. Eigentlich hatten sie hinausfahren wollen, aber vielleicht war es ein Glück, daß sich das Ganze um vierundzwanzig Stunden verzögerte. Vielleicht hätte es am Abend davor nicht diesen leichten Nebel gegeben, der die ganze Landschaft in einen zarten Schleier hüllte.

Der Nebel war nicht dicht. Er lag wie Rauch in unregelmäßigen, phantasievollen Mustern in der Nähe der Wasseroberfläche unten an den Anlegern, im Hirschgehege in Höhe der Baumwipfel, und hüllte die Reihen roter Rosen neben dem Kiesweg zur Seeseite des Hauses in einen zarten Schleier.

Ihm kam ein Einfall. Er öffnete das Tor zum Hirschgehege, und sie spazierten in den Nebel hinein. Ein paar Minuten lang sahen sie nichts, und er mußte ihr versichern, die Hirsche seien nicht gefährlich, sondern fast zahm.

Sie begegneten plötzlich zwei recht jungen Hirschen. Diese standen vollkommen still und bewegten sich nicht, als wären sie Skulpturen der Natur. Tessie preßte ihm die Hand, und sie gingen näher und näher. Erst als sie auf etwa einen Meter herangekommen waren, scheuten die Tiere, wirbelten herum und verschwanden röhrend im Nebel. Es war ein eindrucksvolles Erlebnis. Er würde für immer glauben, daß es etwas zu bedeuten hatte, selbst mehrere Jahre später noch, als jemand, der es besser wußte, ihm erklärte, das eigentümliche Verhalten der Hirsche habe bei dieser Gelegenheit etwas mit der Brunft zu tun gehabt.

Sollte er das glauben? Die Tiere hätten in reinem Brunftwahnsinn angreifen können, doch jetzt fand der Wahnsinn darin Ausdruck, daß die Hirsche stehenblieben und sich fast streicheln ließen.

Auf dem Weg aus dem Nebel zurück zum Haus erzählte er von schwedischen Sagen, in denen es um diesen Spätsommernebel ging, um den Tanz der Elfen.

Vielleicht war dies der Moment, in dem sie sich entschied. Er würde jedoch für immer glauben, daß es etwas mit den beiden Hirschen zu tun hatte.

Eine der etwas unklareren Aufgaben Åke Stålhandskes in seiner neuen Funktion als stellvertretender Chef der sogenannten Reederei war die Übernahme der Arbeitsessen. Bei dem formlosen Umgang der westlichen Nachrichtendienste spielten diese Arbeitsessen eine gewisse Rolle. Dabei ließen sich losgelöst von den strengen Dienstvorschriften Informationen und Gedanken austauschen, oder anders ausgedrückt, es ließ sich tratschen.

Diese Klatsch- und Tratschrunde war für den schwedischen Nachrichtendienst in Stockholm möglicherweise zeitraubender als für andere, da die Schweden immer wie selbstverständlich Gastgeber waren.

Samuel Ulfsson und Carl, die beide keine Lust hatten, diese zwar nicht unangenehme, aber doch recht zeitintensive Beschäftigung zu übernehmen, die manchmal sogar körperlich anstrengend sein konnte, je nachdem, mit welcher Nationalität man es zu tun hatte, waren beide der Meinung gewesen, daß Åke Stålhandske sowohl den Verstand als auch das körperliche Stehvermögen für diese Aufgabe besaß. Da er vor kurzem überdies befördert worden und ohnehin stellvertretender Chef von »special operations« sowie schon von seiner Erscheinung her ein imponierender Mann war, sollte sich keiner der westlichen Kollegen gekränkt fühlen, wenn man ihm einen Subalternen als Gesprächspartner vorsetzte.

Texas Slim zeigte sich dennoch leicht gekränkt oder zumindest unangenehm berührt, als sie sich zu ihrem ersten Arbeitsessen trafen. Es war nicht ganz klar, ob Texas Slim, wie er von den Schweden und möglicherweise auch von den Engländern und Franzosen genannt wurde, tatsächlich aus Texas stammte. Er sprach jedenfalls mit einem tiefen Südstaatenakzent und trug eine auffallende Gürtelspange aus Silber mit Türkisen, die seine Initialen bildeten. Nur der Cowboyhut fehlte.

Die aus europäischer Sicht etwas alberne Aufmachung und sein schleppendes Englisch ließen ihn dennoch nicht Gefahr laufen, von seinen Gesprächspartnern unterschätzt zu werden, von Åke Stålhandske ebensowenig wie von irgendeinem anderen Nachrichtenmann in Stockholm. Er war Stationschef der CIA mit dem Tarntitel Landwirtschaftsattaché.

Ihre erste Begegnung war jedoch nicht gut verlaufen. Texas Slim blieb förmlich und redete Åke mit »Major« an, und Åke Stålhandske mußte sich an die Anrede »Sir« halten, da er den militärischen Rang des CIA-Mannes nicht kannte.

Sie führten eine kalte Konversation über die Verwicklungen der jüngsten Zeit in der Sowjetunion und besprachen, welche Konsequenzen das für Skandinavien oder für die Weltpolitik insgesamt haben konnte. Sie diskutierten nicht um irgendwelcher Erkenntnisse, sondern um der Konversation willen. Es war ein sinnloses Treffen. Es endete damit, daß Texas Slim kurz vor dem Aufbrechen gleichsam nebenbei ankündigte, er werde Samuel Ulfsson in einer »verdammt kniffligen Angelegenheit« aufsuchen.

Eine verdammt knifflige Angelegenheit – das konnte alles mögliche sein. Offenbar ging sie Åke Stålhandske nicht das geringste an. Dieser verwendete jedoch keine Minute seiner Phantasie darauf, sondern überbrachte die Botschaft seinem höchsten Chef und kehrte dann in seine Reederei zurück.

Am nächsten Tag erschien Texas Slim beim Generalstab. Das war ein ungewöhnliches Arrangement, fast demonstrativ. Samuel Ulfsson konnte sich an keinen früheren Fall erinnern. Wenn sie sich persönlich trafen, geschah es meist unter einfacheren und weniger offiziellen Bedingungen.

Folglich wurde es eine hochoffizielle Angelegenheit. Samuel Ulfsson ließ sogar sein Zimmer lüften und befahl Kaffee, Tee und Kaffeegebäck herbei, das Texas Slim nur mit einem verächtlichen Blick bedachte, als er eintrat. Er ließ sich schwer auf einen Stuhl fallen und sagte, er wolle gleich zur Sache kommen.

»Wir haben eine verdammt komplizierte Situation«, begann er. »Und mit ›wir‹ meine ich nicht nur den amerikanischen Dienst, dem zu dienen ich die Ehre habe, sondern uns alle, wohlgemerkt alle, einschließlich unserer alten Opposition, wenn du so willst.«

»Aha«, sagte Samuel Ulfsson, denn mehr konnte er in diesem Stadium kaum sagen. Er zündete sich eine Zigarette an und bedeutete mit einer Handbewegung, Texas Slim solle »losschießen«.

»Ihr wißt genausogut wie wir, daß die gesamte russische Scheiße dabei ist, in die Luft zu fliegen«, begann Texas Slim. Er erweckte den Eindruck, als hätte er es sich anders überlegt und wollte nun noch direkter zur Sache kommen als er es bereits versprochen hatte. »Ach was, scheiß drauf, das wißt ihr genausogut wie wir, wenn nicht besser, denn ihr seid die Lauscher vom Dienst. Also, es geht um folgendes. Diese Scheißkerle haben ihre Kernwaffen nicht unter Kontrolle. Im Augenblick läuft jetzt ein, mindestens ein Vorhaben, Gefechtsköpfe außer Landes zu schmuggeln, die, wie soll ich sagen, mehr als taktische Kernwaffen sind. Wir verfolgen einen Fall, der der erste Versuch zu sein scheint. Wir haben mit den Russen hin und her überlegt, und wir haben uns mit ihnen darauf verständigt, daß sie sich bei den Finnen um Hilfe bemühen.«

»Den Finnen?« entgegnete Samuel Ulfsson verblüfft. »Brauchen die Sowjetunion und die USA etwa Hilfe von unserem lieben kleinen Brudervolk? Warum löst ihr das Problem nicht selbst, wenn ihr es schon erkannt habt?«

»Es ist leider nicht so einfach«, seufzte Texas Slim schwer, »so verdammt einfach ist es nicht. Du sollst nicht glauben, wir hätten das nicht alles schon durchgekaut, denn das haben wir. Das Ganze läuft aber letztlich darauf hinaus, daß sie weder ihr eigenes Militär noch polizeiliche Kräfte einsetzen können, weil ihr gesamtes System völlig korrupt ist. Außerdem sind diese ungewöhnlichen Bomben viel zu teuer. Weißt du, was man für eine zweitklassige, das heißt russische Wasserstoffbombe auf dem Weltmarkt erhalten kann?«

»Ich muß gestehen, darüber noch nie nachgedacht zu haben«, entgegnete Samuel Ulfsson trocken. Er hielt die Frage für überflüssig.

»So etwas wie eine gottverdammte halbe Milliarde oder so, also Dollar. Das dürfte etwa die Summe sein, die Gentlemen wie Ghaddafi, Saddam Hussein, das fette Söhnchen von Kim Il Sung und all die anderen ohne zu zögern ausspucken würden. Mit so viel Geld kannst du in der Sowjetunion alles kaufen. Diese Scheißkerle haben ja weder Lebensmittel noch sonst was zu verkaufen, nur dieses Zeug. Und möglicherweise Störrogen.«

»Ja, leuchtet mir ein«, erwiderte Samuel Ulfsson, der gern zum konkreten Kern des Gesprächs vordringen wollte, »wenn die Russen es aber nicht wagen, die Polizeiarbeit zu übernehmen, könnt ihr es doch tun. Eure Leute brauchen ja nicht zu wissen, wieviel Geld auf dem Spiel steht.«

»Ich verbitte mir Scherze dieser Art«, sagte Texas Slim, dessen Stimme sich verdüsterte. »Aber das haben wir auch schon durchgekaut. Aus einer Reihe politischer Gründe kann amerikanisches Personal nicht auf sowjetischem oder russischem Territorium operieren. Aus diesem Grund ist uns das mit den Finnen eingefallen.«

»Warum die Finnen?« fragte Samuel Ulfsson mit Unschuldsmiene.

»Weil der gedachte Schmuggelpfad über ihr Territorium verläuft.«

»Ja, das hört sich praktisch an. Aber worin besteht das Problem?«

»Das Problem besteht darin, daß die Russen selbst der Meinung sind – und wir bestärken sie darin hundertprozentig –, daß man diese Expedition greifen sollte, solange sie sich noch auf russischem Territorium befindet. Politische und andere Rückwirkungen wären zu groß, wenn das Zeug außer Landes kommt.«

»Ja, das sehe ich ein«, sagte Samuel Ulfsson nachdenklich. »Wir würden dann eine chaotische Diskussion über Legalität, über die Sicherheit von Kernwaffen, über all das am Hals haben. Wenn es einmal passiert ist, kann es zu weiteren Versuchen kommen, und die russische Grenze ist ja nicht gerade kurz.«

»Eben«, fuhr Texas Slim hektisch fort, »genau, keine kleine Grenze, und sie selbst sind jetzt sozusagen dabei, von ihren Wachtürmen herunterzuklettern. Neuerdings braucht ja niemand mehr zu flüchten, da sie inzwischen Freiheit mit allen Konsequenzen bekommen haben. Doch zurück zu den Finnen. Wir haben uns gedacht, daß die Finnen die rein operative Seite übernehmen. Alle wesentlichen Daten sollen sie von höchst zuverlässiger sowjetischer Seite erhalten, nämlich vom Präsidenten persönlich. Wir sollen nicht einmal im Hintergrund zu erkennen sein. Wir haben uns das Ganze ausgedacht, nein, ich sage nicht, wie wir darauf gekommen sind. Doch jetzt ist die Scheiße dabei, in den Ventilator zu fliegen, da es den Anschein hat, als bekäme der finnische Präsident kalte Füße.«

»Präsident Koivisto? So hoch ist die Sache in Finnland angesiedelt?« fragte Samuel Ulfsson erstaunt. »Ist das nicht unnötig?«

»Doch, das könnte man meinen, aber jetzt ist es nun mal so. Wir wissen nicht, wo das Ganze endet.«

»Und warum erzählst du mir das jetzt alles? Du besuchst mich doch nicht aus reiner Höflichkeit oder um über alte Zeiten zu sprechen«, sagte Samuel Ulfsson besorgt. Langsam begann er, den Umfang der Probleme zu erkennen, die am Horizont auftauchten, nicht was ihn persönlich betraf, sondern gewissermaßen die ganze Welt.

»Weil wir wünschen, daß ihr einen Hilfstrupp aufstellt, der in ein paar Wochen und danach in Bereitschaft liegen kann«, erwiderte Texas Slim kurz.

»Und wie werden die operativen Aufgaben aussehen?« fragte Samuel Ulfsson ebenso knapp.

»Möchtest du es gern umschrieben haben oder mit allen beschissenen Details?«

»Mit allen beschissenen Details. Das würde es uns erleichtern.«

»Die operativen Aufgaben lassen sich wie folgt beschreiben: Auf russisches Territorium vordringen, und zwar bis zu fünfzig Meilen, aber nicht mehr. Die Schmugglerbande aufspüren, dafür sorgen, daß es keine Zeugen gibt, alle menschlichen Gewebereste zerstören, die Bombe oder die Bomben mit einem Peilsender versehen und anschließend Rückzug. Könnt ihr das schaffen?«

Samuel Ulfsson mußte überlegen.

»Ich nehme an, daß wir die Ressourcen haben, das rein Technische zu bewältigen. Ja, über das eine oder andere müßte man nachdenken, aber ich glaube schon, wir haben die Leute, die das schaffen können.

Aber wenn du fragst, ob wir es *können*, meinst du das doch nicht nur technisch-operativ?«

»Nein, kannst du auch die bürokratische Seite der Angelegenheit bewältigen?«

»Wie du sicher verstehst, habe ich noch nie vor einer vergleichbaren Situation gestanden«, sagte Samuel Ulfsson zögernd. »Es ist nicht leicht, sich so etwas vorzustellen. Versetz dich bitte mal in meine Lage. Ich soll also beim Verteidigungsminister antanzen und sagen *howdy*, wir müssen jetzt unsere *Schwadronen* nach Rußland schicken und einen versuchten Kernwaffenschmuggel vereiteln, was meinst du dazu?«

Zum ersten Mal während ihrer Unterhaltung zeigte sich bei Texas Slim der Anflug eines Lächelns.

»Ich verstehe, was du meinst«, sagte er. »Wann kannst du mir einen vernünftigen Bescheid geben?«

»Wie du weißt, findet bei uns in zwei Tagen eine Wahl statt. Nur der Himmel weiß, wie sie ausgeht.«

»Hier sagt doch jeder, daß die Sozialdemokraten verlieren werden. Wäre es nicht leichter, eine solche Angelegenheit einem konservativen Verteidigungsminister vorzulegen?«

»Konservativ? Woher willst du wissen, daß es ein Konservativer wird?«

»Hör mal, sei nicht albern, wer sollte es sonst werden? Nun, was glaubst du?«

»Möglicherweise hast du recht«, erwiderte Samuel Ulfsson. Er hatte es noch nie mit einem konservativen Verteidigungsminister zu tun gehabt und sich bislang nicht einmal eine solche Möglichkeit vorgestellt. »Aber ja, es wird vielleicht leichter, falls die Sache überhaupt soweit gedeihen muß.«

»Wenn du Hilfe brauchst, werde ich dich ein bißchen erpressen«, gluckste Texas Slim. Er wollte offenbar eine Spielkarte aus der Gesäßtasche ziehen, mit der er nicht lange herumzuwedeln brauchte.

»Ja bitte, es wäre gut, wenn du mich erpressen könntest. Das würde die anschließenden internen Diskussionen hier in Schweden vielleicht erleichtern«, sagte Samuel Ulfsson mit einem nichtssagenden Gesichtsausdruck, der nicht verriet, ob seine Äußerung ironisch gemeint war oder nicht.

»Es sieht jedenfalls so aus«, sagte Texas Slim, schlug lässig die Beine übereinander und lehnte sich zurück, so daß Samuel Ulfsson fast zu seinem Erstaunen sah, daß der Mann keine Cowboystiefel trug, sondern ganz alltäglich aussah mit seinen Hochwasserhosen, den langen Strümpfen, die an Strumpfhaltern befestigt waren, und seinen klobigen schwarzen Schuhen.

»Also, es sieht wie folgt aus, wenn du ein paar saftige politische Argumente brauchst«, fuhr Texas Slim zufrieden fort. »Du hast erstens all die selbstverständlichen Argumente, die unsere internationale Verantwortung in einer neuen Welt betreffen und dieses ganze Zeug. Das brauche ich dir im einzelnen nicht vorzutragen. Zweitens, und dabei wird es schon etwas konkreter und schwedischer, haben wir uns folgendes gedacht. Und diesmal, Bruderherz, bedeutet *wir* die gesamte verdammte Regierung der USA. Es würde *uns* sehr, sehr enttäuschen, wenn ihr uns nicht helft. Wir wären sehr enttäuscht, geradezu sauer.«

»Das ist ja eine furchtbare Drohung«, brummelte Samuel Ulfsson mißbilligend. Er fand die Angelegenheit auch so schon ernst genug.

»Hör mal, warte nur«, fuhr Texas Slim mit der gleichen zufriedenen Miene fort. »Denn wenn die gesamte verdammte Regierung der USA sehr, sehr von euch enttäuscht ist, bekommt ihr in mancherlei Hinsicht gewaltige Schwierigkeiten. Du solltest mich jetzt fragen, in welcher Hinsicht, aber das können wir überspringen. Vor allem in folgender Hinsicht: Ihr seid dabei, die Hälfte eures gottverdammten Bruttosozialprodukts für einen raffinierten kleinen Jäger auszugeben. Ich habe sagen hören, daß es eine feine Maschine sein soll. Sie soll sogar in Kreisen um die MIG 29 herumfliegen können. Aber für diese Maschine braucht ihr die Luft-Luft-Raketen der neuesten Generation von uns, AMRAM. Die müßt ihr genauso bei uns kaufen wie unsere SIDEWINDER-Raketen. Nicht wahr?«

»Doch, das dürfte schon stimmen«, stellte Samuel Ulfsson mißtrauisch fest. »Und?«

»Und wenn wir sehr, sehr sauer auf euch werden, müßt ihr euch mit einer Maschine begnügen, die fabelhaft fliegt, dafür aber unbewaffnet ist. Hervorragende Investition, wie mir scheint. Eure Flieger werden dir den Arsch aufreißen, wenn sie herausfinden, daß es deine Schuld ist.«

»Danke für die Erpressung, obwohl ich glaube, daß sie gar nicht nötig ist. Die Situation ist ja auch ohne solche Übertreibungen ernst genug. Es wäre ein Overkill, könnte man sagen. Ich habe eine Frage.«

»Ja, schieß los!«

»Wissen wir, wo dieses Schmuggelvorhaben stattfinden soll?«

»Ja. Ungefähr dort, wo hoch oben im Norden Norwegen, Finnland und die Sowjetunion aneinandergrenzen.«

»Zeitpunkt?«

»Vermutlich im Dezember. Das hat mit den Lichtverhältnissen und anderem zu tun.«

»Zahl der Personen, die an der Schmuggelexpedition teilnehmen?«

»Schwer zu sagen, aber wohl kaum mehr als zwanzig.«

»Wessen *menschliche Gewebereste* sollen zerstört werden?«

»Du hast schon verstanden. Muß ich das wirklich erklären?«

»Nein, ich glaube nicht. Ist mir schon klar. Ja, ich würde schon sagen, daß wir über die technischen und materiellen Ressourcen verfügen, dieses Projekt durchzuziehen. Ja, ich glaube, daß wir uns darauf einrichten müssen, dabei mitzumachen. Ich denke, wir werden bei unserem Entscheidungsprozeß die praktischste Lösung finden. Und wenn das nicht möglich ist, werden wir die zweitpraktischste nehmen müssen.«

»Wann kann ich Bescheid erhalten?«

»Du hast soeben Bescheid erhalten.«

Samuel Ulfssons Antwort hörte sich endgültig an. Damit war die Sache bis auf weiteres ausdiskutiert. Er erhob sich, jedoch nicht aus mangelndem Interesse an weiteren Details, sondern weil er eher aus sozialen oder psychologischen Gründen Unbehagen verspürte. Diese Begegnung hatte ihm nicht gefallen.

Sie gaben sich die Hand und trennten sich ohne weitere Worte. An der Tür übernahm Beata den Besucher und half ihm durch alle Sicherheitskontrollen und Sperren hinaus.

Johanna Louise lachte und lallte ihm aus dem Kinderwagen fröhlich entgegen, als wäre nichts passiert, als wäre er nur kurze Zeit verreist gewesen. Er erwiderte das Geplapper, beugte sich von Zeit zu Zeit über die Kleine und sprach in einer vermeintlich kindlichen Sprache, deren sich Erwachsene oft bedienen, wenn sie in Wahrheit mit einem Erwachsenen in der Nähe sprechen wollen.

Eva-Britt durchschaute vermutlich die Taktik und ließ ihn gewähren. Sie hatten Skeppsbron und Strandvägen schon passiert und waren dabei immer am Wasser entlanggegangen, doch nicht nur aus romantischen Gründen; sie hatten festgestellt, daß sie beide eine Waffe trugen, und wenn sie am Wasser entlanggingen, war die eine Flanke immer gesichert. Sie erwähnten es jedoch mit keinem Wort.

Auf dem Weg über die Djurgårdsbron konnten sie endlich etwas eingehender miteinander sprechen. Es war Eva-Britt, die den Schlüssel fand, ganz einfach dadurch, daß sie praktisch und konkret wurde und mit Dingen anfing, die Johanna Louise betrafen.

In zwei Wochen sollte Eva-Britt zu einem zehntägigen Kommissarlehrgang verreisen. Sie sollte später irgendwann zur Kripo wechseln und war der Meinung, das passe besser zur Mutter eines Kleinkindes. Ihre Frage lautete, ob er sich in dieser Zeit um Johanna Louise kümmern könne.

Er wurde bei dieser Vorstellung nervös und erhob Einwände, ohne jedoch direkt nein zu sagen, denn das wollte er nicht. Er jammerte voller Selbstmitleid, wie er ihr Essen zubereiten solle. Was solle er ihr überhaupt vorsetzen, wo es jetzt nicht mehr nur um Milch und Karottenpüree und die Dinge gehe, die er schon kenne?

Sie lachte ihn fröhlich und vollkommen aufrichtig aus, und das löste vermutlich einige Knoten. Sie wies darauf hin, wenn er jetzt schon fähig sei, für Einsätze größeren Stils gegen Großganoven unten in Palermo Logistik und Planung zu organisieren, müsse es doch mit dem Teufel zugehen, wenn es ihm nicht gelänge, das Füttern eines Kindes und die Beseitigung von Babywindeln zu organisieren.

Er gab ohne weiteres und sogar recht amüsiert zu, dieses Argument sei nicht ohne, wenn auch etwas brutal. Fast nebenbei flocht er ein, er habe ein neues Haus auf dem Lande gekauft. Dort gebe es viel Platz und ein eigenes Zimmer für Johanna Louise, sowohl jetzt wie in Zukunft, und außerdem Hirsche im Park. Doch dann hielt er einen kurzen Moment inne, bevor er auf Tennisplatz und Swimmingpool kam, denn irgendwie schämte er sich ihres ungleichen materiellen Standards.

Falls sie sich deswegen verletzt fühlte – was im Grunde kaum wahrscheinlich war, denn sie hatte sich seiner ebenso unbeholfenen wie wohlwollenden Versuche erwehrt, sie mit Geld zu überschütten – zeigte sie sich jetzt jedenfalls nur froh und überrascht und erklärte, allmählich nehme alles Gestalt an.

Aus einer plötzlichen Eingebung heraus fragte er, ob er Johanna Louise über das Wochenende ausleihen dürfe. Es war ein Zufall, daß er gerade dieses Wort gebrauchte. Seine Reue kam zu spät. Eva-Britt lachte und sagte, sie hätte schon geglaubt, er werde nie fragen. Sie habe sich jedoch auf die Möglichkeit eingestellt, denn wenn er mal richtig hinsehe und seine vermeintlich analytische Beobachtungsgabe einsetze, werde er erkennen, daß für diese Eventualität schon alles vorbereitet sei.

Unter dem Kinderwagen lag eine vollgepackte Tasche. Er zeigte darauf, und Eva-Britt nickte fröhlich und sagte, dort befinde sich alles, was er brauche.

»Ich stelle aber eine Bedingung«, erklärte sie verschmitzt, worauf er mit ihrer gewohnten Zeichensprache antwortete und mit der Hand eine rotierende Bewegung machte, die etwa bedeutete, okay, sprich weiter, ich höre zu.

»Als Gegenleistung mußt du sie am Montag in die Kindertagesstätte bringen. Ich habe nämlich gerade einen Platz bekommen.«

Als er fragte, wie sie das so schnell geschafft habe, erwiderte sie mit gespielter Strenge, es sei doch nicht schwer zu verstehen, daß eine alleinstehende Polizistin als Mutter an den langen Wartelisten vorbeikomme.

»Die Tagesstätte liegt in der Gamla Stan, nur ein paar Minuten von ...« Um ein Haar hätte sie »zu Hause« gesagt, nannte dann aber die alte Adresse. »Zu Anfang muß sie nur zum Eingewöhnen hin, nur ein paar Stunden am Vormittag.«

Ihm graute ein wenig, aber nicht, weil der Auftrag ihm schwierig erschien, sondern aus Gründen, über die zu sprechen quälend war, aus Gründen, die beide nicht aussprechen wollten, obwohl beide spürten, daß der andere die gleichen Überlegungen anstellte; beide waren bewaffnet und beide sahen sich von Berufs wegen, vielleicht reflexhaft natürlich, ständig um. Er hätte einwenden können, daß es Johanna Louise ihre Anonymität in der Kindertagesstätte rauben würde, wenn Graf Dracula mit ihr erschien.

Man konnte ihr dennoch ihre Identität nicht rauben, ob ihr Nachname nun Jönsson oder Hamilton war. Sie würde auf absehbare Zeit ein potentielles Entführungsopfer bleiben.

Sie zogen es vor, nicht darüber zu sprechen. Beide waren sich sehr wohl bewußt, daß der andere genauso Bescheid wußte und dachte und daß die Diskussion über das Thema nichts am Problem ändern würde.

Eva-Britt sprach dann unbeschwert weiter von all den Dingen, von denen sie noch vor kurzer Zeit das Gefühl gehabt hatte, es sei so gut wie unmöglich, ruhig und vernünftig darüber zu sprechen.

»Ich werde nächste Woche umziehen. Nein, Johanna Louise bleibt in derselben Tagesstätte. Sie liegt sowieso auf dem Weg zur Arbeit, so daß es keinen Unterschied macht. Ich schlage vor, daß wir die Wohnung nacheinander ausräumen. Wenn ich fertig bin« – sie kicherte bei dem Gedanken an seinen Waffenschrank und andere Dinge, die die Umzugsleute sicher amüsieren würden – »wenn ich mit meinem einfachen Umzug fertig bin, kannst du deine Probleme lösen. Ich habe ja doch viel weniger Dinge in der Wohnung als du.«

Er schlug vor, sie solle alle neu gekauften Möbel mitnehmen, das heißt wenn sie sie gebrauchen könne, denn er sei ja dabei, ein so gut wie vollmöbliertes Haus zu kaufen. Ja, die älteren Erbstücke könne sie dalassen, aber Tische und Sofas und Sessel könne sie doch sicher gut gebrauchen.

Sie versuchte nein zu sagen, doch er beharrte und brachte sie auch dazu zu versprechen, den Rest der Einrichtung für sich und Johanna Louise mit der gemeinsamen Kreditkarte einzukaufen. Darauf wollte sie sich zunächst überhaupt nicht einlassen, doch er überzeugte sie mit den Argumenten, sie seien immerhin moderne Menschen, lebten in Schweden und hätten freiwillig darauf verzichtet, alles vor Gericht klären zu lassen, was ihr selbstverständlich bedeutend größere finanzielle Reserven gesichert hätte als jetzt. Er ließ es wie eine reine Gerechtigkeitsfrage erscheinen oder wie eine Frage ihres Rechts gegenüber dem Staat, sich auf freiwilliger Basis zu einigen. Er freute sich, als sie schließlich akzeptierte.

Da er auf diesem bisher mit einem Tabu belegten Gebiet gewonnen hatte, ging er schnell zum nächsten Thema über und schlug vor, jeden Monat auf ein Oder-Konto von ihr und Johanna Louise Geld zu überweisen. Sie könne darüber verfügen, wie sie wolle, das Geld entweder für notwendige Ausgaben verwenden oder es einfach stehen lassen, bis Johanna Louise erwachsen sei, um es nach eigenem Gutdünken zu verwenden.

Das war ein listiger Vorschlag, wie er zumindest selbst fand, den sie unmöglich ablehnen konnte.

Nach diesen schwierigen Fragen gingen sie dazu über, über Dinge zu scherzen, die jeder von ihnen am Arbeitsplatz erlebt hatte; die Polizei in Schweden wollte eine Anti-Terror-Einheit aufstellen, und die Polizeiführung war zu dem Schluß gekommen, daß diese »frei von Frauenzimmern« sein müsse, was vermutlich die dümmste Formulierung war, die jemandem überhaupt hatte einfallen können. Folglich tobte jetzt ein Kampf in der Gewerkschaft, und die gesamte Diskussion der sechziger Jahre war wieder neu eröffnet: Können Frauen wirklich Bullen sein, da sie körperlich schwächer sind als Männer?

»In unserer Wache sind übrigens die ersten zwei Polizistinnen wegen schwerer Körperverletzung verurteilt worden. Sie sollen zwei Betrunkene mißhandelt haben. Vertreter der anderen Polizeiwachen sind aus der ganzen Stadt gekommen, um zu gratulieren. Was wirklich nicht sehr gelungen ist, denn die Mädchen laufen jetzt Gefahr, gefeuert zu werden.«

Carl erzählte etwas vorsichtiger von dem, womit er sich in der letzten Zeit beschäftigte. Er betonte dabei Dinge, die sie ihn schon im Fernsehen hatte sagen hören. Immerhin hatte sie alle Sendungen von *Aktuellt* gesehen, in denen er mitgewirkt hatte. Er berichtete, wie verblüffend es für ihn und seine Kollegen gewesen sei, mit dem Wissen um die Entwicklung in Moskau dazusitzen und zu hören, wie die Weltuntergangspropheten von der Rückkehr zum Kalten Krieg und derlei faselten.

Carl und Eva-Britt trennten sich vor dem Restaurant Djurgårdsbrunns Värdshus, da er mit dem Kinderwagen in Richtung Gärdet weitergehen wollte.

Er blieb eine Zeitlang stehen und sah ihr nach. Er fühlte sich bemerkenswert erleichtert. Sie sah von hinten frei und fröhlich aus, wippte mit der Handtasche und rückte unbewußt das Schulterholster zurecht. Er lächelte über die Handbewegung, die nur von wenigen Menschen gedeutet werden konnte. Und nur wenige der Menschen, die ihr begegneten, wären auf die Idee gekommen, daß sie eine Polizeibeamtin mit Führungsfunktionen war.

Dann blickte er in den Kinderwagen; Johanna Louise schlief. Eva-Britt hatte sie nicht hochnehmen und wecken wollen, um sich von ihr zu verabschieden, sondern sich damit begnügt, ihr mit dem Zeigefinger behutsam über die Wange zu streichen.

Carl ging in Richtung Gärdet. Ihm wurde schwindelig, und erst jetzt empfand er so etwas wie Nervosität. Tessie wußte, daß er Eva-Britt treffen würde, um über Dinge zu sprechen, über die unbedingt gesprochen werden mußte, aber sie wußte nicht, daß er mit einem Kinderwagen nach Hause kommen würde.

Früher oder später mußte es ja doch geschehen, also warum nicht jetzt? Und im übrigen hatte er ohnehin den ganzen Kofferraum voll mit Überraschungen. Er hatte vor dem Treffen mit Eva-Britt ein paar Stunden in Warenhäusern und Markthallen zugebracht.

Er war es nicht gewohnt, einen Kinderwagen in einen Fahrstuhl zu praktizieren, und lachte über sich und seine Unbeholfenheit. Er erinnerte sich an Eva-Britts Äußerung, einerseits sei er fähig, ein Kommandounternehmen in Palermo zu leiten, andererseits schrekke er vor Karottenpüree und Babynahrung zurück.

Doch er spürte, daß sein Puls sich beschleunigte und die Nervosität stieg, als er den Schlüssel ins Schloß steckte. Er mußte noch etwas manövrieren, weil er den Kinderwagen falsch vor die Tür gestellt hatte, und bugsierte ihn dann rückwärts in die Wohnung, bedeutend lauter, als er gedacht hatte.

»Wir sind jetzt da«, rief er in Richtung Küche und holte dann tief Luft. »Wir sind jetzt zu dritt.«

Tessie schritt langsam, fast ehrfürchtig heran und blinzelte vorsichtig über den Rand des Kinderwagens. Einige schwindelerregende Augenblicke lang sagte sie gar nichts und zeigte nur Verblüffung.

»Well well well, was haben wir denn hier?« sagte sie und lächelte, zunächst vorsichtig, fast schüchtern, um dann fast laut aufzulachen. »Es war wirklich höchste Zeit, daß wir uns miteinander bekanntmachen, Johanna Louise. Himmel, wie süß sie ist!«

»Das sind sie in dem Alter«, erwiderte Carl verwirrt. Er fühlte sich benommen, unsicher und fröhlich zugleich.

Die nächsten vierundzwanzig Stunden wurden die schönsten seines Lebens, und er würde sich immer an sie erinnern.

Zunächst schlug er vor, sie sollten das Wochenende auf dem Land verbringen. Er sagte es spöttisch, als wäre es ihr altgewohnter Familienausflug. Dann erklärte er, der Makler warte draußen, um den Vertrag zu unterschreiben. Der Kofferraum sei voll, und sie brauchten nur ihre Jacken und den Kinderwagen zu nehmen und loszufahren. Sie umarmte ihn statt einer Antwort. Sie ging in die Küche und stellte das mexikanische Gericht, das sie vorbereitet hatte, in den Kühlschrank, ging ins Badezimmer, holte ihr Reisenecessaire und hängte sich die Jacke um die Schulter.

Einige Minuten später saßen sie im Wagen. Die Babyschale hatten sie auf dem Rücksitz installiert.

Der Makler wartete ungeduldig. Sie hatten sich etwa eine halbe Stunde verspätet. Er machte jedoch schnell ein erleichtertes Gesicht, da er Gepäck und Ehefrau so interpretierte, als wäre damit alles klar und seine Provision gerettet.

Es dauerte fünf Minuten, den Vertrag zu unterschreiben, einen Scheck als Anzahlung zu überreichen und auf Wiedersehen zu sagen.

Dann trugen sie Lebensmitteltüten und Bettwäsche ins Haus, denn das waren die Dinge, die er bei seiner vormittäglichen Einkaufsrunde erstanden hatte.

Sie machten einen Spaziergang im Park, in *ihrem* Park, begrüßten aus der Ferne die Hirsche und setzten sich eine Zeitlang unten auf den Bootssteg, bis Johanna Louise mißvergnügte Laute hören ließ, die nicht schwer zu deuten waren.

Sie gingen zurück zum Haus. Carl wechselte bei der Kleinen die Windeln und fütterte sie, ging dann mit der Bettwäsche ins Obergeschoß und machte in dem großen Schlafzimmer die Betten. Er stellte eine Wiege aus dem frühen neunzehnten Jahrhundert dazu und legte Johanna Louise hinein. Das paßte ihr jedoch nicht, so daß er mit ihr in die Küche hinunterging, wo Tessie damit begonnen hatte, die Lebensmittel und den Wein auszupacken, den Carl schon früh am Morgen in den Kofferraum gelegt hatte.

Sie deckten im großen Speisesaal, wenn auch an einem kleineren Tisch vor den französischen Fenstern, so daß sie von dort aufs Wasser sehen konnten.

Er briet frische Gänseleber vorsichtig auf kleiner Flamme mit ein paar Austernpilzen und richtete das Ganze auf einem Bett aus Friséesalat in Walnußöl und Estragonessig an. Er versuchte dabei sogar zu Tessies hemmungsloser Belustigung zu singen.

Dann fiel ihm ein, daß er seine Wildlederjacke noch trug. Er zog sie spontan aus und hängte sie über einen Küchenstuhl. Seinen Fehler bemerkte er erst, als es schon zu spät war. Das war die einzige kleine Gewitterwolke am Horizont, die sich jedoch wie ein flüchtiger Regenschauer an einem schönen Sommertag schnell wieder verzog.

Sie konnte nicht umhin, den unbewußten Grund dafür zu sehen, warum er die Jacke anbehalten hatte, nämlich das Schulterholster mit der schwarzen Pistole. Er ging verlegen mit der Waffe hinaus und legte sie in einen Garderobenschrank im Flur. Als er zurückkam, mußte er natürlich eine Frage beantworten; nein, es sei nichts Besonderes, absolut nicht.

Sie runzelte die Stirn, erkannte aber, daß es nicht die Situation war, weiterzubohren und das Thema zu vertiefen. Er packte die Meereskrebse aus und präparierte alles für ihre Zubereitung. Er wollte sie in Calvados flambieren und mit französischen Kräutern würzen.

Sie trugen das erste Gericht auf. In einer der geräumigen Speisekammern hatten sie sogar einen Kinderstuhl gefunden. Zur Gänseleber hatte er einen kräftigen Gewürztraminer aus dem Elsaß gewählt, außerdem eine Spätlese. Für die Krebse hielt er die letzte Flasche kalifornischen Far Niente bereit sowie einen Romanée Conti aus Burgund zu den Taubenbrüstchen, die den Meereskrebsen folgen sollten; sicherheitshalber hatte er auch einen Nachtisch bereitet, obwohl er nicht glaubte, daß sie ihn noch schaffen würden. Das taten sie auch nicht. Johanna Louise war die einzige, die davon aß. Inzwischen war es dunkel geworden. Als sie aufstanden und das schlafende Mädchen ins Obergeschoß trugen, hatten sie schon lange bei Kerzenlicht gesessen.

Carl lag lange Zeit wach. Tessie schlief mit dem Gesicht an seinem Hals. Sie atmete vollkommen ruhig und gleichmäßig.

Er sagte sich, endlich ist Ordnung ins Leben gekommen, als wäre er schließlich nach seinen Odysseen in einen sicheren Hafen gelangt; die Sentimentalität dieses Bildes war ihm sehr wohl bewußt. Er hätte es nie gewagt, so etwas laut zu sagen. Doch sich selbst gestand er es ein.

So lag er vollkommen still und lauschte dem Atem der beiden anderen, bis die graue Morgendämmerung durch die dünnen weißen Tüllgardinen ins Zimmer drang und die Wahrscheinlichkeit zunahm, daß Johanna Louise bald aufwachte. Da schlief er ein, gleichsam mitten in einem Gedanken.

Der Oberbefehlshaber der schwedischen Streitkräfte war genauso lange schlaflos gewesen, doch aus ganz anderen Gründen. Er befand sich in einer Jagdhütte auf dem Land unter guten Freunden. Die Jagd war für ihn miserabel verlaufen. Er hatte seine einzige Schußgelegenheit auf einen recht ansehnlichen Bock verpaßt. Was ihn selbst betraf, fiel es ihm leicht, allerlei Entschuldigungen für seine mangelnde Konzentration zu finden. Da gab es einiges. Doch davon konnte er in der Jagdhütte nicht sprechen, durfte es nicht einmal andeutungsweise sagen.

Er war drauf und dran gewesen, ganz einfach nein zu sagen, als der Chef des Nachrichtendienstes um ein eiliges Gespräch am Sonnabendvormittag gebeten hatte. Er wollte sich ja schon um drei Uhr mit seinen Freunden in der Jagdhütte treffen, obwohl es dann noch mehrere Stunden bis zur Pirsch dauern würde.

Er hatte sich brummelnd mit Samuel Ulfssons Forderung einverstanden erklärt. Eine solche Forderung des Nachrichtendienstes abzulehnen war genauso unmöglich wie für dessen Chef, für sein Verlangen unwichtige Gründe vorzubringen.

Daß es um etwas wie außenpolitische Komplikationen gehen mußte, hatte der Oberbefehlshaber schon vermutet. Daß es auch um die lästige Frage gehen konnte, welche Regierung gewarnt werden sollte, war auch leicht vorherzusehen. Doch seine Phantasie war nicht einmal in die Nähe des Schreckensszenarios gekommen, das nach nur wenigen Minuten Vortrag durch Samuel Ulfsson wie ein Menetekel an der Wand stand.

Vagabundierende Kernwaffen, das war der Alptraum schlechthin. Die Bomben auf Hiroshima und Nagasaki waren mit achtzehn oder zwanzig Kilotonnen »kleine« Kernwaffen gewesen, Waffen, die nach heutiger Terminologie als »taktische Kernwaffen« galten. Was auch immer aus der Sowjetunion nach Finnland und schlimmstenfalls nach Schweden geschmuggelt werden sollte, würde mit großer statistischer Wahrscheinlichkeit etwas sein, was diese »kleinen«, auf Japan abgeworfenen Bomben bei weitem übertraf.

Es war eine Situation, die alle normalen Rücksichtnahmen und Entscheidungsprozesse beiseite fallen ließ. Der Oberbefehlshaber übersah die unnötige amerikanische Drohung, mit irgendeiner Teufelei zu reagieren, falls die schwedischen Kollegen nicht spurten. Kein vernünftiger Mensch, der auch nur im mindesten die praktischen Mittel besaß, die Katastrophe zu verhindern, konnte sich dieser Verantwortung entziehen. Wenn der finnische Präsident auf Grund irgendwelcher formaljuristischer Bedenken zögerte, war das schon an sich unbegreiflich, mußte aber doch damit enden, daß Verfassungsüberlegungen und derlei hier nicht im Weg stehen durften. Angesichts einer Kernwaffenkatastrophe war ein skandinavisches Grundgesetz nicht mehr wert als ein Fetzen Papier in der Hölle.

Der Oberbefehlshaber wälzte sich in seinem dampfenden Schlafsack hin und her. Sie waren in der Jagdhütte sehr primitiv und feldmarschmäßig untergebracht. Mehrere seiner Jagdgenossen schnarchten.

Wenn die sozialdemokratische Regierung morgen oder vielmehr heute die Reichstagswahl gewann, mußte man neu überlegen. Es war eine unmögliche Situation, erst um Erlaubnis zu bitten und dann ein Nein zur Antwort zu erhalten. Doch es war ebenso unmöglich, eine Antwort des jetzigen Verteidigungsministers vorherzusehen. Nun ja, der würde eine solche Frage kaum allein entscheiden, ebensowenig die jetzt zwei oder drei Minister, die schwerwiegende Entscheidungen treffen durften. Falls sie die Wahl gewannen.

Wenn sie andererseits die Wahl verloren, würde die jetzige Regierung vermutlich noch geschäftsführend im Amt bleiben, während der Reichstagspräsident die nicht ganz leichte Aufgabe übernehmen mußte, die bürgerlichen Parteien dazu zu bringen, sich auf eine neue

Regierung zu einigen. Der Oberbefehlshaber war wie alle Schweden unsicher, wie ein Machtwechsel über die Bühne zu gehen hatte, da dieser Fall so selten eintrat.

Samuel Ulfsson vermutete, daß die Koalitionsverhandlungen mehrere Wochen in Anspruch nehmen könnten.

Das waren mehrere Wochen eines Entscheidungsvakuums.

Es durfte also nicht gezögert werden. Diese Wochen sollten praktischen Vorbereitungen gewidmet werden, um keine Zeit zu verlieren. Und wenn es einen neuen Verteidigungsminister gab, würde die Aktion für diesen armen Teufel eine der ersten Amtshandlungen sein, die er auf seinem Schreibtisch vorfand. Keine sehr beneidenswerte Situation. Doch so mußte es sein.

Dieser Weg schien trotz allem leichter zu sein, als wenn alles beim alten bliebe.

Was zum Teufel sollte man tun, wenn es ein Risiko gab? Wenn man etwa brav zur Regierung ging und fragte, ob man den USA, der Sowjetunion und dem Rest der Welt helfen dürfe, eine der größten Katastrophen der Menschheit abzuwehren, und wenn die Regierung nein sagte. Was dann?

Sollte er mit der Öffentlichkeit drohen? Nein, aus Sicherheitsgründen unmöglich. Wenn sie ihr Vorhaben trotzdem durchführten? Das wäre an der Grenze eines Staatsstreichs, auf jeden Fall ein schweres Verbrechen. Wenn sie das Projekt in aller Stille durchzogen, ohne der Regierung etwas zu verraten? Oder erst nachträglich? Ein scheußlicher Gedanke, aber vielleicht die einzige realistische Verfahrensweise. Vorausgesetzt, Schweden blieb entweder das, was die Amerikaner »back up« nannten, womit dem Land erspart blieb, operatives Personal einzusetzen. Oder Schweden war tatsächlich gezwungen, es zu tun – und das mit Erfolg. Dann wäre es wohl einigermaßen erträglich, sich beim Verteidigungsminister einzustellen und zu berichten, was passiert war.

Aber wenn es schiefging? Wenn schwedische Militärs auf russischem Territorium getötet oder gefangengenommen wurden? Falls sie überlebten, würden sie nicht sagen können, worum es ging. Und die Russen würden dies aus einer Reihe selbstverständlicher Gründe ebenfalls nicht sagen – wobei ihnen allerdings das Problem blieb zu erklären, wie es möglich war, daß sich schwedische Militärs tief in der Taiga befanden. Doch was sollte er selbst dem grimmigen alten Gewerkschaftsboß sagen, wenn er zu ihm gerufen und um eine Erklärung gebeten wurde?

Sehen Sie, Herr Minister, die Sache ist etwas komplizierter, als sie auf den ersten Blick zu sein scheint?

Der Oberbefehlshaber konnte nicht beurteilen, wie schwierig die Operation in technischer Hinsicht war. Zunächst gab es auf schwedischer Seite ein Problem, das die Finnen nicht hatten, nämlich die Tatsache, daß es darum ging, auf das Territorium *zweier* anderer Staaten vorzudringen. Es mußte eine Menge Material nach Finnland geschmuggelt werden, und wenn auch nur ein einziger Zöllner Schwierigkeiten machte, konnte es eine Katastrophe geben.

Nein, dieses Risiko mußten die Operateure übernehmen, Hamilton und die anderen. Dem Oberbefehlshaber schien es jedoch keine leichte Aufgabe zu sein, dreihundert Kilometer finnischen Territoriums zu überwinden, bevor man überhaupt die russische Grenze erreichte, an dieser Stelle übrigens einer der am besten bewachten Grenzabschnitte der Erde.

Der Oberbefehlshaber verscheuchte die Gedanken an die operativen Probleme. Immerhin gab es Leute, die weit besser geeignet waren als er selbst, die praktischen Dinge zu bewältigen. Damit kehrte er zu den Alternativen zurück, die ihm blieben: ob er seine Regierung informieren oder nicht informieren sollte.

Er wand sich in seinem Schlafsack wie ein Wurm. Es war unmöglich einzuschlafen. Er stand vorsichtig auf und hängte sich die Jacke seiner Felduniform um die Schultern, die er bei der Jagd immer noch trug, obwohl einige Jagdgenossen vorsichtig darauf hingewiesen hatten, daß vier große Generalssterne sich in einer Jagdgesellschaft schwedischen Modells, in der alle gleichberechtigt waren, sehr merkwürdig ausnahmen.

Draußen im ersten Licht der Morgendämmerung war die Luft feuchtkalt und kühlte ihn schnell ab. In weiter Ferne hörte er die heiseren Schreie eines Rehs.

Auf dem Rückweg nach Stockholm beschlossen sie fast nebenbei, in ein paar Wochen zu heiraten. Die Zeremonie sollte so schlicht wie möglich werden. Keine Verwandten, kein großes Brimborium, sondern eine reine Privatsache. Nur sie beide.

Die Wohnung am Värtavägen sollten sie behalten, wie er meinte. Es könne ja nie schaden, in der Stadt eine Übernachtungsmöglichkeit zu haben. Sie scherzte, es sei immer besser, nach Hause zu fahren. Sie werde nie wollen, daß er in der Stadt bleibe und sie allein in dem großen Haus lasse. Doch dann wechselte sie das Thema und erzählte, sie habe in der ICA-Halle an einem Stand, an dem für mexikanische Gerichte geworben werde, eine Mexikanerin kennengelernt. Sie stamme aus Tijuana, der Heimatstadt ihrer Mutter, und sie hätten festgestellt, daß sie gemeinsame Bekannte hätten. So klein sei die Welt.

Folglich gab es am Sonntag ein mexikanisches Essen. Sie werkelte hartnäckig mehrere Stunden in der Küche herum und backte sogar Maisbrot, statt etwas Fertiges zu kaufen.

Er fragte sie, ob sie eine Reise machen wolle, mindestens eine Woche, denn frisch verheiratete Eheleute täten das. Sie ging jedoch davon aus, daß sie bei IBM deswegen keinen Urlaub bekommen würde, denn in Schweden gebe es doch Vorschriften, daß man nicht gleich Urlaub nehmen könne. Er entgegnete, das werde sie schon schaffen, wenn sie ihrem amerikanischen Chef nur erzähle, mit wem sie verheiratet sei; in ihrem Büro hatte bis jetzt keiner eine Ahnung von dem wirklichen Grund für ihren Umzug nach Schweden gehabt.

Plötzlich überraschte sie ihn damit, daß sie schwedisch sprach, ein durchaus verständliches Schwedisch. Er mußte ihr versprechen, pro Tag mindestens eine Stunde schwedisch mit ihr zu sprechen, zum Beispiel, wenn sie abends in der Küche ihr Essen machten. Sie müsse üben, und die beiden Abendstunden jede Woche beim Arbeiterbildungsverein seien nicht genug, da sie immerzu nur englisch mit ihm gesprochen habe und überdies in ihrer Abteilung bei IBM ohnehin alle nur englisch sprächen.

Sie waren frühzeitig losgefahren und hatten schon auf den ersten zwanzig Kilometern auf Wiesen und Stoppelfeldern mehr als fünfzig Rehe gezählt. Er setzte sie vor ihrer ehemaligen Wohnung am Värtavägen ab, damit sie schnell hinaufgehen und sich umziehen konnte, bevor sie die U-Bahn nach Kista nahm. Anschließend fuhr er in die Gamla Stan und suchte Johanna Louises Kindertagesstätte. Er trug das noch immer halb schlafende Kind hinein.

Als sie eintraten, erregten sie beim Personal und bei den Müttern natürlich erhebliches Aufsehen; Johanna Louise war nämlich unter dem Namen Jönsson registriert. Er hatte nichts anderes erwartet. Die Erzieherinnen brauchten einige Zeit, um die Sprache wiederzufinden, nachdem er die Situation erklärt hatte. Er sei also Fräulein Jönssons Vater, und heute sei ja wohl der erste Schnuppertag.

Er mußte ihr den Overall ausziehen. Sie quengelte und trat um sich, als er sich damit abmühte. Die verstohlenen Blicke und bemüht guten Ratschläge machten ihn leicht verlegen. Dann wurde er in ein Spielzimmer gewiesen und begrüßte zwei Mütter, die mit ihren Kindern ebenfalls zu einem Schnuppertag da waren. Er bat, telefonieren zu dürfen, und rief Beata an.

»Am Vormittag kann ich auf keinen Fall kommen, weil ich mit Johanna Louise zu einem Schnuppertag in der Kindertagesstätte bin. Nichts darf das verhindern«, sagte er.

Am anderen Ende wurde es zunächst still. Er hörte, wie sie verblüfft Luft holte, und verstand ihr Zögern völlig falsch.

»Ich glaube nicht, daß ich dem OB diese Nachricht überbringen kann«, sagte sie schließlich.

»Dem OB?« fragte er unbeholfen. »Was hat denn der OB mit der Kita zu tun?«

»Das kann man sich fragen«, entgegnete Beata sehr knapp, »jedenfalls sitzt er hier und wartet auf dich. Sam ist auch da. Sie haben schon fünf oder sechs Mal angerufen und nach dir gefragt.«

»Das ist natürlich ein Scherz?« fühlte er zweifelnd vor.

»Wann kannst du hier sein, damit ich weiß, was ich sagen soll?« entgegnete sie, ohne auf seine Frage einzugehen.

»Ich kann das Mädchen nicht allein hier lassen, das ist gegen ihre Vorschriften«, versuchte er.

»Dann bring sie mit. Wann kommst du?« drängte sie.

»In einer Viertelstunde«, seufzte er und legte auf.

Er verzichtete sicherheitshalber darauf, der Kleinen den Overall überzustreifen, entschuldigte sich und nahm Johanna Louise auf den Arm. Als er hinausging, fühlte er sich von vorwurfsvollen und fragenden Blicken durchbohrt.

Eine gute Viertelstunde später erschien er mit Johanna Louise auf dem Arm beim Oberbefehlshaber des Landes. Der OB und Sam saßen in der Sofagruppe und wirkten weniger bestürzt, als er erwartet hatte.

»Schnuppertag in der Kita«, sagte er mit einem entschuldigenden Lächeln. Die Gesichter der beiden älteren Männer hellten sich auf. Es kam ihm vor, als fänden sie seine Lage eher komisch als störend.

»Jaja, mit Schnuppertagen ist nicht zu spaßen«, sagte der OB amüsiert und stand auf. Er trat zu Carl und sah Johanna Louise in die Augen. Er versuchte, sie unterm Kinn zu kitzeln. Das hätte er nicht tun sollen.

Das Mädchen ließ ein lautes Geheul hören, worauf der General erschrocken zurückwich. Carl ging im Zimmer auf und ab und schaukelte die Kleine, während er verzweifelt »Hoppe, hoppe, Reiter« vor sich hin summte.

Nichts schien zu helfen. Das laute Kindergeschrei hallte im Konferenzraum wider.

»Zum Glück sind wir nur Schweden hier. Wir können froh sein, daß ausländische Kollegen uns jetzt nicht zusehen«, sagte Samuel Ulfsson lachend.

Schließlich requirierte Carl verzweifelt Hilfe bei Beata. Als sie die Lage der drei Männer sah, brach sie in ein herzliches Lachen aus, das diese allerdings als fast höhnisch empfanden. Dann nahm sie Carl resolut Johanna Louise weg, worauf das Mädchen sofort zu weinen aufhörte, und verließ den Raum mit einem geschnaubten »Kerle und Kinder«.

Carl sank erleichtert auf einen der Sessel. Die beiden Vorgesetzten widmeten sich der Aufgabe, die Gesichtszüge zu glätten. Dann legte Samuel Ulfsson sehr kurz und fast im Telegrammstil die Lage dar.

Carl spürte, wie ihn zu frieren begann. Das war die erste Reaktion. Ein wachsendes Unbehagen, das ihm wie Kälte vorkam, kroch in seinem Körper hoch. Das, was Sam berichtete, war der Alptraum aller Alpträume, das, was unter gar keinen Umständen geschehen durfte.

Als Sam nach einigen Minuten fertig war, übernahm der OB die Initiative. Er erhob sich und ging zu einer riesigen Karte der Nordkalotte, die offenbar speziell für diese Konferenz angefordert worden war. Er nahm einen kleinen Zeigestock mit roter Spitze und legte diese auf russisches Territorium, ungefähr dreihundert Kilometer nördlich des Polarkreises.

»Hier!« sagte er und ließ den Zeigestock kreisen. »Hier liegt also das kritische Gebiet.«

Carl nickte. Er hatte verstanden.

»Nun«, fuhr der OB entschlossen fort, legte den Zeigestock hin und ging wieder zu seinem Sessel. »Jetzt haben wir ein paar Fragen. Angenommen, wir sollen jetzt ein *back up* organisieren, wie es die Amerikaner vorschlagen. Angenommen, es ist unsere Aufgabe, Ausrüstung und Personal in das kritische Gebiet zu transportieren.«

Er machte eine Pause und sah Carl fragend an, der mit dem Kopf nickte. Noch konnte er folgen.

»Um mal damit anzufangen: Was tun wir, um Material und Personal über finnisches Territorium zu transportieren? Wir gehen davon aus, daß wir mit den Finnen in dieser Sache nicht zusammenarbeiten können. Wie überwinden wir die russische Grenze, ohne die ganze Nordkalotte in Alarmbereitschaft zu versetzen? Wir haben schon über Fernlaster mit TIR-Schildern gesprochen, aber das ist ja nur das halbe Problem. Vorschläge, Hamilton. Was kannst du uns anbieten?«

Carl betrachtete eine Zeitlang die Karte, während die beiden anderen Männer ihn starr ansahen.

»Wir haben theoretisch drei Möglichkeiten: zur See, also mit einem U-Boot von Norden her, zu Lande mit dem Lastwagen oder aus der Luft«, begann Carl, während er überlegte. »An der russischen Eismeerküste Truppen und Material an Land zu bringen, wird unerhört schwierig. Es ist ihr bestbewachtes Seegebiet. Nicht einmal die Amerikaner spielen noch auf diesem Hinterhof. Und wenn wir auf dem Landweg kommen, bleiben wir an der Grenze hängen. Also dürfte es darum gehen, alles aus der Luft hinzubringen, Personal und Material. Das ist die einzige Möglichkeit, die ich sehe.«

»Du glaubst doch nicht, daß wir einfach über die russische Grenze fliegen können, das birgt doch unerhörte Risiken«, wandte Samuel Ulfsson skeptisch ein.

»Nein, das glaube ich natürlich nicht, denn dann würde man uns, wie du so fein angedeutet hast, sofort abschießen. Das Gebiet ist mit radargesteuerter Luftabwehr geradezu gespickt. Es ist vermutlich nach der Moskauer Region der in dieser Hinsicht bestgeschützte Teil der Sowjetunion«, begann Carl und stand auf. Er trat vor die Karte, nahm den Zeigestock und zog einige Linien von Nordnorwegen über Finnland weiter zur Region Murmansk.

»Hier«, erklärte er, »liegen die amerikanischen Einflugschneisen für die Marschflugkörper. Sie sind computerprogrammiert und fliegen auf vorherbestimmten Linien in Baumwipfelhöhe. Sie folgen der Topographie, so daß sie, jedenfalls theoretisch, vom Radar nie erfaßt werden können. Wir begeben uns also auf eine solche Schneise. Ich nehme an, daß die Amerikaner uns in der jetzigen Lage eine Maschine leihen können, und ...«

»Was für eine Maschine soll es sein?« unterbrach ihn der OB.

»Eine normale Hercules. Die fliegen auch in Baumhöhe, kein Problem. Wir fliegen also auf einer solchen Einflugschneise, ungefähr bis hierhin.«

Er wies mit dem Zeigestock auf eine Strecke, die etwa zu zwei Dritteln zwischen der finnisch-schwedischen und der finnisch-russischen Grenze lag. Dort hielt er mit dem Zeigestock inne und ließ ihn kreisen.

»In etwa dieser Entfernung steigt die Maschine auf zehntausend Meter Flughöhe. Das erfordert einige Zeit, und dabei werden wir von allen Radarschirmen in der Region erfaßt. Finnische Jäger steigen von Rovaniemi auf, um den Eindringling abzuweisen. Die russische Luftabwehr wird in Alarmbereitschaft versetzt. Doch an dieser Stelle entladen wir alles, Personal und Ausrüstung. Die Maschine taucht wieder auf die alte Flughöhe. Entweder holen uns die finnischen Jäger ein, identifizieren die Maschine und fordern sie zum Abdrehen auf, oder sie entkommt ganz einfach.«

Carl setzte sich. Ihm selbst schien der Plan kristallklar, doch die skeptische und fragende Haltung der beiden anderen blieb ihm nicht verborgen.

»Ja, aber die Grenze ...?« fragte der OB unsicher. Carl hatte gesagt, daß Personal und Ausrüstung fünfzig Kilometer vor der Grenze abgesetzt werden würden.

»Ach so«, sagte Carl. Sein Gesicht hellte sich auf, als er begriff, was den beiden unklar geblieben war. »Das hätte ich vielleicht sagen sollen. Wenn also westlicher Wind herrscht, was in dieser Gegend ja meist der Fall ist, segeln die Fallschirme mühelos die ganze Strecke. Man nennt die Methode HAHO, High Altitude High Opening. Die Großmächte befassen sich mehr damit als wir. Wir haben ja kaum Anlaß, so etwas zu üben. Engländer, Amerikaner, Russen, sie alle beherrschen diese Technik jetzt. Man orientiert sich mit Hilfe von Karte und Kompaß und landet exakt an dem Punkt, den man vorherbestimmt hat. Insoweit gibt es keine Probleme.«

Seine zwei Vorgesetzten schwiegen eine Zeitlang und grübelten.

»Und dann?« wollte der OB wissen. »Was passiert dann?«

»Auf der Gegenseite geschieht zunächst gar nichts, denn kein Radarschirm der Region hat die abgeworfene Ladung registrieren können. Die Ziele sind zu klein, und außerdem gibt es zu wenig Metall. Zudem kann man einige Scheinziele abwerfen, während man gleichzeitig Material und Personen absetzt. Der Trupp landet also an einem vorherbestimmten Ort, löst die Aufgabe auf russischem Territorium und schlägt sich dann durch, um das Land zu verlassen. Über diese Frage könnte man natürlich eine Weile nachdenken, doch allgemein läßt sich sagen, glaube ich, daß die Grenztruppen dazu da sind, schlecht ausgerüstete Privatpersonen zu stoppen. Bestens ausgerüstete Militärs sind etwas völlig anderes. So etwas erwarten sie nicht.«

»Willst du damit sagen, daß ihr euch den Weg freischießen wollt?« fragte Samuel Ulfsson.

Bei der Anrede »ihr« zuckte Carl zusammen. Das bedeutete, daß man ihn wie selbstverständlich einschloß. Er zögerte etwas, bis ihm einfiel, daß »ihr« vielleicht nur bedeutete »ihr von der Operationsabteilung« oder so etwas. Er verscheuchte seine Besorgnis.

»Das ist natürlich eine Möglichkeit«, sagte er. »Ich glaube aber, daß uns noch etwas Besseres einfällt. Ich meine, wir müssen die Gegend ja vorher ordentlich erkunden, um eine Möglichkeit zu finden. Ich glaube jedenfalls nicht, daß es unüberwindliche Schwierigkeiten macht. Schwierig wird es, das Ziel zu finden, wenn wir uns erst mal auf sowjetischem Territorium befinden.«

»Und wenn ihr das Ziel gefunden habt?« wollte der OB wissen.

»Der Schmugglertrupp dürfte kaum dafür ausgerüstet sein, sich kämpfend durchzuschlagen. Wenn sie entdeckt und in Feuergefechte verwickelt werden, ist für sie alles verloren. Sie dürften also nicht sonderlich schwer bewaffnet sein. Wenn wir sie finden, überwältigen wir sie in einer Minute. Wir haben schließlich den Überraschungseffekt auf unserer Seite sowie überlegenes Material, falls es zum Kampf kommen sollte. Solche Dinge dürften die kaum bei sich haben. Nein, das ist ein leichter Teil der Operation, sogar der leichteste des gesamten Unternehmens.«

»Und der schwierigste?« fragte Samuel Ulfsson.

»Tja«, sagte Carl. »Am schwierigsten dürfte es sein, Glück zu haben. Je mehr Personen wir einsetzen, um so größer die Möglichkeit, das Ziel zu finden. Je mehr Männer, um so größer aber auch das Risiko, entdeckt zu werden. Das Gebiet ist unbewohnt und liegt auf halbem Weg zwischen den starken Befestigungsanlagen bei Murmansk und der Eismeerküste sowie der Grenze. Im Inland dürfte das Risiko, entdeckt zu werden, nicht so groß sein. Das wissen offenbar die Leute, die diese Aktion geplant haben. Sie rechnen wohl damit, den ganzen Weg zurücklegen und über die Grenze gelangen zu können, ohne entdeckt zu werden. Es gibt also zwei Schwierigkeiten. Das Ziel zu finden. Und über die Grenze zu kommen, wenn das Ziel zerstört ist.«

»Aber nicht, hineinzukommen?« fragte der OB.

»Nein, ins Land zu kommen ist kein Problem. Das könnten wir von heute an sogar mit einer Vorwarnzeit von einem Tag schaffen. Das ist wirklich kaum ein Problem.«

»Welche Kompetenz ist erforderlich und wie viele Mann?« fuhr der Oberbefehlshaber fort. Er schien Carls Versicherung, was leicht und was schwierig sei, schnell akzeptiert zu haben.

»Das Ganze soll also im Dezember stattfinden, und die feindliche Gruppe könnte aus maximal zwanzig Mann bestehen«, faßte Carl zusammen. Die beiden anderen Männer nickten.

Carl rechnete kurz etwas durch, bevor er antwortete.

»Für die eigentliche Operation in der Sowjetunion dürften sechs bis acht Mann genügen. Doch dann stellt sich die Frage, wie viele Leute für anderes gebraucht werden. Und was deren Fähigkeiten betrifft, sollten sie zumindest die HAHO-Technik beherrschen und sich vor Kälte schützen können. Sie müßten in der Lage sein, etwa eine Woche lang bei dreißig oder vierzig Grad unter Null zu überleben. Vielleicht wird es sogar noch kälter. Anschließend müßten sie schnell einsatzbereit sein. Das etwa muß man von dem Kommandotrupp verlangen.«

»Haben wir solche Leute?« fragte der OB.

»Ja«, erwiderte Carl ruhig, »die haben wir. Das gesamte Personal der operativen Sektion des OP 5 hat diese Kompetenz, und ich möchte meinen, daß es der Fallschirmjägerschule in Karlsborg gelingen sollte, mindestens zehn weitere Mann aus dem Ärmel zu schütteln, die ohne weiteres die Anforderungen erfüllen, die ich genannt habe. Soweit ich es sehe, kein Problem.«

»Du hast noch Personal für andere Einsätze erwähnt?« fragte Samuel Ulfsson. »Rückendeckung und Reserven?«

»Ja«, erwiderte Carl zögernd, »aber das ist nur eine Annahme von mir. Nach den üblichen und selbstverständlichen taktischen Grundregeln können wir die Linien nicht von der Sowjetunion bis nach Schweden ausdehnen. Wir brauchen eine Zwischenstation, also eine Basis auf finnischem Territorium, vermutlich in der Nähe der Grenze. Mir ist noch nicht klar, was wir tun müssen, um den Ausbruch zu organisieren, also nach der Zerstörung des Ziels. Es scheint mir aber selbstverständlich zu sein, daß wir in dieser Lage Unterstützung von Bodentruppen brauchen.«

»Eine Basis auf finnischem Gebiet«, murmelte der OB mißbilligend. »Bringt das nicht ein hohes Risiko mit sich, entdeckt zu werden?«

Carl biß sich in die Wange, um bei der Antwort nicht lächeln zu müssen.

»Nun ja, wir werden natürlich kein feldmarschmäßiges Biwak mit der schwedischen Marineflagge und weißen Kettenfahrzeugen aufschlagen, sondern es dürfte ein äußerst diskretes Arrangement werden. Allerdings kann ich darauf nicht mit letzter Sicherheit antworten. Wir müssen da mit einem Problem rechnen.«

»Wie lange Zeit brauchst du, um einen solchen Einsatz vorzubereiten?« fragte der Oberbefehlshaber in einem Tonfall, als näherte sich die Diskussion jetzt ihrem Ende, als wäre es jetzt Zeit, zu Entscheidungen zu kommen.

»Darauf kann ich nicht mit Sicherheit antworten«, erwiderte Carl nachdenklich. »Wir sollten damit beginnen, einen Kundschafter ins

Operationsgebiet zu schicken, also von der Grenze Nordnorwegens an nach Süden. Dann sollten wir eine Gruppe für die eigentliche Aktion zusammenstellen. Diese Männer sollten gemeinsam üben und das Material prüfen, das uns in Schweden zur Verfügung steht. Wir werden es wohl mit Einkäufen aus dem Ausland ergänzen müssen. So weiß ich beispielsweise nicht, ob wir bei den Streitkräften Overalls haben, die bis sechzig Grad unter Null Schutz bieten.«

»Minus sechzig Grad! Himmel, mußt du so pessimistisch kalkulieren?« sagte Samuel Ulfsson und erschauerte.

»Ja, absolut«, entgegnete Carl lächelnd, »wir wissen es nämlich. In zehntausend Meter Höhe ist es vielleicht sogar jetzt im Augenblick so kalt, minus sechzig Grad, direkt über unseren Köpfen. Also, wir stellen einen Trupp zusammen, üben, beschaffen Material, errichten dort oben eine Basis ... Ich würde schätzen, daß es ungefähr drei Wochen dauert, das alles zu regeln. Es steht aber keine Kuh auf dem Eis, wenn der kritische Zeitpunkt erst im Dezember erreicht ist.«

Es wurde still im Raum, während der Oberbefehlshaber zu überlegen schien, welche Beschlüsse er jetzt fassen und wie er sie formulieren sollte.

»Kannst du das organisieren?« fragte er Carl dann unerwartet und unvermittelt.

»Schoon ...«, erwiderte dieser zögernd. »Aber dann möchte ich eine Frage stellen.«

Der Oberbefehlshaber forderte ihn mit einem kurzen Kopfnicken dazu auf.

»Wie soll ich die Gruppe zusammensetzen«, fuhr Carl fort, »wenn ich nur ausschließlich Personal des OP 5 zur Verfügung habe? Es würde gehen, aber diese Möglichkeit wäre mir nicht lieb. Oder sollen wir ein paar Mann von der Fallschirmjägerschule dazuholen? Das würde ich wirklich vorziehen.«

»Warum?« fragte Samuel Ulfsson fast mißtrauisch, als mißbilligte er die Vorstellung, unter seinen Marinesoldaten »grüne Uniformen« zu sehen, das heißt »Landsknechte«, also die Armee.

»Sehr einfach«, entgegnete Carl trocken. »Die Gruppe, die wir aus der Luft absetzen, geht ein bedeutendes Risiko ein, Verluste zu erleiden. Ich würde vorziehen, nicht das gesamte spezialausgebildete

Personal des OP 5 gefährden zu müssen. Ich will also nicht alle Eier in einen Korb legen, um mich etwas unehrerbietig auszudrücken.«

»Aha, so ist das also«, murmelte der OB hinter einer Hand, die er vor Mund und Gesicht hielt, um sein Lächeln zu verbergen. »So ist das also. Das nenne ich eine offene Erklärung, der man kaum widersprechen kann. Dann machen wir es so! Was brauchst du jetzt im Moment von mir?«

»Einige Vollmachten«, erwiderte Carl, ohne zu zögern. »Unten in Karlsborg muß man mir eine TP 84 zur Verfügung stellen, außerdem brauche ich eine Menge Geld zum Einkaufen des Materials und für die Errichtung unserer finnischen Basis, und dann noch so etwas wie eine Vollmacht, um freiwillige Fallschirmjäger zu rekrutieren.«

»In Ordnung«, bestätigte der OB und erhob sich zum Zeichen, daß die Konferenz beendet war, zumindest was Carl betraf. »Ich werde nachher mit dem Chef der Fallschirmjägerschule und dem Chef der Luftwaffe Kontakt aufnehmen, und du beginnst an deinem Ende, meldest Fortschritte und Widerstände an Sam. Verstanden?«

»Jawohl, zu Befehl. Ich muß allerdings darauf hinweisen, daß ein Detail noch übrigbleibt.«

»Ja?« sagte der OB und hob die Augenbrauen, als er zu Carl trat, um ihm zum Abschied die Hand zu geben. »Welches?«

»Geld. Ich möchte allerdings ein sehr einfaches Verfahren vorschlagen. Ich lege einfach die Geldmittel aus, die nötig sind, und reiche eine Rechnung ein, wenn alles vorbei ist. Das würde den Verwaltungsaufwand stark reduzieren und allen Beteiligten merkwürdige Erklärungen ersparen.«

»Ein ausgezeichneter Vorschlag!« sagte der Oberbefehlshaber. »Mach es so!«

Carl reckte sich zum Abschiedsgruß, verneigte sich, da er Zivil trug, und ging hinaus, um Beata zu suchen und seinen Auftrag damit zu beginnen, daß er mit seiner Tochter wieder zur Kindertagesstätte fuhr.

Seine beiden Vorgesetzten blieben sitzen. Jeder schien zunächst in seiner eigenen Gedankenwelt zu bleiben.

»Was meinst du?« sagte der Oberbefehlshaber schließlich.

»Ich glaube, es ist so, wie er gesagt hat«, erwiderte Samuel Ulfsson mit fast eingeschnappter Miene. »Warum sollte es nicht so sein?«

»Hör mal«, gluckste der Oberbefehlshaber, »ich denke nur daran, wie wir vorhin dagesessen und über Lastwagen und TIR-Schilder gesprochen haben. Ein Glück, daß er uns nicht zugehört hat. Das hätte unsere Aktien nicht gerade steigen lassen. Verdammt, so einfach. Luftlandetruppen, die vorherbestimmten Flugbahnen amerikanischer Marschflugkörper. Darum mußt du dich übrigens kümmern.«

»Daß wir uns eine ihrer Flugrouten leihen? Nun, das werden sie uns bestimmt nicht verweigern. Ach, da ist noch etwas, was wir ihm nicht gesagt haben, eine Kleinigkeit.«

»Was denn?« fragte der Oberbefehlshaber gespannt. Er glaubte keine Sekunde, daß es um eine »Kleinigkeit« ging.

»Ich meine, daß alle menschlichen Gewebereste zerstört werden sollen«, sagte Samuel Ulfsson mit einer Grimasse des Abscheus. »Aber ich nehme an, daß das eine spätere Frage sein wird.«

»Ja«, bestätigte der Oberbefehlshaber, »das vertagen wir auf später. Und dann haben wir also einen Regierungswechsel. Hast du eine andere Idee, oder sollen wir so vorgehen, wie ich es vorgeschlagen habe?«

»Nein, nein«, erwiderte Samuel Ulfsson und zündete nach einem kurzen fragenden Blick zu seinem Chef seine erste Zigarette an, »für mich hört sich das absolut okay an. Wir bereiten die Operation vor, analysieren alle Schwierigkeiten, errichten in Finnland vielleicht eine Basis, vielleicht auch nicht. Jedenfalls kann es nicht schaden, daß du möglichst viele konkrete Dinge darlegen kannst, wenn du den neuen Verteidigungsminister triffst. Wer wird es übrigens? Was meinst du?«

»Keine Ahnung. Torbjörnsson vielleicht?«

»Dieser Immobilienfritze aus Göteborg? Das glaube ich nicht. Der dürfte wegen seiner Skandale zu belastet sein. Es hat über ihn schon zuviel in den Zeitungen gestanden. Am interessiertesten dürfte wohl der Chef der Konservativen persönlich sein.«

»Ja, aber der soll doch Ministerpräsident werden.«

»Kann er nicht beide Jobs übernehmen?«

»Woher zum Teufel soll ich das wissen? Ich habe noch nie einen Regierungswechsel erlebt, ich meine, jedenfalls nicht in einer Funktion, in der ich denen begegnen mußte. Du etwa?«

»Nein. Beim letzten Mal war ich Kommandant von »Älvsnabben« und befand mich auf großer Fahrt. Jedenfalls eine lustige Überraschung, mit der du den neuen Verteidigungsminister verblüffen kannst, wer immer es sein wird.«

Sie sahen sich kurz in der Augen, schüttelten gleichzeitig den Kopf und lachten los. Beiden fiel aber ein, wie unpassend dies angesichts des schauerlichen Ernsts der Sache war, was zugleich jede Neigung zur Heiterkeit erstickte.

»Wie schon gesagt«, sagte der Oberbefehlshaber, »eine höllische Geschichte ist das.«

»Ja«, bestätigte Samuel Ulfsson, »sogar ganz buchstäblich. Es ist wirklich eine Geschichte aus der Hölle.«

Alexej Mordawin hatte eine Vorstellung von der Hölle erhalten. Nicht von dem endgültigen Weltuntergang, denn von dem hatte er eine schon längst in Fleisch und Blut übergegangene berufsmäßige Vorstellung, sondern jetzt ging es um die einfache menschliche Hölle. Unter anderem spielte dabei eine Rolle, daß er eine vollkommen sinnlose Arbeit leistete und dafür in amerikanischen Dollar unerhört gut bezahlt wurde. Er hatte achtundvierzig Stunden hintereinander als eine Art besserer Flußschiffer gearbeitet, na schön: als *Schiffskommandant*, und zwar auf einem gottverdammten Hebekran draußen im Fjord, der so ein paar gottverdammte alte Fregatten aus der Zeit vor dem Zweiten Weltkrieg hob. Braune, verrostete kleine Schiffsrümpfe, die ihrer letzten Ruhe entrissen wurden, und das ohne jeden Nutzen. Sie hatten hohe Schornsteine, erinnerten an alte Marinegemälde; senkrechte Vordersteven, Schaumkronen vor dem Bug, Schiffe, die unter der roten Fahne vorwärtsdampften.

An den letzten Tagen waren zwanzig oder dreißig Zentimeter Schnee gefallen, der erste nasse, schwere Schnee. Bis jetzt lag die Temperatur bei nur ein oder zwei Grad unter Null. Manchmal hatte sich Alexej Mordawin ein fast schönes Bild dargeboten – die kräftigen Scheinwerferkegel, die das Schneegestöber durchschnitten, die braunen, ächzenden, verrosteten Schiffsleichen, die eine nach der anderen von der übermächtigen Kraft eines Krans hochgehoben wurden. Der Kran war eigentlich dazu gebaut worden, versunkene U-Boote zu heben, die ein Vielfaches dieser Wracks wogen.

Die Wracks sollten aus dem seichten Wasser gezogen und an den Strand manövriert werden, um dort wie gestrandete Wale aufgeschnitten, demontiert und in Container aus dem Westen verladen zu werden. All das sollte also einmal so etwas wie eine »glänzende Geschäftsidee« gewesen sein, war in Wahrheit aber nichts als ein Deckmantel.

Er redete sich ein, für das Geld, das er verdiente, wenigstens etwas tun zu müssen. Er hatte bei Unterzeichnung des Vertrags zweitausend Dollar erhalten, den Lohn für zwanzig Tage, was schon an sich ein Wahnsinn war. Er hatte jedoch in seiner Eigenschaft als Flußschiffer noch keine zwanzig Arbeitstage zusammenbekommen. Und ein guter Mann muß etwas für sein Geld leisten.

Er war todmüde, als die Arbeit unterbrochen wurde. Der Wind hatte so sehr aufgefrischt, daß der hohe Windfang des Hebekrans die Bewegungen zu unkontrolliert und die Arbeit unsicher machte. In der kleinen offenen Fähre, die über den Fjord nach Murmansk ging, stand er eng mit den Arbeitern der Reparaturwerft zusammengedrängt, die offenbar gerade Schichtwechsel gehabt hatten. Er hatte keine Ahnung, wie spät es war. Es war zwar dunkel, doch von nun an würde es ohnehin überwiegend dunkel sein. Ich mache meinen Job und leiste gute Arbeit, redete er sich ein. Draußen bei der improvisierten Bahnstation war es das gleiche. Der Galgenhumor der Arbeiter hatte sie in Port Smertsch umbenannt, Hafen des Todes. Sämtliche Männer der Führungsgruppe dort unten waren Marineoffiziere, da die meisten Waffenexperten in der Region natürlicherweise der Sowjetflotte angehörten. Sie waren Seeleute an Land, die an einer Bahnstation den Tod sortierten, der in einem wilden Durcheinander hertransportiert wurde; immer noch fanden sich furchterregende Beispiele dafür, wie Eile und Panik in den Sowjetrepubliken, die wohl keine mehr waren, zu irrwitzigen Methoden führten, mit dieser Ladung umzugehen. Alexej Mordawin zog es vor, dieses Wort zu verwenden: Ladung. In den letzten Tagen war ihm zwanghaft ein Gedanke gekommen, den er nicht begreifen konnte, obwohl er immer wiederkehrte. Er war sicher grotesk ungerecht, und im Grunde gab es keine sichtbare Parallele. Doch ihm waren immer wieder die deutschen Soldaten und Offiziere kurz vor Zusammenbruch des Nationalsozialismus eingefallen, die sich bis zuletzt als Verwalter des Todes betätigt hatten. Es war ein unverschämter Gedanke und ein unmöglicher Vergleich, doch er wurde ihn trotzdem nicht los.

Vom Fähranleger aus ging er nach Hause. Von dort war der Weg nicht mehr weit. Beim Café Ionost blieb er stehen und überlegte, ob er eine Tasse Kaffee trinken und sich ein wenig sammeln sollte, bevor er nach Hause ging. Dann würde es ihm leichter fallen, einen normal müden Eindruck zu machen und nichts sonst. Doch im Café schien es sehr laut und unruhig zuzugehen, und so nahm er die Abkürzung durch den Park zur Karl-Marx-Straße, die noch immer nicht umgetauft war, und erreichte kurz darauf das Haus, in dem er jetzt wohnte. Es war ein schönes Bauwerk, wohl aus der Zeit der Jahrhundertwende oder etwas später, mit leichten Anklängen an den Jugendstil. Es war gelb verputzt und hatte weiße Stuckornamente. Und einige Balkons. Als er zu dem höchstgelegenen Balkon hinaufsah, entdeckte er, daß in der Wohnung Licht brannte. Bei diesem Anblick durchströmte ihn wohlige Wärme. Wahrscheinlich las sie oder hörte Musik.

Als er die Wohnung betrat, entdeckte er, daß sie sogar beides tat. Sie hatte sich in der Sofaecke mit hochgezogenen Beinen zusammengekauert und las intensiv, obwohl sie gleichzeitig die großen Kopfhörer trug. Sie hörte ihn also nicht und sah ihn auch nicht.

Er stand in der Tür und betrachtete die Szene. Sie sah klein aus, fast zierlich, wie sie dort saß. Dabei war sie in Wahrheit seit dem achtzehnten Lebensjahr eine recht kräftige und stämmige Frau. Damals, vor langer Zeit, hatte er immer gesagt, sie stehe sehr stabil mit beiden Füßen auf der Erde, worauf sie immer erwidert hatte, er sei ein Träumer, der sicher Kosmonaut oder Seemann werden wolle.

Sie sah plötzlich auf, als hätte sie seine Anwesenheit gespürt, denn sie verriet nicht das mindeste Erstaunen. Sie riß den Kopfhörer ab, sprang vom Sofa und lief ihm entgegen. Sie umarmte ihn und ging dann in die Küche. Er schlurfte hinter ihr her, um ihr bei der Zubereitung des Tees zu helfen, doch sie jagte ihn mit der scherzhaften Bemerkung hinaus, sie könne in der Küche keinen Mann gebrauchen, der nicht mal fähig sei, mit einem Samowar umzugehen.

Der Tee war heiß und stark, die beste Qualität aus Georgien. Fast alles, was sie neuerdings aßen und tranken, war von bester Qualität. Sie sah erwartungsvoll aus, und nach einigen Minuten konnte sie nicht mehr an sich halten, sondern begann zu erzählen, was ihr im Verlauf des Tages widerfahren war.

Sie hatte von ihrem alten Professor in Moskau einen Brief erhalten. Dieser hatte von einer amerikanischen Universität in Boston einen Auftrag erhalten. Sie war nicht sicher, ob die Stadt so hieß, glaubte es aber. Es ging um die Möglichkeit, dort ein Jahr als Gastchirurgin zu arbeiten. Ihr alter Vorgesetzter sollte für dieses Gastspiel fünf Chirurgen auswählen.

»Jetzt hat er mir also geschrieben und mich gefragt, ob ich interessiert bin.«

Alexej Mordawin blieb stumm. Er versuchte zu sagen, eine solche Gelegenheit dürfe sie nicht versäumen, aber sie tat das lachend mit der Bemerkung ab, angesichts der Tatsache, daß sie mit einem Offizier der Atom-U-Boot-Flotte verheiratet sei, werde sie wohl ohnehin keine Ausreisegenehmigung erhalten.

»Das hat vielleicht keine große Bedeutung mehr«, wandte er ein, »denn neuerdings bekommt ja fast jeder eine Ausreisegenehmigung.«

»Es wird sowieso nicht gehen. Du kannst ja jederzeit wieder ein Kommando auf See erhalten, denn dieses Bombensortieren muß ja irgendwann mal aufhören. Außerdem ist Sascha noch in Kirgisien, und Pjotr besucht noch das Gymnasium. Verantwortungsbewußt denkende Eltern können doch einen Siebzehnjährigen nicht einfach sich selbst überlassen. Außerdem sitzt meine Verwandtschaft in Moskau, und deine unten auf der Krim.«

Er gab auf und wechselte das Thema. Die Möglichkeit, die er zu erkennen geglaubt hatte, ließ sich ohnehin nicht erklären.

»Warum aber«, sagte er, »warum um Himmels willen wollen amerikanische Krankenhäuser sowjetische Chirurgen bei sich arbeiten lassen?«

»Russische«, korrigierte sie ironisch. »Ob die Sowjetunion nun noch existiert oder nicht, ich bin jedenfalls Russin. So wie man mir die Sache erklärt hat, liegt das Ganze daran, daß russische, na ja, von mir aus auch *sowjetische* Chirurgen durch die Umstände gezwungen werden, ganz anders zu arbeiten als amerikanische. In Amerika sind alle Chirurgen spezialisiert. Manche arbeiten beispielsweise nur mit dem Dickdarm, andere wühlen ein Leben lang im Hintern von Leuten herum und tun nichts anderes. Dann gibt es Chirurgen, die nur plastische Operationen vornehmen, was drüben wahrscheinlich tausend Mal üblicher ist als hier. Andere operieren nur den Thorax oder den Harnleiter, und so weiter. Sie haben eine maschinelle Ausrüstung, die der sowjetischen oder von mir aus russischen unendlich überlegen ist. Das erleichtert unleugbar diese hochgradige Spezialisierung. Hier bei uns muß man von allem ein bißchen können, erstens, und zweitens müssen wir im Verlauf unserer Arbeit zu improvisieren lernen, persönliche Methoden entwickeln und Geräte für Dinge verwenden, für die sie ursprünglich gar nicht vorgesehen waren. Wenn ich zum Beispiel ein neues Gerät oder Besteck in die Hand bekomme, frage ich mich immer, wofür man es neben dem angegebenen Zweck noch verwenden kann. Und diese allgemein praktizierende Chirurgie hat in Amerika ein besonderes Anwendungsgebiet, nämlich in ihren Notaufnahmen. In den Notaufnahmen quellen ihnen jeden Abend ungeheure Mengen von Gewalt- und Verkehrsopfern ins Haus. Das ist so eine Art Kriegschirurgie. Und wenn dann so ein Dickdarmspezialist gerade Dienst hat, kann man sich das Ergebnis vorstellen.«

Er sah sie an und lachte. »Ich bin sehr stolz auf dich. Außerdem freut es mich, daß unser altes Vaterland noch das eine oder andere hat, was der Welt Nutzen bringen kann, wenn ich mal von meinem Tätigkeitsgebiet absehe.«

»Diese Formulierung finde ich nicht besonders gelungen«, protestierte sie, »denn mir erscheint es zweifelhaft, daß die Welt von deiner Tätigkeit irgendeinen Nutzen hat.«

Er wich einer Diskussion jedoch aus, indem er nur die Schultern zuckte und ein Lächeln zeigte, das mehrere Deutungen zuließ.

»Können die Amerikaner vielleicht noch etwas von dir lernen?« fragte sie herausfordernd. »Haben Sie vielleicht U-Boote von derselben Klasse wie unsere?«

»O ja«, gab er düster zu. »Das stimmt schon. Ihre U-Boote der Ohio-Klasse sind in mehrerer Hinsicht sogar mit unserer »Alexander Newskij« vergleichbar.«

Er hatte das Bedürfnis, mit ihr über etwas sehr Wichtiges zu sprechen. Pjotr schlief in seinem Zimmer. Doch genau in diesem Augenblick stellte sie die Teetasse hin und fragte, ob sie nicht ins Bett gehen sollten. Darauf antwortete er nur mit Gesten. Er empfand es als angenehm, den ihn bedrängenden Fragen so zu entkommen.

Ebenso angenehm erschien es Carl, mit Luigi über dessen bevorstehenden Einsatz zu sprechen. Offiziell sollte Luigi im Auftrag des Generalstabs bei der Fallschirmjägerschule in Karlsborg Erkundigungen einholen. Möglicherweise würde man den Zweck des Auftrags durchschauen. Diese Gefahr bestand sowohl bei Luigi wie bei dessen früheren Offizierskameraden und Ausbildern. Sie würden natürlich unschwer erkennen, daß er nach fünfjährigen Studien in Kalifornien nicht in den aktiven Offiziersdienst eingetreten war, um in dem großen roten Ziegelhaufen am Lidingövägen eine Art Laufbursche zu werden; solche Karrieren führten nur wenige Fallschirmjägeroffiziere in Versuchung.

Sie würden vermuten, daß er genau dort arbeitete, wo er es tatsächlich tat. Doch das war kein Nachteil. Das würde vermutlich nur das Interesse wecken, irgendwie zu helfen.

Überdies schlug Carl gegen Ende seines Vortrags vor dem unfehlbar höflich zuhörenden Luigi einen anderen Kurs ein. Luigi würde ohnehin verstehen, daß es um mehr als eine Übung oder ein Experiment ging. Schon die Möglichkeit, jede beliebige Ausrüstung bei allen nur denkbaren Spezialisten der westlichen Welt zu besorgen, mußte erkennen lassen, daß es sich um etwas Ernstes handelte. Luigi konnte sich gewiß auch denken, daß sie nicht drei Wochen lang in den nordschwedischen Bergen operieren und überleben sollten.

»Die Lage ist folgende«, sagte Carl schließlich, nachdem er sich entschlossen hatte, Luigi ungefähr die Tatsachen mitzuteilen. »Unser Auftrag lautet, eine Gruppe aufzustellen, die eine solche Operation durchführen kann. Ich nehme an, daß du das schon vermutet hast. Und um welchen Staat hoch oben im Norden es sich handelt, dürfte auch nicht allzuschwer zu erraten sein. Aber erstens ist es noch keineswegs sicher, daß es zu einer Operation kommt, sondern wir sollen uns nur in Bereitschaft halten. Zweitens geht es um eines unserer gegenwärtig sensibelsten Geheimnisse. Und drittens sollen wir unter deinen Kollegen dort unten sechs mögliche Kandidaten für einen freiwilligen Auftrag finden, und du bist unser Talentsucher. Um als solcher auftreten zu können, mußt du genau das wissen, was ich dir gesagt habe, aber nicht mehr. Verstanden?«

»Ja, verstanden. Wann sollen wir in Aktion treten?« erwiderte Luigi, als hätten sie über etwas Alltägliches gesprochen.

»Spätestens Mitte November. Wir haben also noch reichlich Zeit«, erwiderte Carl. »Ach ja, da ist noch etwas. Eine Kleinigkeit, aber immerhin. Du trittst dort unten in Uniform auf wie alle anderen. Ohne dabei irgendwelche internationalen Auszeichnungen zur Schau zu stellen. Ist das ebenfalls verstanden?«

Carl lächelte, als er eine kleine Wolke des Mißvergnügens über Luigis Stirn huschen sah. Das wäre natürlich etwas gewesen, die alten Chefs und Ausbilder zu besuchen und dabei so etwas wie die Ehrenlegion zu zeigen.

»Ja, auch das ist verstanden«, erwiderte Luigi, ohne seine Enttäuschung verbergen zu können.

»Vergiß nicht, daß du in geheimen Diensten arbeitest. Es soll geheim bleiben, daß du in Italien operiert hast«, erklärte Carl begütigend.

»Ich frage mich, ob so mancher sich das nicht selbst ausrechnen kann. Immerhin gibt es bei den Streitkräften nicht viele, die italienisch sprechen«, wandte Luigi fast provozierend ein.

»Durchaus möglich«, entgegnete Carl mit plötzlicher Kälte. »Unsere Vorschriften sind jedoch für deine Sicherheit und die deiner Kameraden da. Sie müssen befolgt werden. Sie sind nicht flexibel, und ich bin es auch nicht. Solltest du jemals gezwungen sein, vor dem Verfassungsausschuß öffentlich auszusagen oder so etwas wie ein Papagei der Streitkräfte zu sein, der im Fernsehen auftreten darf, was Gott verhüten möge, würden andere Regeln gelten. Ich glaube, das war alles für heute, Hauptmann Svensson!«

Carl erhob sich, als wäre er plötzlich mehr als irritiert. Luigi sprang erschrocken auf, worauf Carl ihm die Hand reichte.

»Viel Glück, Hauptmann Svensson«, sagte Carl in dem gleichen harten Tonfall, als sie sich die Hand gaben. Dann wies er auf die Tür.

Als Luigi sie erreicht hatte, hielt Carl ihn zurück.

»Einen Augenblick, Hauptmann!« sagte er. Luigi wirbelte herum. Carl sah ihm starr und unverwandt in die Augen.

»Tay-Hoo, Luigi«, flüsterte er mit einem Augenzwinkern und lächelte dann. Das war der besondere Kampfruf der SEAL-Truppen; niemand wußte, woher er stammte. Aber niemand, der fünf Mal die Hell Week mitgemacht hatte, und Luigi war einer von ihnen, würde ihn je vergessen.

Luigi lächelte erleichtert und verschwand.

Carl starrte lange auf die geschlossene Tür. Er überlegte, ob ihn Luigi an Joar Lundwall erinnerte. Ja, vielleicht der Körperbau. Beide sahen aus wie Mittelstreckenläufer, doch sonst gab es keine Ähnlichkeit. In diesem Augenblick beschloß Carl, Luigi auf keinen Fall in die Kommandotruppe einzubauen, falls die Operation überhaupt stattfand. Falls es dazu kam, würde der Geheimdienst ohne Zweifel einen großen Teil seines Wissens und seines menschlichen Kapitals riskieren und damit auch Gefahr laufen, mit Ausnahme der Funktionen an Schreibtischen und Computerbildschirmen entwaffnet zu werden.

In klaren und einfachen Begriffen ihrer Sprache ausgedrückt, bestand das Problem darin, daß der Verlust einzelner Menschenleben aus der Abteilung angesichts einer drohenden Kernwaffenkatastrophe eine *quantité négligeable* war. Wenn moderne Atomwaffen in der Welt herumvagabundierten, ging es um Menschenleben in einer Größenordnung von sechs- bis achtstelligen Zahlen – wie schwer es auch fallen mochte, in solchen Kategorien zu denken.

Carl ließ die Gedanken eine Zeitlang abschweifen. Er sah sein neues Haus, sein und Tessies neues Haus, vor sich. Er sprach den Namen leise aus, Stenhamra, und kramte in Gedanken nach den spanischen Wörtern für Stein und Hammer; wahrscheinlich würde der Name auf spanisch so gut klingen wie auf schwedisch. Er würde sie noch heute abend fragen.

Er ahnte, daß er es mit Åke Stålhandske bedeutend schwerer hätte, nicht jedoch, daß er dermaßen überrumpelt werden würde, wie es zunächst geschah. Als Åke Stålhandske den Raum mit seiner Präsenz erfüllte, erinnerte er an ein verliebtes Panzernashorn. Carl war dankbar, daß Åke zumindest nicht vergessen hatte, die Tür zu öffnen, bevor er hereinstiefelte, denn in seinem gegenwärtigen Gemütszustand erweckte Åke den Eindruck, als könnte er durch jede Tür gehen, ob er sie nun vorher geöffnet hatte oder nicht.

Er streckte seine bratpfannengroße linke Hand zur Faust geballt aus. Carl konnte selbst in seinem überrumpelten Zustand nicht umhin, den blitzenden neuen Ring zu sehen. Ihn durchzuckte der alberne Gedanke, wie und wo man sich Ringe dieser Größe beschaffte.

»Gratuliere«, sagte er zunächst zögernd, da Åke Stålhandske die Sprache verloren zu haben schien und außerdem Tränen in den Augen hatte.

Dann gewann er seine Fassung zurück und ging seinem Freund fürs Leben entgegen und umarmte ihn. Beide sagten zunächst kein Wort.

Carl setzte sich hinter seinen schützenden Schreibtisch und zeigte gemessen auf einen Besucherstuhl. Er versuchte, sich für die unangenehme Neuigkeit, die jetzt bevorstand, zu sammeln. Doch Åke Stålhandske kam ihm erneut zuvor.

»Verdammt, Teufel auch!« rief er aus. In diesem Moment ging Carl auf, daß es die ersten Worte waren, die Åke seit dem Betreten des Raums geäußert hatte. »Verdammt, Teufel auch, stell dir vor, wir werden heiraten!«

»Wann denn?« fragte Carl verblüfft. Eine Menge Gedanken und Gefühle durchströmten ihn.

»So schnell wie möglich!« sagte der sichtlich Glückliche und breitete die Arme aus. »Wozu warten! Ich bin eben über dreißig, und Anna glaubt, sie sei vierzig, obwohl sie erst achtundzwanzig ist. Also wozu warten?«

»Herzlichen Glückwunsch«, sagte Carl angestrengt. Doch als er das Thema zu wechseln gedachte, stahl ihm Åke wieder das Wort.

»So, und jetzt stellt sich die Frage eines wohlverdienten Sonderurlaubs. Es ist zwar mitten in Annas Herbstsemester, aber sie kann eine Vertretung besorgen. Wir hatten uns die Südsee vorgestellt oder etwas in der Richtung.«

»Ich habe das Gefühl, daß es eher die Nordkalotte wird«, erwiderte Carl matt.

Åke Stålhandske brauchte einige Zeit, um einzusehen, daß es kein Scherz war. Sein Chef und Freund sah nämlich gequält aus.

»Ist etwas passiert?« fragte Åke Stålhandske, als käme ihm seit vierundzwanzig Stunden zum ersten Mal der Gedanke, daß er Major im Geheimdienst Seiner Majestät war, wie sie spöttisch zu sagen pflegten.

»Ja!« erwiderte Carl erschüttert. »Es ist etwas passiert. Und das, was geschehen ist, bringt es mit sich, daß gerade deine Fähigkeiten jetzt unentbehrlich sind. Man kann es so ausdrücken, daß für Leute wie dich jeder Urlaub gestrichen ist.«

»Jetzt soll also um des Weltfriedens willen illegal abgehört werden?« scherzte Åke Stålhandske unsicher.

»Nein«, entgegnete Carl düster. »Schlimmer.«

»Und es geht ausgerechnet um meine Fähigkeiten?«

»Ja.«

»Dann werden wir ja einen Krieg gegen Finnland anfangen. Da mache ich aber nicht mit«, versuchte Åke Stålhandske tapfer weiter zu scherzen. In Wahrheit sah er völlig vernichtet aus.

»Ungefähr«, sagte Carl. »Ich habe jetzt zwei Möglichkeiten: zu erzählen oder zu diskutieren. Die eine Möglichkeit – ich beginne mit der Lage. Die zweite – wir gehen auf denkbare Lösungen dessen ein, was in nüchterner Berichtssprache persönliche Interessenkollision heißen würde. Was ist dir lieber?«

»Woher zum Teufel soll ich das wissen«, erwiderte Åke Stålhandske traurig. »Wenn man nicht dienstfrei bekommt, kann man dann kündigen?«

»Das glaube ich nicht«, erwiderte Carl mit angestrengter Härte.

»Hier bei den Streitkräften gelten doch auch die schwedischen Arbeitsgesetze. Man kann doch, verdammt noch mal, auch als Spion Vaterschaftsurlaub nehmen. Ich glaube, ein mir nahestehender Fregattenkapitän hat das schon bewiesen.«

»Ja, das wird schon möglich sein«, erwiderte Carl. »Aber das entscheidet die Sache. Dann erzähle ich lieber erst, worum es geht. Dann wirst du nämlich mitmachen.«

Åke Stålhandske schnappte nach Luft, hatte aber nichts einzuwenden. Carl stand auf und ging zu einem Dokumentenschrank, dem er eine Karte der Nordkalotte entnahm, ein Exemplar, auf dem zufällig sämtliche sowjetischen Flugzeug- und Marinebasen markiert waren. Das lockte Åke Stålhandske zunächst auf eine völlig falsche Fährte, als stünde tatsächlich ein Krieg bevor.

Carl nahm einen Bleistift als Zeigestock und berichtete über alles, was es bislang bei den schwedischen Streitkräften an Erkenntnissen gab. Nebenbei wies er darauf hin, daß es von jetzt an vier Personen in Schweden gebe, die Bescheid wüßten. Weitere Erkenntnisse lägen nicht vor.

Als er fertig war, lehnte er sich zurück und wog den Bleistift kurz in der Hand, bevor er ihn plötzlich auf Åke Stålhandskes Gesicht losschnippte. Ob mit Glück oder Geschicklichkeit, dieser fing ihn mit der linken Hand in einer ausholenden Bewegung auf, als hätte er eine Fliege verscheucht.

»Also, Major Stålhandske«, sagte Carl in einem fast resignierten Tonfall, »ich wüßte gern, wie wir uns auf finnischem Territorium vorbereiten sollen.«

»Bevor wir überhaupt wissen, ob etwas daraus wird, und bevor wir wissen, ob wir von finnischer Seite unterstützt werden? Es geht also um die nächste Zeit?« sagte Åke Stålhandske.

Carl nickte bedächtig, antwortete aber nicht.

»Na ja, wie du schon so vorsichtig angedeutet hast«, begann Åke Stålhandske nachdenklich, als befände er sich schon in der rein militärischen Wirklichkeit, jenseits alles Privaten. Carl beneidete ihn um diese Reaktion. »Wie ich es sehe, geht es also um das große ungeklärte Problem, wie wir über die Grenze zurückkommen sollen. Hinein fliegen wir ja, das ist also nichts Besonderes. Aber wie wir zum Teufel unsere Haut retten sollen, das ist etwas völlig anderes.«

Carl nickte erneut. Åke Stålhandske überlegte eine Zeitlang, während er den Bleistift in seiner gewaltigen rechten Hand quetschte.

»Nun ja«, sagte er schließlich. »Wir müssen natürlich alles von der Satellitenüberwachung des großen Bruders anfordern, was nur möglich ist. Wir müssen wissen, wie die Grenze auf der russischen Seite aussieht, wo sie bemannt ist, und so weiter. Aber schon auf Grund unserer Allgemeinbildung wissen wir, daß es nach fünf Kilometern auf sowjetischem Territorium einen hundert Meter breiten Gürtel gibt, der elektronisch überwacht wird. Wie man hört, laufen ihnen Elche, Bären, Luchse und andere Tiere in diese Fallen. Es geht also um fünf Kilometer Flucht oder Entdeckung. Winter, deutlich sichtbare Spuren. Das bedeutet, daß wir uns verteufelt beeilen müssen. Also Schneemobile.«

»Die können wir aber nicht aus der Luft absetzen. Zu groß, sie erscheinen auf dem Radar«, bemerkte Carl mechanisch.

»Nein, natürlich nicht«, sagte Stålhandske, »das ist doch klar, das meinte ich ja gerade. Also muß die Kommandotruppe von der anderen Seite abgeholt werden. Die Schneemobile müssen von der finnischen Seite kommen und sich zu dem verabredeten Treffpunkt begeben. Die Gruppe überwindet die elektronischen Hindernisse, springt in den Sattel und ist verschwunden, wenn die russischen Grenztruppen ankommen.«

»Und die Spuren führen nach Finnland. Und kommen aus Finnland«, bemerkte Carl. »Und was tun die Russen dann?«

»Sie alarmieren ihre finnischen Kollegen.«

»Und was tun die Finnen, Verzeihung, die Finnländer?«

»Setzen sich wie von Taranteln gestochen in Bewegung, nämlich in dem Glauben, auf unbewaffnete Schmuggler oder entlaufene Sträflinge oder so was zu stoßen. Scheint mir nicht schwer zu sein, sich da freizuschießen.«

»Die Alternative ist natürlich, von Finnen gefangengenommen zu werden«, stellte Carl fest.

»Nun ja. Wie sehr es das schwedische Selbstwertgefühl auch treffen mag, so ist es unleugbar eine realistische Alternative. Unter uns gesagt, glaube ich, daß es mir schwerfallen wird, auf Finnen zu schießen.«

Carl nickte nachdenklich. Wenn Åke Stålhandske »ihm falle etwas schwer« sagte, war es eine beträchtliche Untertreibung.

»Das ist Politik«, sagte er gedankenverloren. »Darauf pfeifen wir bis auf weiteres und halten uns an das Praktische. Wir sollten also erstens den besten Punkt zur Überwindung der Grenze finden und zweitens eine Basis errichten, die ... wie viele Mann können wir auf jedem Schneemobil transportieren?«

»Mit oder ohne Ausrüstung? Sollen wir auch die Kernwaffen so schleppen?« fragte Åke Stålhandske, der immer mehr seinem früheren Ich, aus der Zeit vor der Begegnung mit Anna Erikadotter, zu ähneln begann.

»Ach so, habe ich das nicht gesagt«, fragte Carl verlegen. »Nein, Kernwaffen dürfen auf keinen Fall sowjetisches Territorium verlassen. Wir sollen die Sprengköpfe beschlagnahmen, die wir dort vorfinden, sie eventuell sichern, falls sie es nicht schon sind, was wohl zu vermuten ist, um sie dann mit einem Peilsender zu versehen und uns zurückzuziehen, nachdem wir, na du weißt schon.«

»Die Schmuggler gestellt haben. Nun, das wird ja einfacher«, setzte Åke Stålhandske den Gedankengang fort. »Ich würde also meinen, daß wir zwei Schneemobile mit Anhänger brauchen, also zwei Fahrer. Konkret bedeutet es, daß wir in diesem Gebiet eine Basis errichten.«

Er zeichnete mit dem Bleistift einen Kreis, der ein Gebiet mit einem Radius von etwa hundert Kilometern abdeckte.

»Schneemobile sind ziviles Material«, bemerkte Carl. »Wie steht es mit Sendern? Wir müssen ja von der finnischen Basis mit dem Kommandotrupp und mit dem Stab in Stockholm kommunizieren können.«

»Spielt keine Rolle«, murmelte Åke Stålhandske. »Das sind unauffällige Dinger. Die Sendungen lassen sich nicht orten, wenn man kein gottverdammtes Glück hat, und das dürften weder die Russen noch die Finnen haben.«

»In welcher Gestalt möchtest du also das Gelände erkunden und die Basis errichten?« fragte Carl beiläufig, als wäre es eine Kleinigkeit.

»Als Finnländer, na ja, Finnlandschwede, der ein bißchen Geld geerbt hat und sich nach dem Land der Helden und harten Männer zurücksehnt. Kein Wunder bei einem Mann, der sich wie ich für Jagd und Fischfang interessiert«, sagte Åke Stålhandske resigniert.

»Tust du das?« fragte Carl neugierig.

»Keine Spur«, schnaubte Åke Stålhandske entrüstet, »aber ich werde mich bemühen müssen, den Eindruck zu erwecken. Es kann aber kaum viel schwieriger sein, Schneehasen oder was die da oben haben zu schießen als Menschen.«

»Nein, natürlich nicht«, sagte Carl. Er versuchte die letzte Bemerkung zu ergründen und kam zu dem Schluß, daß Bitterkeit den Zynismus erklärte.

»Du verstehst doch, daß du dabeisein mußt?« fragte er leise.

Åke Stålhandske nickte nur sacht mit dem Kopf. So war es, ja. Wer wußte, worum es ging, konnte sich nicht herauswinden.

»So, damit gehen wir zu dem privaten Problem über«, sagte Carl schnell, als wollte er betont das Thema wechseln, was jedoch nicht recht gelang.

»Bist du sicher, daß ihr heiraten werdet?« fragte er in geschäftsmäßigem Ton.

»Ja«, erwiderte Åke Stålhandske mit abgewandtem Gesicht.

»Wirst du ihr erzählen, ich meine Anna, was du eigentlich tust?«

»Ja.«

»Glaubst du, daß sie es akzeptieren wird?«

»Ja.«

»Glaubst du, sie könnte an einer Hochzeitsreise nach Finnland Gefallen finden? An einer Reise in den wilden Norden, um in den Bergen zu wandern?«

»Schon möglich«, erwiderte Åke Stålhandske mechanisch. Dann schien er die Frage noch einmal zu hören und sah Carl verblüfft an.

»Unsere Dienstvorschriften beim Nachrichtendienst sind bekanntlich genauso flexibel wie ich selbst«, sagte Carl mit der Andeutung eines Lächelns. Ihm fiel ein, was er Luigi vor einer halben Stunde gesagt hatte. »Und jetzt habe ich dir einen Vorschlag zu machen.«

Er schlug etwas vor, was in höchstem Maße gegen die geltenden Vorschriften verstieß, ob flexibel oder nicht, nämlich daß Åke Stålhandske erstens erzählen solle, wer er sei, womit er arbeite, ja, selbstverständlich ohne in Details zu schwelgen. Jetzt gehe es darum, erwartete Flüchtlinge oder vergleichbare Personen in Empfang zu nehmen. Das Grenzgebiet müsse erkundet werden, und die Streitkräfte seien so freundlich, die Reise für beide zu bezahlen. Es sei so etwas wie ein Winterurlaub im hohen Norden.

Åke Stålhandske zeigte zunächst keine Reaktion auf den unkonventionellen Vorschlag. Carl fragte sich, ob sein Ansinnen die Deutung zuließ, er wollte diese Anna einer Gefahr aussetzen; er fand aber keinen vernünftigen Grund für eine solche Annahme. Solange die beiden sich auf dem Territorium des Nachbarlandes wie Bergwanderer und schwedische Touristen verhielten, konnte nichts passieren. Immerhin kam einer der beiden aus Finnland.

Åke Stålhandske stützte das Kinn auf eine Faust und dachte stumm nach. Dann wandte er sich zu Carl und sagte mit fast ausdruckslosem Gesicht, er habe gehört, Finnisch-Lappland sei im September unglaublich schön und einladend.

»Ich würde Anna gern kennenlernen«, sagte Carl spontan. »Vielleicht könnt ihr übers Wochenende zu uns kommen. Wir haben draußen auf den Mälarinseln ein Haus gekauft.«

Åke Stålhandske sah auf, als wäre er mit den Gedanken weit weg gewesen, und starrte Carl verblüfft an.

»Ja, vorausgesetzt, deine Erklärungen finden eine freundliche Aufnahme. Ich meine, wenn du erklärst, wer du bist und all das«, sagte Carl begütigend. »Wenn wir deine künftige Frau in die Familie aufnehmen wollen, sollten wir es lieber gleich richtig tun. Ich meine, dann fällt es ihr und Tessie vielleicht leichter, sich von gewissen Abstraktionen zu verabschieden.«

»Abstraktionen?« sagte Stålhandske, der ein einziges Fragezeichen war.

»Also, ich meine«, fuhr Carl verlegen fort, »ich meine, sie sind nicht die einzigen Frauen, wenn ich so sagen darf.«

»Die einzigen Frauen?« fragte Åke Stålhandske, ohne seinen Gesichtsausdruck auch nur im mindesten zu ändern.

»Ja, ich meine, nicht die einzigen Frauen von Leuten wie uns«, sagte Carl und errötete. Er hatte jedenfalls das Gefühl zu erröten.

Åke Stålhandske lachte kurz auf, erhob sich und ging zur Tür.

»Ich gebe dir heute abend telefonisch Bescheid, da die Nachricht sich privat formulieren läßt«, sagte er und verließ den Raum.

Der Rest von Carls Arbeitstag bestand aus mechanischer Büroarbeit. Erst ging es darum, schriftliche Wünsche bezüglich technischer Amtshilfe an die Stockholmer Vertretung der CIA zu richten. Es war wichtig, die Wünsche rechtzeitig anzumelden, denn die Bürokratie des amerikanischen Nachrichtendienstes würde sich nicht ohne weiteres willfährig zeigen. Vermutlich hatte die CIA nichts mit geheimem Satellitenmaterial von den sowjetischen Grenzen und Einflugprogrammen für Tomahawk-Marschflugkörper im Norden der Sowjetunion zu tun. Er vermutete, daß die CIA sich wiederum an die Defence Intelligence Agency wenden mußte, um Computerprogramme der Flugrouten zu erhalten, ferner an die National Security Agency, die über Satellitenkarten sowjetischer Militäranlagen verfügte; vielleicht war es aber auch genau umgekehrt.

Die Amerikaner brauchten zunächst ein Ersuchen von dritter Seite, und dieses mußte formuliert werden. Die Wünsche mußten konkret sein, ebenso die Begründungen. Doch das erschien Carl im Augenblick nicht sehr passend.

Begründung: Um die Operation wunschgemäß auf die bestmögliche und sicherste Weise durchzuführen.

Das sah mager aus. Texas Slim hatte keinen Codenamen für die Operation angegeben, obwohl die Amerikaner für derlei sonst sehr zu haben waren. Folglich konnte das Unternehmen auch von schwedischer Seite getauft werden, am liebsten mit einer Bezeichnung, die sich amerikanisch anhörte. Carl gluckste leise vor sich hin, schüttelte den Kopf und schrieb »Operation Dragon Fire«.

Das war zumindest ein Hinweis darauf, daß es um etwas Großes und Gefährliches ging. Das mußte den amerikanischen Kollegen gefallen.

Er fertigte seine Ersuchen in englischer Sprache in zwei Exemplaren aus und ging dann mit den Unterlagen zu Sam, um sie unterschreiben zu lassen.

Sam wühlte in einigen Anweisungen des Oberbefehlshabers, die an die Luftwaffe und die Fallschirmjäger in Karlsborg gingen.

»Wie wird man das hier wohl interpretieren?« fragte Samuel Ulfsson und zeigte auf den kleinen Papierhaufen mit Instruktionen, die an schwedische Adressaten bei den Streitkräften weitergeleitet werden sollten.

»Als wären wir dabei, irgendeine Teufelei auszuhecken, natürlich«, erwiderte Carl müde. »Aber kein vernünftiger Mensch würde selbst in seinen wildesten Träumen darauf kommen, wie ernst diese Angelegenheit ist. Übrigens kann ich mir nicht vorstellen, daß die Finnen einen Rückzieher machen. Wer könnte das überhaupt?«

»Warum sollte man es nicht können?« fragte Samuel Ulfsson tonlos.

»Weil die Sache zu groß ist. Es geht eben nicht nur um eine theoretische Million Menschenleben, sondern um ein höllisches, genau das, ein *höllisches* Durcheinander in der ganzen Welt. Wem fallen dann noch Gründe für einen Rückzieher ein?«

»Nein, wahrscheinlich hast du recht«, sagte Samuel Ulfsson. »Wem kann so etwas dann noch einfallen? Wir müssen die Geschichte jedenfalls so vorbereiten, *als ob* die Finnen einen Rückzieher vorhätten, nicht wahr?«

»Natürlich«, bestätigte Carl tonlos. »Natürlich. Und wir sind ja schon dabei. In der Frage des Materialeinkaufs ist mir übrigens was eingefallen.«

»Ja?«

»Wir können zwischen Großbritannien und den USA wählen. Ich meine, aus rein technischen Gründen. Beide verwenden die Technik, die hier in Betracht kommt. Was ziehst du vor?«

»Die USA, natürlich.«

»Weil sie schon an dem Geschäft beteiligt sind?«

»Ja, aber natürlich nicht aus handelspolitischen Gründen. Hast du deine Anforderungen dabei, oder wie wir das nennen sollen?«

Carl nickte und schob die Papiere über den Schreibtisch.

»Ich würde es vorziehen, wenn du mit Texas Slim Verbindung hältst«, sagte Carl. »Mir fällt der Umgang mit diesem Mann recht schwer.«

»Mir auch«, entgegnete Samuel Ulfsson. »Wie ich vermute, aus den gleichen Gründen wie dir. Mir wäre es also lieb, wenn du mit ihm Verbindung hältst.«

»Er neigt dazu, einen wie einen Laufburschen zu behandeln«, bemerkte Carl säuerlich.

»Eben«, sagte Samuel Ulfsson, »und aus diesem Grund habe ich mir gedacht, daß du dich besser eignest.«

»Wie darf ich das verstehen? Ich bin nur ein einfacher Fregattenkapitän, und du bist immerhin Chef des Unternehmens.«

»Eben, genau deshalb. Aber du bist immerhin ein Held mit allem Drum und Dran. Ich glaube, das bringt Amerikaner eher zur Räson als Rangabzeichen. Wenn du also so nett sein willst?«

Samuel Ulfsson erweckte tatsächlich den Eindruck, als stellte er eine Frage. Er unterschrieb die Papiere, behielt die Kopien und schob die Originale vorsichtig über den Schreibtisch zu Carl.

Doch natürlich war es keine Frage.

»Verstanden, zu Befehl«, sagte Carl mit einem Seufzer. Er legte die Unterlagen in eine Aktenmappe und stand auf. Sie nickten einander kurz zu. Carl sah auf die Uhr und ging. Er hielt Samuel Ulfssons Vorschlag aus einem sehr einfachen Grund für dumm. Er selbst mußte sich unter recht konspirativen Formen mit Texas Slim treffen, da er überall Aufsehen erregte. Er mußte zu Beata ins Zimmer gehen und aus ihrem Panzerschrank einen Aktenordner holen, um die vorausbestimmten Treffpunkte und ihre Zahl zu finden. Dann ging er in sein Zimmer und rief den vermeintlichen Landwirtschaftsattaché der amerikanischen Botschaft an und sprach kurz über eine fiktive Farmerdelegation. Er nannte die Zahl von drei Delegierten und fragte, ob es recht sei, was nach kurzem Getuschel bejaht wurde. Er sagte, in fünfzehn Monaten von jetzt an sei ein geeigneter Zeitpunkt. Das bedeutete in fünfzehn Minuten, und da der vermeintliche Landwirtschaftsattaché nichts einzuwenden hatte, legte Carl nach einigen Höflichkeitsfloskeln auf und ging zu seinem Wagen hinunter.

Treffpunkt Nummer drei war ein Parkplatz draußen auf Djurgården in der Nähe des Kaknäs-Turms. Dort war es nur selten voll. Jetzt standen drei Wagen da, und Carl parkte erleichtert.

Der amerikanische Wagen erschien wenig später und stellte sich neben seinen. Nach einer halben Minute ging die Tür auf. Texas Slim stieg aus und setzte sich schnell neben Carl. Sie gaben sich die Hand, und Carl überreichte die Mappe.

»Ihr habt also schon losgelegt«, stellte Texas Slim fest.

»Natürlich«, erwiderte Carl. »Solche Dinge schiebt man nicht auf die lange Bank.«

»Könnt ihr es schaffen?«

»Die technische Seite der Operation ist wie ein Spaziergang im Park, vorausgesetzt, wir bekommen ein wenig Hilfe von eurer Seite«, sagte Carl mit einem feinen Lächeln.

»Shit!« rief Texas Slim aus. »Wir können euch nicht assistieren. Ich dachte, das wäre von Anfang an klar gewesen. Ich hab doch gewußt, daß es irgendwo hakt, ich hab's gewußt!«

»Nur mit der Ruhe jetzt, Jungchen«, sagte Carl mit abgewandtem Gesicht, um nicht sehen zu müssen, wie Texas Slim auf die Anrede *Jungchen* reagierte. »Was wir von euch brauchen, sind ein paar Informationen und eventuell ein paar dicke Overalls und anderes. Kleinigkeiten. Wir übernehmen alles Operative.«

»Teufel auch! Alles Operative?« erwiderte Texas Slim beherrscht. Er hatte sich entschlossen, dieses *Jungchen* durchgehen zu lassen, als hätte er es nicht gehört.

»Ja«, fuhr Carl fort. »Wir schicken ein Team rüber, führen die Operation durch und ziehen uns dann zurück. Wir brauchen Einflugrouten für extrem geringe Flughöhe. Eure Tomahawks haben sie einprogrammiert. Wir müssen einen Chip oder zwei von euch leihen. Ferner brauchen wir Satellitenkarten über russische Posten in dem fraglichen Gebiet. Dann noch ein paar Spielzeuge, das ist alles.«

»Das ist alles?«

»Ja. Wir können in einem Monat einsatzbereit sein, da uns reichlich Zeit zur Verfügung steht. Wäre es eiliger, könnten wir es schneller schaffen. Wir können es und werden es auch dann tun, wenn die Finnen einen Rückzieher machen. Das ist die Botschaft.«

Texas Slim schwieg eine Zeitlang und dachte nach. Er saß sichtlich unbequem, da der Beifahrersitz auf Tessies Größe eingestellt war. Er war ein sehr hochgewachsener Mann. Carl beugte sich unauffällig hinunter und klappte den Hebel hoch, mit dem sich der Sitz verstellen ließ.

»Danke«, sagte Texas Slim. »Diese Dinge, die werden ja auf irgendeine Weise als Made in USA gekennzeichnet sein. Spielt diese Überlegung bei euch eine Rolle?«

»Nein«, entgegnete Carl, »das spielt keine Rolle, und das weißt du. Wenn unser Team da drüben versagt, wird man nie wieder etwas von den Männern hören. Dann könnten diese Klamotten genausogut die Kennzeichnung *Made on Mars* tragen. Es ist eine rein praktische Frage. Es geht um Technik, an der ich in deinem wilden Heimatland sogar selbst ausgebildet worden bin. Ihr habt also die Technik, wir haben sie nur theoretisch. Das ist alles.«

»Na schön«, sagte Texas Slim. Er nickte nachdenklich und hielt die Mappe mit den Akten hoch. »Ich mache den Leuten wegen dieser Geschichten Beine, und du gibst mir rechtzeitig Nachricht, falls ihr neue Wünsche habt, wenn es Komplikationen gibt, politische Querelen, was auch immer.«

Er öffnete die Wagentür und nickte zum Abschied.

»Du kannst dich auf uns verlassen. Wir schaffen das, ohne zu schwitzen, *Jungchen*«, sagte Carl in genau dem Augenblick, in dem sein amerikanischer Kollege dabei war, die Autotür zuzuschlagen. Er sah, wie der kräftige Mann erstarrte, sich aber beherrschte und die Tür, statt sie zuzuknallen, ruhig zuschlug. Carl lachte, als er den Zündschlüssel drehte.

Er fuhr auf einigen Umwegen langsam heimwärts, um routinemäßig festzustellen, ob ihn jemand verfolgte. Außerdem wollte er eine Zeitlang mit einem Klavierkonzert von Mozart allein sein.

Er parkte ein paar Straßenblocks von ihrer Wohnung am Värtavägen entfernt und ging schnell zu Fuß nach Hause. In der Haustür begegnete er einer alten Dame, sah sich genötigt, ihr die Tür aufzuhalten, worauf er sofort in eine Konversation verwickelt wurde. Er stellte sich vor, was ihrem Gesichtsausdruck nach zu schließen gar nicht notwendig war.

Er flüsterte heimlichtuerisch, er wohne vorübergehend unter falschem Namen im Haus, was unter keinen Umständen herauskommen dürfe. Dann legte er den Zeigefinger an den Mund und flüchtete.

Tessie war nicht zu Hause. Er schob die Kassette, die er aus dem Wagen mitgenommen hatte, in eine Stereoanlage, die ein wenig blechern klang. Er lag voll angekleidet auf dem IKEA-Bett, starrte an die Decke und versuchte, an nichts zu denken.

Tessie rief an und sagte, sie werde sich mehrere Stunden verspäten. Es seien einige Verträge aus Madrid gekommen, ausschließlich juristische Texte, die möglichst schnell übersetzt werden müßten. Und wenn man sie schon bitte, ihre besonderen Kenntnisse einzusetzen, könne sie nicht kneifen, erklärte sie.

Er erwiderte mechanisch, er habe volles Verständnis, fragte, wann sie fertig sein werde, erbot sich, sie abzuholen, und schlug vor, sie sollten irgendwo essen gehen.

Sobald das Telefonat mit Tessie beendet war, bestellte er schnell einen Tisch. Anschließend versuchte er, sich in den Zustand des Nicht-Denkens zurückzuversetzen.

Doch die Musik hatte etwas tückisch Geheimnisvolles an sich. Im Auto hatte er die Vorderseite der Kassette gehört, das heitere Klavierkonzert Nummer 23 in A-Dur. Auf der Rückseite hörte er jetzt das Klavierkonzert Nummer 24 in c-moll. Es machte ihn traurig, doch er wußte nicht warum. Es mußte etwas sein, was Tessie gesagt hatte.

5

Carl staunte, daß ihm nicht unangenehmer zumute war. Die neue Regierung war seit drei Tagen im Amt, und schon jetzt hatte man ihn zum Rektor gerufen wie einen Schüler, das heißt zum Verteidigungsminister. Das Wartezimmer war ein kleiner Alkoven im Flur, in dem kaum mehr als drei Personen Platz hatten. Auf einem kleinen Tisch zwischen dem Sofa und den zwei kleinen Sesseln lagen einige Militärzeitschriften und sozialdemokratische Blätter. Carl nahm an, daß sich daran ein paar Wochen lang nichts ändern würde.

Von Zeit zu Zeit gingen Beamte vorbei, einige grüßten, als wären sie mit ihm bekannt.

Er wollte sich überraschen lassen von dem, was da kommen würde, obwohl er annahm, daß es mit der Operation Dragon Fire zu tun hatte. Das war wohl am wahrscheinlichsten.

Allerdings hätte es Sams Rolle oder die des Oberbefehlshabers sein müssen, sich zum Rektor rufen und anschnauzen zu lassen. Carl selbst hatte doch nur die praktischen Dinge zu regeln, wofür er dankbar war. Es war schließlich nicht einfach, den Verteidigungsminister aufzusuchen und zu sagen, guten Tag, wir sind vom Nachrichtendienst. Es geht um einen Schmuggel von Atomwaffen, und wir haben uns gedacht ...

Das war nicht sein Bier. Es fiel nicht in seinen Verantwortungsbereich. Andererseits war es unleugbar der Verteidigungsminister, der darüber zu entscheiden hatte, wer was verantworten sollte.

Doch wenn es jetzt um etwas anderes ging als die Operation Dragon Fire? Worum konnte es sich dann handeln? Das spielt keine Rolle, redete er sich von neuem ein, da ich erstens nur zu gehorchen habe und es mich zweitens nicht sonderlich hart trifft, wenn sie mich feuern, wie die Verlierer der Wahl versprochen haben. Der Verteidigungsminister war ein relativ junger Politiker der Rechten. Manche nannten ihn verächtlich einen Witzbold, andere einen netten Kerl. Carl selbst hatte dazu keine Meinung. Das ging ihn genausowenig an wie etwa die Frage, wer die Nachrichten des Fernsehens moderierte. Aus irgendeinem Grund kam es ihm vor, als wäre das in etwa das gleiche, vielleicht weil er wieder seine Uniform trug. Sam hatte ihn ausdrücklich angewiesen, Uniform zu tragen, und überdies schien die Situation Sam ziemlich zu amüsieren, was ja nicht dafür sprach, daß der Rektor Carl einen blauen Brief mit nach Hause geben würde.

Eine dunkle und recht ansehnliche Sekretärin tauchte in der mächtigen Eichentür auf und teilte mit, der Verteidigungsminister sei jetzt bereit.

Carl holte tief Luft, klemmte sich die Schirmmütze auf amerikanische Manier unter die linke Achselhöhle und folgte der Sekretärin mit entschlossenen Schritten durch ein kleineres Zimmer, das ihr Arbeitszimmer sein mochte, und betrat dann einen sehr großen Raum mit Marmorsäulen, getäfelten Wänden, einem echten Perserteppich und einer Sitzgruppe à la Chesterfield, was Carl zumindest nicht erwartet hatte; der Geschmack kam ihm etwas billig vor. Es roch ein wenig nach Gebrauchtwagenhändler.

Der Verteidigungsminister stand mitten im Raum und schien außerordentlich guter Laune zu sein.

»Es ist mir wirklich eine Freude, Sie so schnell empfangen zu können, Fregattenkapitän Hamilton«, begrüßte er Carl und gab ihm die Hand – einen Moment zu lange –, zeigte dann auf das Chesterfield-Sofa, auf dem sich Carl leicht mißtrauisch niederließ. Der Verteidigungsminister sank in einen der üppigen Sessel und schlug die Beine übereinander. Er machte auf Carl einen jungenhaften Eindruck, obwohl er zehn Jahre älter sein mußte.

»Eigentlich hätte dies eine meiner ersten Amtshandlungen in dem neuen Job sein müssen«, fuhr der Verteidigungsminister unbekümmert und munter fort, »aber wie Sie vielleicht verstehen werden, Fregattenkapitän Hamilton, haben wir so zu Anfang eine Menge aufzuräumen. Nehmen Sie nur eine Sache: Ich habe beispielsweise dreiundsechzig Abteilungsleiter, die mir direkt unterstellt sind, alle mit dem gleichen Recht auf freien Zugang zu mir und auf meine Zeit.«

»Das kommt mir aber unpraktisch vor«, erwiderte Carl erstaunt, einmal wegen der Regelung, zum anderen wegen des merkwürdigen Gesprächsthemas.

»Ja, mein Vorgänger im Amt«, erklärte der Verteidigungsminister amüsiert, »hat in einem wütenden Anfall von Demokratie beschlossen, daß alle gleich sind oder daß niemand vornehmer ist als die anderen oder so. Das hatte zur Folge, daß dreiundsechzig Personen, angefangen bei der Chefin der Freiwilligen Frauenhilfsdienste der Landesverteidigung bis hin zum Vorsitzenden von Volk und Verteidigung bis hin zu den regionalen Musikkorps und was es sonst noch sein könnte, ständig bei mir Schlange stehen, um mir in den verschiedensten Angelegenheiten Vortrag zu halten.«

»Hört sich anstrengend an, aber dieses System wird jetzt wohl mit etwas weniger Demokratie reformiert werden«, erwiderte Carl im Ton ausdrucksloser und neutraler Höflichkeit.

Der Verteidigungsminister bremste sich und musterte Carl, ob dieser den letzten Satz ironisch gemeint hatte. Carl erwiderte den Blick jedoch nur freundlich und abwartend.

»Nun ja, die Demokratie können wir da draußen anwenden!« sagte der Verteidigungsminister und zeigte aus einem der großen Fenster.

»Sie meinen im Außenministerium, Herr Minister?« fragte Carl belustigt. Er hatte die Linie des ausgestreckten Arms weiterverfolgt und war genau dort gelandet.

»Nein, nein«, lachte der Verteidigungsminister. »Habe ich in die falsche Richtung gezeigt? Ich meinte ein paar Straßenblocks weiter, also im Reichstag.«

»Aha«, sagte Carl.

»Nun, jetzt fragen Sie sich vielleicht, Fregattenkapitän Hamilton, warum ich Sie hergebeten habe?«

»Selbstverständlich«, bestätigte Carl.

»In der Schlußphase des Wahlkampfs ist es ja ein wenig hektisch gewesen, wenn ich an die Forderungen der jetzigen Opposition denke, bestimmte Leute zu entlassen, Truppenteile aufzulösen, und so weiter«, fuhr der Verteidigungsminister schnell fort, als hätte er die Absicht, nunmehr zur Sache zu kommen.

»Folglich ist es wohl auch in dieser Hinsicht glücklich, daß die Wahl so ausgegangen ist, wie wir es erlebt haben, denn dies ist ja eine recht tragikomische Geschichte.«

Carl überlegte, was an der Operation Dragon Fire »tragikomisch« sein konnte, brachte es aber nicht zusammen. Er wahrte weiterhin seine Maske und machte keine Anstalten, etwas zu sagen.

»Ja, ich habe Samuel Ulfsson hier zu einem kürzeren Vortrag bei mir gehabt, nämlich über Ihre jetzigen Funktionen, Fregattenkapitän Hamilton. In der Praxis dürfte man es ja als die Funktion des stellvertretenden Chefs ansehen. Nicht wahr, ist diese Beschreibung nicht korrekt?«

»Nun ja«, erwiderte Carl zögernd, da er einer direkten Frage seines höchsten Vorgesetzten nicht ausweichen konnte, »es ist möglicherweise eine etwas übertriebene Beschreibung. Ich würde sagen, daß ich eher so etwas wie ein allgemeiner Gehilfe von Flottillenadmiral Ulfsson bin. Wir haben versucht, aus der Not eine Tugend zu machen, denn ich kann mich ja nicht nach Belieben von einer unserer Deckadressen zur nächsten bewegen.«

Carl verstummte. Er sah keinen Anlaß, weiterzusprechen, bevor ihm klar war, worauf der Verteidigungsminister hinauswollte. Dieser lächelte still vor sich hin, als wollte er erst jetzt zur eigentlichen Pointe kommen. Und so war es auch.

»Ich habe die Angelegenheit mit dem Ministerpräsidenten besprochen, und wir sind uns vollkommen einig«, begann der Verteidigungsminister ein wenig feierlich, »und wir haben beschlossen, die offenbar schon herrschende Organisation offiziell zu machen. Zweitens werde ich bei der Kabinettssitzung am Donnerstag einen Vorschlag außerhalb der Tagesordnung vorbringen, der bis jetzt also nur dem Ministerpräsidenten und mir bekannt ist.«

»Aha«, sagte Carl und neigte den Kopf zu einem langsamen Nicken, als erwartete er einen Befehl.

»Am Donnerstag wird das Kabinett also beschließen, Fregattenkapitän Hamilton zum Kapitän zur See und stellvertretenden Chef des OP 5 zu ernennen«, sagte der Verteidigungsminister schneidig, da er jetzt zur Sache gekommen war.

Carl verriet mit keiner Miene, was er empfand. Dies lag vor allem daran, daß er es selbst nicht genau wußte.

»Ich danke Ihnen natürlich für das Vertrauen, Herr Minister«, sagte er ausdruckslos. Soweit er sehen konnte, hatte diese Entscheidung nicht die geringste Bedeutung für sein Leben.

»Nun ja, wir haben natürlich überlegt, ob wir Sie zum Flottillenadmiral ernennen sollen«, fuhr der Verteidigungsminister fast enttäuscht fort. Er hatte von Carls Seite vielleicht eine etwas fröhlichere Miene erwartet. »Im Hinblick auf den politischen Hintergrund könnte dies jedoch als unnötige Herausforderung angesehen werden. Wir möchten nur unser unerschüttertes Vertrauen für das OP 5 dokumentieren und nicht zuletzt für Sie persönlich, Kapitän Hamilton. Allerdings liegt dieser zusätzliche Stern schon bereit, da können Sie ganz sicher sein. Geben Sie mir nur den geringsten Anlaß, dann haben Sie ihn.«

Carl mußte unwillkürlich lächeln. Soweit es ihn betraf, ging es bei dem Gespräch im Grunde nur um unwichtige Uniformdetails. Ob er in der Schleife am Jackenärmel oder auf der Schulterklappe einen Stern hatte oder nicht, war ihm vollständig gleichgültig. Noch vor ein paar Jahren hätte er anders reagiert. Es kam ihm vor, als wäre er schon auf dem Weg nach Hause oder hinaus in die Ferne, nach Hause zu Tessie, nach Stenhamra, zu Johanna Louise und dem Privatleben.

»Also«, sagte der Verteidigungsminister und erhob sich, worauf Carl es ihm nachtat, »das war für heute alles. Es würde mich aber erstaunen, wenn wir nicht Anlaß bekämen, uns recht bald wiederzusehen.«

»Das ist gut denkbar«, sagte Carl und ergriff die ausgestreckte Hand. Er verabschiedete sich mit militärischem Gruß und verließ den Raum mit langen Schritten. Die Uniformmütze hatte er sich wieder unter den linken Arm geklemmt.

Der Verteidigungsminister sah ihm gedankenvoll nach, dann machte er sich daran, die Pressemitteilung zu entwerfen, die möglichst bald an die Öffentlichkeit sollte. Die Ernennung von Hamilton zum Kapitän zur See und stellvertretenden Leiter des schwedischen Nachrichtendienstes war natürlich ein sehr populärer Beschluß, nicht nur bei den Bürgern ganz allgemein, sondern sozusagen auch bei den Randwählern. Die neue Opposition würde mit den Zähnen knirschen, und das machte die Sache noch angenehmer.

Luigi Bertoni-Svensson sah erleichtert auf die Uhr, als er den kleinen Alfa Romeo seiner Mutter vor der Fallschirmjägerschule in Karlsborg parkte.

Es waren noch zwei Minuten bis zur festgesetzten Zeit. Er würde es pünktlich schaffen. Er hatte die Fahrzeit für die gut dreihundert Kilometer von Stockholm unterschätzt, und auf dem letzten Stück von Askersund nach Süden war er weit schneller gefahren als erlaubt. Wenn die Polizei ihn erwischt hätte, hätte er den Führerschein verloren.

Er atmete ein paarmal tief durch, um sich zu beruhigen, setzte sich seine rote Baskenmütze auf, stieg aus und verschloß den Wagen. Dann sah er erneut auf die Uhr und ging mit langen Schritten zum Haupteingang.

Er hatte irgendwie das Gefühl, nach Hause zu kommen, obwohl es mehr als fünf Jahre her war, seit er hier seine fünfzehnmonatige Wehrdienstzeit beendet hatte.

Im Erdgeschoß rechts hatte sein altes Quartier gelegen, doch jetzt mußte er in den ersten Stock zum Büro des Chefs der Schule.

Dort warteten drei Männer, von denen er nur einen von früher her kannte, seinen alten Ausbildungsleiter Edvin Larsson, der es inzwischen zum Major gebracht hatte. Die anderen, offenbar der Chef der Schule und dessen Stellvertreter, waren erst später ernannt worden.

Luigi nahm Haltung an, salutierte und meldete sich befehlsgemäß zur Stelle. Dies war ein möglicherweise etwas förmlicher Gruß, wenn man schwedische Sitten zugrunde legte, doch in ihm lebten immer noch fünf Jahre amerikanischer Disziplin, vor allem jetzt, da er Uniform trug.

Die anderen grüßten lächelnd. Luigi nahm die Baskenmütze ab und gab den anderen die Hand. Sein alter Ausbilder begrüßte ihn sehr herzlich. Dann setzten sie sich an den Konferenztisch und sahen einander unsicher an. Es war unklar, wer als erster das Wort ergreifen sollte, und aus diesem Grund mußte der Chef es auf sich nehmen.

»Also«, sagte er etwas zögernd, »ich bin gestern abend beim Oberbefehlshaber gewesen und habe von ihm einige mehr oder weniger rätselhafte Anweisungen erhalten. Kennst du sie?«

»Nein, Oberstleutnant«, erwiderte Luigi entschieden, als befände er sich in den USA.

»Aha«, meinte der Chef unsicher, »dann solltest du praktischerweise erst mal meine Aufzeichnungen durchlesen. Ich habe einzelne

Punkte hier abschreiben lassen. Dann weißt du, worüber wir zu reden haben und worüber nicht.«

Er schob Luigi zwei maschinengeschriebene DIN-A4-Blätter über den Tisch, und die anderen betrachteten ihn gespannt, während er las.

Die Anweisung des Oberbefehlshabers an die FJS/Karlsborg lief in Kürze darauf hinaus, sie solle eine Gruppe von sechs Mann auf eine Operation vorbereiten, die unter anderem Fallschirmabsprung mit HAHO umfaßte, High Altitude High Opening, Überlebenstraining für zwei bis drei Wochen und bestimmte kleinere Kampfaufträge. Das war natürlich nicht sehr erhellend. Die Angelegenheit war als streng geheim klassifiziert, was die Sache noch rätselhafter machte.

»Nun?« sagte der Chef fragend, als Luigi gelesen und die Papiere über den Tisch zurückgeschoben hatte. »Wie gehen wir jetzt weiter vor? Was schlägst du vor? Denn ich nehme an, daß du besser weißt als wir, worauf das Ganze hinausläuft?«

»Ja, etwas mehr. Und dann noch etwas, das ich noch hinzufügen muß, wie ich glaube. Ich nehme mir jedenfalls die Freiheit«, sagte Luigi mit gespielter Sicherheit.

Die anderen sahen ihn nur mit gespannter Aufmerksamkeit an. Es war ein merkwürdiges Gefühl, damit beginnen zu müssen, den Oberbefehlshaber zu korrigieren und mehr zu sagen, als dieser geäußert hatte. Doch Luigi sah keine Möglichkeiten, diese Peinlichkeit zu vermeiden.

»Nun, einige Dinge sollten schon hinzugefügt werden, wie ich meine«, fuhr er fort. »Erstens geht es um Überleben bei extremer Kälte. Zweitens, und das dürfte schon aus den Unterlagen hervorgegangen sein, geht es um ein Unternehmen, das wirkliche Verlustrisiken in sich birgt, wenn etwas daraus wird, aber das wissen wir eben noch nicht. Es handelt sich möglicherweise also nicht nur um eine Übung, sondern es kann der Ernstfall eintreten.«

Er verstummte zögernd und sah die drei vorgesetzten Offizierskameraden – bei der Fallschirmjägerschule war man eher *Offizierskamerad* als Vorgesetzter und Untergebener – die neue Information schnell verarbeiten. Die Deutung konnte keine Mühe bereiten:

Extreme Kälte bedeutete etwas im hohen Norden.

Tatsächliche Verlustrisiken bedeuteten jedenfalls nicht Finnland oder Norwegen. Es ging also um einen Kampfauftrag auf sowjetischem Territorium. All dies war unmißverständlich.

»Jahapp«, sagte der Chef der Fallschirmjägerschule und atmete hörbar ein, »und was läßt sich über den eventuellen Kampfauftrag sagen, wenn ich davon absehe, daß er Verlustrisiken mit sich bringt? Ich meine, was müssen wir für Dinge mitschleppen, schwere Ausrüstung oder was? Wenn es so ist, haben wir ein paar zusätzliche Nüsse zu knacken.«

»Nun ja«, erwiderte Luigi zögernd. »Schwere Waffen werden wir nicht brauchen; dieser Teil des eventuellen Auftrags dürfte der unkomplizierteste sein. Ich würde vorschlagen, daß wir uns zunächst auf die Logistik konzentrieren, Materialbeschaffung und Übung. Anschließend sollten wir uns um Freiwillige bemühen, doch das ist etwas für euch hier an der Schule. Ich meine, wir vom OP 5 können uns da nicht gut einmischen.«

»Freiwillige?« lächelte der Chef der Fallschirmjägerschule. »Das wird also meine fröhliche Aufgabe, und was soll ich den Jungs sagen? Und wie viele soll ich übrigens rekrutieren?«

»Das muß ich wohl Ihrem Urteil überlassen«, erwiderte Luigi ruhig. »Ich denke, daß wir zunächst eine Gruppe zusammenbekommen müssen, die unter praktischen Gesichtspunkten funktioniert, und erst dann können wir weitergehen und feststellen, welche mitkommen sollen und welche nicht. Wir vom OP 5 werden einige Mann zur Verfügung stellen können.«

»OP 5?« fragte Luigis alter Ausbilder. »Ich habe immer gedacht, dort arbeiten eher Mariner. Sollen wir solche Figuren tatsächlich mit Fallschirmen absetzen?«

»Das dürfte nicht so schwierig sein«, lächelte Luigi. Er mußte sich das Lachen verbeißen, als er sich Åke Stålhandske und Carl Hamilton als »Mariner« vorstellte. »Sie haben eine ziemlich gediegene Ausbildung auch darin erhalten, jedenfalls mehr als wir in unseren fünfzehn Monaten.«

Es wurde zunächst nachdenklich still im Zimmer, da es plötzlich schwierig erschien, weiter um den heißen Brei herumzureden, ohne sich noch mehr um die Geheimhaltungsvorschriften des Oberbefehlshabers herumzumogeln.

Die Konferenz wurde mit einer anscheinend trivialen Frage beendet, nämlich wie und wohin diese Gruppe verlegt werden sollte. Da es für die eventuelle Operation keine sensiblen finanziellen Beschränkungen zu geben schien, kamen die Herren zu dem Ergebnis, daß es am besten sei, irgendwo in der Nähe ganz einfach eine Villa zu mieten, jedenfalls außerhalb der Militärbaracken der Fallschirmjägerschule oder der Fliegergruppe F 6. F 6 würde allerdings Konferenzzimmer und Vorräte zur Verfügung stellen, und außerdem konnten alle Flüge von dort erfolgen. Der stellvertretende Leiter der Fallschirmjägerschule erhielt den Auftrag, sich auf dem Immobilienmarkt umzusehen, und Major Edvin Larsson nahm Luigi mit, um die Materialbeschaffung zu besprechen.

Der Leiter der Fallschirmjägerschule sollte eine Anzahl von geeigneten Reservisten einberufen, um mit der Zusammensetzung der Übungsgruppe zu beginnen.

Sie fühlten sich spürbar erleichtert, als sie den Konferenzraum des Chefs verließen. In dem mit Keramikplatten gefliesten Korridor, der ihre Schritte zwischen den dicken Mauern widerhallen ließ – Karlsborg war einmal als Festung für den Endkampf um Schweden errichtet worden –, sprachen sie über alltägliche Dinge, wie man es tut, wenn man sich ein paar Jahre nicht gesehen hat. Sie haben dich also zum OP 5 geholt. Und jetzt gehörst du zur Führungsgruppe? Ich nehme an, daß du diese Zeit in den USA verbracht hast. Aha, mit jedem Jahrgang haben sich mehr Leute beworben, usw.

Als sie Edvin Larssons kleines Dienstzimmer betraten, wurden sie ernst und setzten sich schweigend hin. Edvin Larsson holte einen gewöhnlichen weißen Notizblock aus der Schreibtischschublade und einen Plastik-Kugelschreiber, wie man ihn für ein paar Kronen an jeder Tankstelle kaufen kann.

Luigi betrachtete seinen alten Ausbilder. Dieser hatte sich kaum verändert, sah vielleicht nur etwas weniger kindlich aus und achtete offenbar sehr darauf, in Form zu bleiben. Nicht sonderlich erstaunlich angesichts seines Jobs.

Der Kugelschreiber faszinierte Luigi. Ein gewöhnlicher Kugelschreiber aus blauem Plastik, der auf dem unbeschriebenen weißen Blatt eines Notizblocks lag; das sah so einfach und trivial aus angesichts dessen, was sie jetzt dort notieren sollten; ein Computerbildschirm wäre angemessener gewesen.

»Also, dann legen wir los«, sagte Edvin Larsson leichthin. »Zunächst mal geht es ums Gewicht. Was meinst du?«

»Zwanzig Kilo pro Mann wie gewöhnlich und dann noch fünfhundert Kilo in einem Kolli. Ich nehme an, wir brauchen einen Para-Point. Habt ihr solche Dinger?«

Edvin Larsson schüttelte den Kopf und notierte am oberen Ende der leeren weißen Seite das Gewünschte.

»Hast du Erfahrungen im Umgang mit denen?« fragte er, als er diesen ersten Punkt auf seiner Liste vermerkt hatte.

»Ja«, erwiderte Luigi kurz. »Ich habe es rund zehn Mal gemacht. Es ist recht wichtig, wenn man für solche Operationen übt.«

»Und das hast du getan?«

»Ja.«

»Jedenfalls nicht hier bei uns.«

»Nein.«

»Brauchen wir zwei oder mehr?«

»Zum Üben ja. Für künftigen Gebrauch vielleicht, aber für die eigentliche Operation nicht mehr als einen, falls nicht ein zweiter als Reserve dient oder wir zwei Teams bilden müssen. Soviel ich weiß, ist das jedoch nicht geplant.«

Sie blickten sich kurz an, ohne etwas zu sagen. Sie redeten um den heißen Brei herum und drückten sich gleichzeitig geheimnisvoll aus, während es im Hinblick auf den weißen Notizblock unbedingt konkret werden mußte.

Ein Para-Point ist ein Fallschirm, der über Funk ferngesteuert wird, um Material zusammen mit einem Trupp Fallschirmjäger an den Einsatzort zu bringen. In Schweden wird diese Technik aus dem einfachen Grund nicht verwendet, weil die Fallschirmjäger hauptsächlich auf eigenem Territorium operieren sollen, selbst im Krieg. Ferner geht man davon aus, daß die Ausrüstung von zwanzig Kilo pro Mann, die jeder bei sich hat, reichen wird.

Konkret ging es bei dem Gespräch also darum, daß sie einen Einsatz tief auf sowjetischem Territorium planten, und das im Winter. Anders ließ sich die Vorgabe nicht deuten. Was beiden klar war.

»Wäre es nicht praktischer, du würdest mich etwas mehr einweihen?« fragte Edvin Larsson leise. Die Frage wirkte nicht im mindesten unpassend oder aufdringlich, wie knallrot die Geheimhaltungsstempel des Oberbefehlshabers auch wirken mochten.

Luigi dachte ganz kurz nach. Und fand es sehr leicht, einen Entschluß zu treffen.

»Na schön«, sagte er, »ich weiß nicht sehr viel, aber immerhin weiß ich folgendes. Es geht also darum, mit etwa sechs Mann auf sowjetisches Territorium vorzustoßen, wo wir eine technisch einfache Kampfaufgabe lösen sollen, um uns anschließend über die Grenze zurückzuziehen. Wir sollen die Aufgabe lösen, ins Land zu kommen. Wie es wieder hinausgeht, planen andere.«

»Es muß also um etwas verdammt Wichtiges gehen«, stellte Edvin Larsson fest, ohne eine Antwort zu erwarten. Luigi nickte nur stumm und bestätigend, doch dann überlegte er es sich anders.

»Ja«, sagte er, »dieser Gedanke liegt natürlich nahe. Aber viel mehr weiß ich nicht. Wo waren wir stehengeblieben?«

»Bei der Frage, ob wir ein oder zwei Frachtstücke einplanen sollen.«

Sie wälzten die Frage eine Zeitlang hin und her. Wenn sie zwei Frachtstücke mitschickten, bedeutete dies, daß die Gruppe sich in zwei Trupps teilen mußte. Das würde zu einigen Schwierigkeiten bei der Kontaktaufnahme nach der Landung führen.

Edvin Larsson hatte sich schon ausgerechnet, wo ungefähr die Landung erfolgen sollte. Das war nicht schwer auszurechnen. Es würde kalt sein, Einsatzort weit im Norden, und Fallschirmsprünge aus großer Höhe. Folglich konnte man davon ausgehen, daß es sich um das Territorium eines anderen Landes handelte. Der Einsatztrupp sollte sich vom Wind treiben lassen, so daß die Männer höchstens neunzig Kilometer ins Land eindringen konnten. Er warf einen Blick auf die Karte der nördlichen Halbkugel, die an der gegenüberliegenden Wand hing, hinter dem Rücken von Luigi, und stellte fest, daß es sich um ein Gebiet handelte, das sich mit Funküberwachung nur schwer kontrollieren ließ, wenn die Männer sich bei der Kommunikation im Niederfrequenzbereich hielten wie etwa Elchjäger mit ihren einfachen Geräten.

Er machte sich einige Notizen über interne Kommunikationsmittel, und anschließend kamen die Kontakte mit der Heimatbasis zur Sprache. Dabei ging es natürlich um eine völlig andere Technik, Kurzwelle und Schnellsender, mit denen sich die Mitteilungen verschlüsseln ließen.

Waffen waren offenbar kein Problem. Standardausrüstung. Angesichts des Breitengrads und der Jahreszeit setzte Luigi Nachtsichtgeräte auf die Liste. Edvin Larsson bestand auf Nachtbrillen, damit die Männer auch im Dunkeln sehen konnten. Das war wichtig, wenn sie im Dunkeln oder in der Dämmerung abspringen mußten, was wohl am wahrscheinlichsten war.

Anschließend diskutierten sie eine Zeitlang über Skier. Luigi hatte dazu keine besondere Meinung, aber Edvin Larsson erwies sich als glühender Anhänger von schwedischen Skiern. Es mußten Tegsnäs-Skier mit Gleitflächen aus Rotbuche sein. So, meinte er, werde es keine Probleme mit dem Wachsen geben.

Außerdem müßten die Männer Schneeschuhe mitbekommen, und zwar im jeweils eigenen Marschgepäck, falls das Frachtstück mit Skiern und Schlitten aus irgendeinem Grund verlorengehen sollte.

Dann folgte eine Liste mit etwas trivialeren Dingen, die nicht einmal angefordert werden mußten, etwa der finnische Spirituskocher Finn Arctic, norwegische Drei-Mann-Zelte, der übliche Proviant und anderes. Fallschirme waren vorhanden, aber wenn es jetzt die Möglichkeit gab, nach Belieben zu requirieren, konnten sie auch einige ausländische Fabrikate probieren, deren Einsatz man sich ohnehin schon überlegt hatte, wie Edvin Larsson sagte. Außerdem, und das war ein Gedanke, den man kaum zu hauchen wagte, ging es um einen Einsatz, der gegen Völkerrecht verstieß; sollte jemand gefangengenommen oder getötet werden, sollte er nicht allzu leicht identifiziert werden können. Auch die Nationalität sollte vorzugsweise nicht festgestellt werden können.

Also: möglichst viele Dinge aus möglichst vielen Ländern.

Die beiden Männer bemühten sich um größte Sorgfalt. Sie dachten nach, bis ihnen die Köpfe rauchten und ihre Gemütsverfassung schwankte. Einerseits hatten sie die Aufgabe, mit ihrer Buchhaltung vor einem strengen Revisor irgendwo weiter oben in der Bürokratie bestehen zu müssen, und andererseits hatten sie das Gefühl, vor den prüfenden Blicken höherer Befehlspersonen den Tod von Menschen zu organisieren. Das war genauso wirklich wie der blaue Kugelschreiber auf dem Tisch und ebenso unwirklich wie ein Videofilm, den sich ein Wehrpflichtiger an einem Wochenende abends in seinem Quartier ansieht.

Sie wußten nichts über den Kampfauftrag. Das war ein Problem. Sie wußten nicht, wie sie über das vermutlich finnische Territorium eindringen sollten, und das war ein noch größeres Problem.

Und da das, was sie unter diesen Umständen vorbereiten konnten, nicht komplizierter war als eine etwas ungewöhnliche Übung, waren die beiden bald fertig. Sie hatten mit dem blauen Kugelschreiber eineinhalb Seiten mit Notizen gefüllt.

»Bist du in letzter Zeit mal wieder in Italien gewesen?« fragte Edvin Larsson, als er den Kugelschreiber weglegte.

»Wieso?« fragte Luigi mißtrauisch zurück, während ihm die Erinnerungen an Palermo im Gehirn herumwirbelten.

»Oh, nichts Besonderes, es ist nur eine Frage. Du erinnerst dich doch an all dieses Gerede von früher, Spaghettifresser, und so weiter? War das der Grund, weshalb du der Beste werden wolltest?«

»Du meinst, weil man mich Spaghettifresser und Kanake und so etwas genannt hat? Ja, das war der Grund. Du hast hoffentlich nichts dagegen?«

»Nein, so habe ich es nicht gemeint. Wir hatten im letzten Jahr einen schwarzen Burschen hier, und es war etwa das gleiche wie bei dir. Nein, zum Teufel, versteh mich jetzt nicht falsch. Ich finde nämlich, daß möglichst viele Kanaken eine rote Baskenmütze tragen sollten.«

»Genau meine Meinung.«

Luigi lächelte plötzlich, möglicherweise etwas übertrieben, um zu zeigen, daß er die Bemerkung nicht übelgenommen hatte.

»Ich erinnere mich an einen Tag«, sagte Edvin Larsson absichtlich langsam und fast spöttisch, »als hier ein Mann hereinspazierte, der wie ein Uhu aussah und darum bat, deine Personalakte einzusehen. Anschließend habt ihr ein langes Gespräch geführt. Wurdest du auf diese Weise angeworben oder wie man das nennen soll? Ich weiß zufällig, wer dieser Mann ist.«

»Das weiß ich auch. Ja, er hat mir ein Angebot gemacht, zu dem ich nicht nein sagen konnte.«

»Und die Ausbildung hat fünf Jahre gedauert, und jetzt bist du wieder da?«

»Ja, wie du sicher schon ausgerechnet hast, hat die Ausbildung ungefähr fünf Jahre gedauert. Und jetzt bin ich wieder da.«

»Jaja«, sagte Edvin Larsson leichthin, da er das Gefühl hatte, vielleicht zu weit gegangen zu sein. »Jetzt sollten wir vielleicht nicht zu sehr auf dieser Frage herumreiten. Aber die anderen sind also Mariner?«

»Ja«, erwiderte Luigi lachend, »wie ihr offenbar schon erkundet habt, sind sie Mariner oben bei der Firma. Aber trotzdem verteufelt gute Fallschirmspringer, und du solltest versuchen, das zu akzeptieren.«

»Prima Firma. Glänzende Einsätze in Italien. Und dein Italienisch ist sicher noch genausogut wie damals, als du hier deinen Wehrdienst abgerissen hast.«

Luigi fühlte sich plötzlich gebremst, wie kurz vor einer Landung mit dem Fallschirm, ein Augenblick, in dem man fast völlig still in der Luft hängt, bis man wieder zu sinken beginnt. Sein ehemaliger Chef war ungefähr zehn Jahre älter als er selbst und vermutlich ein ebenso zuverlässiger Offizier mit allem Drum und Dran wie er. Es hatte sich schon gezeigt, daß es schwierig war, die Heimlichtuerei aufrechtzuerhalten. Wenn er aber Edvin Larsson nicht trauen konnte, wem dann?

»Ich weiß nicht, was ich sagen darf und was nicht, aber so wie die Dinge liegen, sollen wir ja zusammenarbeiten«, begann Luigi nachdenklich. »Und da wir zusammenarbeiten sollen, wirst du nach und nach so gut wie alles verstehen. Die Erkenntnisse werden sich fast von selbst ergeben. Können wir nicht auf dieses ganze Drumherumgerede verzichten und einfach nur den Versuch machen, uns auf den Job zu konzentrieren?«

Luigi sah fast flehentlich aus. Er war sich dessen wohl bewußt. Es dauerte etwas, bis Edvin Larsson sich entschied, wie er die Situation handhaben sollte, aber plötzlich hellte sich sein Gesicht auf.

»Ich könnte wetten, daß du auch ein verdammt guter Taucher bist«, lächelte er.

Luigi verdrehte die Augen und sah an die Decke. Dann lachten beide los.

Die Tage waren in der Polarregion noch immer angenehm lang. In dem späten Nachmittagslicht, das eigentlich schon Abendlicht war, leuchtete die Landschaft unter ihnen in Rot, Gelb und Grün auf, als die SAS-Maschine aus Oslo zum Landeanflug ansetzte. Die Stewardeß teilte über Lautsprecher mit, von jetzt an herrsche absolutes Fotografierverbot. Wie alle anderen Fluggäste lehnten sie sich ans Fenster, um möglichst viel zu sehen.

»Warum darf man nicht fotografieren?« flüsterte Anna.

»Keine Ahnung, ich bin nur ein unschuldiger Tourist. Vermutlich hat es etwas damit zu tun, daß wir auf dem vorgeschobensten Luftwaffenstützpunkt der NATO landen«, flüsterte Åke Stålhandske zurück.

Die Landebahn konnte ohne weiteres schwere Bomber und Transportmaschinen aufnehmen, aber das Flughafengebäude von Kirkenes sah rührend klein aus, als wären sie buchstäblich ans Ende aller Fluglinien gekommen. Die Maschine rollte an einer kleinen sowjetischen Passagiermaschine vorbei, die wie eine Miniaturausgabe einer DC 9 aussah; Åke meinte, das sei wieder so ein typisches GRU-Ding; sie hätten die Zeichnungen gestohlen. Anna wußte nicht, was GRU bedeutete.

»Glawnoje Rasweltitschelnoje Uprawlenije, elementary, my dear Watson«, flüsterte Åke Stålhandske und zwinkerte ihr zu. Anna schüttelte den Kopf.

Ihr Gepäck kam fast sofort auf dem zehn Meter langen Transportband an. Åke Stålhandske lächelte fröhlich, als er sah, wie Anna sich ohne mit der Wimper zu zucken den zwanzig Kilo schweren Rucksack auf den Rücken wuchtete, und als er sich umsah, entdeckte er, wie perfekt norwegisch sie aussehen mußten. Die meisten Gepäckstücke, die aus der Maschine kamen, waren Rucksäcke, und die meisten Menschen um sie herum trugen Sport- oder Freizeitkleidung.

Ihre Rucksäcke hatten im Kofferraum des Taxis nicht genug Platz, so daß sie einen auf den Vordersitz legten, was das Entzücken des Fahrers weckte.

»Ihr seid also frisch verlobt oder verheiratet«, bemerkte er munter, als er um das Auto herumging und sich auf seinen Platz setzte.

»Wieso?« fragte Anna verblüfft.

»Leute, die schon einige Zeit verheiratet sind, legen das überschüssige Gepäck auf den Rücksitz, und der Mann setzt sich auf den Beifahrersitz«, erklärte der Taxifahrer im gleichen munteren Tonfall. Sein Norwegisch war rein, geschliffen und leicht verständlich und erinnerte sie an die glatten Felsen an der Straße.

»Wollt ihr zum Campingplatz?« fragte er.

»Wie bitte? Nein ... Nein, wir wollen zum Hotel Rica Arctica«, erwiderte Åke Stålhandske, als hätte ihn der Fahrer mit seiner Frage geweckt. Er war in Gedanken versunken gewesen, hatte über Landschaft, perfekte Asphaltstraßen und fehlende Deckung nachgedacht.

Sie hatten erwartet, daß Kirkenes wie ein Fischerdorf aus dem neunzehnten Jahrhundert aussah mit hübschen kleinen bunten Bootshäusern an der Wasserlinie, eine Art Budenstadt; große Anleger aus Holz, riesige Anker aus der Pionierzeit der Seefahrt und derlei. Als sie sich der kleinen Stadt näherten, sahen sie jedoch etwas völlig Anderes und bedeutend Unromantischeres. Alles sah aus, als wäre es in den fünfziger Jahren oder später gebaut worden. Kirkenes wirkte wie eine gewöhnliche skandinavische Kleinstadt.

Anna fragte den Taxifahrer nach dem Grund und bekam eine offene Antwort. Kirkenes war im Zweiten Weltkrieg eine Basis der Deutschen für die Angriffe vor allem auf Murmansk gewesen. Als die Rote Armee Kirkenes befreite, hatte es kaum noch etwas zu befreien gegeben. Nirgends in Norwegen hatte der Zweite Weltkrieg so hart zugeschlagen wie gerade hier oben im Norden.

Als sie sich im Hotel Rica Arctica eintrugen, hatte die Dämmerung sich schon auf die Stadt gesenkt. Sie brauchten sich keine besondere Mühe zu geben, um ein frisch verliebtes Paar auf Vergnügungsreise zu spielen, und beschlossen kichernd, sofort aufs Zimmer zu eilen und sich wie frisch Verliebte zu verhalten. Bis zum Abendessen. Dann konnten sie fortfahren, bis zum nächsten Mittagessen die frisch Verliebten zu spielen.

Die Aussicht aus dem Fenster war trist. Keine Rede von einem endlosen nördlichen Eismeer; was sie sahen, war ein Parkplatz. Das Zimmer hatte rosa gestrichene Wände und zu kleine Betten, und Anna fragte belustigt, ob die Norweger hier oben alle Zwerge seien.

Åke Stålhandske brummelte, in der Südsee wären die Betten wohl noch kleiner gewesen. Er schob entschlossen einen Nachttisch mit einer Hand zur Seite und die beiden Betten mit der anderen zusammen. Doch dann überlegte er es sich anders und nahm den Hörer ab.

»Ja, guten Tag, wir sind das schwedische Paar, das gerade angekommen ist«, sagte er und wartete eine Freundlichkeit ab, bevor er fortfuhr. »Es ist so, wir sind jung verheiratet und beide sehr groß, und jetzt möchten wir gern wissen, ob ...«

Er brauchte nicht mehr zu erklären. Nickte nur zustimmend, bedankte sich und legte auf.

»Wir sollen in eine sogenannte *svite* rüber«, teilte er fröhlich mit.

»Svite?« fragte Anna.

»Ja. Das ist norwegisch und bedeutet Suite. Die haben eine Suite oder vielmehr *svite*, die für frischgebackene Ehepaare angeblich besser geeignet ist. Die Tante an der Rezeption hat jedenfalls sofort kapiert, wo das Problem liegt.«

»Wir sind doch noch gar nicht verheiratet«, bemerkte Anna mit gespieltem Verdruß.

»Ach was, ich habe nur ein bißchen gelogen. Eine kleine Lüge reinigt die Seele. Komm jetzt, wir ziehen um!«

Diesmal bekamen sie eine Aussicht, die zum Teil aus Meer und Sonnenuntergang, überwiegend jedoch aus einem Einkaufszentrum bestand. Dazu ein großzügig dimensioniertes Doppelbett. Anna machte einen hohen Sprung im Flop-Stil und landete lachend und schaukelnd auf dem Rücken.

»Teufel auch!« ließ sich Åke Stålhandske beeindruckt vernehmen. »Die Latte muß bei mindestens einssechzig gelegen haben.« Dann nahm er Anlauf, um den Sprung zu wiederholen. Anna streckte erschrocken die Hände aus, um ihn zu bremsen.

»Himmel! Wenn du es versuchst, kracht das Haus zusammen«, warnte sie.

Er kroch lachend ins Bett und küßte sich an ihren Skihosen entlang nach oben, bis er beim Gesicht angekommen war.

»Ich habe sowieso nie mehr als einsachtzig geschafft. Hochsprung war nie meine Stärke«, flüsterte er.

»Amateur!« lachte sie, als sie nach dem Kuß wieder Luft bekam. »Wer nicht über einszweiundneunzig springt, ist kein richtiger Mann.«

»Wieso?« fragte er scheinbar verletzt, sog Luft ein und trommelte mit den Fäusten auf die Brust, so daß es im ganzen Raum dumpf widerhallte.

»Ich habe zufällig meinen persönlichen Rekord erwähnt«, sagte sie schüchtern, polierte sich die Fingernägel an der Brust und betrachtete sie.

In den nächsten Stunden wechselten sie nur wenige Worte. Dafür versicherten sie und bewiesen einander, daß ihre Liebe ein größeres Wunder war als alles andere. Sie schliefen verschwitzt ein und wachten leicht durchgefroren auf. Sie duschten zusammen, vergaßen ihren Hunger und kamen recht spät ins Restaurant hinunter. Sie hatten sich notdürftig für den Abend zurechtgemacht und erschienen in frischgebügelten Jeans, frischen Sporthemden und Pullovern über den Schultern. Das war eine Kleidung, die im Norden Norwegens in der Touristensaison auf keinen Fall übertrieben sportlich erscheinen konnte. Der Speisesaal sah aus wie eine Mischung aus Grillbar und Café. Weiße Plastikmöbel, die Korbstühle imitierten, braune Tischtücher, rosafarbene Servietten und klobige Weingläser aus Preßglas. Sie ließen sich nicht im mindesten verdrießen, und da man sie überdies vor der norwegischen Kochkunst gewarnt hatte, hatten sie keine großen Erwartungen. Zu den Angeboten der Speisekarte gehörte das Polar-Menü des Hotels Rica Arctica, an dem auch die norwegische Zubereitung kaum etwas verderben konnte: marinierter Eismeerlachs, Rentierfilet mit »sopp« und »tyttebaer«, und danach Parfait von Multbeeren, auf Wunsch auch mit heißen Beeren.

Als sie eine Zeitlang kichernd über die vermeintlich exotische Speisenfolge Vermutungen angestellt hatten, entdeckten sie, daß die Speisekarte auch russischen, englischen und finnischen Text enthielt, und so klärte sich schnell, was Preiselbeeren, Multbeeren und Pfifferlinge waren.

Sie entschieden sich für das Polar-Menü, und Åke Stålhandske seufzte, daß er wohl Carl anrufen sollte, da die Weinkarte ihm nicht viel sagte.

»Ich frage mich, ob er das besser könnte als du«, überlegte Anna.

»Wieso, natürlich könnte er das besser, er ist immerhin ein gottverdammter Weinexperte«, brummelte Åke.

»Ich tu's«, sagte er und schnappte sich die Weinkarte. »Bestell in der Zwischenzeit zwei Polar-Menüs.«

Er ging entschlossen in die Halle, während sie den Kopf schüttelte und mit der Kellnerin wegen der Wahl des Weins zu konferieren begann.

Nach einiger Zeit kehrte Åke Stålhandske mit genauso entschlossenen Schritten zurück. Er machte einen zufriedenen Eindruck.

»Wir nehmen den weißen Bordeaux, Chateau soundso, zum Lachs, und dann etwas, was Beaujolais Patriarche heißt, zum Rentierfilet, wenn auch nur unter dem Vorbehalt, daß der ›Rotwein aus Rioja‹ nicht Reserva oder Gran Reserva ist, denn dann nehmen wir den Beaujolais«, erklärte er triumphierend und knallte die Weinkarte auf den Tisch.

»Ich weiß«, sagte sie, »denn den habe ich bestellt. Chateau soundso ist schon unterwegs, und dieser andere war weder Reserva noch Gran Reserva, also habe ich den Beaujolais bestellt.«

»Hörst du unsere Telefongespräche ab?« fragte er verblüfft.

»Nein«, sagte sie und verschluckte sich fast vor Lachen, »nenn es weibliche Intuition. Ich habe nämlich die Kellnerin gefragt. Hast du dich für den letzten Abend bedankt?«

»Aber ja. Ein schönes Haus haben sie sich gekauft, verteufelt schön.«

»Ist es sehr klug gewesen, Carl anzurufen? Ich meine im Hinblick auf ...«

Sie hielt inne, als wollte sie den Gedankengang nicht fortsetzen.

»Doch«, erwiderte er kurz. »Ich habe mich für die letzte Einladung bedankt und erzählt, daß es uns gutgeht, daß wir aber Schwierigkeiten bei der Wahl des Weins haben. Sonst nichts. Das bedeutet, daß es uns in jeder Hinsicht gutgeht.«

Seine energische Antwort auf ihre Frage schnitt den Gesprächsfaden ab. Überdies kamen auch der Lachs und der Weißwein auf den Tisch, und sie kabbelten sich, wer den Wein probieren sollte. Er betonte, als Finne müsse er nur Branntwein probieren. Sie behauptete, es sei die Pflicht eines Gentleman. Um ein Haar hätte sie gesagt, die Pflicht eines Offiziers und Gentleman, bremste sich aber gerade noch rechtzeitig. Es endete damit, daß die Kellnerin einen Schluck trank und sagte, der Wein sei in Ordnung. Dann schenkte sie ein.

Sie stürzten sich entzückt auf Speise und Trank. Sie hatten zum letzten Mal in der Maschine zwischen Stockholm und Oslo gegessen, was eine Ewigkeit zurückzuliegen schien. Doch das hatte vielleicht mehr mit der Entfernung als mit der Zeit zu tun. Sie befanden sich zwar in ihrem Nachbarland, aber trotzdem so weit weg, als wären sie nach Venedig geflogen, gut dreihundert Kilometer nördlich des Polarkreises.

Als es an der Zeit war, zum Rentierfilet mit Preiselbeeren und Pfifferlingen überzugehen, nahm die Kellnerin erneut einen Schluck, diesmal vom Rotwein, den sie guthieß und einschenkte. Danach begannen die beiden langsamer zu essen und kamen erneut auf den Abend bei Carl und *Teresia Maria Corazón* zu sprechen, wie Tessies vollständiger Name lautete.

»Sie erinnert irgendwie an Königin Silvia«, sagte Anna nachdenklich und spießte mit der Gabel Pfifferlinge auf. »Sieht irgendwie verdammt gut aus. Was hatte sie übrigens für eine Vorspeise gemacht, diese mexikanische?«

»*Enchiladas*«, sagte er mit dem Mund voller Rentierfleisch, »aber die sind nicht so exotisch, wie du glaubst. Ganz Kalifornien schwimmt in Enchiladas. Das ist Chicano-Essen.«

»Chicano?«

»Ja. Die in Kalifornien lebenden Mexikaner nennt man Chicanos. Aber in der Firma haben wir tatsächlich so etwas wie eine Königin Silvia bekommen, obwohl man ihrem Schwedisch sowohl einen englischen als auch einen spanischen Akzent anmerkt und keinen deutschen wie bei Königin Silvia.«

»Wie wollen wir es mit dem Hochzeitsessen halten? Das Thema haben wir an dem Abend nicht zu Ende bringen können.«

»Zwei.«

»Was soll das heißen, zwei?« kicherte sie.

»Zwei Hochzeitsessen, ganz einfach. Du verstehst schon, Doppelleben. Erst eins mit meinem Vater und deinen Eltern. Ein Glück übrigens, daß dein Vater Reserveoffizier ist. Und dann ein zweites Essen für die Angehörigen der Firma draußen in Stenhamra, das hatten wir doch schon besprochen.«

»Da müssen Tessie und ich gerade in der Küche gewesen sein.«

»Du willst damit doch nicht sagen … Ich bin genauso oft in der Küche gewesen wie du oder sonst jemand.«

»Warum ist es ein Glück, daß mein Vater Reserveoffizier ist?«

»Weil es ihm dann etwas leichter fallen wird, einen armen Major zu akzeptieren!«

»Sei nicht albern. Er hat nur vor einem Angst, daß ich mit einem Raucher nach Hause komme oder einem Yuppie oder, noch schlimmer, einem *Schwächling*, einem Hosenscheißer oder schlimmstenfalls einem Religionslehrer.«

»Hosenscheißer?«

»Ja. So hieß es wohl, als er jung war. Es muß etwas Schreckliches gewesen sein.«

»Wir fahren morgen nach Murmansk.«

»Wie bitte?«

»Ja, ich sagte gerade, wir fahren morgen nach Murmansk.«

»Ich habe gesagt, *wie bitte*!«

»Ja. Da draußen an der Telefonzelle ist ein kleiner Zettel. Jeden Morgen um acht macht ein Schiff eine Tagestour dorthin. Man braucht nicht mal ein Visum.«

Er aß weiter, als hätte er nur etwas Selbstverständliches ohne besondere Pointe gesagt, doch sie legte sofort Messer und Gabel hin. Er sah sie verstohlen an und merkte, daß sie ängstlich war.

»Sind wir Spione?« flüsterte sie.

»Ach was, keine Spur«, erwiderte er schnell und strahlte. »Jedenfalls nicht, wenn wir es nicht selbst glauben. Für Spionage braucht man einen bestimmten Seelenzustand, und in dem befinden wir uns nicht.«

»Das war aber nicht sehr erhellend«, sagte sie und kniff den Mund auf eine Weise zusammen, die schon zu ihrer privaten Körpersprache gehörte und bedeutete, etwas mehr mußt du schon erzählen.

»Das ist doch gar nicht so schwierig«, lächelte er. »Es stimmt doch, daß wir hier einen Liebesurlaub verbringen ...«

Er senkte die Stimme und sah sich um, als machte ihn möglicherweise die Wortwahl verlegener als die Sache selbst.

»Hör mal zu. Es stimmt doch. Du *bist* Anna Erikadotter, die bei der Sporthochschule in Stockholm dienstfrei genommen hat, und ich *bin* Åke Stålhandske, ein einfacher Major im Urlaub. Wir haben keinen einzigen Gegenstand im Gepäck, der etwas anderes sagt als die Wahrheit. Wir verstoßen gegen kein Gesetz und sind auf unserer

Reise sogar ziemlich glücklich. Wir wären nur dann Spione, wenn wir es selbst glauben.«

Er breitete die Arme aus, als hätte er damit alles erklärt.

»Wir sind nicht ziemlich glücklich«, sagte sie nach kurzer Bedenkzeit. »Wir sind sehr glücklich.«

»Nun ja«, erwiderte er verlegen und sah sich erneut um. »Natürlich sind wir verteufelt glücklich.«

Sie ließ ein langes, glockenhelles Lachen hören, und er schien überhaupt nicht zu begreifen, was so komisch war.

Verteidigungsminister Anders Lönnh sah sehr wohl ein, daß es eine wichtige Angelegenheit war. Wenn der Oberbefehlshaber kurzfristig um ein Treffen bat und gleichzeitig mitteilte, daß der Chef des Nachrichtendienstes zweckmäßigerweise dabeisein sollte, war es wichtig. Trotzdem ließ er sie ein wenig warten, sozusagen aus Prinzip.

Im Wartezimmer, das kein Wartezimmer war, sondern nur ein etwas breiterer Abschnitt des Korridors vor der hohen braunen Eichentür mit dem Messingschild, auf dem es kurz und bündig DER MINISTER hieß, saßen der Oberbefehlshaber des Landes und Samuel Ulfsson. Sie fühlten sich sowohl körperlich als auch seelisch beengt und waren übellaunig. Neben dem Kopf des OB summte ein Kopiergerät, und zweimal zwängten sich irgendwelche Sekretärinnen an ihm vorbei, um zu kopieren.

»Verdammt merkwürdiger Platz für eine solche Maschine«, knurrte er, als er zum zweiten Mal hatte aufstehen müssen.

Samuel Ulfsson antwortete nicht. Er war schon früher in merkwürdigen Angelegenheiten hier gewesen, die in der Regel mit den Aufträgen eines frischgebackenen Kapitäns zur See zu tun hatten. Er betrachtete die graugrünen Muster auf Textilien und Teppich. Der Teppich war von roten Linien durchzogen, um gleichsam den nüchternen Eindruck aufzulockern. Er hob den Blick zu dem Marmorfries über der schweren Eichentür. Graugrüner Marmor, vermutlich aus Kolmården, zu etwas geformt, was an ein griechisches Tempeldach erinnern sollte. Die Stehlampen hinter dem kleinen Sofa waren ein klarer Stilbruch. Sie sahen aus wie fliegende Untertassen. Entweder war es etwas Italienisches und Teures oder aber IKEA. Samuel Ulfsson klopfte prüfend an die Wand hinter sich. Es war falscher Stein. Holz, das mit einem marmorierten Muster bemalt war.

»Ja«, stellte er ohne jeden Sinn fest, »hier sitzen wir und können nicht anders.«

»Ja, aber versuch doch um Himmels willen, das Positive zu sehen. Stell dir vor, wir hätten unter der früheren Regierung hier gesessen. In der gleichen Angelegenheit wie heute.«

»Es gehört nicht zu meinem Job, in allem das Positive zu sehen. Du bist es doch, der mich immer wieder daran erinnert«, knurrte Samuel Ulfsson. »Und außerdem, unter der vorigen Regierung …? Ich habe das Gefühl, daß wir dann gar nicht hier gesessen hätten. So verstanden ist es also doch etwas Positives. Wir sind gesetzestreu und die guten Diener der Demokratie.«

Der OB quittierte das mit einem zweideutigen Lächeln. Er war nicht sicher, wieviel Ironie in Samuel Ulfssons Kommentar lag.

Als die Sekretärin des Ministers erschien, standen beide fast wie von der Tarantel gestochen auf und marschierten hinein und gleich nach rechts, folglich in das falsche Zimmer, da im Zusammenhang mit dem Regierungswechsel sich ein paar praktische Veränderungen ergeben hatten. Verlegen zogen sie sich aus einer Konferenz zurück, in die sie völlig unerwartet hineinplatzten. Die Sekretärin führte sie ins richtige Zimmer.

Der Verteidigungsminister stand mitten im Raum, als verfolgte er damit irgendeinen Hintergedanken, und begrüßte sie fast übertrieben freundlich.

»Ich lerne die Herren keinen Tag zu früh kennen. Ich freue mich wirklich auf diese Begegnung«, sagte er und gab ihnen ein Zeichen, auf der englischen Sitzgruppe Platz zu nehmen, was keiner der beiden tat, bevor der Minister sich gesetzt hatte.

»Ja, dies ist die berühmte Sitzgruppe«, fuhr Anders Lönnh fort und erkannte an den fragenden Mienen seiner Besucher, daß sie über diese Sitzgruppe nicht informiert waren.

»Nun ja«, sah er sich genötigt fortzufahren, »dies ist also die Sitzgruppe, für die ich Mittel der Streitkräfte verschwendet habe, wie die sozialistische Abendpresse meint. Ich will aber verdammt sein, wenn sie mehr gekostet hat als die Sitzgruppe meines Vorgängers. Nun, soviel über Sofas. Worum geht es?«

Der abrupte Übergang von der Sitzgruppe zur Kernwaffenproblematik traf die beiden unvorbereitet. Sie warfen einander einen kurzen Seitenblick zu, obwohl selbstverständlich war, wer anfangen sollte.

»Es geht um Kernwaffen«, begann der OB knapp.

»Ich hätte nicht gedacht, daß wir uns Kernwaffen anschaffen sollen. Selbst der Verteidigungswille eines Konservativen hat irgendwo eine Grenze«, scherzte der Verteidigungsminister fröhlich, womit er beide Besucher auf einmal aus dem Gleichgewicht brachte.

»Nein, so etwas wollten wir auch nicht vorschlagen«, fuhr der OB verlegen fort. »Ich fürchte, *das* wäre eine weit einfachere Frage als die, die wir jetzt im Gepäck haben.«

Damit hatte er allen weiteren Scherzen zu diesem Thema vorgebeugt, und ob nun Witzbold oder nicht, mußte der Verteidigungsminister sich jetzt damit abfinden, eine Zeitlang nur zuzuhören. Zunächst machte er ein höfliches, neutrales und unberührtes Gesicht, doch nach einiger Zeit begann sich Unruhe darauf abzuzeichnen.

Als der OB nach rund drei Minuten mit seinem Vortrag fertig war, saß der Verteidigungsminister still mit der Faust unterm Kinn da und dachte nach.

»In der Sache geht es also um folgendes«, faßte er nach einiger Zeit zusammen. »Wir haben eine amerikanische Forderung, die angeblich mit der sowjetischen Regierung abgesprochen ist, daß schwedisches Personal auf sowjetischem Territorium einen Kernwaffenschmuggel vereiteln soll. Die Schmuggler sollen beseitigt, die geschmuggelten Gefechtsköpfe markiert werden, worauf das Personal sich zurückzieht, am besten nach Schweden. Ist das richtig?«

»Ja, das ist ... korrekt«, erwiderte der Oberbefehlshaber, der mitten im Satz hörbar schluckte.

»Dann habe ich zunächst einige Fragen«, teilte der Verteidigungsminister in einem Tonfall mit, der feindseliger klang, als er gemeint war.

»Um was für Kernwaffen handelt es sich?«

»Das wissen wir nicht. Vermutlich bedeutend schwerer als das, was man als taktische Waffen bezeichnet. Es dürfte sich um eine Vernichtungskapazität handeln, die etwa drei Weltstädten entspricht.«

»Aha. Bekommen wir auf diese Frage später noch eine Antwort?«

»Wahrscheinlich ja.«

»*Können* wir diese Operation durchführen, ich meine, rein technisch?«

»Ja.«

»Interessant, sehr interessant. Wer ist für die praktische Durchführung des Unternehmens verantwortlich?«

»Kapitän zur See Hamilton.«

»Ach! Er ist vor kurzem hier gewesen, und wir haben uns über ganz andere ... nun ja, das kann man vielleicht verstehen. Haben Sie schon irgendwelche Vorbereitungen getroffen?«

»Ja.«

»Nämlich welche?«

»Wir haben damit begonnen, eine Gruppe zusammenzustellen. Einige Männer haben mit einer Übung begonnen, und außerdem wird einiges ergänzende Material beschafft.«

»Wo?«

»Bei der Fallschirmjägerschule in Karlsborg. Es geht also um ein Luftlandeunternehmen.«

»Luftlandeunternehmen? Haben Sie vor, sowjetisches Territorium zu überfliegen?«

»Nein. Der Anflug erfolgt über finnisches Territorium. Wir bereiten verschiedene Möglichkeiten vor, das Ganze so durchzuführen, daß die sowjetische Luftabwehr nicht alarmiert wird.«

»Und die finnische?«

»Es besteht wahrscheinlich ein hohes Risiko, daß die Finnen uns entdecken, wenn wir für ein paar Minuten in ihren Luftraum eindringen. Es besteht jedoch eine gute Chance, dies zu tun, ohne daß sie die Herkunft der Maschine feststellen können.«

Der Verteidigungsminister überlegte kurz, bevor er fortfuhr. »Nun ja«, sagte er, »das ist eine politische Frage. Ich meine, entweder machen die Finnen es selbst – das ist wohl am wahrscheinlichsten?«

»Ja, zu dem Urteil sind wir auch gekommen. Was für uns selbstverständlich ist, sollte es auch für sie sein.«

»Genau. Oder, wenn sie es nicht selbst machen, würde es mir schwerfallen zu glauben, daß sie einem Versuch von unserer Seite Hindernisse in den Weg legen. Nicht wahr?«

»Ja, das ist auch unsere Meinung.«

»Welche Vorbereitungen haben Sie sonst noch getroffen?«

»Wir haben in dem fraglichen Gebiet schon mit der Aufklärung begonnen.«

»Das sagt mir wenig. Worauf läuft diese Aufklärung hinaus?«

»Wir wollen den fraglichen Grenzabschnitt genau untersuchen, von Norden nach Süden an der finnischen Grenze entlang. Wir bedienen uns dabei ziviler Reisender, bereiten die Errichtung einer Basis auf finnischem Territorium vor und suchen dafür einen geeigneten Ort und ein geeignetes Cover.«

»Eine Basis auf finnischem Territorium!«

»Ja. Es gibt überzeugende Gründe für dieses Arrangement.«

»Was soll diese Basis enthalten, und woraus soll sie bestehen, wenn ich fragen darf?«

»Ein Jagd- und Fischerhäuschen, ziviles Personal, keinerlei militärische Ausrüstung mit Ausnahme von Kommunikationsmitteln, darüber hinaus ein paar Schneemobile, wie sie jeder Fischer und Jäger in dem Gebiet verwendet.«

»Und der Zweck all dessen?«

»Die Rückreise. Es wird für uns leichter sein, ins Land hineinzukommen, als es zu verlassen. Der Rückzug muß am Boden erfolgen, und zwar schnell, daher Schneemobile. Wenn wir erst wieder in Finnland sind, dürften die Probleme, falls es welche gibt, auf jeden Fall zu bewältigen sein. Ich meine, *wenn* wir gezwungen sind, diese Operation durchzuführen, setzen wir ja die ganze Zeit das finnische Einverständnis in dieser oder jener Form voraus.«

»Und wir können *hinein*, ohne entdeckt zu werden?«

»Ja, definitiv. Es ist, wie ich gesagt habe, obwohl es sich vielleicht erstaunlich anhört. Das ist der leichtere Teil.«

Der Verteidigungsminister verharrte kurz stumm in seiner Denkerpose mit der Faust unterm Kinn. Soweit er sehen konnte, hatte er seinen Vorrat an Fragen erschöpft. Folglich ging es jetzt darum, eine Entscheidung zu treffen.

»*Erstens* muß die Operation vom Ministerpräsidenten des Landes gebilligt werden. Ich möchte keine Entscheidung dieser Größenordnung allein auf meine Kappe nehmen. Allerdings sehe ich voraus, daß der Ministerpräsident genausowenig zögern wird wie ich selbst, wenn es um die Genehmigung dieser Operation geht.«

Seine beiden Besucher atmeten aus und veränderten unbewußt die Körperhaltung.

»*Zweitens* möchte ich eine genaue Auskunft darüber erhalten, welche Personen an der Operation beteiligt sind.

Drittens möchte ich über jeden Fortschritt und jede Veränderung unterrichtet werden, die bei der operativen Planung entstehen können. Ich möchte den gesamten Verlauf mit all seinen technischen und politischen Implikationen kennen.

Viertens möchte ich wissen, welche Beschlüsse notwendig sind, was die Hilfe bei der Funküberwachung angeht, und erfahren, ob Spionageschiffe, Flugzeuge und weitere Ressourcen nötig sind, soweit sie den Streitkräften unterstehen.

Fünftens und letztlich darf die Operation nur dann durchgeführt werden, wenn ich selbst persönlich mit Präsident Mauno Koivisto Kontakt aufgenommen habe. Was an und für sich gar nicht so kompliziert sein dürfte, da ich ohnehin gezwungen bin, wie ein Weberschiffchen hin und her zu fliegen, um den Finnen die neue JAS-Maschine aufs Auge zu drücken.«

Dies waren tatsächlich seine Worte.

»Und damit nur noch eine letzte Frage, aus reiner Neugier«, sagte er und stand auf, so daß seine beiden Besucher hochfuhren und fast so etwas wie Haltung annahmen. »Hat diese Operation auch einen *Namen*?«

Er richtete die Frage an Samuel Ulfsson, der noch keine Gelegenheit erhalten hatte, sich zu äußern.

»Ja, hrm«, sagte Samuel Ulfsson mit rauher Stimme, weil er so lange geschwiegen hatte. »Operation *Dragon Fire*.«

»Dragon Fire«, sagte der Verteidigungsminister amüsiert. »Das nenne ich einfallsreich. Ich nehme an, diese Bezeichnung soll dazu dienen, die Amerikaner den Ernst erkennen zu lassen?«

»Das könnte man sagen«, sagte Samuel Ulfsson peinlich berührt. »Unsere amerikanischen Freunde lieben so etwas.«

Der finnische Staatspräsident betrachtete seinen Boten aus Moskau, der soeben eingetroffen war, mit fast wehmütigem Mitgefühl. Der arme Mann hatte noch einmal die letzte Freitagsmaschine der Finnair von Moskau nehmen müssen.

Eero Grönroos' Kleidung war in einer gewissen Unordnung, obwohl er sich natürlich größte Mühe gegeben hatte, sich ein bißchen zurechtzumachen. Wie er sich vorsichtig ausdrückte, war er an Bord der Maschine in ein Handgemenge geraten, oder vielleicht habe er einem Handgemenge im Weg gestanden, jedenfalls habe jemand im Scherz – zumindest im nachhinein fasse er es als Scherz auf – den Versuch gemacht, ihm die festgekettete Tasche wegzunehmen. Ein Mitpassagier habe wirr auf ihn eingeredet und gemeint, er wolle Pariser in die eine Richtung und Ikonen in die andere Richtung schmuggeln. Das sei gerade in dem Moment äußerst unangenehm gewesen, da er Anlaß gehabt habe zu befürchten, daß jemand den Brief in der Tasche unter dem Deckmantel der Betrunkenheit habe an sich bringen wollen – Eero Grönroos sprach ein wenig salbungsvoll, ob nun aus Nervosität oder psychischer Erschöpfung –, doch rückblickend gebe es keinen Anlaß, die Sache anders zu beurteilen, als daß es sich um eine unglückliche parodistische Äußerung des finnischen Nationalcharakters gehandelt habe.

Der Präsident verzog leicht den Mund, nickte und streckte demonstrativ die Hand aus. Er bekam die schwarze Aktentasche auf den Schreibtisch und befreite Eero Grönroos schnell von der anscheinend sehr schweren Bürde.

Die Aktentasche enthielt einen Umschlag vom gleichen Typ wie beim letzten Mal. Auf der Rückseite fand sich das sowjetische Staatswappen in weißem Reliefdruck.

»Ich danke Ihnen nochmals, Herr Ministerialrat, Sie sind sich der großen Bedeutung Ihres Auftrags sicher bewußt, und ich bedaure die Unannehmlichkeiten, denen unsere Landsleute uns aussetzen«, sagte der Präsident freundlich und reichte ihm die Hand zum Abschied.

Eero Grönroos sah vernichtet aus, als er dem Kanzleichef an der Tür begegnete. Der Präsident schüttelte lächelnd den Kopf, murmelte etwas über Saufköpfe und öffnete den Umschlag. Wie beim letzten Mal fand er darin ein russisches Original und eine englische

Übersetzung. Beide waren von Gorbatschows Hand unterschrieben.

Mauno Koivisto holte tief Luft, bevor er zu lesen begann.

Hochgeehrter Herr Präsident!
Nach den Schwierigkeiten, die sowohl ich selbst als auch mein Land vor kurzem zu überstehen hatten, habe ich die schwere Pflicht, in dieser für unsere Welt und unsere gemeinsame Sicherheit entscheidenden Frage eilig dort wieder anzuknüpfen, wo wir beim letzten Mal stehengeblieben waren. Die weitere Durchdringung dieser Frage ist durch die Versuche bestimmter Kreise vorübergehend verzögert worden, unser Streben nach Demokratie zunichte zu machen. Diese Kreise haben sich nicht einmal gescheut, dem Präsidenten des Landes Gewalt anzutun.
In meiner vollen Kompetenz als legaler Präsident der Union der Sozialistischen Sowjetrepubliken wende ich mich jetzt erneut an Sie. Ich halte es für notwendig, das zu betonen, da es bei meiner letzten Begegnung mit Präsident Bush zu einem nicht unerheblichen Teil um die Frage ging, inwieweit ich noch volle Befugnisse habe oder nicht.
Ich möchte betonen, daß das der Fall ist.
Um so unsere Diskussion dort wieder aufzunehmen, wo sie unterbrochen worden ist, habe ich zunächst die Pflicht, Ihnen mitzuteilen, daß es zu einigen Komplikationen gekommen ist.
Es hat sich herausgestellt, daß bestimmte Kreise innerhalb des Organs, dessen Aufgabe es ist, für die Sicherheit der Sowjetunion zu sorgen, nicht davor zurückgeschreckt sind, den legalen Präsidenten des Landes abzuhören und ihn auszuspähen.
Natürlich sind bestimmte Maßnahmen ergriffen worden; das Organ, das früher unter der Bezeichnung KGB bekannt war, ist jetzt aufgelöst. Wir, darunter der Präsident der Russischen Föderativen Republik und ich selbst, führen die notwendigen Veränderungen durch.
Offen gestanden, Herr Präsident, gibt es gute Gründe für die Annahme, daß die Verschwörer, die es für richtig gehalten haben, die Karte »Kernwaffen des Sowjetstaats« zu spielen, auch in der Organisation mit dem früheren Namen KGB zu finden sind.

Wenn die Möglichkeit bestünde, mit einem einzigen Schlag alle Verschwörer in dieser Angelegenheit zu vernichten, würde ich natürlich nicht zögern, mich sämtlicher Instrumente zu bedienen, die unsere Verfassung dem legalen Präsidenten des Landes zugesteht. Ein solcher Versuch kann jedoch nur in der absoluten Gewißheit eines hundertprozentigen Erfolgs unternommen werden. Dabei besteht das Risiko, daß wir uns aller Möglichkeiten berauben, die Diebe auf frischer Tat zu ertappen. Sie würden Gelegenheit erhalten, ihre Pläne zu ändern und uns mit etwas zu überraschen, worauf wir nicht vorbereitet wären. Im Hinblick auf den ungeheuerlichen Ernst der Angelegenheit, welcher die Sicherheit der ganzen Welt betrifft, kann ich es nicht verantworten, dieses hochkomplizierte Problem auf diese Weise zu lösen.

Meine Einstellung dazu ist jetzt folgende: Als gleichgestellte Staatsmänner mit einer bedeutenden internationalen Verantwortung können wir jetzt nur auf eine Weise verantwortungsvoll handeln, nämlich so, daß wir der Verschwörung freien Lauf lassen, bis zu dem Punkt, an dem wir die beteiligten Personen festnehmen und vernichten sowie ihnen ihr entsetzliches Diebesgut abnehmen können.

Ich werde diese sensible Frage bei passender Gelegenheit mit dem Präsidenten der Russischen Republik besprechen, muß jedoch gestehen, daß die Zeit für diesen Schritt noch nicht reif ist.

Wir haben inzwischen zwei konkrete Erkenntnisse gewonnen, die für den weiteren Fortgang der Angelegenheit von Bedeutung sind. Der wahrscheinlichste Zeitpunkt liegt um die Mitte des Monats Dezember oder etwas später. Es handelt sich um Mehrfachsprengköpfe, deren Sprengkraft auf insgesamt rund zwei Megatonnen geschätzt wird.

In der Hoffnung, daß wir als Staatsmänner mit vereinten Kräften diese Sache zu einem glücklichen Ende führen können, zu einem glücklichen Ende nicht nur für unsere beiden befreundeten Länder, sondern auch für alle Nationen der Welt, zeichne ich

mit vorzüglicher Hochachtung

Michail Sergejewitsch,
Präsident der UdSSR

Mauno Koivisto saß eine Zeitlang mit zusammengebissenen Zähnen da und schlug mit der Faust leise und langsam auf die Tischplatte, während er zu verstehen suchte, was er soeben gelesen hatte.

Der Brief war über weite Strecken geziert und unklar. Er schien unter Druck geschrieben worden zu sein. Das war sehr unangenehm, nicht nur wegen der Dinge, die dort tatsächlich standen; kalte, sachliche Worte wie *Mehrfachsprengköpfe* und *zwei Megatonnen*, wobei die letztgenannte Vermutung sozusagen über den Daumen gepeilt war. Das war furchterregend. Schon mit einer notdürftigen Allgemeinbildung konnte man leicht erkennen, daß es in Wahrheit um die Fähigkeit ging, alles Leben in Finnland auf ewig zu vernichten. Und dieses Zeug sollte über die Grenze geschleppt werden.

Vielleicht ebenso furchterregend, wenn auch auf einer anderen und schwer damit vergleichbaren Ebene, war der Eindruck, den der Brief vermittelte, nämlich von einem Präsidenten geschrieben worden zu sein, der kaum noch Präsident war; von seinem eigenen Sicherheitsdienst abgehört, von der Macht verdrängt, von einem Mann wieder installiert, dessen Namen er nicht einmal schreiben wollte – zweimal stand dort ein Titel statt des Namens Boris Jelzin.

Mitte Dezember – gab es die Sowjetunion dann überhaupt noch? Im finnischen Außenministerium zweifelte man offenbar daran.

Wer war dann Finnlands Gesprächspartner, Boris Jelzin oder Michail Gorbatschow?

Mauno Koivisto suchte in dem Brief, bis er die Formulierung »diese Frage bei passender Gelegenheit besprechen« fand sowie einen Titel statt des Namens Boris Jelzin, und dann »ich muß gestehen, daß die Zeit für diesen Schritt noch nicht reif ist«.

Das konnte jedenfalls kaum bedeuten, daß Boris Jelzin zu den »bestimmten Kreisen« gehörte, welche die »Kernwaffenkarte spielen« wollten. Es konnte jedoch auch nichts anderes bedeuten, als daß Gorbatschow kein Vertrauen zu dem russischen Präsidenten hatte. Es stand jedenfalls fest, daß er dem Präsidenten des Nachbarlandes Finnland erheblich mehr Vertrauen entgegenbrachte.

Ein Machtkampf zwischen Boris Jelzin und Michail Gorbatschow also, und inmitten dieses Wirrwarrs zwei oder mehr Megatonnen in »Mehrfachsprengköpfen«, die auf dem Weg nach Finnland waren.

Eine Weltkatastrophe rückte da heran. So einfach ließ sich die Sache ausdrücken.

Es verbot sich, mit Jelzin hinter dem Rücken von Gorbatschow Kontakt aufzunehmen. Das konnte zu chaotischen Verwicklungen führen, das lag auf der Hand.

Gorbatschow mußte die Entscheidung mit Jelzin suchen, andernfalls würde Finnland bei den internen Gegensätzen der beiden Männer zerrieben werden. Und, noch schlimmer, unter Umständen würde sogar finnisches Personal bei dieser Auseinandersetzung geopfert werden, nur um das Prestige des einen oder anderen zufriedenzustellen. Doch so, wie Mauno Koivisto die Sache sah, gab es gute Möglichkeiten, von finnischer Seite die Forderung nach einer klaren Entscheidung durchzudrücken.

Er sah auf die Uhr. Es war kurz vor Mitternacht. Der Brief mußte von der gesamten Sicherheitsgruppe analysiert werden, doch das hatte Zeit bis zum nächsten Morgen.

In Paris war es eine Stunde vor Mitternacht.

»Wir entscheiden selbst über unser Leben«, sagte er fast ein wenig schläfrig. »Wir sind freie Menschen in einer freien Welt und bestimmen selbst über unser Leben.«

»Ich finde es trotzdem zu kostbar. Ich bekomme beinahe Angst, wenn ich es anfasse«, erwiderte sie und betastete vorsichtig die Halskette. Sie ließ Zeigefinger und Mittelfinger von Stein zu Stein gleiten.

Die Kette bestand aus zwanzig großen rechteckigen Rubinen, von denen jeder in Gold gefaßt war; die Kette hatte 650 000 Francs gekostet.

»In San Diego einmal«, sagte er und streckte sich wohlig über die Satinlaken in dem gewaltigen Doppelbett, so daß er mit knapper Not den Champagner erreichte, »in San Diego einmal vor sehr langer Zeit, die mir manchmal so vorkommt, als wäre es erst gestern gewesen, habe ich eine Silberbrosche mit einem mexikanisch-indianischen Muster aus ungeschliffenen Türkisen gekauft. Sie kostete damals hundertfünfundsiebzig Dollar. Das konnten wir uns damals leisten. Heute sehen unsere Finanzen ein wenig anders aus.«

Er goß den restlichen Champagner ein und reichte ihr das Glas.

»Was ist mit der Brosche passiert?« fragte er.

»Ich habe sie im Meer versenkt«, erwiderte sie nach einigem Zögern. »Ich hatte sie noch ein paar Jahre behalten, sie aber nicht getragen, sondern irgendwo versteckt. Als ich dann heiratete, hatte ich das Gefühl, es wäre irgendwie ein Betrug.«

»Die Brosche zu behalten?«

»Ja. Sie war ein Stück von dir. Ich hatte das Gefühl, daß es nicht richtig war.«

»Wo hast du sie versenkt?«

»Auf einer der Piers draußen bei La Jolla.«

»Weißt du noch wo? Es spielt übrigens keine Rolle. Sand und Gezeiten haben inzwischen ganze Arbeit geleistet. Solltest du dir aber in den Kopf setzen, einen anderen Kerl zu heiraten, kannst du wenigstens so nett sein, mir zu erzählen, wann und wo du dieses Ding zu versenken gedenkst, damit ich meine Taucherausrüstung in Bereitschaft habe.«

Sie lachte auf.

»Was der Botschafter Schwedens vereint, können die Menschen nicht scheiden«, sagte sie und wandte sich zu ihm. Sie küßte ihn so, daß sie den Champagner gleichzeitig auf seinen nackten Bauch schüttete. Er hüpfte hoch und kippte sein eigenes Glas um.

»Was für ein Glück, daß das Bett so groß ist«, kicherte sie, als sie den Schaden besichtigten. »Hier ist eine trockene Ecke, wo wir schlafen können.«

Sie rutschten zu dem trockenen Teil hinüber, der groß genug zu sein schien, und rückten Kopfkissen und Decke zurecht.

»Als ich ein kleiner Junge war«, sagte er nachdenklich, »habe ich einmal in einer Sonntagsmatinée einen Film gesehen. Es ging um edle Helden und schwarzhaarige Schurken, natürlich Mexikaner, und Galopp Galopp, mit allem, was dazugehört. Eigentlich erinnere ich mich nur an eine Szene des Films, im Grunde nur an ein Bild. Der Schurke mit einem dünnen schwarzen Schnurrbart und Reithosen mit runden Silberscheiben als Revers, dazu Sombrero und Poncho, ich nehme an, daß der Kerl so aussah. Woran ich mich aber erinnere, ist die Frau des Schurken, die gegen Ende des Films wahrscheinlich von den weißen Helden aus Texas gerettet wurde. Sie wurde also entführt. Ja, die Frau des Schurken sah so aus wie du, allerdings mit einem längeren Hals. Sie war eine mexikanische Variante von Ava Gardner. Und an diesem Hals trug sie eine Halskette, die aus Gold und Rubinen bestand. Es waren nicht kleine Rubine, wie du sie hast, sondern sie waren mindestens so groß wie Taubeneier. Ich sehe dieses Bild noch in aller Schärfe vor mir. Die Frau hatte das Haar zu so einer hohen Frisur hochgesteckt, du weißt schon, gestützt von kurzen breiten Kämmen und einem Schleier über dem Haar. Es war unerhört schön.«

»Ja? Und?« sagte Tessie. »Willst du, daß ich mir für morgen so eine Frisur mache? Ich weiß, was du meinst.«

»Ja, fabelhafte Idee!« sagte er begeistert. »Schaffst du das?«

»Ich weiß nicht«, erwiderte sie unsicher, »dazu braucht man Hilfe.«

»Ja, aber die gibt's doch hier im Hotel. Wir bestellen eine Friseuse. Du kannst sogar eine bekommen, die spanisch spricht, wenn du willst. Die wird dann schon verstehen, worum es geht.«

»Glaubst du, die haben hier so was?« fragte sie.

»Ja. Hier haben sie alles. Du kannst in zwanzig Minuten eine geröstete Ente bekommen oder einen Juwelier, der aufs Zimmer kommt, oder jemanden, der dir deine Zehennägel schneidet, selbstverständlich auch eine Friseuse, die spanisch spricht, denn in diesem Nobelschuppen sprechen sie englisch, deutsch, französisch, spanisch, italienisch und polnisch.«

»Hast du gefragt?«

»Nein, aber in den Broschüren auf dem Schreibtisch da drüben in dem anderen Zimmer gelesen. Du weißt schon, meine angeborene Neugier.«

»Na schön, dann machen wir es so. Aber was war die Pointe mit Ava Gardner und den Rubinen?«

»Ich habe dieses Bild nie vergessen. Wie ich schon sagte, es ist das einzige, woran ich mich aus diesem Film erinnere. Eines Tages setzte ich mir in den Kopf, eine solche Kette auch in Wirklichkeit zu sehen, und jetzt sind wir hier. Wir bestimmen über unser eigenes Leben. Von jetzt an tun wir genau das, was wir wollen. Wir reisen dorthin, wohin wir reisen wollen, und nicht dorthin, wo ein anderer uns hinhaben will. Übrigens muß ich nächste Woche nach San Diego. Hast du Lust mitzukommen?«

»Eine dienstliche Angelegenheit?«

»Mmh.«

»Wir reisen dorthin, wohin wir reisen wollen, sofern es nicht dienstlich ist, dann reisen wir nämlich dorthin, wohin der Boß uns befiehlt«, lachte sie.

»Ach was!« sagte er. »Es ist nur eine Routinedienstfahrt, nichts Besonderes. Ich muß nach Ridgecrest hinauf und mir etwas Material ansehen. Aber hast du nicht Lust mitzukommen?«

»Und wieder dienstfrei zu verlangen? Sie haben schon über diesen Freitag gejammert.«

»Das lag nur daran, daß du nicht gesagt hast, worum es geht. Ich möchte aber den amerikanischen Chef sehen, der nein sagt, wenn du erklärst, daß es um kurze Flitterwochen geht und daß du frisch verheiratet bist.«

»Du hast den IBM-Chef für Skandinavien noch nicht gesehen, Mr. President. Vor ihm sind wir alle nichts als ›die Besatzung‹ oder bestenfalls ›das Personal‹. Es wird also nicht ganz leicht sein.«

»Wollen wir wetten?«

»Nein. Du hast dir wieder irgendeinen Trick ausgedacht. Wie denn?«

»Ich rufe ihn an, stelle mich höflich vor und beantrage ehrerbietig eine Woche dienstfrei für Frau Hamilton, da wir frisch verheiratet sind.«

Tessie prustete los.

»Ich gebe mich geschlagen, ich gebe mich geschlagen«, kicherte sie. »Ja, er ist schon ein richtiger Amerikaner und Präsident, wenn aber *Sir Lancelot of the Lake* anruft, wird er wohl vor Ehrfurcht auf die Knie fallen. Du bist manchmal ein Zyniker, weißt du das?«

»Nein, ich bin nur praktisch. Also San Diego?«

»Gern«, sagte sie, »aber jetzt muß ich schlafen, damit ich morgen wie eine schöne *Kanakin* aussehe, und zwar ausstaffiert wie ein *Fritiof Andersson*, der Tango tanzen möchte. Du siehst, ich habe schon eine ganze Menge gelernt, nicht wahr?«

Sie sprang geschmeidig aus dem Bett und drehte eine Runde um das weiße Kostüm, das an einem Gestell mitten im Zimmer hing.

»Wo hast du das alles bloß gelernt, du Kanakin«, rief er hinter ihr her, als sie im Badezimmer verschwand.

»Bei den Schwedischkursen für Ausländer!« rief sie zurück. »Die meisten von uns sind ja Kanaken, und Evert Taube gehört zur Landeskunde.«

»Kanakin«, murmelte er lächelnd vor sich hin, »aus der Chicano-Mexikanerin ist eine Kanakin geworden.«

Tessie sang mit voller Lautstärke ein Lied, so daß es in dem gewaltigen Badezimmer widerhallte.

Er schloß kurz die Augen, spürte aber, daß er gleich einschlafen würde. So krabbelte er aus dem Bett, räumte die Gläser zur Seite und ging zu ihr ins Bad.

Sie schliefen lange, da sie nicht zeitig aus dem Bett mußten. Sie sollten erst um drei Uhr nachmittags in der Botschaft sein.

Auf dem Balkon war eine Infrarotheizung eingebaut. Und zu dem späten Frühstück konnten sie in ihren flauschigen Morgenmänteln dasitzen, die sie im Kleiderschrank des Badezimmers gefunden hatten. Auf der Innenseite weiches Frottee, außen Seide mit japanischen Schriftzeichen. Das Hotelzimmer lag im zwanzigsten Stock. Sie hatten eine Aussicht auf den Eiffelturm in weiter Ferne, und in der Nähe sahen sie einen großen Park in flammenden Herbstfarben und die Seine.

Sie wollte auch den anderen Ring sehen, aber er schüttelte halsstarrig den Kopf. Den durfte sie erst sehen, wenn sie verheiratet war, und bis dahin waren es noch mehrere Stunden.

Sie hielt den »Verlobungsring« in das Sonnenlicht, den Ring, den sie an der Place Vendôme anprobiert hatte, während er den zweiten Ring allein gekauft hatte. Sie bewegte die Hand hin und her, ganz langsam, im Sonnenschein, so daß in alle Richtungen rote Reflexe sprühten, sogar in ihre Augen und auf die weiße Tischplatte. Der Ring bestand aus dicht zusammengefügten Rubinen auf der Oberseite; die Unterseite war glattes Gold.

»Ich gehe jede Wette ein, daß der andere genauso aussieht«, fühlte sie vor. »Das wäre typisch für dich, ein bißchen phantasielos, aber geschmackvoll.«

»Du brauchst es gar nicht erst zu versuchen«, knurrte er mit gespieltem Mißtrauen. »Ich kann weder bestätigen noch dementieren. Es gehört nicht zu unserer Politik, Dinge zu kommentieren, die geheimgehalten werden müssen. Das wissen Sie sehr gut, Gnädigste.«

Ein Schatten huschte ihm übers Gesicht, als hätte er sich an einem spitzen kleinen Stachel des Berufsjargons gestochen; er war ja ein freier Mensch und nichts sonst. Er konnte nach Paris reisen und heiraten, wann immer es ihm paßte, oder zu Hirschen aufs Land ziehen oder nach San Diego fliegen, ohne jemals noch einmal nach Palermo zu müssen. Er fand schnell zu seiner guten Laune zurück und zu seinem ausgelassenen Freiheitsgefühl, stand auf und holte die graue Schachtel des Juweliers, die er unerreichbar hochhielt, als sie einen halbherzigen Versuch machte, sie zu erhaschen.

»Hier drinnen ist das Geheimnis. Es wird nicht vor 15.00 Uhr gelüftet.«

Er steckte die Schachtel demonstrativ glucksend tief in die Tasche, tätschelte das Geheimnis und leerte dann ein Glas mit frisch gepreßtem Grapefruitsaft.

»Mmh … Das erinnert an zu Hause«, sagte er. »Kalifornische Grapefruit, probier mal!«

»Ein Kanake wie du kann das doch nicht entscheiden«, brummelte sie und trank aus ihrem eigenen Glas.

»Was meinst du mit Kanake?« sagte er, als hätte sie ihn tief gekränkt.

»In Kalifornien bist du der Kanake, nicht ich, aber sonst hast du recht. Ich meine den Saft, in den meisten anderen Dingen hast du unrecht«, stellte sie sachlich und gemessen fest.

»Beispielsweise worin? Habe *ich* jemals unrecht? Kannst du dich an eine einzige Gelegenheit erinnern, bei der *ich* unrecht gehabt hätte?« fragte er in übertriebenem Tonfall.

»Aber ja«, erwiderte sie selbstbewußt, »wenn ich daran erinnern darf, was du gesagt hast, daß nämlich du und ich über die Welt bestimmen. Du hast Gott vergessen, aber das ist andererseits ja typisch für dich.«

»Gestern hast du Gott mit dem schwedischen Botschafter in Paris verwechselt, und heute ist er wieder der Allmächtige. Opportunistin!«

»Man muß praktisch denken. Da du dich aus absolut unbegreiflichen Gründen weigerst, zum Katholizismus zu konvertieren, muß eben der schwedische Botschafter als Stellvertreter dienen. Aber merk dir, er ersetzt Gott nur in dieser ganz speziellen Angelegenheit.«

»Friede!« sagte er und hielt zwei Finger hoch. »Wir sollten die Theologie verlassen.«

»Ja, denn sie ist nicht gerade deine starke Seite. Es dürfte so am besten sein«, schnaubte sie auf eine Weise, daß er fast glaubte, es sei ernst.

»Dieser Juwelier wäre doch um ein Haar in Ohnmacht gefallen«, wechselte sie fröhlich und schnell das Thema. »Was hat er übrigens bei eurer Heimlichtuerei gesagt?«

»Er war, wie soll ich sagen, zunächst ein bißchen hochnäsig«, sagte Carl.

»Ja, aber was hat er gesagt?«

»Es lief darauf hinaus, daß es nicht üblich sei, Waren einer bestimmten Preisklasse an Personen in Jeans zu verkaufen, die außerdem noch Ausländer seien und mit Plastikkarte bezahlen wollten, selbst wenn es sich um eine Platinkarte handle.«

»Und wie hast du dich aus der Affäre gezogen?«

»Ich habe ganz ernsthaft zunächst die Jeans angesprochen und ausführlich und überzeugend argumentiert, daß Jeans beim Einkauf von Juwelen bestens geeignet seien. Ich erklärte ihm, daß ich bei solchen Gelegenheiten immer so gekleidet sei, um nicht das Interesse von Räubern und Dieben auf mich zu ziehen. Außerdem könne er die Banque Nationale de Paris anrufen, denn dort hätte ich Geld deponiert, das an die Kreditkarte gebunden sei. Er rief also an und wurde dann sehr höflich, so daß ich anschließend in aller Ruhe Ringe aussuchen konnte.«

Sie fuhren in der amerikanischen Limousine des Hotels zur Botschaft und kamen zu Carls sichtlicher Irritation drei Minuten zu spät.

Als er jedoch um den Wagen herumging, um Tessie den Arm zu reichen, machten ihn ihre Farben und ihre blitzende Schönheit ein paar Augenblicke lang stumm. Er hatte sie noch nie so schön gesehen. Alles war genauso vollkommen, wie er es sich in seiner Phantasie erträumt hatte. Ihr blauschwarzes Haar war mit Hilfe einer spanischen Spezialistin tatsächlich nach mehrstündiger Arbeit so hochgesteckt worden, wie er es sich vorgestellt hatte. Das schwarze Haar, das weiße Kostüm, der schwarze Pelz, die feinen weißen Schleier, die roten Blitze an ihrem Hals – alles war perfekt.

»Mein Gott, bist du schön, mein Gott, wie ich dich liebe«, flüsterte er. Er faßte sie unter den Arm und führte sie fast wie im Triumph zur Tür, wo der schwedische Botschafter wartete, der wie Carl einen Cut trug.

»Herr Botschafter«, sagte Carl strahlend, »darf ich Sie mit meiner künftigen Frau bekanntmachen, Teresia Maria Corazón O'Connor.«

»Ich bin entzückt, Madame«, sagte der Botschafter auf französisch, ergriff lüstern ihre Hand und küßte sie.

Dann schüttelte er Carl kraftvoll die Hand und forderte das Paar mit einer großen Geste auf einzutreten.

»Normalerweise befasse ich mich nicht mit solchen Dingen«, fuhr er auf französisch fort. »Welche Sprache sollen wir übrigens sprechen?«

»Spanisch wäre ausgezeichnet«, sagte Carl mit einem Augenzwinkern. Der Botschafter wurde für eine Sekunde unsicher, bis Tessie Schwedisch oder Englisch anbot.

»Nun, wenn Französisch nicht gut genug ist, müssen wir uns mit der Sprache der Ehre und der Helden begnügen, wenn Sie entschuldigen, Madame«, fuhr er auf schwedisch fort. »Wie schon gesagt, normalerweise beschäftige ich mich nicht mit solchen Dingen. Die Leute glauben, ein Botschafter sei entweder Pfarrer oder Gastronom. Meist wollen die Leute von mir, daß ich ihnen in guten Restaurants einen Tisch besorge, was heute übrigens schon geregelt ist, *das* habe ich also nicht gemeint. Es ist irgendein Zeitungsfritze im Haus. Ich habe ihn draußen in der Küche in Eisen legen lassen, aber er behauptet, die Herrschaften hätten ihn bestellt. Hier entlang, bitte!«

»Zeitungsfritze?« fragte Tessie, während sie zu einem Salon geführt wurden.

»Ja«, sagte er, »das ist ein etwas herablassendes Wort für Presseleute. Man kann sie auch Klatschtanten oder Gangster nennen. Ich nehme an, das Privatleben der Herrschaften hat an deren Börse einen hohen Preis.«

»Es ist ein Service, den uns das Hotel angeboten hat«, erklärte Carl unsicher. »Die Bilder sind also nur für unseren privaten Gebrauch gedacht.«

»Mmh, wir werden sehen«, knurrte der Botschafter. »Diese Scheißkerle haben etwas, was sich Copyright nennt. Das bedeutet, man bezahlt ein paar tausend Francs für eine bestimmte Zahl von Kopien, die der fragliche Pressefritze anschließend an allerlei pornographische Blätter verhökert.«

»Wenn es so ist, schlage ich vor, daß wir den jungen Mann auf geeignete Weise von seiner schweren Last befreien, sobald er seine Bilder gemacht hat«, sagte Carl unbekümmert, womit er den sofortigen glucksenden Beifall des Botschafters fand.

Sie betraten einen größeren Empfangssaal, in dem einige Botschaftsangestellte neugierig tuschelnd an Tischen mit Erfrischungen warteten. Eine Frau in einem Rollstuhl saß etwas abseits. Carl wußte, was zu tun war, und lenkte die Schritte zum Rollstuhl. Er begrüßte die Frau des Botschafters und stellte Tessie vor.

Anschließend gaben sie den erwartungsvollen Angestellten die Hand.

»Nun«, sagte der Botschafter und wischte sich eine lange blonde Locke aus der Stirn, »der guten Ordnung halber sollten wir zunächst die Formalitäten erledigen und erst dann Champagner trinken.«

Ohne weitere Vorrede bat er Carl und Tessie, an einen kleinen Tisch mit Dokumenten und Formularen zu treten, während die übrigen Gäste sich im Raum hinter ihnen gruppierten.

»Es kommt nicht sehr oft vor, daß ich so etwas tue, aber gerade in Ihrem Fall war es mir unmöglich, nein zu sagen«, fauchte der Botschafter, der auf eine lustige Weise beim Atmen sprach. Die Worte kamen stoßweise hervor.

»Was ich auf wenig geschickte Weise auszudrücken versuche, ist, daß ich diesen Auftrag als sowohl ehrenvoll wie erfreulich ansehe«, fuhr der Botschafter fort und sah sich auffordernd um. »Sind alle bereit? Dann können wir loslegen. Ich bitte um Entschuldigung, weil ich hier ablesen muß, aber solche Zeremonien sind nicht gerade mein tägliches Brot.«

Er setzte sich eine Lesebrille auf, nahm ein Formular in die Hand und murmelte etwas über festgestellte Identität sowie etwas Unverständliches. Dann sah er auf.

»Nimmst du, Carl Gustaf Gilbert Hamilton, diese … äh …«

Er blickte erneut in seine Papiere.

»... diese Teresia Maria Corazón O'Connor zu deiner Ehefrau und gelobst du, sie in guten wie in schlechten Tagen zu lieben?«

Carl zögerte. Er erweckte den Eindruck, als hätten übermächtige Gefühle plötzlich einen Kurzschluß verursacht. Um ein Haar hätte er »Ja« oder, noch schlimmer, »Yes Sir!« gebrüllt. Er zögerte eine Sekunde, doch sie kam ihm erstaunlich lang vor.

»Ja«, sagte er.

»Nun, das ist ja bestens«, sagte der Botschafter schmunzelnd und wandte sich dann an Tessie. Er wiederholte die Frage für sie, während der diskret eingelassene Fotograf reihenweise Blitze abschoß.

»Ja«, erwiderte Tessie leise und mit gesenktem Kopf.

»Nun«, sagte der Botschafter aufmunternd fröhlich, »damit erkläre ich Sie für Mann und Frau. Nein, zum Teufel, der Ring! Du mußt mir den Ring geben.«

Carl wühlte nervös in der Tasche und zog die graue Schachtel hervor. Er fummelte an dem Verschluß herum, dem einzigen, der ihm in den letzten Jahren Mühe bereitete. Endlich bekam er den Ring heraus und streifte ihn Tessie über den ausgestreckten Finger. Er ähnelte ihrem roten Rubinring, hatte aber zusätzlich weiße und grüne Steine. Gold, Grün, Rot und Weiß sind die mexikanischen Farben.

»Ihr dürft euch jetzt küssen«, schmunzelte der Botschafter, und sie taten es. Anschließend wurde ihnen gratuliert, und sie bekamen sogar einen Riesenstrauß Blumen.

»Das wär's dann!« sagte der Botschafter und rieb sich zufrieden die Hände. »Jetzt ist es so, daß Kapitän zur See Hamilton eine Bitte an mich gerichtet hat, die ich ihm nicht habe abschlagen können.«

Er holte einen Säbel hervor und eine Flasche Champagner, Louis Roederer Cristal. Ohne zu zögern hieb er mit dem Säbel den Flaschenhals ab, so daß der Champagner auf den Perserteppich spritzte. Dann goß er zufrieden brummelnd jedem ein, schnell und nachlässig, wie er es wohl bei irgendeinem russischen Vorbild gesehen hatte, hob sein Glas und prostete dem Brautpaar zu.

Anschließend posierten sie eine Zeitlang in verschiedenen Konstellationen für den Fotografen. Mal mit, mal ohne Botschafter, mit allen Anwesenden, Tessie und Carl allein, mit Blumen, aber ohne Champagner, und so weiter.

Als der Fotograf gerade zum dritten Mal den Film wechseln wollte, stürzte sich der hochgewachsene Botschafter wie ein Habicht auf ihn und nahm ihm die Filmrollen ab. Dem Schwall lautstarker Proteste begegnete er mit der Bemerkung, hier befinde man sich auf schwedischem Territorium, und Kapitän zur See Hamilton vom Geheimdienst Seiner Majestät habe das Recht zu töten. Außerdem, so erklärte er, lägen dreitausend Francs in bar draußen in der Küche. Damit schubste er den Fotografen ohne viel Federlesens hinaus, trat mit den beschlagnahmten Filmen vor Carl und überreichte sie ihm.

»Es wäre natürlich schön, wenn ich mal ein kleines Foto davon bekäme, ich meine, für meinen privaten Gebrauch«, lachte er.

»Selbstverständlich«, erwiderte Carl. »Und es dürfte selbstverständlich sein, daß ich Ihnen was schulde.«

Der Botschafter lachte brüllend los und nahm erneut den Säbel in die Hand.

Der Ministerpräsident und der Verteidigungsminister waren im Regierungsgebäude Rosenbad allein. Der Sonnabendnachmittag war ein praktischer Zeitpunkt für ein Gespräch, das niemand mithören sollte.

»Also Hamilton persönlich soll diese Operation leiten, falls sie zustande kommt«, stellte der Ministerpräsident nachdenklich fest. Er biß auf seinen Brillenbügel und rieb sich den Augenwinkel.

»Ja«, bestätigte Anders Lönnh, »diese Wahl der militärischen Führung finde ich aber nicht erstaunlich.«

»Nein, aber wir sollten hoffen, daß nichts daraus wird«, fuhr der Ministerpräsident langsam fort.

»Wieso?« fragte Anders Lönnh. Er sah fast gekränkt aus.

»Nun ja«, sagte der Ministerpräsident und blickte durch das grüne Panzerglas auf das Reichstagsgebäude, »es wäre ja schade, wenn wir unnötige Verluste erleiden würden. Ich hatte mir gedacht, daß Hamilton den militärischen Stuhl in meinem Sicherheitsrat übernimmt. Ja, du weißt schon, ich wollte einen kleineren Kreis von Experten um mich versammeln, wenn sicherheitspolitische Fragen auf der Tagesordnung stehen.«

»Ja, dort würde er sich gut machen. Er sitzt ja neuerdings auf praktisch allen Erkenntnissen des Nachrichtendienstes.«

»Ohne der oberste Chef zu sein, ja. Wir dürfen vielleicht davon ausgehen, daß ihn das etwas freimütiger sprechen läßt, als wenn er ganz oben säße. Trotzdem hat er das gleiche Wissen. Aber stimmt es eigentlich, daß er so eine Art Linksextremist ist?«

»Darüber nachzudenken habe ich noch gar keinen Anlaß gehabt«, sagte der Verteidigungsminister amüsiert. »Falls ja, wäre es wohl nicht sehr gefährlich. Ich meine, so unter uns Pastorentöchtern können wir doch zugeben, daß so manches der besseren Gehirne des Landes einen solchen Hintergrund hat.«

»Ja, aber das muß auch unter uns Pastorentöchtern bleiben«, erwiderte der Ministerpräsident spitz. »Du kennst doch sicher die Geschichte. Hast du denn nicht gehört, was er vor einem Jahr vor dem Verfassungsausschuß gesagt hat? Du warst doch dabei.«

»Ja, es war schon ein Fest, wie er diesen Kommunisten sozusagen von links eingeseift hat. Ich war wie gesagt ja selbst dabei. Ja, Herrgott nochmal, er sagte, die einzige Organisation, der er je angehört habe, sei die Clarté gewesen. Und aus diesem Grund betrachte er die Linkspartei der Kommunisten als *sozialimperialistisch*, obwohl er das Wort nicht direkt verwendete. Außerdem erklärte er, nie die Kommunisten gewählt zu haben. Na ja, so was vergißt man nicht. Es war jedenfalls ziemlich komisch.«

»Komisch oder nicht: Was bedeutet so etwas heute?«

»Das mußt du ihn schon selbst fragen, ob es irgendeine Bedeutung hat. Ich meine, Hamiltons Kompetenz und seine Loyalität gegenüber der Flagge dürften ja wohl über jeden Zweifel erhaben sein.«

»Ja, er ist unleugbar ein über jeden Verdacht erhabener Bürger«, stimmte der Ministerpräsident zu. »Du hast recht. Ich frage ihn selbst, wenn sich die Gelegenheit ergibt. Aber jetzt im Ernst. *Wenn*, mit Betonung auf *wenn*, wir diese Operation durchführen müssen, kann es wohl keinem Zweifel unterliegen, daß wir Hamilton die operative Verantwortung übergeben müssen.«

»Wir verfügen beim OP 5 jetzt über vier Mann, die, was Ausbildung und Training angeht, den genau gleichen Hintergrund haben. Er ist einer davon«, sagte der Verteidigungsminister. »Das läßt uns nicht sehr viel Spielraum. Ich meine, wenn wir diese Sache durchziehen müssen, was ja wohl der Fall sein kann, müssen wir das Beste einsetzen, was wir haben. Alles andere wäre doch unverantwortlich.«

»Ja«, erwiderte der Ministerpräsident, streckte sich und gähnte. »Entschuldige, es ist gestern abend spät geworden. Essen mit Journalisten, du weißt schon. Ja, ehrlich gesagt geht es um eine Verantwortung, die so verdammt groß ist, daß wir alles auf die Beine stellen müssen, was wir haben. Das Bedauerliche an der sowohl taktisch wie moralisch richtigen Linie ist, daß wir damit auch Gefahr laufen, uns einen qualitativ schwer zu ersetzenden Verlust einzuhandeln. Ich meine, es ist nicht so, als würden wir ein paar Flugzeuge verlieren. Wir setzen dann ein ganzes Kompetenzfeld aufs Spiel.«

»Das wir aufs Spiel setzen müssen, wenn die Finnen sich zurückziehen.«

»Genau! Kommt Zeit, kommt Rat. Ich glaube verstanden zu haben, daß Koivistos Zögern etwas damit zu tun hat, wie er die Zusammenarbeit auf russischer oder sowjetischer Seite verankern soll oder auf beiden Seiten. Habe ich recht?«

»Ja, das ist auch mein Eindruck«, bestätigte der Verteidigungsminister.

»Dazu gibt es nicht viel zu sagen. In der gleichen Situation würden wir auch so denken, nicht wahr?«

»Ja. Gorbatschow oder Jelzin, das ist die Frage.«

»Was für Verbindungen hast du?«

»Primakow. Der war Sicherheitspolitiker, wie es hieß, taucht jetzt aber plötzlich als Spionagechef auf. Er hat den Staatsstreich überlebt und dürfte auf der richtigen Seite stehen.«

»Und Primakow kann uns sozusagen weiter oben einführen?«

»Ja, ich glaube schon.«

»Die Frage ist also nicht, ob, sondern wann wir mit den Russen Kontakt aufnehmen sollen.«

»Dann kommen wir vielleicht den finnisch-russischen Verhandlungen in die Quere, denn ich nehme an, daß es welche gibt.«

»Ja, davon werden wir wohl ausgehen müssen. Aber dreh die Sache doch mal um. Stell dir vor, die Finnen springen fünf vor zwölf ab. Dann stehen wir da mit unserem Talent. Sollen wir Hamilton und die Jungs dann einfach auf die Reise schicken, ohne erst nachzudenken? Na ja, du verstehst schon.«

Anders Lönnh grübelte eine Zeitlang. Wie immer lag so etwas wie unumstößliche Logik in dem, was der Ministerpräsident sagte. Außerdem war dies sein Lieblingsgebiet, abgesehen davon, daß er sämtliche Flugzeugtypen der Welt kannte.

»Wir kommen in Moskau doch nicht gut mit Spionage weiter«, wandte der Verteidigungsminister lahm ein.

»Frage Koivisto doch, ob er etwas dagegen hat, daß wir vorläufige Gespräche einleiten. Könnte das funktionieren? Was meinst du?«

»Ja. So wie ich Koivisto kenne, wird er vor Wut außer sich geraten, wenn man hinter seinem Rücken handelt. Das müssen wir um jeden Preis vermeiden. Nach Möglichkeit. Aber man kann uns ja nicht vorwerfen, daß wir uns so an die Sache herantasten wie er selbst. Unser Wissen hat ja nichts mit einem Leck in Finnland zu tun. Das steht fest! Ich spreche mit ihm, erzähle ihm von unserem Interesse, das Terrain zu sondieren.«

Der Ministerpräsident seufzte. Er sah eine Falle.

»Leider wird uns das nicht erspart bleiben, obwohl ich es nicht ganz gelungen finde«, sagte er, sah hoch und stellte fest, daß er sich näher erklären mußte. »Nun ja, einerseits ist es gute Politik, besonders Koivisto persönlich gegenüber. Andererseits – wenn er weiß, daß wir auch eine Operation vorbereiten, fällt es ihm vielleicht leichter, einen Rückzieher zu machen. Und dann haben *wir* das Baby auf dem Schoß. Wollen wir das wirklich? Wäre es nicht besser, den Finnen sozusagen keinen Absprung von diesem notwendigen Auftrag zu ermöglichen?«

»Das ist wirklich eine Gewissensfrage«, erwiderte der Verteidigungsminister. »Wir müssen davon ausgehen, daß wir alle, Russen, Finnen, Amerikaner und wir selbst dieser Sache die höchste nur denkbare Priorität einräumen. Kurzfristig ist nichts wichtiger. Wir reden von einer Weltkatastrophe, oder etwa nicht?«

»Doch«, sagte der Ministerpräsident voller Ungeduld angesichts all dieser Selbstverständlichkeiten. »Die Frage lautet also: Was wollen wir?«

»Daß die Operation Dragon Fire Erfolg hat. Das ist wichtiger als alles andere, und …«

»Dragon Fire, haben die Amerikaner das erfunden?«

»Nein, das dürfte auf dem Mist unserer eigenen Amerikaner gewachsen sein, sozusagen.«

»Na ja, verzeih, daß ich dich unterbrochen habe. Was wollen wir?«

»Wie ich schon sagte, Erfolg. Und bei allem Respekt vor unserem tapferen Brudervolk mit seiner langen Tradition von Winterkriegen, seinen glänzenden Eishockeyspielern und kühnen Männern und was du willst – es erhebt sich doch die Frage, ob sie es besser können als Hamilton und seine Männer.«

»Nein«, nickte der Ministerpräsident düster und nachdenklich, »das kann ich mir nicht vorstellen. Teufel auch!«

Die »M/S Varangerfjord« legte um 8.00 Uhr ab. Die Fahrt nach Murmansk war auf etwa vier Stunden berechnet, etwas mehr oder weniger, je nach Wetter. Das Schiff machte über vierzig Knoten und konnte gut hundert Passagiere aufnehmen. Jetzt gegen Ende der Touristensaison war ungefähr die Hälfte der Plätze des Zweideckers von norwegischen Touristen belegt.

Åke Stålhandske und Anna saßen einander an einem Fensterplatz auf dem Oberdeck gegenüber. Er unbekümmert guter Laune und sie sichtlich reserviert. Er lachte plötzlich auf, und sie fragte, was so komisch sei.

Er war schon drauf und dran, es zu erzählen, bremste sich aber und winkte abwehrend mit der Hand.

»Erinnere mich morgen daran, dann erzähle ich es dir«, sagte er ihr.

Die Art Schiff, mit dem sie jetzt fuhren, hatte die schwedischen Streitkräfte derart interessiert, daß zwei Offiziere von der Nachrichtenabteilung des Generalstabs sich in ihrem Übereifer vor einem Jahr im Maschinenraum eines solchen Schiffs mit Notizblock und Kugelschreiber hatten erwischen lassen. Also als Spione. In Norwegen! Die Polizei war eingeschaltet worden, die Zeitungen hatten es mit Balkenschlagzeilen gebracht, zumindest in Norwegen, und die beiden Schreibtisch-Spione, die vor Scham schon ganz vernichtet waren, hatte man schmählich nach Hause geschickt. Es ließ sich einfach nicht machen, schwedische Spione in Norwegen vor Gericht zu stellen. Das hätte zu dumm ausgesehen.

Annas Laune hob es jedoch keineswegs, daß es da etwas Lustiges gab, was jetzt nicht erzählt werden konnte, als sie gerade über die Grenze der sowjetischen Territorialgewässer fuhren. Er suchte verzweifelt nach etwas, worüber sich witzeln ließ, und las in einem Flugblatt, das jemand von der Besatzung verteilte, und plötzlich fand er etwas.

»Sieh einer an«, schmunzelte er, »neuen Bestimmungen zufolge haben wir das Recht, in der Sowjetunion Waren bis zu einem Wert von sechs Rubel einzukaufen. Wenn wir mehr haben wollen, müssen wir in bestimmten Devisengeschäften einkaufen. Dort ist alles erlaubt. Zu den Waren, die man selbst für sechs Rubel nicht kaufen darf, gehören unter anderem Fischkonserven.«

»Ja?« sagte Anna mit fragender Miene.

»Verstehst du, sechs Rubel, daß sind etwa zehn amerikanische Cent, ein Dime oder eine norwegische Krone und fünfundzwanzig Öre. Für einen Dime kriegt man bestimmt nicht viel Fischkonserven, also russischen Kaviar.«

»Dann werden wir wohl in einem Devisenladen einkaufen müssen«, stellte sie uninteressiert fest.

Er verstummte, weil er ein schlechtes Gewissen hatte. Im Grunde benutzte er sie als eine Art Cover. Allein wäre er nicht gefahren, um als »Tourist« herumzuschnüffeln. Doch jetzt als Paar mit frisch eingekauften norwegischen Pullovern beurteilte er es als risikolos.

Als er sah, daß einige Mitreisende ihre Ferngläser in die Hand nahmen und die Küste betrachteten, tat er es auch.

Der Küste waren kaum Schären vorgelagert, nur ein paar vereinzelte Inseln. Die Felsen der recht gleichmäßigen Küstenlinie waren weich gerundet. Spärliche Vegetation, die kaum höher war als einen halben Meter. Von Zeit zu Zeit passierten sie deutlich sichtbare Küstenbatterien, die nicht mal verdeckt waren. An einer Stelle zählte er mindestens sieben Batterien mit SAM-6-Raketen, die an mehrere voneinander unabhängige Radarsysteme gekoppelt waren. Einige andere sahen aus wie SSM-Raketen, vermutlich spätere Versionen der STYX; Dunkelheit oder Tageslicht würde hier keine Rolle spielen. In diesem Gebiet wäre es völlig unmöglich, ungesehen an Land zu kommen, ob unter oder über Wasser.

In regelmäßigen Abständen lagen kleine Korvetten. Sie fuhren in nächster Nähe an einem der Schiffe vorbei, so daß er die Matrosen betrachten konnte. Ihre Uniformen wirkten ungepflegt. Einer hatte nur ein Unterhemd an und kippte gerade einen Eimer mit Abfällen über Bord, auf die ein Seemöwenschwarm sich laut schreiend stürzte. Die Korvetten waren natürlich nicht dazu da, die Oberfläche zu überwachen. Das konnten die Radarsysteme an Land tun. Diese Schiffe lagen jahraus, jahrein hier draußen und warteten auf U-Boote. Vermutlich waren die Gewässer überdies mit Magnetschleifen und Sonarsystemen gespickt.

Er warf Anna einen Seitenblick zu. Sie las in einem Buch, das er für eine alternative feministische Literaturgeschichte hielt. Er sah auf die Uhr, versuchte die Geschwindigkeit zu errechnen und blickte auf die Karte. Ja, hier ungefähr mußte es sein, hinter einer recht großen Insel, die fast mit der Küste zu verschmelzen schien.

Hinter der Insel lag die Einfahrt zum Litsa-Fjord, der vielleicht größten einzelnen Konzentration von Kernwaffen in der Welt, Heimatbasis der monströsen Taifun-U-Boote, von denen jedes vierundzwanzig Luken auf dem Vorderdeck hatte. Wiederum zwanzig davon enthielten eine russische Entsprechung der amerikanischen Poseidon. Jede Rakete war mit einem System von Mehrfachsprengköpfen ausgerüstet, die sechs oder vielleicht noch mehr voneinander unabhängige Kernwaffen zu individuellen Zielen schicken konnten. Sechs mal zwanzig, das bedeutete hundertzwanzig Mal New York, London oder Paris.

Er unterdrückte einen Impuls, sie zu fragen, ob sie »Jagd auf den Roten Oktober« gesehen habe, und darauf hinzuweisen, daß dieses Schiff hier zu Hause war. Jede Erinnerung an Krieg oder militärische Dinge wäre jetzt ein kristallklarer Fehler.

Sie las. Er betrachtete die Küste und prägte sich Einzelheiten ein. Das Wetter war grau und eintönig, und aus den Lautsprechern des Schiffs dröhnte unaufhörlich norwegische Popmusik. Es war also kein munterer Beginn der Reise.

Doch als sie eine Zeitlang auf südlichem Kurs gefahren waren, begann sich die Wolkendecke zu lichten, und sie sahen auf beiden Seiten Land und zunehmend dichtere Bebauung. Einige Passagiere gingen mit Kameras und Ferngläsern aufs Oberdeck.

Anna klappte plötzlich entschlossen ihr Buch zu und fragte, ob sie nicht auch an Deck gehen und gucken sollten.

Sie standen ein wenig abseits und stützten die Ellbogen auf die Reling, als sie sich einer Stadt näherten. Lange Reihen von Kriegsschiffen und Wracks tauchten auf. Hier und da ragten Schornsteine aus dem Wasser, hier mal ein Bug, dort ein verrostetes Heck, und einige Wracks waren ganz an Land gezogen.

»Das muß doch Eisenschrott für aber und aber Millionen sein«, sagte sie neugierig, »stammt das alles noch aus dem Krieg?«

»Nein«, erwiderte er verwirrt und runzelte die Stirn. »Ein Teil sicher, aber die meisten Schiffe sehen jünger aus, diese Zerstörer da zum Beispiel sind in den fünfziger Jahren gebaut worden.«

Er zeigte auf eine Reihe von Wracks, die zur Hälfte an Land gezogen waren, zur Hälfte unter Wasser lagen.

»Warum tun die Russen das?« fragte sie. Er fand darauf keine Antwort. Er zuckte die Achseln und breitete mit einer resignierten Geste die Arme aus. Das Ganze erschien auch ihm unbegreiflich.

»Aber das ist ja wohl nicht direkt ein Wrack«, sagte sie, als sie an einem großen grauen Schiff vorbeikamen, das vor Anker lag.

»Nein, wahrhaftig nicht«, lächelte er, »das da ist der Raketenkreuzer ›Kalinin‹. Ein furchterregendes Schiff, eins der schlagkräftigsten der gesamten Eismeerflotte.«

»Erzähl!« forderte sie ihn mit plötzlichem Interesse auf.

Er zeigte auf die verschiedenen Raketenbatterien, erklärte, was Luftabwehr und was die moderne Form von Artillerie war, zeigte ihr See-See-Raketen, mit denen man andere Schiffe versenken konnte. Allein die »Kalinin« hätte beispielsweise die japanische Flotte vernichten können, die 1941 Pearl Harbor überfiel. Und vermutlich die amerikanische Flotte gleich dazu.

Sie passierten eine Reihe von U-Boots-Rümpfen, und dann tauchten plötzlich einige U-Boote auf, die vollkommen seetauglich wirkten. Er beschrieb Typ und Funktion und nickte stumm auf ihre Frage, ob sie mit Kernwaffen bestückt seien.

»Hat diese ›Kalinin‹ auch Kernwaffen an Bord«, fragte sie.

»Ja, soviel ich weiß, sind die Vorrichtungen für strategische Waffen irgendwo in der Mitte des Schiffs versteckt. In ähnlichen Silos wie bei den strategischen U-Booten. Aber das hier sind Jagd-U-Boote, die andere Schiffe versenken oder mit Kernwaffentorpedos eine ganze feindliche Flotte versenken sollen.«

Sie ließ einen entzückten Ausruf hören und zeigte eifrig auf eins der U-Boote. Es hatte eine Art Gestell auf der Oberseite, in dem ein rot-weiß gestreiftes Mini-U-Boot lag. Offenbar hatte das Gestell Platz für zwei davon.

»Sind das solche Dinger, die wir zu Hause in den Schären gehabt haben?« fragte sie.

»Ich weiß nicht«, sagte er und starrte intensiv hin, während er sich ermahnen mußte, nicht zu fotografieren. Alle anderen Touristen fotografierten wie wild alles, was sie sahen, doch er hatte sich entschlossen, sich nicht die kleinste Gesetzesübertretung zuschulden kommen zu lassen.

»Du weißt es nicht!« lachte sie. »Wie kommt das denn?«

»Kein Schwede hat so ein Ding je gesehen«, erwiderte er säuerlich. »Außerdem fehlen ihm Raupenketten. Es sieht eher wie ein Bergungs- oder Arbeits-U-Boot aus und nicht wie eins für den militärischen Einsatz, aber genau weiß ich es eben nicht.«

»Ich dachte, Murmansk wäre viel größer und irgendwie viel schöner. Wurde diese Stadt auch im Krieg zerstört?«

»Das hier ist nicht Murmansk, sondern Seweromorsk, eine Marinebasis, die rund zehn Kilometer vor Murmansk liegt. Doch, es wurde heftig bombardiert, aber die Stadt hat trotzdem während des ganzen Krieges weitergearbeitet. Die Deutschen wurden ein paar Kilometer weiter westlich gestoppt, im sogenannten Tal des Todes. Weiter sind sie nie gekommen. Die Deutschen griffen übrigens von Kirkenes aus an. Das war ihre Basis, die ja auch zerstört wurde.«

Allmählich begann sich das eigentliche Murmansk zu zeigen. Es wirkte modern wie ein schwedischer Vorort aus den fünfziger Jahren. Unendliche Reihen von Hochhäusern, die an den Felshängen des Fjords standen, als gäbe es hier nur Wohnungen. Es machte einen sehr eigentümlichen Eindruck. Wohnungen und immer wieder Wohnungen, doch nur wenige Gebäude, die wie Industriebetriebe aussahen. Er wußte keine sichere Antwort auf ihre Frage, wo die Leute arbeiteten, da hier offenbar Hunderttausende wohnten. Er vermutete eine große Anzahl von Angestellten bei der Handelsmarine sowie eine große Zahl von Militärs mit Arbeitsplätzen außerhalb der Stadt, ein paar Dutzend Kilometer außerhalb.

Am Ende des Fjords lag der zivile Hafen, der erstaunlich klein aussah. Sie legten an einem kleineren Bootssteg an, etwa wie ein Schärendampfer, der Inseln im offenen Meer anläuft. Doch gleich daneben lag ein Eisbrecher mit dem Symbol für Atomkraft am Schornstein. Es war ein verblüffender Anblick, ein atomgetriebenes Schiff mitten im Hafen unter Küstenmotorschiffen und Lastkähnen und kleinen Fähren, die Leute quer über den Fjord transportierten, entweder nach Hause oder zu Arbeitsplätzen auf der anderen Seite.

Es dauerte eine halbe Stunde, die Touristengruppe durch die Bürokratie zu schleusen. Sie mußten jeweils zu zweit eine Holzbaracke betreten und Landepapiere ausfüllen, während der Haufen mit Pässen, den die norwegische Besatzung übergeben hatte, nach vollkommen unbegreiflichen Grundsätzen sortiert wurde. Anschließend wurden sie nochmals durch eine Art Zollkontrolle geschleust. Åke Stålhandske blickte verstohlen auf die blauen Zeichen an Mützenbändern und Uniformen. Ja, es war KGB. Er und Anna wurden schnell gemeinsam abgefertigt, beantworteten alle Fragen mit nein und konnten dann gehen. Der Platz, den sie überquerten, glich einem Schlammloch. Sie gingen zu einem wartenden Bus, an dem zwei Reiseführer die Gesellschaft in zwei Gruppen teilten, eine englischsprechende und eine norwegischsprechende. Anna schlug vor, sie sollten die englische Gruppe wählen, da sie kleiner war, aber Åke schüttelte fast unmerklich den Kopf; ein Fisch versteckt sich besser in einem größeren Schwarm, dachte er.

Sie wurden zunächst zu einem Museum gefahren. Es lag an einer Hauptstraße, die sich offenbar durch die gesamte Stadt zog. Die Häuser sahen recht anständig aus. Die Fassaden waren sauber, der Putz war noch nicht abgefallen, blaue, dunkelrote und löwengelbe Farben.

Es war ein großes, ordentlich organisiertes Museum, in dem freilich störend wirkte, daß alle Hinweise nur auf russisch abgefaßt waren. Ihre Reiseführerin unternahm einen sehr gründlichen Rundgang. Es begann mit den Tieren, angefangen bei den Fischen bis hin zu ausgestopften Seehunden und Seevögeln, es folgte die Kultur der Samen, und eineinhalb Stunden später, nach dem Großen Vaterländischen Krieg und der Geschichte seit Peter dem Großen folgten Industrie, Metallurgie und Geologie.

Hier und da befanden sich detaillierte Karten, bei denen Åke Stålhandske immer bis zuletzt verweilte.

Als die Reiseführerin die Gruppe schließlich in eine Abteilung führen wollte, in der die künstlerischen Versuche von Kindern aus Murmansk für Frieden und Völkerfeindschaft gezeigt wurden, begann die Touristengruppe murrend zu revoltieren.

Erst dann wurden sie wieder zu den wartenden Bussen gelassen, wo eine Schar von Kindern mit Zigarettenstangen zu ihnen gerannt kam sowie mit kleinerem Diebesgut und Ansichtskarten, die sich allerdings nicht leicht verkaufen ließen. Anna bekam eine Stange Marlboro in die Hand gedrückt und begann peinlich berührt in einer Art englischer Kindersprache zu erklären, daß sie erstens nicht rauche und zweitens nicht nach Rußland gereist sei, um westliche Zigaretten zu kaufen. Es war jedoch nicht ganz leicht, diese Zigaretten wieder loszuwerden, nachdem sie sei erst mal in der Hand hatte.

Anschließend wurden sie in das große Hotel der Stadt gefahren, Hotel Arktika, und dort durch eine gewaltige, leere Halle mit einem Fußboden aus rauhem und ungeschliffenem Granit in einen Speisesaal geführt. Die dicken roten Gardinen waren zugezogen, und es roch nach abgestandenem Rauch. Die Teppich verströmten einen säuerlichen Geruch, als wären sie mit schalem Bier getränkt worden. Sie sollten ein Mittagessen erhalten und wurden an verschiedene Tische gesetzt. Åke Stålhandske und Anna landeten in einem runden Alkoven mit hohen gefütterten Kunststoffwänden und einer kleinen Fensteröffnung, so daß sie kaum mehr sehen konnten als ihre Tischnachbarn. Ein bestimmtes Standardessen gehörte zu dem Einheitspreis, den sie bezahlt hatten. Die nach Schweiß riechenden und eifrigen Kellner begannen ohne jedes Zögern, private Geschäfte abzuschließen. Der russische Kaviar sollte zehn Dollar pro Dose kosten, da es sich um »Perestrojka« und Privatinitiative handle, das heißt um gestohlene Ware.

Unter Gekicher und Gelächter bestellten die Reisenden Kaviar und »Champagner«, und die etwas gequälte Stimmung nach dem strapazenreichen Museumsbesuch wurde schnell heiterer.

Zum Kaviar gab es gesalzenen Lachs, Eier, rote Bete, Gurke und

Schmand. Bier gab es nicht, nicht einmal für Dollar, und der russische Schaumwein erwies sich zur Salzgurke als reichlich süß, doch auch er trug zu der zunehmend guten Laune bei.

Ihre Tischnachbarn, die aus Kirkenes waren, hatten die Reise schon mehrmals gemacht und erboten sich, ihren neuen schwedischen Bekannten in den folgenden Stunden zu helfen, denn man könne zwischen einem Einkauf in der Gruppe wählen oder einem Einkaufsbummel für sich. Das norwegische Paar wußte genau, wohin man gehen mußte und wie man mit den Devisen umging, so daß man sich schnell einig wurde.

Auf dem Weg hinaus wechselten sie Geld, und zwar höchst legal bei einer außerordentlich mürrisch dreinblickenden älteren Frau, die in dem gewaltigen Hotelfoyer hinter einem kleinen Schalter saß. Åke Stålhandske achtete darauf, den Wechsel registrieren zu lassen und eine Quittung für die Transaktion zu erhalten. Doch als das norwegische Paar ihn fragte, wieviel er eingetauscht habe, und er »zweihundert Dollar« sagte, lachten sie laut los und erklärten, es werde ihm schwerfallen, das Geld auszugeben. Da stand er nun mit mehreren Geldscheinbündeln in Bankbanderolen und fühlte sich ein wenig albern. Jetzt fiel ihm wieder ein, daß sechs Rubel der höchste Einkaufsbetrag waren.

Die Norweger lachten nur. Solche Bestimmungen kämen und gingen, kein Mensch kümmere sich darum.

Ein paar hundert Meter vom Hotel entfernt an der Hauptstraße lag ein Berioska-Laden für den Einkauf mit Rubeln. Die Norweger führten sie resolut zu der Abteilung für Textilwaren. Riesige, mit großer Kunstfertigkeit bestickte weiße Leinentücher kosteten so wenig, daß es dem dicken Rubelhaufen Åke Stålhandskes gar nicht anzumerken war. Er hatte etwas mehr als zwanzigtausend Rubel bei sich und erfuhr, daß ein anständiges russisches Jahreseinkommen bei fünftausend Rubeln lag.

Anna wurde nach einiger Zeit recht eifrig und hatte schließlich eine kleinere Ladung von Leinenservietten und Tüchern zusammenbekommen. Åke Stålhandske wurde etwas enthusiastischer, als sie darauf hinwies, daß dies ihr erster gemeinsamer Einkauf sei, denn hier legten sie den Grundstein zu einem Zuhause. Sie fand etwas Kunsthandwerk aus Stein, Kerzenhalter aus Granit mit Messingbeschlägen sowie einige dazu passende Aschenbecher, und Åke Stålhandske lief mit den kleinen Quittungen immer wieder zur Kasse und schälte die Geldscheine ab, die man von ihm verlangte, bevor er mit den gestempelten Quittungen zurückkehrte, damit die Waren übergeben werden konnten.

Schließlich fand er selbst einen Walroß-Stoßzahn mit eingravierten magischen Zeichen, wie es schien, und mit diesem Kauf gelang es ihm, sein Rubelbündel auf eine hantierbare Größe zu reduzieren.

Auf der Straße, als sie zu dem einzigen Devisenladen der Stadt unterwegs waren, wurden sie erneut von Menschen überfallen, die ihnen höchst merkwürdige Dinge verkaufen wollten. Åke Stålhandske stand plötzlich da und starrte einen halb in einer Handfläche verborgenen Roten Stern an, die Auszeichnung, die sein Chef einmal erhalten hatte. Der Mann, der sie verkaufen wollte, sah heruntergekommen aus und wollte hundert Dollar dafür haben. Åke Stålhandske fragte vorsichtig, ob die Auszeichnung dem Mann gehörte, und erhielt eine recht mürrische, aber überzeugende Bestätigung. Ihm brach plötzlich kalter Schweiß aus. Er sah sich verzweifelt nach seinen Begleitern um, die schon ein Stück weitergegangen waren.

Er zog einen Zwanzig-Dollar-Schein aus der Tasche und versuchte in seinem ungeübten Russisch zu erklären, daß jemand, der den Roten Stern bekommen habe, ihn nicht verkaufen solle, aber von Kollege zu Kollege, ja, er versuchte zu erklären, er wollte den Orden nicht kaufen, aber einem Kollegen aus Sympathie zwanzig Dollar geben. Er zeigte erst auf sich und dann auf den mürrischen, beschämten Kollegen, übergab ihm die zwanzig Dollar und ging, ohne den Roten Stern an sich zu nehmen.

Als er ein paar Meter gegangen war, holte der Mann ihn ein und versuchte ihm fast verzweifelt die Medaille aufzudrängen. Åke versuchte erneut zu erklären, was er eigentlich mit »Kollege« gemeint habe. Er wollte keineswegs einen Freundschaftsbeweis, sondern habe seinem Kollegen nur helfen wollen. Der unrasierte und zerlumpte Mann argumentierte mit einem heftigen Wortschwall auf russisch, von dem Åke Stålhandske nur den Begriff »anständige Manieren« verstand. Er versuchte freundlich den Kopf zu schütteln und weigerte sich, den Dollarschein zurückzunehmen, und als er Anstalten machte zu gehen, steckte ihm der Russe blitzschnell die Medaille in die Jackentasche und rannte weg. Åke blieb mit all seinen Paketen in den Händen wie ein Trottel stehen und schämte sich. Er spürte, wie er errötete. Dann holte er die anderen ein und erzählte traurig von dem Vorfall.

Die Norweger trösteten ihn damit, daß zwanzig Dollar immerhin mehr als zweitausend Rubel seien, ein halbes Jahresgehalt.

In dem Devisenladen wurden vor allem schottischer und amerikanischer Whiskey, französisches Parfum, Transistorradios aus Japan und ähnliche Dinge verkauft. Mit Hilfe des norwegischen Paares fanden sie schließlich einige schöne Lackmalereien, Miniaturen auf den Deckeln von Schachteln und kleinen Schalen, die sich in einem neuen Heim gut machen konnten, vor allem unter den russischen Handarbeiten. Anna fand außerdem einen großen schwarzen Schal mit grünen und roten Rosen.

Als sie kurze Zeit später wieder in den Bussen saßen, um eine Besichtigungsfahrt durch die Stadt und in die Umgebung zu machen, kühlte Anna plötzlich erneut ab, da alle Mitreisenden im Bus weder auf die Aussicht achteten noch auf die Worte der Reiseführerin hörten, alle – bis auf einen. Åke Stålhandske erweckte den Eindruck, als dächte er wie ein Computer, als prägte er sich jede Einzelheit ein.

Als der Bus hoch oben über der Stadt an einem gigantischen Siegesmonument in karikaturhaft wirkendem russischen Stil hielt – Soldat mit Stahlhelm, der in die Ferne blickte, Waffe in der Hand und schwerer Waffenrock, fast zwanzig Meter hoch; hier und da ragten Eisenstäbe aus der brüchigen Betonfläche hervor –, ging sie zu ihm, drückte sich an ihn und flüsterte, er solle sich lieber mehr ihr widmen und weniger dem Spionieren.

Er lachte, sogar recht herzlich, und erklärte, er spioniere ganz und gar nicht, sondern sei nur neugierig. Vielleicht liege es an seiner Berufsroutine, daß er ein wenig reflexhaft reagiere. Er küßte sie. Für einen Mann wie ihn war es ein recht unschüchterner Kuß. Er beschloß, nicht mehr zu »spionieren« und sich an dem allgemeinen Touristengerede von den armen Russen zu beteiligen.

Bei den sonstigen Gesprächen im Bus ging es vor allem um die Dorschfischerei, so daß seine und Annas Beiträge zu der immer heftigeren Diskussion recht mager waren. Es ging darum, daß die Russen im Eismeer zuviel Dorsch wegfischten, zumindest zuviel im Vergleich mit Norwegen.

Sie empfanden leichtes Unbehagen, als sie die aufmerksamen Augen des KGB passieren sollten, doch keiner der Touristen wurde durchsucht.

»Wie schade, daß wir keinen schwarzen Kaviar gekauft haben«, flüsterte Anna.

»Ach was!« sagte Åke Stålhandske schroff. »Das ist so ein Weiberessen, das man in Stockholmer Luxusschuppen ißt. Heute abend gibt es zu Hause in Kirkenes nordischen Maränenkaviar.«

»Was meinst du mit Weiberessen?« fragte Anna, die sich sichtlich provoziert fühlte.

»Ich habe damit nichts Besonderes gemeint, ich wollte nur mal sehen, ob du noch wach bist«, erklärte er und verzog dabei keine Miene.

Sie warf ihm einen langen, forschenden Blick zu. Er hielt jedoch stand und zeigte nicht den Anflug eines Lächelns.

Es war dunkel, und die Rückreise wurde zunächst recht lebhaft, da einige der eingekauften Westwaren an Ort und Stelle konsumiert wurden, doch nach und nach versanken die meisten Passagiere in Müdigkeit, die Gespräche erstarben, und schließlich war nur noch die norwegische Popmusik zu hören.

Anna hatte Åke Stålhandske den Kopf an die Schulter gelegt und schlief, aber er war wach. Immer wieder ging er seine Beobachtungen durch und formulierte seinen Bericht schon vor, so daß er am nächsten Morgen alles niederschreiben konnte. Er wollte aufstehen, bevor sie aufwachte, und es so diskret wie möglich tun.

Draußen auf dem Meer passierten einige Laternen von einem der Küstenwachboote des KGB. Das war das letzte, was er für die nächsten zwei Monate von russischem Territorium sah. Er spürte, daß er wiederkommen würde, wenn auch unter vollkommen anderen Voraussetzungen. Er legte behutsam den Arm um Anna und überlegte, ob es richtig war zu heiraten, bevor er von der nächsten Reise zurückkam. Er wußte nicht, weshalb er so überzeugt war, daß er wieder nach Rußland mußte, doch es war so etwas wie eine vollkommene innere Gewißheit, als wäre der Befehl schon erteilt worden.

Wenn sie nicht vorher heirateten, versuchte er kalt zu argumentieren, würde sie natürlich alle Versuche durchschauen, die Gefahren des Auftrags zu bagatellisieren. Sie sollten also heiraten, als gäbe es keine Gefahr.

Aber. Es gab ein großes Aber. Carl hatte natürlich mit keinem Wort die Wahrscheinlichkeit von Verlusten bei einem eventuellen Auftrag erwähnt, was im übrigen auch gar nicht seiner Art entsprochen hätte. Aber jeder konnte sich ausrechnen, daß die Risiken enorm waren. Außerdem ging es bei dem Unternehmen um alle oder keinen. Entweder würden alle wiederkommen oder kein einziger.

Er selbst war der einzige im Trupp, der finnisch sprach, und folglich stand seine Mitwirkung außer Zweifel. Alle anderen konnten jedoch ebensogut auf der Basis stationiert oder in die Gruppe eingeteilt werden, die über die Grenze gehen sollte. Er fragte sich, wie Carl vorgehen würde. Niemand würde auch nur den geringsten Einwand erheben, wenn er sich entschloß, die Operation von einer Basis auf finnischem Gebiet aus zu leiten. Er wollte immerhin auch heiraten. Sollten sie wirklich das Risiko auf sich nehmen, zwei jungverheiratete Witwen zu riskieren?

Sich weigern? Das ging nicht. Es war vollkommen unmöglich, da die Sache viel zu groß war. Kein Privatleben der Welt konnte das aufwiegen, was dort in der Dunkelheit jenseits der Küste lauerte. Am größten von allem war nicht die Liebe, am größten von allem waren die Kernwaffen.

Luigi befand sich in dem dröhnenden Bauch einer Hercules-Maschine der Luftwaffe. Er saß mit den anderen in einer kleinen Gruppe, die an die Sauerstoffkonsole in der Mitte der Maschine angeschlossen war. Es wirkte fast, als säßen sie an einem Lagerfeuer. Sie lächelten einander durch die Plexiglasvisiere der Helme von Zeit zu Zeit zu, wenn die Maschine sich durch ein Gebiet mit Luftlöchern hindurcharbeiten mußte. Draußen herrschten Tiefdruck und Sturm.

Ein Lämpchen signalisierte »noch zehn Minuten bis zum Absprung«. Sie lösten sich von der Sauerstoffkonsole und befestigten die Schläuche an den Sauerstofflaschen auf dem Rücken, stellten sich hin und begannen mit der gewohnten Routine. Die Ausrüstung mußte überprüft werden. Sie kontrollierten alle Schnallen und Haken und wuchteten sich das schwere Marschgepäck auf den Rücken; zu Anfang hatten sie ohne Gepäck geübt, doch von jetzt an sollte alles möglichst realistisch sein.

Die Hydraulik quietschte und ächzte, als die Rampe am Heck der Maschine heruntergeklappt wurde und sich in ein gewaltiges Trampolin über der Wolkendecke dort unten verwandelte. Die Wolkenhöhe war niedrig, tausend Meter, ideale Bedingungen für das, was später vielleicht Wirklichkeit werden sollte.

Luigi wußte es nicht genau, und das hatte ihn zunächst belastet. Seit einiger Zeit war es ihm jedoch gelungen, diese Irritation abzuschütteln. Jetzt konzentrierte er sich nur auf seine Aufgabe. Sie sollten eine Gruppe zusammenstellen, die der Aufgabe gewachsen war, und genau das taten sie jetzt. Früher oder später mußte sich ja zeigen, worum es eigentlich ging. Daß es etwas Großes und Wichtiges war, war offenkundig. Das ließ sich schon daraus schließen, wieviel Geld für das Projekt ausgegeben wurde. Allein ein Tag mit einer TP 84 der Luftwaffe mit voller Besatzung kostete eine ganze Menge.

Der Arzt an Bord machte einen letzten Kontrollrundgang, leuchtete ihnen mit einer kleinen Taschenlampe in die Pupillen, kontrollierte Blutdruck und Herztätigkeit und gab dann dem Offizier, der den Absprung überwachen sollte, ein Zeichen. Sie formierten sich zu zwei Gruppen, jeweils fünf Mann, und warteten darauf, daß das Signal von Rot auf Grün wechselte. Die Maschine hatte sich stark zur Seite geneigt, um in die Kurve zu gehen und die Absprungposition zu erreichen. Dort unten irgendwo lag vermutlich der Vänersee. Der Wind wehte aus westlicher Richtung, und sie sollten auf dem eigenen Übungsfeld landen, das etwa fünfzig Kilometer entfernt war.

Als das grüne Lämpchen aufleuchtete, rutschte Edvin Larsson als erster zum Rand und sprang. Ihm folgte seine Gruppe in dichter Folge.

Luigi wartete die vereinbarten fünfzehn Sekunden, bevor er seine Gruppe zu dem freien Fall anführte.

Erst die kurze Benommenheit durch die hohe Fallgeschwindigkeit, dann der Ruck, der ihm signalisierte, daß der Schirm sich normal entfaltet hatte, und dann suchte er die zweite Gruppe. Es herrschte starker Sonnenschein. Die Sicht war klar, und es gab keine

Schwierigkeiten. Die erste Gruppe hatte schon eine perfekte Formation in einer steil ansteigenden Linie erreicht. Der erste Mann befand sich am tiefsten, der letzte am höchsten. Luigi drehte sich um und stellte fest, daß seine Gruppe dabei war, sich zu formieren, und es gab keinerlei Schwierigkeiten. Er war zunächst skeptisch gewesen. Der Gedanke, statt Berufssoldaten »Reservisten« einzuberufen, hatte ihm nicht behagt. Es hatte sich jedoch schnell gezeigt, daß diese Befürchtungen vollkommen unbegründet waren. Die Reservisten waren offenbar ganz versessen aufs Springen, waren Mitglieder verschiedener Clubs überall im Land und widmeten sich der Fallschirmspringerei mehr oder weniger berufsmäßig, als Fotografen, Ausbilder und sogar in Gruppen, die ihre Künste öffentlich vorführten. An der Geschicklichkeit der Männer war nichts auszusetzen. Die meisten schienen überdies mehr oder weniger regelmäßig an internationalen Wettbewerben teilzunehmen.

Die Übung des Tages schien daher fast spielerisch einfach zu sein. Während des Flugs sollte jeder zweimal die Position wechseln. Jeder sollte den vor ihm fliegenden Mann passieren und dessen Platz übernehmen, so daß die Gruppe durcheinandergewirbelt wurde wie ein Kartenspiel beim Mischen. Die Übung war schon im Gang, und die vier Springer hinter Luigi hatten schon eine erste Runde hinter sich gebracht. Luigi war Gruppenleiter und hatte somit die Hauptverantwortung für Orientierung, Höhe, Geschwindigkeit, Richtung. Der Wind war gleichmäßig und stark, was die Übungen erleichterte. Im übrigen hatte er Edvin Larssons Gruppe ständig im Blick. Zunächst orientierten sie sich »von Hand«, wie sie es nannten, mit den alten traditionellen Methoden. Sobald sie aber eine geringe Höhe erreicht hatten, sollte das GPS die Orientierung übernehmen, Global Position System, ein Gerät, das nicht mehr wog als achthundertfünfzig Gramm, mit dem sich aber jede beliebige Position auf der Erde in einer Sekunde mit einer Abweichung von nur zehn Metern feststellen ließ. Das vorherbestimmte Ziel konnte ebenfalls programmiert werden, so daß man das Gerät auch als eine Art Kompaß verwenden konnte. Wenn man am Ziel war, piepste es. Jemand hatte von einem Taxifahrer in Göteborg erzählt, der ein GPS-Gerät in seinem Wagen eingebaut und sämtliche Kamerapositionen der Polizei zur Geschwindigkeitsüberwachung einprogrammiert hatte. Sobald er auf zehn Meter an eine dieser Kameras herankam, piepste das Warnsignal. So konnte er immer noch rechtzeitig auf die Bremse treten.

Der Flug war auf etwa fünfundzwanzig Minuten berechnet worden, und Luigi fühlte sich frei und gelöst wie bei einer Segeltour. Irgendwo am Helm war eine undichte Stille, durch die Kälte eindrang, was zwar irritierend, aber nicht gefährlich war. Sie würden bald neue britische Helme erhalten.

Die anderen waren jetzt mit den Positionswechseln der zweiten Runde fertig, und jetzt blieb nur noch der Flug bis zur Wolkendecke. Luigi überlegte, was wohl die anderen, die in einer Linie über ihm hingen, von ihrer eventuellen Aufgabe dachten. Natürlich glaubte keiner daran, daß es um das Einüben einer neuen Sprungtechnik ging. Für eine Übung war alles zu erstklassig. Die Männer wohnten komfortabel, alles durfte soviel kosten, wie es wollte, und auch bei der Bestellung von Ausrüstung gab es keine Kostengrenzen. Es mußte den Männern klar sein, daß dies nur Vorbereitungen für eine richtige Operation sein konnten. Obwohl Luigi selbst kaum mehr glauben oder vermuten konnte als die anderen.

Und da er nicht wußte, worauf das Ganze eigentlich hinauslief, wie sollte er da die endgültige Auswahl der Männer verantworten? Was für Qualifikationen waren gefordert außer solchen, die für ein Luftlandeunternehmen aus großer Höhe notwendig waren, bei dem niemand die Orientierung verlieren oder den anderen in die Quere kommen durfte? Worin bestand der militärische Auftrag nach der Landung?

Luigi schob seine Überlegungen beiseite und kehrte zu seinen routinemäßigen Orientierungskontrollen zurück. Die Gruppe vor ihm näherte sich der Wolkendecke. Die Männer waren wie Segelboote in den Wind gegangen, sammelten sich zu einer dichten Traube und stürzten sich dann senkrecht durch die Wolken. Luigi gab seiner Gruppe ein Zeichen, sich auf das gleiche Manöver vorzubereiten. Zehn Sekunden später lagen sie in einer dichten Gruppe auf gleicher Höhe. Zwischen den Männern waren nur wenige Meter. Dann stießen sie gleichzeitig durch die Wolkendecke, die manchmal so dicht war wie Dickmilch und manchmal dünner, so daß sie erneut Blickkontakt bekamen.

Als sie die Wolkendecke durchstoßen hatten, konnten sie sich schnell orientieren. Sie brauchten nur zur Erde zu sehen. Jeder hätte jetzt einzeln auf das Ziel zusteuern können, eine kleine rote Scheibe etwa in der Größe einer Dart-Scheibe. Die Gruppen wetteiferten untereinander um die besten Ergebnisse.

Jetzt formierten sich die Männer erneut zu einer Linie, da sie davon ausgingen, daß der Gruppenchef entschied, wo sie landen sollten. Dieser Entscheidung durfte keine Diskussion vorausgehen, da alle Übungen unter absoluter Funkstille durchgeführt werden mußten.

Luigi empfand die Übung in dieser Phase als etwas verdreht, da mehrere der Springer hinter ihm in dieser Präzisionsübung weit geschickter waren als er selbst. Einige verfehlten das Ziel so gut wie nie um mehr als ein paar Zentimeter. Überdies mußten sie berücksichtigen, daß die andere Gruppe Zeit zum Landen und zum Verschwinden brauchte. Luigi mußte also nicht nur die letzten Kreisbewegungen in der Luft berechnen, damit sie nicht zu schnell hinunterkamen, sondern auch bedenken, daß sie sich nicht zu weit entfernten. Kurz vor dem Landen brauchten sie genügend Höhe, um in den Wind zu gehen und aufs Ziel zustürzen zu können.

Von den zehn Mann landete der schlechteste mit den Füßen zweieinhalb Meter von der Mitte der roten Zielmarkierung entfernt.

Carl erschien zur üblichen Bürozeit zur Arbeit, als wäre es irgendein beliebiger Montagmorgen. Er war nicht darauf eingestellt, daß sich etwas Besonderes ereignete. Er wollte nur einen angekündigten Bericht Luigis von der Fallschirmjägerschule durchsehen, in dem es um verschiedene Materialtests und den eventuellen Einkaufsbedarf ging. Carl würde Texas Slim Nachricht geben, daß sie Material brauchten. Die Anforderung würde auf dem üblichen Weg erfolgen, nämlich bei einer Reise nach Ridgecrest. Der Chef der Fallschirmjägerschule würde den Weitertransport nach Schweden oder zu einem anderen Bestimmungsort organisieren. Im Fall Siziliens war das auch gutgegangen.

Beata kam ihm jedoch mit einem Zettel von der Sekretärin des Ministerpräsidenten entgegen. Er solle anrufen, sobald er im Büro sei. Als er sich meldete, wurde er aufgefordert, praktisch auf der Stelle zu erscheinen, da der Ministerpräsident in seinem Terminplan nur jetzt eine Lücke hatte.

»Zu Befehl«, seufzte er. Mit Ausflüchten würde er jetzt nicht weiterkommen. Einen höheren Chef als den Ministerpräsidenten gab es nicht. Wenn man das Grundgesetz ein wenig dehnte, würde man vielleicht den König als noch höhere Macht ansehen können, denn der hatte wenigstens vier Admiralssterne. Dem König konnte man vielleicht absagen, aber nicht dem Ministerpräsidenten.

Außerdem konnte es nur um eine Sache gehen, die größte von allen. Carl trug Jeans und Lederjacke und überlegte, ob er in dieser Kleidung erscheinen konnte. Dann holte er seufzend seine Uniform aus dem Schrank und entdeckte, daß er die neuen Rangabzeichen noch nicht hatte annähen lassen. Jetzt blieb dazu keine Zeit mehr. Der Unterschied zwischen Fregattenkapitän und Kapitän zur See war allerdings nur klein: Bei einem Kapitän zur See war die oberste Linie unter der Marineschleife etwas dicker als die anderen, während ein Fregattenkapitän Streifen von gleicher Breite hatte. Carl kam zu dem Urteil, daß einem Nicht-Militär dieser kleine Unterschied nicht auffallen konnte.

Es war das erste, was dem Ministerpräsidenten auffiel.

»Ich dachte, wir hätten deutlich zum Ausdruck gebracht, daß du jetzt Kapitän zur See bist«, sagte er und hob erstaunt die Augenbrauen, als Carl das Zimmer betrat.

»Ja, natürlich«, erwiderte Carl verlegen, »aber ich trage nur selten Uniform, und in den letzten Tagen haben mich Dinge beschäftigt, die ich für wichtiger hielt.«

»Wichtiger? Ach so, aha, was ist denn wichtiger, bitte, setz dich doch«, sagte der Ministerpräsident mit einer Geste zu seiner hellblauen Sitzgruppe.

»Danke«, sagte Carl und setzte sich, immer noch etwas verlegen. »Ich habe beispielsweise geheiratet, wenn auch nicht in Uniform.«

»Wie schön, gratuliere«, sagte der Ministerpräsident lächelnd. »Ich habe dich aus zwei Gründen hergebeten. Einer könnte im Gesamtzusammenhang unbedeutend erscheinen, doch das liegt, wie du vielleicht verstehst, an unserer zweiten Angelegenheit. Um die kleine Sache zuerst zu nehmen: Ich habe vor, eine besondere sicherheitspolitische Gruppe für eher informelle Diskussionen einzurichten. Ich meine, neben der politischen sollte dabei möglichst viel andere Kompetenz versammelt sein.«

»Ja«, sagte Carl fragend, »aber ihr Politiker habt doch sozusagen den Ball. Ihr entscheidet, und wir führen aus.«

»Ja, das ist gewiß wahr«, sagte der Ministerpräsident mit gerunzelter Stirn. Er hatte den Verdacht, irgendwie abgebürstet worden zu sein. »Manche Gespräche profitieren aber davon, wenn man Kompetenzen mischt. Besonders eine Koalitionsregierung läuft ja Gefahr, in festgefahrenen parteipolitischen Bahnen zu diskutieren, und wenn es um die Sicherheitspolitik geht, halte ich es für einen Vorteil, wenn man sich nach Möglichkeit davon löst und direkter zur Sache kommt. Wenn man bestimmte Dinge sozusagen voraussetzungslos analysieren kann.«

»Das klingt sehr vernünftig«, sagte Carl gewandt, aber unengagiert. Es fiel ihm schwer zu erkennen, was er damit zu tun hatte.

»Und diese Gruppe, die aus höchstens fünf Personen mit mir als Vorsitzendem bestehen soll, muß natürlich auch militärische Kompetenz haben«, fuhr der Ministerpräsident – für Carls Geschmack etwas hochmütig – fort.

»Natürlich, das kann nur richtig sein«, erwiderte Carl ebenso gewandt, »eine Art Miniaturausgabe des National Security Council also?«

»So könnte man es nennen.« Der Ministerpräsident machte eine Kunstpause, bevor er zur Sache kam. »Und ich hatte gehofft, dich dafür zu gewinnen.«

Carl blieb die Antwort schuldig. Der Vorschlag kam vollkommen unerwartet und hörte sich außerdem in mehrerer Hinsicht unsinnig an.

»Wie stellst du dich dazu?« fragte der Ministerpräsident erstaunt, da eine unmittelbare Reaktion ausblieb.

»Nun ja«, erwiderte Carl zögernd, »es ist ja keine Übertreibung, daß dieser Vorschlag unerwartet kommt. Ich frage mich, wie man sich beim Generalstab dazu stellt.«

»Wieso? Übrigens, wenn wir unter uns sind, können wir ganz im Vertrauen sprechen. Aber wieso?«

»Ja ... ich bin achtunddreißig Jahre alt und frischgebackener Kapitän zur See. In unserer hierarchisch ziemlich streng gegliederten militärischen Struktur dürften viele Vorgesetzte mächtig gekränkt sein, glaube ich. Ich meine, in unseren Stäben wimmelt es von Generälen, die sich ihr Leben lang mit strategischen Analysen beschäftigt haben. Kurz, dort würde man ziemlich mit den Zähnen knirschen.«

»Das kann uns absolut egal sein«, entgegnete der Ministerpräsident brüsk. »Du bist nämlich der stellvertretende Chef unseres Nachrichtendienstes, und das bedeutet nicht nur einen bestimmten Bildungsgrad, oder wie wir das nennen sollen, sondern auch die bequeme Möglichkeit, ohne viel Bürokratie besondere Erkenntnisse zu gewinnen. Die Alternative wäre gegebenenfalls dein Chef, aber damit landen wir nur eine Sprosse höher und würden das Zähneknirschen von Generälen nicht verringern. Also, was sagst du?«

»Was ich sage?« erwiderte Carl lächelnd. »Der Ministerpräsident des Landes bittet mich, für eine bestimmte Arbeit bereitzustehen. Dann sage ich entweder ja, Herr Ministerpräsident, oder kündige, und ich habe nicht die Absicht zu kündigen.«

»Hast du irgendwelche politischen Bedenken? Stimmt es übrigens, daß du immer noch so eine Art Marxist bist?«

»Ja, in gewissem Sinn dürfte es immer noch wahr sein«, lächelte Carl frech und optimistisch, da er plötzlich einen unerwarteten Fluchtweg zu erkennen glaubte, »aber ich könnte beim besten Willen nicht behaupten, daß ich in der letzten Zeit ein angewandtes sozialistisches Leben geführt habe. Eher das Gegenteil, fürchte ich.«

»Aha, aber in der Hinsicht bist du kaum der einzige. Was wählst du übrigens?«

»Ich wähle überhaupt nicht.«

»Warum nicht?«

»Wenn ich versuchen sollte, auf diese Frage eine elegante Antwort zu formulieren, könnte ich sagen, daß es jetzt beispielsweise merkwürdig wäre, für eine Regierung zu arbeiten, gegen die ich gestimmt habe.«

»Und wenn du es weniger elegant, aber vielleicht etwas wahrheitsgemäßer ausdrücken könntest?« lächelte der Ministerpräsident.

»Wenn ich meinem Beruf gemäß gewählt hätte, hätte ich Sie gewählt, Herr Ministerpräsident, aber das hätte wiederum im Widerstreit mit vielen Werturteilen gelegen, denen ich anhänge, wenn es um anderes geht als Verteidigungspolitik. Umgekehrt muß ich bedenken, daß die Linken die Streitkräfte abschaffen wollen.«

»Und in diesem Dilemma hältst du es für praktisch, dich auf hehre Grundsätze zurückzuziehen?«

»Ja, das beschreibt es ziemlich genau.«

»Ich glaube tatsächlich, daß wir uns gut vertragen können«, stellte der Ministerpräsident zögernd fest. Carl hatte, sicherlich gegen seinen Willen, auf den neuen Regierungschef des Landes einen glänzenden ersten Eindruck gemacht.

Der Ministerpräsident sah auf die Uhr. Sein Blick wurde etwas gehetzt, und er ging ohne Vorrede zu der großen Frage über. Er legte kurz seinen Standpunkt und den des Verteidigungsministers dar, daß man es den Finnen nachtun solle. Man müsse irgendeinen politischen Kanal nach Moskau herstellen, um dort mit der richtigen Person einen eventuellen schwedischen Einsatz zu diskutieren.

Der Ministerpräsident überlegte kurz, bevor er fortfuhr: »Der Verteidigungsminister ist gerade nach Helsinki gereist und wird dort unter anderem mit dem finnischen Präsidenten zusammentreffen, in einer anderen Angelegenheit. Allerdings soll er diesen auch in geeigneter Form darüber informieren, daß Schweden sich auf die Eventualität vorbereitet, von Finnland den Staffelstab zu übernehmen. Die Frage, wen wir nach Moskau schicken sollen, ist schon schwieriger. Wenn wir uns der normalen diplomatischen Kanäle bedienen, wären wir gezwungen, gleichzeitig etliche Beamte über die ganze Angelegenheit zu informieren, und das bringt so offenkundige Nachteile mit sich, daß ich sie nicht aufzuzählen brauche.

Wir sind daher zu dem Schluß gekommen, daß du der geeignetste Emissär bist – wenn auch nicht ohne Zögern, denn immerhin hast du in Moskau schon mal einen diplomatischen Auftrag gehabt. Doch bist du mit allem vertraut, was an praktischen Fragen auftauchen kann.

Der Weg zu Gorbatschow soll über Jewgenij Primakow führen, den Anders Lönnh von früher her kennt. Primakow hat den Auftrag erhalten, den neuen Nachrichtendienst zu führen. Entweder ist er mit der Angelegenheit schon vertraut, was sich schnell zeigen wird, oder er kann auf jeden Fall einen persönlichen Kontakt zu Gorbatschow herstellen.«

Der Ministerpräsident machte eine Pause, sah erneut auf die Uhr und fragte, ob Carl den Auftrag verstanden oder ob er irgendwelche Einwände habe.

»Nun ja«, erwiderte Carl nach einer Weile, »wenn wir dem finnischen Präsidenten, der schon einige Bedenken zu haben scheint, erzählen, daß wir uns darauf vorbereiten, die Verantwortung zu übernehmen, dürften wir seine Zweifel automatisch verstärken. Ich weiß nicht recht ... Die Frage meiner früheren diplomatischen Mission in Moskau ist nicht unkompliziert. Sie war ganz einfach ein Cover für einen anderen Auftrag, den ich dort erledigt habe. Und die Russen haben keinen Grund, darüber besonders entzückt zu sein.«

Carl wußte nicht, ob die neue Regierung die Details der Geschichte kannte, die in der Weltpresse ohne sonderliche Faktenkenntnis beschrieben worden war, nämlich wie er den schwedischen Spion Stig Sandström in Moskau getötet hatte.

»Du denkst an Stig Sandström? Es stimmt natürlich, daß du ihn getötet hast?« sagte der Ministerpräsident. Es war eher eine Feststellung als eine Frage.

»Meine Schweigepflicht ...«, begann Carl zögernd.

»Deine Schweigepflicht dürfte kaum für den Ministerpräsidenten des Landes gelten.«

»Nein, das kann sie natürlich nicht. Ja, ich habe Stig Sandström befehlsgemäß getötet.«

»Aber das Ganze endete doch damit, daß die Russen dir den Roten Stern verliehen haben?«

»Ja, allerdings für etwas ganz anderes. Wir haben zusammengearbeitet, als es darum ging ...«

»Ja, ich weiß«, unterbrach ihn der Ministerpräsident. »Aber das dürfte vergeben und vergessen sein. Jedenfalls kann es ihren Respekt vor dir doch nicht verringern?«

»Möglich. Aber das kann ich nicht beurteilen, und ich möchte auch nicht darüber spekulieren. Nein, ich könnte wohl fahren. Ich würde es allerdings vorziehen, im Schutz diplomatischer Immunität zu reisen.«

»Du hast doch sicher noch deinen Diplomatenpaß.«

»Nein. Der Staatssekretär im Außenministerium, Peter Sorman, hat immer sorgfältig darauf geachtet, den Diplomatenpaß nach jedem Auftrag zurückzufordern«, erwiderte Carl in neutralem Tonfall und ohne den Anflug eines Lächelns.

Der Ministerpräsident lachte laut los und versicherte, dieser kleine Fehltritt werde sich schnell korrigieren lassen. Oben im Ministerium warte ein Handschreiben des Verteidigungsministers, und Carl solle so schnell wie möglich abreisen. Damit sah er erneut auf die Uhr, stand auf und reichte Carl die Hand zum Abschied.

»Wenn sich die Dinge ein wenig beruhigt haben, wird sich unsere Zusammenarbeit gut entwickeln, denke ich«, sagte er, als sie sich die Hände schüttelten.

»Das denke ich auch«, erwiderte Carl mit förmlicher Höflichkeit. Er streckte sich zu einem kurzen Abschiedsgruß und ging zur Tür, wo eine nervöse Sekretärin schon mit Akten in der Hand dastand. Hinter ihr wartete eine Delegation, die ungeduldig auf und ab ging.

»Noch etwas, Kapitän!« rief der Ministerpräsident hinter Carl her, als dieser sich gerade an den mit großen Augen glotzenden Delegationsmitgliedern vorbeidrängen wollte.

»Ja, Herr Ministerpräsident?« sagte Carl und wandte sich um.

»Korrigieren Sie die Rangabzeichen an Ihrer Uniform so schnell wie möglich«, sagte der Ministerpräsident.

»Zu Befehl«, erwiderte Carl kurz und drängte sich an den Wartenden vorbei.

Ihm war unbehaglich zumute, und er hatte das vage Gefühl, daß sich plötzlich alles gegen ihn verschworen hatte. Der Gedanke, nach Moskau zu reisen, widerstrebte ihm schon an sich, und noch schlimmer wurde es dadurch, daß er einen unklaren Auftrag hatte. Als er die Glas- und Stahltüren in Rosenbad verließ, ging ihm auf, daß etwas anderes vermutlich noch schlimmer war. Er mußte Tessie erklären, daß es keine Reise nach Kalifornien geben konnte, zumindest nicht im Augenblick. Er war nicht sicher, wie sie es aufnehmen würde, wenn er ihr sagte, eine Moskaureise sei der Grund. Ausgerechnet Moskau. Und diese Moskaureise sei angeblich so wichtig, wenn auch geheim, daß sie allem anderen vorgehe.

So wie die Politiker die Angelegenheit jetzt komplizierten, war es überdies wahrscheinlich, daß die schwedische Seite gezwungen sein würde, die finnische Verantwortung zu übernehmen. Dabei wären die rein praktischen Dinge für die Finnen viel leichter zu bewältigen. Sie würden zumindest von ihrem eigenen Territorium aus operieren, ohne auf irgendwelche Nachbarländer Rücksicht nehmen zu müssen.

Und was zum Teufel sollte er Gorbatschow sagen? Hallo, guten Tag, ich bin ein kleiner Kapitän zur See aus dem mächtigen Nachbarland Schweden. Wir haben uns vorgenommen, mal die Nase hier reinzustecken, weil die Amerikaner, denen wir fast immer gehorchen, uns darum gebeten haben?

Bei näherem Überlegen war es eine tristere Aussicht, sich Tessie erklären zu müssen. Sie freute sich sehr auf den Flug nach San Diego.

Als er wieder in seinem Arbeitszimmer im Generalstab war, nahm er sich Luigis schriftlichen Bericht über den Bedarf an neuer Ausrüstung vor. Er erstellte eine Liste in englischer Sprache und schrieb einen Brief »To whom it may concern« in der amerikanischen Verwaltung und führte dann ohne Begeisterung zwei Telefonate. Zunächst rief er Luigi in der Fallschirmjägerschule in Karlsborg an, den er nach Stockholm zurückrief, da es an der Zeit sei, eine Reise zu machen, nämlich zur Sunset Farm. Der zweite Anruf galt dem vermeintlichen Landwirtschaftsattaché der amerikanischen Botschaft, mit dem er noch für denselben Tag ein Treffen verabredete.

Luigi hatte natürlich sehr wohl verstanden, was es mit einer Reise zur Sunset Farm auf sich hatte, und Carl beneidete ihn. Was Texas Slim empfand oder meinte, ging aus dem Gespräch nicht hervor. Doch im Augenblick hätte Carl nichts weniger interessieren können als die Meinung des Amerikaners.

Carl schloß die Papiere ein und begab sich dann auf den Korridor, um zu sehen, ob Samuel Ulfsson Zeit hatte. Das hatte er nicht. Bei ihm saßen recht viele Leute in grauen Anzügen, die somit wohl von der Abhörabteilung waren, so daß Carl wieder in sein Zimmer zurücktrottete. Es war immer noch zu früh am Tag, um in Kalifornien anzurufen.

Er versuchte, sich eine Zeitlang mit Luigis Wunschliste über Ausrüstungsgegenstände zu beschäftigen. Es gab nichts hinzuzufügen. Luigi hatte überdies jüngere Erfahrungen durch seine Alaska-Übungen. Carl stellte fest, daß es beispielsweise einen neuen Typ Overall gab, der im Grunde dem recht ähnlich war, den die Astronauten im Weltraum trugen, um sich gegen die Temperatur von minus 272 Grad, oder wie viele es waren, zu schützen.

Der mögliche Kampfauftrag war nicht das schwierigste Problem. Das hatte Luigi mit aller Deutlichkeit erkannt. Wichtig war, am Leben zu bleiben und sich eine Woche lang oder vielleicht noch länger gut in Form zu halten, solange sie auf die Konfrontation warteten. Die Konfrontation, die zu einer bestimmten Zahl von Hinrichtungen führen mußte: Sam und der Oberbefehlshaber hatten es fast demonstrativ vermieden, auf solche Details einzugehen, doch es war vollkommen klar, daß es genau darauf hinauslief.

Carl befiel ein Gefühl von Unwirklichkeit. Irgendwo dort oben hoch im Norden waren also einige Leute dabei, den Schnitt ihres Lebens zu machen. In ihrer zunehmenden Ungeduld und in ihrem Eifer kamen sie in dem Glauben, niemand habe sie verraten, der Entscheidung immer näher. In Wahrheit hatte man sie schon längst entlarvt, und in einer weit entfernten Hauptstadt eines der Nachbarländer saß er selbst und verantwortete die Vorbereitung der Aktion. Er plante die praktische Durchführung ihres Todes. Der Beschluß dazu war schon ergangen, wenn auch unklar war, wer ihn gefaßt hatte. Doch die dort oben wußten es nicht. Theoretisch hatten sie noch immer die Chance, einen Rückzieher zu machen, es sich anders zu überlegen oder mit etwas Glück bei einem entscheidenden praktischen Detail einen Fehler zu machen. Wenn nicht, würde der Bürokrat in der fremden Hauptstadt ihnen das Leben nehmen.

Die Männer müssen einen Verräter in ihrer Mitte haben, dachte er, sonst würden nicht so viele andere Bescheid wissen. Sie sind von Anfang an verraten worden. Sie sind schon jetzt zum Tode verurteilt, obwohl sie es nicht wissen. Man konnte sich fragen, ob der Verräter sich unter denen befand, die von finnischen oder schwedischen Soldaten geschnappt werden sollten. Wenn er Pech hatte, überlebte er die erste Konfrontation und befand sich dann inmitten seiner gefangenen Kameraden. Sollte er dann den Versuch machen, einfach vorzutreten und zu sagen, für ihn sei der Tod nicht vorgesehen, denn er gehöre zur Truppe der Guten? Gerade er dürfe nicht sterben? Was für ein Gesicht würden die anderen dann machen? Was für ein Gesicht würde er, Carl, machen, wenn er starb?

Irgend etwas an der ganzen Geschichte stimmte nicht, aber er konnte nicht den Finger darauf legen.

Er holte einige Karten über das Polargebiet hervor und versuchte nachzudenken. Wenn die Russen wußten, von wo die Gefechtsköpfe verfrachtet werden sollten, und sie wußten offenbar schon ungefähr, wo sie über die Grenze nach Finnland gebracht werden sollten – brauchten sie dann nicht einfach das Gebiet abzusuchen, die Bereitschaft zu erhöhen und notfalls alle Verbände auszutauschen, kurz gesagt: Konnten sie nicht alles selbst erledigen? Wozu Amerikaner, Finnen und Schweden hineinziehen?

Er wurde in seinen Überlegungen durch Beata unterbrochen, die auf der internen Leitung anrief und mitteilte, Sam habe ein paar Minuten frei und wolle ihn gern sehen. Carl faltete seine Karten zusammen und schloß sie routinemäßig ein, bevor er zu Sam ging.

»Und wie war unser neuer Ministerpräsident unter vier Augen?« begrüßte ihn Samuel Ulfsson. Er schien guter Laune zu sein.

»Was soll ich sagen«, erwiderte Carl unsicher. Er wußte nicht, ob die Frage überhaupt beantwortet werden mußte. »Er scheint nicht auf den Kopf gefallen zu sein. Allerdings ist er nicht mein Typ, oder wie ich das nennen soll.«

»Inwiefern?« erkundigte sich Samuel Ulfsson neugierig, während er seinen Schreibtisch von Akten befreite.

»Er ist so ein Bursche, der als Junge Fliegen die Flügel ausriß und mit ihnen Krieg spielte.«

»Aha«, sagte Samuel Ulfsson verwirrt, »aha, so einer. Aber sonst?«

»Sonst«, sagte Carl mit einem resignierten Lächeln, »sonst ist es natürlich genau umgekehrt, wenn man ihn mit den Sozis vergleicht. Wenn das Problem damals war, daß sie uns nicht gerade ins Herz geschlossen hatten und am liebsten gar nicht wissen wollten, womit wir uns beschäftigen, besteht das Problem jetzt darin, daß die Neuen uns lieben und alles wissen und alles entscheiden wollen. Anders Lönnh möchte, wie du weißt, fortlaufend schriftliche Berichte erhalten, und zwar über jeden Schritt in der rein operativen Planung. Und der Ministerpräsident möchte aus allem Sicherheitspolitik machen, wobei er selbst natürlich die Rolle des Vorsitzenden übernimmt.«

»Haben wir also kurz gesagt Probleme?«

»Das läßt sich nicht so ohne weiteres sagen. Ich meine, wenn die Probleme für uns früher darin bestanden, daß wir die Führung des Landes manipulieren mußten, so geht es heute darum, daß alles zu gut funktioniert. Und kann man das noch als Problem bezeichnen?«

»Nein, das hört sich merkwürdig an«, erwiderte Samuel Ulfsson vorsichtig und suchte kurz nach einer neuen Zigarettenschachtel. »Was ist also passiert?« fragte er kurz und sah auf, nachdem er schließlich seine Zigarette angezündet hatte.

»Ich soll nach Moskau fliegen.«

»Wie bitte!?«

»Genau. Nach Moskau.«

»Warum das denn?«

»Um Gorbatschow zu erzählen, daß wir bereit sind, den Part der Finnen zu übernehmen, falls die einen Rückzieher machen.«

»Wie bitte?!«

»Ja, da staunst du. Anders Lönnh ist gerade in Helsinki und erstattet bei Präsident Koivisto Bericht.«

»Wie bitte!?«

»Wie gesagt, unerwartete Seiten des demokratischen Regelsystems.«

»Aber hör mal, das kann ja unter Umständen ungeheuer kompliziert werden.«

»Ja, natürlich. Aber manchmal frage ich mich, ob Politiker nicht anders denken als wir. Das würde jedenfalls erklären, weshalb Koivisto zu zögern scheint. Für die Finnen ist es nicht nur wichtig, eine auf sie zukommende Kernwaffenkatastrophe zu verhindern. Es kommt auch darauf an, es *auf die richtige Art und Weise* zu tun, so daß hinterher kein anderer Politiker kommen und sagen kann, sie hätten es irgendwie *falsch* gemacht. Etwas in der Richtung.«

»Aha«, sagte Samuel Ulfsson und drückte entschlossen seine Zigarette aus. Er zündete sich sofort eine neue an, ein Zeichen, daß er angespannt und aufgeregt war. »Und was machen wir jetzt?«

»Luigi fliegt in die USA, um ein paar Dinge anzufordern. Es ist kein besonders kompliziertes oder teures Material. Wir werden also möglichst schnell ausgerüstet und können die neuen Dinge testen und mit ihnen üben. Ich treffe Texas Slim schon heute nachmittag und kündige unsere Materialbestellung an und erkläre ihm ganz allgemein die Lage. Anschließend muß ich leider nach Moskau fliegen.«

»Hast du vor, den Amerikanern von deiner Moskaureise zu erzählen?«

»Ja.«

»Ist das sehr klug?«

»Ja. Die Amerikaner haben ja eine eigene Erkenntnisquelle, entweder Gorbatschow oder einen Mann in seiner Nähe. Sie erfahren es ohnehin. Dann ist es besser, sie erfahren es direkt von uns.«

»Siehst du ein Problem darin?«

»Ja. Irgend etwas ist an der ganzen Sache faul, aber ich weiß nicht, was. Wenn Gorbatschow *nicht* wissen sollte, daß die Amerikaner Bescheid wissen, um nur ein Beispiel zu nennen, haben wir bestimmte Probleme. Denn dann ist nämlich alles ein Bluff.«

»Wenn sie aber nicht bluffen – und wir müssen schon davon ausgehen –, werden sie doch sicher sauer, wenn wir in Moskau herumscharwenzeln, um ihnen sozusagen auf die Finger zu sehen?«

»Schon möglich, aber dafür haben wir eine perfekte Ausrede. Nämlich unser demokratisches System. Wir gehorchen nur den Befehlen der legalen Regierung unseres Landes, und so weiter.«

Samuel Ulfsson nahm nachdenklich einen tiefen Zug von der Zigarette und versuchte die Schlußfolgerung zu bewerten, die er soeben gehört hatte. Dann lächelte er und nickte zustimmend.

»Die Demokratie bietet manchmal höchst unerwartete Vorteile«, bemerkte er trocken.

6

»Ihr sollt euch in Sibirien also die Ärsche abfrieren«, gluckste Skip Harrier und kratzte sich nachdenklich sein immer mehr ergrauendes kurzgeschnittenes Haar.

Luigi stand beinahe in Habachtstellung vor dem Schreibtisch und wußte nicht, was er antworten sollte. Er hatte Ridgecrest und Skip Harrier erst vor einigen Monaten verlassen und war in dem Glauben abgereist, es sei das definitive Ende eines Kapitels in seinem Leben. Jetzt stand er hier schon wieder vor dem gefürchtetsten Chef der Schule.

»Nun, Sir«, tastete Luigi vor, »ich bin mir nicht sicher, was ich bestätigen oder dementieren kann.«

»Wollen Sie mich auf den Arm nehmen, Sergeant Bertoni?« brüllte Skip Harrier.

»Nein, Sir. Hauptmann, Sir, nicht Sergeant!« erwiderte Luigi mit einem Reflex aus dem Rückgrat.

»Oh, Teufel auch!« grinste Skip Harrier amüsiert. »Der Herr Sergeant hat bei der Heimkehr also eine Art Schnellkarriere gemacht?«

»Ja, Sir!«

»Well well well, daraus können wir die erfreuliche Schlußfolgerung ziehen, daß der Herr Hauptmann den Vorzug hatte, an dieser Aktion teilzunehmen, bei der dem Mob in Palermo eine Lektion erteilt wurde?«

»Wie ich schon sagte, Sir«, entgegnete Luigi, »kann ich mir bei unserer Unterhaltung nicht jede beliebige Freiheit nehmen, da ich Offizier im Nachrichtendienst meines Landes bin und dieser Auftrag vermutlich geheim ist.«

»Jetzt hör mal zu, du kleines Arschloch«, begann Skip Harrier leutselig. »Erst kommt unser gemeinsamer Freund her, Fregattenkapitän Hamilton, und dann …«

»Kapitän zur See, nicht Fregattenkapitän, Sir!« unterbrach Luigi mit einem frechen Grinsen. »Sie sollten daran denken, daß Sie von einem höherrangigen Offizier sprechen, Sir!«

Skip Harrier war zunächst sprachlos, doch dann lachte er brüllend los.

»Na schön, du schlaues kleines Ärschchen, jetzt hast du mir gerade die Information gegeben, daß Carl auf Sizilien der kommandierende Offizier gewesen ist und daß du selbst teilgenommen hast. Ihr seid also beide befördert worden, meinen Glückwunsch. Übrigens möchte ich gern den Tag erleben, an dem Carl hier reinkommt und mir ein Stillgestanden! zubrüllt. Im übrigen ist es ja so, daß die Tore der Herren bei dem Spiel auf Sizilien eine gewisse internationale Publizität hatten. Außerdem ist Carl hier gewesen und hat sowohl die Klamotten wie einen bestimmten jungen Mann abgeholt, der die Pizzabäckersprache recht gut spricht, dich nämlich, und aus deiner Anforderungsliste hier geht hervor, daß es sich diesmal nicht um Palermo dreht. Also, was sollen wir jetzt tun?«

»Das kann ich nicht sagen, Sir«, beharrte Luigi.

Skip Harrier schüttelte den Kopf, bedeutete Luigi, daß er sich setzen könne, und ging aus dem Raum. Er kam mit einigen Karten in der Hand zurück, faltete eine davon auseinander, die den europäischen Teil der nördlichen Halbkugel umfaßte, und betrachtete sie einige Augenblicke lang stumm.

»Aus Langley ist so ein gottverdammtes rotglühendes Telex gekommen, daß ihr alles bekommen sollt, was ihr wollt. Unsere Regierung ist also Feuer und Flamme«, murmelte er und maß einige Entfernungen auf der Karte, indem er zunächst auf die Skala sah und dann mit Daumen und Zeigefinger prüfend in verschiedene Richtungen wanderte. »Ihr sollt euch also die Ärsche abfrieren. Das geht nämlich aus der Liste der Ausrüstungsgegenstände hervor«, sagte er, »und dann sollt ihr im Dunkeln wieder raus, die alte übliche Scheiße. Na ja, Norwegen oder Finnland sollt ihr bestimmt nicht überfallen. Es geht um ein Luftlandeunternehmen mit einer berechneten Zeit von … hm … ihr sollt also rund sechzig Meilen auf sowjetisches Territorium. Und was finden wir da oben, was unsere amerikanische Regierung so sehr interessieren kann?«

Er sah Luigi prüfend an.

»Darauf kann ich wirklich nicht antworten, Sir«, erwiderte Luigi. »Es geht hier vermutlich um eine Operation, die als top-secret klassifiziert ist, und ich kann genausoviel vermuten wie Sie selbst, Sir. Ich weiß nur das, was man an der Liste ablesen kann, Luftlandeunternehmen, längeres Überleben in der Polarregion sowie Bereitschaft für kleinere Kampfaufträge.«

»Schon gut, schon gut«, sagte Skip Harrier beruhigend, »ich bin nicht darauf aus, dir irgendwelche Geheimnisse aus der Nase zu ziehen. Ich möchte mich nur vergewissern, daß wir euch nicht mit noch mehr Dingen helfen können. Es scheint sich schließlich um etwas zu handeln, was unsere Regierung außerordentlich lobenswert findet. Soll das Material nach Möglichkeit anonymisiert werden?«

»Ja, Sir, das würde ich für wünschenswert halten«, erwiderte Luigi.

»Habt ihr es eilig?«

»Die Operation soll nicht vor Dezember stattfinden, aber es ist ja immer ein Vorteil, wenn wir so früh wie möglich mit den Dingen üben können.«

»Ja, genau. Ich habe mir nur gedacht, daß es vielleicht eine Woche länger dauert, wenn wir alle amerikanischen Preisschilder und derlei entfernen sollen, aber notfalls könnt ihr das auch selbst.«

»Ja, Sir, ohne Probleme.«

»Wie sieht die einfachste Transportmöglichkeit aus?«

»Die Sachen direkt zu einer Basis in Schweden zu fliegen, Sir. Auf unserer Ausgangsbasis haben wir Zugang zu einer Landebahn, die alles aufnimmt. Ich nehme an, eine Transportmaschine könnte auf den gewöhnlichen Flugrouten von Deutschland hochfliegen und dann auf unserer Basis landen, alles entladen und dann verschwinden.«

»Ja, hört sich problemlos an«, stellte Skip Harrier fest und klappte die Dokumentenmappe vor sich zu. Er schien fast enttäuscht zu sein, daß es keine Probleme gab, die er in Angriff nehmen mußte. Die Ausrüstung war nicht sonderlich kompliziert, und jeder, der unter Skip Harrier fünf Jahre lang ausgebildet worden war, mußte sie ohne weiteres beherrschen.

»Well, Hauptmann Bertoni, dann bleiben nur noch Ihre gesellschaftlichen Pflichten. Im übrigen ist der Auftrag bestens ausgeführt«, bemerkte Skip Harrier.

»Gesellschaftliche Pflichten?« fragte Luigi, der nichts begriff.

»Ja, genau das, Arschloch. Bei solchen Aufträgen, die früher von Fregattenkapitän, Verzeihung, Kapitän zur See Hamilton durchgeführt worden sind, gehört es dazu, mit eurem alten sanften Chef hier in der Schlangengrube bis zum Abwinken zu saufen, verstanden?«

»Ja, Sir, zu Befehl. Ich habe aber neun Stunden Zeitunterschied im Körper und unten in L. A. ein Hotelzimmer gebucht, und ...«

»Dann buche um und schlaf heute abend hier. Ein bißchen Zeitunterschied muß ein Kerl schon vertragen. Sei froh, daß du die Hell Week nicht mitmachen mußt.«

»Wann und wo soll ich mich einfinden, Sir?« fragte Luigi resigniert. Er sah keine Möglichkeit, einen Rückzieher zu machen, und war nicht einmal sicher, ob er es überhaupt wollte. Es hatte durchaus etwas Verlockendes, sich nach fünf Jahren mit dem alten Quälgeist Skip Harrier hinzusetzen und zu trinken und zu reden, als wäre man seinesgleichen.

»Du hast dich schon eingefunden«, lächelte Skip Harrier mit affektierter Freundlichkeit und griff nach seiner grünen Baskenmütze. Er schob die Akten auf seinem Schreibtisch zusammen und verschloß sie in seinem Panzerschrank. Dann ergriff er den verblüfften Luigi am Kragen und schleifte ihn mit sich durch die Tür.

Für Oktober war es ungewöhnlich kühl in der Mojave-Wüste. Die Sonne ging in Richtung Zivilisation unter, und es pfiff ein kühler Wind, als Skip Harrier mit seinem Jeep das US Naval Weapon Center verließ, was der offizielle Name der von allen so genannten Sunset Farm war.

Skip erklärte, er wolle erst nach Hause und sich umziehen, da er nicht riskieren wolle, seine Uniform vollzukotzen. Außerdem sei es ein schlechtes Vorbild, falls ein paar Junghähne durch den Zaun geschlüpft seien und in der Kneipe auftauchten. Sie nannten das Lokal nie anders als die Kneipe, da der Laden ohnehin ständig den Namen änderte, je nach Diensteifer der örtlichen Behörden. Der Gemeinderat von Ridgecrest sei, wie Skip Harrier sagte, total von christlich-religiösen Weibern infiziert, die sich in den Kopf gesetzt hätten, es sei unmoralisch, selbstgebrannten Whiskey zu trinken.

Skip Harrier wohnte in einer Baracke mit drei sehr kleinen Zimmern und einer kleinen Veranda. Die Tür war nicht verschlossen. Die dünne Tür mit einem Fliegengitter schlug im Wind. Luigi hatte mal gehört, wie Carl das Haus nebenbei erwähnte. Es schien eine Erklärung zu geben. Scheidung und derlei.

Auf dem Hof stand ein alter Pontiac, der von Müll und abgefahrenen Autoreifen umgeben war. Das Ganze machte einen traurigen Eindruck.

»Well«, erklärte Skip Harrier, als er Luigi durch die Fliegentür führte, »manche Leute sind der Meinung, alte Oberstleutnants sollten etwas standesgemäßer wohnen, und das habe ich auch einmal getan. Jetzt sehe ich es allerdings nicht mehr ein. Hol dir ein Bier. Im Kühlschrank steht welches.«

Luigi ging vorsichtig zum Kühlschrank, öffnete ihn und riß ein Budweiser aus einem von drei Sechserpacks heraus, die in Augenhöhe standen. Im übrigen war der Kühlschrank fast leer. Er nahm das Bier und setzte sich auf einen knarrenden Korbstuhl vor einem kleinen Fernseher, der eingeschaltet war und rauschte. Er stellte ihn ab und nippte an seinem Bier. Skip Harrier war immer ein Riese gewesen, aber sein bemitleidenswertes Wohnhaus ließ ihn auf eigentümliche Weise schrumpfen. Luigi wurde nicht schlau daraus, wie er das eine mit dem anderen in Verbindung bringen sollte. Von Armut konnte wohl keine Rede sein. Ein Oberstleutnant mit einer qualifizierten Position mußte ein ausreichendes Gehalt beziehen.

»Was halten Sie von meiner einfachen Hütte, Hauptmann Bertoni?« fragte Skip Harrier, als er aus seinem Schlafzimmer kam. Er trug jetzt Jeans, ein T-Shirt mit einem verblichenen Text, in dem von Vietnam die Rede war, und eine uralte Fliegerjacke aus Leder mit einem Pelzkragen.

»Carl hat etwas von Scheidung gesagt. Ich nehme an, solche Dinge können einen hier in den USA zu einem armen Mann machen«, erwiderte Luigi vorsichtig.

»Und in Europa ist das nicht möglich?« fragte Skip Harrier unerwartet munter, während er sich selbst ein Bier holte und sich auf den ächzenden Korbstuhl fallen ließ, der Luigi gegenüberstand.

»Nun ja«, sagte Luigi, »damit habe ich zum Glück noch keine Erfahrungen. Ich nehme an, daß man in den meisten europäischen Ländern die Hälfte behalten darf.«

»Hier ist es genauso«, sagte Skip Harrier und nahm ein paar tiefe Schlucke. Er wischte sich mit dem Handrücken den Mund ab. »Hier ist es genauso. Das ist aber nicht das Problem. Soll ich etwa in irgendeine Villa unter die Weiber in Ridgecrest ziehen? Da ist es schon besser, das Geld für die Ausbildung meiner Kinder auszugeben. Ich habe zwei im College. Komm, gehen wir.«

Die Kneipe war wie immer, Countrymusik und stilles Nachmittagsgesaufe. Erst am frühen Morgen wurde es etwas lebhafter, doch bis dahin war es noch lange. Skip Harrier brauchte nicht zu bestellen. Eine fröhlich lächelnde Kellnerin erschien sofort mit einem Whiskeykrug und zwei Gläsern.

»Ich habe gehört, daß ihr unten auf Sizilien Verluste gehabt habt. Wer ist draufgegangen?« fragte Skip Harrier und atmete gleichzeitig mit hörbarem Wohlbehagen aus, nachdem er sein erstes Glas gekippt hatte.

»Hauptmann Lundwall, also Joe«, erwiderte Luigi vorsichtig.

»Mmh, hast du ihn gekannt?«

»Nein, Sir, wir haben uns nie kennengelernt.«

»Hör doch jetzt mit diesem ›Sir‹ auf. Wir sind doch zwei ehrliche zivile Trinker, verdammt noch mal. Ach so, du hast ihn nicht gekannt. Wie hat Carl es aufgenommen?«

»Es war hart für ihn, glaube ich, sogar verdammt hart. Wir sind ja ein kleiner Trupp, so daß man sich nach einiger Zeit recht nahe kommt. Und außerdem hatten wir früher nie Verluste gehabt.«

»Nein, das stimmt. Wie hat es sich abgespielt?«

»Carl und Hauptmann Lundwall saßen in einem Straßencafé und warteten auf eine Nachricht. Dann tauchten zwei Mann auf einem Motorrad auf. Der Schütze saß hinten. Automatikwaffe.«

»Oh, Teufel auch. Die Itaker schafften es also, Joe mitzunehmen, bevor sie selbst draufgingen?«

»Nein, Sir, Carl und Hauptmann Lundwall waren bei dieser Gelegenheit unbewaffnet.«

»Was zum Teufel sagst du da, Jungchen? Was soll das heißen, unbewaffnet?«

»Es stimmt, Sir. Sie waren unbewaffnet.«

»Hör doch mit diesem ›Sir‹ auf, sagte ich doch. Das ist das Dümmste, was ich an diesem ganzen verdammten Tag gehört habe, was gar nicht wenig heißt, wenn ich daran denke, wo ich arbeite. Aber was sollte das eigentlich, unbewaffnet hinter dem Mob herzurennen?«

»Woher soll ich das wissen? Später haben wir die Taktik geändert.«

»Habt ihr den Burschen erwischt, der Joe umgebracht hatte?«

»Ja, wahrscheinlich sogar beide. Das war zu einem späteren Zeitpunkt, als ich schon dabei war. Da waren wir allerdings ständig bewaffnet.«

»Mmh, kann ich mir vorstellen. Wie hat Carl das Ganze aufgenommen?«

»Du meinst mit Joe?«

»Ja, natürlich. Selbstvorwürfe, wir hätten bewaffnet sein müssen, es war meine Schuld, und solche Scheiße.«

»Ich weiß nicht recht. Während der Operation hat er nicht viel von seinen privaten Gefühlen gezeigt. Und seitdem haben wir uns nur gelegentlich bei der Arbeit getroffen. Ich habe aber den Eindruck, daß es an ihm nagt und ihn auffrißt.«

»Ja, darauf kannst du Gift nehmen, daß es das tut. Carl nimmt so etwas sehr schwer. Selbstvorwürfe, Gewissen, Gut und Böse und die ganze Scheiße.«

»Den Eindruck habe ich nicht.«

»Nein, mein kleines Scheißerchen, doch das liegt daran, daß du Carl hauptsächlich *in action* begegnet bist, und da läßt er kaum viel zu wünschen übrig. Gott stehe den Itakern bei, die ihm dann über den Weg laufen. Aber hinterher, Jungchen, dann wird das Ganze bis in alle Unendlichkeit zerredet. Merkwürdiger Bursche, was das angeht, Charlie. Ich habe ihn verdammt gern, das ist es nicht. Wahrscheinlich mag ich Charlie mehr als jedes andere gottverdammte kleine Schlangenei, das wir hier draußen ausgebrütet haben. Aber dieses Weibergewäsch bleibt mir quer in der Kehle stecken. Teufel, du trinkst ja nichts!«

Luigi führte pflichtschuldigst das Glas an den Mund und zwang ein paar Schlucke des scharf nach Fusel riechenden Getränks in sich hinein; aus irgendeinem Grund wollte Skip Harrier immer noch Moonshine trinken, Selbstgebranntes. Niemand wußte, weshalb, aber jeder wußte, daß es so war.

»Hatten wir oder vielmehr ihr irgendwelche Verluste im Irak?« wechselte Luigi fast demonstrativ das Thema.

»Nein, glücklicherweise nicht«, erwiderte Skip Harrier. »In Panama waren elf von dreizehn Verlusten unsere, aber Irak war ein Spaziergang im Park. Wir haben ein paar Ölbohrtürme draußen auf See eingenommen, und zwar ohne eigene Verluste. Das war alles. Alle Jungs kamen irgendwann nach Hause, nachdem sie Paraden und Ordensverleihungen über sich hatten ergehen lassen. Es ging recht ordentlich zu. Ein hübscher kleiner Krieg.«

»Ein hübscher kleiner Krieg?« fragte Luigi verblüfft.

»Ja, das darf man wohl sagen«, sagte Skip Harrier mit einigem Nachdruck und kippte ein halbes Glas in sich hinein. »Oder habt ihr aus eurer neutralen Arschgeigenperspektive irgendwelche Einwände?«

»Nun«, begann Luigi vorsichtig, da er keinen Streit suchte, »es ist möglich, daß der Krieg durchaus berechtigt war, aber im übrigen war es ja nur so ein gottverdammter Indianerkrieg. Leichte Kavallerie gegen Artillerie, wenn ich so sagen darf, oder wie das Abknallen von Truthähnen, um einen amerikanischen Begriff zu verwenden.«

»Du unterstellst also, wir wären gar nicht so sonderlich tapfer gewesen?« fragte Skip Harrier verdächtig sanft.

»Ja«, entgegnete Luigi und schluckte, »ihr habt ja nicht gerade gegen Vietnamesen gekämpft.«

Er sah in Erwartung von Skip Harriers Wutausbruch auf die Tischplatte; fünf Jahre Drill bei Skip, immer wieder unterbrochen von ewigen Kraftausdrücken über sämtliche Völker der Welt, beispielsweise Schweden und andere europäische Arschlöcher, die nicht zu schätzen wußten, welche Bedeutung die USA dafür hatten, daß die Zeitung morgens pünktlich ins Haus kam und das Fleisch abends auf dem Tisch stand, hatten auf Luigi einen tiefen pädagogischen Eindruck gemacht. Doch unbewußt hatte er genau den Gefühlsstrang erwischt, der Skip Harriers Haltung schnell veränderte. So wurde aus dem erwarteten Wutausbruch ein fast melancholisches Nachdenken.

»Du hast recht, Jungchen«, sagte er. »Die Vietnamesen waren etwas vollkommen anderes. Man sagt ja immer, Kanaken könnten nicht kämpfen, und was die Araber angeht, neige ich dazu, dem zuzustimmen. Aber *gooks*, die können wahrhaftig kämpfen.«

»Möglicherweise liegt es daran, daß sie es seit dem Zweiten Weltkrieg ohne Pause tun«, behauptete Luigi kühn. Doch auch das ließ Skip Harrier ihm durchgehen.

»Wie wahr, wie wahr. Erst haben sie die Japse verprügelt, dann die

Froschfresser und dann uns. Sie sind schon harte kleine Scheißhaufen.«

Skip Harrier verstummte und sah in sein Glas. Luigi fürchtete schon, er würde sich jetzt in einen seiner legendären langatmigen Ergüsse über Vietnam stürzen.

»Wir haben das Glück, daß wir es zu Hause nur mit den Russen zu tun haben«, sagte Luigi in einem fast verzweifelten Versuch, das Thema Vietnam zu vermeiden.

Aber Skip Harrier nickte nur düster. Er schluckte den Köder nicht. Statt dessen füllte er beide Gläser bis zum Rand mit Whiskey und nahm Anlauf, und zwar irgendwo bei der Tet-Offensive 1968.

Luigi biß die Zähne zusammen und stellte sich auf eine entsetzlich lange Nacht ein. In seinem Körper war es schon vier Uhr morgens, und dieser Abend hatte leider noch nicht einmal richtig begonnen.

»Vitto! Satan, Teufel auch, das sind ja Vielfraßfelle!« rief Åke Stålhandske verblüfft aus und hielt Anna einige Felle hin.

»Glaub bloß nicht, ich wüßte nicht, was dieser Ausdruck bedeutet«, schnaubte sie.

»Schon, aber so heißt es hier zu Hause nun mal, wenn etwas wirklich bemerkenswert ist. Aber du verstehst also nicht, was Vielfraßfell bedeutet?«

Anna schüttelte den Kopf. Sie standen in einer mehrere hundert Quadratmeter großen Touristenfalle in einem Ort namens Inari. Dort gab es Reihen von Bärenfellen und Reihen mit Wolfsfellen und sicher Tausende von Fuchsfellen und vielleicht fünftausend Messer. Variationen über ein Thema.

»Das hier«, sagte Åke Stålhandske fast ehrfürchtig, »ist ein vom Aussterben bedrohtes Tier. In Schweden und Finnland ist es absolut verboten, Vielfraße zu jagen. Man kann sogar mehrere Jahre Gefängnis dafür bekommen, wie ich glaube, aber hier hängen sie. Verstehst du den Zusammenhang nicht?«

Er lachte, und sie lächelte unsicher. Sie sah wirklich keinen Zusammenhang.

»Hör mal«, sagte er, nahm zwei Felle und hängte sie sich über den Arm. »Sie müssen aus Rußland kommen, von der anderen Seite des

Sees. Sie müssen irgendwo von dort kommen, denn sonst könnten sie nicht so offen hier hängen.«

»Nein. Und?« sagte Anna und machte ein fragendes Gesicht.

»Na hör mal. Dies soll eine der am härtesten bewachten Grenzen der Welt sein, aber der Schmuggelverkehr läuft offenbar völlig ungestört. Sieh dir doch nur diese Wolfsfelle an. Ich will verdammt sein, wenn allein hier im Laden nicht mehr Felle herumliegen, als in Finnland in einem oder in zwei Jahren legal geschossen werden. Vitto!«

»Ich mag diesen Ausdruck nicht«, beharrte Anna.

Åke Stålhandske machte eine unbekümmerte frohe Handbewegung, die eine zögernde Entschuldigung darstellte, nahm die Felle mit zur Kasse, wo man sie ihm in eine Plastiktüte legte.

Anna war nachdenklich, als sie zum Wagen hinausgingen, um zu dem Häuschen zurückzufahren, das sie nach ein paar Tagen gefunden hatten. Es war tatsächlich wie eine Art Urlaub. Sie angelten, ruderten, übernachteten sogar draußen im Wald. Alles war so viel besser als zu Beginn der Reise, bei dieser ausgesprochen seltsamen Expedition nach Murmansk und vor allem dieser langsamen, schleichenden Autofahrt der folgenden zwei Tage. Sie waren immer an der Grenze entlanggefahren, und er wollte dauernd aussteigen und die Aussicht genießen. Sie hatten einen ganzen Tag damit zugebracht, durch eine Grenzausbuchtung zu fahren, die sich wie ein norwegischer Keil zwischen Rußland und Finnland schob. Ein Weiterkommen war da nicht möglich, sondern man mußte wieder durch Norwegen nach Norden fahren. All das hatte offenbar etwas mit dem zu tun gehabt, was nicht ihre gemeinsame Zeit war. Das war kein Urlaub, sondern Arbeit, und überdies eine Arbeit, für die es ein sehr unangenehmes Wort gab. Das unangenehme Gefühl hatte sich gelegt, sobald sie ihre »Basis« errichtet hatten, ein zugiges Holzhäuschen mit einem offenen Kamin. Es lag unglaublich schön am Ufer von »Enare träsk«. Sie belegte das gewaltige Seensystem hartnäckig mit seinem schwedischen Nahmen, während er Inarijärvi sagte.

»Dann wollen wir mal wieder. Was ist denn so Besonderes daran, daß sie Felle schmuggeln?« fragte Anna in neutralem Tonfall, als sie wieder im Wagen saßen.

»Ach, weißt du«, sagte er vorsichtig, da er genau spürte, daß das Gesprächsthema nicht ganz ohne war, »es ist ja nicht uninteressant, daß die hiesige Bevölkerung jederzeit über die Grenze und wieder zurück kann und daß sie einen kleinen, wahrscheinlich lohnenden und unerhört illegalen Handel mit Dingen betreiben, die transportiert werden müssen und sich nicht in die Hosentasche stecken lassen.«

Er verstummte, denn er fühlte, daß das falsche Thema unausweichlich näherrückte. Es ließ sich ebensowenig aus der Welt schaffen wie Gewitterwolken am Horizont.

»Was tun wir hier eigentlich?« fragte sie unschuldig.

Er erkannte, daß er nicht den Ahnungslosen spielen und sie damit beruhigen konnte, wie wunderbar diese gemeinsame Zeit sei. Das stimmte zwar, o ja, aber es ging um den Grund, weshalb sie nicht in die Südsee hatten reisen können.

»Es besteht die Möglichkeit«, begann er ernst, »daß in einem Monat oder so bestimmte Gegenstände oder Personen über diese Grenze gehen werden. Zufällig ist es etwas, was uns Schweden angeht. Du kannst hoffentlich akzeptieren, daß ich nicht mehr sagen kann.«

»Natürlich«, erwiderte sie in dem gleichen Tonfall, »aber werden wir irgendwann in diese Schmuggelei hineingezogen werden?«

»Nein, absolut nicht«, sagte er voller Erleichterung, nicht lügen zu müssen. Er glaubte es tatsächlich.

»Du sollst also nichts über diese Grenze schmuggeln?«

»Nein. Ich soll nur eine Basis errichten, und das haben wir schon getan.«

»Du mußt also nicht auf die andere Seite?«

»Nein«, log er ohne zu zögern. »Später werden andere Personen übernehmen. Ich bin vor allem hier, weil ich Finnisch kann. Diese Sprache beherrschen in der Firma nämlich nicht viele.«

Sie nickte. Sie schien es zu akzeptieren und ihre Besorgnis zu verdrängen. Sie sprach eine Weile begeistert über ihr exotisches Nachbarland. Er lachte und sagte, wer wie er aus Ekenäs stamme, halte Finnland dreihundert Kilometer nördlich des Polarkreises für mindestens genauso exotisch. Dabei merkte er selbst, daß sein Finnisch allmählich nicht mehr so eingerostet klang. Die Leute hier oben hörten trotzdem, daß er Finnlandschwede war: das neutralste und liebenswürdigste Wort für etwas, das sich im Finnischen mit zahlreichen Schimpfwörtern belegen ließ.

»Wie wollen wir Weihnachten feiern?« fragte sie plötzlich.

Trotz ihrer scheinbaren Alltäglichkeit explodierte die Frage in ihm wie eine Granate.

»Hast du einen Vorschlag?« fragte er mit einem schnell erkämpften Lächeln.

»Ja«, erwiderte sie. »Die Südsee wäre prima.«

Dann lachte sie, und er war erleichtert.

»Übrigens hätte ich schon vor einer Woche meine Tage bekommen sollen«, fuhr sie fort, als wäre es eine Banalität.

Er brauchte eine Weile, um seine Gedanken zu ordnen und den Inhalt dessen zu beurteilen, was sie soeben gesagt hatte. Dann bog er auf einen der zahlreichen Rastplätze ab. Die Straße verlief parallel zum Seeufer. Er hielt an und gab ihr ein Zeichen auszusteigen. Sie gingen zu einer Steinmauer, die den leeren Rastplatz umgab. Die Touristensaison war längst vorbei.

Sie sahen eine Zeitlang auf die vollkommen ruhige blaue Wasserfläche.

Er holte tief Luft, bevor er sagte, was er nicht länger bei sich behalten konnte.

»Entweder erwartest du ein Kind, und dann möchte ich dich heiraten, sobald wir nach Hause kommen. Oder du erwartest kein Kind, aber dann möchte ich dich trotzdem heiraten, sobald wir nach Hause kommen, damit du so schnell wie möglich ein Kind erwartest«, sagte er. Dann lächelte er sie unsicher an. Noch vor kurzem hatte er in erster Linie überleben oder es zumindest versuchen wollen, doch jetzt war ihm das Leben dazwischengekommen.

»Wenn du mir versprichst, nichts über diese Grenze zu schmuggeln«, sagte sie ebenfalls mit einem unsicheren Lächeln.

»Ja, das verspreche ich. Nichts einfacher als das«, sagte er, verstummte dann aber und sah sie forschend an. Sie nickte. Sie küßten sich und sagten lange Zeit nichts.

Es war kalt. Bald würde es den ersten Schnee geben. Die Herbstfarben waren jetzt eher Gelb als Rot, und die Kälte zwang sie wieder in den Wagen.

Er war plötzlich sehr guter Laune, als wäre eine schwere Last von ihm genommen. Er schlug ausgelassen vor, sie sollten ihrem Vermieter einen spontanen Besuch abstatten, um zu sehen, ob er mehr als nur einen Gesichtsausdruck habe. Vielleicht könnten sie ihn mit junger Liebe erweichen.

Es war zweifelhaft, ob überhaupt irgend etwas Urmas Rinne erweichen konnte, zumindest seinem Gesichtsausdruck nach zu urteilen. Womit er sich die Zeit vertrieb, war recht eindeutig. Er ging auf die Jagd und fischte. Wovon er lebte, war schon etwas unklarer. Er war einmal Grenzschützer gewesen und hatte auf einem Schneemobil Schmuggler gejagt. Dafür hatte er wohl ein Gehalt bezogen. Womit er jetzt sein Geld verdiente, war nicht ohne weiteres ersichtlich. Er hatte nur nach langem Zögern eines seiner beiden Häuser an den *Wasserschweden* vermietet, nämlich das, welches abseits lag und schlecht zu erreichen war.

Doch hatte Åke Stålhandske, ob nun Wasserschwede oder nicht, etwas an sich, was Urmas Rinne gefiel.

Er arbeitete in seiner Räucherei, als sie auf den Hof fuhren, und nickte ihnen mürrisch und abwartend zu. Mieter, die ihn zu Hause besuchten, wollten sich nach seiner Erfahrung nur über etwas beschweren.

Während Åke erklärte, sie wollten nur mal vorbeikommen und etwas plaudern, und ähnliche schwedische Freundlichkeiten von sich gab, wartete Urmas Rinne mißtrauisch auf den eigentlichen Grund des Besuchs und gab nur kurze gebrummelte Antworten von sich. Als Åke erzählte, er habe soeben um Annas Hand angehalten, und er und seine schwedische Verlobte wollten heiraten, sobald sie wieder in Stockholm seien, machte er ein fast mißbilligendes Gesicht.

Immerhin bot er ihnen frisch geräucherten Saibling an und holte einige Flaschen Bier, die er aus dem Brunnen auf dem Hof hochzog, wo sie in einem roten Plastikeimer kühl lagen. Sie gingen zum Wasser hinunter und setzten sich auf den Bootssteg, wo sie schweigend aßen. Åke flüsterte, das Schweigen sei gar nicht so peinlich, wie man glauben könnte, denn ihr Gastgeber sei offenbar guter Laune. Anna lächelte nur freundlich. Mehr konnte sie kaum tun, da sie ohnehin kein Wort der lakonischen, knappen und meist von Schweigen geprägten Konversation der beiden Männer verstand.

»Wie gesagt. Ich muß nach Stockholm runter, und dann heiraten wir«, sagte Åke und verleibte sich ein halbes Rückenfilet des geräucherten Saiblings ein.

»Ja, das hast du schon gesagt. Wie schön«, sagte Urmas Rinne nach einiger Zeit.

»Dann habe ich mir vorgenommen, wieder herzukommen. Noch ein paar Wochen«, fuhr Åke Stålhandske nach einer Pause fort.

»Aha«, ließ sich Urmas Rinne vernehmen.

»Ja, habe ich mir gedacht«, sagte Åke Stålhandske.

Urmas Rinne ließ zunächst durch keinerlei Anzeichen erkennen, daß er etwas sagen wollte. Doch nach einiger Zeit stieß er ein einziges Wort hervor.

»Warum?«

»Nun, ich habe zu lange da unten in Stockholm gelebt. Ich wollte übrigens das Haus isolieren, wenn du nichts dagegen hast.«

»Es wird ja bald Winter.«

»Ja. Ich isoliere es auf eigene Kosten.«

»Was denn sonst? Du glaubst doch wohl nicht, daß ich das für dich bezahle?«

»Nein.«

»Eben.«

»Gut, daß wir uns einig sind.«

»Ja.«

Sie aßen eine Zeitlang schweigend weiter. Urmas Rinnes Gesicht war unergründlich, ebenso unergründlich wie sein Alter. Er konnte alles zwischen vierzig und sechzig sein. Das weiße Haar sagte nichts. Es hätte schon immer weiß gewesen sein können.

»Ich hol noch etwas Fisch«, sagte er und stand auf, als er sah, daß nichts mehr da war.

»Wovon quatscht ihr eigentlich?« fragte Anna verwirrt. »Es hört sich an, als würdet ihr nur grunzen.«

»Richtige Männer quatschen so«, sagte Åke Stålhandske mit einem Augenzwinkern. »Wir befinden uns mitten in einer geschäftlichen Verhandlung.«

Urmas Rinne kam mit neuen Fischportionen auf Papptellern wieder. Er schien hinter dem Plumpsklo einen anscheinend unerschöpflichen Vorrat zu besitzen. Er servierte schweigend, und als Anna sich auf finnisch bedankte, *kitos*, lächelte er.

»Und was gedenkst du zu tun, wenn hier Schnee liegt?« fragte Urmas Rinne.

»Ich will auf dem Eis fischen. Will mir ein Schneemobil kaufen und auf dem Eis fischen.«

»Für ein Schneemobil mußt du sechzigtausend Mark hinlegen.«

»Ich habe von Verwandten Geld geerbt. Das ist nicht so schlimm.«

»Verstehe.«

»Ja.«

»Kannst du fischen?«

»Nein, nicht besonders. Jagen wollte ich auch, falls ich mich in deine Jagdtruppe einkaufen kann, oder wie ihr das hier oben organisiert.«

Åke Stålhandske hielt nach seinem frechen und vielleicht unbeholfenen Vorstoß die Luft an. Urmas Rinne lächelte fein und kaute nachdenklich auf seinem Fisch herum, bevor er etwas sagte.

»Kann ein Wasserschwede wie du schießen?«

»Ja«, sagte Åke Stålhandske und stürzte sich in einen wilden Vorstoß. »Ich schieße besser als du.«

»Nicht doch. Nie im Leben«, stellte Urmas Rinne fest, und Åke seufzte erleichtert, da sein Vorstoß erfolgreich gewesen war.

»Doch«, entgegnete er ausdruckslos.

»Ein Mann sollte nicht angeben«, sagte Urmas Rinne nach langer und intensiver Bedenkzeit. »Ein guter Mann prahlt einfach nicht.«

»Nein«, gab ihm Åke Stålhandske recht und zog den Fang dann schnell zu sich heran. »Es ist doch keine Prahlerei, wenn ich sage, daß ich besser schieße als du.«

»Vitto!« sagte Urmas Rinne und entfernte sich mit entschlossenen Schritten.

»Da ist ja schon wieder dieses Wort«, sagte Anna erstaunt. »Schließt man auch Verhandlungen mit diesem Wort ab?«

»Ja, es ist sehr finnisch«, erwiderte Åke Stålhandske. Er gab sich die größte Mühe, jeden Anflug eines Lächelns von seinem Gesicht fernzuhalten und eine männliche finnische Maske zu wahren.

Nach einiger Zeit kam Urmas Rinne vom Haus zurück. Er ging mit langen, energischen Schritten und hielt ein Gewehr mit Zielfernrohr in der einen Hand und eine Patronenschachtel in der anderen.

Es war ihm anzusehen, daß er wütend war. Er würdigte Anna keines Blickes, sondern ging direkt zu Åke.

»Jetzt werden wir verdammt noch mal schießen«, stellte er fest.

Åke Stålhandske antwortete mit einem kurzen Kopfnicken.

»Auf hundert Meter schießt es gleichmäßig«, sagte Urmas Rinne und stopfte fünf Patronen ins Magazin.

Åke Stålhandske musterte die Waffe und sah, daß es ein Stutzen der Marke Sako mit dem Kaliber 6,5 war. Dieses Gewehr war kein Problem für ihn.

»Bitte sehr, jetzt schieß doch, du verdammter Wasserschwede«, sagte Urmas Rinne, dessen Tonfall keineswegs so unfreundlich war wie der Wortlaut, und reichte ihm das Gewehr.

Åke Stålhandske nahm es entgegen, wog es in der Hand, legte ein paarmal zur Probe an und sah sich dann um.

»Was habt ihr vor?« wollte Anna wissen.

»Finnische Männer unter sich«, erwiderte Åke Stålhandske. Dann entdeckte er ein geeignetes Ziel. Auf einer 65 oder 70 Meter entfernten kleinen Landzunge stand eine trockene, verwachsene Kiefer mit toten Ästen, die in alle Richtungen ragten, und hinter der Kiefer erhob sich eine zwanzig Meter hohe Felswand. Es war ein ausgezeichnetes Ziel mit einem perfekten Kugelfang.

»Wenn es tatsächlich so ist, wie du sagst, daß es auf hundert Meter genau trifft«, sagte Åke Stålhandske zu Urmas Rinne, »solltest du als erster schießen. Ziel auf die Mitte des untersten Astes dieser Kiefer da. Dann werden wir weitersehen.«

Urmas Rinne nahm sein Gewehr mit einem kurzen Blick auf den Schweden in Empfang, setzte sich, stützte die Ellbogen auf die Knie und schoß nach kurzem Zögern. Er traf den Ast in der Mitte und reichte Åke Stålhandske zufrieden das Gewehr. Dieser stellte mit einem Kopfnicken fest, daß die Einstellung des Zielfernrohrs offenbar in Ordnung war; auf diese Entfernung wäre es schwer gewesen, die Einstellung zu korrigieren, da dieses Kaliber zwischen null und hundert Meter eine sehr flache Schußbahn hatte.

Åke Stålhandske nahm sich eine neue Patrone und schob sie in den Lauf. Dann stand er auf und holte ein paarmal tief Luft, während er sich mit abgewandtem Gesicht konzentrierte. Der Finne sollte ihm nicht ansehen, mit welchem Ernst er sich auf die Aufgabe einstellte.

Dann hob er das Gewehr blitzschnell an die Wange und schoß stehend, zunächst auf den nächsten Ast, der bedeutend dünner war als der, den Urmas Rinne sich vorgenommen hatte. Dann lud er durch und schoß auf den Ast darüber. Jetzt wußte er, daß er sich auf die Waffe verlassen konnte. Dann schoß er in schneller Folge noch auf drei weitere Äste. Der letzte in der Reihe war kaum dicker als zwei Finger.

Urmas Rinne hatte so etwas in seinem ganzen Leben noch nicht gesehen, und Åke Stålhandske wußte es.

Er zog die letzte Hülse heraus und reichte Urmas Rinne die Waffe mit herausgezogenem Schlußstück, natürlich ohne auch nur mit einer Miene ein Triumphgefühl oder Befriedigung zu zeigen.

»Ja«, sagte Urmas Rinne, schob das Schlußstück ein und hob die Patronenschachtel auf. »Für einen Wasserschweden schießt du gar nicht übel.«

Urmas Rinne ging zum Haus hinauf, ohne noch etwas zu sagen. Er hatte sich das Gewehr über die Schulter gelegt und hielt die Patronenschachtel in der Hand. Åke Stålhandske sah nachdenklich hinter ihm her und nickte stumm und bestätigend, als hätte er soeben etwas verstanden oder dazugelernt.

In Anna kämpften widerstreitende Gefühle miteinander. Sie empfand sowohl Unbehagen wie Wohlgefühl. Sie hatte an der Sporthochschule einiges mit dem Fünfkampf-Training der Männer zu tun gehabt und wußte genügend vom Schießen, um beurteilen zu können, daß sie soeben fast eine Zirkusnummer miterlebt hatte. Daher das Wohlgefühl.

Sie sah aber auch mit entsetzlicher Klarheit, daß der Mann, dem sie vorhin die Ehe versprochen hatte, Waffen nicht als Sportgeräte sah. Waffen waren für ihn Berufsinstrumente.

»Womit beschäftigt ihr euch, ich meine, womit beschäftigt ihr euch *eigentlich*?« fragte sie, um dem Schweigen ein Ende zu machen.

»Verhandlungen«, erwiderte Åke Stålhandske eintönig, als spielte er noch immer die Rolle des finnischen Finnen.

»Und wie stehen sie?« fragte sie mit einem hörbaren Anflug von Ironie.

»Nun ja. Ich glaube, ganz gut«, erwiderte er. Jetzt wurde ihm sein Theater selbst bewußt, denn er lächelte plötzlich. »Wir haben uns soeben darauf verständigt, daß ich das Häuschen für den Winter isoliere und als Jäger debütieren darf.«

»Du bist doch noch nie auf die Jagd gegangen?« fragte sie verblüfft.

»Nein, den Teufel habe ich«, sagte er in einem Tonfall, als wäre er mit den Verhandlungen schon weiter, »ich habe noch nie ein Tier geschossen.«

Im *Hafen des Todes* war endlich so etwas wie Ordnung eingekehrt. Alexej Mordawin war vor allem damit zufrieden, daß die mit Blei ausgekleideten Stahlkoffer durch bedeutend leichtere Verpackungen ersetzt worden waren; er hatte den Sinn dieses Bleifutters nie begriffen. Sollte die Verpackung vor einer Analyse durch den Feind aus nächster Nähe schützen, oder was? Wie üblich hatte jemand, der von nichts eine Ahnung hatte, Entscheidungen getroffen.

Der große Hangar in der Mitte war jetzt in drei Sektionen eingeteilt. In der ersten wurde vorsortiert. Die Gefechtsköpfe wurden abmontiert, worauf die Ladung in die nächste Sektion gebracht wurde, während das überschüssige Material zu den Waggons gebracht wurde, die man mit Schrott belud.

In der nächsten Sektion wurden die Waffenteile von ihren einzelnen Trägern gelöst und in die dritte Sektion gebracht, während Waffenträger und Raketenhüllen in besonders bezeichnete Eisenbahnwaggons kamen, um vermutlich auf irgendeinem Rangierbahnhof außerhalb Moskaus zu landen.

In der dritten Sektion wurde das veredelte Produkt seiner »vorläufigen Endverwahrung« zugeführt, wie irgendein Schlaumeier das genannt hatte. Es wurde in den neuen Leichtmetallkoffern untergebracht, bezeichnet, registriert und anschließend auf die Wagen verladen, die in die Berghöhlen gebracht werden sollten.

Ungefähr hundert Menschen waren damit beschäftigt. Es waren meist Wehrpflichtige der Marineinfanterie. Die Offiziere gehörten ausnahmslos zu den Kernwaffentruppen der Sowjetflotte. Alexej Mordawin hatte das Kommando. Die Arbeit war körperlich hart. Die Männer wurden gehetzt und durften keine Sekunde in ihrer Konzentration nachlassen. Einige Ladungen waren ohne Zweifel von Spezialisten zusammengestellt worden, während andere wie mehr oder weniger zufällig zusammengewürfelt wirkten. Es kam sogar vor, daß Material angeliefert wurde, das niemand am Ort kannte.

Wie etwa die Artilleriegranaten. Ein Eisenbahnwaggon war mit Artilleriegranaten beladen, die in einem wirren Durcheinander lagen, als hätte man gewöhnliche Munition in aller Hast verladen, um sie zu irgendeinem Schlachtfeld zu verfrachten.

Die Granaten hatten einen Umfang von vierundzwanzig Zentimetern und waren mehr als eineinhalb Meter lang. Alle trugen das Warnzeichen für Atomstrahlung. An einigen war schon die Farbe abgeblättert.

Alexej Mordawin hatte die Spezialisten zusammengetrommelt, um eine Erklärung zu erhalten. Doch alle waren genauso ratlos wie er. Gerüchteweise hatten sie gehört, daß es auch Atomwaffen in Form von »Atomkanonen« gab, doch im Hinblick auf die begrenzte Reichweite von Artillerie erschien ihnen das trotzdem phantastisch. In welche Windrichtung sollte man schießen?

Sie einigten sich darauf, daß Geschosse, die mit einer solchen Technik abgefeuert wurden, nur beim Aufprall ausgelöst werden konnten. Folglich mußten sie sorgfältig nachsehen, ob die Granaten Zündrohre an der Spitze hatten. Es handelte sich in jedem Fall um eine veraltete Technologie, und angesichts der vermutlichen Lagerzeit war wohl keine der Granaten mehr gefährlich. Der Tritium-Teil des Zünders mußte inzwischen zu alt geworden sein.

Aber woher sollte man es wissen?

Die Bahnladung mit den Artilleriegranaten nahm das Interesse der Leitungsgruppe einen ganzen Tag in Anspruch. Die unerhörte Gefahr bewirkte zugleich, daß die Gefahr irgendwie nicht existierte. So hatte es beispielsweise keinen Sinn, das Gelände räumen zu lassen. Eine einzige Kernwaffendetonation an dem Ort, an dem man sich befand, würde vermutlich Konsequenzen haben, die sich nicht einmal errechnen ließen.

Sie trugen die Granaten einzeln hinaus und stellten nach und nach fest, daß die Zündrohre an der Spitze fehlten. So wurde die Stimmung schon bald ausgelassen, und die Männer scherzten sogar wieder.

Bis eine Granate auf einem quietschenden Schubkarren hinausgeschoben wurde, die dort, wo bei den anderen ein Loch gewesen war, ein knallrotes Zündrohr hatte.

Es wurde vollkommen still in der Offiziersgruppe. Die Männer standen so, daß sie die Situation erfaßten, bevor die keuchenden und verschwitzten Marinesoldaten begriffen, was hier geschah.

»Soldaten! Stellt die Karre ab und laßt sie auf der Stelle stehen!« befahl Alexej Mordawin.

Die Männer gehorchten zunächst etwas träge, fast zögernd, doch dann blitzschnell, als sie die Lage erkannten.

Die Offiziere gingen zu der Schubkarre und betrachteten die Granate. Dann blickten sie sich an und zuckten die Achseln.

»Ist jemand der anwesenden Genossen Artillerieoffizier?« fragte Alexej Mordawin lächelnd und mit gespielter Lässigkeit.

Zwei Mann traten einen Schritt vor und nahmen Haltung an.

»Gut«, sagte er. »Ist Ihnen dieser Artillerietyp grundsätzlich bekannt, Genossen?«

Sie blickten sich an, berieten kurz, sahen dann wieder zu Alexej Mordawin hin und bestätigten fast wie aus einem Mund, daß es sich im Prinzip um gewöhnliche Granaten handle, die aber für die Schlachtkreuzer älterer Zeiten hergestellt worden seien. In jener Zeit sei Artillerie die entscheidende Waffe der großen Kampfschiffe gewesen.

»Gut«, sagte Alexej Mordawin mit der gleichen gespielten Ruhe. »Können die Herren es auf ihre Verantwortung nehmen, das Zündrohr zu entfernen? Ich möchte die Frage verdeutlichen. Wir können zweierlei beschließen: Entweder veranlassen wir einen abenteuerlichen Bahntransport mit einem Sonderzug und einem besonderen Abteil für unseren kleinen Genossen hier, Gott weiß wohin. Oder Sie können den kleinen Teufel entschärfen. Was schlagen Sie vor, Genossen?«

Die beiden Spezialisten begannen mit einer geflüsterten Unterhaltung, während die Offizierskameraden herumstanden und sich den Anschein zu geben versuchten, als wäre nichts Besonderes los, als stünde keine schwere Entscheidung bevor. Sie sahen an die Decke, tasteten nach Zigaretten oder versuchten mit dem Nebenmann Konversation zu machen.

»Herr Kapitän!« sagte einer der beiden, ein Korvettenkapitän. »Was das Zündrohr betrifft, glauben wir, es mit bekannter Technik zu tun zu haben. Wir glauben, wir können es entfernen. Aber wir wissen es nicht mit Sicherheit!«

Alle blickten auf Alexej Mordawin. Er dachte, der Tod befindet sich in dieser Situation jenseits des Bewußtseins, jenseits aller Alpträume. Es ist der beste aller Tode. Als U-Boot-Offizier hatte er oft Anlaß gehabt, sich den schlimmsten aller Tode vorzustellen. Doch jetzt würde er keine Zeit mehr haben, etwas zu bereuen. Es würde keine Fortsetzung geben, er konnte alles in Gottes Hände legen.

Dieser Gedanke war ihm noch nie gekommen.

»Korvettenkapitän«, sagte er ohne das geringste Anzeichen von Nervosität, da er im Augenblick keine spürte, »seien Sie so freundlich, das Zündrohr zu entfernen. Und die anderen Herren bleiben bitte stehen und achten sorgfältig auf das, was sich abspielt. Sie dürfen gern rauchen!«

Der Korvettenkapitän und sein Kollege wechselten einen nervösen Blick. Einer ging los und holte Werkzeug, während sein Kollege sich eine Zigarette anzündete, das Schiffchen in den Nacken schob und die anderen angestrengt anlächelte.

Die Arbeit war nach zwei Minuten erledigt. Das Zündrohr quietschte laut in der Stille, als es aus der Granatenspitze herausgezogen wurde.

»Gut! Arbeiten Sie weiter!« befahl Alexej Mordawin und ging mit energischen Schritten weg, ohne sich umzusehen, ohne den Willen zu haben, die erleichterten Gesichter anzusehen.

Er betrat sein improvisiertes Büro, holte einige Aktenordner hervor, tat, als studierte er sie, und griff nach einem Bleistift.

Vor einer runden Minute hätte er von allem befreit werden können. Doch er war hier, atmete und sah, wie seine Atemluft kondensierte.

Die Frage lautete also, warum er sich nicht geweigert hatte. Kolja hätte ihm das Blaue vom Himmel versprechen und ihn bedrohen können, aber er hätte sich trotzdem weigern können. Eine einfache Weigerung hätte genügt.

Er versuchte seine Argumente zu ordnen. Einerseits war schon zuviel Zeit verstrichen, ohne daß er die Sache gemeldet hatte. Wenn er zu den Tschekisten oder zumindest zu einem zuständigen Vorgesetzten gegangen wäre, nachdem er Koljas Vorschlag gehört hatte, lägen die Dinge vielleicht anders.

Andererseits: Zu wem hätte er gehen sollen? Zu den Tschekisten, die Kolja zufolge an der Sache beteiligt waren? Zu dem Vizeadmiral in Seweromorsk, der ihm den Job gegeben hatte, den er jetzt ausübte, weil auch das eine Art höherer böser Wille war?

Folglich hatte er sich schon jetzt mitschuldig gemacht, für welche Erklärung er sich auch entschied.

Er suchte nach Ausreden. Er wollte irgendeine politische Erklärung für sein Handeln finden. Er hatte schon immer nach politischen Erklärungen gesucht, da er sein ganzes Leben darauf gedrillt worden war.

Das Gleichgewicht des Schreckens war eine gute Idee. Es hatte nachweislich funktioniert. Die Menschheit war gerade wegen dieses Gleichgewichts des Schreckens ein halbes Jahrhundert lang von einem großen Krieg verschont geblieben. Es war ein erprobtes und intelligentes Instrument.

Nehmen wir doch mal an, sagte er zu sich selbst, nehmen wir an, einer dieser Araber bekommt eine funktionierende Waffe in die Hand. Würden die Araber sie als etwas anderes einsetzen denn als Lebensversicherung?

In dem System, zu dem er selbst gehört hatte, war es um eine Doppelversicherung gegangen. Noch lange nach dem Ende der Sowjetunion hätte sein Schiff rund tausend Mal die Sprengkraft von Hiroshima gegen den Angreifer losschicken können. Es war die Fähigkeit zum Zweitschlag. Das war etwas anderes, eine Doppelversicherung zwischen den Supermächten.

Aber Atomwaffen in den Händen Ghadafis oder Saddam Husseins? Wenn die auf die wahnsinnige Idee kamen, die Waffe einzusetzen, wenn sie etwa auf den Einfall kamen, New York von der Landkarte auszuradieren, würden sie den Rächern nackt gegenüberstehen. Also würden sie, wenn sie rational dachten, die Waffe ausschließlich als Versicherung gegen eine weitere Bombardierung und konventionelle Zerstörung einsetzen können. Selbst in den Händen Saddam Husseins würde die Waffe Menschenleben retten. Diese Logik unterschied sich nicht sonderlich von der seines eigenen Offiziersleben.

Gegen das nächste Glied der Gedankenkette wollte er sich wehren, doch das wäre ebenso heuchlerisch wie unmöglich gewesen. Hunderttausend Dollar retteten die Familie durch alle kommenden Krisen. Sollten sie doch ruhig die Militärakademie in Frunse schließen. Sie konnten die Taifun-U-Boote aus dem Verkehr ziehen und alle Mann an Bord entlassen. Sollten sie doch Schulgeld für die Gymnasien einführen oder sich sonst was einfallen lassen. Seine Familie würde immer versichert sein.

Das war ein offenkundig egoistischer Gedanke, wie er zugeben mußte. Dem konnte er nicht ausweichen. Ein Mann darf sich selbst nichts vorheucheln, dann ist er kein Mann, sagte er sich.

Er legte den Bleistift beiseite, stand auf und ging durch die mittlere Sektion hinaus. Er tat so, als ob er die verstohlenen Blicke nicht sähe, die ihm folgten. Dann machte er eins der Tore zum südlichen Bahnsteig auf.

Draußen schneite es heftig. Er machte die Tür hinter sich zu und zog den Reißverschluß seiner Jacke hoch. Bis auf ein großes Lager leerer »vorläufiger Endverwahrungskisten« des neuen Typs war der Bahnsteig leer. Alexej Mordawin schnaubte und schüttelte grinsend den Kopf.

In westlicher Richtung keinerlei Stacheldraht, nur Dunkelheit und rund tausend Kilometer Wildnis.

Sie würden also ein paar Tonnen auf Schlitten schleppen. Kolja hatte gesagt, es werde etwa einen Monat dauern. Wahrscheinlich stimmte es. Ein Monat und dann Finnland. Ein Rubel pro Schritt. Nein, es dürfte eher einen Dollar pro Schritt geben. Wer in Rußland würde dafür nicht einen Lastkahn ziehen?

Wenn sie vor zwanzig Minuten mit dem Zündrohr Pech gehabt hätten, gäbe es jetzt keine Probleme mehr. Er hätte nicht mal etwas gemerkt, hätte nicht mehr Zeit gehabt, etwas zu denken.

Kein Stacheldraht. Er fragte sich, warum ihm dies auffiel, ob es wieder etwas mit dem Ende des deutschen Faschismus und derlei zu tun hatte, als hätte es sozusagen um der Vollständigkeit des Szenarios willen Stacheldraht geben müssen. Hier oben war er allerdings nicht nötig. Wer konnte hier schon weglaufen? Wer würde auf eine so wahnsinnige Idee kommen, einen Monat lang in der polaren Dunkelheit von hier einen Schlitten wegzuschleppen?

In diesem Augenblick traf er seine Entscheidung. Sich selbst erklärte er es damit, daß er ein praktischer Mann war, der schon immer den Grundsatz vertreten hatte, daß unangenehme Dinge am besten sofort erledigt werden.

Er ging wieder hinein, machte die Tür hinter sich zu und begab sich in die dritte Sektion, zu der nur wenige Angehörige des Personals Zutritt hatten.

Es gab einen Aufbewahrungsraum für allgemeine Problemfälle, in dem Ladungen gestapelt wurden, die nicht ohne weiteres einsortiert werden konnten, etwa unter *die Geschwister, die Vettern* oder *die nahen Verwandten*. Diese Bezeichnungen hatten sich mit der gewohnten Leichtigkeit des militärischen Slangs herausgebildet. Geschwister waren Sprengköpfe vom gleichen Waffentyp, die beispielsweise darauf »trainiert« waren, im selben Gefechtskopf »zusammen zu schlafen«. Vettern waren vergleichbare Sprengköpfe verschiedener Generationen, »Jahrgänge«, wie sie jemand genannt hatte. Und nahe Verwandte waren verschiedene ältere Sprengkopftypen, die sich in Interkontinental- oder Mittelstreckenraketen befunden hatten.

Es hatte seine besondere Bedeutung, wer mit wem schlief. In den Plutonium-Teilen herrschte immer eine bestimmte Strahlung, und es wurde auch Hitze abgestrahlt. Diese Teile konnten aufeinander einwirken, wenn sie zu nahe nebeneinander schliefen. Sie reizten sich dann gegenseitig zu schlechtem Schlaf und brüteten schlimmstenfalls den Alptraum einer Kettenreaktion aus. Etwa so lautete die Erklärung zu ihrem internen beschönigenden Jargon, der sich schnell herausgebildet hatte.

Bestimmte Sprengkopftypen konnten daher recht schnell verpackt und in abgehende Eisenbahnwaggons für den Weitertransport verladen werden. Für die Endlösung, wie irgendein Witzbold gesagt hatte.

Es gab jedoch auch Vorräte mehr oder weniger aparter Sprengköpfe. Dort landeten beispielsweise die mit Kernwaffen bestückten Artilleriegranaten; dort lagen auch elf Flugbomben, die gut drei Meter lang waren und einen Durchmesser von vierzig Zentimetern hatten. Die Bezeichnung mit der Jahreszahl 1979 deutete darauf hin, daß sie ohne einen neuen Zusatz aktivierten Tritiums gar nicht einsatzfähig waren.

Es ließ sich gut mit ihnen umgehen. Sie wogen nicht mehr als knapp vierhundert Kilo und hatten eine Sprengkraft von mindestens zweihundertfünfzig Kilotonnen, zehnmal, nein zwölfmal Hiroshima.

Zwölf war eine bemerkenswerte Zahl. Warum gerade zwölf?

Er nahm ein Stück Kreide aus der Brusttasche, trat vor die Reihe der Flugbomben und wählte eine Zeitlang, bevor er die dritte von links mit einem großen, deutlich sichtbaren Kreuz markierte.

Dann begab er sich in die Demontagehalle, in der die Männer sich mit den Mehrfachsprengköpfen beschäftigten. Er überlegte es sich anders, ging wieder in sein Büro, holte einige Papiere, die an einer Sperrholzplatte festgeklemmt waren, und wies auf drei herausgelöste Gefechtsköpfe, nachdem er einen Seitenblick auf ihre Nummern geworfen hatte. Dann blickte er in sein vermeintliches Protokoll und befahl, man solle sie getrennt in einen Stahlbehälter legen und in den Raum für allgemeine Problemfälle bringen.

Eine halbe Stunde später wiederholte er die Prozedur mit drei neuen Sprengköpfen.

Zwei Tage später, wenn eine neue Schicht eintraf, würde er drei beladene und versiegelte Stahlkisten zu den leeren Stahlkisten bringen lassen und sie in der hintersten Reihe auf dem Bahnsteig verwahren.

Dann konnte die Zeit vergehen. Das Kontrollsystem betraf nur Behälter, die das Gelände verließen, und nicht Behälter, die irgendwo draußen auf einem Bahnsteig in der Wildnis lagen. Jeder Behälter mußte versiegelt und in ein Protokoll aufgenommen werden, bevor man ihn in einen Waggon verlud und der »Endlösung« zuführte. Er selbst sowie zwei untergebene Offiziere sollten die Verschließung überwachen und sie auf einem Begleitschein bestätigen. Folglich konnte kein Sprengstoff legal und unbewacht das Gelände verlassen.

Nur illegal und unbewacht.

Tonnenweise verließen jeden Tag demontierte Teile von Sprengköpfen und Metallhüllen das Gebiet, und zwar auf dem einzig denkbaren Weg. Mit der Eisenbahn nach Südosten, und das nach sorgfältigen Inspektionen. Sämtliche Vorgänge wurden durch Protokolle abgesichert, doch erst hier ging alles streng geregelt zu. Unter denen, die in Kasachstan, der Ukraine oder in Weißrußland nachts Eisenbahnwaggons beluden, konnte von Ordnung keine Rede sein. Und wenn irgendwo der Fehler mal entdeckt wurde, würde man nie feststellen können, wo die Fehlerquelle lag.

Carl befand sich jetzt seit achtundvierzig Stunden in Moskau. Die Hälfte der Zeit hatte er in seinem Hotelzimmer auf Telefonate gewartet, die nie kamen, und die andere Hälfte war er planlos durch die Stadt geschlendert. Es war Herbst, wie er schlimmer nicht sein konnte. Am Himmel eine graue, dunstige Wolkendecke, die fast bis auf die Hausdächer herabzuhängen schien. Carl hatte den Eindruck, als würde sie die verseuchte Luft auf der Erde festhalten. Er hatte blutunterlaufene Augen wie nach zwei Tagen mit Skip Harrier, ohne jedoch einen Tropfen Alkohol getrunken zu haben. Er betrachtete sich als im Dienst und trank daher nichts anderes als das salzige Mineralwasser aus Frankreich, das im Hotel Olympik Penta verfügbar war.

Er hatte gehofft, das Hotel Metropol kennenzulernen, da die langjährige Restaurierungsarbeit endlich beendet war. Es schien aber irgendwie geregelt zu sein, daß dort nur Amerikaner wohnten. Im Hotel Olympik Penta wohnten Deutsche und Japaner. Das Essen war durch und durch deutsch, angefangen bei den gezuckerten Grapefruithälften bis hin zu den Weißwürsten zum Frühstück und dem Wiener Schnitzel und ähnlichem zum Mittagessen. Etwas Japanisches gab es nicht, so daß die Japaner im Hotel wohl den Deutschen zugeschlagen wurden.

Das Hotel lag draußen am Prospekt Mir, dem Friedensboulevard, in der Nähe des Olympiastadions. Dies war ein Teil Moskaus, in dem er sich mühelos zurechtfand, und zwar aus einem einfachen Grund, den er nicht verdrängen konnte. Der geflüchtete Spion Stig Sandström hatte an der Verlängerung des Prospekt Mir gewohnt. Carl befand sich etwa auf halbem Weg zwischen Stig Sandströms ehemaliger Privatwohnung und der schwedischen Botschaft auf der anderen Seite der Moskwa. Das U-Bahn-Netz hatte er immer noch im Kopf. Er fuhr aus Mangel an Beschäftigung einige seiner memorierten Strecken ab, um sich die Zeit zu vertreiben. Die meisten Menschen, denen er begegnete, hatten rote Augen.

Das Hotelzimmer sah aus wie jedes beliebige Hotelzimmer in einem beliebigen Land des Westens. Jedes Detail war aus dem Ausland importiert. Nicht einmal die Bettwäsche war russisch.

Das Telefon war ein deutsches Fabrikat, aber er ging davon aus, daß es bei Auslandsgesprächen nicht funktionierte, obwohl eine Liste mit den Vorwahlen fürs Ausland neben dem Telefon lag. Er hatte Tessie gesagt, daß es schwierig sein würde anzurufen. In der Halle des Hotels Intourist gab es zwei Telefonzellen mit endlosen Schlangen wütender Ausländer, von denen sich jeder für wichtiger hielt als seine Nachbarn. Er war zweimal dort vorbeigegangen, ohne eine Verbindung zu erhalten, da der Automat behauptet hatte, seine American-Express-Karte sei ungültig.

Der zweite Tag in Moskau war also schon fast zu Ende, als er aus fast therapeutischen Gründen im Zimmer zum Telefonhörer griff und die Zahlenreihe nach Schweden und nach Hause wählte.

Tessie nahm beim zweiten Läuten ab, und es hörte sich an, als würde er aus Stockholm anrufen. Er war so erstaunt, daß er kaum Worte fand, doch dann erzählte er davon, wie ihn das Wunder des funktionierenden Telefons überrascht habe.

Sie hörte sich etwas zurückhaltend an, und er deutete das als Frustration, weil sie nicht die üblichen Fragen einer Ehefrau an ihren Mann stellen konnte, der sich auf Dienstreise befindet. Wie geht's, was sagen die Kollegen, und wann kommst du nach Hause?

Sie wußte ja nur, daß es um etwas ganz verdammt Geheimes ging und daß es wichtiger war, als das Versprechen einer Reise nach San Diego zu erfüllen.

Und er wiederum setzte voraus, daß es fast eine Amtspflichtverletzung wäre, sein Gespräch nicht abzuhören. Er dachte daran, wie vage das schwedische Außenministerium seine Reise begründet hatte, und daran, wen er sprechen wollte.

Es waren keine guten Voraussetzungen für ein privates Gespräch. Die Unterhaltung schleppte sich zäh dahin, bis ihm einfiel, von Weihnachten zu sprechen. Er fragte sie, ob sie zu Hause bleiben und ein richtiges Weihnachtsmann-Weihnachten unter verschneiten Tannen feiern sollten, ober ob sie statt dessen lieber zu »Santa Claus« in Kalifornien fliegen sollten, um Kunststoffbäume und Enchiladas zu genießen.

Da taute sie ein wenig auf. Vielleicht war es Erleichterung darüber, daß ein so harmloses Thema erlaubt war. Sie schlug vor, sie sollten abwarten, ob es weiße Weihnachten gäbe oder nicht. Sie hatte den Eindruck gewonnen, daß schwedische Weihnachten nicht nur Hering und Branntwein erforderten, Schweinefüße und andere widerwärtige Dinge, sondern auch Schnee. Nach und nach wurde es jedoch schwieriger, die einfachen Fragen zu variieren, und Carl hatte das Gefühl, daß das Gespräch unecht wurde.

Als er auflegte, fühlte er sich unglücklich. Er sah sie deutlich vor sich, wie sie in der Stadtwohnung am Telefon sitzen blieb, gleichsam zögernd, bevor sie sacht aufstand, wieder ins Bett ging und sich ihrem Buch zuwandte. Er nahm an, daß sie abends im Bett lag und las, wenn sie allein war.

Plötzlich wollte er sie noch einmal anrufen, um ihr zu sagen, daß er die nächste Maschine nach Stockholm nehme, auf seinen diffusen Auftrag pfeife, für den er kaum Interesse aufbringe, denn dagegen stehe das allgemeine Menschenrecht von Jungverheirateten, zusammen zu sein, ob nun in Kalifornien oder wo immer sie wollten.

Er schüttelte den Kopf über sich, stand auf und schaltete den Fernseher ein. Er schaltete ihn sofort wieder aus, als er einen Werbespot von General Motors sah.

Er legte sich auf den orangefarbenen Überwurf des Betts, faltete die Hände unterm Nacken und versuchte, sich alles durch den Kopf gehen zu lassen. Es gab keine vernünftige Proportion zwischen den Größen, die er zu vergleichen versuchte. Er stellte sich Samuel Ulfson vor, was nicht schwierig war, und dann den Alten, was ihm sehr leicht fiel, und beide schüttelten fein lächelnd und fast mitleidig den Kopf über ihn. Es ging immerhin um die Frage, ob sowjetische Kernwaffen auf Abwege geraten konnten. Darum ging es und um nichts sonst. Welchen vermeintlichen Gesetzen der Logik zufolge auch immer: Tessie hatte in dieser Gleichung keinen Platz.

Das Telefon läutete. Er starrte es mißtrauisch an, als glaubte er es nicht. Es war immerhin ein russisches Telefon, wenn auch ein deutsches Fabrikat. Es läutete erneut. Er ließ sich widerwillig überzeugen, stand auf und nahm ab. Die kurze Mitteilung war so komisch wie unmißverständlich.

»Mr. Gamilton, guten Abend. Wir haben einen Wagen, der unten in der Halle auf Sie wartet.«

Carl lachte kurz und legte auf, ging ins Badezimmer und rasierte sich schnell. Dann zog er sich eine Jacke und den Mantel über und ging. Ihm schoß der Gedanke durch den Kopf, ob er sich vielleicht Sorgen machen sollte, aber gar nichts wäre noch schlimmer als dies hier gewesen.

Unten in der weißen, mit Kunststoff ausstaffierten Halle sah er unter allen Japanern und Deutschen den einzigen unverkennbaren Russen, der ihm die Hand gab und ihn aufforderte, durch die Drehtüren mitzukommen.

Der Wagen war rund hundert Meter vom Hoteleingang entfernt geparkt. Es war ein Tschajka mit Gardinen vor dem Heckfenster; die russische Variante des amerikanischen Hurentransportmittels, der verlängerten Limousine mit geschwärzten Scheiben.

Er nahm auf dem geräumigen Rücksitz Platz und begrüßte den Fahrer, der sich ganz ungezwungen die Freiheit nahm, den Wagen mit Tabakqualm zu erfüllen. Carl kurbelte die Seitenscheibe herunter und nickte seinem Begleiter aufmunternd zu. Es spielte keine Rolle, ob russischer Tabak oder russische Umweltzerstörung, beides führte doch zu roten Augen.

Die Fahrt ging in die Richtung, die er erwartet hatte, zur Stadtmitte. Doch noch in der Nähe des Hotels bog der Fahrer plötzlich in eine schlammige Nebenstraße ab, in der offenbar umfangreiche Bauarbeiten begonnen hatten. Der Wagen bewegte sich vorsichtig zwischen Haufen von Baumaterial hindurch und rollte langsam über provisorisch ausgelegte Bretter, welche die Abflußgräben bedeckten, die gerade aufgegraben wurden.

Es hatte mal eine Zeit in Carls Leben gegeben, in der ihn ein solcher unerwarteter Umweg in Dunkelheit und unbekannte Stadtviertel hellwach gemacht hätte. Doch jetzt kam es ihm vor, als spielte es keine große Rolle, wenn der Wagen plötzlich irgendwo anhielt und eine Bande maskierter Männer auf ihn zustürzte.

»Schlechte Straßen in Moskau«, sagte sein Begleiter in einem Englisch, das sich russisch und amerikanisch zugleich anhörte.

»Ja«, sagte Carl, »hast du mal in Amerika gewohnt?«

»Ja, drei Jahre, UNO, New York«, erwiderte der Russe fröhlich.

»KGB oder GRU?« fragte Carl ungezwungen.

Der andere antwortete zunächst nicht, sondern lachte nur verlegen. Doch dann antwortete er:

»Ich war bei der Handelsvertretung, in der technischen Abteilung.«

»Aha«, sagte Carl, »also GRU. Und ist es gutgegangen? Man hat dich nie geschnappt?«

»Nein«, lächelte der andere, »man hat mich nie geschnappt. Und du?«

»Es kommt darauf an, wie man es betrachtet«, erwiderte Carl düster. »In meinem eigentlichen Job bin ich nie erwischt worden, aber unsere freie Presse und unsere Politiker haben mich immer wieder ins Rampenlicht der Öffentlichkeit gezerrt, könnte man sagen. Ich bin also neuerdings zum Bürokraten geworden.«

»Ja, mit dieser freien Presse kann es ganz schön schwierig werden«, seufzte der Russe. »Sie macht uns hier auch allmählich zu schaffen. Die Burschen schreiben so manches über uns, und ein Teil entspricht nicht mal der Wahrheit. Merkwürdige Manieren.«

»Willkommen in der Demokratie«, lachte Carl, dessen Laune sich plötzlich besserte.

Der Wagen hatte das Gewirr von Baugerüsten und provisorischen Fahrbahnen jetzt hinter sich und fuhr mit höherer Geschwindigkeit den Prospekt Mir entlang. Carl streckte sich voller Wohlbehagen und kurbelte die Seitenscheibe zu, da die Luft draußen unangenehm feucht und kalt und der Tabakrauch verschwunden war. Er stellte fest, daß er sich auf nichts vorzubereiten und sich nichts auszudenken brauchte. Es würde sich alles von selbst ergeben.

Der Wagen fuhr mit hoher Geschwindigkeit um den Dserschinskij-Platz herum, und Carl warf einen amüsierten Seitenblick auf das alte Hauptgebäude des KGB; wie gewohnt waren dort oben manche Fenster erleuchtet. Die Lampe des Fleißes würde nie ausgehen, zumindest nicht an solchen Orten. Die Statue von Felix Dserschinskij mitten auf dem Platz war verschwunden. Auf dem leeren, mit Graffiti vollgekritzelten Sockel wehte eine schmutzige russische Trikolore im Smog.

»Der alte eiserne Felix hat seine letzte Ruhe gefunden«, sagte Carl und zeigte aus dem Fenster.

»Ja«, seufzte sein russischer Kollege. »Merkwürdig, wenn man bedenkt, daß er den größeren Teil seines Lebens in zaristischen Gefängnissen verbracht hat.«

Carl verzichtete auf mehrere denkbare Kommentare. Der Wagen fuhr um den ganzen Platz herum und dann auf die Rückseite des großen grauen Granitgebäudes, das schräg daneben lag, hinter dem Warenhaus ›Die Welt der Kinder‹. Sie hielten vor einem sehr kleinen Eingang, der kaum beleuchtet war, und stiegen aus. Der Fahrer bekam die Anweisung zu warten, was keinerlei Aufschluß darüber gab, wie lange Carl sich in dem Gebäude aufhalten würde, das im Jargon der Moskauer das »Haus des Schreckens« hieß; russische Chauffeure konnten ewig warten, wenn es sein mußte.

Carls russischer Begleiter führte ihn durch die Tür und zeigte seinen Ausweis. Die jungen Wachposten verlangten jedoch auch Carls Ausweis zu sehen. Geduldig und freundlich half er ihnen, die lateinischen Buchstaben in dem blauen schwedischen Diplomatenpaß zu deuten, während er ihre Uniformen musterte. Gewöhnliche braune Alltagsuniformen der Sowjetarmee mit dunkelblauem Rand an den Uniformmützen und dunkelblauen Farbmarkierungen an den Kragen; es waren Leutnants des KGB, selbstbewußt und sichtlich um Höflichkeit bemüht.

Sie gingen eine halbe Treppe in ein Untergeschoß und durch einen langen, erleuchteten Korridor, der sich offenbar durch das ganze Gebäude erstreckte. Carl stellte sich vor, daß während der Bürostunden hier unten ziemliches Gedränge herrschen mußte. Der KGB, wie er die Organisation kannte, falls sie überhaupt noch existierte, hatte allein in Moskau vierzigtausend Angestellte gehabt. Doch jetzt war der lange Korridor völlig menschenleer, und ihre Schritte auf dem Marmorfußboden hallten von den Wänden wider. Das vermittelte einen leicht gruseligen Eindruck. Etwa in der Mitte des Korridors bogen sie in einen Seitenflur ab, gingen eine Treppe hinauf und erreichten eine riesige Halle. Carl fühlte sich in ein osteuropäisches Luxushotel versetzt. Die Fahrstühle kamen aus Finnland und bewegten sich lautlos. Sie fuhren ins oberste Stockwerk. Carl blickte seinen Begleiter verstohlen an. Dieser wirkte unangenehm berührt, woran es auch liegen mochte, ob am Fahrstuhlfahren ohne Konversation oder daran, daß er als Untergebener nervös war, weil er einen sehr hohen Vorgesetzten treffen sollte.

»Was für einen Rang hast du, Kollege?« fragte Carl, um wenigstens etwas zu sagen.

»*Polkownik*, Oberst ungefähr«, erwiderte der andere ungezwungen.

»Genau wie ich«, seufzte Carl. »Wirklich jeder, dem man in einer solchen Organisation begegnet, ist Oberst. Hast du vor, mal General zu werden?«

Der Russe kicherte los, als hätte man ihn auf frischer Tat bei einem ungehörigen Gedanken ertappt. Er errötete und sah trotz seiner westlichen Kleidung plötzlich sehr russisch aus.

»Nun, lieber Kollege«, sagte er, »in der jetzigen Lage weiß man nicht, ob man General oder arbeitslos wird. Es steht nur fest, daß einen das eine oder das andere erwartet.«

Der Fahrstuhl hielt mit einem Seufzer. Sie betraten einen dunklen Korridor mit Teppichboden, dunklen, holzgetäfelten Wänden und Türen, die so geschickt eingebaut waren, daß man sie kaum sah. Sie waren völlig allein.

Carl fiel einen halben Schritt hinter seinen Begleiter zurück. Sie machten einen Spaziergang, der bedeutend länger wurde, als er erwartet hatte, denn der Korridor schien um das ganze Haus herumzuführen. Intuitiv berechnete er, daß sie schließlich einen Punkt erreichten, der etwa über der Hintertür liegen mußte, durch die sie das Gebäude betreten hatten.

Sein Kollege blieb vor einer Tür stehen und betrachtete sie eine Sekunde lang fast schreckerfüllt, bevor er militärisch entschlossen anklopfte und sie dann abrupt aufriß.

Sie betraten einen hell erleuchteten Raum, der recht groß war, obwohl es sich offensichtlich nur um ein Vorzimmer handelte. Carl staunte über eine Sekretärin, denn die Generäle des alten feindlichen Systems hatten normalerweise männliche Sekretäre gehabt. Außerdem war die Frau relativ jung, nach westlicher Mode gut gekleidet und empfing ihn mit einem perfekten Englisch. Sie bat die Besucher, sich eine Weile zu setzen, während sie sich erkundigte, ob sie eintreten dürften.

Das durften sie. Als sie in den länglichen und übertrieben weitläufigen Raum mit dem Chefschreibtisch in der hinteren Ecke und einem Konferenztisch aus dunklem, poliertem Holz betraten, wußte Carl sofort, daß er an der richtigen Stelle gelandet war. Der Mann, der sich hinten am Schreibtisch erhob, war Jewgenij Primakow, ehemaliger Sicherheitspolitiker, auch wenn man ihn in der Gemeinschaft der westlichen Nachrichtendienste immer als KGB-Mann eingeschätzt hatte. Neben dem Schreibtisch saß ein kleiner gekrümmter Mann mit ausgefransten Jackenärmeln und einem Pullover unter dem Jackett. Das war offenbar der Dolmetscher, jedenfalls kein Assistent oder Leibwächter.

Jewgenij Primakow sah nachgerade wie ein Symbol des alten Feindes aus: schweres, fleischiges Gesicht, das unter der Last von Speise und Trank allmählich zusammenfiel, massiger, unbeweglicher Körper, etwa aus den gleichen Gründen, dicke, rauchfarbene Brillengläser, die zwar nicht ganz dunkel waren, aber doch den Blick des Mannes verbargen. Er stand schwer und umständlich auf und begann mit einer langen und eintönigen Suada. Nach kurzer Zeit gab er dem Dolmetscher ein Zeichen, der in etwa das übersetzte, was Carl schon verstanden hatte, eine Reihe allgemeiner Begrüßungsphrasen altsowjetischen Zuschnitts. Primakow sprach von der Freundschaft der beiden Völker und davon, wie wichtig es sei, sich in einem guten und verständnisvollen Geist zu begegnen, und so weiter.

Carl wies den Dolmetscher an, die Begrüßung mit ähnlichen Worten zu erwidern, und nahm Platz. Der in doppelter Hinsicht gewichtige Russe achtete nicht auf die heruntergeleierten Worte des Dolmetschers.

Die Sekretärin tauchte in einer Seitentür auf und brachte Tee und Kekse, die sie auf der Ecke des großen Konferenztischs abstellte.

»Angesichts Ihres Hintergrunds«, sagte Jewgenij Primakow nach einiger Zeit, während sie mit Tee und Zucker hantierten und sich gegenseitig Schalen mit Keksen zuschoben, »angesichts Ihres Hintergrunds, Herr Kapitän, gehe ich davon aus, daß Sie noch nicht hiergewesen sind. Wären Sie schon mal hiergewesen, dann nur als einer unserer Spione, und dann hätte ich es in meiner jetzigen Funktion unzweifelhaft gewußt.«

Die eintönige, leiernde Stimme stand in auffälligem Kontrast zu der vermutlich scherzhaften Ausdrucksweise. Carl war sich dessen zwar nicht sicher, beschloß aber, auf den scherzhaften Ton einzugehen.

»Wie wahr, wie wahr, Genosse General. Ebenso hätte ich es gewußt, wenn Sie einer unserer Spione gewesen wären«, erwiderte er und ahmte dabei den Tonfall des massigen Russen nach. Doch als die Übersetzung beendet war, folgte als Antwort nicht mal die Andeutung eines Lächelns, sondern nur eine kurze förmliche Darstellung. Sie lief darauf hinaus, daß die Führung des Landes beschlossen habe, nach der schweren Stunde, welche die Sowjetunion durchlitten habe, sowohl die Nachrichtendienst- wie die Sicherheitsorgane zu reformieren. Dabei habe er, Jewgenij Primakow, der er früher in den Außenpolitik tätig gewesen sei, die Verantwortung für das übernommen, was künftig Zentraler Nachrichtendienst heißen werde.

»Ja, wir im Westen haben uns schon immer gefragt, warum Sie diese Reform nicht schon längst durchgeführt haben«, erwiderte Carl kühl. »Es kann verwaltungsmäßig ja nicht sehr praktisch gewesen sein, alle *Tschekisten* mit allen *Raswedtschiks* in einen Topf zu werfen. Ich selbst bin ja Raswedtschik, und unsere eigenen Tschekisten genießen nicht den besten Ruf. So ist es in allen Ländern, die ich kenne, und so dürfte es auch hier gewesen sein.«

Er hatte sich entschlossen, nicht den ersten Schritt zu tun. Das tat man in Rußland einfach nicht. Der Ranghöhere bestimmte, wann dummes Zeug geredet wurde und wann man zur Sache kam. Jewgenij Primakow, den Carls leichtsinnige Plauderei offenbar nicht im mindesten amüsierte, wie zumindest seinem barschen Grunzen zu entnehmen war, als er die Übersetzung hörte, beschloß jetzt, zur Sache zu kommen. Mit steinerner Miene leierte er eine lange Ansprache herunter, ohne auch nur einmal zu stocken oder den Tonfall zu verändern. Er sprach ein wenig undeutlich. Es fiel Carl schwer zu folgen. Er mußte die Übersetzung abwarten, um sicher zu sein, daß er das Ende richtig gehört hatte:

»Bei allem Respekt, Genosse Kapitän, um der Sicherheitsinteressen Ihres Landes willen sollten wir uns jetzt vielleicht der Frage nähern, warum die Regierung Ihres Landes eine so außerordentlich ungewöhnliche Form der Kontaktaufnahme gewählt hat. Wollen Sie so freundlich sein, mir das zu erklären?«

Carl holte tief Luft. Jetzt fuhr der Zug ab.

»Die Regierung meines Landes hat mich in der Absicht hergeschickt, mit dem Präsidenten der Sowjetunion persönlich Kontakt aufzunehmen«, begann er und überlegte kurz, ob er eine höfliche oder direkte Fortsetzung wählen sollte. Er entschied sich für eine direkte.

»Die Regierung meines Landes hat mich ferner angewiesen, Sie um Ihre Hilfe zu bitten, damit ein solches Zusammentreffen stattfinden kann.«

Jewgenij Primakow biß sichtlich die Zähne zusammen, als er die Übersetzung hörte. Es sah aus, als müßte er einen Wutausbruch zügeln. Aber er sprach wieder in dem gleichen leiernden Tonfall.

»Und wenn Sie jetzt mit dem höchsten und verantwortlichen Leiter der *raswedka* sprechen, würde das nicht genügen? Warum sollen wir eine Person mit Ihrem ganz speziellen Hintergrund allein zu dem Präsidenten unseres Landes lassen? Ist es das, was Sie vorhaben?«

Carl unterdrückte den Impuls, sich ironisch über die wenig wahrscheinliche Möglichkeit zu äußern, er wolle Gorbatschow ermorden. Er entschied sich schnell für eine sanftere Antwort.

»Genosse General, die Regierung meines Landes hat mich auch angewiesen, mich mit Ihnen direkt zu beraten, falls Sie selbst über den Grund für dieses Gespräch informiert sein sollten, das für unsere beiden Länder so unerhört wichtig ist.«

Die Worte schienen wie Steine in den Kopf des russischen Spionagechefs zu sinken. Er rührte jedoch noch immer keine Miene, und seine nächste Äußerung war sehr kurz.

»Und woher soll ich ihn kennen?«

»Sie haben schon geantwortet, Genosse General«, erwiderte Carl schnell, während er den Dolmetscher mit einer Handbewegung am Übersetzen hinderte. »Wenn Sie bereits wüßten, weshalb ich hier bin, gäbe es keine Probleme. Jetzt wissen Sie aber nicht Bescheid, und damit habe ich Anweisung, in aller Form um ein persönliches Zusammentreffen mit Ihrem Präsidenten zu ersuchen.«

Carl fühlte sich recht zufrieden. Er hatte seine Angelegenheit konkret, deutlich und einigermaßen höflich vorgetragen. Wenn dieser versoffene Boß sich jetzt entschloß, ihn hinauszuwerfen, war der

Auftrag auf jeden Fall erledigt. Dann konnte er schon am nächsten Nachmittag wieder bei Tessie sein.

»Ihr Ersuchen ist sehr ungewöhnlich«, begann Jewgenij Primakow. Carl kam es vor, als hätte der Mann das Gesprächstempo weiter verlangsamt. Das verhieß nichts Gutes für eine schnelle Heimreise.

»Unsere diplomatischen Beziehungen sind ja vollkommen problemlos, und die Verbindungen unserer Außenministerien funktionieren ohne Fehl und Tadel«, fuhr der Russe fort, als dächte er laut. Er sprach jetzt so langsam und anscheinend gezwungen deutlich, daß Carl sogar seinen russischen Worten folgen konnte. »Ihr Ersuchen ist folglich beispiellos, und ich vermag keinen Grund zu finden, weshalb wir darauf eingehen sollten. Denn was sollten Sie dem Präsidenten unseres Landes sagen können, was Sie nicht auch mir sagen könnten? Ich bin immerhin, wie Ihnen wohl klar ist, einer seiner engsten Mitarbeiter. Und wenn auch aus keinem anderen Grund, so würde es doch allzu merkwürdig aussehen und böswillige Augen besorgt machen, wenn wir einen kleinen schwedischen Kapitän zur See zum Präsidenten vorlassen. Nein, ich möchte Sie keineswegs herabsetzen, Genosse Kapitän, aber ich glaube, daß Sie mich trotzdem verstehen.«

Der letzte Teil der Darlegung war für Carl sprachlich zu kompliziert gewesen. Er wartete die Übersetzung ab und stellte gleichzeitig fest, daß es schon praktisch war, per Dolmetscher ein Gespräch zu führen. So hatte er mehr Zeit zum Nachdenken. Dies erklärte vielleicht auch, daß, wie manche vermuteten, sämtliche Russen, mit denen man sprach, des Englischen durchaus mächtig waren oder wie jetzt vielleicht sogar des Schwedischen und dennoch auf einen Dolmetscher nicht verzichteten.

»Ich habe einen Vorschlag«, sagte Carl kurz, nachdem er sich während der Übersetzung einiges zurechtgelegt hatte. »Sie können die Entscheidung ja dem Präsidenten selbst überlassen. Nämlich ob er mich in einer Angelegenheit, die unsere Regierung für so wichtig hält, daß sie so dramatisch von den üblichen diplomatischen Gepflogenheiten abweicht, nun treffen will oder nicht.«

Jewgenij Primakow lehnte sich schwer keuchend zurück, nahm nachdenklich zwei Kekse auf einmal und stopfte sie in sich hinein. Sie wurden eher zermalmt als genossen.

»Nun«, sagte Primakow, nachdem er kurz nachgedacht hatte. Dann wartete er noch ein wenig, bis der Mund von hingerichteten Keksen befreit war. »Was soll ich Ihrer Ansicht nach sagen, um Ihr Ersuchen zumindest zu erklären oder das Verständnis des Präsidenten für die Bedeutung Ihres Anliegens zu wecken?«

»Sagen Sie ihm, daß es um etwas geht, was wichtiger ist als alles andere, eine Angelegenheit überdies, die dem Präsidenten Finnlands bekannt ist. Sagen Sie ihm nur das, nichts sonst«, sagte Carl.

»Nur das, nichts sonst?« wiederholte der Russe stirnrunzelnd.

»Ja, nur das«, bestätigte Carl.

Jewgenij Primakow schien sich offenbar sehr düsteren Gedanken hinzugeben. Dann nickte er sacht, legte seine beiden fetten Hände auf die Tischplatte und erhob sich mit sichtlicher Mühe.

»Warten Sie in Ihrem Hotel«, sagte er, drehte sich um und ging ohne weitere Abschiedsworte zu seinem Schreibtisch. Carls Begleiter zupfte ihn nervös am Ärmel und führte ihn zum Ausgang.

Sie wollten gerade durch die Tür zum Vorzimmer schlüpfen, als der Spionagechef am anderen Ende des Raums es sich anders überlegte. Er sagte etwas, was nicht übersetzt zu werden brauchte, und winkte die beiden Männer mit einer Geste herbei, die unmißverständlich war. Sie durchquerten den langen Raum und bauten sich wie zwei Kadetten vor dem Schreibtisch auf, hinter dem Jewgenij Primakow schon in seinen Sessel gesunken war. Sie sahen sich gezwungen, eine Zeitlang stillzustehen und zu warten, während der unverkennbar ranghöhere Mann die Brille abnahm und sich die Augen rieb. Auch er hatte rote Augen, wenngleich nicht erkennbar war, ob wegen der Umweltverschmutzung oder aus eher persönlichen Gründen. Er dachte gut eine halbe Minute nach, bevor er sich wieder die Brille aufsetzte.

»Lassen Sie uns einmal annehmen«, begann er, »daß der Präsident der Sowjetunion diese Mitteilung von einer Angelegenheit, die wichtiger ist als alles andere und dazu eine Angelegenheit, über die der Präsident der Republik Finnland schon informiert ist, denn so war es doch, für so erhellend ansieht, daß er ein Zusammentreffen mit Ihnen bewilligt, Herr Kapitän. Nehmen wir das einmal an. In diesem Fall geht es natürlich um eine sehr sensible Frage?«

»Ja, selbstverständlich«, erwiderte Carl auf russisch.

»Nun, dann haben wir ein Problem. Sie sollten eine, sagen wir, offizielle Beschäftigung hier haben, irgend etwas, was Ihre Anwesenheit erklärt. Haben Sie dazu einen eigenen Vorschlag?«

Carl gab dem Dolmetscher ein Zeichen, er solle übersetzen, bevor er antwortete. Er wollte sich zusätzliche Bedenkzeit schaffen, aber es fiel ihm trotzdem nichts Geeignetes ein. Er schüttelte bedauernd den Kopf.

»Nun, aber irgend etwas müssen wir finden«, brummte der Spionagechef, »etwas, was nicht allzu weit hergeholt klingt. Sagen wir, Sie sind hier, um das ehemalige KGB zu besuchen und die Gruppe zu treffen, die, nein, lediglich die Gruppe zu treffen, die an dem Fall Raoul Wallenberg arbeitet. Sie wissen schon, Ihr verschwundener Landsmann. Was meinen Sie? Wäre Ihnen das recht?«

»Ja, ohne jeden Zweifel«, erwiderte Carl. »Vor allem, wenn es mir gelingen könnte, mit etwas Neuem und Konkretem im Gepäck nach Hause zu fahren.«

Damit waren er und sein Begleiter erneut entlassen, wurden aber wiederum aufgehalten und zurückgerufen.

»Oberst Duchanin hier wird für Ihr Programm zuständig sein«, sagte der Spionagechef und widmete sich dann demonstrativ den Papierstapeln auf seinem Schreibtisch. Nur seine Hand winkte zum dritten und letzten Mal: Sie konnten gehen.

Åke Stålhandske war unmotiviert guter Laune. Im Grunde wußte er, daß er keinen Anlaß hatte, sich so wohl zu fühlen, daß er sich ähnliche Illusionen machte, wie er sie Anna vorgegaukelt hatte. Sie würden noch vor Weihnachten heiraten, hatten sie gesagt. Todsicher noch vor Weihnachten, um dann gemeinsam verreisen zu können. Er hatte vorsichtig angedeutet, er werde das Thema bei seinem Chef anschneiden, daß sich aber wohl kaum Probleme ergeben würden.

Und jetzt saß er seit einer runden Stunde bei Samuel Ulfsson und kam zum Ende seines Vortrags. Schon indem er seinen eigenen Worten lauschte, ging ihm auf, daß seine privaten Rechte kaum mehr wert waren als eine Pepsi-Cola im Fegefeuer.

Das rein Geographische war am leichtesten gewesen. Der Küstenabschnitt oben im Nördlichen Eismeer kam nicht in Frage. Selbst wenn es grundsätzlich möglich war, mit einem U-Boot hinzufahren, selbst wenn man wider Erwarten sämtliche Sonarsysteme überwinden und eine Gruppe an Land absetzen konnte, war es unmöglich, diesen Küstenabschnitt weiter zu überwinden, da es dort keinerlei Schutz gab.

Der norwegische Grenzabschnitt war auf der norwegischen Seite unerhört gut bewacht und auf der russischen in geographischer Hinsicht viel zu unwirtlich, obwohl er natürlich etwas besser war als die Eismeerküste dort oben.

Blieb also die Nordgrenze Finnlands. Dort habe er, erklärte er, eine vorläufige Basis errichtet. Eine Jagd- und Fischerhütte, die gerade renoviert und gegen den Ansturm des Winters isoliert werde. Mit einem Schneemobil würde es weniger als eine Stunde dauern, über die Grenze zu gelangen, den Expeditionstrupp zu holen und zurückzukehren. Die Probleme waren einfach darzustellen. Sie brauchten mindestens zwei Schneemobile, mindestens zwei Fahrer, und zumindest einer von diesen beiden müsse finnisch sprechen. In diesem Teil Finnlands kam man mit keiner anderen Sprache durch.

Das nächste Problem betraf die Kommunikation. Åke Stålhandske wußte noch nicht, ob das Mobiltelefonnetz bis zu der Jagdhütte reichte. Dies wäre natürlich am einfachsten, da die Leute da oben sich ohne Formalitäten gegenseitig besuchten und es vorteilhaft sein konnte, wenn man die Basis ohne jedes militärische Material ausrüstete.

Auf der russischen Seite sah es so aus: Das elektronische Warnsystem lag an einer hundert Meter breiten Schneise fünf Kilometer hinter der sowjetischen Grenze. Alle fünf Kilometer, manchmal häufiger, waren Grenzwachen postiert, die natürlich jede Störung im Warnsystem bemerkten. Dann rückten sie mit Kettenfahrzeugen aus, um die Flüchtlinge einzusammeln, denn zu diesem Zweck war das System einmal eingeführt worden. Die Frage war nur, wozu sie es jetzt noch brauchten, abgesehen davon, daß sie ihre Kernwaffen bewachen wollten.

Die finnische Grenze bestand äußerlich nur aus einem Rentierzaun, und der bot keinerlei Schwierigkeiten. Schwieriger konnte es unter Umständen auf dem Rückweg werden, da die Russen dann wohl mit ihren finnischen Kollegen Kontakt aufnehmen und sie um Hilfe bitten würden. Finnland hatte nämlich ein mehr oder weniger offizielles Auslieferungsabkommen mit der Sowjetunion.

Das war die Lage. Schlimmstenfalls konnte man mit der Operation erst beginnen, wenn es den ersten Schnee gab.

Samuel Ulfsson nickte nachdenklich. Er war recht zufrieden, da er sah, wie das Ganze allmählich Gestalt annahm. Hinein mit dem Fallschirm, raus per Schneemobil, Basis in der Nähe. Das sollte zu schaffen sein, und zwar ohne größere Probleme.

Samuel Ulfsson hatte auch einige Neuigkeiten, die zumindest rein operativ gute Nachrichten waren. Die Amerikaner waren dabei, Kartenmaterial über das ganze Gebiet zusammenzustellen, so daß Åke Stålhandskes Kummer, in Murmansk keine einzige vernünftige Karte gefunden zu haben, damit erledigt war.

Außerdem hatte die Leitung der Fallschirmjägerschule in Karlsborg eine sehr gute Idee ausgeheckt. Sie hatten nämlich herausgefunden, wie man den Flug über finnisches Territorium rechtlich absichern konnte, womit das Problem entfiel, eventuell von Jagdflugzeugen abgedrängt zu werden und sich diplomatisch erklären zu müssen.

Man würde von schwedischer Seite ganz einfach die Amerikaner bitten, irgendwelche Ausrüstungsgegenstände an die NATO NORD zu liefern. Sie könnten etwa eine Woche vor Beginn der Operation in Kirkenes angeliefert werden. Die Maschine, die den Transport übernahm, würde dabei technische Probleme bekommen, und ein Mechaniker würde bei seinen Reparaturversuchen scheitern.

Wenn es an der Zeit war, würde man eine zweite Transportmaschine mit angeblichen Ersatzteilen schicken. Und deren Route führte direkt durch Nordfinnland. An einem geeigneten Ort würde sich dann die Gruppe auf den Weg machen. Anschließend landete die Maschine mit Ersatzteilen wie angekündigt. Es wäre also ein wie üblich angekündigter Flug. Damit entfielen zahlreiche technische Probleme, wie sie etwa Tiefflüge aufwarfen. Eine der Alternativen wäre sonst, die ganze Strecke im Tiefflug zurückzulegen, also unter dem Radarschirm. Am Ziel müßte die Maschine die Truppe absetzen und dann zurückkehren. Der Vorteil dabei war, daß jeder Streit mit den Finnen vermieden wurde. Der Nachteil bestand darin, daß man bei der Passage auf russischem Territorium Pech haben konnte, wenn die Maschine etwa fünf Meter über einem russischen Grenzposten dahinflog.

Doch jetzt schien alles unter Kontrolle zu sein. Luigi hatte von recht problemfreien Übungen in Karlsborg berichtet. Es gab ausreichend Leute, unter denen man für den Auftrag auswählen konnte, und neue Ausrüstung sei soeben eingeflogen worden. Insgesamt würde es theoretisch möglich sein, in einer Woche mit der Operation zu beginnen, was den Berechnungen zufolge als sehr günstig erschien.

Als ein Puzzlestück der Planung nach dem anderen am richtigen Platz lag, machte sich in Åke Stålhandske ein rätselhafter Mißmut breit. Er hätte sich erleichtert, vielleicht sogar froh fühlen müssen, daß ein Projekt allmählich Gestalt annahm, das zunächst so schwer überschaubar und fast abstrakt erschienen war. Samuel Ulfsson entdeckte plötzlich den Stimmungswandel im Gesicht des blonden Riesen. Natürlich konnte er nicht verstehen, was seinem Untergebenen Kummer machte.

»Stört dich etwas? Stimmt etwas nicht?« fragte er freundlich, räumte ein paar Papiere beiseite und legte einige neue auf den Schreibtisch, bevor er sich dem nächsten Abschnitt des Gesprächs zuwandte.

»Ja«, gab Åke Stålhandske verlegen zu. »Ja, es ist so, daß ich heiraten werde.«

»Anna, deine Reisebegleiterin?«

»Ja.«

»Weiß sie, was für einen Job du hast?«

»In etwa.«

Samuel Ulfsson nickte nachdenklich. Ihm lag nichts ferner, als ständig auf Geheimhaltung und Vorschriften zu bestehen. In der Praxis waren diese Dinge Sache des Reisenden. Es gab Männer, die ihren Frauen oder Verlobten nie etwas sagten, während andere vermutlich viel zuviel preisgaben. Diese Dinge ließen sich nicht mit irgendwelchen Vorschriften steuern, das würde nie gehen. Folglich sollte man es gar nicht erst versuchen. Es wäre nicht einmal praktisch, denn letztlich waren auch die Operateure des Nachrichtendienstes Menschen.

»Meinen Glückwunsch«, sagte Samuel Ulfsson zögernd und versuchte, so etwas wie ein warmherziges persönliches Lächeln aufzusetzen. »Und wann soll das Ganze stattfinden? Wird man eingeladen?«

»Wir haben uns irgendwann vor Weihnachten gedacht«, murmelte Åke Stålhandske und blickte auf die Tischplatte.

»Das kommt mir nicht sehr günstig vor«, sagte Samuel Ulfsson. »Um die Zeit vor Weihnachten befindest du dich entweder in der Jagdhütte oder in Nordfinnland oder auch auf sowjetischem Territorium. Ich meine, wir müssen ja so tun, als würde die Operation tatsächlich stattfinden, und davon ausgehen, daß die Finnen einen Rückzieher machen. Nicht wahr?«

»Ja«, bestätigte Åke Stålhandske vorsichtig. »Aber haben wir denn sonst niemanden, der finnisch spricht? Ich meine, die rein praktischen Dinge sind ja nicht so verdammt schwierig, wenn wir erst mal losgelegt haben.«

Er errötete und erstickte den Impuls zu versichern, er wolle sich keineswegs feige aus der Affäre ziehen, falls der Eindruck entstanden sein sollte.

»Doch«, erwiderte Samuel Ulfsson nach einer kurzen verblüfften Pause. »Doch, ich glaube schon.«

Er zog eine Liste mit Namen und Nummern der Reservisten bei den Fallschirmjägern, die im Augenblick für längere Wehrübungen in Karlsborg lagen, aus der Schublade und zeigte Åke Stålhandske einen Namen.

»Was hältst du von dem Burschen hier?« fragte er.

»Matti Heiskanen, Leutnant der Reserve«, las Åke Stålhandske. »Na ja, das hört sich schon finnisch an. Aber das läßt sich auf der Stelle klären.«

Er fragte, ob er telefonieren dürfe, und rief die EDV-Zentrale an. Er fragte nach dem diensthabenden Offizier, bekam sofort eine Verbindung und forderte sämtliche Angaben über einen Leutnant Matti Heiskanen an. Alles, den gesamten Hintergrund, Führerschein, eventuelle Dienstvergehen, Säpo, alles, was vorhanden war. Er hinterließ Samuel Ulfssons Faxnummer und legte auf.

»Die Antwort kommt in ein paar Minuten«, erklärte er. »Aber um die Basis da oben in Gang zu halten, brauchen wir keine Fallschirmjäger, sondern nur einen Mann, der den Telefonkontakt halten, sich in der Wildnis orientieren und Schneemobil fahren kann, nicht wahr?«

Er wirkte plötzlich optimistischer. Samuel Ulfsson zündete eine Zigarette an, nahm ein paar tiefe Lungenzüge und sah bekümmert aus.

»Da gibt es noch ein paar Probleme, die ich nicht erwähnt habe«, begann er mit unbewußt gesenkter Stimme. »Es ist natürlich so, wie du sagst, daß wir für die Basis finnischsprechendes Personal besorgen können, das anschließend auch für den Rücktransport sorgt, wenn die Zeit reif ist. Natürlich brauchen wir dazu keine ausgebildeten Fallschirmjäger. Wir brauchen aber auch auf der anderen Seite Personal, das finnisch spricht, und außerdem müssen eigene Leute dabei sein.«

»Eigene Leute?« fragte Åke Stålhandske.

»Ja. Leute von uns, hier aus dem Haus. Ich meine Leute wie dich, Carl oder Luigi. Wir dürfen nicht vergessen, daß auch auf der anderen Seite eine Kleinigkeit zu erledigen ist.«

»Na ja, schon«, wandte Åke Stålhandske ein und errötete erneut, als er sich dabei ertappte, daß er tatsächlich versuchte, sich einem Auftrag zu entziehen, »aber so schwer ist es ja auch wieder nicht, das können ja irgendwelche Gebirgsjäger erledigen. Ich meine, wir sehen ja keine komplizierten Kampfhandlungen voraus.«

»Nein, das mag schon sein«, entgegnete Samuel Ulfsson fast traurig. »Der eigentliche Kampfauftrag dürfte nicht so schwer sein, aber wir haben es mit einigen psychologischen Problemen zu tun. Wenn wir die Schmuggler fassen, müssen sie nämlich hingerichtet werden. Verzeih die Wortwahl, aber genau darum geht es.«

»Dazu bilden wir doch jeden einzigen Verband in Schweden aus, ich meine, Leute zu erschießen«, wandte Åke Stålhandske zögernd ein. Er sah Samuel Ulfsson an, daß wohl noch etwas Schlimmeres dahintersteckte.

»Ja, genau«, sagte Samuel Ulfsson fast im Flüsterton, »stimmt genau. Die Sache ist aber die, daß es keine Überlebenden geben darf, keine Zeugen. Es darf keinen Menschen mehr geben, der auch nur von seinem eigenen Tod Zeugnis ablegen kann. In diesem Punkt scheinen sich alle diese Teufel über unseren Köpfen absolut einig zu sein, Russen, Amerikaner und unsere eigene Regierung. Es darf keine menschliche Spur zurückbleiben.«

Samuel Ulfsson verstummte. Åke Stålhandske ließ die Worte seines Chefs ins Bewußtsein einsickern, bevor er den Inhalt dessen zu analysieren begann, was er soeben gehört hatte.

»Alle menschlichen Gewebereste müssen zerstört werden«, verdeutlichte Samuel Ulfsson. »Das ist der exakte Wortlaut unseres Befehls.«

»Bei dreißig oder vierzig Grad Kälte?« fragte Åke Stålhandske erstaunt, als wäre ihm dieser rein praktische Aspekt zum ersten Mal eingefallen.

»Ja, bei jeder Temperatur, die gerade herrscht«, erwiderte Samuel Ulfsson peinlich berührt.

Sie schwiegen eine Weile und ließen sich die Bedeutung des Befehls durch den Kopf gehen. Åke Stålhandske fand keine Worte. Jedenfalls keine klare Verbindung zwischen den Plänen, Anna zu heiraten, und menschliche Gewebereste zu zerstören.

»Du wirst verstehen«, fuhr Samuel Ulfsson nach einiger Zeit fort, als ihm klar wurde, daß Åke Stålhandske nichts mehr zu sagen hatte, »daß ich es nicht auf meine Verantwortung nehmen kann, einen Trupp zu einem solchen Auftrag loszuschicken, ohne daß er unter dem Befehl eines Mannes wie dir oder Carl steht. Ich habe mir sogar die Frage gestellt, wie ich selbst einen solchen Auftrag bewältigt hätte, und ich glaube, es wäre mir schwergefallen. Das gleiche dürfte wohl für die meisten anständigen Schweden gelten, ob nun Fallschirmjäger oder nicht.«

»Aha, Carl und ich und Luigi sind also keine anständigen Schweden«, sagte Åke Stålhandske mit dem Versuch eines Lächelns, das zu einer Grimasse wurde.

»O doch«, sagte Samuel Ulfsson ruhig und zündete sich an seiner alten Zigarette eine neue an, »natürlich seid ihr anständig, immer. Der Witz liegt aber darin, daß ihr über eine Kampferfahrung verfügt, die in den letzten zweihundert Jahren sonst niemand in Schweden gehabt hat. Das ist der Unterschied, allein das.«

»Jaja«, seufzte Åke Stålhandske, »dann werde ich wohl zu meiner

Verlobten nach Hause gehen und sagen, daß wir noch etwas warten müssen, da ich unbedingt im Interesse des Weltfriedens aus Russen Leim kochen soll.«

»Ich finde, du solltest dich etwas passender und zurückhaltender ausdrücken«, sagte Samuel Ulfsson erschrocken.

Die Stille wurde durch das Piepsen des Faxgeräts unterbrochen, und ein Text begann zu tickern. Samuel Ulfsson stand auf, trat an das Gerät und stellte fest, daß es die Angaben über einen gewissen Matti Heiskanen waren. Er begann mit einem billigenden Kopfnicken vorzulesen.

»Der Bursche ist 1962 in Jyväskylä geboren und 1975 nach Schweden gekommen. Was bedeutet das?« fragte er.

»Er ist kein Finnlandschwede wie ich, sondern hat zumindest in seinen ersten dreizehn Lebensjahren finnisch gesprochen. Ist dann irgendwann Berufssoldat geworden«, erwiderte Åke Stålhandske.

»Dann wird er dein Jagdgefährte werden, den du da oben in deinem Häuschen einführst«, sagte Samuel Ulfsson mit einem vorsichtigen Lächeln. »Ich nehme an, es wird dann auch noch ein paar Schneemobil-Lektionen und derlei geben.«

Åke Stålhandske antwortete nicht. Er war schon tief in Grübeleien versunken, wie er Anna die Sache erklären sollte.

In Helsinki stürmte und regnete es. Die dichten, tiefhängenden Wolken bedrängten das Licht schon am frühen Nachmittag, wie um handgreiflich zu dokumentieren, daß dies der Anfang der großen skandinavischen Düsternis war. Schon bald würde es dunkel sein, wenn man zur Arbeit ging, und dunkel, wenn man nach Hause fuhr.

Düsternis prägte auch die Begegnung im Amtszimmer des Präsidenten der Republik. Der Regen peitschte gegen die Fensterscheiben, und die elektrische Beleuchtung wirkte kalt. Ein großes, knisterndes Kaminfeuer wäre aufmunternd gewesen, dachte der schwedische Verteidigungsminister Anders Lönnh. Im Grunde war das Treffen gar nicht so notwendig. Der Diskussion, ob Finnland schwedische Jagdflugzeuge kaufen sollte oder nicht, war kaum etwas Neues hinzuzufügen, ebensowenig der Frage, ob oder wie man gegebenenfalls bestimmte Teile der Fertigung nach Finnland verlegen konnte.

Das Gespräch war inzwischen zu anderen Themen übergegangen, die nur indirekt etwas mit Jagdflugzeugen zu tun hatten, vor allem der außenpolitischen Lage, die dem finnischen Präsidenten jetzt etwas Kummer machte. Das finnische Fernsehen war in die russischen Teile Kareliens gefahren und hatte hier und da zahlreiche Menschen nach ihren Ansichten gefragt. Vor allem in Viborg versicherten viele, sie wollten lieber zu Finnland als zu Rußland gehören. Und damit, daß das finnische Fernsehen die Sache aufgegriffen hatte, war es auf beiden Seiten der Grenze zu einem Diskussionsthema geworden.

Die Teile Finnlands, die nach dem Zweiten Weltkrieg an die Sowjetunion hatten abgetreten werden müssen, waren natürlich »historisch finnisch«, und selbstverständlich ließ sich vorstellen, daß auch Teile der russischen Bevölkerung dort Visionen von einem augenblicklichen Reichtum hatten, wenn sie statt Russen Finnen würden.

Es war jedoch eine unangenehme politische Frage, und der Präsident wollte nicht einmal andeutungsweise – auch schwedischen Besuchern gegenüber nicht – eine andere Auffassung äußern als die, daß die Friedensvereinbarungen, die einmal geschlossen worden waren, immer noch Gültigkeit hatten. Das Schlimmste, was passieren konnte, wäre ein Verbreitung des Mißverständnisses, Finnland wolle die Gelegenheit nutzen und aus dem verwundeten russischen Körper ein Stück Fleisch herausreißen. Unter anderem wußte man ja nicht, welche großrussischen Nationalisten den nächsten Staatsstreich inszenierten.

Die Unsicherheit der außenpolitischen Lage, sowohl im Augenblick wie auf etwas längere Sicht, machte die Frage von Jagdflugzeugen für Finnland jedoch bedeutend interessanter als für andere Länder. Auch wenn die westliche Welt sich darin einig war, daß die Russen nett und friedlich geworden waren und keine Pläne für einen plötzlichen und überraschenden Überfall hegten, waren Länder wie Schweden und Finnland trotzdem denkbare Parteien verschiedener Konflikte in dieser Weltregion: Estland wird von Truppen aus Moskau überfallen, Flüchtlinge retten sich über den finnischen Meerbusen nach Finnland und über die Ostsee nach Schweden, die Revolte breitet sich im übrigen Baltikum aus und führt zu etwa den gleichen Konsequenzen; sowohl die Flüchtlinge wie das eigene Territorium müssen entschlossen geschützt werden, falls nötig, mit Gewalt.

Doch auch das waren keine völlig neuen Aspekte der skandinavischen Verteidigungsdiskussion. Das Treffen sackte aus Mangel an neuem Brennstoff immer mehr in sich zusammen. Der Präsident entschied sich am Ende ganz einfach dafür, die Zeit abzukürzen, indem er sich erhob.

Als die schwedische Delegation sich etwas verdutzt trollte, trat Verteidigungsminister Anders Lönnh vor und bat in einer sehr wichtigen Angelegenheit um ein Gespräch unter vier Augen.

Mauno Koivisto hatte den Verdacht, daß die angeblich wichtige Angelegenheit in Wahrheit die gleiche war, die man soeben durchgehechelt hatte. Er nickte säuerlich und blieb mitten im Zimmer stehen, um zu dokumentieren, daß es nur noch ein kurzes Treffen werden dürfe. Er bereute dies, als er sah, wie verlegen der schwedische Minister wurde.

Und einige Sekunden später bekam er Anlaß, sein Verhalten noch mehr zu bereuen.

»Es geht um eine sehr ernste Frage«, begann der Schwede rundheraus. »Die amerikanische Regierung hat nämlich in der Frage eines geplanten Kernwaffenschmuggels auch mit uns Kontakt aufgenommen.«

Der Schwede verstummte, um die Reaktion abzuwarten. Mauno Koivisto sah fast schüchtern zu Boden, nickte dann nachdenklich und zeigte mit einer Handbewegung, daß sie sich setzen sollten. Dann ging er mit schweren Schritten zu der Sitzgruppe zurück. Unterdessen überdachte er den Inhalt dessen, was er soeben gehört hatte. Kern der Aussage war nicht die Tatsache, daß auch die Regierung des Nachbarlandes um das ungeheure Problem wußte, Kern der Sache war die Tatsache, daß die Schweden einen Anstoß aus den USA erhalten hatten, was die schlechteste nur denkbare Ausgangslage war.

»Auf welche Weise sind die Amerikaner in diese Sache verwikkelt?« fragte er, als sich beide wieder auf die gleichen Plätze gesetzt hatten wie vorhin. So saßen sie weit voneinander entfernt und hatten den Couchtisch zwischen sich.

»Soviel ich sehe«, begann der schwedische Verteidigungsminister zögernd, da es ihm keinerlei Mühe bereitete zu erkennen, welche denkbaren Unlustgefühle eine amerikanische Einmischung für einen Finnen bedeutete, »soviel ich sehe, haben Russen und Amerikaner das Problem recht eingehend diskutiert. Die Russen haben das Gefühl, ihnen seien die Hände gebunden, weil sie in ihrem eigenen Land keinem Menschen mehr trauen können, und die Amerikaner empfinden das gleiche, weil sie es aus verständlichen Gründen nicht für sonderlich passend halten, wenn amerikanisches Militär in der heutigen weltpolitischen Lage auf sowjetischem Territorium operiert.«

»Und deshalb wollen sie, daß wir alle Risiken auf uns nehmen«, stellte der finnische Präsident fest.

»Ja, so sehe ich es auch«, erwiderte Anders Lönnh schnell. »Wie man es auch dreht und wendet, sind die politischen Risiken in dieser Angelegenheit geringer, wenn man finnisches oder schwedisches Personal dort erwischt, als wenn man Amerikaner antrifft.«

Mauno Koivisto schwieg eine Zeitlang, ohne auf die sichtbaren Zeichen der Ungeduld bei seinem Gast zu achten. Er hatte unleugbar den Ball, und jetzt galt es nachzudenken, ob das nun höflich war oder nicht. Auf jeden Fall war es besser, als etwas Dummes zu sagen. Ein Skandal mit dem Hintergrund, daß finnisches Militär auf Grund eines diffusen Auftrags der USA, ausgerechnet der USA, auf sowjetischem Territorium erwischt wurde, war mehr als alptraumhaft. Das konnte zu unüberschaubaren Problemen in den Beziehungen zwischen Finnland und der Sowjetunion führen; grundsätzlich galt noch immer der Freundschafts- und Beistandspakt von 1948, der unleugbar reichlich Raum für Deutungen gab, die darauf hinausliefen, daß Finnland und die Sowjetunion in bestimmten Situationen so etwas wie eine gemeinsame Verteidigungsabmachung hatten.

»Nun«, sagte er schließlich, »um eine sehr einfache Frage zu stellen. Könnten Sie so etwas denn? Ich meine, rein technisch?«

»Ja, wir haben die Operation sorgfältig vorbereitet und können sie, wie Sie es ausgedrückt haben, Herr Präsident, in rein technischer Hinsicht etwa von jetzt an durchführen.«

»Sie verfügen über solche Ressourcen?« fragte der finnische Präsident neugierig.

»Ja, wir haben sogar die militärische Technik schon eingeübt und die ergänzende Ausrüstung beschafft, die dazu nötig ist. Wir sind, wie ich schon sagte, grundsätzlich startklar. Unsere Experten sind guten Mutes, wie mir scheint. Ich meine, sie sind vom Erfolg ihrer Mission überzeugt, falls man ihnen grünes Licht gibt.«

Anders Lönnh sah ein, daß er vielleicht etwas zu sehr in die Tasten gegriffen hatte. Möglicherweise hatte er sich als ein überlegener Großschwede dargestellt, was seiner Erfahrung nach das Zweitschlimmste war, was man sich im Umgang mit dem finnischen Staatspräsidenten erlauben konnte. Am schlimmsten war es, wenn man hinter seinem Rücken operierte.

»Nun, wer von uns hat dann eigentlich den Ball?« fragte Mauno Koivisto nach einer neuen langen Bedenkzeit.

Die Frage hörte sich in diesem Zusammenhang kindlich einfach an. Da aber Anders Lönnh spürte, daß auch er überlegen mußte, bevor er antwortete, ging ihm auf, daß nur die Formulierung der Frage einfach war, nicht ihr Inhalt.

»Nun«, begann er zögernd. »So wie wir es sehen, zumindest der Ministerpräsident und ich, als wir über die Angelegenheit gesprochen haben, dürften alle Beteiligten die gleiche Verantwortung haben. Ich meine damit nicht eine gleich große Verantwortung, sondern die gleiche. Bei dieser Mathematik fällt es mir schwer, zwischen Finnland und Schweden zu unterscheiden oder übrigens sogar zwischen USA und Sowjetunion oder sonst irgendeinem Land.«

»Eben, genau«, sagte Mauno Koivisto behutsam. »Das ist mir auch aufgegangen. Wird es dann nicht zu einer rein praktischen Frage?«

»Inwiefern praktisch?«

»Na ja, ich meine, wer kann diesen Job am besten erledigen, Sie oder wir oder wir beide zusammen? Sollten wir nicht so argumentieren? Ich meine, solange wir uns mit dem rein praktischen Aspekt des Ganzen beschäftigen?«

Anders Lönnh nickte. Dies war genau, was er und der Ministerpräsident vorhergesehen hatten, daß man Schweden vielleicht in die rein militärische Verantwortung hineintrieb, wenn man jetzt mit dem Präsidenten Finnlands sprach. Das war das Paradox. Wenn man mit dem finnischen Präsidenten sprach, lief man Gefahr, urplötzlich mit dem Baby auf dem Schoß dazusitzen, wie der Ministerpräsident es ausgedrückt hatte. Aber trotzdem mußte man mit ihm sprechen.

»Schon, aber wir haben es ja auch mit einigen politischen Schwierigkeiten zu tun«, sagte der schwedische Verteidigungsminister vorsichtig. »Ich meine beispielsweise, daß man sich bei der russischen Seite rückversichern sollte. Aber soviel ich weiß, haben Sie, Herr Präsident, in dieser Sache schon Kontakte mit der russischen Seite gehabt?«

Wieder eine Frage, die so einfach klang, daß man den Eindruck hatte, sie sei ebenso selbstverständlich wie leicht zu beantworten. Die einfache Antwort lautete kurz und gut: ja.

»Nun ja«, sagte Mauno Koivisto. »In unseren Tagen fragt man sich aber, wer oder was Rußland ist. Ich habe mit dem sowjetischen Präsidenten Kontakt gehabt, soviel kann ich sagen. Er ist, wie Sie vielleicht schon wissen, voller Hoffnung. Er ist der Meinung, wir sollten diese Sache durchführen.«

»Aber das Problem ist, ob er Präsident ist oder nicht?« fragte Anders Lönnh fast ungeduldig. Wie sehr die beiden Männer sich an Tempo und Temperament unterschieden, wurde im Lauf des Gesprächs immer greifbarer.

»Ja«, erwiderte der finnische Präsident lakonisch.

»Haben Sie Kontakt mit Boris Jelzin gehabt?« fragte Anders Lönnh schnell und fast vorlaut.

»Ich habe darüber nachgedacht. Ich habe Gorbatschow gebeten, sich in dieser Sache auf geeignete Weise mit Boris Jelzin ins Benehmen zu setzen. Er scheint jedoch nicht interessiert zu sein.«

»Boris Jelzin?«

»Nein, Gorbatschow. Er scheint nicht daran interessiert zu sein, die Sache mit Jelzin zu besprechen. Ich weiß nicht, warum. Aber es macht mir Kummer.«

»Ja, das kann einem wirklich Kummer machen«, stellte Anders Lönnh fest.

»Nun«, sagte der finnische Präsident, erhob sich schwer und reichte dem Schweden demonstrativ die Hand zum Abschied. »Wir wollen hoffen, daß es gutgeht. Wir sollten in der nächsten Zeit Verbindung halten.«

Als Anders Lönnh die Kanzlei durchquerte, um zu seiner wartenden Delegation zu stoßen, war er sich nicht sicher, ob es ein gutes Treffen gewesen war oder nicht.

Gut war natürlich, daß er überhaupt mit Koivisto gesprochen hatte, denn immerhin waren sie in Stockholm zu der Erkenntnis gelangt, daß kein anderer Weg gangbar war. Es war gut, die Bestätigung erhalten zu haben, daß es zwischen Koivisto und Gorbatschow tatsächlich eine Kommunikation in dieser Angelegenheit gegeben hatte. Das schloß alle konspirativen Überlegungen in der Richtung aus, das Ganze könnte ein amerikanischer Einfall oder zumindest ein rein amerikanischer Plan sein.

Besorgniserregend war jedoch die Bedeutung, die Koivisto Boris Jelzin beimaß. Sollte man es dann nicht auch von schwedischer Seite tun? Und wer würde in ein paar Monaten eigentlich Führer der Sowjetunion sein, Jelzin oder Gorbatschow, der sein Land schon jetzt so führte, falls er es überhaupt noch tat, als geschähe es von Boris Jelzins Gnaden.

Und dann wieder diese Geschichte mit dem Baby auf dem Schoß. Hatte Koivisto nicht ein kleines, kaum wahrnehmbares Zeichen von Erleichterung gezeigt, als könnte er sich aus der Affäre ziehen, wenn er den Ball an die schon beteiligten Schweden weitergab?

In diesem Fall kam es nur auf eines an – wenn es ernst wurde, durfte es keinen Fehlschlag geben.

Es fiel Carl außerordentlich schwer, seinen erfundenen Arbeitstag in Moskau ernstzunehmen. Die Absurditäten häuften sich derart, daß es in bestimmten Situationen nicht mehr möglich war zu entscheiden, ob das, was er erlebte, ungeheuer komisch oder ein Anzeichen eines gewaltsamen und totalen Untergangs war.

Er fand sich am frühen Morgen mit seinem mürrischen Begleiter Oberst Nikita Duchanin in der PR-Abteilung des KGB ein.

Alle feierlichen und ernsten Gefühle, die damit zusammenhingen, daß er endlich die Burg des historischen Feindes kennenlernte, legten sich sehr schnell. Sie betraten das Gebäude durch den untersten linken Eingang des alten Hauptquartiers, von dem aus man den Felix-Dserschinskij-Platz übersah, der jetzt in Ljubljanka-Platz umgetauft worden war. Die schwere Tür war aus heller Eiche, die von

Tausenden von Händen blankpolierte Klinke aus massiver Bronze. Hinter der Tür standen zwei uniformierte Wachposten in einem kleinen Vorraum, der ganz mit weißem Marmor ausgekleidet war. Man kontrollierte ihre Papiere und verwies sie dann an den Fahrstuhl. Carl merkte, daß sie in den dritten Stock sollten, in dem früher die höchste Führung untergebracht gewesen war.

Als der Fahrstuhl hielt, gingen sie zehn Meter nach links und blieben in einer Erweiterung des Korridors stehen, die wie ein Wartezimmer wirkte. Durch die Fenster zum Hof konnte Carl das einst so gefürchtete Ljubljanka-Gefängnis betrachten, in dem übrigens vielleicht Raoul Wallenberg für die Tat seines Lebens mit dem Tod büßen mußte.

»Komisch, daß man den Platz des alten eisernen Felix in Ljubljanka-Platz umbenannt hat«, überlegte Carl laut, während sie warteten. »Man könnte ja meinen, daß das auch kein lustigerer oder friedlicherer Name ist.«

»Ich verstehe, was du meinst«, brummte sein Kollege und folgte Carls Blick aus dem Fenster. »Aber Ljubljanka hat nicht unbedingt etwas mit Gefängnis, Verhör und Folter zu tun. Der Platz hatte früher schon immer so geheißen. *Ljubljanka* bedeutet nichts weiter als Birkenrinde. Die wurde früher hier auf dem Markt verkauft.«

Ein hochgewachsener schlanker Mann in Carls Alter, der wie ein Verkäufer oder Modedirektor aussah, denn sein Anzug war definitiv nicht von russischem Schnitt, kam heraus, begrüßte sie herzlich und führte sie dann in ein große Zimmer, an dessen Tür zu Carls höchstem Erstaunen ein Schild mit der Aufschrift »Press Klub« hing.

Der Verkäufer bat sie, in einem der überdimensionierten und weich gepolsterten Sessel Platz zu nehmen. Er stelle sich als Fregattenkapitän und seinen bedeutend kleineren und mit einem Bart geschmückten Assistenten als Kapitänleutnant vor. Dann raschelte er erwartungsvoll mit einigen Papieren und leitete das Gespräch mit einigen sinnlosen Begrüßungsphrasen über Freundschaft und Kollegialität ein. Er erklärte, wie angenehm es sei, den stellvertretenden Chef des schwedischen Nachrichtendienstes zu Gast zu haben. Carl spürte schon jetzt, wie Mißtrauen in ihm aufstieg.

Der Fregattenkapitän erwies sich tatsächlich und sehr schnell als genau der Verkäufer, der er zu sein schien. Er verschwendete nicht viel Zeit, bevor er zu den Geschäften kam.

Soviel er wisse, sei der geehrte Gast aus Schweden an Wallenberg-Dokumenten interessiert. Jetzt sei es zwar so, daß es ein ziviles Kooperationskomitee Schwedens und der Sowjetunion gebe, das seine Arbeit bald aufnehmen solle. Dieser Ausschuß solle ermitteln, was sich überhaupt noch ermitteln lasse, und zwar in dem neuen Geist der Freundschaft.

Der Mann holte Luft und fuhr dann fort: »Dieses schwedisch-sowjetische zivile Komitee wird jedoch erst in ein paar Wochen seine Arbeit aufnehmen. Vielleicht ist es da für den schwedischen Nachrichtendienst interessant, einen kleinen Vorsprung zu erhalten, also einige interessante Dokumente zu bekommen, bevor sie diversen Zivilisten übergeben werden, nicht wahr?«

Carl stimmte ihm zu, hauptsächlich um zu sehen, wo das Ganze enden würde.

»Also. Hier gibt es zwei Dokumente, die wir gegen eine angemessene Vergütung herausgeben können. Das eine scheint zu zeigen, daß Raoul Wallenberg 1946 während eines Verhörs in der Ljubljanka gestorben ist.

Das zweite Dokument ist eine Notiz über die Entscheidung, ihn hinrichten zu lassen. Sie ist von einem General unterzeichnet und aus demselben Jahr datiert. Welches der Dokumente scheint Ihnen am interessantesten zu sein?«

Carl antwortete zögernd und etwas mißtrauisch, seines Wissens sei das eine Dokument ohne das andere kaum interessant.

»Glänzend«, erwiderte der Fregattenkapitän/Verkäufer, »dann kann ich Ihnen mitteilen, daß der Preis des ersten Dokuments 5000 Dollar beträgt und der des zweiten 4000 Dollar. Die Bezahlung muß allerdings in bar erfolgen.«

Carl war äußerst unsicher, ob er tatsächlich richtig gehört hatte, und hakte nach. Der Verkäufer/Fregattenkapitän verstand Carls Unsicherheit falsch, da er glaubte, sie betreffe nur den Preis. So wiederholte er die beiden Preisangaben und versuchte, sich gleichzeitig den Anschein absoluter Selbstsicherheit zu geben, die jede Möglichkeit zum Feilschen ausschloß.

Carl vergewisserte sich nochmals, daß sie tatsächlich über einen

Verkauf von KGB-Dokumenten sprachen, und zwar direkt über den Tresen wie im Laden, ja, tatsächlich zu den genannten Preisen?

Doch, bestätigte der Russe, genau darüber spreche man.

Carl wußte nicht, was er sagen sollte. Der Verkäufer/Fregattenkapitän deutete sein Zögern falsch und erklärte schnell, natürlich sei ein gewisser Rabatt denkbar, wenn der Herr Kapitän beide Dokumente kaufen wolle.

Carl fragte lakonisch, ob der KGB neuerdings American-Express-Karten akzeptiere, bekam jedoch nicht einmal ein Lächeln zur Antwort, nur eine Versicherung, das Geld müsse bar bezahlt werden, und zwar hier in Moskau.

»Aber wir haben doch internationale Transferkonten zwischen den Nachrichtendiensten«, nahm Carl einen neuen Anlauf. »Können wir nicht den etwas normaleren Weg zur Überweisung des Geldes verwenden?«

»Nein, das geht nicht. Neuen Bestimmungen zufolge muß jede sowjetische Behörde und somit auch der KGB ganze vierzig Prozent Steuern auf Einkünfte bezahlen, die über Ausländerkonten eingehen. Um diesen Verlust zu vermeiden, müssen wir leider auf Barzahlung bestehen.«

Carl fiel es schwer, ernst zu bleiben. »Es geht also um Schwarzgeld? Ich soll dem KGB Schwarzgeld bezahlen?«

Der Fregattenkapitän/Verkäufer war in den kapitalistischen Grundsätzen, die er anzuwenden behauptete, offenbar noch nicht sehr sattelfest, denn der Begriff Schwarzgeld war ihm fremd. Er wiederholte nur, es wäre ein gewaltiger Verlust, wenn man auf ehrlich erworbene Einkünfte vierzig Prozent Steuern zahlen müsse.

Carl stimmte mit einem ernsten Kopfnicken zu. »Ja, natürlich ist es schrecklich, Steuern bezahlen zu müssen. Aber so ist nun mal der Kapitalismus.«

Der Scherz kam nicht an.

Carl wies darauf hin, daß er kein Geld in Form von gebündelten Scheinen bei sich trage. So funktioniere der Kapitalismus nicht mehr, es sei denn in seinen kriminellen Abarten. Wie also solle er bezahlen können, wenn der KGB keine der *major credit cards* akzeptiere, und wenn es zugleich nicht möglich sei, die üblichen Spionagekonten zu verwenden? Ob es denn denkbar sei, sich auf eine um vierzig Prozent höhere Summe zu einigen, um den steuerlichen Verlust auszugleichen, aber das Geld trotzdem über ein Bank in Stockholm zu transferieren?

Die Fragestellung war für die beiden PR-Offiziere völlig neu. Sie steckten die Köpfe zusammen und berieten sich kurz im Flüsterton. Dies schien für sie ein völlig neuer Aspekt des Kapitalismus zu sein, daß jemand entweder eine niedrigere Summe steuerfrei oder einen höheren Betrag mit Steuern bezahlte.

Es endete damit, daß sie mit höflichem Mißtrauen die Frage stellten, wie jemand so dumm sein könne, mehr zu bezahlen als nötig. Das erscheine ihnen nicht wie ein geschäftsmäßiges Auftreten.

Carls Anstrengungen, vor Lachen nicht zu explodieren, bereiteten ihm jetzt fast schon körperlichen Schmerz. Er wies ernst darauf hin, daß es in der westlichen Welt tatsächlich eine übliche Überlegung sei, zwischen einer legalen, aber teureren Methode, also mit Steuern, und einer billigeren, aber illegalen Methode ohne Steuern zu wählen.

Diese Bemerkung kam ebenfalls nicht an. Wie könne es illegal sein, bar zu zahlen? So dämliche Regeln könne es doch einfach nicht geben?

Ob dämlich oder nicht, versicherte Carl, es gebe solche Regeln. »Bekomme ich übrigens eine Quittung für das Geld, das ich Ihnen bezahle«, fuhr er fort, »vorausgesetzt, es gelingt mir, irgendwo in Moskau Dollarscheine aufzutreiben, was nach meiner Erfahrung nicht gerade leicht ist?«

»Ja, selbstverständlich erhalten Sie eine Quittung über den Betrag. Sie glauben doch wohl nicht, irgendwelchen Bauernfängern in die Hände gefallen zu sein?«

»Eine Quittung für Schwarzgeld?« fragte er zweifelnd.

»Schwarzgeld? Nein, aber für Bargeld. Natürlich bekommen Sie eine Quittung.«

Carl warf einen Seitenblick auf seinen mürrischen Begleiter, der auf jeden Fall in einer völlig anderen Abteilung beim Nachrichtendienst zu Hause sein mußte als in der neugebildeten PR-Abteilung. Genosse Oberst Duchanin sah aus, als wollte er sich unsichtbar machen, in den Erdboden versinken, sich in Atome auflösen, um nur nicht weiter Zeuge dieser Szene sein zu müssen.

Carl wurde plötzlich von Galgenhumor gepackt und faßte den

Entschluß, die absurde Transaktion durchzuführen. Von nun an ging er methodisch vor.

»Wie soll ich hier in Moskau Bargeld in Form von Dollar auftreiben? Können Sie mir das vielleicht sagen?«

»Aber ja. Sie haben doch eine American-Express-Karte, nicht wahr? American Express zahlt auf solche Karten Bargeld aus. Es gibt ja so viele Leute aus dem Westen, die in Moskau aus den unterschiedlichsten Gründen Devisen beschaffen müssen. Das dürfte kein Problem sein.«

»Gut«, sagte Carl, »dann werden wir sicher ins Geschäft kommen.«

Jetzt begann er dreist zu feilschen. Unter Hinweis auf die schwierige Wirtschaftslage in Schweden, wo gerade Rezession herrsche, erklärte er, für beide Dokumente auf keinen Fall mehr als 5000 Dollar zahlen zu können, also sowohl für den zu Tode vernommenen Wallenberg wie für den hingerichteten Wallenberg.

Darauf wurde der Preis auf 8000 Dollar für beide Dokumente gesenkt.

Carl erhöhte sein Angebot auf 6000 Dollar.

Sie einigten sich auf 7000 Dollar und gaben sich die Hand. Alle sahen sehr zufrieden aus. Beide Parteien schienen überzeugt, die jeweils andere übers Ohr gehauen zu haben.

Carl wies darauf hin, daß er sich in die Stadt begeben müsse, um die Dollar zu besorgen; O ja, er wisse, wo American Express liege, unten beim Hotel Peking, kein Problem. Wenn die Herren so freundlich sein wollten, die Abmachung zu Papier zu bringen, damit sie bei seiner Rückkehr unterschreiben könnten?

Die beiden PR-Offiziere versicherten wie aus einem Mund, in ein paar Stunden hätten sie sowohl den Vertrag wie die Ware bereitliegen. Unterdessen könnten vielleicht Carl und Genosse Oberst Duchanin das Museum besuchen?

Das Museum besuchen? Carl war auf jede denkbare Überraschung gefaßt, doch dies traf ihn sichtlich unvorbereitet. Was für ein gottverdammtes Museum?

Ja, in den Papieren stehe, er solle das Tschekisten-Museum besuchen. Das könne er vielleicht auf dem Weg zu American Express erledigen. Normalerweise nähmen sie 500 Dollar Eintritt, aber angesichts der Geschäfte, die sie soeben abgeschlossen hätten, sei wohl ein kleiner ... ein kleiner ... wie hieß es nun noch wieder?

»Rabatt denkbar«, ergänzte Carl resigniert.

Genau, Rabatt! Der Besuch des Museums sei daher kostenlos. Bis nachher. Der nächste, bitte!

Die nächste Delegation, die zu den Bauernfängern wollte, war ein holländisches Fernsehteam. Ein bärtiger Produzent, Kameramann, Tontechniker und Scriptgirl spazierten herein.

Auf dem Weg durch die Tür wurde Carl von einem glatzköpfigen kleinen Mann überfallen, der ihn am Ärmel zupfte und sich als Vorstandsmitglied des Journalistenverbands der Sowjetunion vorstellte. Es sei so, erklärte er, er habe ein paar Freunde, pensionierte KGB-Generäle, die man über diesen PR-Service nicht erreichen könne, aber für das geringe Entgelt von 1000 Dollar könne man sie trotzdem interviewen.

»Oh, wirklich?« sagte Carl neugierig. »Und was erzählen sie für 1000 Dollar?«

Sein ziemlich gequälter Begleiter ging jetzt dazwischen und sagte, Carl sei keineswegs ein Journalist, sondern ein hochgestellter Nachrichtendienstoffizier aus dem, hm, freundlich gesinnten Land Schweden.

Um so besser, meinte der kleine glatzköpfige Generalsverkäufer, denn dann fehle es ja weder an Dollar noch an Interesse für Geschäfte. Aus welchem Land sei der ausländische Spion?

Aus Schweden, teilte Carl fröhlich mit.

Ausgezeichnet, geradezu glänzend! Einer der pensionierten Freunde, der sich nicht über die PR-Abteilung bezahlen lassen könne, sondern in seiner Wohnung ein eigenes Geschäft betreibe, Perestrojka sozusagen, sei nämlich gerade Chef der nachrichtendienstlichen Tätigkeit in Nordeuropa und Großbritannien gewesen.

»Ach so?« sagte Carl erstaunt. »Ist General Oleg Bykow schon in Pension gegangen? Das habe ich nicht gewußt.«

Sein Begleiter, Genosse Oberst Duchanin, erweckte den Eindruck, als würde er entweder gleich in Ohnmacht fallen oder sich mit dem Kopf gegen die Wand stürzen. Er verdrehte die Augen zu dem allerhöchsten General, murmelte etwas Unhörbares über Gott und hielt sich dann beide Hände vors Gesicht.

Der muntere Verkäufer vom Journalistenverband ließ sich jedoch durch nichts bremsen. Er zeigte sich angenehm überrascht und bestätigte, er habe genau General Oleg Bykow gemeint, höchst denselben. Um so besser, wenn Carl ihn schon kenne. Ach so, persönlich seien sich die Herren nicht bekannt? Auf jeden Fall habe der alte Oleg sicher viel zu erzählen, was von besonderem skandinavischem Interesse sei. Und 1000 Dollar seien ja letztlich ein lächerlicher Betrag. Eins sei allerdings klar, falls der geehrte schwedische Freund ein paar heiße Dinge wolle, werde es vielleicht etwas mehr kosten.

»Hat General Bykow eine Preisliste?« fragte Carl munter und wehrte grob die Versuche seines Kollegen ab, ihn wegzuzerren. »Wie interessant. Und was bekommt man, wenn man 5000 Dollar zahlt?«

Der Impresario verdrehte die Augen. Für einen Betrag von dieser Größenordnung könne man sich so manches vorstellen. Habe der Herr Kollege aber Bargeld? Es sei nämlich so, daß sich inzwischen ein steuerliches Problem ergeben habe, nämlich wenn man das Geld nicht bar auf die Hand bekomme, sondern über eine Bank. Dann belege der Staat ganze vierzig Prozent mit Beschlag. Wenn man also Geschäfte machen wolle, sei dies ein sehr ernstzunehmender Aspekt.

Carl wollte gerade zu einer Darlegung des Themas Schwarzgeld und Steuern ansetzen, doch jetzt packte ihn sein Genosse Begleiter sehr bestimmt am Arm und führte ihn zum Fahrstuhl, während der Impresario hinterherlief und mit dem Preis herunterzugehen begann. 4000 Dollar? 3000 Dollar?

Bei 2500 Dollar gingen die Fahrstuhltüren zu.

»Lieber Genosse Kollege«, sagte Carl nachdenklich, als sie allein im Fahrstuhl waren, »ich versuche nur, die Rolle eines Einkäufers, der hier in Moskau zu Besuch ist, so realistisch wie möglich zu spielen. Du glaubst doch wohl nicht im Ernst, daß ich in deiner Gesellschaft zu spionieren gedenke? Ich hoffe, du hältst mich nicht für so unfein, Genosse?«

Oberst Nikita Duchanin war weiß im Gesicht, fast blauweiß, als würde er gleich einen Herzinfarkt bekommen.

»Rußland ist durchgedreht«, röchelte er.

»Ja«, stimmte Carl zu, »das eine oder andere scheint für Geld zu haben zu sein. Was glaubst du, was eine MIG 25 Foxbat kostet?«

»Jedenfalls nicht mehr als 5000 Dollar«, erwiderte Nikita Duchanin, als der Fahrstuhl das Erdgeschoß erreichte. Carl konnte nicht ausmachen, ob er scherzte oder nicht, und zog nach kurzem Überlegen den Schluß, daß es wohl kein Scherz war.

Was kostete dann also eine Megatonne?

Sie gingen tatsächlich in ein Museum. Das Museum war zu Carls Erstaunen in einem hundert Meter vom Haupteingang des KGB entfernten Bauwerk im ersten Stock eingerichtet worden. Das Motto lautete »Tschekistskij Sal«. Carl hatte immer geglaubt, *Tschekist* sei ein etwas herabsetzendes Slangwort für den alten Hauptfeind. Doch das war ganz offenkundig nicht der Fall. Die Buchstaben waren in glänzendem Aluminium an einer weißen Marmorwand befestigt.

Wie in allen russischen Museen waren die Exponate in chronologischer Reihenfolge angeordnet. Carl ging mit einer Entschuldigung schnell an der revolutionären und heroischen Periode vorbei, ohne daß sein Kollege ihm das im geringsten übelnahm, und begab sich zu der modernen Zeit, in der verschiedene Typen beschlagnahmter amerikanischer Spionageausrüstung in Glasvitrinen lagen.

Dort irgendwo konnte ihr Gespräch allmählich auftauen, da Nikita Duchanin jetzt neugierig wurde. Carl erzählte sachkundig, wie die verschiedenen Instrumente funktionierten, wie man sie aufspürte, welche Probleme es dabei gab, wenn man bestimmte Spionagesender mit gewöhnlicher Funkausrüstung einkreisen wollte, und berichtete von anderen beruflichen Erfahrungen. Nach einiger Zeit begannen sie sich endlich als einigermaßen ebenbürtige Kollegen zu fühlen. Sie vertieften sich immer mehr in eine Fachsimpelei, die für ihren mißtrauischen Begleiter schon bald zu hoch wurde; das Museum hatte im Augenblick keine anderen Besucher, dafür aber einen Leiter, der darauf zu achten hatte, daß nicht gesetzwidrig fotografiert wurde.

»Okay, Nikita«, sagte Carl sichtlich aufgemuntert, als sie nach einer Stunde wieder in dem schwarzen Tschajka saßen, um beim Hotel Peking Geld für Schwarzmarktgeschäfte zu beschaffen. »Du arbeitest also bei der *kontraraswedka*, und ich bin *raswedtschik*. Ist es nicht ein ziemlich schwindelerregender Gedanke, daß wir hier so friedlich nebeneinander sitzen?«

»Doch«, lächelte Nikita Duchanin schüchtern und wischte sich die Nase ab, an der immer wieder ein klarer Tropfen auftauchte. »Vor ein paar Jahren noch wäre es undenkbar gewesen. Dann wären wir Feinde gewesen.«

»Und das sind wir nicht mehr, meinst du? Persönliche Feinde sind wir so unter Kollegen natürlich nicht, aber sind wir nicht doch Feinde?« fragte Carl leichthin.

»Ich weiß nicht«, erwiderte Nikita Duchanin griesgrämig. »Das ist ein sehr kompliziertes Problem.«

»Inwiefern kompliziert?« fuhr Carl in demselben leichten Tonfall fort. »Das einzig Komplizierte sind natürlich Leute wie mein alter Hauptfeind Oleg Bykow, die sich für ein paar tausend Dollar kaufen lassen. Was sollte man mit ihm machen? Was meinst du?«

»Ich finde, man sollte ihn erschießen«, knurrte Nikita Duchanin säuerlich.

Carl erkannte, daß dies durchaus kein Scherz war und daß es überdies ziemlich berechtigt erscheinen konnte.

»Na ja«, sagte Carl nachdenklich, »grundsätzlich bin ich deiner Meinung, also grundsätzlich. Ich selbst bin ein Gegner der Todesstrafe, die es in unserem Land übrigens nicht gibt.«

»Nicht mal für Landesverräter?« fragte Nikita Duchanin verblüfft.

»Nein, nicht einmal für Landesverräter, nicht einmal im Krieg. Weißt du, unter uns Kollegen gesagt, ich bin ziemlich neugierig geworden. Was glaubst du, was ich diesem Bykow mit Hilfe eines Dollarbündels entlocken könnte? Stell dir vor, wir könnten daraus eine gemeinsame Operation machen. Ich besuche diesen Scheißkerl von Journalistenfunktionär, du weißt, diesen Impresario da oben im PR-Büro. Ich sage, okay, lassen Sie uns Geschäfte machen, aber vergessen Sie nicht, daß ich kein gewöhnlicher Journalist bin. Ich weiß viel mehr als die. Und bezahle viel mehr. Und dann stecke ich ein Tonbandgerät in die Tasche und gebe dir das Band. Würde das wohl gehen? Was meinst du?«

»Eine solche Operation müßte ich ziemlich weit oben in unserem System absegnen lassen«, konstatierte Nikita Duchanin düster. Er schien keinen Augenblick an den Erfolgsaussichten dieser gedachten Operation zu zweifeln.

»Ein Problem ist ja, daß ich zwar das bespielte Band von dir bekommen kann, aber ein Profi wie du merkt sich auch ohne Band eine Menge. Das würde eine komplizierte Situation ergeben, eine sehr komplizierte sogar. Ich meine, wir können dich ja nicht einfach köpfen, bevor du nach Hause fährst, denn immerhin bist du ein wichtiger Gast.«

Carl entschied sich nach kurzem Zögern für ein Lachen, als hätte er einen Scherz gehört. Er war sich jedoch keineswegs sicher, daß sein Kollege tatsächlich gescherzt hatte.

»Tja«, sagte er, »rein praktisch hätten wir mit einem solchen Unternehmen sicher Erfolg. Und anschließend könntet ihr natürlich Oleg Bykow erschießen. Aber bist du nicht auch der Meinung, daß das Problem darin besteht, daß dann viel zuviele Leute erschossen werden müßten?«

»Doch«, stimmte Nikita Duchanin ohne die Spur eines Lächelns zu. »Das ist es gerade. Man müßte dann viel zuviele Leute erschießen. Ich halte die Situation für sehr gefährlich. Mal im Ernst gesprochen, Genosse Kollege, glaube ich, daß dies sowohl für eure als auch für unsere Seite gefährlich ist. Weißt du, was für ein Gehalt ich habe?«

»Ja, in etwa«, erwiderte Carl. »Du bist Oberst. Laß mal sehen, du hast ungefähr das, was ein schwedischer Teenager, der in einem Supermarkt an der Kasse sitzt, in einer Stunde verdient, aber für dich ist es ein Monatsgehalt. Oder drehen wir es mal um. Als Oberst des KGB verdienst du genauso viel wie jede beliebige gepuderte kleine *kurva* unten im Hotel Intourist. Du allerdings in einem Monat, sie in fünfzig oder sechzig Sekunden, höchstens.«

»Ja«, seufzte der russische Kollege. »Du hast früher in Moskau ja lange genug operiert, du kennst die Lage. Aber ich muß wiederholen, es ist gefährlich. Kompliziert und gefährlich.«

Sie erledigten den weiteren Teil ihres Tagesprogramms wie geplant. Wie sich herausstellte, erhob American Express eine Gebühr von fünfundzwanzig Prozent des Betrags, den sie auf Carls Kreditkarte hin auszahlten; die Erklärung war selbstverständlich und einfach: Wer in Moskau Dollarscheine brauchte, hatte noch bedeutend größere Gewinne vor.

Sie kehrten zu den beiden PR-Offizieren oben im alten Hauptbüro des KGB zurück und erhielten tatsächlich Vertrag und Wallenberg-Dokumente auf den Tisch. Der Vertrag enthielt jedoch nicht die vereinbarte Summe von 7000 Dollar, sondern dort stand statt dessen 8126 Dollar, als stünde so etwas wie eine komplizierte Berechnung hinter dem veränderten Betrag. Der Verkäufer/Fregattenkapitän erklärte, man könne den Zuschlag als Mehrwertsteuer definieren, oder wie das heiße.

Carl behauptete im Brustton der Überzeugung, nach geltenden kapitalistischen Regeln sei bei Dienstleistungen dieser Art keine Mehrwertsteuer fällig.

Der Fregattenkapitän entgegnete, nach dem jetzt geltenden russischen kapitalistischen System gebe es doch eine Mehrwertsteuer.

Carl wandte ein, das Geschäft sei ja so angelegt, daß jede Steuerzahlung vermieden werden solle, deshalb zahle er ja bar. Folglich keine Mehrwertsteuer.

Der Fregattenkapitän erklärte, es gehe nicht um eine Steuer, sondern nur um die Mehrwertsteuer.

Carl legte 7000 Dollar auf den blankpolierten Tisch und sagte, jetzt gehe es nur darum, ob die Verkäufer das Geld nehmen wollten oder nicht.

Die beiden ehemaligen Kollegen waren sichtlich in Versuchung, wandten aber ein, daß es unmöglich sei, da im Vertrag schon 8126 Dollar genannt seien. Der Betrag sei von ihren Vorgesetzten genehmigt worden. Wenn sie jetzt nicht mehr als 7000 Dollar abrechneten, würden sie in Verdacht geraten, den Unterschied selbst eingesteckt zu haben.

Carl fragte mit strengem Ernst, ob dies das einzige Problem sei. Und da er eine bejahende Antwort erhielt, riß er den Vertrag an sich, stellte entzückt fest, daß er oben in der linken Ecke tatsächlich das Emblem des KGB hatte, *Komitet Gosudarstwenaja Besopastnosti*, strich die Zahl 8126 und ersetzte sie mit Tinte durch die Zahl 7000. Dann unterzeichnete er die Veränderung mit seinem Namen am Rand, unterschrieb beide Exemplare des Vertrags, schob das Geldscheinbündel über den Tisch und nahm die beiden Wallenberg-Dokumente an sich. Im nächsten Atemzug zeigte er auf die Streichung sowie seine zweite Unterschrift und erklärte, jetzt könne niemand den Zusammenhang mißverstehen. Nach geltender kapitalistischer Ordnung habe jetzt er, die eine unterzeichnende

Partei, die Veränderung hingeschrieben und nicht die Genossen vom KGB.

»Der Kapitalismus ist hart«, seufzte der Fregattenkapitän/Verkäufer und raffte das Bündel speckiger Hundert-Dollar-Scheine an sich.

»Das hier ist nur der Anfang, wartet nur ab, Genossen«, schmunzelte Carl und schob die beiden Wallenberg-Dokumente und den geänderten Vertrag in seine Aktentasche.

Er hatte gedacht, sie könnten in seinem alten Lieblingshotel National essen, obwohl er ein wenig Furcht davor spürte, Irina könnte dort abends immer noch spielen; allerdings war sie inzwischen ja Konzertpianistin und dürfte es wohl nicht mehr nötig haben, sich so ihr Geld zu verdienen. Außerdem war sie vielleicht schon längst im Ausland.

Das National wurde jedoch gerade saniert und umgebaut, sicher nicht einen Tag zu früh. Das gesamte Gebäude war mit grünen Kunststoffplanen abgedeckt, mit Baugerüsten und rotweißen Schildern, auf denen stand, welches deutsche Bauunternehmen das Vorhaben leite.

Hingegen war die Renovierung des Hotels Metropol beendet. Während Carls gesamter Zeit in Moskau war das Metropol mit grünen Planen abgedeckt und wegen *remont* geschlossen gewesen.

Nikita Sergejewitsch – er hatte tatsächlich diesen Vatersnamen, genau wie Chruschtschow – fühlte sich vor dem Hotel Metropol sichtlich unbehaglich, und nicht einmal Carls Scherz, es sei immerhin Lenins altes Lieblingslokal, hellte ihn auf. Nikita Sergejewitsch erhob Einwände, man müsse bestellen, man brauche Devisen, hier komme einfach nicht jeder rein, nicht mal als KGB-Angehöriger, schon gar nicht, wenn man beim heutigen KGB arbeite.

Carl tat die Einwände mit einer Handbewegung ab und erhielt mit Hilfe einiger Dollarscheine einen ganz ausgezeichneten Tisch.

Sie befanden sich in einem riesigen, großartigen Speisesaal, in dem Gold und Rot die vorherrschenden Farben waren. Weiße Tischtücher, perfekte Bedienung in schwarzen Jacketts und frischgebügelten weißen westlichen Hemden. Im Saal saßen nur wenige westliche Geschäftsleute, und im Hintergrund ertönte klassische Klaviermusik.

Carl betrachtete seinen Kollegen, als sie sich setzten. Dieser hatte eine kleine Stupsnase in einem sehr breiten Gesicht. Er sah tatsächlich wie die Parodie eines Russen aus. Er trug unter dem Jackett einen dünnen Pullover mit V-Ausschnitt und einen abgenutzten Gürtel; im Hosenschlitz fehlten ein paar Knöpfe, so daß zwischen Hosenbund und Gürtel ein Stück Unterhemd hervorlugte.

»Genosse Oberst«, sagte Carl ernst, während er die Speisekarte überflog, »keiner von uns beiden wünscht dieses System. Jetzt meine ich es wirklich ernst. Aber das System ist da und läuft darauf hinaus, daß ich ein- oder zweihundert deiner Jahresgehälter als Wechselgeld bei mir habe, und ich weiß nicht wie viele tausend deiner Jahresgehälter auf meinen kleinen Kunststoffkarten. Ich sage dies nicht, Genosse Oberst und Kollege, um hochmütig zu sein. Es ist einfach nur so. Es ist nicht gerecht und nicht vernünftig, und, wie du sagst, vielleicht sogar gefährlich. Aber es *ist* nun mal so. Darum laß uns jetzt ohne saure Mienen ein gutes Essen zu uns nehmen.«

Sein Genosse Kollege dachte eine Weile mit mahlenden Kiefern nach. Dann heiterte sich sein Gesicht fast wider Willen auf.

»Na schön«, sagte er. »Ich bin gar nicht so dämlich, wie du glaubst. Ich habe immerhin in New York spioniert, ohne mich schnappen zu lassen. Ich möchte aber vorschlagen, daß du damit aufhörst, mich Genosse Oberst zu nennen; und diese Albernheiten, mich mit Namen und Vatersnamen anzureden, möchte ich auch nicht mehr hören. Das ist so förmlich. Sag einfach nur Nikita zu mir.«

»Okay«, sagte Carl, »ich selbst heiße Carl. Wollen wir mit etwas Champagner anfangen. Ich meine, mit *französischem* Champagner?«

»Lieber mit russischem«, konterte Nikita schnell. »Wir sollten immerhin nicht vergessen, daß dies, wie du gesagt hast, Lenins alter Lieblingsschuppen ist.«

»Aber gern«, sagte Carl und rief den Kellner zurück, der schon seine Bestellung erhalten hatte und die Berichtigung jetzt erstaunt und enttäuscht entgegennahm. »Natürlich, laß uns damit anfangen, daß wir auf Lenin trinken. Nein, ich scherze *nicht*.«

Nikita Sergejewitsch trank wie erwartet nur äußerst mäßig von dem russischen Schaumwein und wurde erst etwas lockerer, als der erste halbe Liter Wodka auf dem Tisch stand. Nach und nach stieg die Stimmung, als immer mehr Kaviar, noch mehr Wodka, geräucherter Stör, Eismeerlachs, Salzgurke, Schmand, Schwarzbrot und weiterer Kaviar verspeist wurden.

»Ich habe gesehen, daß der alte Karl Marx immer noch dasitzt. Ein Glück, daß die Hooligans wenigstens da ein bißchen Rücksicht gezeigt haben«, meinte Carl nebenbei, als die Vorspeisen hinausgetragen wurden und er die Weinkarte studierte. Nikita machte nicht den Eindruck, als ob er verstanden hätte, und antwortete nicht.

»Außerordentliche Weinkarte, wirklich hervorragend, aber etwas seltsame Preise«, murmelte Carl, der sich anscheinend in die französischen Weine vertieft hatte. »Ich nehme an, du trinkst Rotwein nur dann, wenn du unbedingt mußt?«

»Richtig, davon kriege ich schreckliche Kopfschmerzen. Ich halte mich lieber an den Wodka«, brummte Nikita mit einem Seufzer. »Aber was hast du mit dieser Bemerkung über Karl Marx gemeint?«

»Daß er immer noch dasitzt, meinst du?«

»Genau. Inwiefern denn, wenn ich fragen darf?«

Carl wurde von dem französischen Sommelier unterbrochen und bestellte für sich eine Flasche Lafite-Rothschild, Mitte der fünfziger Jahre, und einen weiteren halben Liter Wodka sowie Mineralwasser für seinen Gast.

»Nun, ich habe das ganz buchstäblich gemeint«, lächelte er, als er mit der Bestellung fertig war. »Hier draußen vor dem Hotel.«

Nikita Duchanins Gesicht hellte sich auf. Auf dem Platz vor dem Bolschoj-Theater, schräg gegenüber dem Hotel Metropol, stand tatsächlich ein riesiges Standbild von Karl Marx, das aus einem einzigen Granitblock herausgehauen war.

»Er war einfach zu schwer«, kicherte Nikita Duchanin. »Du darfst nicht glauben, die Hooligans hätten es nicht versucht, aber sie bekamen ihn einfach nicht weg. Aber weißt du, womit diese Lümmel ihn bemalt haben? Wie? Ja, stell dir vor: ›*Proletarier aller Länder – vergebt mir*‹. Wie findest du das denn?«

Nikita Duchanin ließ ein lärmendes Lachen hören. Das war das erste Mal, daß Carl eine Freudenbekundung von ihm vernahm. Carl ließ sich von dem Lachen anstecken, und plötzlich lachten alle beide so, daß sich ihre roten Augen mit Tränen füllten.

Der Wein kam. Carl probierte und bestand darauf, daß auch sein Gast etwas davon trank, der guten Form halber. Nikita Duchanin ließ sich mißtrauisch ein halbes Wodkaglas mit Rotwein vollschenken, und dann hob Carl sein Glas.

»Auf Karl Marx!« sagte er und versuchte ernst zu bleiben. Doch dann fiel beiden gleichzeitig wieder ein, daß die Proletarier vergeben sollten, worauf beide erneut loslachten, so daß sie alle Mühe hatten, sich beim Trinken nicht zu verschlucken.

Das Fleisch mußte aus Europa importiert worden sein. Es war viel zu sehr von Fettadern durchzogen, um russisch zu sein; die französischen Gastköche hätten sich außerdem kaum mit russischem Fleisch zufriedengegeben.

Sie aßen eine Zeitlang schweigend, Carl mit gutem Appetit und Nikita Duchanin eher abwartend. Wahrscheinlich war das rosafarbene Entrecôte für seinen Geschmack viel zu roh.

»Wenn du nichts dagegen hast, daß wir über unseren Job sprechen ...«, begann Carl nachdenklich, als er sah, daß sein Gast das Essen nicht mehr anrührte. Er selbst schob seinen Teller beiseite. Damit wollte er andeuten, daß sie sich jetzt dem Trinken zuwenden konnten. »Wie gesagt ... Wenn du nichts dagegen hast, daß wir über unseren Job reden ... Prosit. Übrigens habe ich den Eindruck, als würden wir *raswedtschiks* es jetzt in Rußland bedeutend leichter haben als ihr *kontraraswedtschiks*, oder was meinst du?«

Die Beobachtung war kaum sensationell, vor allem nicht im Hinblick auf die in pädagogischer Hinsicht überdeutlichen Erlebnisse des Tages in dem früher so legendär gefürchteten KGB-Gebäude. Carl konnte jedoch nicht beurteilen, wie taktlos es war, das Thema zur Sprache zu bringen.

»Korrekt«, erwiderte Nikita Duchanin nach einiger Bedenkzeit. Dann spülte er sich mit einem reellen Schnaps die ekelhaften französischen Dünste aus dem Mund, bevor er fortfuhr. »Jeder x-beliebige kann feststellen, daß deine Beurteilung korrekt sein muß. Wird euch das in Versuchung führen, ich meine, werdet ihr eure Spionage hier verstärken?«

Die Frage hörte sich vielleicht unschuldiger und berufsmäßiger an, als sie war. Aber Carl hatte selbst das Thema zur Sprache gebracht, und jetzt hieß es einfach nur weitermachen.

»Nun ja«, sagte er, »es dürfte nicht nur eine Frage von Versuchung sein, uns bestimmte Dinge zu kaufen. Das große Problem besteht ja in folgendem: Kein Mensch weiß, was hier eigentlich vorgeht. Damit werden unsere Regierungen im Westen von ihren *raswedkas* verlangen, mehr herauszufinden.«

»Du meinst eine intensivierte politische Spionage«, stellte Nikita Duchanin mit ernstem Kopfnicken fest. »In dem Fall macht es nicht viel. Es ist vielleicht nur gut.«

»Gut, daß wir im Westen darüber Bescheid wissen, was ihr hier eigentlich treibt?«

»Richtig.«

»Ja, damit hast du zweifellos recht. Das läuft auf die alte Erkenntnis hinaus, daß Leute wie du und ich dazu da sind, für mehr Stabilität und Vertrauen in der Welt zu sorgen.«

»Richtig. Aber wir haben im Augenblick sehr viel größere Probleme als eure Unterwanderung, ich meine auf der Kontra-Seite.«

Nikita Duchanin sah aus, als unterbräche er einen Gedankengang. Carl mußte wählen, ob er höflich das Thema wechseln oder ganz einfach einen Schritt weiter gehen sollte. Er wählte die zweite Möglichkeit. Mehr als ein Nein konnte er sich nicht einhandeln.

»Worin bestehen denn eure größten Probleme? Was meinst du?« fuhr er in ruhigem Tonfall fort.

»Nun …« begann Nikita Duchanin etwas zögernd, bis er sich aufzuraffen schien, alle Rücksichten über Bord zu werfen. »Unser größtes Problem sind wie gesagt nicht Leute wie du, sondern einheimische Gangster, unsere Mafia, Korruption, Drogenhandel und vor allem Waffenhandel. Was den Waffenhandel betrifft, hat er einige schauerlich ernste Aspekte, über die ihr im Westen doch wohl auch schon ein wenig nachgedacht habt, nicht wahr?«

Carl spürte, daß das Gespräch jetzt gefährlich wurde.

»Doch, darüber haben wir schon nachgedacht«, erwiderte er vorsichtig. »Wir sind dabei aber auch davon ausgegangen, daß die Waffen, auf die du anspielst, idiotensicher bewacht sein müssen.«

»In einem Land, in dem unsere Generäle für tausend Dollar ganz offen Verrat begehen wollen?« entgegnete Nikita Duchanin traurig.

Carl wollte das Thema vermeiden, ohne das es auffiel. Als Gesprächsgegenstand war es für eine Analyse zweier Spionage-Obersten natürlich nicht gerade uninteressant. Während er überlegte, wie er die Situation retten sollte, entdeckte er, wie der Fahrer ihres Dienstwagens unten zwischen zwei mit Goldornamenten geschmückten Marmorsäulen stand und offenbar versuchte, an einem ihn mit der Körpersprache abweisenden Kellner vorbeizukommen.

Carl stand halb auf und winkte mit der Serviette, worauf der Fahrer widerwillig an ihren Tisch gelassen wurde. Er beugte sich unangenehm berührt hinunter und flüsterte Nikita Duchanin etwas ins Ohr. Dieser erstarrte bei der Mitteilung sichtlich.

»Sie haben das Autotelefon angerufen. Wir müssen gehen, sofort«, sagte er nervös und machte Anstalten, sich zu erheben.

Carl wies darauf hin, daß sie vorher vielleicht erst bezahlen sollten, winkte einen Kellner heran und bat um einen Stuhl für den Fahrer. Seinem Wunsch wurde nur äußerst widerwillig entsprochen.

»Russen sind hier nicht gern gesehen«, erklärte der Fahrer entschuldigend.

Fünf Minuten später saßen sie im Wagen, fuhren jedoch in eine ganz andere Richtung, als Carl erwartet hatte. Er kurbelte die Seitenscheibe ein wenig herunter, um den scharfen russischen Tabakgeruch auszulüften, und atmete ein paarmal tief durch, als wollte er nach Wodka und Rotwein wieder einen klaren Kopf bekommen. Gerade jetzt durfte er nicht im mindesten angetrunken erscheinen.

Der Wagen hielt nach nur zehn Minuten Fahrt vor einem großen Mietshauskomplex an einer der Hauptstraßen. Carl begriff den Zusammenhang. Jetzt erinnerte er sich an die Geschichte. Gorbatschow wohnte, anders als seine Vorgänger im Amt, in einer normalen Mietwohnung.

Vor der Haustür waren keine Wachposten zu sehen. Zwischen Bürgersteig und Haus lag eine kleine Rasenfläche mit einem niedrigen Zaun an der Straße. Dafür standen im Hausflur zwei Posten. Hinter ihnen entdeckte Carl eine Gittertür aus schönem Schmiedeeisen, die sich elektrisch öffnete, nachdem sie nach der üblichen Identitätskontrolle auf je einen Knopf gedrückt hatten.

Gorbatschow wohnte offenbar im vierten Stock. An der Tür befand sich kein Namensschild. Sie wurden von zwei zivilen Wachposten eingelassen, die sie in einen Nebenraum führten und Nikita

Duchanin freundlich, aber bestimmt baten, sich zu setzen und zu warten. Sie untersuchten Carl mit einem Metalldetektor, wenn auch mehr der Form halber. Dann baten sie ihn, zu folgen. Sie durchquerten einen Korridor mit dunkler Beleuchtung, der vor einer geschlossenen Tür endete.

Das Ganze sah aus wie ein älterer Anrichteflur. In den hohen Wandschränken waren offenbar Tischwäsche und Porzellan untergebracht. An der Decke blätterte die Farbe ab.

Sie blieben an der Tür stehen. Einer der zivilen Posten nahm fast so etwas wie Haltung an, klopfte laut und vernehmlich und trat ein, während Carl und der zweite Mann draußen warten mußten. Nach einigen Augenblicken kam der Mann zurück, schob Carl freundlich hinein und schloß die Tür hinter ihm.

Der Raum war größer, als er erwartet hatte, etwa zehn mal zehn Meter, und wie ein französischer Salon des neunzehnten Jahrhunderts in einem Stil eingerichtet, der an Empire erinnerte, in Gold, Hellblau, Weiß und Rot.

Der Präsident der Sowjetunion stand neben der Sitzgruppe. Er trug einen englischen Pullover mit V-Ausschnitt über der Krawatte und Hausschuhe. Schräg hinter ihm stand ein Mann, offenbar der Dolmetscher.

Carl überkam kurz ein Schwindelgefühl angesichts der unbestreitbaren Wirklichkeit, die ihn kaum überzeugen konnte, ob es nun an den Hausschuhen lag oder an der Tatsache, daß da einfach das Original des Bildes von Gorbatschow mit dem Feuermal auf der Stirn und dem freundlichen, neugierigen Blick vor ihm stand. Vor allem aber waren es diese Hausschuhe, schwarze Lackschuhe, vermutlich irgendein Kunststoff.

Carl mußte etwas tun, er durfte nicht einfach nur dastehen und gaffen. Er streckte sich und verbeugte sich sehr tief.

»Herr Präsident«, murmelte er, unschlüssig, was er noch sagen sollte und in welcher Sprache.

Gorbatschow nickte amüsiert, als hätte er Carls Unsicherheit bemerkt und sehr gut verstanden. Er trat ein paar Schritte vor und reichte ihm die Hand. Als Carl sie nahm und sich erneut verneigte, nahm der sowjetische Präsident Carls Hände fest in seine und schüttelte sie ein paarmal entschlossen. Dann machte er eine ausholende

Handbewegung zur Sitzgruppe hin und gab seinem Dolmetscher ein Zeichen, auch er solle Carl begrüßen.

Es kam zu einer kurzen Pause, als die drei Männer sich auf den altmodisch eleganten, aber unbequemen Stühlen zurechtsetzten.

Dann begann Gorbatschow geschäftsmäßig mit einer Begrüßungssuada, die er sichtlich abkürzte. Mit Hilfe des Dolmetschers antwortete Carl unter anderem, in Schweden freue man sich besonders zu sehen, daß Gorbatschow wieder legal in seine Position eingesetzt sei und bei guter Gesundheit zu sein scheine.

Als diese Zeremonie erledigt war, kam der sowjetische Präsident sofort zur Sache. Carl verstand die Frage schon auf russisch, wartete aber, aus Erfahrung klug geworden, auf die Übersetzung, um mehr Zeit zu haben, seine Antwort zu formulieren.

»Sie haben mich in einer Angelegenheit aufgesucht, Herr Kapitän, die, wie Sie sagen, sowohl die Sowjetunion als auch unsere beiden nordischen Nachbarländer Finnland und Schweden betrifft. Sie haben ferner gesagt, es gehe um eine Angelegenheit, über die der finnische Präsident informiert sei. Ist das korrekt?« lautete die Frage.

»Ja, Herr Präsident, das ist korrekt«, erwiderte Carl.

Gorbatschow schloß sofort eine neue Frage an.

»Was ist der Grund für dieses außerordentlich ungewöhnliche Verfahren, um ein Gespräch nachzusuchen, so vollkommen außerhalb unserer normalen Kanäle? Darf ich auch fragen, was für eine Funktion Sie in Ihrem Heimatland haben und in wessen Auftrag Sie hier sind?«

Carl beantwortete die Fragen in umgekehrter Reihenfolge.

»Ich bin im Auftrag des Ministerpräsidenten meines Landes hier, da ich in seinem Stab Militärberater bin. Ferner bin ich stellvertretender Leiter des militärischen schwedischen Nachrichtendienstes, und der Grund ist eine Frage äußerster Geheimhaltung«, erwiderte er in einem gleichmäßigen Wortstrom, ohne seinen Tonfall zu nuancieren.

Er korrigierte den Dolmetscher, als er das russische Wort für »Sicherheitsdienst« hörte, und wies darauf hin, daß es »Nachrichtendienst« heißen müsse.

Gorbatschows Gesicht hellte sich auf, offenbar nicht so sehr wegen der sachlichen Korrektur, sondern wegen Carls Empfindlichkeit.

»Jaja, Leute wir ihr bleiben sich immer gleich. Es muß alles korrekt sein, und der Teufel soll den holen, der einen Nachrichtenmann beim Sicherheitsdienst ansiedelt. So ist es offenbar in allen Ländern.«

Carl konnte dies dem lächelnden sowjetischen Präsidenten nur mit einem verblüfften Kopfnicken bestätigen. Ja, so sind wir nun mal.

»Können wir uns auf russisch unterhalten? Ich bedaure, daß mein Englisch zu schlecht ist, aber mit Ihrem Russisch ist offenbar alles in Ordnung, Herr Kapitän«, sagte Gorbatschow und machte eine liebenswürdige Handbewegung.

»Bedaure, Herr Präsident«, erwiderte Carl auf russisch. Doch dann mußte er sich den Satzbau der Fortsetzung überlegen. »Mein Russisch ist leider zu schlecht für ... ein so ernstes Gespräch.«

»Nun, dann sollten wir mit der Hilfe unseres Freundes Sascha zur Sache kommen«, sagte Gorbatschow schnell und gab seinem Dolmetscher ein Zeichen. »Sascha hier ist an allen Diskussionen beteiligt gewesen, die ich in dieser Angelegenheit gehabt habe. Also, was genau haben Sie erfahren, Herr Kapitän? Worum geht es?«

»Was wir erfahren haben, macht die Angelegenheit zu unserem ernstesten Anliegen«, begann Carl behutsam. »Wir haben nämlich von einem Versuch erfahren, Kernwaffen von sowjetischem Territorium über Finnland hinauszuschmuggeln, die auf dem internationalen Markt verkauft werden sollen. Man hat uns gebeten, bestimmte Maßnahmen zu ergreifen, um notfalls zu verhindern, daß das geschieht.«

Das Lächeln verschwand blitzschnell aus Gorbatschows Gesicht, als er die Übersetzung hörte. Sein Englisch ist offenbar nicht sehr gut, dachte Carl, oder er spielt hervorragend Theater.

Gorbatschow machte eine lange Denkpause, während er bestätigend nickte. Dann stellte er eine sehr kurze Frage.

»Von wem haben Sie dies erfahren?«

»Aus amerikanischen Regierungsquellen«, erwiderte Carl direkt auf russisch.

»Also nicht aus Finnland?«

»Njet.«

»Weiß die finnische Regierung, daß Sie Bescheid wissen?«

»Darauf kann ich nicht antworten, Herr Präsident.«

»Warum haben die Amerikaner Ihnen das erzählt?«

Carl gab dem Dolmetscher zu verstehen, daß er Hilfe brauchte, und gab sich große Mühe, sorgfältig zu formulieren. Er hatte keine Ahnung, in welche Fettnäpfchen er jetzt treten konnte, da er nicht ahnte, wer von wem wußte, daß er Bescheid wußte. Die Lösung des Problems konnte jedoch nur darin bestehen, die Wahrheit zu sagen.

»Die Amerikaner haben … Befürchtungen geäußert«, begann er zögernd. Er hatte nach dem richtigen Wort suchen müssen, um Texas Slims Version der Lage umzuformulieren. Dieser hatte sich nur in *four-letter-words* geäußert. »Die Amerikaner haben Befürchtungen geäußert, der finnische Präsident könnte zögern, sich mit einem direkten Eingreifen von finnischer Seite einverstanden zu erklären. Aus diesem Grund haben die Amerikaner uns gebeten, uns sozusagen als Reserve in Bereitschaft zu halten. Dem liegt also der Gedanke zugrunde, daß wir im äußersten Notfall das tun sollen, worum Sie die Finnen gebeten haben. Meine Regierung ist zu der Entscheidung gekommen, daß das nur in Frage kommen kann, wenn wir Ihr Einverständnis haben, Herr Präsident.«

Carl versuchte, den Gesichtsausdruck des Präsidenten zu beobachten und zu deuten, während der Dolmetscher übersetzte.

Gorbatschow war nicht nur bedeutend kleinwüchsiger, als Carl es sich vorgestellt hatte, sondern sah auch ein wenig zerzaust aus, als träte er mit einem geschickt verborgenen Mangel an Selbstbewußtsein auf. Sein Blick war freundlich und sichtlich intelligent und verriet rasche Auffassungsgabe. Er wirkte jedoch auf eine etwas eigentümliche Weise zu weich für den Staatschef der ehemaligen Supermacht. Zumindest im Vergleich mit den Betonärschen früherer Zeiten. Dieser kleine, ängstliche, anständige Mann hatte also die letzte Verantwortung für 27 000 atomare Gefechtsköpfe.

Gorbatschow beriet sich kurz mit seinem Dolmetscher, bevor er seine Antwort formulierte. Doch als er es tat, sprach er ohne jedes Zögern wie der Politprofi, der er unleugbar war.

»Sie sollten mit dem finnischen Präsidenten Kontakt aufnehmen, das ist meine feste Überzeugung, und ich möchte, daß Sie das Ihrem Ministerpräsidenten ausrichten. Wir sollten auf jeden Fall versuchen, uns aus dieser schwierigen Situation zu befreien, ohne daß es in unseren Beziehungen zu politischen Mißverständnissen kommt. Die Sache ist auch ohne solche Dummheiten schlimm genug. Wenn unsere Beziehungen derart geklärt sind, bleiben meiner Meinung nach nur praktische Probleme. Ich komme jetzt zu dem, was ich darunter verstehe. Um mit einer einfachen Frage anzufangen. Könnt ihr Schweden rein technisch das bewältigen, um was die Amerikaner euch offenbar gebeten haben?«

»Ja, Herr Präsident, in diesem Punkt gibt es keinerlei Zweifel«, erwiderte Carl energisch, als die Frage übersetzt worden war.

Gorbatschow nickte zu Carls rascher Antwort.

»Sie empfinden in dem Punkt nicht den leisesten Zweifel?« fragte er mit einem humorvollen, fast ironischen Glitzern in den Augen.

»Nein, Herr Präsident, das tue ich nicht. Wenn Sie entschuldigen, Herr Präsident, die Schwierigkeiten in dieser Angelegenheit sind ganz und gar nicht technischer Natur. Die technischen Fragen können wir recht leicht lösen. Die Schwierigkeiten liegen mehr auf politischem Gebiet. Es ist nämlich unbedingt erforderlich, daß jeder die Absichten der anderen Seite kennt und sie nicht mißversteht.«

Gorbatschow lachte kurz auf, dann stellte er die nächste Frage, die sich zunächst wie eine munter improvisierte Fortsetzung seines Lachens anhörte.

»Sie sind offenbar Diplomat gewesen, Herr Kapitän, sogar hier in Moskau, falls ich recht unterrichtet bin?«

Gorbatschow zeigte ein unschuldiges Lächeln, als er Carl ins Gesicht sah, um die Antwort abzuwarten.

»Das stimmt, Herr Präsident. Ich hatte für kürzere Zeit einen diplomatischen Auftrag hier in Moskau«, erwiderte Carl peinlich berührt.

»Ja, das habe ich feststellen können, Herr Kapitän, als ich mich danach erkundigte, wer mich aufsuchen will. Einer meiner Berater hat die Gelegenheit genutzt, sich herabsetzend über Ihre diplomatischen Leistungen zu äußern.«

»Nun«, erwiderte Carl verlegen, »ich bin natürlich nicht die richtige Person, etwas über meine diplomatischen Talente zu sagen, aber ich befürchte, sie gehören nicht zu meinen starken Seiten.«

Als Gorbatschow die nächste Frage stellte, glaubte Carl zunächst, sich zu verhören. Er nutzte die Hilfestellung der Übersetzung, um Zeit für die Antwort zu finden.

»Nein, aber als Sie hier waren, haben Sie die Gelegenheit genutzt, einen schwedischen Verräter hinzurichten, wenn ich es richtig sehe?«

»Das ist eine Frage«, begann Carl, während er immer noch fieberhaft nach einer rettenden Formulierung suchte, »die mir die Journalisten meines Landes auch manchmal gestellt haben. Und denen habe ich geantwortet, wie ich jetzt auch Ihnen antworten muß, bei allem Respekt, Herr Präsident. Die Regierung meines Landes hat mir verboten, diese Frage zu beantworten.«

Carl sah verbissen zu Boden. Das Gespräch hatte, soweit es ihn betraf, eine absurde Wendung genommen.

Gorbatschow lachte. Er lachte tatsächlich, als er die Antwort hörte.

»Ich glaube nicht, daß wir miteinander große Probleme haben werden«, bemerkte er, immer noch lachend. »Ich werde künftig mit dem finnischen Präsidenten Verbindung halten. Ich schlage vor, daß ihr Schweden eure Kontakte ebenfalls auf diesem Kanal weiterführt, damit Sie nicht ständig hier in Moskau Besuche machen müssen, Herr Kapitän. Inzwischen laufen nämlich schon viel zu viele Obersten in dieser Angelegenheit herum, und wir haben ja unzweifelhaft Kummer mit der Geheimhaltung.«

»Unzweifelhaft«, erwiderte Carl kurz, nachdem er die lange Übersetzung gehört hatte. Der sowjetische Präsident war wieder sehr ernst geworden.

»Ich glaube, Sie verstehen meinen Gedankengang, Herr Kapitän«, fuhr Gorbatschow fort. »Wir haben ein gemeinsames Sicherheitsinteresse und eine gemeinsame Verantwortung. Wichtig ist also nicht, wer was tut. Wichtig ist, daß die Geheimhaltung weiter funktioniert und daß es uns gelingt, das zu stoppen, was um jeden Preis gestoppt werden muß. Haben Sie mich verstanden, Herr Kapitän?«

»Voll und ganz, Herr Präsident!« sagte Carl.

Der Schneesturm erreichte in den Böen eine Geschwindigkeit von über hundertvierzig Stundenkilometern. Den Wetterberichten zufolge sollte der Sturm sich jedoch am nächsten Tag legen.

Luigi schwitzte immer noch leicht und öffnete den Reißverschluß des Schlafsacks, um die Belüftung zu verbessern.

Er war zufrieden, zufrieden wie ein Kind nach einem Schultag mit einer Zwei in der Mathearbeit und zwei Toren beim Fußballspiel gegen die Parallelklasse.

Gerade die Landung war wegen des starken Winds am Boden schwierig gewesen. Sie waren mehr als fünfhundert Meter von der vorgesehenen Stelle entfernt niedergegangen, was vor allem daran lag, daß ihre Ausrüstungskiste langsamer als berechnet gesunken war. Es war ihnen nichts anderes übriggeblieben, als zu folgen.

Es hatte sie in dem Schneesturm zwei Stunden gekostet, sich zu orientieren und zu dem genau vorherberechneten Platz zu begeben, eine Funkverbindung mit Stockholm herzustellen und ihr Nachtlager herzurichten. Über Funk hatten sie erfahren, daß die zweite Gruppe sich nur eine Viertelstunde früher gemeldet und vermutlich die gleichen Schwierigkeiten gehabt hatte. Luigi brauchte sich also nicht zu genieren, weil die Kiste fünfhundert Meter vom Ziel entfernt gelandet war, da der zweiten Gruppe unter der Führung Edvin Larssons offenbar das gleiche widerfahren war. Im übrigen hatten sie unter höchst schwierigen Umständen landen müssen, was allerdings zur Übung gehörte; sie hatten eine Woche unten in Karlsborg gelegen und auf den ersten richtigen Herbststurm mit Schnee oben im Norden gewartet. Es sollte alles gerade unter denkbar schwierigen Umständen getestet werden.

Die anderen im Zelt schienen schon zu schlafen. Mochten sie auch Reservisten sein, so waren sie doch an die Welt der nordischen Fjälls gewöhnt, da diese Berge für schwedische Fallschirmjäger das wichtigste Übungsgebiet waren. Alle, auch Luigi, waren früher schon im Kebnekajse-Massiv gewesen.

Er machte den Versuch, für sich eine Art Checkliste durchzugehen. Die neuen GPS-Instrumente, »im Golfkrieg getestet«, waren leichter abzulesen als die früher verwendeten Instrumente, das stand fest. Vermutlich waren sie auch noch etwas genauer. Mit ihrer Hilfe konnte man jeden Punkt auf der Erde mit einer Abweichung von nur zehn Metern bestimmen.

Am schwierigsten war es, die Fallschirme in dem harten Wind einzusammeln und zu verpacken, doch unter realistischen Bedingungen würde es dieses Problem nicht geben. Diesmal sollten sie die gesamte Ausrüstung wieder mitnehmen, aber das galt nicht, wenn …

Eine Zeitlang bemühte er sich einzuschlafen. Sie mußten die dunklen Morgenstunden am nächsten Tag nach Möglichkeit dazu nutzen, der Flugüberwachung zu entgehen; Aufklärungsflieger hatten den Übungsauftrag erhalten, zwei Infiltrationsgruppen an der norwegischen Grenze ausfindig zu machen, und zwar in einem zweihundert Kilometer langen und fünfzig Kilometer breiten Abschnitt. Solange die Kälte nur mäßig war – jetzt herrschten knapp zwölf Grad unter Null – und sie keine externen Wärmequellen brauchten, hatten sie eine gute Chance, unentdeckt zu bleiben. Ihre gesamte Ausrüstung war weiß, und die Schneedecke war schon mehr als einen halben Meter hoch.

Er konnte jedoch nicht einschlafen. Etwas, was er für übertriebenen Ehrgeiz hielt, hielt ihn wach und brachte ihn erneut auf die Checkliste.

Die Skier. Kein Problem. Die Funksteuerung der Frachtkiste während des Flugs. Da gab es gewisse Schwierigkeiten. Wenn es aber wirklich darauf ankam, würden sie kaum Gelegenheit haben, sich das schlechteste denkbare Wetter auszusuchen. Die Herrichtung der Funkantenne, um ihre Meldung schnell absetzen zu können? Auch da würde es Komplikationen geben. Doch das lag am Sturm. Das Fortkommen auf Skiern? Kein Problem, da sie sich etwa wie Piloten ohne Sicht mit Hilfe von Instrumenten orientieren konnten. Es blieben zuviel Schnee und Eis an der Pelzverbrämung der Kapuzen kleben, was daran liegen mußte, daß es synthetisches Material war. Wolfs- oder Vielfraßfell wäre besser.

Er versuchte darauf zu kommen, warum gerade die Felle von Wolf und Vielfraß keinen Schnee und kein Eis festhielten – waren die Haare hohl? –, aber es fiel ihm nicht ein. Das war jedenfalls eine kleine Verbesserung, die es zu überlegen galt.

Die beiden Gruppen sollten sich mit einer Geschwindigkeit von vierzig Kilometern am Tag achtzig Kilometer zu einem Treffpunkt drei Kilometer nordnordöstlich von Nikkaluokta begeben. Dort sollten sie sich nach Möglichkeit ohne vorhergehenden Funkkontakt zur verabredeten Zeit treffen. Die Übung ging in dem Moment zu Ende, wenn Gebirgsjägerverbände sie zum Weitertransport abholten und zunächst nach Arvidsjaur, der Luftbasis F 21 Luleå und dann nach Hause zur Ausgangsbasis brachten.

Und dann was? Alles war eingeübt, das gesamte Material getestet, jetzt sogar unter sehr schwierigen Verhältnissen.

Die Gruppe war, zum Teil aus unerfindlichen Gründen, kleiner geworden. Ein Mann war nach einem Test in der Unterdruckkammer in Linköping ausgemustert worden. Das hatte jedenfalls irgendeinen medizinischen und verständlichen Grund. Aber Matti Heiskanen? Luigi mochte Matti Heiskanen. Er war ein Draufgänger und fast so etwas wie die Parodie eines Finnen. Er spielte Eishockey in der zweiten Liga und sprach ein Schwedisch mit hörbarem finnischen Akzent. Luigi war davon ausgegangen, daß gerade er zu denen gehören würde, die als letzte übrigblieben. Konnte es etwas damit zu tun haben, daß er Finne war oder finnisch sprach? Vielleicht hatte man ihn gar nicht ausgemustert, sondern nur in einen vollkommen anderen Teil des Vorhabens eingebaut.

Noch ein Mann war verschwunden, ohne daß klargeworden wäre, weshalb. Konnte es daran liegen, daß er vier Kinder hatte?

Ja, natürlich. Es mußte sich also doch um die Vorbereitung einer Operation mit tatsächlichen Verlustrisiken handeln. Luigi spürte, daß die drei anderen im Zelt wohl darauf eingestellt waren. Keiner hatte versucht, ihm Informationen zu entlocken. Es hätte gar nichts genützt, da er nicht sehr viel wußte, aber es hatte auch keiner den Versuch gemacht.

Es hörte sich an, als würde der Sturm da draußen an Kraft ein wenig nachlassen, aber das konnte auch daran liegen, daß nur die Geräusche leiser wurden, weil sich inzwischen um das weiße Keron-Zelt hohe Schneeverwehungen gebildet hatten. Eins stand jedenfalls fest: Unter diesen Verhältnissen würde sie keine Infrarotkamera der Welt entdecken, falls es die Piloten überhaupt schafften, bei diesem Wetter so tief zu fliegen.

Luigi versuche erneut einzuschlafen und zog den Reißverschluß hoch, bis der flauschige Daunenschlafsack dicht schloß. In den nächsten Stunden schlief er oder befand sich in dem Grenzbereich zwischen Schlaf und unbestimmbarer Unruhe. Niemand hätte sagen können, was zutraf.

Kolja Mordawin trat im Central-Warenhaus in Murmansk wie ein König auf. Es war eine Sendung mit chinesischen Polarjacken und dazugehörigen wattierten Hosen eingetroffen, und er kaufte je ein Dutzend davon. In der Brusttasche hatte er ein dickes Bündel frischer, sauberer 100-Rubel-Scheine. Er bat darum, ihm die Waren nach Hause zu schicken, da Mike Hawkins, sein amerikanischer Chef, ihm beigebracht hatte, daß man es so machen müsse. Zunächst bekam er nur saures Kopfschütteln zur Antwort und ein paar unfreundliche Bemerkungen über Spekulantenmanieren. Dann schälte er einen, überlegte es sich, zwei Hundert-Rubel-Scheine ab und wedelte verärgert damit herum. Die alte Dame kämpfte einen sehr kurzen Kampf mit sich selbst, bis sie akzeptierte. Sie versprach, die Waren persönlich zu verpacken und sie zum Büro von N & M auf der anderen Seite der Bucht zu transportieren. Das sei allerdings erst nach der Arbeit möglich.

Er überquerte den großen Platz zum Hotel Arktika und sah sich selbst als *Einkaufschef*. Mike Hawkins hatte gesagt, er sei nicht nur stellvertretender Expeditionsleiter, sondern solle auch Einkaufschef des Vorhabens sein. Das sei ein sehr verantwortungsvoller Job, den man nicht jedem überlassen könne.

Am wichtigsten war es, das Gewicht des Proviants zu berechnen. Zwei der Schlitten wogen schon so mehr als fünfhundert Kilo, und Proviant für zwölf Mann und fast dreißig Tage würden zusammen mit den Zelten aus dem Westen und einigen anderen Ausrüstungsgegenständen leicht fast das gleiche Gewicht erreichen. Sie mußten jeden Tag durchschnittlich zehn Kilometer bewältigen, und ihm war klar, daß das weder leicht noch angenehm werden würde. Aber angesichts der Bezahlung, die auf sie wartete – die Hälfte vorher und die Hälfte auf der anderen Seite der finnischen Grenze –, würde es wohl keinem Teilnehmer der Expedition sonderlich schwerfallen, sich anzustrengen und alles zu ertragen.

Im Nachtclub und im Restaurant des Hotels Arktika war er schon seit langem König. Er konnte jede Frau haben, die er wollte, konnte jeden bitten, sich an seinen Tisch zu setzen, wann immer er wollte, und mit der gleichen Selbstverständlichkeit jeden auffordern zu verschwinden, wann immer er wollte. Mike hatte ihm von einer seiner vielen Fahrten nach Kirkenes einen westlich geschnittenen Anzug aus einem glänzenden, dunkelblauen Material mit dünnen weißen Rändern mitgebracht, ein weißes Hemd und eine italienische Seidenkrawatte, Dinge, die Kolja jetzt trug. So war er im Arktika nicht nur König, sondern fühlte sich auch wie einer.

Er setzte sich eine dunkle Sonnenbrille auf und trug eine etwas gelangweilte Miene zur Schau, bevor er das abgedunkelte Restaurant betrat. Die Musik hatte noch nicht angefangen, und es saßen nur wenige Gäste im Lokal. Kolja Mordawin gähnte leicht, hielt sich den Handrücken der rechten Hand vor den offenen Mund und überlegte sich gerade, ob er zur Dollar-Bar am anderen Ende des Hauses gehen sollte, als er Mike in einer der runden Nischen mit einem Mann aus dem Westen entdeckte. Mike winkte ihn zu sich, worauf er sofort die dunkle Brille abnahm und schnell und spürbar wach wurde; selbst ein König lief manchmal Gefahr, noch einen Kaiser über sich zu haben.

Mike Hawkins stellte den Mann als Schweden vor, und Kolja hatte eine Vorstellung davon, wer er war, da er durchschnittlich einmal in der Woche auftauchte. Er fuhr, wie Kolja Mordawin sich erinnerte, mit einem Fernlaster Multbeeren nach Schweden, manchmal auch Preiselbeeren.

»Das wäre doch auch ein Geschäft, Kolja«, lachte Mike Hawkins. »Ein Monopol auf Multbeeren. Das kann nicht falsch sein. Die Skandinavier sind ganz verrückt nach Multbeeren.«

Kolja lächelte zweifelnd, als er sich setzte. Natürlich stimmte es, daß er allmählich daran denken mußte, wie er sein Geld investieren wollte, aber Multbeeren und Preiselbeeren kamen ihm doch etwas zu kindisch vor. Das waren keine richtigen Geschäfte.

Der Schwede beklagte sich eine Zeitlang über die schlechten Straßen. »Es sind weniger als dreihundert Kilometer bis zur finnischen Grenze, aber trotzdem kann die Fahrt im Herbst und im Frühjahr, wenn der Straßenzustand am schlimmsten ist, bis zu zwanzig Stunden dauern. Gott sei Dank rückt der Winter jetzt näher, dann friert die ganze Scheiße wenigstens zu, so daß ich die Transportzeit im günstigsten Fall auf sechs oder sieben Stunden runterbringe.«

Kolja fragte, wie die Straßen auf der anderen Seite der Grenze seien, bekam aber nur ein lächelndes Kopfschütteln zur Antwort. Der

Schwede ging nach kurzer Zeit und entschuldigte sich damit, er müsse nach seinem Laster sehen; der Sattelschlepper parkte vor dem Hotel, während der Anhänger mit dem Container in einem der Kühlmagazine am Rand der Stadt untergebracht war.

Jetzt kamen die Musiker der Band angeschlendert und packten ihre Instrumente aus. Während der dunklen Jahreszeit begannen sie immer viel früher, als müßten sie die lange Polarnacht bis zum letzten Tropfen ausnutzen, um all die Verluste während der weißen Nächte wettzumachen. Da erschienen die Leute immer sehr spät im Restaurant, falls sich überhaupt Gäste blicken ließen.

Mike Hawkins wirkte reizbar, fast nervös. Er rief einen der Kellner zu sich und bat ihn, in die Bar für Westler zu gehen und eine Flasche Whiskey und etwas Eis zu holen. Er zog irritiert ein paar zerknüllte Dollarscheine aus der Tasche, die er auf den Tisch warf. Er sagte dem Kellner, er könne den Rest behalten. Dieser, ein Mann mit Nylonhemd, der unter den Armen Schweißflecken hatte, raffte die Scheine andächtig an sich und verschwand mit gekrümmtem Rücken. Kolja gefiel die Szene nicht.

»Nun, mein junger Freund, wie ist es mit der Verproviantierung gegangen?« fragte Mike Hawkins, als der Whiskey kam und er zwei Gläser vollschenkte. Er hob den Eiseimer mit einem fragenden Blick zu Kolja und bekam ein Kopfschütteln zur Antwort.

»Prost!« sagte Kolja und kippte den Whiskey auf russische Manier auf einmal in sich hinein.

»Kolja, Kolja«, sagte Mike Hawkins lächelnd und fast bittend. »So trinkt man einfach nicht, vor allem dann nicht, wenn man Sport treiben will.«

»Ich bin Seemann«, knurrte Kolja sauer. »Ich trinke, wenn ich im Hafen bin, und arbeite wie ein Tier, wenn gearbeitet werden muß. So sind wir nun mal …«

»Na, na«, sagte Mike Hawkins mit einem amüsierten Glitzern in den Augen. »Jeder soll nach seiner Façon glücklich werden. Und die Verproviantierung?«

»Getrockneter und gesalzener Fisch und Tee sind da. Das Zeug liegt draußen bei der Reparaturwerft«, sagte Kolja, streckte sich lässig nach der Whiskeyflasche und goß sich erneut ein. »Was das getrocknete Rentierfleisch angeht, bekomme ich es morgen.«

»Wird das nicht ein bißchen eintönig?« fragte Mike Hawkins und betrachtete nachdenklich sein Glas. Kolja bekam das Gefühl, daß sein amerikanischer Chef ihm nicht in die Augen sehen wollte.

»Schon, aber ich habe in erster Linie an das Gewicht gedacht. Jedes Kilo, das wir mitschleppen, müssen wir ja mit Schweiß und Mühen bezahlen. Wer Schweinefleisch essen will, ich meine frisches Schweinefleisch, muß eben warten, bis wir nach Hause kommen. Dann wird es wohl ein Fest geben.«

»Aber gewiß«, lachte Mike Hawkins leise, »dann gibt es gewiß einen Festschmaus. Wann wollt ihr zuschlagen?«

»Im günstigsten Fall morgen nacht, wenn das Wetter danach ist. Wir wollen ja einen richtigen Schneefall haben, und der Wetterdienst sagt für vier oder fünf Tage Schneefall und Tiefdruck voraus. Es sollte also gehen.«

»Mmh. Dann geht es los.«

»Richtig. Dann geht es los. Wann bekommt Onkel Alexej sein Geld?«

»Wenn ihr morgen nacht zuschlagt, bekommt er das Geld von mir direkt auf die Hand, sowie er das nächste Mal zum Dienst auf der Werft erscheint. Das dürfte wohl in vier Tagen oder so sein.«

»Richtig. In vier Tagen, aber dann bin ich schon weit weg.«

Kolja sah beinahe mißtrauisch aus, als wäre ihm der Verdacht gekommen, daß sein Onkel nicht die gleiche runde Summe erhalten würde wie alle anderen.

Mike Hawkins war zwar ein guter Menschenkenner, und durch seinen früheren Beruf in dem damals noch tief feindlichen Territorium hatte er gelernt, Furcht und Mißtrauen schon von weitem zu wittern.

»Jetzt hör mir noch mal zu, Kolja, ein letztes Mal«, sagte er ruhig und nippte an seinem Whiskey. »Erstens tun wir das, was wir gesagt haben. Ihr führt Etappe eins durch, greift euch die Ware, vergrabt sie so weit weg wie möglich, verwischt alle Spuren und hofft auf viel Schnee. Dann kommt ihr mit ein paar Mann zurück und holt das Geld. Erst wenn alle die Hälfte der Bezahlung erhalten haben, beginnt der eigentliche Transport. An diesem Plan ist doch nichts falsch?«

»Nee«, sagte Kolja widerwillig, »das ist es auch nicht, jedenfalls nicht was uns betrifft. Ich habe aber an Onkel Alexej gedacht.«

»Du bekommst sein Geld gleichzeitig. Du bist doch sicher dabei, wenn das Geld geholt wird. Außerdem bin ich der Meinung, du solltest einen der Finnen mitnehmen. Nein, lieber nicht, nimm entweder einen russischen Kameraden mit oder macht, wie ihr es selbst wollt. Die Hauptsache ist, daß jeder sein Geld bekommt, damit wir loslegen können. Wir sind jetzt kurz vor dem Ziel, Kolja, ganz kurz davor.«

Kolja nickte nachdenklich. Das stimmte, sie waren kurz vor dem Ziel. All die schwierigen Dinge waren schon organisiert. Personal von N & M fuhr jetzt mit Dauervisa fast im Pendelverkehr zwischen Murmansk und Kirkenes hin und her, so daß die Tschekisten unten im Hafen inzwischen schon ganz wirr im Kopf sein mußten, falls sie sich überhaupt noch für Reisende aus dem Westen interessierten. Jedenfalls würden sie nicht merken, wenn jemand einen Monat wegblieb oder von der falschen Seite her ins Land kam. Der Grundgedanke war ja doch, das Stahl- und Schrottprojekt zu Ende zu bringen, vielleicht noch jahrelang, nachdem das eigentliche Geschäft durchgeführt worden war. Finnische und norwegische Spezialarbeiter wohnten schon in einer kleinen Kolonie auf zwei Stockwerken des Hotels Polarnaja Murmansk, und da alle in Schichten arbeiteten und zu verschiedenen Zeiten kamen und gingen, würde man niemanden vermissen. Wie alles, was Mike plante, war auch dies ebenso einfach wie effektiv.

»Wir haben uns gedacht ... das heißt, ich hatte mir gedacht, wir sollten auch einige Waffen organisieren«, sagte Kolja nach kurzem Schweigen.

»Das braucht ihr nicht«, entgegnete Mike Hawkins trocken. »Entweder ihr werdet da draußen nicht entdeckt, wozu die Chancen zehn zu eins stehen. Oder ihr werdet entdeckt, und dann helfen keine Waffen der Welt.«

»Ja, ich weiß«, sagte Kolja verlegen, »aber so habe ich es nicht gemeint. Ich habe nur gedacht, daß es da draußen ja wilde Rentiere und Schneehühner gibt, und mit etwas Glück ... ich meine, wir werden den gesalzenen Lachs nach einiger Zeit verdammt satt haben.«

Mike Hawkins ließ ein lautes und herzliches Lachen hören.

»Ja, das kann ich mir denken«, sagte er, »in den nächsten vier Wochen werdet ihr aber schon getrockneten oder gesalzenen Fisch essen müssen. Wie du selbst gesagt hast, wenn ihr wiederkommt, gibt es frisches Schweinefleisch.«

»Wann bekommen wir Position und Anrufsignal?« fragte Kolja säuerlich. Ihm gefiel es nicht, ausgelacht zu werden.

»Die Position kannst du bekommen, wann du willst, jetzt gleich sogar, wenn du sie dir merken kannst«, erwiderte Mike Hawkins ernst. »Kannst du sie behalten?«

Kolja nickte mürrisch. Er hatte immerhin das Steuermannspatent und verstand sich recht gut auf Navigation.

»Genau im Kreuz neunundzwanzig Grad östlicher Breite und neunundsechzig Grad nördlicher Breite liegt der Kontrollpunkt. Das Anrufsignal ist Niwa, wie das, was du essen wolltest. Dann geht in absolut gerader Linie nach Westen, dann neuer Anruf, und dann über die Grenze. Wirst du dir das merken?«

»Ja, natürlich«, sagte Kolja. »Das fehlte noch.«

»Ja, denn dir sollte klar sein, was für Probleme entstehen, wenn du es vergißt.«

»Selbstredend. Und es muß in der Schicht sein, die am neunzehnten Dezember beginnt und am dreiundzwanzigsten endet?«

»Genau. Dann kommt irgendein neuer Typ, der den Kontrollpunkt übernimmt, und dann ist es gelaufen.«

Kolja nickte ernst, blickte vielsagend auf sein leeres Glas, das augenblicklich und großzügig gefüllt wurde.

»Wir sehen uns morgen nacht draußen auf der Werft«, sagte Mike Hawkins, klopfte Kolja freundlich auf die Schulter, stand auf und ging, ohne der mehr als halbvollen Whiskeyflasche auch nur einen Blick zu schenken.

Nachdem Kolja Mordawin eine Zeitlang allein war, erweckte er den Eindruck, als taute er auf, als wüchse er wieder langsam in die Rolle des Lokalmatadors hinein. Zum Teufel, dachte er. Es gibt keinerlei Grund, hier Trübsal zu blasen, es ist ja der letzte Abend für mehr als einen Monat, den ich in einem Lokal verbringen kann. Dann gibt es nur Mühe und Plackerei, aber heute abend gibt es keinen Grund für Schwermut und Balalajkas in der Polarnacht. Saxophone! Keyboard, oder wie das hieß, und eine Sängerin aus Moskau!

Er winkte zwei Mädchen mit hochgesteckten Haaren, knallroten Lidschatten und kurzen Röckchen zu sich, die vor statischer Elektrizität raschelten; er wußte sehr gut, was das für Frauen waren, und hatte nicht die Absicht, sich einen Tripper zu holen; den Fehler hatte er einmal am Vorabend von vier Wochen auf See gemacht, und es war nicht sehr lustig gewesen. Aber die Mädchen waren gut gegen die Einsamkeit, und außerdem boten sie einen Grund, nach einer gewissen Zeit jemanden an den Tisch zu bitten. Die Mädchen ließen sich natürlich nicht lange bitten, da sie hellsichtig erkannten, daß der Rest des Abends finanziert war und vielleicht sogar noch einen bedeutenden Gewinn abwerfen würde. So waren nun mal die Gesetze des Geschäftslebens, für sie wie für ihn selbst.

Er bestellte roten Krimsekt, da solche Frauen dieses Getränk mochten, servierte es auf die gleiche Weise, wie er es Mike hatte tun sehen, und versank eine Zeitlang in angenehmen Phantasien.

Er war siebenundzwanzig Jahre alt und würde sich nie mehr auf irgendeinem Trawler in dem ewigen Gestank von verfaultem Fischschleim abrackern müssen, würde nie mehr frieren müssen wie ein Hund – nun ja, in der allernächsten Zeit würde er vielleicht etwas frieren müssen, doch dann nie mehr; hunderttausend Dollar waren nach heutigem Kurs mehr als elf Millionen Rubel.

Er versuchte sich vorzustellen, wie lange ein Steuermann auf einem Trawler arbeiten mußte, um elf Millionen Rubel zu verdienen, und kam zu dem Ergebnis, daß es sich um etwa zweitausendzweihundert Jahre handelte.

Wenn er also im Jahr 209 v. u. Z. als Steuermann auf einem Trawler angefangen und seitdem keine Kopeke verbraucht, sondern alles Geld gespart hätte, würde er jetzt über den gleichen Betrag verfügen.

Mike hatte ihn davor gewarnt, zu sehr mit Geld zu prahlen; immerhin kam er auch jetzt schon gut zurecht. Er besaß schon ein paar tausend Dollar, ungefähr vierzig Jahresgehälter, und damit ließ sich einiges anfangen. Er schickte ein paar Hundert-Rubel-Scheine zur Band hinüber, und zwar mit einer schnell hingekritzelten Liste von alten russischen Liedern, welche die Mädchen hören wollten. Das

Publikum buhte etwas und murrte, als die Wünsche in die Tat umgesetzt wurden. Die Leute wollten wie gewöhnlich westliche Musik hören. Aber in dieser Welt bestimmt das Geld, wie er seiner Tischgesellschaft weltmännisch mitteilte. Er stellte sich allmählich auf seinen letzten freien Abend für sehr lange Zeit ein und widmete der einfachen Tatsache, daß er den dunklen Anzug mit den weißen Rändern mehr als einen Monat lang nicht tragen würde, einen fast traurigen Gedanken; außerdem wollte er nach seiner Rückkehr ein paar anständige Schuhe kaufen.

»Was wollt ihr haben?« rief er plötzlich aus und winkte noch weitere Leute an den Tisch. »Sagt es nur! Geräucherten Stör, gekochte Zunge, Salzgurke und Schmand, Radieschen, schwarzen und roten Kaviar. Sagt es nur, denn ich lade euch alle ein. Lang lebe die Perestrojka!«

7

Carl schoß zum ersten Mal nach langer Zeit. Die Renovierung des neuen Hauses war jetzt schon so weit fortgeschritten, daß der Keller fertig war, in dem er einen Schießstand mit bis zu zwanzig Meter Abstand eingerichtet hatte. Er schoß auf ein stillstehendes Ziel, eine Zielscheibe mit Ringen, und zwar aus fünfzehn Meter Abstand. Er verwendete eine kleinkalibrige Pistole, damit das Geräusch oben im Haus nicht zu hören war. Tessie versuchte zwar ihre Unlust vor allem, was mit Waffen zu tun hatte, zu verbergen, doch nur mit mäßigem Erfolg.

Carl schoß fast merkwürdig viel unter seinem Standard und kam auf die Idee, daß in ihm etwas geschehen war, etwas, was mit Konzentration zu tun hatte.

Früher war alles andere in der Welt in dem Augenblick verschwunden, in dem er eine Waffe in die Hand nahm und sie auf ein Ziel richtete. Da hatte es nichts anderes mehr gegeben als die Linie zwischen Kimme und Korn und das verschwommene Ziel dort hinten, nichts sonst. Strenggenommen war dies eine der guten Seiten der Schießübungen gewesen, daß es ihm gelungen war, alle Gedanken auszulöschen.

Doch jetzt dachte er zuviel. Er konnte sich nicht konzentrieren. Es war eine sowohl bittere als auch komische Erfahrung, Eva-Britt zu erklären, daß es noch unsicher sei, ob er sich über Weihnachten um Johanna Louise kümmern könne. Er hatte sich sofort aufs falsche Gleis begeben, als er sagte, es sei *unsicher*. Alles andere, »Hochzeitsreise ohne störendes Kind« oder sonst eine grausame Lüge, wäre besser gewesen. Aber damit, daß er ihr sagte, es sei *unsicher*, sagte er zugleich auch, daß etwas im Busch war. Etwas, was wieder einmal so groß und wichtig war und soviel für den »Weltfrieden« und all das bedeutete, daß *unsicher* für die, die ihm so nahe stand wie die Mutter seines Kindes, etwas ganz Spezifisches und den Tatsachen nicht allzu Fernes hieß. Die schwarzen, unmarkierten Flugzeuge standen wieder irgendwo startbereit, oder die U-Boote würden bald auslaufen. Es war mal wieder soweit.

Er hatte nichts darauf erwidern können, als sie verstohlen darauf hinwies, er solle vielleicht mal an seine Verantwortung als Vater denken. Sie meinte damit, er habe nicht das gleiche moralische Recht wie früher, sein Leben aufs Spiel zu setzen, und damit hatte sie vielleicht recht. Und es war sinnlos, ihr einreden zu wollen, daß sie zwar *grundsätzlich* recht habe, aber gerade in diesem besonderen Fall gehe es um etwas so Wichtiges, daß alle privaten Grundsätze zurückstehen müßten und blablabla, all das, was er schon hundert Mal gesagt hatte.

Er konzentrierte sich erneut und beschloß, drei Serien mit jeweils besseren Ergebnissen zu schießen. Er spürte jedoch sofort, daß schon der erste Schuß danebenging, und ballerte die restlichen Kugeln hinterher, um wieder anfangen zu können. Als er an die Tafel trat und das Ergebnis betrachtete, saß der vermutlich erste Schuß in dem weißen Teil der Zielscheibe, außerhalb des schwarzen Kreises in der Mitte. Fast zehn Zentimeter daneben.

Er betrachtete erschrocken und erstaunt das unbestreitbare Einschußloch im weißen Feld der Scheibe und sah sich irritiert nach weißen Aufklebern um. Er hatte keine, hatte sie in den letzten zehn Jahren nicht verwendet. So klebte er die verstreuten Treffer im schwarzen Teil der Scheibe zu und ging entschlossen und aggressiv zum Ausgangspunkt zurück. Er lud zwei Magazine, schob das erste in den Pistolenkolben und stand eine Zeitlang mit gesenktem Kopf da und versuchte, sich in eine Art Trance zu versetzen. Er versenkte sich ins Unbewußte, als gäbe er die Kontrolle über sich auf und ließe den Autopiloten des Körpers bestimmen, wann und wie er schoß. Plötzlich hob er die Waffe und schoß die ganze Serie in aggressiver Entschlossenheit, sämtliche Schüsse hintereinander, ohne die Waffe einmal abzusetzen und in sehr schneller Folge.

Schon auf dem Weg zur Zielscheibe wußte er, daß es geklappt hatte. Er hatte nämlich im Augenblick vor dem Feuern an nichts gedacht, an gar nichts.

Die Serie war in einem Feld von Tennisballgröße versammelt. Als Wettbewerbsergebnis war es untauglich, aber als Schnellschußserie mehr als ausreichend. Etwas zufriedener ging er zurück, um nochmals anzufangen.

Doch als er die Waffe hob, um sorgfältig zu schießen, entdeckte er, daß er mit den Gedanken schon wieder woanders war. Er mußte abbrechen. Er ließ die Waffe sinken und versuchte sich zu konzentrieren.

Mit Tessie war es das gleiche gewesen. Er war nach Hause gekommen und hatte den Eindruck erweckt, so froh und erleichtert zu sein, wie man es sich nur wünschen konnte. Er hatte ein Kilo des teuersten Kaviars der Welt mitgebracht (der Preis auf dem Moskauer Flughafen Scheremetjewo II war bedeutend höher als in der Markthalle von Östermalm) und versucht, in ihrer kleinen Wohnung am Värtavägen ein kleines Fest zu arrangieren.

Und dann war bei der ersten Kaviarportion die Frage aufgetaucht, wie es zu Weihnachten werden solle, ob Kalifornien oder Schweden. Er hatte versucht, der Frage auszuweichen, hatte dem Wetter die Schuld gegeben und gemeint, sie müßten mit der Entscheidung warten, bis sie wüßten, ob es weiße Weihnachten geben werde, also schwedische Weihnachten, oder grüne und somit ein kalifornisches Weihnachtsfest. Da hatte sie das Thema fallen lassen, aber nur ungern.

Er sah auf die Uhr. Die ersten Gäste würden bald kommen. Er probierte es mit einem neuen Trick. In zwei Minuten mußte die Aufgabe gelöst sein. Er hatte also Zeit, noch eine einzige Serie zu verpatzen, aber es war besser, die Aufgabe gleich zu lösen. Als er die Waffe hob, spürte er, daß es nicht gehen würde. Er sorgte sich wegen Tessie und Weihnachten und wegen Johanna Louise und Weihnachten.

Er sah nochmals auf die Uhr. Jetzt hatte er von den selbst zugestandenen hundertzwanzig Sekunden schon fünfzehn verloren.

Der Waffenschrank stand ein Stück von ihm entfernt. Er war erst vor kurzem in die Steinwand eingemauert worden und an den Rändern noch feucht. Die Tür war weit offen. Er zögerte, entschied sich aber schnell für eine Lösung, mit der es klappen mußte. Er trat vor den Waffenschrank, legte die kleinkalibrige Pistole zurück und nahm seine großkalibrige Beretta, deren Magazin er mit zehn Schuß lud.

Jetzt würde es im ganzen Haus zu hören sein. Er würde anschließend schnell zu ihr hinaufgehen müssen.

Zwei der drei Zielscheiben da vorn waren ungebraucht.

Er schoß mit kalter Entschlossenheit auf jede der beiden Scheiben eine Serie ab. Dann riß er sich die Ohrenschützer vom Kopf, schloß die Waffe ein, verstellte das Kombinationsschloß und eilte die Treppe hinauf; er hatte das Ergebnis nicht kontrollieren müssen, da er wußte, daß er mit beiden Serien voll getroffen hatte.

Tessie kam ihm schon an der Tür zu Kellertreppe entgegen. Ihre dunklen Augen verrieten ihre Besorgnis.

»Ich habe nur den neuen Schießstand ausprobiert, nur ein paar Schuß«, versicherte er. »Was macht die Marinade?«

Sie wollten frischen Lachs in Zitronensaft und Olivenöl marinieren, und er hatte Tessie vor einiger Zeit mit einer ungefähren Beschreibung dessen verlassen, wie es auf der Zunge schmeckte, wenn die Mischung richtig war.

Sie schüttelte lächelnd den Kopf und sagte, sie wolle ihm etwas Lustiges zeigen, und holte einen weißen Umschlag im Querformat und hielt ihn hoch.

»Hast du schon mal so was Albernes gesehen? Jemand scheint zu glauben, ich sei gesellschaftlich eins raufgerutscht«, sagte sie lachend.

Er nahm ihr nachdenklich den Umschlag ab und befühlte ihn. Er war aus weißem, handgeschöpftem Bütten, und auf der Rückseite befand sich das große Reichswappen in Reliefdruck. Auf der Vorderseite hieß es etwas umständlich:

Kapitän zur See Carl Graf Hamilton und Theresia Gräfin Hamilton

Er öffnete den Umschlag mit einer leicht irritierten Miene, da er den peinlichen Inhalt schon erahnte.

»Wir sind zu einem Essen beim König und der Königin eingeladen«, sagte er mit einer Grimasse, als er den Text überflogen hatte. »Sie bitten um Antwort.«

Er seufzte und sah aus, als hätte er den Brief am liebsten weggeworfen.

»Sollen wir auf eine Party?« fragte sie gespannt. »Wow! Beim König und der Königin, das nenne ich aber heftig!«

»Ja«, erwiderte er. Ihre Begeisterung verwirrte ihn ein wenig. »Ja, wir werden gehen. Da kann ich ganz einfach nicht absagen.«

»Was soll das denn, absagen, bist du durchgedreht? Beim König und der Königin?«

»Ja«, sagte er lächelnd, als er ihr Erstaunen über seine mangelnde

Begeisterung sah, »aus amerikanischer Sicht bin ich wohl, wenn du entschuldigst, ein bißchen durchgedreht, denn solche Veranstaltungen sind nicht gerade das, was ich in diesem Leben erstrebt habe.«

»Sozialismus und all das?«

»Na ja, oder, richtiger gesagt, njaaa, aber wenn ich mich vorsichtig ausdrücken soll, kann ich nur sagen, daß wir auf solchen Veranstaltungen nicht viele Leute treffen werden, mit denen uns etwas verbindet.«

»Aber du hast trotzdem nicht vor abzusagen?«

»Nein, ich bin Kapitän zur See in Diensten des Oberbefehlshabers, stellvertretender Chef des militärischen Nachrichtendienstes und außerdem so eine Art Mitglied im Sicherheitsrat des Ministerpräsidenten. Nein, ich kann nicht absagen.«

Er faltete den Brief zusammen und steckte ihn in die Innentasche seiner Lederjacke, zuckte die Achseln und lächelte sie verlegen an.

Sie betrachtete ihn forschend, als wollte sie herausfinden, ob er irgendwie Theater spielte, aber seine Art, verlegen zu sein, war sehr überzeugend.

»Stell dir vor, diese Blödiane haben mich jedenfalls zur Gräfin gemacht«, scherzte sie, um ihn auf andere Gedanken zu bringen.

»Inwiefern?« sagte er erstaunt.

»Na ja. Es steht doch da auf dem Umschlag!«

»Ach so, das«, sagte er mit einem plötzlichen Anflug von Munterkeit. »Aber das liegt daran, daß du eine Gräfin bist.«

»Bin ich das? Ein echter Chicano-Bastard, eine O'Connor, seit wann denn, wenn ich fragen darf?« Mit einem gespielten Temperamentsausbruch stemmte sie die Hände in die Hüften.

»Seit du mich geheiratet hast«, sagte er. Dann ging er in Richtung Küche, drehte sich um und sah, daß sie verblüfft stehengeblieben war, ohne sich zu rühren.

»Soso«, sagte er, »komm jetzt, Gräfin, wir müssen uns um die Marinade kümmern. Du bist durch Heirat befördert worden, falls es nun eine Beförderung ist, aber jedenfalls nicht von Gott, falls es das gewesen ist, worauf du gehofft hast.«

Sie lachte laut auf und warf auf ihre charakteristische Weise den Kopf in den Nacken.

Auf knallenden Absätzen ging sie mit übertriebener Grandezza an ihm vorbei, warf den Kopf in den Nacken und erklärte, als frischgebackene Gräfin bereite sie selber keine Marinade mehr zu, sondern sehe nur noch zu, wenn andere es täten. Er senkte den Kopf und ging mit unbeholfenen Schritten und schwingenden Armen hinter ihr her und bat sie im Südstaatendialekt, ihm Befehle zu erteilen, er werde sie dann schon befolgen.

Es entstand eine Art Verzauberung, als sie ihre Rollen spielten. Er redete sie immer nur mit »Yes Mam« und »No Mam« an, und sie machte großspurige Gesten und zeigte mit ausgestrecktem Arm und nach unten gerichtetem Zeigefinger mal hierhin, mal dorthin, während er Brotscheiben schnitt und sie leicht in Butter anbriet, statt sie zu toasten. Dann bereitete er die rohen Lachsscheiben vor und öffnete zwei Dosen mit russischem Kaviar. Er wollte ein Vorgericht in Schwarz, Rosa und Grün mit Dillzweigen zubereiten, während er den Hirschrücken würzte und das Gemüse wusch.

Als die Theaterrollen nichts mehr hergaben, bat sie ihn, zunächst von dem Wein und dann von den Gästen zu erzählen. Vom Wein zunächst deshalb, weil das wahrscheinlich am schnellsten gehe.

»Ja«, bestätigte er, während er die Wildsauce abschmeckte. »Mit dem Wein geht es schnell. Kalifornischen gibt es aber nicht, jetzt müssen wir *the real thing* bieten, da wir kultivierte europäische Gäste haben werden. Dieser weiße Burgunder ist im Grunde von der gleichen Traube gemacht wie der kalifornische Far Niente und unsere anderen privaten heimlichen Leidenschaften, aber heute gibt es Montrachet, einfach ausgedrückt das Beste, was die Welt zu bieten hat. Der Rotwein kommt heute aus derselben Landschaft, vom Weingut Romanée Conti. In Schweden trinkt man Burgunder bevorzugt zu Wild, und einer meiner Gäste hat von meinem eigentlichen Lieblingsdistrikt in Burgund mal zuviel bekommen. Das war's, Ende der Geschichte. Wie es schmeckt, mußt du selbst entscheiden. Weingeschmack läßt sich nicht verordnen.«

»Und die Gäste? Anna und Åke habe ich ja schon kennengelernt, aber die anderen?« fragte sie. Damit beendete sie abrupt ihre Theaterrolle und wandte sich statt dessen ihrer eigenen besonderen Verantwortung zu, den mexikanischen Snacks zum Begrüßungsgetränk.

»Sie kommen rechtzeitig, das wäre als erstes zu sagen«, lächelte Carl geheimnisvoll. »Auf die Minute pünktlich, würde ich glauben.«

»Auf die Minute pünktlich? Ist das nicht etwas unhöflich, sogar hier oben in dieser nordischen Barbarei?«

»Doch, durchaus möglich. Aber nicht, wenn die Gastgeber Bescheid wissen.«

»Warum kommen gerade diese Leute so pünktlich?«

»Wir sind nun mal so in unserer Bruderschaft. Es steckt einfach drin. Zu früh kommen sie also auch nicht, und damit laufen wir auch nicht Gefahr, uns bei der Planung zu verhauen. Wir haben doch Rosen auf dem Tisch? Es müssen unbedingt Rosen auf dem Tisch stehen.«

Er ging selbst ins Eßzimmer und kontrollierte, wie der Tisch gedeckt war, rückte die Rosen zurecht und schrieb Tischkarten. Dann fiel ihm etwas ein. Er ging zu Tessie in die Küche und fragte, ob sie lieber den Alten oder den höchsten Chef als Tischherrn haben wolle. Zwischen diesen beiden habe sie die Wahl.

Sie schlug Åke vor, den sie immerhin schon kannte. Er quengelte und erklärte, das gehe nicht. Sie sei die Gastgeberin, und dann müsse es entweder der Alte sein, da er der Älteste sei, oder Samuel Ulfsson, der unter den Anwesenden den höchsten militärischen Rang habe. Er selbst müsse Frau Samuel Ulfsson zu Tisch führen.

Sie lachte und machte sich über diese starren Regeln lustig. Er erklärte etwas diffus, das System biete Sicherheit. Irgendwie sei es ein Vorteil, immer zu wissen, wie man sich bei einem Essen zu benehmen habe. Als er so weit gekommen war, tat sie seine Erklärungen mit der Bemerkung ab, das seien doch Albernheiten, die nur Leute betreffen könnten, die auf bestimmte Weise erzogen worden seien, etwa Japaner oder Chinesen, die nach dem Essen laut rülpsen müßten.

Er ging brummelnd wieder ins Eßzimmer und beendete die Tischordnung. Sie war im Grunde vollkommen selbstverständlich. Er und Tessie an je einem Kopfende, und alles andere ergab sich; er selbst zwischen Sams Frau und Anna, Tessie zwischen dem Alten und Åke, und folglich mußte Sam Anna zu Tisch führen. Es ist wie Rad fahren, schoß es ihm durch den Kopf. Wenn man es einmal gelernt hat, sitzt es für den Rest des Lebens. Er konnte sich nicht erinnern, in den letzten fünfzehn Jahren eine Tischordnung zusammengestellt zu haben.

Als er wieder in die Küche kam, wollte Tessie mehr über den Unterschied zwischen den beiden Chefs wissen. Er beschrieb den Alten und Sam mit vorsichtigen Worten als so etwas wie Gegensätze. Der Alte sei fast unverschämt und frech in seiner totalen Gleichgültigkeit für Regeln, Gesetze und Verordnungen anderer Menschen. Das müsse sie aber seit der Reise nach Kivik eigentlich schon wissen. Sie werde bei Tisch sicher viel Spaß haben, versicherte er. Sie machte ein mißtrauisches Gesicht, was vermutlich immer noch auf die exotischen Rituale zurückzuführen war.

Sam hingegen, fuhr er fort, sei leise, intelligent und nachdenklich und sage nie etwas Dummes oder Plumpes. Doch dann verlor Carl den Faden. Er spürte, daß es ihm irgendwie nicht zukam, andere Menschen zu charakterisieren. Er hatte das Gefühl, sich zum Richter über sie aufzuschwingen.

Zehn Minuten vor sieben ging er hinaus und zündete die Partyleuchten neben der Auffahrt an. Dann ging er wieder ins Haus, wusch sich die Hände, band sich eine Krawatte um, zog ein Jackett an und trug den Champagner auf einem Tablett in das große Zimmer mit der Aussicht zum See hin. Dann trieb er Tessie zur Eile an, die immer noch dabei war, ihre kleinen mexikanischen Vorspeisen hereinzutragen.

»Wenn sie zu kalt werden, sind sie nicht mehr zu genießen«, sagte sie vorwurfsvoll.

»Mach dir keine Sorgen«, sagte er lächelnd und sah auf die Armbanduhr. »Unsere Gäste kommen in zwei Minuten.«

Sie gingen auf die Treppe über dem Hauptportal und blickten in die Dunkelheit auf die Reihe brennender Leuchten in den Metalltöpfen. Carl sah auf die Armbanduhr.

»In dreißig Sekunden«, bemerkte er, immer noch mit absoluter Sicherheit. Dort draußen waren nur die Dunkelheit und die Leuchten zu sehen.

Zwei der Wagen kamen aus derselben Richtung, der eine recht langsam, während der zweite ihn gerade einholte. Der dritte kam aus der anderen Richtung, und alle drei bogen hintereinander in die Einfahrt ein, fuhren auf dem Kiesplatz vor und hielten. Tessie sah auf die Uhr und schüttelte ungläubig und lachend den Kopf.

»Soll das ein Scherz sein?« fragte sie.

»Nein«, erwiderte er. »Ich habe es doch gesagt. In dieser besonderen Bruderschaft kommt jeder pünktlich auf die Minute.«

Anschließend gingen die Rituale nach absolut feststehendem schwedischen Muster weiter. Den Gästen wurden ihre Schlafzimmer im Obergeschoß angewiesen. Sie hatten etwas Zeit, andere Schuhe anzuziehen oder sich frisch zu machen. Anschließend kamen sie in das große Zimmer mit den französischen Fenstern zum Wasser hin. Carl hatte inzwischen im Kamin Feuer gemacht. Man trank Champagner und aß von Tessies mexikanischen Appetithäppchen, natürlich unter einigen passenden Lobesworten, obwohl eine kleine Minipizza auf Maisbrot keinen Anklang fand. Sie war ungeheuer stark gewürzt.

Nach einiger Zeit lief Carl in die Küche und trug die Teller mit den Vorspeisen herein. Er schenkte Wein ein und bat dann die Gäste zu Tisch.

Diese lachten ein wenig über die Rosen und wechselten mit Carl einen vielsagenden Blick. Im übrigen warteten sie zunächst ab, nachdem sie sich gesetzt hatten, und sahen ihren Gastgeber an. Dieser erfaßte noch Tessies fragenden Gesichtsausdruck, bevor er sein Glas hob und seine Gäste nach schwedischer Sitte zum zweiten Mal willkommen hieß. Er sagte, wie froh Tessie und er seien, gerade die Anwesenden zu einem privaten Zusammensein um sich versammeln zu können. Eine besondere Freude sei es, das frischgebackene Ehepaar Åke und Anna bei sich zu haben, auf das er jetzt den ersten Toast ausbringen wolle, und im übrigen wünsche er guten Appetit.

Tessie trank mißtrauisch und erwartungsvoll zugleich von dem Wein. Sie brauchte jedoch nur ein paar Sekunden zu überlegen, um widerwillig Carls Ansicht zu bestätigen, daß selbst der beste Chardonnay Kaliforniens bei einem Vergleich keine Chance hatte.

Der Alte schmatzte laut, als er den Wein gekostet hatte, worauf Tessie Carl schnell einen amüsierten Blick zuwarf und mit den Lippen lautlos fragte, ob es eine c-h-i-n-e-s-i-s-c-h-e Sitte sei, beim Wein zu schmatzen.

Der Alte prostete seiner Tischdame fast sofort zu, nutzte die Gelegenheit, einen ordentlichen Schluck zu nehmen, und machte dann schnell pflichtschuldigst mit Tessie Konversation, zunächst sehr schwedisch und selbstverständlich.

»Ist es Ihnen schwergefallen, von dem sonnigen Kalifornien in den kalten Norden umzuziehen? War es schwierig, schwedisch zu lernen? Was halten Sie von der schwedischen Küche? Diese kleinen Happen zum Champagner waren wirklich fabelhaft. Etwas typisch Mexikanisches? Ist die mexikanische Küche immer so stark gewürzt? Gibt es in Mexiko übrigens etwas, was dem russischen Kaviar ähnelt?«

Der Alte seufzte und meinte, einer der Vorteile seines Berufs sei die Tatsache, daß er Untergebene habe, die manchmal in Moskau seien und sich mit etwas eindecken könnten, was zu den außerordentlich spärlichen Vorzügen des Feindes gehöre. Mehr habe der nämlich nicht zu bieten, Kaviar, Touristensouvenirs und 27 000 atomare Gefechtsköpfe, sonst gar nichts.

Der Alte entdeckte, daß sein Scherz nicht recht ankam. Da er den Grund nicht verstand, ging er dazu über, den Lachs zu loben, und fragte, ob die Marinade eine mexikanische Spezialität sei. Da, doch erst da, platzte Tessie vor Lachen laut los.

Bei Speise und Trank stieg die Stimmung immer mehr. Als Carl den Hirschrücken hereinbrachte, ihn auf einem Tranchiertisch abstellte und Åke bat, ihm das große, scharfgeschliffene Tranchiermesser mit dem Hirschhorngriff zu reichen, tat Åke Stålhandske blitzschnell etwas, was die Anwesenden nach Luft schnappen ließ. Er nahm das Messer und ließ es durch die Luft in Richtung von Carls Gesicht rotieren. Carl fing es lachend am Griff auf, ließ es an die Decke wirbeln, fing es hinter dem Rücken mit dem Griff auf und begann dann immer noch lachend, das rosafarbene dampfende Fleisch aufzuschneiden.

»Du hast natürlich gedacht, der alte Carl kann das nicht mehr, was?« knurrte er Åke Stålhandske mit gespielter Wut zu, während er die Scheiben abschnitt.

Tessie sah wie verhext seine Hände an. Sie hatte die Vision, das Messer sei fast einer seiner Körperteile, nicht nur ein Instrument, sondern tatsächlich ein Teil seiner selbst.

Alexej Mordawin stand neben dem zur Seite gewuchteten Eingangstor zum Zentral-Stadion, das seinem Wohnhaus gegenüber lag. Er hielt zwei Plastiktüten in der Hand. Inzwischen hatte man eine ovale Eisbahn fertiggestellt, und obwohl es schon recht spät war, liefen viele Leute Schlittschuh. Natürlich meist Kinder, aber auch einige ältere Paare. Die Stadionbeleuchtung war provisorisch, und in der Dunkelheit dort oben, wo er stand, konnte er das Schild auf der rechten Seite kaum lesen. An einer Hauswand sah er ein Bild von Lenin, Engels und Marx in schwarzem Halbprofil vor einem abblätternden hellroten Hintergrund, der vielleicht einmal strahlend rot gewesen war. Vor der Fassade war ein halbfertiges Baugerüst aufgebaut. Wahrscheinlich sollte alles verputzt werden. Von dem halbverdeckten Text unter den drei Porträts brauchte er nur einige Buchstaben zu sehen, um sich den Rest denken zu können: Der Kommunismus wird siegen!

Er dachte an das Gewicht der beiden Plastiktüten. Die eine war recht schwer, die andere bedeutend leichter. Unten auf dem Leninskij Prospekt (er weigerte sich, den neuen Namen zu akzeptieren) war er auf dem Heimweg an der großen Fischhandlung Neptun vorbeigekommen, da sie heute abend länger geöffnet hatte. Es hatte frisch geräucherten Heilbutt gegeben, saftigen, vor Fett triefenden Heilbutt, der zu einem unverschämten Preis verkauft wurde; es gingen übrigens Gerüchte, daß die Preise bald freigegeben werden würden.

Er hatte ein ganzes Kilo gekauft, da der unverschämte Preis ihn peinlicherweise nicht mehr betraf. In der zweiten Plastiktüte, der leichten, lagen 100 000 Dollar, die in braunes Packpapier eingewickelt und verschnürt waren.

Es war natürlich zu spät, etwas zu bereuen, aber er suchte dennoch nach irgendeiner Selbstberuhigung. Gestohlene Kernwaffen ließen sich ohne frisches Tritium nicht einfach abschießen. Damit fing es schon an. Man muß Lithium in einem Reaktor bombardieren, um Tritium zu erhalten. Und wer kann so etwas, wenn nicht der, der solche Waffen schon besitzt?

Dieser Amerikaner hatte sich zwar einen Scherz entschlüpfen lassen, es sei eine verdrehte Reihenfolge, zunächst russische Wissenschaftler einzukaufen, bevor sie ihre Erkenntnisse und ihr Wissen überhaupt anwenden konnten, und dann erst das Material. Doch das beurteilte Alexej Mordawin als ein reines Gerücht. Staatliche Kernwaffenexperten durften doch nicht einfach außer Landes reisen und sich auf einem sogenannten freien Markt dem Höchstbietenden verkaufen?

Jetzt war es jedenfalls zu spät, darüber nachzugrübeln. Es war vorbei. Sascha würde bald, vermutlich verzweifelt, von der Militärakademie in Frunse nach Hause kommen, in dem Glauben, sie wohnten immer noch beengt, in dem Glauben, die Finanzen der Familie lägen jetzt an der Grenze des Existenzminimums. Wenn er, Alexej Mordawin, den Inhalt der Plastiktüte nur klug verwaltete, würde seiner Familie niemals etwas zu essen oder ein Dach über dem Kopf fehlen, niemals mehr.

Er sah zum vierten Stock des Eckhauses zwischen der Karl-Marx-Straße und der Fischgasse hoch. Dort oben brannte Licht, aber er konnte nicht sagen, ob nur Pjotr über seinen Schularbeiten saß oder ob Jelena nach Hause gekommen war, denn soviel er wußte, hatte sie eine Abendschicht.

Er würde Tee machen und ihnen leckeren frisch geräucherten Heilbutt vorsetzen.

Er blieb noch eine Zeitlang stehen und folgte einem älteren Paar mit den Blicken. Die beiden drehten auf etwas unsicheren Beinen ihre Runden um die Eisbahn. Sie mußten schon über siebzig sein, und dennoch gingen sie wie junge Leute an diesem Abend aus und liefen Schlittschuh. Es war lange her, seit Jelena und er das getan hatten. Er wußte nicht einmal, wo sie ihre alten Schlittschuhe überhaupt hatten. Natürlich konnte er neue kaufen. Jetzt konnte er sogar die teuersten Schlittschuhe Rußlands kaufen. Der Gedanke machte ihn jedoch nicht froh, nur schuldbewußt.

Ein Stück weiter, auf der anderen Seite des Zentral-Stadions, lag das Kino Rodina, Vaterland. Im Augenblick lief dort eine von Sergej Bondartschuk gedrehte Reihe von Filmen nach Tolstojs »Krieg und Frieden«. Alexej Mordawin beschloß, mit der Familie am nächsten Tag ins Kino zu gehen, da sie da alle frei hatten.

Sie aßen einen späten Lunch oder vielmehr Brunch auf Stenhamra, da es ein langer Abend geworden war. Danach brachen Samuel Ulfsson und seine Frau auf, und während der Alte einen Spaziergang machte und Tessie und Anna sich über die Einstellung bestimmter Männer zu bestimmten Arbeiten und bestimmten Geschlechterrollen mokierten und in der überladenen Küche zu arbeiten begannen, gingen Carl und Åke Stålhandske in den Keller und rüsteten sich mit einem Scharfschützengewehr und Ferngläsern aus. Als Åke Stålhandske die Munition untersuchte, wandte er entrüstet ein, das sei ja kriminelle Munition. Er betastete mit dem Daumen die weichen Geschoßspitzen aus Blei und sah Carl fragend an. Dieser schüttelte nur den Kopf und erklärte in scherzhaftem Ton, das habe Åke total in den falschen Hals bekommen. Wenn es darum gehe, auf *Menschen* zu schießen, sei es auf Grund einiger Konventionen aus dem neunzehnten Jahrhundert im Krieg verboten, Geschosse mit weicher Bleispitze zu verwenden. Bei Tieren verhalte es sich jedoch genau umgekehrt. Es sei verboten, mit Menschen-Munition auf Tiere zu schießen, also mit vollummantelter Spitze. Und jetzt gehe es um Tiere.

Sie begaben sich in das Hirschgehege und schlenderten auf eine Anhöhe, um einen guten Überblick zu erhalten. Carl begann, im Tonfall eines väterlichen Lehrers die elementaren Jagdregeln zu erklären. Im Gegensatz zum Feind hätten Hirsche ein phänomenales Gefühl für Witterung und Bewegungen. Sie könnten zwar eine stillstehende Bedrohung nicht mit der gleichen Leichtigkeit erkennen wie ein Mensch, aber dafür könnten sie den Feind wittern. Außerdem sei ihr Gehör derart fein entwickelt, daß es manchmal an Magie grenze.

Sie entdeckten ein paar Hirsche einige hundert Meter hinter einem Hain, und Carl zeigte, wie man mit dem Atem feststellen könne, in welche Richtung der schwache Wind treibe. Dann nahm er Åke Stålhandske zu einer Umfassungsbewegung mit und ging das letzte Stück vor. Er sah sich von Zeit zu Zeit ermahnend um, wenn Åke Stålhandske zuviel Lärm machte. Sie kamen bis auf gut hundert Meter heran. Das war ein Abstand, aus dem Åke Stålhandske freihändig und ohne die geringste Schwierigkeit einen Menschen zwischen den Augen treffen würde.

Carl flüsterte, Åke sollte auf das Kalb schießen. Nur ein Blattschuß komme in Frage.

Dann machte er eine auffordernde Handbewegung. Åke Stålhandske schob eine Patrone in den Lauf, entsicherte das Gewehr und leckte sich nervös die Lippen. Dann konzentrierte er sich, trat einen Schritt vor auf einen dicken Baumstamm zu, um sich abzustützen. Die Hirsche sahen die Bewegung sofort und flüchteten rund hundert Meter, drehten sich um, spähten und trabten dann ruhig von dannen.

»Siehst du«, lachte Carl, »sie sind nicht gerade dumm.«

»Was habe ich falsch gemacht?« flüsterte Åke Stålhandske.

»Du hast dich zu heftig bewegt, und das außerdem in einem Augenblick, in dem die Leitkuh mit erhobenem Kopf dastand. Das bedeutet, daß sie da gerade Ausschau hielt. Lektion eins. Beweg dich erst, wenn sie den Kopf senkt, um zu äsen.«

Sie brauchten fast eine Stunde, um wieder auf Schußweite an ein paar Hirschkühe und Kälber heranzukommen. Carl wiederholte seine auffordernde Handbewegung. Åke Stålhandske schlich sich jetzt ganz vorsichtig an einen Baumstamm heran, um sich abzustützen. Carl schloß leise zu ihm auf und flüsterte noch einmal das gleiche, Åke müsse eins der Kälber schießen. Er könne sich eins aussuchen, müsse es aber mit einem Blattschuß erlegen.

Åke Stålhandske hob das Gewehr, entsicherte es und bekam schnell eins der Kälber ins Zielfernrohr. Etwas hinderte ihn jedoch daran abzudrücken. Nach einer Weile, als das Kalb sich überdies weiterbewegt hatte, senkte er die Waffe, schüttelte den Kopf und sah Carl fast flehentlich an.

»Auf so etwas Schönes kann man doch nicht schießen, verdammt noch mal«, flüsterte er.

»Du sollst nach Finnland und einen Jäger darstellen, Major. Schieß jetzt auf irgendein Kalb, das ist ein Befehl!« sagte Carl scharf. Er wurde allmählich ungeduldig.

Åke Stålhandske seufzte und wartete mit gesenkter Waffe, bis sich eins der Kälber erneut in tödliche Nähe begab. Er zögerte jedoch wieder, so daß sie erneut eine lange Zeit warten mußten, bevor sich eine neue Schußmöglichkeit ergab. Überdies begannen die Tiere, Anzeichen von Unruhe zu zeigen, die sogar Åke Stålhandske deuten konnte.

»Du hast ungefähr zehn Sekunden Zeit«, flüsterte Carl irritiert und bereute seinen Tonfall sofort.

Åke Stålhandske biß die Zähne zusammen, hob das Gewehr und schoß. Die Wirkung zeigte sich bei den Tieren sofort. Sie rannten wild weg und verschwanden zwischen den Bäumen.

Åke Stålhandske blieb mit erhobenem Gewehr stehen. Er dachte nicht mal daran zu repetieren, um eine neue Patrone in den Lauf zu bekommen.

»Was in drei Teufels Namen habe ich falsch gemacht?« flüsterte er.

»Du hast nichts falsch gemacht«, erwiderte Carl.

»Aber sie sind doch weggelaufen; auch das kleine Kalb, auf das ich geschossen habe, ist weggelaufen«, flüsterte Åke Stålhandske unsicher zurück.

»Ja«, sagte Carl ungeduldig und ging auf die Stelle zu, wo die Hirsche eben noch gestanden hatten. Er zog Åke Stålhandske mit. »Natürlich sind sie alle weggelaufen. Aber das Kalb ist tot, falls du dich das fragst. Du hast genau dort getroffen, wo ich es dir gesagt habe.«

»Aber warum ist es weggelaufen?« fragte Åke Stålhandske mit etwas lauterer Stimme, da Carl jetzt mit langen Schritten vor ihm herging.

»Weil es kein Mensch war. Wenn einer von uns eine bleiummantelte 300 Winchester Magnum durch die Lungen bekommen hätte, wäre er nicht weggelaufen. Komm jetzt.«

Carl fand schnell die Blutspur, zeigte sie Åke Stålhandske mit dem Zeigefinger und setzte ihn auf die Fährte wie einen Hund. Die Erde war mit einer dünnen Schneedecke bedeckt, und das hellrote Blut war deutlich zu sehen. Nach kurzer Zeit fanden sie das Kalb.

Carl zog sein Messer und hielt einen kurzen Vortrag über die Kunst, ein Tier auszuweiden. Als er damit fertig war, nahm er lächelnd das Gewehr an sich, hängte es sich um die Schulter und zeigte auf das Hirschkalb. Åke Stålhandske warf sich das tote Tier nach einigem Zögern über die Schulter und folgte Carl zum Haus zurück. Dieser schien mit seinen Gedanken schon wieder ganz woanders zu sein.

»Hast du dir überlegt, wie wir die Einsatzgruppe zusammensetzen sollen?« fragte Åke Stålhandske. Er keuchte vor Anstrengung, als er Carl eingeholt hatte. Nur wenige Jäger hatten die Kraft, ein Rothirschkalb allein auch nur hinter sich herzuschleifen, und es auf den Schultern zu tragen wie ein Reh war etwas, wovon kein normal gebauter Mann auch nur träumen konnte. Aber Åke Stålhandske, der jetzt glaubte, sich wie ein normaler Jäger zu verhalten, war kein normal gebauter Mann.

»Der Auftrag ist an sich ja nicht sonderlich schwierig«, sagte Carl unsicher. »Ich meine, wichtig scheint mir nur zu sein, daß wir bei der Rückkehr ein funktionierendes *back up* haben. Ich hatte mir gedacht, daß du das übernimmst. Eventuell können wir die Fallschirmjäger die grobe Arbeit übernehmen lassen. Ich verstehe nicht, warum wir uns selbst damit abgeben sollen. Luigi wird sicher enttäuscht sein, wenn er nicht fahren darf, aber ich glaube, daß ich ihn diesmal lieber hinter den Linien behalten möchte.«

»Es gibt aber eine Komplikation«, sagte Åke Stålhandske fast etwas verlegen. »Etwas, was ich noch nicht erzählt habe.«

»Ach so?« sagte Carl und hob erstaunt die Augenbrauen. »Und was wäre das für eine Komplikation?«

»Alle menschlichen Gewebereste müssen zerstört werden«, sagte Åke Stålhandske in einem Atemzug.

Carl blieb abrupt stehen. Er drehte sich langsam um und sah Åke Stålhandske an. Er konnte schnell feststellen, daß er sich nicht verhört hatte.

»Teufel auch«, sagte er. »Zerstört? So, daß alle verdammten DNA-Moleküle vernichtet werden? Es soll nicht möglich sein, irgendwelche biologischen Überreste zu identifizieren?«

»Genau«, erwiderte Åke Stålhandske. »Das wird nicht ganz einfach sein, vor allem wenn ich daran denke, daß große Kälte herrscht.«

Carl wandte sich wieder dem Weg zu und begann energisch und mit langen Schritten zu gehen, so daß der schwerbeladene Åke Stålhandske Mühe hatte, ihm zu folgen.

»Einzelne Zähne, zusammengenagelte Knochengelenke, also die Spuren irgendwelcher Operationen, außerdem noch Fleisch, Fettgewebe und Skelett-Teile, vor allem die Schädel, natürlich«, brummelte Carl mit zusammengebissenen Zähnen.

»Richtig«, sagte Åke Stålhandske leise. »Ungefähr so.«

Carl blieb stehen und blickte vor sich auf den Erdboden.

»Wissen wir weshalb?« fragte er kurz.

»Nein«, erwiderte Åke Stålhandske vorsichtig. »Man kann sich ja eine Reihe von Gründen vorstellen, aber spielt das eine Rolle?«

»Nein«, sagte Carl sacht, »das spielt natürlich keine Rolle. Aber es verändert einige Voraussetzungen. So wird es ja nicht gerade der nette kleine Spaziergang im Park, wie man hätte glauben können. Damit ergeht folgender Befehl ...«

Carl überlegte eine Weile und ging dabei langsamer. Jetzt hatte er es nicht mehr eilig, zu den Frauen zurückzukommen. Sein Eifer schien wie weggeblasen.

»Also befehle ich wie folgt«, wiederholte er mit einem Seufzer. »Du fährst nach Karlsborg runter, siehst zu, daß unsere Ausrüstung mit einer Motorsäge, Spaten und solchen Dingen ergänzt wird, wie sie die neue Lage erfordert. Achte darauf, daß wir die passende Ausrüstung für acht Mann jederzeit bereitliegen haben. Es muß möglich sein, in Straßenkleidung dort zu erscheinen, sich umzuziehen und in einer halben Stunde einsatzbereit zu sein. Insoweit alles klar?«

»Insoweit alles klar«, bestätigte Åke Stålhandske.

»Leg den Hirsch doch hin, übrigens«, sagte Carl zerstreut. »Es war fast ein Scherz, dich das Vieh allein tragen zu lassen. Das tut kein Mensch. Nun, wir brauchen auch für jeden Mann einen Satz Zivilkleidung, zivile Touristenkleider, na ja, du verstehst schon. Du nimmst die zivilen Klamotten und fährst mit Luigi und diesem Matti Heiskanen nach Ivalo. Dort richtet ihr euch häuslich ein und fangt an zu jagen, zu fischen und Schneemobil zu fahren. Insoweit verstanden?«

»Alles verstanden«, bestätigte Åke Stålhandske verwundert.

»Nach einiger Zeit läßt du Luigi und diesen Heiskanen allein dort oben und vereinigst dich sozusagen mit der Hauptstreitmacht. Du hast sicher schon verstanden, daß wir beide diese Aktion leiten müssen, nicht wahr?«

»Ja«, bestätigte Åke Stålhandske und blickte auf den grünen, lebenden Augenreflex des toten Hirschkalbs. »Ja, der Gedanke ist mir auch schon gekommen. Es ist ein ganz verteufelt unangenehmer Auftrag.«

»Kann man wohl sagen«, bestätigte Carl und bückte sich. Er nahm die beiden Hinterläufe des Kalbs und gab Åke Stålhandske ein Zeichen, die Vorderläufe zu packen. Sie gingen schweigend mit dem

Kalb zwischen sich zum Haus hinauf. Der schlaff herabhängende Kopf des Hirschkalbs schleifte auf der dünnen Schneedecke.

»Wie viele haben auf einem Schneemobil Platz?« fragte Carl nach langem Schweigen, als sie das Gatter des Geheges verließen und er nach dem Schlüssel für das große Vorhängeschloß tastete.

»Maximal vier mit einem Anhänger dahinter«, erwiderte Åke Stålhandske nachdenklich.

»Dann werden wir also sechs Mann«, sagte Carl. »Du, ich und vier Fallschirmjäger. Irgendwelche Fragen oder Einwände?«

»Nein«, seufzte Åke Stålhandske. »So wie ich es sehe, haben wir keine Wahl. Das ist wirklich ein höllischer Auftrag.«

»Ja«, sagte Carl und biß wieder die Zähne zusammen. »Ein höllischer Auftrag. Interessante Hochzeitsreise, die wir beide da vor uns haben.«

Kolja Mordawin fühlte sich allmählich bedeutend ruhiger. Die Panik der ersten Nacht lag schon erstaunlich lange zurück. Aber da war es natürlich ganz besonders schwierig gewesen. Es hatte ein Schneesturm geherrscht, ganz nach Plan, und die Sicht war fast gleich Null gewesen. Sie hatten größte Mühe gehabt, die Schlitten zu finden. Und dann war es ihnen fast genauso schwergefallen, zur Bahnlinie zu finden, da der Schnee alles zudeckte. Zunächst waren sie in die falsche Richtung gegangen und hatten sich vom Ziel entfernt, statt sich ihm zu nähern. Zum Glück hatten sie den Fehler ziemlich schnell bemerkt.

Sie mußten schon auf weniger als fünfzig Meter an das Gebäude herangekommen sein, als sie die Lichter entdeckten und kurz darauf den verlassenen Bahnsteig, an dessen hinterem Ende sich drei besonders markierte Stahlkoffer befinden sollten.

Es war ein bemerkenswertes, traumähnliches Gefühl, unter Stöhnen und Flüchen die Schlitten an den Bahnsteig heranzuziehen und dann hinaufzugehen und mit dem Beladen zu beginnen. Sie waren jetzt zwölf Mann, die konzentriert arbeiteten, und das nur ein paar Dutzend Meter von einer oder mehreren Kompanien entfernt, die im Hauptgebäude arbeiteten. Sie schufteten mehr als eine Stunde, bis sie mit dem Beladen fertig waren. Immerhin waren sie gezwungen, zu acht gleichzeitig zu heben, und sie hatten allerlei Mühe mit Tragriemen und anderem, bis es endlich klappte.

Sie schleppten erst den einen, dann den anderen Schlitten rund fünfzig Meter weit weg, da die Sicht nicht mehr betrug. Dann zogen sie die Schlitten abwechselnd Meter um Meter weiter, was sie in dem Moment als eine unmögliche Aufgabe empfunden hatten. Kolja erinnerte sich noch, wie er vor Resignation und Ohnmacht um ein Haar in Tränen ausgebrochen wäre. Und so sollten sie noch mehr als dreihundert Kilometer weitermachen.

Als die Arbeit der ersten Nacht beendet war oder sie vielmehr nicht mehr die Kraft hatten, weiterzumachen, hatten sie sich erst achthundert Meter entfernt. Sie waren verschwitzt und nervös, brüllten sich gegenseitig an und schufteten und quälten sich mehr als eine Stunde lang, bevor sie es schafften, die Zelte in den schweren Schlitten richtig zu befestigen. Dann lagen sie vor dem Einschlafen in ihren Kleidern da und lauschten dem Heulen des Sturms, während der Schweiß an ihren Körpern zu trocknen begann und die Kälte angekrochen kam. Das letzte, woran Kolja vor dem Einschlafen dachte, war, daß es nie gehen würde und daß es das Beste wäre, wenn man sie schnell fand, damit das Elend ein Ende hatte.

Jetzt, ein paar Tage später, war alles anders. Sie hatten ihr Tageslager in einem Hain mit niedrigen Tannen in einer kleinen Senke aufgeschlagen und sich seinen Berechnungen zufolge inzwischen dreiundzwanzig Kilometer weiterbewegt. Das lag zwar unter dem berechneten täglichen Durchschnitt von gut zehn Kilometern, aber sie hatten aus den ersten Fehlern gelernt und sich an die Verhältnisse angepaßt. Außerdem hatten sie jetzt nur drei Schlitten und nicht vier wie in der ersten höllischen Nacht. Einer der Schlitten war rund zehn Kilometer entfernt versteckt und diente als eine Art Reserve. Zwei von den übrigen Schlitten waren sehr schwer und einer etwas leichter. Der dritte würde nach und nach noch leichter werden, da sie bei dieser Reise durch die Wildnis immer mehr von dem Proviant aßen.

In der ersten Nacht hatten überdies alle mit Schneeschuhen gearbeitet. Die Männer da vorn, die die Schlitten zogen, hatten jetzt Skier an, und nur die anderen, die hinten schoben, trugen Schneeschuhe. So ging alles viel leichter. Obwohl sie immer noch harte Arbeitstage zu bewältigen hatten, als wären sie Galeerensklaven.

Jeder Mann hatte fünfzig Tausend-Dollar-Scheine bei sich, was die Arbeit wohl ein wenig leichter machte. Und am Ziel warteten weitere fünfzig.

Die Schlitten wurden auf dicken Flugzeugkufen gezogen, Kufen, mit denen Flugzeuge etwa auf gefrorenen Seen landen. Ihre Breite bewirkte, daß die Schlitten nicht so tief im Schnee einsanken, wie man hätte befürchten können. So wie es aussah, war alles nur eine Frage von Zeit, Plackerei, Schweiß und Gottes Hilfe.

Im Dämmerlicht mitten am Tag lagen sie still unter ihren Tarnnetzen. Das Wetter war besser geworden. Inzwischen war der Himmel fast völlig klar, was ein Vorteil war, wenn sie gingen. Sie mußten nicht mehr gegen den Wind und den Schnee ankämpfen wie an den ersten beiden Tagen, als die Schneeflocken wie Eisnadeln ins Gesicht stachen. Mit dem besseren Wetter sanken jedoch andererseits die Temperaturen. Im Augenblick hatten sie wahrscheinlich etwas mehr als fünfundzwanzig Grad minus. Wenn man bei der Temperatur still dalag, dauerte es nicht lange, bis die Kälte durch die Kleidung kroch. Keine Kleidung der Welt richtet etwas gegen Temperaturen unter zwanzig Grad minus aus, zumindest nicht nach mehreren Stunden. Jeder der Männer sehnte sich danach, wieder loszulegen, denn wenn man lernte, die genau richtige Menge an Kleidung zu tragen, und überdies abwechselnd schwerere und leichtere Arbeit verrichtete, bestand keine Gefahr. Man mußte sich nur in Bewegung halten, um der Kälte zu widerstehen. Schwierig war es, während der hellen Tagesstunden still zu liegen. Überdies durfte man nicht zu verschwitzt sein, wenn man sich nachts ins Zelt legte. Doch all das lernte jeder nach und nach, und außerdem waren die beiden Finnen offenbar gewohnt, sich in der Wildnis zu bewegen. Sie zeigten ihren russischen Seemannskameraden lachend, wie man es machte. Der Amerikaner schien die wenigsten Schwierigkeiten zu haben. Seine Kleidung und seine Ausrüstung waren offenbar nicht nur grellbunt und farbenfroh, sondern auch effektiver als das chinesische Material.

Kolja spürte, daß er mit den Zähnen zu klappern begann, und sah auf die Uhr. Er durfte erst in einer halben Stunde das Zeichen zum Aufbruch geben. Bei klarer Sicht und Dämmerung konnte man sie leicht aus der Luft entdecken. Da sich normalerweise hier draußen kein Mensch aufhielt – denn wer hatte hier etwas zu suchen? –, würden sie natürlich eine tödlich gefährliche Aufmerksamkeit auf sich ziehen, falls sie aus der Luft entdeckt wurden. Hier draußen gab es zwar kaum einen Anlaß für Tiefflüge, aber wissen konnte man es nie.

Kolja zog den Schlafsack enger um sich und versuchte Hände und Füße zu bewegen, um die Steifheit zu überwinden, die langsam am Körper emporkroch. Gleichzeitig wärmte er sich an verschiedenen Plänen, wie sich sein Leben gestalten sollte, wenn all dies vorüber war. Schon zu Neujahr würde er wieder in Murmansk sein und wie gewohnt bei Mike draußen an Bergungsvorhaben im Fjord arbeiten, als wäre das seine reguläre Arbeit. In Wahrheit war er ein reicher Mann. Er würde sich auf Geschäfte verlegen, vielleicht interessante Dinge importieren und sie in einem eigenen Unternehmen verkaufen, vielleicht auch eine Aktiengesellschaft gründen und sie leiten. Er würde finnische Bauarbeiter ins Land holen und sich ein eigenes Haus mit Aussicht auf den Fjord bauen; Mike hatte ihm Bilder seines Hauses gezeigt, das irgendwo am Meer lag.

Während die schmutziggraue kalte Dämmerung nach und nach in Dunkelheit überging, sah Kolja sich in einem dunklen Anzug auf einer Glasveranda sitzen, in der Hand einen Drink mit einer roten Kirsche. Von den Gästen im Haus waren Musik und Stimmengewirr zu hören, im Kamin brannte ein offenes, knackendes und angenehm duftendes Feuer, und bald würden die Gäste mit Goldbestecken essen und aus Kristallgläsern mit Goldrand trinken.

Vielleicht würde er sich auch in Moskau niederlassen und sich eine Wohnung mit Aussicht auf den Roten Platz nehmen, wenn auch ohne offenen Kamin. Oder er würde pendeln. Es hieß doch so? Zwischen Moskau und Murmansk pendeln. Er hatte sich nie versucht gefühlt, Rußland zu verlassen. So dumm war er nicht, denn er begriff, daß er hier Geschäfte machen und Direktor werden konnte. Drüben im Westen würde er nie etwas anderes werden als ein kleiner Fisch. Leute wie Mike verspeisten solche kleinen Fische vermutlich schon zum Frühstück. Er würde nie sein Vaterland verlassen. Das heißt doch, auf Reisen, natürlich. Er würde nach Amerika reisen und sich Hollywood und die Freiheitsstatue ansehen. Mit den Ausgaben würde er allerdings vorsichtig sein; Mike hatte ihn gewarnt, daß hunderttausend Dollar in den USA nur ein Taschengeld seien, während sie hier in Rußland ein unbegreiflich großes Vermögen waren.

Nein, er würde nur zu Besuch hinfliegen und seine Brieftasche festhalten. Alles, was er wollte, war hier in Rußland zu haben. Er brauchte nur noch 275 Kilometer lang zu schleppen, dann war die Sache erledigt.

Nur 275 Kilometer? Er lachte leise vor sich hin und stand mit steifen Gliedern auf. Damit zeigte er, daß es Zeit war, alles zusammenzupacken und mit einer neuen schweren Achtstundenschicht zu beginnen, unterbrochen nur durch zwei Pausen. Es ging langsam, aber sicher voran. Jeder Schritt war ein Schritt, der ihn der Verwirklichung seiner Träume näherbrachte.

Ein großer Teil von Carls Arbeitstag war zu seinem Befremden mit der Diskussion von Etikettefragen vergangen. Als Gast eines Essens beim König wurde von ihm natürlich erwartet, daß er sich in Ausgehuniform einfand. Insoweit war nichts merkwürdig oder auch nur unangenehm. Er hatte ja nicht gerade vorgehabt, in Jeans hinzugehen, um seine republikanische Überzeugung zur Schau zu tragen. Allerdings verhielt es sich so, daß bei der großen Ausgehuniform auch Orden getragen werden mußten.

Carl wand sich unter den Vorwürfen Samuel Ulfssons und Beatas wie ein Aal. Sie hatten einen Experten der Nachrichtenabteilung hinzugezogen, dessen Hobby Orden waren. Dieser Mann hatte eine vollendete Beschreibung dessen geliefert, wie Carl aussehen sollte.

Es sei nicht üblich, mehr als drei Ordenskreuze am Hals zu tragen, wie der Kollege mitteilte. Er hatte ein Register von Carls Auszeichnungen vor sich. Folglich sollte Carl am Hals das Kommandeurskreuz der Ehrenlegion tragen, vorzugsweise in der Mitte, daneben das Bundesverdienstkreuz und den norwegischen Sankt-Olafs-Orden. Das Problem, daß er auch Kommandeur des Ordens des italienischen Staates war, entfiel, da diese Auszeichnung ein K 1-Orden war (so hieß das offenbar in der Sprache von Ordensfreunden), von dem es ja auch einen Ordensstern gab. Folglich ließ sich der Ordensstern auf der linken Brustseite befestigen. Über diesem Stern sollten die drei schwedischen Auszeichnungen hängen, die beiden Tapferkeitsmedaillen dem Herzen am nächsten, daneben die Medaille des Königs in der achten Größe. Etwas vergessen?

Nun ja, erklärte Carl ironisch, da sei ja noch der Rote Stern der Sowjetunion.

Nun, den anzulegen sei vielleicht nicht so dringend erforderlich. Wenn ja, müsse er aber unter dem Ordensstern befestigt werden, der zu dem italienischen Orden gehöre. Im übrigen könne die Miniatur der italienischen Auszeichnung auch schräg über den drei schwedischen Originalmedaillen hängen.

Diese Darlegung, wie der Weihnachtsbaum ordnungsgemäß geschmückt werden sollte, ließ sich grundsätzlich nicht in Frage stellen. Carl erfand jedoch immer wieder neue Einwände, so daß Beata ihn einen widerspenstigen Jungen und dergleichen mehr nannte.

Er sagte, er würde sich lächerlich vorkommen, was keinem der Anwesenden imponierte. Natürlich würden auch Journalisten da sein, und dieses Bild würde ihn in alle Ewigkeit verfolgen, wenn er seine Journalisten richtig kannte.

Bei diesen Gedanken hellte sich Samuel Ulfssons Gesicht auf. Er erkannte sofort den PR-Wert eines solchen Fotos.

Carl verlegte sich auf eine völlig andere Taktik. Soviel aus der Gästeliste hervorgehe, erklärte er, seien mindestens sechs höherrangige Militärs eingeladen, keiner davon unter dem Rang eines Generalmajors. Carl wies listig darauf hin, daß sie sich vielleicht gekränkt fühlen könnten, wenn so ein kleiner beschissener Kapitän sie sozusagen alle überstrahle. Solle man nicht aus Pietät an den Gemütsfrieden der armen Generäle und Admiräle denken? Wozu sie unnötig provozieren?

Darüber ließ sich zumindest diskutieren. Samuel Ulfsson und Beata einigten sich jedoch schnell darauf, daß kein vernünftiger Vorgesetzter Grund für solche Gefühle haben könnte. Immerhin wußten alle, daß Carl seine Auszeichnungen tatsächlich für den Dienst draußen im Feld erhalten hatte und nicht durch seine Tätigkeit als Militärattaché oder weil er den König bei Staatsbesuchen begleitet hatte oder so. Sollten die anwesenden Vertreter der Streitkräfte auf dem Fest sich nicht vielmehr stolz fühlen, ja sogar geehrt von dem, was dieses Lametta in Wahrheit repräsentierte?

Carl erkannte, daß er mit Argumenten nicht weiterkam. Entweder mußte er verkleidet erscheinen wie ein Idiot, oder er mußte eine höchst einseitige Entscheidung treffen.

»Ich werde es so machen«, sagte er verbissen, »und dann könnt ihr dazu sagen, was ihr wollt. Ich soll zu einem Festessen beim König, also lege ich die drei Auszeichnungen des Königs an, die drei schwedischen. Das kann die Höflichkeit vielleicht von mir verlangen, aber all das andere Zeug hat mit dem König und seinem Essen ja nichts zu tun.«

Carl versuchte sich den Anschein der Unerschütterlichkeit zu geben, als Beata einen Wortschwall heftiger und nicht wenig beleidigender Dinge äußerte.

Man zog erneut den Ordensexperten hinzu, der sich zu Carls Vorschlag äußern sollte. Dieser teilte mit, aus der Gästeliste gehe hervor, daß sich sowohl der französische wie der deutsche Botschafter unter den Gästen befänden. Es werde gewiß als Unhöflichkeit gegenüber diesen beiden Ländern aufgefaßt, wenn Carl sich nicht die Mühe mache, deren Auszeichnungen zu tragen, dafür aber die schwedischen anlege. Himmel, ein Offizier, der sich nicht die Mühe mache, das Kommandeurskreuz der Ehrenlegion anzulegen; das könne kein Mensch als persönliche Geschmacksäußerung werten. Jeder müsse glauben, es sei eine Mißachtung Frankreichs, die auf diese wenig elegante Weise gezeigt werden solle.

Der Ordensexperte wurde hinausgeschickt, und alles begann wieder von vorn.

Carl behauptete, seine Entscheidung stehe unerschütterlich fest. Die Auszeichnungen des Königs, Punkt Ende.

Samuel Ulfsson warf listig einen Kompromißvorschlag in die Debatte. Carl könne sich doch spaßeshalber alles in der reglementskonformen Weise anlegen, von der man jetzt erfahren habe, und dann könne die PR-Abteilung des Generalstabs für eventuellen künftigen Bedarf ein Foto schießen. Aber dann könne er zu dem eigentlichen Essen alles »Lametta« ablegen bis auf die Medaillen des Königs?

Carl wollte sich schon wieder weigern, doch da hob Samuel Ulfsson warnend den Zeigefinger.

»Verstanden. Zu Befehl«, seufzte Carl.

Fünf Minuten später saßen sie im Vortragssaal der Abteilung mit Texas Slim und sprachen über etwas irdischere Dinge.

Sicheren Informationen zufolge sei die Schmuggel-Expedition

jetzt gestartet und befinde sich weniger als zweihundert Kilometer vom Ziel entfernt. Ja, man kenne das Ziel sogar recht exakt.

Texas Slim entrollte triumphierend die Spezialkarten, die er als »Geschenk des amerikanischen Volkes« mitgebracht hatte, wie er es ironisch ausdrückte. Er legte einen dicken Daumen gleich südlich des Punkts auf die Karte, an dem die Grenzlinien Norwegens, Finnlands und Rußlands sich schnitten.

»Hier«, sagte er, »hier, neunundzwanzig Grad östlicher Breite und neunundsechzig Grad nördlicher Länge, genau hier werden sie zwischen dem einundzwanzigsten und zweiundzwanzigsten Dezember durchkommen.«

»Ist diese Information absolut sicher?« fragte Carl skeptisch.

»Diese Information ist absolut sicher«, stellte Texas Slim mit einem selbstsicheren Lächeln fest. »Die müssen dort raus, genau dort und nirgendwo sonst, und zwar genau zu diesem Zeitpunkt.«

»Weil gerade dort und zu der Zeit ihr Mitwisser an der Grenze Dienst hat?« sagte Carl. Es war eher eine Feststellung als eine Frage.

»Genau«, erwiderte Texas Slim, zeigte ein großes Gähnen und entschuldigte sich mit einer zweideutigen Bemerkung über lange skandinavische Nächte.

Carl betrachtete die Karte und rechnete eine Weile, um herauszufinden, wo sie ihren Expeditionstrupp absetzen sollten. Wenn sich die Schmuggler mit einer Geschwindigkeit von etwa zehn Kilometern am Tag fortbewegten, würden die Schweden ihren Fangarm dreißig Kilometer von dem errechneten Ziel auslegen können und dennoch genug Spielraum haben. Wenn man den Fangarm fünfzig Kilometer lang machte, würde man mühelos das gesamte Gebiet abdecken können, in dem die Expedition auftauchte. Es sah leicht aus. Carl hatte das Gefühl, daß alles zu leicht war.

»Wie viele Männer gehören zur Expedition, und wie sind sie bewaffnet?« fragte er fast in der Hoffnung, eine Antwort zu erhalten, die Schwierigkeiten und Komplikationen versprach.

»Es sind zwölf Mann. Soviel wir wissen, sind einige von ihnen leicht bewaffnet, aber eher für Jagdzwecke als zur Selbstverteidigung. Sie haben ja nicht vor, sich den Weg freizuschießen. Wie du siehst, wartet kaum mehr als ein Spaziergang im Park auf euch«, sagte Texas Slim lächelnd. Carl gefiel dieses Lächeln nicht.

»Aha«, sagte Samuel Ulfsson und machte Miene, als wollte er das Treffen beenden. »Gibt es noch mehr, woran wir denken müssen?«

»Nein«, erwiderte Carl grübelnd. »Nein, nicht soviel ich sehen kann. So wie die Dinge stehen, hat Slim wohl recht. Es dürfte kaum mehr sein als ein Spaziergang im Park.«

»In welcher Bereitschaft befinden Sie sich jetzt?« fragte Texas Slim und wandte sich dabei an Samuel Ulfsson, der die Frage mit einer Handbewegung an Carl weitergab.

»Wir haben eine funktionierende Basis in Finnland. Ferner ist alles Material getestet und befindet sich abholbereit in Karlsborg. Jetzt geht es im Grunde nur noch darum, die Gruppe zu sammeln und loszulegen. Insoweit gibt es keine Probleme. Aber wir sollten diese Scharade mit einer Maschine nach Kirkenes durchführen. Erst wenn die Maschine gelandet ist, kann man sagen, daß die Operation begonnen hat.«

Texas Slim wußte offensichtlich nichts von dem Vorhaben, Finnland legal unter dem Vorwand zu überfliegen, man sei auf dem Weg, um Ersatzteile für eine Maschine abzuliefern, die oben in Kirkenes »festsitze«. Er begeisterte sich jedoch schnell für die Idee, als ihm der Plan erklärt wurde. Er versprach, dafür zu sorgen, daß NATO NORD sofort eine Anfrage losschicke, man wolle neue geländegängige Fahrzeuge aus Schweden testen, oder etwas in der Art, um somit schon in ein paar Tagen sagen zu können, es sei alles für den Start klar.

»Wie ergeht es den Finnen?« fragte Samuel Ulfsson, als Texas Slim Anstalten machte, sich zu erheben und zu gehen.

»Na ja, soviel wir wissen, ist der finnische Präsident dabei, sich an zahlreichen Formalitäten festzuhaken. Er wollte Boris Jelzin in das Ganze hineinziehen, aber das will Gorbi nicht, und der Teufel weiß, was Gorbi für Gründe dafür hat. Ist auch scheißegal, von jetzt an haben wir eine vollständig sichere Bereitschaft und viel Zeit. Diese Schmuggler haben nicht die leiseste Chance.«

»Eben«, sagte Carl, ohne seine Irritation zu verbergen. »Diese Schmuggler werden ohne Zweifel schneller in der Hölle landen, als sie ahnen. Wenn ich aber so unverfroren sein darf, möchte ich auf ein operatives Detail hinweisen, aus dem ich nicht recht schlau geworden bin.«

Er machte eine Pause und sah Texas Slim fragend an. Dieser seufzte und zeigte mit einem Kopfnicken, daß Carl seinen Kummer nur ausspucken solle.

»Ja, eins habe ich nicht verstanden«, begann Carl langsam, wobei er jedes Wort gleich betonte, »nämlich weshalb die Schmuggler vernichtet werden müssen.«

Texas Slim schüttelte den Kopf, als hätte man ihm eine selten unintelligente oder kindische Frage gestellt.

»Das ist etwas, was wir dem sowjetischen Präsidenten zugesagt haben«, erklärte er. »Wir haben garantiert, daß weder Spuren noch Beweise übrigbleiben, nicht mal das kleinste Gerücht von dem, was passiert ist. So darf es beispielsweise keine verdammte Ermittlung der normalen Polizeibehörden geben, folglich auch keine Leichen, die sich identifizieren lassen. Buchstäblich nichts außer den gesicherten Kernwaffen darf von diesem Vorhaben übrigbleiben.«

»Verstehe«, sagte Carl resigniert. »Möglicherweise kann man darin so etwas wie zwingende Logik sehen. Ist übrigens inzwischen bekannt, mit was für Waffen wir es zu tun haben? Wissen wir, was sie geklaut haben?«

»Es sind sechs Gefechtsköpfe einer SS 20 mit Mehrfachsprengköpfen, runde hundert bis hundertfünfzig Kilotonnen pro Stück. Sie haben also einiges zu schleppen, die Burschen da oben.«

»Wir sprechen also von einer knappen Megatonne«, stellte Carl mit einer Grimasse des Abscheus fest. »Man darf doch davon ausgehen, daß die Dinger nicht gerade entsichert sind?«

»Ja, das darf man«, lachte Texas Slim. »Und soviel ich über Kernwaffen weiß, ist es verdammt schwierig, sie zu zünden, aber ihr braucht ja auch nicht dran herumzufummeln.«

»Nein, das hatten wir auch gar nicht vor«, erwiderte Carl. »Wir markieren den Dreck mit einem Peilsender, wenn wir uns zurückziehen, ist das der Grundgedanke?«

»Genauso haben wir es uns gedacht«, bestätigte Texas Slim mit einem kurzen Kopfnicken. »Nachdem alles menschliche Material vernichtet worden ist, natürlich.«

»Aber ja, verstehe«, sagte Carl ironisch und raffte demonstrativ das Kartenmaterial auf dem Tisch zusammen, um zu zeigen, daß die Diskussion beendet war, zumindest was ihn anging.

Texas Slim stand auf, gab Samuel Ulfsson die Hand und bedankte sich für die bisher gute Zusammmenarbeit und scherzte, die Kinder der Welt würden wohl noch eine Zeitlang beruhigt zu Bett gehen können. Dann ging er mit der Versicherung, er finde selbst hinaus.

Samuel Ulfsson ließ sich schwer wieder auf seinen Stuhl sinken und streckte sich nach einem Aschenbecher aus. Aus irgendeinem Grunde hatte er während der gesamten Begegnung nicht geraucht.

»Ich versuche es ein wenig einzuschränken«, sagte er erklärend, als er das Streichholz ausschnippte. »Ja, das nenne ich wirklich eine triste Geschichte.«

»Mmh«, sagte Carl, ohne Samuel Ulfsson dabei anzusehen. »Das kann man wirklich sagen. Eine triste Geschichte. Hast du nicht auch das Gefühl, daß da etwas nicht stimmt?«

»Doch«, sagte Samuel Ulfsson, »aber ich kann verdammt noch mal nicht darauf kommen. Die ganze Sache ist zu groß und zu ernst, als daß jemand ein Interesse haben könnte, uns hereinzulegen. Das können sie sich einfach nicht leisten. Denn wenn all dies wahr ist, und wir müssen ja davon ausgehen, ist es etwas von dem Schrecklichsten, was überhaupt passieren kann. Herrenlose Kernwaffen sind der perfekte Alptraum, das läßt sich einfach nicht leugnen.«

»Ja«, stimmte Carl zu, »der Schluß ist leider unausweichlich. Trotzdem habe ich dieses Gefühl. Und du bist also auch der Meinung, daß etwas nicht stimmt?«

»Ja«, sagte Samuel Ulfsson nachdenklich und sog an seiner Zigarette. »Ich habe das Gefühl, daß alles zu leicht ist. Wenn nun diese Figuren, die jetzt ihre sechs Atomsprengköpfe durch die Gegend schleppen, ständig so perfekt überwacht worden sind, daß wir sie Meter für Meter und Schritt für Schritt verfolgen können, warum zum Teufel hat niemand sie schon früher gestoppt? Warum muß man sie bis zur finnischen Grenze kommen lassen, bevor wir zuschlagen und sie schnappen? Warum haben die Russen sie nicht selbst einfach einkassiert, und zwar irgendwo draußen in der Taiga? Für die Luftaufklärung kann das doch keine unmögliche Aufgabe sein? Oder was meinst du?«

»Nein«, sagte Carl düster. »Wir wissen ja ungefähr, woher sie kommen, und wissen vor allem, wohin sie wollen. Wenn wir es wissen, wissen es auch alle anderen Beteiligten. Wenn wir sie ohne weiteres finden können, indem wir nur jeden Tag auf Skiern eine bestimmte Strecke patrouillieren, müßte ein Aufklärungsflieger sie nach einem Tag aufsammeln können. Aber das wissen wir eben nicht.«

»Eben«, sagte Samuel Ulfsson, »und das ist eben ein russisches Problem. Es muß damit zusammenhängen, daß Gorbatschow seine eigenen Sicherheitsorgane nicht unter Kontrolle hat. Dort irgendwo liegt die Erklärung, glaube ich.«

»Jemand hat diese Schmuggler verraten, und zwar von Anfang an«, überlegte Carl laut. »Sie haben keine Chance, ihr Vorhaben zu Ende zu führen. Sie haben keine Chance zu überleben und gehen jetzt buchstäblich ihrer Vernichtung entgegen. Wozu all diese Mühe? Wer hat sie verraten? Wer verdient daran, daß diese Burschen ins Verderben rennen?«

»Das tun wir natürlich alle«, wandte Samuel Ulfsson ironisch ein. »Die ganze Menschheit verdient daran, daß ihnen ein Mißerfolg bevorsteht, wenn ich mich feierlich ausdrücken soll.«

Carl schüttelte den Kopf. Er war mit der Antwort nicht zufrieden, hatte selbst aber keine bessere zu bieten.

»Wir werden sehen«, seufzte er. »Ich meine, es dürfte schon einen gewissen Unterschied machen, wenn sich etwa herausstellt, daß sie gar keine Kernwaffen bei sich haben, sondern nur Attrappen, zum Beispiel. Aber das werden wir vermutlich erfahren. Ich kann mir jetzt nichts anderes mehr vorstellen, als daß uns die Aufgabe zufällt, diese Figuren zu schnappen. Oder was glaubst du?«

»Nein«, bestätigte Samuel Ulfsson, »warum sollten die Finnen jetzt den Job erhalten, da wir schon alle technischen Probleme gelöst haben und schon in ein paar Tagen startbereit sind? Ich meine, unsere Regierung scheint weniger Bedenken zu haben als die finnische. Die Aufgabe dürfte also uns zufallen. Ich setze sogar voraus, daß du selbst das Unternehmen zu leiten wünschst.«

»Ja«, sagte Carl leise, »in diesem Punkt habe ich es mir vor ein paar Tagen anders überlegt.«

»Warum?«

»Åke hat mir von dieser Endlösung erzählt, oder wie man das nennen soll. Ich würde es für unpassend halten, normalen anständigen Leuten bei den Streitkräften einen solchen Befehl zu geben. Diese Verantwortung werden Åke und ich übernehmen müssen.«

»Ist es schwer? Ich meine ein schwerer Job?«

»Du meinst rein technisch?«

»Nein, nicht nur. Aber okay, ist es denn technisch schwierig?«

»Nein, in technischer Hinsicht ist der Job nicht schwierig, nur etwas zeitraubend. Und was die seelischen Schwierigkeiten angeht, kannst du dir sicher selbst ein Bild davon machen. Wie ich schon sagte, ich möchte nicht, daß einfache anständige Soldaten sich mit so etwas befassen müssen.«

Kolja Mordawin sah wie verhext zum Himmel hoch. Das flammende Nordlicht vermittelte ihm eine Vorstellung von der göttlichen Orgel der Ewigkeit, als steckten Inhalte und Absichten hinter dem kosmischen Spiel. Sie hatten sich schließlich gezwungen gesehen anzuhalten, um zu essen und sich auszuruhen, mußten sich aber bald wieder in Bewegung setzen. Es hatte einen vollkommenen Wetterumschwung gegeben. Jetzt herrschte Hochdruck. Am Himmel war keine Wolke zu sehen, und folglich waren die Temperaturen allmählich unter vierzig Grad minus gesunken. Wenn man heftig durch die Nase einatmete, froren die Nasenlöcher zu.

Der gesamte Proviant war jetzt steinhart gefroren, und sie würden Feuer machen müssen. Mike Hawkins hatte versichert, daß es ungefährlich sei, Feuer zu machen, wenn man den Spirituskocher nur unter eine Tanne mit viel Schnee auf den Ästen stelle. Dann würde die Wärme absorbiert werden, so daß Infrarotkameras eines Flugzeugs keine Chance hätten, die Wärmequelle zu entdecken. Diese Erklärung schien logisch zu sein.

Jorma und Juha, die gewohnt waren, sich in der Wildnis zu bewegen, machten sich scherzend und lachend an den Spirituskochern zu schaffen, die bei der niedrigen Temperatur nicht ganz leicht zu handhaben waren. Die beiden Männer schienen von der Temperatur vollkommen unbeeindruckt zu sein und zwinkerten Kolja nur lachend zu, als er seinen Proviantsack herbeischleifte. Er drehte den Sack um, schüttelte ein paar geräucherte Rentierkeulen in den Schnee und ging dann zum Proviantschlitten zurück, um die Ladung wieder festzuzurren. In diesem Augenblick bemerkte er, daß der Sack verdächtig leicht war. Er sollte noch mehr als halbvoll sein, doch irgend etwas stimmte nicht. Plötzlich befiel ihn Schrecken. Wie eine Welle zusätzlicher Kälte. Er schüttelte heftig den restlichen Inhalt aus dem Sack.

Zwei weitere Rentierkeulen fielen in den Schnee. Der Rest war Baumrinde. Zunächst stand er wie versteinert da. Er konnte weder denken noch sich rühren. Dann stürzte er sich verzweifelt auf die anderen Jutesäcke, schnitt sie an den Seiten auf und entdeckte, was er schon ahnte. Der Sack mit dem gefrorenen Lachs war auf die gleiche Weise präpariert worden, der Sack mit Räucherfisch ebenso.

Er sah zum Himmel und dem Nordlicht und spürte, wie Tränen ihm die Sicht trübten. Er wollte laut schreien oder weinen, erkannte aber, daß er sich zusammennehmen und nachdenken mußte. Es ging um Leben oder Tod. Das war das eine.

Das zweite war, daß relativ leicht zu verstehen war, wie sich das Ganze zugetragen hatte. Ganz gewöhnliche gottverdammte Schwarzmarkttricks. Er hatte sich nicht vorstellen können, hereingelegt zu werden, da er fast den doppelten Preis gezahlt hatte. Dieser raffgierige Schwarzmarkthai hatte natürlich seine Möglichkeit gerade darin gesehen, daß Kolja so freigebig zahlte. Kolja war irgendwie davon ausgegangen, nicht hereingelegt werden zu können, da sein Vorhaben so groß und wichtig war. Als ob es diesem gottverdammten Schwarzmarktganoven darauf angekommen wäre!

Kolja trocknete sich wütend die Tränen, die ihm sonst die Augenwinkel vereist hätten, und begann schnell, die Lebensmittel zu sortieren, die noch da waren. Sie brauchten noch Nahrung für zwei Wochen. Was hier war, würde höchstens fünf oder sechs Tage reichen. Ihre Arbeit war schwer und kräftezehrend, und die Kälte verlangte auch Energie.

Das unmittelbare und entsetzliche Problem bestand jetzt darin, den anderen zu erzählen, daß sie dem Tod ins Auge blickten. Sie würden daraus vielleicht die Schlußfolgerung ziehen, die Ladung im Stich zu lassen. Sie wußten ja nicht, was sie hier durch die Gegend schleppten. Sie glaubten natürlich, es sei irgendwelche militärische Ausrüstung, die wohl recht wertvoll sei. Aber nicht wertvoller als ihr eigenes Leben.

Was würde geschehen, wenn sie mit leeren Händen über die Grenze gingen? Was hatten die Leute auf der anderen Seite in dem Fall für einen Befehl? Wenn sie mit leeren Händen kamen, würde man sie vielleicht erschießen; Kolja wußte ja nicht einmal, wer ihnen auf der anderen Seite begegnen würde. Froh würden diese Leute jedenfalls nicht werden. Und wenn sie vielleicht den Verdacht bekamen, die Expedition habe die Ladung für eigenen Gebrauch beiseite geschafft?

Es gab kein Entkommen. Sie konnten an keiner anderen Stelle über die Grenze gehen als an der verabredeten, und dort würden Leute auf sie warten.

Er mußte sich zusammennehmen und sich des Problems so schnell wie möglich annehmen. Es war zwecklos, es vor sich her zu schieben, bis der Proviant zu Ende ging. Schon jetzt mußten sie ihre Rationen auf weniger als die Hälfte kürzen.

Er beschloß, erst mit den Finnen zu sprechen, und ging vor Kälte und Furcht zitternd zu ihnen. Sie standen unter der Tanne und waren immer noch mit sichtlich guter Laune dabei, Rentierfleisch zu erwärmen.

Sie glaubten zunächst, er mache einen Scherz. So dumm konnte doch kein Mensch sein, daß er nicht den Proviant sorgfältig prüfte, wenn es um das Überleben von zwölf Mann während eines ganzen Monats ging?

Als ihnen klar wurde, das er tatsächlich die Wahrheit sagte, sah es aus, als wollte einer der beiden zuschlagen, doch der andere bremste ihn. Dann berieten die beiden Finnen kurz in ihrer Sprache und wandten sich dann mit der einfachen und nicht ganz unerwarteten Schlußfolgerung an ihn: »Kein Proviant, kein Schleppen. Ohne Proviant erfrieren wir«, sagte der Mann, der Jorma hieß.

Kolja nickte traurig und sagte, wenn sie die Ladung bei der Ankunft auf der anderen Seite nicht bei sich hätten, würden sie ohnehin sterben. Es sei einfach so. Sie hätten keine Chance, mit leeren Händen anzukommen und am Leben zu bleiben. Als er dies erklärte, war er selbst fest davon überzeugt, daß es sich tatsächlich genau so verhielt. Wer auch immer den Diebstahl sowjetischer Kernwaffen organisiert haben mochte, er ließ mit Sicherheit nicht zu, daß irgendwelche kleinen Fische ganz unten in der Organisation die gesamte

Beute klauten. Das mit dem Proviant würde wahrscheinlich niemand glauben, da es ja viel zu dumm war, um wahr sein zu können. Die Reaktion von Jorma und Juha hatte dies überdeutlich gezeigt.

Die beiden Finnen berieten sich erneut in ihrer Sprache und schienen sich auf etwas zu einigen. Sie nickten einander düster entschlossen zu. Dann ging der Mann, der Juha hieß, zu dem ein Stück entfernt stehenden Schlitten, schnallte sich seine Skier an und wühlte einen automatischen Karabiner hervor. Er kontrollierte, daß er geladen war, hängte ihn sich um die Schulter und verschwand in der Dunkelheit, ohne etwas zu sagen.

»Was zum Teufel hat er vor?« flüsterte Kolja. Er war den Tränen nahe.

»Er will etwas zu essen besorgen«, sagte Jorma ruhig und wandte sich wieder den beiden Spirituskochern zu.

Nach einer Weile sah er hoch und lächelte Kolja an, als brauche dieser sich keine großen Sorgen zu machen.

»Hast du die Wölfe gehört?« fragte er.

»Ja«, erwiderte Kolja flüsternd, »natürlich. Es scheint hier viele Wölfe zu geben. Aber wir können doch verdammt noch mal keine Wölfe essen?«

»Nein, wir denken gar nicht daran«, grinste Jorma. »Aber Rentierfleisch. Da es hier viele Wölfe gibt, muß es auch Rentiere geben, und außerdem haben wir Spuren gesehen.«

Der Finne schüttelte den Kopf und schnalzte etwas herablassend, als hielte er Kolja fast für einen Idioten.

»Wolfsfleisch essen«, schnaubte er, »soweit kommt es noch.«

Carl starrte mißmutig auf seinen Suppenteller. Dort lag unleugbar ein Stück Fleisch. Da die gedruckte Speisekarte vor ihm auf dem Tisch mitteilte, daß sie jetzt die zweite Vorspeise erreicht hatten, Consommé von Schildkröte, mußte das Fleisch also von diesem Tier stammen.

»Interessant«, murmelte er ironisch und stocherte mit dem Löffel an dem kleinen Fleischstück herum. »Die Meeresschildkröte gilt doch als vom Aussterben bedrohte Tierart. Vielleicht bekommen wir Nashornfilet als Hauptgericht, oder was glauben Sie, Madame?«

Seine Tischdame schien dieses Thema weder zu begreifen noch zu schätzen.

»Kann man Nashorn essen?« fragte sie zweifelnd.

»Aber sicher«, erwiderte Carl mit vollkommen ausdruckslosem Gesicht, »es gibt ja auch Elefantenfleisch zu essen. Soll etwa so schmecken wie Büffelfleisch. Wale und Flußpferde werden schließlich auch gegessen, also warum nicht auch Nashorn?«

»Auf der Speisekarte steht jedenfalls Rebhuhn«, wandte seine Tischdame ein, und damit war die Konversation für eine längere Zeit erstorben.

Carl beschloß, sich einen Ruck zu geben. Natürlich fühlte er sich albern und verkleidet wie in einer Operette. Doch er war immerhin beim König zu einem Galaessen eingeladen, und daran ließ sich absolut nichts ändern. Warum dann nicht versuchen, das Beste daraus zu machen und es mit etwas Humor zu nehmen, wenn es anders nicht ging?

Tessie war total entzückt. Jetzt bin ich auch *eine Prominente*, hatte sie gekichert, als sie Arm in Arm das Östliche Gewölbe betreten hatten, um dann die Treppe hinaufzugehen. Sie hatten die Mäntel ausgezogen und ihre Tischkarten erhalten. Sie hatte sich sehr schön gemacht und wirkte mit ihrer Rubin-Halskette wie ein lateinamerikanischer Filmstar. Sie saßen mehr als dreißig Meter voneinander entfernt. Er sah sie von Zeit zu Zeit schräg gegenüber an der anderen Tischseite. Die Gäste waren nach gesellschaftlichem Rang vom König und der Königin entfernt plaziert. Er selbst und Tessie wurden folglich zu dem gesellschaftlich niedrigsten Drittel gezählt, was Carl nicht im geringsten störte.

Von den anwesenden Offizieren war er der einzige, der keine Generals- oder Admiralsuniform trug, aber seine vorgesetzten Kollegen saßen, soweit er sehen konnte, der vornehmen Tischmitte mit dem königlichen Paar nur wenig näher als er selbst. Ein General war offenbar nicht mehr das, was er einmal gewesen war.

Das Zeremoniell war Carl völlig unbekannt. Mit der natürlichen Sicherheit seiner Herkunft und einer angeborenen Gewißheit, niemals Gefahr zu laufen, sich an einem Eßtisch oder in einem Salon danebenzubenehmen, hatte er sich jedoch mit größter Leichtigkeit in der Prozedur zurechtgefunden und einfach nur das getan, was alle anderen taten. Er ging herum, begrüßte Leute, stellte seine Frau vor und landete schließlich in der Gruppe, in der er offenbar zu Hause war, unter den Uniformen der ranghöheren Kollegen.

Der Chef der Marine hatte einen hochnäsigen und leicht sauren Kommentar dazu abgegeben, daß der Herr Kapitän zur See offenbar eine kleine Demonstration vorführe. Das zielte darauf ab, daß Carl seine Entscheidung durchgesetzt hatte, auf die ausländischen Orden zu verzichten. Er hatte in letzter Sekunde den Impuls unterdrückt, seinem Vorgesetzten zu antworten, daß er (im Gegensatz zum Marinechef) etwas viel zu tragen gehabt hätte.

Exakt um 19.30 Uhr kündigte der Hofmarschall das Eintreten des Königs und der Königin an. Sie gingen gemeinsam an den Wänden des Weißen Saals entlang und begrüßten ihre Gäste, erst der König, dann die Königin ein paar Schritte hinter ihm. Hier erlaubte sich Carl seine einzige Abweichung vom Verhalten aller anderen. Es kam ihm etwas albern vor, seine Frau sich selbst zu überlassen. Als der König vor ihm stand, dachte er, wie lustig es sei, das Original der Ein-Kronen-Münze leibhaftig vor sich zu sehen. Er stellte Tessie ganz einfach vor, wie er es bei jedem anderen getan hätte, und wiederholte die Prozedur ein paar Sekunden später bei der Königin.

Als das erledigt war, mußte er seine Tischdame suchen; Tessies Tischherr hatte keine Schwierigkeit, die richtige Frau zu finden. Gräfin Hamilton war schon von weitem zu erkennen. Carl hingegen mußte sich durchfragen, bis er seine Dame gefunden hatte, und jetzt saß er also mit der nicht gerade übermäßig begabten Ehefrau irgendeines schwedischen Industriebosses am Tisch und schmollte ganz unnötig. Es war ja nicht ihre Schuld, daß dieses Spektakel ihm Unbehagen bereitete.

Seine Entschlossenheit, seine schlechte Laune nicht an der Tischdame auszulassen, wurde schon bald auf harte Proben gestellt. Ihr Sohn sei in Lundsbergs Internat und habe einen Klassenkameraden namens Hamilton, ob es vielleicht ein naher Verwandter sei? Sei er selbst ein alter Lundsberg-Schüler?

Carl antwortete zunächst freundlich, daß er seit der Oberstufe in Stockholm gewohnt habe. Im übrigen wäre seine politische Arbeit in diesen Jugendjahren erheblich erschwert worden, wenn er Lundsberg-Schüler gewesen wäre.

Sie versicherte, o nein, das wäre sicher gutgegangen, da der konservative Schülerclub in Lundsberg äußerst aktiv sei. Die Jungs seien politisch sehr interessiert, besonders an Steuerfragen.

»Ja, das ist es gerade«, entgegnete er fast schadenfroh, »genau das hätte zu Problemen führen können, denn ich war als Schüler Mitglied der Clarté, und in Lundsberg dürfte es kein einziges Clarté-Mitglied gegeben haben.«

Seine Tischdame wußte nicht, was Clarté war, und verwechselte offenbar diese Organisation mit irgendeiner Uppsala-Sekte in der eher dunkelbraunen rechten Ecke. Er ließ die Sache auf sich beruhen, ohne darauf hinzuweisen, daß Clarté eine kommunistische Organisation war, die auf dem Marxismus-Leninismus und dem Denken Mao Tse-tungs beruhte, wie man damals sagte. Das Gespräch verweilte eine Zeitlang auf politischem Gebiet, da seine Tischdame die beiden Führer einer populistischen Rechtspartei zu loben begann, die bei der letzten Wahl in den Reichstag gekommen war. Er fragte mit anscheinend aufrichtigem Interesse, wem sie den Vorzug gebe, dem verrückten Grafen oder dem Tivoli-Besitzer?

Sie erwiderte etwas unsicher, der fragliche Graf sei ihrer Meinung nach nicht direkt verrückt, obwohl sie gehört habe, daß er einer der berüchtigsten Fest-Verderber des Landes sei, aber die Hauptsache sei ja wohl, daß jemand endlich mal offen sage, daß Schweden kein Einwandererland sei.

Carl erwiderte zuckersüß, seine Familie sei zwar schon vor rund sechshundert Jahren eingewandert, aber vielleicht sei ihre Familie etwas schwedischer? Andererseits habe er eine Kanakenfrau geheiratet, die erst vor einem Jahr eingewandert sei. So was komme schließlich in den besten Familien vor, nicht wahr?

Er bereute seine Reaktion. Jetzt hatte er sich schon wieder auf überflüssige Scherereien eingelassen. Er wechselte schnell das Thema, begann von dem Weingebiet zu erzählen, aus dem der Rotwein kam. Nach einer Weile fragte sie ihn, ob er der Meinung sei, daß die russischen U-Boote noch immer in den Schären Stockholms herumführen, da Gorbatschow doch so lieb geworden sei. Er erwiderte vorsichtig, der Nachrichtendienst habe nicht das Recht, sich über die Herkunft der U-Boote zu äußern, aber ja, es gebe immer noch fremde Unterwasser-Aktivitäten in schwedischen Gewässern, und das ganz unabhängig von Gorbatschows Liebenswürdigkeit.

Als die lange Mahlzeit durchlitten war, erhoben sich alle und folgten dem König und der Königin wieder in den Weißen Saal, in dem alles angefangen hatte. Die Gesellschaft formierte sich jetzt so, daß König und Königin an einer Schmalseite standen und die Gäste sich am anderen Ende des langen Raums versammelten. Carl suchte den Ehemann seiner Tischdame in der Hoffnung auf, diese loszuwerden, blieb jedoch in einer Unterhaltung über die industriepolitische Bedeutung der schwedischen Flugzeugproduktion stecken. Dazu hatte er jedoch keine besondere Meinung und versuchte sich mit dem Scherz aus der Klemme zu ziehen, daß er es als Seemann natürlich für wichtiger halte, mehr Geld für die Marine bereitzustellen. Plötzlich tauchte der Hofmarschall von hinten auf, tippte ihm auf die Schulter und fragte, ob er Kapitän zur See Carl Hamilton sei.

Carl war zunächst sprachlos, da er nicht wußte, ob er die Frage ernst nehmen sollte; wenn auch aus keinem anderen Grund, da er der einzige Anwesende im Rang eines Kapitäns zur See war. Doch nachdem er bejahte, erhielt er den Bescheid, Seine Majestät wünsche sich mit ihm zu unterhalten, und so wurde er über das leere Parkett erneut zu dem Original der Ein-Kronen-Münze geführt.

»Auf diese Begegnung habe ich mich wirklich gefreut«, begrüßte ihn der König ohne jede Vorrede, als Carl vor ihm stand und sich verneigt hatte.

»Sie sind zu freundlich, Euer Majestät«, murmelte Carl.

»Wie ich höre, arbeitest du neuerdings in der Kanzlei des Ministerpräsidenten«, fuhr der König fort, als interessierte er sich dafür.

»Ja, das ist richtig. Der Ministerpräsident hat eine kleine sicherheitspolitische Gruppe eingerichtet, und dort vertrete ich den Nachrichtendienst«, erwiderte Carl mechanisch.

»Es ist wirklich recht bemerkenswert«, sagte der König nach einer kurzen Denkpause, »wirklich recht bemerkenswert zu sehen, daß jemand wirklich diese Medaillen trägt.«

Der König zeigte mit einem Kopfnicken auf Carls Brust.

»Es heißt doch wohl immer noch Medaille des Königs für Tapferkeit im Feld?« fuhr der König fort, als hätte es ihn peinlich berührt, daß Carl nicht auf seinen ersten Hinweis reagierte.

»Ja, Euer Majestät, es heißt noch immer so«, erwiderte Carl dümmlich. Er hatte das Gefühl, als wäre die Konversation nicht mehr real.

»Du bist sicher der einzige, der die da trägt?« fuhr der König fort. Carl machte es plötzlich verlegen, daß er geduzt wurde, aber mit »Euer Majestät« antwortete. Gab es irgendein Detail des Zeremoniells, das er nicht kannte? Da reagierte er plötzlich mit dem Autopiloten der Oberschicht.

»Verzeihung, Euer Majestät«, sagte er bemüht, »aber wie soll ich eigentlich antworten, wenn Euer Majestät mich duzen?«

»Siez mich doch einfach«, erwiderte der König. »Also wie war das nun?«

»Nun, Sie haben nicht ganz recht«, fuhr Carl fort, erleichtert, die Klippe genommen zu haben, »in unserer Zeit sind es drei Schweden, die diese Auszeichnung erhalten haben. Einer von uns ist vor kurzem getötet worden.«

»Es war also dein Kollege, der in Palermo gestorben ist?«

»Ja, das stimmt.«

»Aha. Aber wenn du jetzt in der Kanzlei des Ministerpräsidenten arbeitest, dürfte es wohl nicht mehr so viele Reisen geben?«

Die Frage klang unschuldig, ließ Carl aber dennoch zögern. Durfte man dem Staatsoberhaupt des Landes etwas vorlügen?

»Nein, normalerweise dürfte es jetzt nicht mehr so viele Reisen geben, das ist schon richtig. Aber trotzdem steht uns jetzt eine Reise nahe bevor«, erwiderte Carl. Er bereute die Antwort im selben Moment, in dem ihm aufging, daß die unvermeidliche Anschlußfrage schwer zu beantworten sein würde.

»Und wohin geht es diesmal?« fragte der König mit aufrichtigem Interesse.

»In ein Niemandsland, könnte man sagen«, erwiderte Carl eher aus Intuition als überlegt. »Wenn Sie entschuldigen, wird es ein bißchen schwierig für mich, auf Details einzugehen.«

»Ja, ich verstehe«, sagte der König und machte den Eindruck, als verstünde er überhaupt nichts. »Dann wünsche ich viel Glück im Niemandsland. Nett, dich zu treffen.«

Carl spürte, daß sich hinter ihm eine kleine Schlange von Leuten gebildet hatte, die man ebenfalls zu diesem Konversationsritual gebeten hatte. Er verbeugte sich leicht und zog sich zurück.

Alexej Mordawin verbrachte während seines einwöchigen Urlaubs jeden Tag mehrere Stunden in der Schwimmhalle an der Tschelaskinsew-Straße, denn er hatte durch das Büro der Sowjetflotte in Seweromorsk eine Dauerkarte erhalten. Er war in seiner Jugend viel geschwommen, und wenn man ihn nicht zur Marine abkommandiert hätte, wäre vielleicht etwas aus ihm geworden, zumindest auf längeren Strecken. Dieses Vergnügen würde bedauerlicherweise wohl bald zu Ende sein, da die Schwimmhalle renoviert werden sollte. Es war auch dringend nötig, denn das Gebäude sah ziemlich heruntergekommen aus. Außerdem war das Wasser übermäßig stark gechlort. Wenn man keine Schwimmbrille trug, bekam man derart rote Augen, daß es auf allzu große Mengen dieser Chemikalie hindeutete, was wiederum ein Hinweis darauf war, daß sich auch allzu große Mengen von etwas anderem im Wasser befanden.

Er schüttelte sich wie ein Eisbär, als er das Becken verließ, knurrte ein paar junge Leute an, die vom Rand ins Wasser sprangen, obwohl große Schilder dies ausdrücklich verboten, und begab sich in den Umkleideraum. Er sah aus wie eine große fette Ratte.

Die Schwimmhalle würde für den Abend gleich geschlossen werden, und in den Umkleideräumen war es fast leer. Einige Handwerker waren dabei, eine Sitzbank im Umkleideraum zu reparieren. Eine merkwürdige Tageszeit, so etwas zu tun.

Alexej Mordawin duschte warm, um nicht mit kaltem Körper in die Kälte hinauszugehen. Er rubbelte sich sorgfältig mit einem groben Handtuch ab, um den Blutkreislauf in Gang zu bekommen, und als er sich auf die Holzbank setzte, um sich die Strümpfe anzuziehen, spürte er im Gesäß einen stechenden Schmerz. Er fluchte, stand auf und zog etwas heraus, was wie eine grobe Reißzwecke aussah. Einer der Handwerker entschuldigte sich, nahm die Reißzwecke und steckte sie mit einem bedauernden Lächeln in seinen Werkzeugkasten. Dann setzte er seine Arbeit fort und nagelte eine Holzlatte fest.

Alexej Mordawin schimpfte etwas über Nachlässigkeit und tölpelhafte Manieren, aber die Männer zuckten nur bedauernd die Achseln. Dann dachte er nicht mehr an den Vorfall, sondern zog sich weiter an. Er setzte seine dicke Wintermütze auf und ging hinaus.

Er hatte nur einen fünfminütigen Spaziergang auf der Karl-Marx-Straße bis zu seiner neuen Wohnung.

Es schneite leicht und war recht kalt, vielleicht fünfundzwanzig oder dreißig Grad unter Null. Alexej Mordawin ging mit gesenktem Kopf, als wäre er in Gedanken versunken. Dort, wo er sich am Hinterteil gestochen hatte, begann es zu pochen, und er fluchte erneut über tölpelhafte Handwerker.

Es hatte den Anschein, als würde es zwischen Rußland und der Ukraine zu großen politischen Gegensätzen kommen, und aus Alexej Mordawins spezieller Sicht sah es unleugbar besorgniserregend aus, da seit drei oder vier Tagen keine Bahntransporte mehr aus der Ukraine gekommen waren. Die Ukrainer schienen ganz einfach begriffen zu haben, was da im Busch war, und klammerten sich jetzt an ihren Kernwaffen fest. In der Presse wurde die Frage schon fast offen diskutiert. Die Ukrainer schienen der Meinung zu sein, daß sie als künftig selbständiger Staat das Recht hätten, über »eigene« Waffen zu verfügen. Dies war in gewisser Weise ein bizarrer Standpunkt, da sämtliche strategischen Waffen sowjetischer Herkunft waren und damit weder russisch, weißrussisch, ukrainisch noch sonst etwas. Andererseits war das Mißtrauen der Ukrainer vielleicht verständlich. Denn weshalb sollte ausgerechnet Rußland alle strategischen Waffen beherrschen, wenn die Union auseinanderbrach?

Es hatte tatsächlich den Anschein, als würde sie auseinanderfallen. Selbst wenn es manchen unglaublich vorkam. Michail Gorbatschow arbeitete verzweifelt daran, einen neuen Unionsvertrag zusammenzuschustern, aber dieser Jelzin schien alles in seiner Macht Stehende zu unternehmen, um die Einheitsbestrebungen zu sabotieren.

Es war ihnen in Seweromorsk gelungen, in kurzer Zeit mehr als zweitausend verschiedene atomare Gefechtsköpfe beiseite zu räumen, die jetzt in den Felshöhlen oben am Litsa-Fjord sicher verwahrt wurden. Das war immerhin etwas. Aber selbst bei vorsichtiger Zählung gab es insgesamt doch rund 25 000 bis 30 000 Gefechtsköpfe. Wenn ja, war es ihnen nur gelungen, rund zehn Prozent des Arsenals sicherzustellen.

Es war unklar, ob er in der nächsten Zeit ein neues Kommando erhalten würde. Im Stab schien niemand etwas zu wissen. Alles schwebte in Unsicherheit. In den Stäben wußte man nicht, was von einem Tag auf den anderen geschehen konnte.

Alexej Mordawin dachte kurz an Kolja. Es war aber, als wollte er alle solche Überlegungen verdrängen, als wäre es gefährlich, sie auch nur für sich anzustellen. Kolja war jetzt mehr als die Hälfte der berechneten Zeit abwesend. Noch hatte man sie nicht geschnappt. Aber das Projekt war auch noch nicht zu Ende geführt worden. Erst in zehn Tagen würden sie aufatmen können.

Natürlich bereute Alexej Mordawin seine Teilnahme, und ebenso natürlich war es zu spät für diese Reue. Auch wenn es ihm äußerst schwerfiel zu glauben, daß irgendwelche Araber oder andere in der Dritten Welt solche Waffen tatsächlich beherrschen und einsetzen konnten, war es trotzdem höchst abenteuerlich gewesen, sich an einem solchen Vorhaben zu beteiligen, ganz abgesehen davon, daß es verbrecherisch war.

Aber was hatte es für einen Sinn, jetzt noch Reue zu empfinden? Es war geschehen und ließ sich nicht mehr rückgängig machen.

Er hatte fast die Fischgasse erreicht, da bemerkte er ein eigentümliches Lichtphänomen. Als er zu den Straßenlaternen hochblickte, kam es ihm vor, als hätte jede Laterne eine Aura, kleine kreisrunde Regenbogen. Wenn man zuviel Chlor in die Augen bekam, wie etwa in seiner Jugend, wenn es noch keine Schwimmbrillen gegeben hatte, konnte man es manchmal erleben. Er hatte oft wie ein rotäugiges Kaninchen ausgesehen, als er als Junge vom Schwimmtraining nach Hause gekommen war. Aber jetzt hatte er seine Schwimmbrille die ganze Zeit aufgehabt.

Es pochte noch intensiver in der Hinterbacke, und er begann ein Unwohlsein zu fühlen, das ihn an Seekrankheit erinnerte.

Er blieb stehen, stützte sich an einer Hauswand ab und keuchte, als litte er unter Atemnot. Das war aber unmöglich. Er war die ganze Zeit langsam gegangen.

Als das Licht plötzlich verschwand und ihm schwarz vor Augen wurde, obwohl er spürte, daß er sie offenhielt, begann er zu verstehen.

Er beschloß wütend, sich bis zu Jelena nach Hause durchzukämpfen, um ihr wenigstens noch zu sagen, daß in einer der Keksdosen auf dem Küchenregal neunundneunzigtausend Dollar lagen. Er ging taumelnd einige Meter weiter, aber da er nicht mehr atmen konnte, brach er zusammen und fiel zu Boden. Als er den kalten Schnee an der Wange spürte, begriff er, daß er sich nie mehr erheben würde.

8

»Wenn ich es recht verstehe«, sagte Verteidigungsminister Anders Lönnh und fingerte an Carls schriftlicher Zusammenfassung der Lage herum, »ist die Sache klar.«

Er sah sich fragend um. Angesichts dessen, was klar zu sein schien, war er erstaunlich munter. Die drei Männer, die in dem englischen Ledersofa versanken, nickten eine stumme Bestätigung. Es hatte den Anschein, als gäbe es nicht mehr viel zu diskutieren.

»Koivisto hielt dies natürlich für eine ausgezeichnete Lösung«, fuhr der Verteidigungsminister mit einem vielsagenden Lächeln fort. »Einmal entgeht er mit seinen Leuten einigen Mühen, zum andern, glaube ich, sieht er auch ein, daß wir qualifizierter sind als sie.«

»Gerade das kann ich bei meiner Kenntnis unserer finnischen Kollegen kaum glauben«, wandte der Oberbefehlshaber scharf ein und erntete einen verletzten Blick des Verteidigungsministers, der ihn sofort zurückzucken ließ.

»Aber ich kann mir gut vorstellen, daß sie das Vorhaben politisch in einem sehr viel komplizierteren Licht sehen als wir selbst«, erklärte er sofort begütigend.

»Politisches Licht?« fragte der Verteidigungsminister amüsiert. »Was ist das, politisches Licht? Na ja, wir sind jedenfalls selbst der Meinung, für diesen Job am besten geeignet zu sein. Was sagst du, Hamilton?«

»Bei allem Respekt vor den Finnen glaube ich doch behaupten zu können, daß wir zumindest besser ausgerüstet sind und vermutlich auch eine bessere Technik zur Verfügung haben«, erwiderte Carl vorsichtig.

»Na ja, dann können wir ja wohl loslegen?« sagte der Verteidigungsminister in einem weichen Tonfall. »Ab morgen steht euch ein Flugzeug zur Verfügung. Wann könnt ihr hochfliegen?«

»Das hängt vom Wetter ab«, erwiderte Samuel Ulfsson. »Im Augenblick herrscht Hochdruck. Es ist klares Wetter, und außerdem gibt es eine Menge Nordlicht. Die Komplikationen würden wir gern vermeiden.«

»Nordlicht?« fragte der Verteidigungsminister verwundert. »Was hat das mit der Sache zu tun? Und hat gutes Wetter etwa irgendwelche Nachteile?«

»Nun ja«, sagte Samuel Ulfsson peinlich berührt, weil er seinem Chef Selbstverständlichkeiten erläutern mußte. »Das Nordlicht stört unsere Funkkommunikationen. Wir brauchen unbedingt guten Funkkontakt, vor allem in der einleitenden Phase, falls wir beispielsweise unsere Jungs auf Grund unerwarteter Komplikationen sofort herausholen müssen. Außerdem sind dichte Wolken wirklich besser geeignet, wenn wir ein Luftlandeunternehmen starten wollen.«

»Na schön, das löst ihr am besten selbst«, fuhr der Verteidigungsminister unbeeindruckt fort. »Und wie ist die Lage unten in Karlsborg?«

»Gut«, erklärte Carl. »Mein Stellvertreter ist seit gestern dort und hat sich noch einmal die gesamte Ausrüstung angesehen. Sechs Fallschirmjäger stehen bereit. Bevor wir losfliegen, werde ich diese Gruppe auf vier Mann verkleinern.«

»Ihr wollt diese Operation mit nur sechs Mann durchführen?« fragte der Verteidigungsminister und hob die Augenbrauen. »Ist das nicht ein wenig knapp bemessen?«

»Nein«, entgegnete Carl. »Ich vermag keinen Kampfauftrag zu sehen, der mehr Personal erfordert, denn die Expedition, die wir antreffen werden, besteht aus nicht mehr als zwölf Mann. Was wir mit sechs Mann nicht schaffen, schaffen wir auch nicht mit mehreren. Es würde nur unsere Verluste unnötig erhöhen.«

Es wurde still im Raum. Carls Antwort war zwar kurz, lud aber nicht dazu ein, das Thema zu vertiefen.

»Soso«, sagte der Verteidigungsminister, als er sein gewohntes Selbstvertrauen zurückgewonnen hatte. »Damit erhalten die Herren den Auftrag der Regierung, so schnell wie möglich Operation Dragon Fire durchzuführen. Ich wünsche euch viel Glück und möchte natürlich über alle wesentlichen Phasen der Entwicklung informiert werden.«

Er erhob sich und gab den drei Besuchern feierlich die Hand, beginnend beim Oberbefehlshaber. Sie verbeugten sich steif voreinander, ohne noch etwas zu sagen. Dann verließen die drei den Raum, der OB als erster und Carl als letzter.

Sie trennten sich vor dem Eingang des Ministeriums, da sie verschiedene Wagen hatten. Der OB hatte einen eigenen.

»So«, sagte der OB etwas verlegen, weil ihm so feierlich zumute war, »dann ist diese Angelegenheit wohl sozusagen durchdiskutiert. Dann bleibt für mich nur noch eins. Dann sage ich dir, Carl, etwa wie sie in der Revierwache Hill Street sagen, paßt auf euch auf da draußen.«

Carl antwortete nicht, sondern lächelte nur, schüttelte den Kopf und streckte die Hand zum Abschied aus.

»Wann fährst du übrigens nach Karlsborg?« fragte der Oberbefehlshaber, als er auf den Rücksitz seines Wagens sank.

»Frühestens morgen abend, da das Wetter im Augenblick recht stabil ist. Außerdem muß ich im Kindergarten das Lucia-Fest mitfeiern«, erwiderte Carl, als wäre es die selbstverständlichste Sache der Welt. Der OB warf ihm einen fragenden und zweifelnden Blick zu, knallte die Autotür zu und verschwand hinter den schwarzgetönten Scheiben.

»Stimmt das?« fragte Samuel Ulfsson, als sie allein auf dem Bürgersteig standen.

»Was denn? Meinst du das mit dem Wetter?« fragte Carl unschuldig zurück.

»Nein, nicht das Wetter. Ich meine das Lucia-Fest im Kindergarten.«

»Ach so, das. Aber ja. Würdest du nicht die Gelegenheit nutzen, dich von deinem Kind zu verabschieden? Außerdem fällt es mir dann leichter, Tessie zu erklären, daß ich zwar verreisen, das Lucia-Fest im Kindergarten aber trotzdem mitmachen muß. Dann hört sich alles nicht so gefährlich an.«

»Nein, verstehe«, sagte Samuel Ulfsson und hielt Carl die Wagentür auf, der sich instinktiv weigerte, als erster einzusteigen. Er lehnte ab und zwang Samuel Ulfsson auf den Rücksitz, bevor er selbst um den Wagen herumging und auf der anderen Seite einstieg.

Als Carl eine Viertelstunde später sein Dienstzimmer betrat, machte er die Tür sorgfältig hinter sich zu, setzte sich an den leeren Schreibtisch und betrachtete das Telefon. Bestimmte Unannehmlichkeiten des Lebens mußte er noch erledigen, am liebsten schnell, bevor er losfuhr.

Der Immobilienmarkt war vor rund einem halben Jahr zusammengebrochen, und zwar schlimmer, als er selbst geglaubt hatte. Die Spekulanten wurden aus ihren Häusern vertrieben, sahen sich gezwungen, ihre Weinkeller schwarz zu verkaufen, und flüchteten in Scharen außer Landes. Ihre letzten Geldscheine hatten sie sich noch schnell zerknüllt in die Hosentaschen gesteckt.

Eins der Spekulationsunternehmen, die gerade in Konkurs gegangen waren, hatte Carls Immobilienbestand gekauft. Er rief die Bank an, erhielt die Telefonnummer des Konkursverwalters, rief diesen an und erbot sich, den gesamten Bestand für fünfundzwanzig Prozent des Preises zurückzukaufen, den er im Frühsommer erhalten hatte. Es wurde eine sehr kurze Verhandlung. Man einigte sich auf dreißig Prozent. Sie verabredeten, sich eine Stunde später in Carls Bank zu treffen.

Er stellte schnell einige überschlägige Berechnungen an. Infolge all seiner wirren und irrationalen ökonomischen Operationen des letzten halben Jahres, die sehr viel mehr mit seinem geplanten Tod als mit Ökonomie zu tun gehabt hatten, belief sich sein Verdienst auf ungefähr hundert Millionen Kronen.

Das machte einige Korrekturen in seinem Testament notwendig. Nach Lage der Dinge sollten vierzig Millionen für einen Kulturfonds gestiftet werden, doch dieser Betrag ließ sich jetzt aufstocken. Überdies mußten Tessie und Eva-Britt seiner einzigen leiblichen Erbin gegenüber eine sicherere Stellung erhalten. Er rief seinen Anwalt an und bat ihn, zur Bank zu kommen und die Testamentsunterlagen mitzubringen, damit alles in einem Aufwasch erledigt werden konnte. Dann blieb nur noch das Lucia-Fest im Kindergarten, seine einzige Pflicht vor der Abreise.

Åke Stålhandske holte tief Luft, als er auf dem Hof vor der Villa eine Autotür zuschlagen hörte. Er hatte den Wagen nicht kommen hören, da das Geräusch von zwei anfliegenden Jägern übertönt worden war, die zum Landeanflug auf F 6 ansetzten.

Sie saßen in einer Mischung aus Gesellschaftsraum und improvisiertem Lageraum mit einer eilig installierten Filmleinwand und einem Overhead-Projektor, und das Gespräch schleppte sich schon seit gut einer Stunde zäh dahin. Er hatte nur gesagt, sie müßten noch auf ihren operativen Chef warten, hatte aber nicht erklärt, wer dieser Chef war. Er entschuldigte sich und ging hinunter, um Carl zu begrüßen.

Carl trug Jeans und den blauen Pullover der Marine mit den Rangabzeichen auf den Schulterstücken. Er hatte eine kleine Reisetasche mitgebracht, sein einziges Gepäck. Er schien entspannt und guter Laune zu sein und grüßte von Anna, die zu Tessie nach Stenhamra gezogen war, da beide gleichzeitig Urlaub bekommen hatten. Anna hatte bei der Sporthochschule Weihnachtsurlaub, und Tessie hatte sich für die geplante Reise nach Kalifornien ebenfalls frei genommen. Carl sagte, die beiden seien guten Mutes, und er habe versprochen, daß ihre Männer rechtzeitig zu Weihnachten wieder zu Hause sein würden. Mit etwas Glück, meinte er, könnten sie das auch schaffen.

Sie unterhielten sich noch immer über diese privaten Dinge, als sie den Raum mit den anderen betraten, denen jetzt ein Licht aufging. Wenn *dies* der operative Chef war, konnte es nicht um irgendeine beliebige Operation gehen. Alle erhoben sich blitzschnell, und Carl ging herum und begrüßte die Männer. Er achtete sorgfältig darauf zu zeigen, daß er jeden beim Namen kannte und sogar den militärischen Rang.

Ein wenig außerhalb des Kreises stand ein leerer Sessel. Carl setzte sich, zog eine Mappe mit Dokumenten aus seiner Reisetasche und sah sich dann prüfend um. Er konnte nicht umhin zu bemerken, daß der Raum vor Spannung wie elektrisiert war, doch er versuchte mit seiner Haltung zu zeigen, daß es hier nur um einen Job ging, der getan werden mußte.

»Am besten komme ich gleich zur Sache«, begann er so entspannt wie möglich, schlug die Beine übereinander und lehnte sich zurück, »denn es fällt mir schwer zu glauben, daß die Herren jetzt an höflicher Konversation Gefallen finden könnten. Ich habe euch zunächst folgendes zu sagen. Die Regierung hat uns einen Auftrag erteilt, der einen eventuellen Kampfauftrag auf dem Territorium einer fremden Macht einschließt. Das dürfte ja schon aus eurer Ausbildung hervorgegangen sein. Darüber ist im Moment nicht mehr zu sagen, als daß dies einerseits Verlustrisiken einschließt. Andererseits ist der Auftrag von so großer Bedeutung, daß die Risiken unsere Regierung dennoch nicht haben zögern lassen. Wir haben also einen Job, der erledigt werden muß, und sei es zu einem theoretisch sehr hohen Preis. Bevor ich darlege, worum es sich bei dem Auftrag handelt, müssen wir noch eine andere Frage klären. Wir werden bei dieser Expedition sechs Mann sein, und wie ihr seht, befinden sich hier im Raum acht. Das bedeutet, daß zwei von euch das Schiff verlassen müssen, um in der Reserve zu bleiben. Das betrifft jedoch nicht dich, Edvin, denn für dich gilt die Freiwilligkeit nicht. Wer zurücktreten will, hat also jetzt die Möglichkeit dazu.«

Er machte eine Pause und sah sich im Raum um, blickte von einem zum andern und musterte die gespannten und konzentrierten Fallschirmjägeroffiziere. Keiner schien auch nur mit einer Miene anzudeuten, daß er von dem Projekt zurücktreten wollte. Carl zog das Schweigen in die Länge, bis es peinlich zu werden drohte.

»Es ist immerhin eine Frage, die wir lösen müssen«, betonte er weich. »Es hat nichts mit eurer Qualifikation zu tun. Alle Anwesenden sind mehr als qualifiziert. Es ist nur so, daß wir logistische Probleme haben, die im Feld nicht mehr als sechs Mann erlauben. Zwei von euch müssen aussteigen, es ist einfach so. Was sagst du, Christiansson. Du hast doch zwei Kinder, oder?«

Carl betrachtete den jüngsten Mann im Raum, der trotzdem die meisten Angehörigen hatte.

»Nein, Kapitän, ich kann mich meiner Verantwortung nicht entziehen. Familie haben wir alle«, entgegnete Christiansson gespannt und leckte sich die Lippen.

»Mmh«, sagte Carl nachdenklich. »Erstens schlage ich vor, daß wir uns in dieser Runde duzen. Zweitens möchte ich einen Vorschlag hören, wie wir diese Situation lösen sollen. Wie ihr versteht, gibt es mehrere Gründe, weshalb ich nur den endgültigen Teilnehmern darlegen kann, worum es bei der Operation geht. Je schneller wir in Gang kommen, um so besser. Grundsätzlich befinden wir uns nämlich schon in Bereitschaft Rot. Nun? Irgendwelche Vorschläge?«

»Wir sollten losen«, murmelte Edvin Larsson leise. Er räusperte sich, um bei Stimme zu sein, bevor er fortfuhr: »Wie ich es sehe, können wir dies nur durch Losentscheid klären. Es möchte ja niemand zurücktreten, das verstehst du vielleicht.«

»Gut!« sagte Carl bestimmt. »Dann müssen wir das Los entscheiden lassen. Wer sozusagen verliert, begibt sich sofort nach Karlsborg und bleibt dort als Reserve, bis die Nachricht kommt, daß die Gruppe unterwegs ist.«

Edvin Larsson holte eine Streichholzschachtel. Jemand wandte ein, daß sei eine schlechte Methode. Man könne den Streichhölzern oft ansehen, welche am kürzesten seien. Statt dessen riß jemand aus einem Blatt Papier fünf gleich große Zettel heraus und malte auf zwei davon ein Kreuz. Dann faltete er sie zusammen, holte eine rote Baskenmütze und mischte die Zettel.

Die Baskenmütze ging unter den fünf angespannten Männern von Hand zu Hand. Es war unmöglich, sich nicht vorzustellen, was diese Verlosung zur Folge haben konnte. Es konnte sehr wohl um Tod oder Leben gehen. Hauptmann Christiansson war einer der beiden, die ausscheiden mußten. Er fluchte mit zusammengebissenen Zähnen, als er es entdeckte. Sein Unglücks- oder Glücksbruder zeigte keine Reaktion, sondern hielt nur seinen Zettel mit dem Kreuz hoch, damit jeder es sehen konnte.

Carl stand auf und ging zunächst zu Christansson, dem er die Hand gab, ohne etwas zu sagen. Worte wären jetzt nur hinderlich gewesen. Dann gab er dem zweiten Verlierer oder Gewinner ebenfalls die Hand. Anschließend verabschiedeten sie sich, umarmten einander kraftvoll. Während der paar Minuten, die sie brauchten, um sich zu ihren Zimmern zu begeben, ihre Sachen einzupacken und das Haus zu verlassen, herrschte bei den anderen Schweigen. Carl wollte mit seinem Vortrag erst beginnen, nachdem die beiden weg waren.

Als die Haustür endlich zuschlug, seufzten alle innerlich vor Erleichterung. Carl nahm seine Dokumentenmappe an sich, zog eine Karte hervor, ging zu dem Overhead-Projektor und schaltete ihn ein.

»Hier«, begann er und zeigte mit einer Bleistiftspitze, »hier im Kreuz von neunundzwanzig Grad östlicher Breite und neunundsechzig Grad nördlicher Länge wird zwischen dem einundzwanzigsten und zweiundzwanzigsten Dezember eine Schmuggel-Expedition passieren. Sie besteht aus zwölf Mann zu Fuß, die nur leicht bewaffnet sind. Sie kommen aus Richtung Murmansk und ziehen das Schmuggelgut auf Schlitten. Sie legen etwa zehn Kilometer am Tag zurück. Unser Auftrag besteht aus folgendem. Wir werden an einem geeigneten Punkt östlich des bekannten Bestimmungsorts aus der Luft abgesetzt werden, errichten einen Patrouillenweg, ganz einfach eine Skispur, so daß wir täglich kontrollieren können, ob der Schlittentransport schon durch ist. Wenn dies der Fall ist, sollen wir die Gruppe einholen und niederringen. Anschließend sollen wir über die Grenze nach Finnland. Es wird wie folgt ablaufen. Wir begeben uns zu dem verabredeten Punkt an den elektronischen Grenzsperren der Russen, fünf Kilometer von der eigentlichen Staatsgrenze entfernt, etwa hier. Und dann macht sich Personal, das wir in einer Basis auf der finnischen Seite haben warten lassen, auf den Weg, etwa hier, und kommt uns mit Schneemobilen entgegen. Wir gehen wieder über die Grenze, entledigen uns der überschüssigen Ausrüstung, lösen die Gruppe auf und kehren einzeln oder zu zweit nach Schweden zurück. Dies ist in Kürze der eigentliche Auftrag. Irgendwelche Fragen?«

Es wurde vollkommen still, was Carl nicht im mindesten erstaunte. Da gab es das eine oder andere, was langsam verdaut werden mußte.

»Wir müssen ja finnisches Territorium überfliegen. Jeder Radarschirm der Gegend wird uns sehen. Wie lösen wir das?« begann Edvin Larsson schließlich.

»Unzweifelhaft eine sehr vernünftige Frage«, stellte Carl zufrieden fest. »Wir haben für dieses Problem jedoch eine ausgezeichnete Lösung gefunden. Oben in Kirkenes befindet sich im Augenblick eine von unseren TP 84. Sie hat angeblich mechanische Probleme, und man versucht vergeblich, sie zu reparieren. Kurz darauf wird deshalb eine zweite Maschine hochfliegen und Ersatzteile bringen. Dieser Flug ist angemeldet. Während die zweite Maschine nach Kirkenes fliegt, machen wir uns auf den Weg. Die Maschine landet in Kirkenes, wo die Besatzung ihren vermeintlichen Auftrag ausführt, so daß beide Maschinen wahrscheinlich noch am selben Tag zurückfliegen können.«

Die Anwesenden nickten ihre freudige Zustimmung. Einer lachte sogar über die einfache Lösung. Die meisten Anwesenden hatten vermutet, sie würden die übliche Fallschirmjägertaktik anwenden, nämlich Anflug und Absprung in sehr geringer Höhe.

»Das bedeutet also, daß wir genau wie geübt aus großer Höhe springen werden«, stellte der Kollege fest, der die Verlosung organisiert hatte. Carl nickte kurz und blickte in die Runde, ob es noch weitere Fragen gab.

»Wie erfolgt unsere Kommunikation?« fragte der nächste.

»Wir melden uns mit einem Kurzwellen-Schnellsender beim Generalstab in Stockholm. Wir werden aber kaum mehr senden können als guten Tag, wir sind da, besten Dank, jetzt fahren wir nach Hause. Untereinander verwenden wir Niederfrequenz, denn das Risiko einer Funküberwachung ist in diesem Gebiet praktisch gleich Null«, erwiderte Åke Stålhandske.

»Was schmuggeln diese Leute? Wissen wir das?« fragte Edvin Larsson, worauf alle neugierig auf Carl blickten.

»Ja, das wissen wir«, begann Carl mit einer kaum spürbaren Anstrengung. »Das Schmuggelgut besteht aus sechs atomaren Sprengköpfen, die von einer SS 20-Rakete geklaut worden sind. Insgesamt eine Sprengkraft von etwa einer Megatonne.«

Das Schweigen im Raum wurde plötzlich kompakt.

»Das dürfte erklären, welches Gewicht unsere Regierung auf dieses Unternehmen legt und wie groß das Interesse anderer Regierungen daran ist«, ergänzte Carl, eher um der Stille ein Ende zu machen, als den Sachverhalt weiter aufzuklären.

»Besteht das Risiko, daß die Gefechtsköpfe irgendwie scharf gemacht sind?« fragte jemand.

»Das werden wir ja sehen«, scherzte Carl, wurde dann aber schnell wieder ernst. »Soweit wir beurteilen können und nach Ansicht der Experten, mit denen wir Kontakt aufgenommen haben, ist es praktisch ausgeschlossen, daß die fragliche Ladung in einem Zustand ist, daß sie zur Detonation gebracht werden kann«, fuhr er fort. »Aber wir werden trotzdem ein paar einfache Kontrollen durchführen.«

»Und dann?« fragte Edvin Larsson mit gerunzelter Stirn. »Was zum Teufel machen wir mit den Dingern? Sollen wir sie etwa mitnehmen?«

»Nein«, sagte Carl, »wenn wir uns zurückziehen, befestigen wir nur einen Peilsender daran, so daß russisches Personal sie bei späterer Gelegenheit abholen kann.«

»Warum führen die Russen dann nicht selbst die ganze Operation durch?« fuhr Edvin Larsson mit immer noch gerunzelter Stirn fort. Es sah aus, als witterte er intuitiv Unrat.

»Soviel wir wissen«, begann Carl langsam, »besteht das Problem der Russen darin, daß sie einander oder ihrem eigenen Personal nicht vertrauen können. Es geht hier in einem Land mit zuwenig Geld um etwas, was zuviel Geld bringen kann. Es geht um Milliardenbeträge, und wir müssen davon ausgehen, daß der Schmuggel wohl von recht qualifizierten Leuten organisiert worden ist.«

»Bedeutet das nicht, daß diese Gruppe vielleicht eine bedeutend größere Feuerkraft hat, als wir mitnehmen können? Außerdem sind wir nur sechs Mann und die nach deiner Angabe zwölf«, wandte der Mann ein, der bisher nichts gesagt hatte.

»Theoretisch durchaus möglich«, erwiderte Carl trocken, »aber bedenkt, wie die Topographie aussieht. Da draußen kann man sich nicht verstecken. Während der meisten Zeit des Tages ist es dunkel. Wir können uns frei bewegen, während sie eine Last mitschleppen, die sie nicht im Stich lassen können. Wir haben überdies mit höchster Wahrscheinlichkeit das Überraschungsmoment auf unserer Seite, sind gut bewaffnet und für die Dunkelheit ausgerüstet. Kurz, irgendwelche Nachteile bei einem eventuellen Kampf vermag ich nicht zu sehen. Das dürfte eher der einfachste Teil des Unternehmens sein.«

Es wurde erneut still im Raum, obwohl die Spannung diesmal einen komplizierteren psychologischen Hintergrund hatte. Schwedische Fallschirmjäger waren außerordentlich gut dafür gerüstet, im Winter in kleinen Gruppen zu kämpfen. Theoretisch fiel es also keinem der Anwesenden schwer, Carls Ausführungen zu akzeptieren. Es war vielleicht die Art, wie er sprach, als ginge es nur um Selbstverständliches, um technische Kleinigkeiten. Oder einfacher, es war vielleicht so, daß Carl mit einer ganz anderen Autorität sprach als ein gewöhnlicher Chef oder Ausbilder. Die Männer wußten, wer er war, und hatten ihn deshalb sofort erkannt, als er das Zimmer betrat. In diesem Augenblick hatte jeder auch schnell begriffen, daß eine sehr ernste Sache bevorstand, wenn er das Unternehmen leiten sollte.

Carl spürte die neue Spannung im Raum und brachte das Gespräch auf technische Dinge, denn da bedurfte manches noch des

Feinschliffs. Die erste Frage, die man in Angriff nehmen solle, sagte er, sei die Feststellung, wo man den Fangarm auslegen solle, in welcher Entfernung vom Bestimmungsort der feindlichen Gruppe und in welchem Abstand zwischen den beiden Gruppen, in die sie sich vielleicht teilen müßten. Dies war fast reine Mathematik, eine bekannte Taktik, für die es vorgefertigte mathematische Formeln gab, die den meisten Anwesenden bekannt waren und die sie im Schlaf beherrschten.

Kolja Mordawin fühlte sich fast euphorisch vor Glück. Alles, was noch vor kurzer Zeit wie ein elender Fehlschlag ausgesehen hatte, war jetzt ins Gegenteil verkehrt. Juha hatte weniger als zwei Tage nach der katastrophalen Entdeckung in den Proviantsäcken in der Dunkelheit eine kleine Rentierherde aufgespürt. Er hatte mit seinem Schnellfeuergewehr direkt in die Herde gehalten, und drei Rentiere waren liegengeblieben. Das war so viel Fleisch, daß sie sich sogar erlauben konnten, nur die besten Stücke zu nehmen und den Rest den Wölfen zu überlassen. Das zähe, trockene Fleisch hatten alle schon ziemlich satt gehabt. Jeder hatte es nur gegessen, weil es nichts anderes gab, aber nicht etwa, weil es gut schmeckte. Jetzt aßen sie gekochtes Rentierfleisch in einer fetten Brühe und dazu Käse und Vollkornbrot und tranken heißen Tee. Ein besseres Mittel gab es nicht, sich gegen die Kälte zu wappnen. Kolja hatte nicht einmal über die katastrophale Lage zu sprechen brauchen, da Juha und Jorma ihn schnell davon überzeugt hatten, daß es besser sei, das Problem zu lösen, statt wegen des fehlenden Proviants Krach zu schlagen.

Mike Hawkins hatte ihm einige besondere Instruktionen für den Fall gegeben, daß es in der Gruppe zu Streit kam. Das war offenbar schon einmal vorgekommen, wenn auch unklar war, wo und auf welche Weise, da Mike bei seiner Darstellung nicht sehr ausführlich gewesen war. Doch hatte es offenbar schon einmal eine ähnliche Expedition gegeben, obwohl dabei nur waffenfähiges Plutonium verfrachtet worden war und keine kompletten Gefechtsköpfe wie jetzt. Nur einer in der früheren Gruppe hatte gewußt, was da transportiert wurde, und offenbar war jemand auf die Idee gekommen, die schweren Kisten enthielten Gold. Aus diesem Grund war es wahrscheinlich zum Krach gekommen, und das Ganze hatte damit geendet, daß die Männer die Kisten öffneten. Vielleicht hatte es eine Schießerei gegeben, bei der die Männer irgendwie mit dem Plutonium in Berührung gekommen waren. Mike hatte angedeutet, daß alle umgekommen seien.

Falls diesmal eine ähnliche Situation entstehen sollte, hatte Kolja den Auftrag, den anderen zu erzählen, was für eine Ware sie mitschleppten, daß es also nichts war, was man stehlen und wie Gold oder anderes Schmuggelgut weiterverkaufen konnte.

Doch da in der Gruppe jetzt eine gute Stimmung herrschte und nur noch wenige Tage zu bestehen waren, schien alles gutzugehen. Kolja sah sehr wohl ein, daß er sich in einer Hinsicht selbst betrog. Sie hatten zwar fast drei Viertel der Strecke bewältigt und damit den größten Teil ihrer Plackerei hinter sich. Außerdem ging es aus mehreren Gründen mit jedem Tag leichter, und überdies konnten sie alle nachts besser schlafen, da die lange tägliche Arbeit allmählich bewirkte, daß die Spannung nachließ. Schon richtig. Die letzte Schwierigkeit bestand jedoch darin, einen hundert Meter breiten Gürtel mit elektronischen Überwachungsvorrichtungen zu überwinden und dann die letzten fünf Kilometer bis zur Grenze zurückzulegen. Wenn bei der Grenzstation der falsche Mann auf sie wartete, konnte alles noch ein sehr schmähliches Ende finden. Doch warum sollte sich andererseits nicht der richtige Mann am richtigen Ort befinden, da sie alle anderen Anstrengungen so gut bewältigt hatten?

Am wohlsten fühlte sich Kolja beim Umgang mit Juha und Jorma, nicht nur, weil er ihnen gegenüber eine Dankesschuld abzutragen hatte, denn sie hatten ja die gesamte Expedition gerettet. Sie schienen aber auch viel fröhlicher und weniger besorgt zu sein als alle anderen. Vielleicht lag es daran, daß sie es nicht mehr weit bis nach Hause hatten. Sie würden auf der anderen Seite der Grenze abspringen und dann in ihrem ganzen Leben nie mehr schmuggeln, sagten sie. Alle anderen hatten noch eine weitere Reise vor sich, zunächst nach Norwegen, um dann an Bord eines Schiffs zu gehen, auf dem sie mit einem Arbeitstrupp, der Ablösung beim Schrottbergungsprojekt, nach Murmansk zurückfahren sollten. Erst nach der unbemerkten Einreise in Murmansk konnten sie sich sicher fühlen. Falls der eine oder andere nicht versuchte, sich in Finnland abzusetzen.

Aber dann stellte sich wieder die Frage des Geldes. Hunderttausend Dollar waren in Rußland ein unfaßbar großes Vermögen. Es würde für das ganze Leben reichen und für ein Leben im Überfluß dazu.

Juha und Jorma hatten demgegenüber vergleichsweise bescheidene Pläne. Sie hatten nur den Wunsch, sich ein Haus zu kaufen. Was sie betraf, reichte das Geld dafür und nicht für mehr. Aber dennoch waren sie immer besserer Laune und mehr zu Scherzen aufgelegt als jeder andere Teilnehmer der Expedition.

Kolja hatte herauszufinden versucht, ob das Geld tatsächlich nicht für mehr als ein Haus reichte. Sie hatten jedoch lachend versichert, nur im Norden Finnlands könne man mit hunderttausend Dollar etwas anfangen. Unten im Süden, in der Gegend von Helsinki, bekämen sie für diese Summe nur ein recht kleines und jämmerliches Häuschen. Sie beklagten sich aber nicht, sondern meinten vielmehr, es sei eine ganz hervorragende Bezahlung für eine einzige Schmuggeltour. Sie hätten bisher mit Fellen gehandelt und seien kreuz und quer über die Grenze gegangen. Wenn sie damit weitermachten, erzählten sie, müßten sie mehrere Jahre schuften, um einen entsprechenden Betrag zusammenzubekommen. Jetzt würden sie gut wohnen, heiraten, fischen und auf die Jagd gehen und das Leben führen, das sie sich mehr als alles andere wünschten. Nein, sie hätten wahrlich keinen Grund, nach mehr zu schmachten, obwohl sie wohl einsähen, daß das Geld für die russischen Kameraden einen ganz anderen Wert habe, allerdings nur, wenn sie zu Hause blieben.

Kolja phantasierte eine Weile über sein Leben nach der Heimkehr. Er würde außerdem bei Mike weiterhin Geld verdienen können; das mußte er schon tun, um keine Aufmerksamkeit zu erregen. Er durfte nicht als ein Mann entlarvt werden, der viel zu schnell viel zu reich geworden war. Er dachte wieder daran, welche Feste er in seinem neuen Haus geben würde, daß er sowohl seine Familie als auch die von Onkel Alexej und alle Freunde einladen würde. Er konnte nicht umhin, daran zu denken, wie dankbar sie sein und wie sehr sie ihn bewundern würden, obwohl solche Gedanken ziemlich schändlich waren. Sein Vater und sein Onkel waren trotz allem richtige Bären von Männern, beide für ihren Dienst in der Sowjetflotte mehrfach dekoriert und beide bekleideten sehr verantwortungsvolle Positionen. Dann gab sich Kolja eine Zeitlang angenehmen sexuellen Phantasien hin und dachte daran, was er nach sechs Wochen Enthaltsamkeit nachzuholen hatte und mit welchen Frauen er es nachholen würde; schon jetzt konnte er in Murmansk jede Frau bekommen, die er wollte. Vielleicht sogar in Moskau, doch das blieb noch abzuwarten.

Jedenfalls gab es keinerlei Grund für etwas anderes als strahlende Laune. Außerdem war das Wetter erneut umgeschlagen. Dicke Wolken schwebten in geringer Höhe heran, und die Temperatur war seit dem Vortag gestiegen, so daß niemand mehr frieren mußte. Die Wolken sind wirklich meine Freunde, dachte er und sah zu den immer dichteren Wolkengebirgen hoch, die von Westen herantrieben. Westwind und eine dichte Wolkendecke. Was konnte er sich im Augenblick mehr wünschen?

Der Wetterumschwung war schnell erfolgt und sofort von den Meteorologen in Luleå an den Stockholmer Generalstab und von dort nach Karlsborg gemeldet worden. Dichte Wolken in geringer Höhe über dem Zielgebiet und westlicher Wind. Mit anderen Worten: perfekte Verhältnisse.

Sie waren in einer halben Stunde startklar. Während Carl noch einmal mit den Piloten sprach, gingen Åke Stålhandske und Edvin Larsson ein letztes Mal die Liste mit der Ausrüstung durch. Das gesamte Material, angefangen bei der Kleidung bis hin zur technischen Ausrüstung, war in verschlossenen Räumlichkeiten am Ende eines Hangars von F 6 verstaut, und als Carl und die drei anderen erschienen, hatten sich Åke Stålhandske und Edvin Larsson schon umgezogen, ausgerüstet und ihre private Kleidung und persönlichen Habseligkeiten, Uhren, Ringe, alles in je einem Jutesack verstaut, den sie dann verschlossen und in ein numeriertes Spind legten. Sie durften keinen einzigen Gegenstand bei sich haben, der sie identifizieren oder auch nur zur Bestimmung ihrer Nationalität führen konnte. Ihre Overalls kamen aus Kanada, ihre neuen Uhren waren japanisch ebenso wie ein großer Teil der Elektronik. Ihre Waffen waren hauptsächlich deutsch, die Fallschirme französisch, die Skier schwedisch, die Zelte norwegisch, ihre Spirituskocher finnisch, und so weiter.

Die Hercules-Maschine rollte zum Hangar, worauf der Pilot die Heckklappe herunterließ. Sie beluden die Maschine in wenigen Minuten, begrüßten kurz die Piloten, den Offizier, der den Absprung überwachen sollte, sowie den Arzt. Dann rollte die Maschine zur Startposition, während die Rampe hochgeklappt wurde. Sie blieben recht lange mit laufenden Motoren stehen, da jetzt ein letztes Mal Funkkontakt zum Generalstab in Stockholm hergestellt wurde und von dort zum Verteidigungsministerium, damit der Befehl noch einmal bestätigt wurde. Der Verteidigungsminister war jedoch schwer zu erreichen, da er in einer Gewerkschaftssitzung mit den weiblichen Angestellten des Ministeriums saß. Die Gewerkschaftsvertreterinnen wollten einen Beschäftigungsschutz in den Fällen, in denen die neue Regierung einen Personalwechsel plante, und verlangten andererseits, daß der Verteidigungsminister in einem Punkt nachgab, der das Recht von Frauen betraf, bei Militärkapellen weibliche Blechbläser zu stellen.

Davon wußten die sechs Männer, die in dem gewaltigen Bauch der Transportmaschine saßen, natürlich nichts. Sie glaubten, die Verzögerung hätte kompliziertere Gründe. Sechs Mann, drei auf jeder Seite der Sauerstoffkonsole im Heck der Maschine, umgeben von einem gewaltigen leeren Raum. Sie hatten das Gefühl, eine weitaus kleinere Kampfgruppe zu sein, als sie tatsächlich waren, jedenfalls gemessen an der Kompetenz und an der Feuerkraft.

Schließlich kam der Verteidigungsminister ans Telefon und tobte, als ihm aufging, daß die Maschine mit laufenden Motoren dagestanden hatte, bereit, jederzeit abzuheben, um zu einem Auftrag aufzubrechen, den man nur als historisch bezeichnen konnte, während er aufgehalten worden war, weil irgendwelche Frauen Hornistinnen werden wollten. Er brüllte, die Expedition könne beginnen, und kehrte dann mit langen Schritten in den Konferenzraum zurück.

In der Maschine gab es nichts, worüber die Männer sich hätten unterhalten können. Man mußte ohnehin schreien, um das Dröhnen der vier Motoren zu übertönen. Carl nutzte hier eins seiner besonderen Talente, nämlich in einem Flugzeug jederzeit schlafen zu können. Er legte sich Ohrenschützer an und schlief tatsächlich recht bald und für die anderen erkennbar ein.

Åke Stålhandske, der neben Carl saß, wechselte einen vielsagenden Blick mit Edvin Larsson auf der anderen Seite, sah Carl an, schüttelte den Kopf und lachte. Er setzte voraus, daß er Carl erst dann wecken mußte, wenn sie kurz vor dem Ziel waren, wenn es Zeit war, die Helme aufzusetzen und sich an die Sauerstoffkonsole anzuschließen.

Einige dutzend Kilometer von der kleinen Stadt Ivalo in Nordfinnland und einige dutzend Kilometer von der russischen Grenze entfernt saßen Luigi Bertoni-Svensson und sein Fallschirmjäger-Kollege Matti Heiskanen in ihrer seit kurzem gut isolierten und recht gemütlichen Jagd- und Fischerhütte. Sie sprachen nicht viel. Zwischen ihnen auf dem Küchentisch lag ein Handy, über das sie vor einer halben Stunde Nachricht erhalten hatten. Beata hatte angerufen und eine Zeitlang über dieses und jenes geplaudert, bevor sie mitteilte, *»auch in diesem Jahr scheint es zu Weihnachten keinen Schnee zu geben«*, worauf sie aufgelegt hatte. Das war das Signal, das die höchste Alarmbereitschaft auslöste.

Entweder würde jetzt erst in einigen Stunden etwas passieren, wenn sie wieder über Telefon die Mitteilung erhielten, jemand habe *»eine unerwartet hohe Steuerrückvergütung erhalten«*. Was bedeuten würde, daß die Kampfgruppe unter kontrollierten und berechneten Formen gelandet und alles in Ordnung war.

Oder aber sie würden eine Mitteilung erhalten, die darauf hinauslief, daß sie sofort zur russischen Grenze abrücken mußten, um sich bereit zu halten und zu retten, was noch zu retten war. Außerdem mußten sie dann versuchen, es per Niederfrequenz zu senden, um so schnell wie möglich mit denen Kontakt aufzunehmen, die noch am Leben waren.

Es war ein unerträgliches Warten, und sie gingen einander unabsichtlich auf die Nerven. Keiner der beiden wußte mehr, als daß eine Gruppe von sechs Mann bald per Fallschirm fünfzig Kilometer hinter der finnisch-russischen Grenze landen sollte und einen Auftrag hatte, für den eine knappe Woche vorgesehen war. Anschließend sollten sie abgeholt werden. Luigi und Matti Heiskanen hatten keine Ahnung, worum es ging. Sie hatten schon lange aufgehört, auch nur darüber zu spekulieren. Selbstverständlich war nur, daß es um etwas Großes ging. Und daß einige ihrer Kameraden Gefahr liefen, nicht wiederzukommen, war ebenfalls selbstverständlich. Und da saßen sie nun an einem Küchentisch und konnten nichts weiter tun, als ein tragbares Telefon anzustarren.

»Wollen wir Kaffee?« fragte Matti Heiskanen lustlos, als ginge es ihm eher darum, dem Schweigen ein Ende zu machen. Luigi schüttelte den Kopf.

Unbewußt lauschten sie. Sie hörten das Geräusch gleichzeitig, nickten einander zu, standen auf und gingen auf die Vordertreppe. Es konnte keinen Zweifel geben. Das dumpfe Brummen der Hercules-Motoren war unverkennbar.

»Was glaubst du, neuntausend Meter etwa?« fragte Luigi. Matti Heiskanen zuckte die Achseln. Auch er konnte nur Vermutungen anstellen.

Das Geräusch näherte sich langsam und unerbittlich, und kurz darauf kamen beide zu dem Schluß, daß die Maschine sich direkt über ihnen befand. Etwa jetzt würde es also geschehen. Sie sahen es mühelos vor sich, wie die Rampe heruntergeklappt wurde, wie die Männer im Bauch der Maschine aufstanden, noch einmal ihre Ausrüstung und die der anderen prüften, wie das große Frachtstück ans Heck gerollt wurde. Als das Signal zum Springen kam, wurde es von dem ersten Mann über den Rand geschoben. Das sollte Edvin Larsson sein. Anschließend folgten die anderen in schnellem Takt. Die beiden Männer am Boden sahen vor sich, wie der Wind mit einem harten Ruck die Fallschirme auffing und wie sieben dunkle Punkte in einer diagonalen Reihe nach Osten getrieben wurden.

Luigi und Matti Heiskanen versuchten die Windstärke zu beurteilen, aber dort oben herrschten vielleicht völlig andere Verhältnisse. Die Kameraden dort oben dürften etwa einen Anflug von fünfundzwanzig bis dreißig Minuten haben und dann mindestens zehn weitere Minuten brauchen, um festzustellen, daß alle sicher gelandet und nicht entdeckt worden waren. Dann brauchten sie noch etwas Zeit, um die Antenne des Schnellsenders aufzubauen und eine Nachricht nach Stockholm zu senden.

Ihr Telefon auf dem Küchentisch würde also im besten Fall erst in gut vierzig Minuten läuten. Sie fühlten sich verzweifelt machtlos.

Carl ging als letzter über die Rampe. Er blieb noch eine Sekunde stehen und sah hinter den anderen her. Dann stürzte er sich in die Freiheit, wurde von der starken Turbulenz aufgefangen und wirbelte wie ein Blatt herum. Die Abdrift zerrte an seinem Körper und seiner schweren Ausrüstung, bis ein kräftiger Ruck ihm mitteilte, daß der Schirm sich normal entfaltet hatte. Es dauerte einige Sekunden, die Benommenheit zu überwinden und die Lage unter Kontrolle zu bekommen. Alles sah gut aus. Hier oben gab es noch genügend Licht, um ohne weiteres Sichtkontakt zu ermöglichen, aber er bemühte sich dennoch eine Zeitlang, sich näher an die anderen heranzumanövrieren. Sie hatten reichlich Zeit, bis sie tief da unten die Wolkendecke durchstoßen sollten, doch dann würde es schon bedeutend dunkler sein, besonders an der Erdoberfläche.

Carl fühlte sich bemerkenswert aufgekratzt, als hätte eine sehr schwere Bürde von Verantwortung und Kummer auf ihm gelastet, die jetzt am Himmel wie weggewirbelt war. Leichter als jetzt konnte das Leben nicht sein, und das war Freiheit. Bestimmte Dinge mußten getan werden, einige Manöver waren zu absolvieren, und es gab keine Umkehr und keine Wahlmöglichkeit. Er prüfte Kompaß und Zeit. Alles schien zu stimmen, und da Åke Stålhandske ihm von Edvin Larssons Qualifikation als Navigator berichtet hatte, erwartete er auch nichts anderes. Alles deutete auf eine normale Landung am vorausberechneten Ort hin. Carl hatte etwas Kondensflüssigkeit in der Gesichtsmaske, aber es war nichts, was ihm Kummer machte. Die Sauerstoffausrüstung funktionierte perfekt.

Bemerkenswerterweise sorgte er sich um nichts dort unten, auf der anderen Seite der niedrigen Wolkendecke. Der Gedanke, man könnte sie dort unten erwarten, kam ihm nicht eine Sekunde. Für ihn war es unvorstellbar, daß sie inmitten eines russischen Grenzjäger-Regiments oder einer ähnlich bedrohlichen Umgebung landen könnten. Einmal konnte keinem Außenstehenden der Punkt bekannt sein, den sie für die Landung ausgewählt hatten, zum andern konnte man sie im Radar unmöglich entdecken. Sie würden nicht mehr zu sehen sein als Vögel. So gab es im Augenblick keinerlei Probleme, gar keine. Er fühlte sich so aufgekratzt, daß er das Gefühl hatte, eine Mischung aus Sauerstoff- und Lachgas einzuatmen, daß es vielleicht eine aufmunternde Innovation war, die irgendein Militärtechniker ausgetüftelt hatte, um Leute, die schwierige Aufträge vor sich hatten, in allerbeste Verfassung zu bringen. Er verscheuchte den Gedanken sofort. Er spürte, daß es etwas anderes war, daß er eher ein berauschendes Gefühl von Freiheit erlebte, das auf der Einfachheit der Situation beruhte; hier gab es kein Kind und keine Frau und keine Ex-Frau, keine Verantwortung für Finanzen, persönliche Moral oder etwas, was richtig oder falsch war, hier gab es nur einen Auftrag, einen Befehl, den er verstanden hatte und ausführen würde. Nichts anderes, und das war Freiheit.

Er manövrierte sich an die anderen heran, da die Wolken allmählich näher kamen. Er kontrollierte erneut ihre Position, nachdem er etwas kondensiertes Eis von den Instrumenten geschabt hatte. Sie mußten verhältnismäßig milde und feuchte Winde hinter sich haben, denn er bemerkte keinerlei Beschwerden, die auf Kälte zurückzuführen waren.

Als sie sich der Wolkendecke näherten, veränderten sie ihre Formation, so daß sie relativ nahe aneinander herankamen und in einem Kreis am Himmel hingen. Sie hatten die gleiche Höhe und wandten einander die Gesichter zu. Als der Gruppenchef ein Zeichen gab, drehten sie sich gleichzeitig in den Wind, bremsten und begannen, vertikal durch die Wolken zu stoßen, in die Dunkelheit, die ihnen entgegenkam. Die Wolkendecke war dünner als berechnet. Nachdem sie den kurzen Fall durch die milchigweiße Wolkendecke hinter sich hatten, sahen sie einander wieder deutlich und konnten sich auch eine ungefähre Vorstellung davon verschaffen, wie es dort unten aussah, denn auf der Erde beherrschte die weiße Schneedecke das Blickfeld. Hier und da waren dunkle Formationen zu sehen, die Wald oder Berge sein konnten, vermutlich Wald.

Sie wählten durch Handzeichen ein kleines Feld inmitten eines Wäldchens aus und manövrierten sich dann einzeln hinunter. Sie hatten keinerlei Anzeichen von menschlichem Leben entdeckt, im Umkreis mehrerer dutzend Kilometer weder Maschinen noch Licht gesehen und fühlten sich alle recht sicher, ungestört landen zu können.

Sie setzten tief im Schnee auf. Es dauerte eine Weile, die Fallschirme zusammenzupacken und die Schneeschuhe anzuziehen, damit sie sich um ihre Fracht kümmern konnten. Carl gab sofort zwei Mann den Befehl, am Rand des Wäldchens die Antenne herzurichten. Er hielt es nicht für sonderlich dringend, die nächste Umgebung abzusuchen. Während die Antenne aufgebaut wurde, packten sie ihre Frachtkiste aus, luden die Ausrüstung auf die beiden Schlitten, packten die zusammengefalteten Fallschirme in die Transportkiste, die sie anschließend unter einer Tanne im Schnee vergruben. Als sie damit fertig waren, war es dunkel geworden. Sie setzten sich ihre Nachtbrillen auf und machten pflichtschuldigst ein paar Manöver auf Skiern, fuhren um den Rand des Wäldchens herum, um zu sehen, ob irgendwo in der Nähe Anzeichen von menschlichem Leben zu entdecken waren. Doch es war nichts zu sehen und zu hören. Alles andere wäre auch höchst erstaunlich gewesen. Immerhin war dies der menschenleerste Teil der Nordkalotte.

Carl konnte schon bald beschließen, das Signal an die Heimatbasis zu senden, daß sie nach Plan gelandet seien und daß alles normal verlaufe.

Anna Erikadotter und Tessie saßen auf je einem Ende des großen, weich gepolsterten italienischen Sofas im Verandazimmer von Stenhamra. Sie hatten nach einiger Mühe ein Kaminfeuer in Gang gebracht und kicherten darüber, wie anfängerhaft sie sich dabei benommen hatten. Sie saßen in Strümpfen mit hochgezogenen Beinen da und hielten jede eine Teetasse in der Hand. Sie versuchten sich mit lustigen Geschichten über die Männer gegenseitig Mut zu machen. Anna erzählte, wie es gewesen sei, als Åke auf dem Flughafen in Rom in die Maschine gekommen war, und Tessie revanchierte sich damit, wie Carl vor einigen Jahren plötzlich wie ein Traum aus der Vergangenheit aufgetaucht und von ihrem damaligen Mann hinausgeworfen worden sei, der gedroht habe, seine Hunde auf ihn zu hetzen. Carl habe erwidert, es wäre »schade um die Hunde«. Dann erzählte sie, wie ungeschickt Carl sich mit dem Ehering angestellt habe. Anna gab zum besten, wie Åke Rotwein auf das weiße Brautkleid geschüttet habe. Es waren Geschichten, die den unbewußten

Zweck hatten zu zeigen, daß die Männer der beiden wie alle anderen waren, möglicherweise etwas unbeholfener als andere, jedenfalls in bestimmten Situationen, aber sonst wie alle anderen. Und im Augenblick waren sie zufällig vor Weihnachten auf einer kleinen Dienstreise.

Dieser Selbstbetrug fiel ihnen schwer, und sie liefen trotzdem ständig Gefahr, auf das falsche Thema zu sprechen zu kommen. Wie beispielsweise diese Geschichte mit den Hunden, als Carl gesagt habe, es sei schade um die Hunde. Das seien übrigens ziemliche Bestien gewesen. Man hätte glauben können, es sei nur ein selbstbewußter Scherz gewesen. Aber später habe sie einmal gefragt, und da habe er humorlos und sachlich erwidert, aber ja, selbstverständlich hätte er die Hunde getötet.

Und damit war plötzlich die falsche Art Geschichte erzählt, eine Geschichte von Männern, die ganz und gar nicht auf einer gewöhnlichen Dienstreise waren, sondern von Männern, die mit ihren bloßen Händen Dobermänner töten konnten.

Es gelang den beiden Frauen nicht, ihrer Unruhe zu entkommen. Sie konnten sich nicht mit Scherzen und fröhlichen Geschichten vor der fragenden Verwunderung retten, die sie empfanden. Schließlich stellte Tessie entschlossen die Teeplörre beiseite, wie sie in ihrem lustigen, aber durchaus begreiflichen Schwedisch sagte, und holte eine Flasche Wein und zwei Gläser. Carl zufolge sollte es ein Wein sein, von dem der Alte besonders entzückt war. Ob der Alte wohl ...? Ach was! Da waren sie wieder beim Thema.

»Ich glaube, sie sind in Finnland, in der Nähe der russischen Grenze«, sagte Anna nachdenklich. »Åke rief vor ein paar Tagen aus der Hütte an und sagte, er wolle eine Zeitlang auf die Jagd gehen und fischen, werde aber zu Weihnachten wieder hier sein.«

»Glaubst du das?« fragte Tessie skeptisch.

»Daß er in Finnland ist oder Weihnachten wieder zu Hause ist? Ja, ich glaube beides. Du etwa nicht?«

»Carl hat überhaupt nichts von Finnland gesagt. Er hat gar nichts gesagt«, erwiderte Tessie. »Wenn es aber nur um Finnland gegangen wäre, hätte er doch etwas sagen können.«

»Nur um Finnland? Was meinst du mit nur Finnland? So nur ist das doch auch nicht«, sagte Anna, deren Augen die Besorgnis anzusehen war. Sie trank einem kräftigen Schluck von dem Rotwein. Sie war Wein nicht gewohnt und hätte sich um ein Haar verschluckt.

»Ich weiß nicht«, sagte Tessie unsicher, »ich weiß nicht, was ich glauben soll. Aber Åke hat von etwas erzählt, was aus Rußland herausgeschmuggelt werden sollte, war es nicht so?«

»Ja, aber er hat nichts davon gesagt, daß er selbst nach Rußland sollte, ganz im Gegenteil. Nein, ich glaube immer noch, daß er da oben in der Hütte bei Ivalo ist.«

»Was schmuggelt man denn aus Rußland?« fragte Tessie nachdenklich.

»Das weiß ich! Das habe ich selbst gesehen«, sagte Anna triumphierend und übertrieben munter, als glaubte sie selbst nicht so recht daran. »Sie schmuggeln Wolfsfelle und Vielfraßfelle nach Finnland und Norwegen!«

»Aber ja«, entgegnete Tessie ironisch, »selbstverständlich schickt Schweden den stellvertretenden Chef des Nachrichtendienstes und seinen engsten Mitarbeiter in den hohen Norden, um dem Schmuggel von Vielfraßfellen aus Rußland ein Ende zu machen. Das versteht ja jedes Kind, daß wir im Interesse des Weltfriedens dem entsetzlichen Export von Vielfraßfellen aus Rußland ein Ende setzen müssen.«

»Also was glaubst du?« wollte Anna wissen.

»Na ja«, sagte Tessie mit einem Seufzer, »was gibt es denn in Rußland, was so wichtig sein könnte? Weißt du, was der Alte sagte, als er zum Essen bei uns war? Ja, in Rußland gebe es nur drei Dinge von Bedeutung, Kaviar, Touristensouvenirs und 27 000 atomare Gefechtsköpfe. Das hat er jedenfalls gesagt.«

Anna gab darauf lange Zeit keine Antwort, und Tessie verfolgte ihren Gedankengang nicht weiter. Es war, als könnte man sich daran verbrennen, als sagte die gleiche Intuition, die auf diese Spur geführt hatte, jetzt plötzlich, sie müßten sich von dem Thema schleunigst wieder entfernen.

»Ich erwarte ein Kind«, sagte Anna plötzlich. »Ich habe die Bestätigung bekommen, bevor ich heute zu dir rausfuhr. Ich bin im zweiten Monat.«

Tessie starrte sie erst verblüfft an. Dann begann sie zu lächeln und nickte und warf den Kopf in den Nacken, als gäbe es über diese nicht ganz unerwartete Nachricht etwas sehr Unerwartetes zu sagen. So war es auch.

»Ich selbst bin im dritten Monat«, sagte sie. Beide lachten gleichzeitig los, zunächst in ganz offenkundiger und reiner gemeinsamer Freude, dann mit einem leichten Anflug von Verzweiflung.

»Du hast Åke natürlich nichts gesagt, ich meine, daß du geglaubt hast …?« fragte Tessie, als sie das Gefühl hatte, sich zusammennehmen zu müssen.

»Nein«, erwiderte Anna und biß sich auf die Unterlippe, um sich darauf konzentrieren zu können, daß sie nicht in Tränen ausbrechen durfte. »Das wollte ich ihm erst erzählen, wenn er wieder da ist. Es sollte ein Weihnachtsgeschenk sein. Und du?«

»Ich habe auch nichts gesagt«, flüsterte Tessie. »Carl weiß nichts. Ich nehme an, ich habe genauso gedacht wie du.«

Sie waren nur noch wenige Tage vom Ziel entfernt. Das Wetter hatte aufgeklart, aber die Kälte hielt sich in erträglichen Grenzen und lag bei etwa minus zwanzig Grad. Kolja hatte mittlerweile all seine Besorgnis verdrängt, die ohnehin niemandem nützte. Außerdem hatten sie kein einziges Mal Kontakt mit Menschen gehabt und nicht mal eine Spur im Schnee entdeckt.

Aber hier war nun eine Spur, eine deutlich sichtbare Skispur, die überdies ziemlich ausgefahren wirkte. Es näherte sich die kurze Stunde des Tages, in der es eine Art Dämmerung gab statt Dunkelheit, und eigentlich hatten sie hier nur anhalten wollen, um die Tarnnetze über sich zu ziehen und sich ein paar Stunden auszuruhen. Doch die Skispur veränderte alles. Da gab es kaum etwas zu diskutieren. Es konnte nichts anderes sein als die Spur irgendeiner Patrouille. Sie hatten zwischen zwei Dingen zu wählen. Entweder mußten sie versuchen, eine weit ausholende Umfassungsbewegung zu machen, um die Spur nicht kreuzen zu müssen. Oder sie mußten die Spur überqueren und versuchen, ihre eigene Spur zu zerstören, und zwar mindestens ein paar hundert Meter in beiden Richtungen.

Mit etwas Glück würde es schneien, und der Schnee würde dann alles zudecken, was von ihnen zu sehen war. Es war in erster Linie eine Frage der Zeit. Sie wußten nicht, wie lange sie der Skispur seitlich folgen mußten, denn der Karte zufolge gab es in der Nähe keinerlei Militärposten. Es konnte sich also um mehrere dutzend Kilometer handeln.

Wenn es aber andererseits um so große Entfernungen ging, kam vielleicht nur einmal in der Woche eine Patrouille vorbei. Sie hatten kaum eine Wahl. Zu Anfang waren sie nur sehr langsam vorwärtsgekommen, weil sie mit Tannenreisern hinter den Schlitten hergegangen waren, um die dicken, deutlich sichtbaren Spuren der Kufen zu verwischen. Es war nur ein leichter Schneefall nötig, um den Rest zu erledigen. Draußen in der Wildnis hatten sie es nicht lange für nötig gehalten, immer wieder ihre Spuren zu verwischen. Aber jetzt war es wieder soweit. Sie schnitten dicke Tannenäste ab und begannen, die Spur hinter sich einige hundert Meter zu bearbeiten, bis für eine zufällig hier passierende Skipatrouille nichts zu sehen war. Dann zogen sie ihre Schlitten über die Skispur und setzten ihre eigenen Skier dazu ein, die Spur wieder herzurichten, während sie recht große Mühe darauf verwandten, dort, wo die Schlittenkufen sich in den Schnee gegraben hatten, alles wieder auszugleichen. Sie waren gezwungen, bei der hellsten Tageszeit zu arbeiten, da es im Moment nichts Dringenderes gab als dieses Problem. Während sie arbeiteten, bewölkte sich der Himmel, und die ersten Schneeflocken begannen zu fallen. Kolja hatte das Gefühl, als wäre Gott noch immer auf seiner Seite. Einige Stunden Schneefall waren alles, was sie brauchten.

Doch Koljas vermeintliches Glück war in Wahrheit sein Unglück. Etwa einen Kilometer entfernt kam der Hauptmann Lars Andersson fröhlich auf seinen Skiern herangefahren. Er war nur leicht ausgerüstet, als absolvierte er eine Trainingsrunde. Es sah aus, als wäre er ein Biathlet bei einer Übung. Nur die Nummer auf der Brust fehlte.

Als er jedoch urplötzlich stehenblieb und hinter einigen Baumstämmen Schutz suchte, zeigte sich, daß er sich in einigen entscheidenden Punkten doch von einem gewöhnlichen Biathleten unterschied. Das Gewehr, das er sich auf den Rücken geschnallt hatte, hatte ein Zielfernrohr mit sechzehnfacher Vergrößerung, und außerdem trug er einen kleinen Sender am Gürtel, der auf dem Rücken neben dem Gewehrkolben befestigt war.

Als er die Männer da vorn eine Zeitlang durch das Fernrohr beobachtet hatte, war er sich ziemlich sicher, daß keiner von ihnen ein Funkgerät eingeschaltet hatte. Sie schienen überdies verzweifelt damit beschäftigt zu sein, jeden Hinweis darauf zu verwischen, daß sie den Fangarm überquert hatten. Es stimmte, daß es zwölf Mann waren. Von Waffen war nichts zu sehen. Ihr Kurs war gegeben, vorausgesetzt, sie waren tatsächlich zu dem angegebenen Ziel unterwegs. Er brauchte nur zu zählen.

Lars Andersson schickte eine kurze Nachricht los, kehrte um und fuhr seelenruhig zu seiner Basis zurück.

Als Carl die Mitteilung erhalten hatte, holte er sein Kartenmaterial hervor und ein Lineal. Er rechnete aus, an welchem Punkt die beiden schwedischen Gruppen zusammentreffen sollten. Ihr Fangarm war fünfzig Kilometer lang. Sie hatten sich darin abgewechselt, jeweils aus einer Richtung die halbe Strecke abzufahren, und zwar im Abstand von vier Stunden. Der Feind hätte schon ein phänomenales Glück haben müssen, um unentdeckt davonzukommen.

Carl kam zu dem Schluß, daß sie jetzt weiteren Ballast abwerfen konnten, einige schwerere Waffen und andere Dinge, die sie offenbar nicht brauchen würden. Dann begab er sich mit Åke Stålhandske und Hauptmann Lars Andersson gemächlich auf den Weg zu dem Punkt, an dem sie die drei anderen treffen sollten, die aus der Gegenrichtung kamen. Carl unterhielt sich unterwegs mit seinen Begleitern. Jetzt war es soweit. Schon bald würden sie den Gegner wie in einem Sack einfangen. Sie konnten sich im Laufe von vierundzwanzig Stunden mühelos bis zu fünfzig Kilometer fortbewegen, während die entsprechende Beweglichkeit beim Gegner bei höchstens zehn Kilometern lag.

Das Ganze sah sehr gut aus. Je weiter von der russischen Grenzlinie entfernt sie den Gegner stellen konnten, um so besser.

Sie diskutierten laut und unbekümmert, wie sie den Rest erledigen sollten. Am besten war es wohl, sich irgendwo vor dem Gegner zu postieren und ihm den Weg zu seinem Bestimmungsort abzuschneiden. Dann sollten die Männer ausschwärmen, diskreten Funkkontakt halten und beim ersten Sichtkontakt mit dem Gegner auf diesen zufahren. Es konnte nicht allzu schwer sein. Dann hatten sie immer noch die Möglichkeit, sich für eine bestimmte Taktik zu entscheiden, je nachdem, wie das Gelände dort aussah. Sie konnten sich in einen Hinterhalt legen und einen schnellen Feuerüberfall durchführen oder warten, bis die Gegner ihr Lager aufschlugen, um sich auszuruhen. Dann brauchten sie nur mit den Skiern ins Lager zu fahren. Carl neigte zu der letzten Lösung, da es nicht uninteressant wäre, die Schmuggler zu verhören, solange sie noch etwas zu sagen hatten, wie er es umschrieb.

Die Landschaft wurde noch immer von schütterem Nadelwald beherrscht. Der Form nach schienen die Tannen sehr hoch zu sein, aber sie hatten falsche Proportionen, da die Äste nur etwa einen Meter lang waren. In Wahrheit war der Wald also sehr niedrig und schütter und auf weiten Flächen überdies tot. Manchmal sah es aus, als liefen sie durch große Schläge, da alle Bäume tot und verdorrt waren, doch es mußte sich um Umweltzerstörung handeln, da sie kein einziges Anzeichen von menschlicher Zivilisation oder menschlicher Arbeit entdeckten. Carl erkannte, daß die verdorrten Baumstämme sich als sehr nützlich erweisen würden, sprach dieses Thema jedoch noch nicht an.

Am späten Abend trafen sie mit der zweiten Gruppe zusammen und beschlossen, ihr Nachtlager aufzuschlagen, zu essen und sich vor der Entscheidung am nächsten Tag auszuruhen. Sie befanden sich genau auf der Linie zwischen dem erwarteten Bestimmungsort des Gegners und dem Punkt, an dem er zum ersten Mal beobachtet worden war. Unter der Voraussetzung, daß er sich mit der gleichen Sicherheit orientierte wie sie selbst und nicht mit Hilfe altmodischer Kompasse oder ähnlichem, konnten sie im Grunde einfach dort bleiben, wo sie waren, und abwarten. Carl meinte jedoch, sie sollten das Gelände am nächsten Tag ein wenig erkunden, solange es hell sei, um zu sehen, ob es für die abschließende Arbeit nicht einen geeigneteren Ort gebe.

Sie schliefen unruhig und stellten zum ersten Mal einen Wachposten auf, da sie nicht mit Sicherheit wissen konnten, ob der Gegner auf die zu erwartende Vorsichtsmaßnahme verzichtete, eine Vorauspatrouille mit leichter Ausrüstung loszuschicken. Bei näherer Überlegung hatte es jedoch den Anschein, als hätte der Gegner dazu nicht genügend Leute. Sie waren zwölf Mann auf drei Schlitten, und mindestens zwei der Schlitten mußten fast eine Tonne wiegen. Sie brauchten sicher vier Mann pro Schlitten und mußten überdies gelegentlich einen Wechsel vornehmen, damit jeder mal leichter, mal schwerer zu ziehen hatte. Im Grunde war es eine beachtliche Leistung, eine solche Ladung dreihundert Kilometer durch die Wildnis zu ziehen. Und es beinahe zu schaffen …

Sie standen am nächsten Tag lange vor der Morgendämmerung auf und liefen dem Gegner rund zehn Kilometer entgegen, bevor sie ausschwärmten und ihre Nachtbrillen aufsetzten. Es war natürlich kalt und langweilig, Stunde um Stunde dazustehen, zu lauschen und ins Nichts zu starren, aber andererseits fror einen weniger, wenn man sich auf einer vielversprechenden Jagd befand, die interessante Beute versprach. Überdies konnten sie ihrer Sache hier sehr sicher sein.

Es war wieder Lars Andersson, der als erster Sichtkontakt bekam. Als es langsam hell wurde, beobachtete er die Expedition in etwa einem Kilometer Entfernung und konnte ihre Position melden. Er sagte, die Gegner schienen sich darauf einzurichten, während der hellsten Tagesstunden zu ruhen.

Carl befahl seinen Männern, sich zu sammeln. Dann fuhren sie auf ihren Skiern gemeinsam auf das Ziel zu, hielten in etwas weniger als fünfhundert Meter Entfernung inne und legten alle Ausrüstung ab, die sie in den nächsten Stunden nicht brauchen würden. Sie kontrollierten ihre Waffen und setzten den Weg zum Ziel langsam fort.

Die Gegner hatten ihr Lager in dem dichtesten Teil des Nadelwaldes aufgeschlagen, den sie hatten finden können, um so ihre Tarnnetze besser befestigen zu können. Carl und seine Männer konnten schnell erkennen, daß die Gegner keine Wachposten aufgestellt hatten. Vermutlich waren alle seit langem daran gewöhnt, während der hellen Tagesstunden einfach zu schlafen, nachdem sie vorher vielleicht etwas gegessen hatten. Sie schliefen wohl, bis es wieder völlig dunkel war.

Carl und seine Männer näherten sich vorsichtig, ohne da vorn irgendein Anzeichen von Bewegung zu entdecken, obwohl sie das Lager, die drei zugedeckten Schlitten und die vier etwas plumpen Zelte deutlich sahen.

»Befehl wie folgt«, flüsterte Carl, als sie in nur zweihundert Meter Entfernung anhielten und das Ziel betrachteten. »Major Larssons Gruppe von Norden her, meine Gruppe von Süden her. Sofort feuern, wenn ihr seht, daß jemand eine Waffe hebt, sonst nicht schießen. Wir wollen versuchen, zunächst alle zwölf zu verhören. Also los!«

Er nahm Åke Stålhandske und Hauptmann Lars Andersson mit, und als sie jetzt näherkamen, nahmen sie ihre leichten Maschinenpistolen von der Schulter und entsicherten sie. Sie bewegten sich langsamer, um die Laute des weichen, feinkörnigen Schnees zu verringern. So gelangten sie fast lautlos bis zu den Zelten. Carl gab ein Zeichen, sie sollten die Zelte umstellen, und als es soweit war, schoß er eine Salve in die Luft und rief auf russisch, alle sollten mit den Händen über dem Kopf herauskommen. Es kam sofort zu einem Tumult in den Zelten, und Carl wiederholte den Befehl. Dann gab er Åke Stålhandske ein Zeichen, er solle den Befehl auf finnisch wiederholen. Es hatte den Anschein, als hätte Åke eine bessere Wirkung erzielt, denn in einer der Zeltöffnungen tauchten sofort ein paar verschlafene und erschrockene Gesichter auf. Es wurde etwas auf finnisch gerufen, was Åke Stålhandske beantwortete, während er gleichzeitig mit deutlichen Armbewegungen zeigte, die Männer sollten schnellstens herauskommen und sich aufstellen.

Nach und nach kamen die Männer heraus. Die meisten sahen eher zornig und resigniert als ängstlich aus. Der letzte hielt eine Waffe mit dem Kolben nach vorn vor sich, um zu zeigen, daß er sich ergab. Sobald er aus dem Zelt war, warf er die Waffe von sich. Kurz darauf standen zwölf Mann im Schnee und hielten die Hände hinter den Köpfen verschränkt. Carl befahl, sie zu durchsuchen, worauf die Gefangenen einzeln eine Leibesvisitation über sich ergehen lassen mußten. Keiner hatte eine Waffe bei sich. Sie mußten so stehenbleiben, während die Zelte untersucht wurden.

Als das erledigt war, fuhr Carl auf seinen Skiern ein Stück auf die Gruppe zu und befahl, alle sollten sich umdrehen, so daß sie ihn sähen. Dann fragte er langsam auf russisch, ob jemand wisse, was sich in den großen Stahlkoffern auf den Schlitten befinde. Er bekam keine Antwort. Alle Männer vor ihm wichen seinem Blick aus und starrten in den Schnee zu ihren Füßen.

Da wiederholte er seine Frage auf englisch, wiederum ohne eine Antwort zu erhalten. Er gab Åke Stålhandske ein Zeichen, die Frage auf finnisch zu wiederholen. Immer noch keine Antwort.

»Aha, so wollen wir das also haben«, sagte Carl und zählte dann laut und deutlich, während er mit dem Zeigefinger zeigte: *Ene mene mu, raus bist du*, bis sein Zeigefinger beim letzten Mann verweilte.

Er machte einen Schritt zurück, um nicht vollgespritzt zu werden, drehte sich zu den anderen um und entdeckte als ersten den verbissen dastehenden Lars Andersson, der seine Waffe mit weiß werdenden Knöcheln hielt, sowohl wegen der Kälte als auch wegen des verkrampften Griffs.

»Haben Sie die Güte, Hauptmann Andersson, diese Person zu erschießen!« befahl Carl und zeigte auf den Mann.

Lars Andersson zögerte. Carl drehte sich erneut zu ihm um und sah ihn freundlich fragend an.

»Haben Sie den Befehl nicht verstanden, Hauptmann Andersson?« fragte er. »Ausführen!«

Nach nochmaligem kurzem Zögern schoß Lars Andersson eine Salve direkt auf den Körper des bezeichneten Mannes ab, der beim Aufprall der Geschosse nach hinten fiel und sich in kurzen Todeszuckungen wand, während die Männer, die neben ihm standen, sich instinktiv abwandten.

»Nun«, fuhr Carl auf russisch fort. »Dann wiederhole ich meine Frage. Kann mir jemand sagen, was ihr von Murmansk bis hierher mitgeschleppt habt?«

Er erhielt immer noch keine Antwort, obwohl er bei einigen Zweifel und Furcht zu bemerken glaubte. Er zuckte die Achseln und begann erneut mit seinem *ene mene mu*.

Doch da schrie Kolja, er wisse es, und es gebe keinen Grund, noch mehr Männer zu erschießen, da er als einziger Bescheid wisse.

»Wie interessant. Sehr interessant«, sagte Carl und lief auf Kolja zu, den er mit etwas wie freundlicher Neugier betrachtete. »Falls du dich fragst, was wir für welche sind, kann ich sagen, daß wir besorgte Nachbarn aus Skandinavien sind. Nun, was enthält eure Ladung?«

»Etwas sehr Gefährliches ...«, murmelte Kolja, der dann den Faden zu verlieren schien.

»Aber selbstredend«, sagte Carl. »Sehr gefährlich. Ihr könntet allesamt sterben, wenn ihr euch jetzt nicht in acht nehmt. Los jetzt, raus mit der Sprache!«

»Atomwaffen, sechs Atomwaffen«, gestand Kolja, und die augenblickliche und zutiefst erschrockene Reaktion bei mehreren der Männer ringsum illustrierte deutlich Koljas Behauptung, daß die meisten tatsächlich keine Ahnung hatten, was sie da durch die Wildnis schleppten.

In diesem Augenblick entschloß sich Juha zu etwas Unmöglichem. Wenn sie tatsächlich Kernwaffen geschleppt hatten, würde das vermutlich Hinrichtung in Rußland oder lebenslanges Zuchthaus in Finnland heißen. Er begann verzweifelt loszulaufen, was in dem tiefen Schnee nicht leicht war.

Åke Stålhandske hob automatisch seine Waffe, aber Carl bekam einen Einfall und wehrte mit einer Handbewegung ab. Dann drehte er sich zu den anderen um und wies darauf hin, daß jeder Fluchtversuch sinnlos sei; er wollte mehr Informationen bekommen.

»Bei wem sollt ihr diese Dinger abliefern, wo und wann?« fragte er Kolja. Er bekam jedoch nur ein Kopfschütteln zur Antwort. Er begann wieder mit seinem *ene mene mu*, und Koljas Nervosität steigerte sich sichtlich. Doch zunächst gelang es ihm, sein Zögern fortzusetzen, doch dann, als Carl mit seinem letzten *du* beim Nebenmann gelandet war, sagte Kolja, sie wüßten es nicht, könnten die Fragen nicht beantworten.

»Ach nein«, sagte Carl und drehte sich um. Er begegnete Edvin Larssons Blick.

»Haben Sie die Güte, Major Larsson, diesen Mann hier zu erschießen!« befahl er. Larsson gehorchte, ohne daß Carl den Befehl zu wiederholen brauchte.

»Nun, mein junger Freund«, fuhr Carl zu Kolja gewandt fort, »ob wir jetzt vielleicht eine Antwort zustande bringen? Ihr müßt doch wissen, wohin ihr unterwegs seid und zu wem, nicht wahr?«

»Man wird uns auf der anderen Seite der Grenze in Empfang nehmen«, murmelte Kolja mit gesenktem Blick.

»Ja, tatsächlich?« sagte Carl und hob fragend die Augenbrauen zum Zeichen, daß ihm diese Antwort noch nicht genügte.

»Wir wissen wann und wo, aber nicht wer«, fuhr Kolja fort, ebenso leise und fast verschämt wie zuvor.

»Dann beginnen wir mit wo und wann«, fuhr Carl fort und gab sich den Anschein, allmählich ungeduldig zu werden.

»Zwei Kilometer auf der anderen Seite der Grenze, zwei Kilometer direkt südlich vom neunundsechzigsten Breitengrad. Von jetzt an in zwei Tagen und sechs Stunden«, murmelte Kolja. Er spürte, daß er errötete. Er fühlte sich wie ein Verräter.

»Gut! Es macht sich«, sagte Carl aufmunternd. »Dann kommen wir zu der Frage nach dem Wer.«

Kolja schüttelte sacht den Kopf.

»Wer?« wiederholte Carl. »Ihr müßt doch wohl wissen, mit wem ihr derart wichtige Geschäfte macht?«

»Wir wissen nur, daß man uns auf der anderen Seite bezahlen wird. Aber ich schwöre, wir wissen nicht, wer uns da in Empfang nimmt«, sagte Kolja resigniert. Er machte sich keine Illusionen, wie es weitergehen würde.

»Ach nein«, sagte Carl und machte dann eine lange Pause, in der er die Lage abschätzte. Es galt, die Gefangenen davon zu überzeugen, das sie noch eine Chance hätten, mit dem Leben davonzukommen. Aus diesem Grund durfte einer von ihnen, der noch immer in Sichtweite war, einem etwas aufgeschobenen Tod entgegentrotten. Es war auch wichtig, daß er, Carl, die Schuldgefühle gerecht unter seinen Untergebenen verteilte. Wenn sie nach Hause kamen, sollte jeder die gleiche Schuld auf den Schultern spüren, nicht nur aus rein menschlichen Gründen, sondern weil es wegen der Geheimhaltung so am praktischsten war.

Carl entschied für sich, wer als nächster schießen sollte, wiederholte seine *ene-mene-mu*-Litanei, als würde der Zufall entscheiden, und zeigte auf einen Mann, der sofort auf die Knie sank und um sein Leben flehte, während er versicherte, er wisse überhaupt nichts.

Carl schnalzte bekümmert mit der Zunge und schüttelte den Kopf. Er wandte sich um und blickte den jüngsten Teilnehmer der schwedischen Gruppe an; als sich ihre Blicke begegneten, begriff der andere sofort, was kommen würde, leckte sich die Lippen und atmete tief durch.

»Haben Sie die Güte, Leutnant Stridsberg, diesen Mann hier zu erschießen«, befahl Carl. Der junge Schwede gehorchte sofort. Es fielen sechs oder sieben Schüsse in schneller Folge, und der kniende Mann wurde umgestoßen. Ein Bein zappelte eine Zeitlang noch wild, bis der Mann reglos dalag.

»Nun, mein junger Freund«, fuhr Carl zu Kolja gewandt fort, als er das Ergebnis seines letzten Hinrichtungsbefehls geprüft hatte. »So können wir nicht weitermachen. Dann müssen viel zu viele von euch unnötig sterben. Ich will jetzt wissen, wer diese Dinge von euch übernehmen soll.«

Kolja schüttelte sacht und traurig den Kopf.

»Weiß nicht. Ich weiß es tatsächlich nicht«, flüsterte er.

»Ach nein!« sagte Carl ungeduldig. »Dann stelle ich mal eine andere Frage. Wer ist der zweite von euch, der genau weiß, was ihr da mitgeschleppt habt?«

»Du hast ihn gerade erschießen lassen«, sagte Kolja.

Carl überlegte. Es bestand natürlich die Gefahr, daß es sich tatsächlich so verhielt. Er hatte die Männer, die als erste erschossen werden sollten, danach ausgewählt, was ihr Äußeres über ihre Stellung in der Gruppe verriet; vor allem hatte er darauf geachtet, einen Mann in westlicher Polarkleidung zu schonen.

Dieser Mann trat jetzt zögernd einen Schritt vor, atmete tief durch und sprach Carl auf englisch an.

»Den Teufel auch. Ich bin der zweite in dieser Bande, der etwas weiß. Sie können mich nicht erschießen, ich bin amerikanischer Staatsbürger!«

Carl spielte aufrichtig erstaunt und gab sich bei der Mitteilung der amerikanischen Staatsbürgerschaft fast ehrerbietig. Daraufhin wechselte er sofort ins Englische.

»Ach, sieh an, so verhält es sich also, *amerikanischer* Staatsbürger. Das nenne ich eine Überraschung. Jaja, manche haben sozusagen Glück im Unglück. Wie heißen Sie?«

»Richard Steven Emerson III.«, erwiderte der Amerikaner ohne zu zögern.

»Haben Sie die Güte, ein paar Schritte zur Seite zu gehen, Mr. Emerson«, sagte Carl honigsüß und ließ mit der Hand erkennen, wie weit der Amerikaner zur Seite treten solle. Aber da er das Zögern und die Furcht in den Augen des anderen sah, ergänzte er im selben seidenweichen Tonfall:

»Ich möchte nur, daß Sie aus dem Schußfeld kommen. Wie Sie vielleicht verstehen werden, wollen wir einen amerikanischen Staatsbürger nicht aus Versehen verletzen.«

Der andere schluckte den Bluff und ging erleichtert ein Stück zur Seite, wie Carl es ihm gezeigt hatte. Carl drehte jetzt den Körper so, daß er der Bewegung des Amerikaners gleichsam folgte, und fragte: »Und wie steht es mit Ihnen, Mr. Emerson? Wissen Sie auch nicht, wem Sie diese außerordentlich wertvolle Fracht liefern sollen?«

»Nein, es ist so, wie der Junge hier gesagt hat« erwiderte Richard Emerson mit optimistischem Eifer. »Aus Sicherheitsgründen weiß keiner von uns darüber Bescheid, nämlich für den Fall, daß beispielsweise geschehen sollte, was jetzt geschehen ist. In operativer Hinsicht ist das ja durchaus logisch, das müssen Sie doch einsehen?«

»Wie bedauerlich, das zu hören«, sagte Carl. Der seidenweiche Tonfall war jetzt aus seiner Stimme verschwunden. Dann wandte er sich zu dem letzten der vier Fallschirmjäger um, der noch keinen Menschen getötet hatte.

»Hauptmann Edström, bitte erschießen Sie den Mann, der dort ganz hinten steht!« befahl Carl und zeigte auf das Opfer. Der Mann hatte gar nicht mehr Zeit, Furcht zu empfinden, als er schon von einer Geschoßgarbe umgemäht wurde; Hauptmann Martin Edström hatte vorhergesehen, daß er in der Schlange des Todes als nächster an der Reihe war, und schoß schnell und fast erleichtert, als der Befehl endlich kam.

Carl betrachtete nachdenklich das Ergebnis der letzten Salve und grübelte eine Weile darüber nach, warum die noch nicht Hingerichteten einfach nur dastanden und darauf warteten, daß sie an die Reihe kamen, und warum nur einer von ihnen Verstand genug gehabt hatte, zumindest einen Fluchtversuch zu wagen. Was hätte er selbst getan? Er hätte jedenfalls nicht nur wie ein Schaf dagestanden und auf sein Ende gewartet.

»Well, Mr. Emerson III.?« fragte er in dem gleichen sanften, geheuchelt freundlichen Tonfall wie zuvor. »Sie sind doch wohl nicht der Meinung, daß es so weitergehen kann? Ich wiederhole jetzt die Frage. Wer soll die Ware bekommen?«

»Und ich muß meine Antwort wiederholen, Sir«, sagte der Amerikaner unsicher. »Keiner von uns ist mit solchen Informationen betraut worden.«

»Very well«, sagte Carl und wandte sich ungeduldig um. Diesmal sagte er nichts, sondern zeigte nur kraftvoll mit der ganzen Hand, erst auf Lars Andersson, dann auf den Mann, der jetzt der letzte in der Reihe war. Neue Schüsse fielen, doch diesmal wollte sich der Tod nicht gleich einstellen. Der angeschossene Mann fiel erst um, und es sah zunächst aus, als wäre er tödlich getroffen worden. Nach einigen Sekunden begann er sich jedoch zu bewegen und schleppte sich mit den Armen im Schnee vorwärts. Der Unterkörper schien gelähmt zu sein. Irgendwo ein Treffer im Rückgrat, dachte Carl und überlegte, ob er den Mann kriechend sterben lassen sollte. Mehr als ein paar Meter würde er nicht schaffen. Carl ließ den Gedanken jedoch schnell fallen. Das Ganze näherte sich ohnehin dem Ende.

»Machen Sie dem sofort ein Ende, Hauptmann Andersson!« befahl er scharf, und sein junger Kollege sah aus, als wäre er aus einer Art Lähmung herausgerissen worden. Er brachte schnell seine Waffe hoch, zielte auf den Kopf des kriechenden und stöhnenden Mannes und feuerte zwei Schuß ab, die gut und mit sofortiger Wirkung trafen.

»Well well well, Mr. Emerson«, fuhr Carl mit einem theatralischen Seufzer fort. Dann wandte er sich erneut dem Amerikaner zu, der sichtlich weicher geworden war. »Dies wird ja eine ziemlich eintönige Beschäftigung, bis wir so weit sind, daß nur noch Sie übrigbleiben. Wie sollen wir dieses Problem Ihrer Meinung nach eigentlich lösen? Machen Sie mir einen konstruktiven Vorschlag, Mr. Emerson!«

Carl hatte einen scheinbar fast flehentlichen Ton angeschlagen.

»Sie wissen, daß Sie mich nicht töten können, Sir«, sagte der Amerikaner nervös zu Carl. »Als amerikanischer Offizier können Sie einen solchen Befehl nicht geben, der sich gegen einen amerikanischen Staatsbürger richtet. Es ist Ihre Pflicht und Schuldigkeit, mich unseren Behörden zu übergeben. Das gilt hier ebenso wie in Kalifornien.«

Carl betrachtete sein Opfer mit einem feinen Lächeln, das sich plötzlich in den Mundwinkeln zeigte. Der Mann hielt ihn offenbar für einen Amerikaner und hatte ihn aufgrund seiner Aussprache auf der Karte seines Heimatlandes sogar richtig untergebracht.

»Lassen Sie mich raten, woher Sie kommen, Mr. Emerson«, begann Carl freundlich. »Sagen wir Tennessee?«

»Kentucky«, entgegnete der andere mit neuem Selbstvertrauen.

»Nun, so ganz falsch war es ja nicht. Jedenfalls haben wir es mit einem Gentleman aus dem Süden zu tun, das hört man schon von weitem. Was Sie da über Kalifornien gesagt haben, war gar nicht so dumm. Aber trotzdem falsch. Ich unterliege keinem amerikanischen Grundgesetz, und zwar aus dem einfachen Grund, weil ich kein Amerikaner bin. Ich entscheide also höchst selbständig über Ihr Leben, Mr. Emerson.«

Carl ließ die Wirkung seiner Worte bei seinem Opfer wirken, drehte sich dann plötzlich um und zeigte erst auf Major Edvin Larsson und dann auf ein weiteres Opfer.

Edvin Larsson zielte sorgfältig, um die Peinlichkeiten zu vermeiden, die eben passiert waren, und tötete den Mann sofort mit vier genauen Treffern.

Carl wandte sich jetzt an Kolja.

»Sprichst du englisch, mein junger Freund?« fragte er weich. Als er ein Kopfschütteln zur Antwort bekam, machte er eine Kunstpause, bevor er auf russisch fortfuhr.

»Wie schade, mein Russisch ist ja, wie du selbst hörst, ein bißchen holprig. Nun, was wir hier auf englisch gesagt haben, war folgendes: Es geht darum zu sagen, wer die Ware haben soll, oder darum zu sterben. Verstanden?«

Kolja war bleich und schien nicht mehr viel Hoffnung zu haben.

»Irgendeine kleine Vorstellung mußt du doch haben, junger Freund?« fuhr Carl freundlich fort. Er ließ Kolja jedoch keine lange Bedenkzeit, sondern drehte sich gleich wieder zu dem nächsten Schweden in der Hinrichtungsschlange um und zeigte auf das Opfer, das jetzt an der Reihe war.

Dann trat Carl einen Schritt zu Kolja vor, hob dessen gesenktes Gesicht behutsam hoch und sah ihm in dem Moment in die Augen, in dem ein paar Meter weiter die Schüsse fielen.

»Denk jetzt nach, mein junger Freund. Du hast nicht mehr viel Zeit in dieser russischen Schlange. Irgendeine kleine Vorstellung davon, wer die Ware bekommen soll, mußt du doch haben?«

»Die Araber«, flüsterte Kolja kaum hörbar, da er im Mund ganz ausgedörrt war.

»Die Araber, wie interessant«, sagte Carl. »Das sind aber ein paar hundert Millionen Menschen. Ich muß wissen, *welche* Araber. Das verstehst du doch?«

Weiter kam Carl mit der Freundlichkeit jedoch nicht. Kolja schien die Sprache verloren zu haben. Carl hielt ihm weiter mit der linken Hand das Kinn hoch, so daß er ihm in die Augen sehen konnte. Dann drehte er sich schnell um und gab mit der Hand einen weiteren Hinrichtungsbefehl. Dann drehte er sich wieder schnell zu Kolja um und zwang diesen, ihm in die Augen zu sehen, als die Schüsse fielen.

»Welche Araber?« flüsterte er. »Es sind doch bestimmt keine Araber, die auf Skiern hier oben in Finnland aufkreuzen sollen?«

»Nein«, erwiderte Kolja. »Ich weiß es nicht. Ich schwöre, ich weiß wirklich nicht, wer auf der anderen Seite wartet. Aber reiche Araber sollen die Bomben kriegen, soviel weiß ich.«

Carl ließ ihn plötzlich los und ging ein paar Schritte auf Richard Emerson zu, der, genau wie Carl beabsichtigt hatte, zwischen Hoffnung und Verzweiflung schwankte.

»Ich nehme an, daß Sie russisch sprechen, Mr. Emerson«, begann er höflich und neutral. Er wartete das bestätigende Kopfnicken ab und fuhr fort. »Gut, dann ist Ihnen die Problemstellung wenigstens klar. Die Frage lautet also, *welche* Araber? Haben Sie eine konstruktive Idee?«

»Rein verstandesmäßig hat man ja keine allzu große Auswahl«, begann Richard Emerson zögernd. »Wer will die Bombe haben, und wer ist bereit, dafür eine Milliarde Dollar auszuhusten? Wie gesagt, da bleibt uns keine allzu große Auswahl.«

»Genosse Saddam Hussein oder Genosse Muammar Ghadafi?« schlug Carl vor und neigte den Kopf fragend zur Seite.

»Hört sich denkbar an«, sagte Richard Emerson abwartend.

»Und ob«, sagte Carl in etwas schärferem Tonfall. »Und ob, sehr denkbar. Aber jetzt lautet die Frage, wer von ihnen?«

Carl bekam nur ein Kopfschütteln zur Antwort. Er kam zu dem Schluß, daß es jetzt beendet werden mußte. Es führte zu nichts, mit der Taktik weiterzumachen, mit der er es bis jetzt versuchte hatte. Jetzt galt es, den Amerikaner zu der Überzeugung zu bringen, er werde überleben.

Eine Weile ließ Carl nur sein Schweigen wirken. Er sagte nichts, ging aber auf die überlebenden Russen zu und schob sie zu einer eng stehenden Gruppe zusammen. Er fragte Kolja, ob dieser etwas zu sagen habe, erhielt aber keine Antwort. Dann ging Carl zu dem Amerikaner, der inzwischen glaubte, überleben zu können, und drehte sich dann halb zu seinen Untergebenen um. Er sah sie einige Augenblicke an, um sich zu vergewissern, daß keiner von ihnen vor einem Zusammenbruch stand, und erteilte dann einen letzten kurzen Befehl.

»Erschießt die übrigen auf der Stelle!« sagte er und wandte sich zu Richard Emerson um. Er trat zu ihm, sah ihn mitleidig an und legte ihm in dem Augenblick die Arme um die Schultern, in dem hinter seinem Rücken die Salven aus den Maschinenpistolen ertönten.

»Hör mal, ich darf dich doch Dick nennen? Hier draußen brauchen wir ja nicht so förmlich zu sein«, begann er etwas bekümmert, als hätte er die Schüsse hinter seinem Rücken nicht mal gehört. »Mein Name ist Hamilton, Carl Hamilton. Sagt dir das etwas?«

Richard Emerson erstarrte, drehte sich hastig zu Carl um und betrachtete ihn forschend.

»Ja, zum Teufel!« brach es aus ihm heraus. »Teufel, du bist es! Du bist doch der gewesen, der von uns ausgebildet wurde, mit den SEAL-Truppen, und dann gab es doch so eine Flugzeugentführung, oder was es war. Mann des Jahres auf der Titelseite von Time Magazine vor ein paar Jahren!«

»Ja, es ist ja schön, daß wir jetzt Bekanntschaft schließen können«, sagte Carl freundlich. »Setz dich hier hin und laß alles ein bißchen ruhig angehen. Ich habe nur noch einige Befehle zu geben. Bin gleich wieder da. Geh nicht weg!«

Diese letzten Bemerkungen waren offensichtlich ein Scherz, und Richard Emersons Gesicht hellte sich auf. Er empfand wieder eine starke Hoffnung, genau wie sein Henker beabsichtigt hatte.

Carl ging zu den anderen zurück, die mit gemischten Gefühlen das Ergebnis der endgültigen Hinrichtung inspizierten. Alle waren tot, da konnte es keinen Zweifel geben.

»So, meine Herren«, sagte Carl entschlossen. »Wir haben jetzt eine sehr unangenehme Phase unseres Auftrags beendet. Jetzt haben wir noch einiges andere zu tun. Befehle wie folgt. Du, Åke holst auf Skiern diesen Ausreißer ein und kümmerst dich um ihn. Lars und Gustav zurück in unser Nachtlager. Holt die Ausrüstung mit der Bezeichnung PPP, eine Kiste, ferner eine Motorsäge, Treibstoff und die Ausrüstung von Schlitten zwei. Edvin, du bist mir dafür verantwortlich, daß wir unseren Schnellsender herbekommen und die Antenne hier möglichst schnell aufgebaut wird. Und du, Martin, bleibst als Verstärkung hier, während ich einen letzten Versuch mache, mit dieser Figur hier ins reine zu kommen. Also los!«

Alle brachen auf wie junge Rekruten nach einem Anpfiff ihres Hauptmanns. Sie hatten einen starken gefühlsmäßigen Grund zu gehorchen, einen sehr einfachen Grund. Sie wollten sich möglichst schnell von diesem Ort entfernen.

Carl schnallte die Skier ab und stapfte sacht zu der Stelle zurück, an der er seinen amerikanischen Gefangenen zurückgelassen hatte.

»Wie gut, daß du nicht abgehauen bist«, begann er scherzhaft. »So, jetzt müssen wir beide mal ein ernstes Wörtchen miteinander reden. Wie du verstehst, liegt unseren Befehlen der Gedanke zugrunde, daß kein Zeuge lebend davonkommen darf. Jetzt möchte ich also ein paar Gründe hören, weshalb wir ausgerechnet bei dir eine Ausnahme machen sollen. Ein paar Vorschläge?«

Richard Emerson schwankte erneut zwischen Hoffnung und Verzweiflung. Wieder wurde er darüber aufgeklärt, daß Leben oder Tod bei ihm noch immer keine entschiedene Frage war.

»Ich bin wie gesagt amerikanischer Staatsbürger«, sagte er zögernd, als glaubte er nicht recht daran, daß ihn dies schützen könnte.

»Ja, das glaube ich schon«, sagte Carl nachdenklich. »Das glaube ich schon. Aber damit kommen wir zu der Frage, was für ein Amerikaner du bist. Etwas sagt mir nämlich, daß wir vielleicht Kollegen sind.«

»Inwiefern? Was könnte das denn sein?« sagte Richard Emerson unruhig.

»Tja«, sagte Carl gedehnt und sah sich kurz nachdenklich nach Åke Stålhandske um, der mit kraftvollen Stößen seiner Skistöcke ohne belastende Waffen auf dem Rücken dabei war, den verzweifelt flüchtenden Juha einzuholen. »Tja ... es ist nur ein Gefühl. Etwas, was du gesagt hast, deine Wortwahl, solche Dinge. Ich bin bestimmt nicht so ganz auf dem Holzweg. Dein Name *ist* doch hoffentlich Richard Emerson III.? Ich wäre sehr von dir enttäuscht, wenn du mich angelogen hast. Das verstehst du doch?«

»Nein«, sagte der Amerikaner gequält, »ich lüge nicht. Aber du mußt schon mein Wort dafür nehmen. Es ist ja nicht so, daß man bei einem solchen Job seinen Ausweis in der Tasche hat.«

»Ich fürchte, dein Wort wird nicht genügen«, entgegnete Carl trocken. »Wir werden schon bald deinen Hintergrund kontrollieren, deine ganze verdammte Geschichte als Mensch, wenn du so willst. Aber dann müssen wir ja mit einem korrekten Namen anfangen, nicht wahr?«

»Wie zum Teufel wollt ihr das hier draußen tun?« fragte der Amerikaner, den die technische Möglichkeit bestürzter zu machen schien als das Risiko, als Lügner entlarvt zu werden.

»Im Augenblick ist ein Sender hierher unterwegs«, sagte Carl mit einem feinen Lächeln. »Wenn du bist, was ich glaube, wirst du den Rest schon verstehen. Verbindung mit unserem Nachrichtendienst, sofortiger Kontakt mit den entsprechenden amerikanischen Organen, sehr rasche Bestätigung, wer du bist und welchen Hintergrund du hast. Vorausgesetzt also, daß ich einen echten Namen bekommen habe. Den habe ich doch wohl bekommen?«

»Oh boy!« sagte Richard Emerson, atmete schnaufend aus und machte eine Geste, als wischte er sich den Schweiß von der Stirn, was bei einer Temperatur von mehr als zwanzig Grad minus etwas eigenartig wirkte. »Dann fürchte ich, daß die Information, die du erhalten kannst, zu bestimmten, sehr bedauerlichen Mißverständnissen führen kann.«

»Inwiefern?« fragte Carl neugierig. »Glaubst du, deine Vorgesetzten werden wütend, wenn sie erfahren, was für eine Schweinerei du dir hier leistest?«

»Es ist nicht so, wie du jetzt glaubst. Ich habe die Firma vor zwei Jahren verlassen. Aber wenn ihr Kontakt zu ihnen bekommt und berechtigt seid, solche Anfragen zu stellen, wovon ich angesichts des bedauerlichen Zusammenhangs, der uns zusammengeführt hat, wohl ausgehen muß ... tja, dann entsteht eine Situation, die für einige Mißverständnisse Raum bietet.«

»Wie interessant«, fuhr Carl mit der gleichen amüsierten Miene fort. »Was habe ich gesagt? Es roch meilenweit nach Kollege. Woran hast du gearbeitet, als du noch bei der Firma warst?«

»Nordeuropa, Kirkenes. Wir haben von dort zwanzig Jahre lang eine Operation laufen lassen, doch dann kam Glasnost und diese ganze Pisse, und unser Laden wurde stillgelegt. Jeder bekam eine Abfindung, Finnen, Norweger, Russen, alle, die mitgemacht hatten.«

»Aber dann haben einige von euch eine eigene kleine Perestrojka aufgemacht, oder wie man das nennen soll?« fuhr Carl zufrieden fort. Endlich begann er auf einige Fragen Antworten zu erhalten.

»Aber ja«, gab Richard Emerson resigniert zu, »so war es. Wir hatten ja eine eingespielte Organisation. Wir waren wie geschaffen für den großen Schnitt. Du kannst dir denken, was Typen wie Saddam Hussein und diese anderen Affen für solche Dinge auf den Tisch legen.«

Er machte eine lässige Geste mit dem Daumen über die Schulter zu den beiden schweren Schlitten, die jetzt ans Ende einer langen und mühsamen Fahrt gelangt zu sein schienen. Von hier würden sie zu gegebener Zeit per Hubschrauber in Sicherheit gebracht werden und in einer Felshöhle landen.

»Sechs Mehrfachsprengköpfe einer SS 20, eine ganze kleine Truppe Hiroshima-Bomben in jedem einzelnen Gefechtskopf«, stellte Carl mit gespielter Nachdenklichkeit fest.

»Woher zum Teufel weißt du das, ohne überhaupt nachgesehen zu haben?« fragte Richard Emerson bestürzt.

»Well, Dick«, sagte Carl mit bekümmerter Miene, »das ist eine sehr gute Frage. Wirklich eine sehr gute Frage. Jetzt haben wir nämlich etwas, worüber wir in aller Freundschaft diskutieren können. Man hat euch von Anfang an verraten. Wir haben jeden einzelnen Schritt eurer Operation verfolgen könne. Wir haben gewußt, wo und wann ihr auftauchen würdet, was ihr bei euch hattet und wie viele ihr wart. Alles. Und jetzt haben wir beide, wie du vielleicht verstehst, ein gemeinsames Interesse.«

Carl breitete die Arme aus und sah sein Opfer fragend an. Der Amerikaner schien jedoch nicht verstehen zu wollen, was Carl angedeutet hatte.

»Teufel auch«, war alles, was Richard Emerson sich als spontanen Kommentar entschlüpfen ließ.

Carl betrachtete ihn. Der Mann war über fünfzig, hatte kurzgeschorenes Haar und einen drei Wochen alten grauschwarzen Bart und war mit Ausrüstungsgegenständen amerikanischer Spezialverbände außerordentlich zweckmäßig ausgerüstet. Er hatte ein paar auffallende Narben im Gesicht, die auf Messerstiche schließen ließen, und wäre an einem anderen Ort und unter anderen Umständen wahrscheinlich eine sehr gefährliche Person gewesen. Hier war er jedoch geschlagen. Hier würde er keinen Finger rühren, um einen Befreiungsversuch zu wagen.

»Verstehst du nicht, worauf ich aus bin?« fuhr Carl fast bittend fort. »Jemand hat euch die ganze Zeit verraten, in jedem Augenblick. Jemand, der zum inneren Kreis gehörte, hat beschlossen, daß ihr alle sterben sollt. Wer und warum?«

Richard Emerson überlegte fieberhaft. Carl überließ ihn seinen Qualen und betrachtete ihn neugierig, um zu sehen, wie das Gift der Gedanken in seinen Kopf eindrang, wie Schrecken und Mißtrauen sich mischten.

Es kann funktionieren, dachte Carl. Wenn der ehemalige Kollege nur etwas Zeit hat und etwas mehr Hoffnung zu überleben, könnte es klappen.

Åke Stålhandske hielt inne und wog die Skistöcke kurz in der Hand. Er hatte Sichtkontakt zu dem flüchtenden Finnen bekommen, denn soviel er sich erinnern konnte, war es einer der beiden finnisch sprechenden Männer, der sich davongemacht hatte. Die letzten Salven dort hinten waren soeben verklungen, kaum hörbar in der leicht hügeligen verschneiten Landschaft, die alle Laute dämpfte. Der Mann da vorn hatte wahrscheinlich die letzten Schüsse nicht gehört, da sein keuchender Atem alle fernen Geräusche sicher übertönte.

Åke Stålhandske empfand eine eigenartige Bewunderung für den Burschen da vorn, der nicht mehr in Panik lief, sondern sich ökonomischer zu bewegen schien. Ihm mußte klar sein, daß seine Chancen sehr gering waren. Zwar wurde es schon allmählich dunkel, aber in der weichen oberen Pulverschneeschicht hinterließ er eine breite und deutlich sichtbare Spur, und zu Fuß konnte niemand einem Verfolger auf Skiern entkommen. Dennoch diese zielbewußte Entschlossenheit, nicht aufzugeben, das war unleugbar *sisu*.

Åke Stålhandske seufzte, schüttelte den Kopf und nahm die Verfolgung in aller Ruhe wieder auf. Es gab keinerlei Grund, ins Schwitzen zu geraten. Es ist ungesund, bei so niedrigen Temperaturen zu schwitzen.

Der Verfolgte sah sich jetzt und um und entdeckte, daß Åke dabei war, zu ihm aufzuschließen. Er war inzwischen an einen zugefrorenen Fluß in der Nähe eines Wasserfalls gelangt, der zu großen Teilen zugefroren war; man hörte das Rauschen des Wassers, das in eine riesige Kristallvase aus bizarr geformten Eisgebilden fiel.

Auf der anderen Seite des zugefrorenen Flusses ragte ein Steilufer auf. Es würde schwierig werden, dort hinaufzukommen, sowohl mit Skiern als auch ohne. Der Verfolgte schien sich trotzdem gerade für diese Alternative zu entscheiden und steigerte seine Geschwindigkeit, als er über den zugefrorenen Fluß lief. Er schien den steilsten Teil der anderen Seite im Auge zu haben, gleich neben dem Wasserfall.

Åke Stålhandske beschloß, auf seine Bequemlichkeit zu pfeifen und doch Anstrengung und Schweiß auf sich zu nehmen. Er kam fast bis an seine Leistungsgrenze und näherte sich seinem Opfer sehr schnell.

Er holte den jungen Finnen in genau dem Augenblick ein, in dem dieser die Stelle erreicht hatte, die er offenbar hinaufklettern wollte. Er kam jedoch in dem weichen Pulverschnee nicht von der Stelle, sondern rutschte nach ein paar Metern herunter. Er gab sich nicht geschlagen, sondern versuchte es nochmals.

Åke Stålhandske betrachtete wehmütig sein unrettbar verlorenes Opfer, schnallte die Skier ab und begann der Entscheidung entgegenzustapfen.

Da gab der Finne auf. Er setzte sich in den Schnee, breitete resigniert die Arme aus und lächelte Åke Stålhandske an.

»Man muß es doch jedenfalls versuchen, verdammt noch mal«, sagte er auf finnisch.

»Ja«, sagte Åke Stålhandske düster und zog sein Messer aus dem Gürtel. Er trat vor und setzte das Knie und sein gewaltiges Gewicht auf den Jungen, packte ihn mit der linken Hand an dem blonden, verschwitzten, zum Teil vereisten Haarschopf und kippte den Kopf nach hinten, so daß der Hals entblößt war. Der Junge dampfte kräftig nach Schweiß und Körperwärme und keuchendem Atem. Er sah

Åke Stålhandske in die Augen und versuchte plötzlich, mit der rechten Faust nach Åke Stålhandskes Gesicht zu schlagen. Er traf jedoch nicht und schien dann aufzugeben, endlich aufzugeben.

»Hölle und Teufel, ich habe gar nicht gewußt, daß wir Atombomben durch die Gegend geschleppt haben«, keuchte er.

Åke Stålhandske erkannte, daß er den tödlichen Schnitt schon längst hätte führen müssen, daß etwas nicht stimmte, daß er in eine Sackgasse geraten war.

»Hör zu, du kleiner Scheißer«, sagte er, ließ seinen Griff los und setzte sich neben Juha, der verblüfft ins Leben zurückkehrte. »Hör mal, du kleiner Scheißer, wie zum Teufel kannst du dich so reinreiten?«

»Du bist Wasserschwede, was?« fragte Juha vorsichtig und setzte sich etwas aufrechter hin. Um ihn herum stand eine Dampfwolke.

»Na ja«, sagte Åke Stålhandske mit einem feinen Lächeln, »wir beide befinden uns vielleicht in einer Lage, du und ich, in der wir mit Beleidigungen anderer Nationen etwas vorsichtiger umgehen sollten. Finnlandschwede, wenn ich bitten darf. Wenn dir mein Finnisch nicht paßt, müssen wir englisch sprechen.«

»Nein, so habe ich es nicht gemeint. Dein Finnisch ist ganz okay dafür, daß du ein … Finnlandschwede bist«, sagte Juha schnell und begütigend.

Åke Stålhandske betrachtete melancholisch die schwarze Messerklinge in seiner Hand, sah dann hoch und blickte Juha in die Augen. Typischer junger Finne, ein bißchen hartgesotten, eisblaue Augen und fast weißes kurzgeschorenes Haar, drei Wochen alte weißblonde Bartstoppeln, ziemlich schütter.

»Alle Teilnehmer dieser Expedition müssen sterben«, sagte Åke Stålhandske nachdenklich. »Es dürfen keine Zeugen übrigbleiben. Nichts darf jemals herauskommen. Außerdem hat man euch verraten. Ihr wart nur als Opfer auserkoren. Ihr solltet nur getötet werden und nichts sonst.«

»Ich schwöre, daß ich nichts verraten werde«, sagte Juha mit einem plötzlichen Funken von Hoffnung.

»Aber ja. Ja, das versteht sich«, schnaubte Åke Stålhandske düster. »Was zum Teufel solltest du in deiner Lage sonst wohl sagen. Wir haben den Befehl, euch allesamt zu töten. Es ist ein Befehl, auf den wir keinerlei Einfluß haben. Der Befehl kommt aus mehreren Hauptstädten der Welt, aus Helsinki und Stockholm übrigens auch. Sag mal, wie heißt du eigentlich?«

»Juha. Juha Salonen. Aber kannst du mich nicht laufen lassen?«

»Wie zum Teufel soll ich das erklären, wenn ich zu den anderen zurückgehe? Dann würden sie übrigens nur eine Patrouille hinter dir herschicken.«

»Es ist schwer, mich in der Dunkelheit aufzuspüren. Es wird in zehn Minuten dunkel.«

»Nein, nicht für uns. Wir können im Dunkeln sehen.«

»Ich könnte dich niederschlagen.«

Åke Stålhandske, der kurz zur Seite geblickt hatte, als ob er sich schämte, wandte sich jetzt verblüfft seinem kleinen Gefangenen zu und sah ihm in das ernste junge Gesicht. Es war dem Jungen anzumerken, daß er sich den Kopf zerbrach. Es gelang Åke, sich das Lachen zu verbeißen, das schon in ihm aufstieg.

»Nein«, sagte er ernst, »ich glaube, ich würde einige Schwierigkeiten mit der Glaubwürdigkeit bekommen, wenn ich ohne dich zurückgekrochen käme. Und dann noch mit einer solchen Erklärung. Sie würden sofort eine Patrouille losschicken und mich schlimmstenfalls wegen Befehlsverweigerung erschießen. Du siehst also, Juha, du hast dich wirklich reingeritten.«

»Würdest du denn nicht die Schnauze halten, wenn es um dein Leben ginge?« flehte Juha.

»Na ja«, sagte Åke Stålhandske mit rauher Stimme. »In deiner Situation würde ich natürlich alles versprechen. Findest du dich in dieser Gegend zurecht?«

»Teufel auch, natürlich kenne ich mich hier aus«, versicherte Juha eifrig. »Ich bin schon lange mit dem beschäftigt, was wir hier oben Grenzhandel nennen.«

»Vielfraßfelle?« lächelte Åke Stålhandske.

»Ja«, bestätigte Juha. »Das und noch einiges andere.«

»Hab ich es mir doch gedacht. Weißt du, wo ihr über die Grenze gehen solltet?«

»Ja. Selbstverständlich.«

»Und du weißt auch wann?«

»Ja.«

»Es sind fast dreißig Kilometer. Das schaffst du nicht zu Fuß und ohne Ausrüstung«, stellte Åke Stålhandske fest.

»Ein bißchen hart wird es schon«, stimmte Juha zu.

Jetzt konnte Åke Stålhandske das Lachen nicht mehr zurückhalten.

»Ein bißchen hart?« sagte er amüsiert, als das Lachen sich gelegt hatte. »Ein bißchen hart, ja, das könnte man sagen. Es ist zwar ein milder Winter, und wir haben nur zwischen zwanzig und dreißig Grad minus. Zu Fuß ohne Proviant und Brennstoff. Ja, es wird schon ein bißchen hart.«

Juha sah keinen Anlaß, Einwände zu erheben, und eine Zeitlang saßen sie schweigend nebeneinander. Plötzlich stand Åke Stålhandske auf, streckte einen Arm aus und zog Juha mit sich hoch.

»Komm«, sagte er, »wir wollen uns mal was ansehen. Es wäre übrigens am besten, du würdest jetzt die Jacke zuknöpfen, sonst bildet sich Eis an deinem Körper.«

Sie stapften auf den halb zugefrorenen Wasserfall zu. Er sah aus wie eine große Glaskuppel, und darunter war tosender Lärm zu hören. Neben dem innersten Teil des Wasserfalls befand sich eine große Öffnung, wo das Eis dünn zu werden begann und ein großer wirbelnder Tümpel mit schäumendem grünen Wasser sich mit solcher Kraft bewegte, daß es dem Willen der Natur widerstand und nicht gefror.

Åke überlegte eine Weile, ging dann zurück und holte Skier und Skistöcke, während Juha zögernd bei dem tosenden Wasserfall stehenblieb. Die Dämmerung ging allmählich in Dunkelheit über.

»Zu demselben Zeitpunkt, zu dem ihr über die Grenze gehen wolltet«, begann Åke Stålhandske mit zusammengebissenen Zähnen, »darfst du einen Versuch machen, über die Grenze zu kommen. Mindestens zehn Kilometer südlich von uns. Es dürfte dann einigen Zirkus geben, und vielleicht hast du eine Chance. Aber nun zurück zu dir, mein Junge. Ich schenke dir also dein Leben. Dafür muß du mir aber etwas als Gegenleistung bieten, das verstehst du doch?«

Juha überlegte eine Weile, knöpfte dann seine Brusttasche auf, zog ein dickes Geldbündel hervor und hielt es Åke hin, der eine erstaunte Miene des Abscheus machte.

»Das ist alles, was ich habe. Es sind fünfzigtausend Dollar«, sagte er verzweifelt.

»Hör mal, Kleiner«, sagte Åke Stålhandske aggressiv, »bist du noch bei Trost? Steck diesen Scheiß sofort wieder ein. Du mußt einen anderen Preis bezahlen. Ich will dein Schweigen. Was auch passiert, du mußt die Schnauze halten. Sonst macht man mir die Hölle heiß, das verstehst du doch?«

»Ich schwöre«, erklärte Juha feierlich. »Ich schwöre bei allem, was ich besitze und habe und bei meinem Leben.«

»Nun ja«, sagte Åke Stålhandske schroff, »genau darum verhandeln wir schließlich. So! Du nimmst die Skier. Aber erst mußt du mir bei etwas helfen.«

Åke Stålhandske hob die beiden Skistöcke auf und band sie am unteren Ende zusammen. Er prüfte mit ein paar kräftigen Rucken, daß die Schnur hielt, und reichte dem erstaunten Juha den einen Stock, seine Handschuhe und seine Mütze. Der junge Finne hatte noch nicht begriffen, was jetzt geschah.

»Halt jetzt dagegen. Wenn ich sterbe, werden die anderen kommen und dich holen«, brummelte Åke Stålhandske, ergriff den zweiten Skistock und ging entschlossen ein paar Schritte auf die schwache Eiskante zu, bis zu den wirbelnden Wassermassen, und brach plötzlich ein. Er verschwand unter Wasser, so daß nur noch die Hand zu sehen war, die den Skistock hielt. Juha hielt verzweifelt dagegen und kämpfte hart, als Åke Stålhandske mit einem Walroßprusten auftauchte und sich über die schwache Eiskante zog. Das Eis brach zweimal unter seinem Gewicht, bis er festes Eis unter den Füßen hatte.

»Ich hab … es ei … lig … wie du … vielleicht … verstehst!« schrie Åke Stålhandske. Er erbebte vor Kälte. »Los, verschwinde jetzt. Viel Glück!«

Åke Stålhandske begann unbeholfen loszulaufen, um zu verhindern, daß das Wasser einen Eispanzer an seiner Kleidung bildete und ihn in einen tödlichen Würgegriff nahm. Er stolperte und schnaubte, fiel hin, stand wieder auf und rannte weiter, ohne sich umzusehen. Er hatte einen zwei Kilometer langen Wettlauf mit dem Tod vor sich.

Juha sah ihm nach, als er sich in der Dunkelheit aufzulösen begann, so daß nur noch sein Husten, Schnauben und Prusten verriet, wo er sich befand. Er hielt die Augen fest auf die Spur gerichtet, da ihn die Kälte blendete.

Juha wollte nicht weinen. Er wollte wirklich nicht weinen, das tat nämlich kein Mann, zumindest nicht in Finnland.

Doch plötzlich und unwiderstehlich strömten ihm jetzt die Tränen übers Gesicht. Er begann heftig zu frieren. Ihm wurde so kalt, daß er am ganzen Körper zitterte. Er konnte nicht klar sehen, als er an der Skibindung herumtastete, um sie seiner Schuhgröße anzupassen. Er hatte sein Leben von diesem Wasserschweden geschenkt bekommen, der jetzt sein eigenes aufs Spiel setzte.

Die Vernichtung hatte begonnen. Carl hatte noch nicht ausdrücklich erklärt, was geschehen würde, aber ihm war klar, daß den anderen schon Ahnungen kamen. Kurz darauf war es Zeit für die unerbittliche Wahrheit.

Drei Mann waren damit beschäftigt, hundert Meter weiter weg in einer zwei Meter breiten Felsspalte einen gewaltigen Scheiterhaufen zu errichten. Sie schichteten ausschließlich tote und verdorrte Bäume auf. Die dickeren Teile außen in einem Viereck, in der Mitte Äste, Zweige und Reisig. Überdies sollte das gesamte Material des Schmugglerlagers auf zwei Haufen verteilt werden, in brennbares und nicht brennbares Material.

Der Sender war für eine Funkverbindung mit Stockholm bereit, doch eins blieb noch zu tun, bevor die Meldung abging. Carl öffnete das Paket, das von der FOA geliefert worden war, der Forschungsanstalt der Streitkräfte, und memorierte die Instruktionen. Sie sollten die Kisten mit dem verdächtigen Inhalt nicht öffnen, da das ein erhebliches Risiko berge. Es war nicht auszuschließen, daß sie mit Sprengladungen versehen waren, die sofort detonierten, wenn die Kisten geöffnet wurden. Mit dem Meßinstrument jedoch, das Carl jetzt in der Hand hielt, würden sie zumindest eine einfache und entscheidende Kontrolle vornehmen können.

Das Ganze war in ein paar Minuten erledigt. Den beiden großen verschlossenen Stahlkisten unter der Persenning auf den Schlitten entströmte Gammastrahlung. Es war eindeutig, jeder Irrtum ausgeschlossen. Die Kisten enthielten radioaktives Material.

Carl warf das Meßinstrument neben einen der Schlitten. Er betrachtete es als Geschenk an das russische Volk. Für den Rückweg ging es ja darum, alles überflüssige Gewicht loszuwerden.

Er stapfte zu den beiden Bäumen hin, an denen Edvin Larsson die Antenne für die Schnellsendung nach Hause eingerichtet hatte, beleuchtete den Schreiber mit einer Taschenlampe, die er zwischen den Zähnen hielt. In dem Lichtschein dampfte seine Atemluft, und er schrieb eine sehr kurze Mitteilung:

Dragon Fire an Basis. Zähne gezogen. Das gesamte eigene Personal unversehrt. Rückkehr wie berechnet. Erbitte Angaben über den amerikanischen Staatsbürger Richard Steven Emerson III., geboren am 6. April 1942.
TRIDENT

Er drückte auf den Sendeknopf, und die kodierte Mitteilung schoß wie ein kurzes Geheul ins All. Zwei Minuten später rief Samuel Ulfsson den schwedischen Verteidigungsminister an und teilte verklausuliert mit, die geschmuggelten Atombomben seien gefunden, alle Schmuggler niedergerungen, und die Schweden seien im Augenblick noch wohlbehalten und würden in zwei Tagen den Versuch unternehmen, über die Grenze zu gehen.

Anschließend faxte er eine Anfrage wegen eines gewissen Richard Steven Emerson III. an die EDV-Zentrale des Nachrichtendienstes, worauf das IBM-System sofort mit den Computern der CIA zusammengekoppelt wurde. Man bitte um Angaben unter dem Code *Dragon Fire*. Dieser sollte vereinbarungsgemäß alle vorhandenen Codeschlösser des westlichen Spionagesystems öffnen. Nichts hatte höhere Priorität als das, was unter diesen beiden Wörtern lief.

Die Antwort ging nach weniger als vier Minuten bei Carl ein. Nichts an den Angaben erstaunte ihn.

Er sendete die Bitte, man möge die Basis in Finnland über die Lage informieren, falls es nicht schon geschehen sei, und erhob sich dann schwer. Er mußte sich jetzt der sehr unangenehmen Aufgabe zuwenden, die keinen Aufschub mehr duldete. Alle Aktivität wandte sich jedoch schnell etwas völlig Anderem und höchst Unerwartetem zu. Ein dampfender und vereister Åke Stålhandske taumelte aus der

Dunkelheit ins Lager. Er sah aus wie ein Gespenst, da Haare und Bart zu Eis gefroren waren und das ganze Gesicht infolge seines heftigen Atems mit Eis überzogen war. Er schien einen kilometerlangen Eilmarsch in diesem nassen und vereisten Zustand hinter sich zu haben. Jeder, der in der Nähe stand, stürzte sich sofort auf ihn. Die Männer rissen ihm die Kleider vom Leib, zündeten in den russischen Zelten, die noch nicht abgerissen worden waren, ein paar Wärmequellen an, und begannen ihn zu massieren und gleichzeitig anzukleiden. Carl überwachte das Ganze besorgt, und als er Åke Stålhandskes Blick begegnete und fragend die Augenbrauen hob, lachte Åke Stålhandske munter und machte mit der einzigen freien Hand eine abwehrende Bewegung. Einer der Kameraden versuchte, ihm eine heiße Brühe aus dem russischen Vorrat aufzuzwingen.

»Ich habe mit diesem kleinen Scheißkerl unterm Eis gebadet. War gezwungen, mir die Skier abzureißen. Das Winterbaden kann höchst unerwartete Seiten haben.«

Mehr vermochte er eine Zeitlang nicht zu sagen. Er ergriff mit zitternden Händen das warme Getränk und ging mühsam ein paar Zentimeter in die Höhe, damit seine Kameraden ihm neue und trockene Kleidung überstreifen konnten. Nach kurzer Zeit war er soweit wiederhergestellt, daß er mit seiner Erklärung fortfahren konnte, da Carl noch in der Zeltöffnung stand und wartete.

»Mein lieber Landsmann ist untergetaucht, buchstäblich. Er schwimmt unterm Eis. Wir landeten ein paar Kilometer von hier bei einem Wasserfall im Wasser. Er ist verschwunden. Unmöglich, ihn unter dem Eis hervorzuziehen. Inzwischen dürfte er einen Kilometer weitergetrieben sein.«

Carl nickte und ging hinaus. Es bestand also das kleine theoretische Risiko, daß man in einem Jahr oder so eine Wasserleiche fand. Das war zwar nicht gut, aber ein Risiko, mit dem man leben konnte.

Jetzt blieb noch die tristeste Aufgabe. Major Edvin Larsson kam ihm mit einem kleinen Sack entgegen, den er hochhielt.

»Jeder Teilnehmer der Expedition scheint fünfzigtausend Dollar in bar bei sich gehabt zu haben. Was machen wir damit?«

Carl warf einen kurzen Blick auf die Geldscheinbündel, von denen einige blutig waren.

»Es ist brennbares Material, also auf den entsprechenden Haufen damit«, sagte er kurz. Er wandte sich ab und ging auf Richard Steven Emerson III. zu, der ein Stück weiter weg saß, immer noch bewacht von Hauptmann Martin Edström. Dieser stapfte ein paar Meter entfernt im Schnee herum und hielt seine Waffe am Riemen vor den Bauch.

»Ja, das ist wirklich eine traurige Geschichte, das hier«, sagte Carl und setzte sich neben den unruhig dreinblickenden Amerikaner. »Als die Firma deinen Laden in Kirkenes dichtmachte, hast du eine Million Dollar Abfindung erhalten. Und dann trotzdem dieser schäbige kleine Versuch, weiterhin Geschäfte zu machen. Hat sich das wirklich gelohnt?«

»Du hast mit der Heimatbasis gesprochen«, stellte Richard Emerson düster fest. »Nun, damit ist wenigsten die Frage entschieden, wie mein richtiger Name lautet. Was passiert jetzt?«

»Das ist eine gute Frage«, erwiderte Carl geschäftsmäßig. »Du bist wie alle anderen hier aus dem Kreis der Eingeweihten verraten worden. Daher hat eure Expedition dieses Ende genommen. Nicht wahr?«

»Sehr gut möglich, ja?«

»Damit stellt sich die Frage, wer dich verraten hat, also wer diese Geschichte organisiert hat.«

»Und du glaubst, das ist mir bekannt?«

»Selbstredend. Dein Hintergrund ist so, daß du gar nicht hier wärst, wenn dir die Antwort unbekannt wäre. Nun?«

»Was nun?«

»Wer, von dir selbst mal abgesehen, hat diese Sache organisiert?«

»Was passiert, wenn ich diese Frage beantworte?«

»Wenn du sie nicht beantwortest, hast du noch dreißig Sekunden zu leben.«

»Es besteht das Risiko«, sagte Richard Emerson mit hart mahlenden Kiefern, »es besteht ein gewisses Risiko, daß du mit deiner Vermutung recht hast. Meine Kumpels haben mich verkauft. Es besteht aber auch das Risiko, daß es nur so aussieht, und dann würde ich sie verkaufen, um weiterleben zu können. Müssen wir die Situation so sehen?«

»Ja.«

»Und somit besteht die Gefahr, daß ich meine Kumpels verpfeife, obwohl es nur so aussieht, als hätten sie mich hereingelegt. Dann werde ich im nächsten Augenblick erschossen, egal wie es sich verhält.«

»Das ist natürlich eine theoretische Möglichkeit«, sagte Carl. »Wie hättest du es also gern?«

»Meine Antwort ist nein«, sagte Richard Emerson, schloß die Augen und senkte den Kopf.

»Nun ja«, sagte Carl leichthin, »es ist traurig, daß sich unsere Wege so trennen müssen.«

Er stand auf, ging einige Schritte weg und tastete nach seiner Waffe. Doch dann überlegte er es sich anders und wandte sich an Hauptmann Martin Edström. Dieser hatte in Hörweite gestanden und mußte die Lage voll und ganz erfaßt haben.

»Erschieß ihn«, sagte Carl und wandte sich ab, um zu gehen.

Als er einige Schritte gegangen war und noch immer keine Schüsse hörte, blieb er stehen, seufzte und drehte sich um. Er betrachtete den jungen Hauptmann, der sich sichtlich quälte. Er zitterte leicht, vielleicht weil er in der Kälte so lange stillgestanden hatte.

»Nun«, sagte Carl, »Sie haben den Befehl doch verstanden, Hauptmann Edström?«

»Ich weigere mich. Nicht noch einen. Jetzt ist mir das alles hier scheißegal!« sagte Martin Edström und erweckte den Eindruck, als wollte er seine Waffe wegwerfen.

Carl sagte zunächst nichts. Dann drehte er den Körper ein wenig, so daß seine Waffe auf den Landsmann zeigte, legte sacht, aber deutlich sichtbar die Sicherungssperre um, so daß er schußbereit war. So standen sie einige Augenblicke und betrachteten einander. Ihr Atem dampfte ihnen um die Gesichter.

»Sie haben einen klaren Befehl erhalten, Hauptmann Edström. Wir befinden uns auf dem Territorium einer fremden Macht im Krieg. Ich werde den Befehl nur einmal wiederholen. Bitte ausführen, Hauptmann Edström!«

Carl hob seine Waffe, so daß die Mündung auf gleicher Höhe mit der unteren Bauchregion des Hauptmanns war; er bereute das Ganze schon jetzt intensiv. Er pflegte sonst nie mit etwas zu drohen, wofür er keine Deckung besaß.

Für Carl waren dies einige der entsetzlichsten Momente seines Lebens. Er hatte das Gefühl, als wäre die Zeit zu Ende, als hätte alles mit seinen letzten Worten aufgehört.

Schließlich drehte sich Martin Edström um, entsicherte seine Waffe und ließ einen gutturalen Laut hören, eine Mischung aus Schluchzen und Grunzen. Dann leerte er sein halbes Magazin in den amerikanischen Gefangenen. Die Schüsse waren für Carl eine unendliche Erleichterung. Für die anderen Männer im Lager waren sie nur der selbstverständliche Abschluß dieser düsteren Etappe. Kaum jemand unterbrach seine Beschäftigung oder hob auch nur den Kopf.

Carl befahl eine kurze Unterbrechung der Arbeit und beorderte die Männer zu sich, um ihnen Anweisungen zu geben. Kurz darauf standen sie in einem Halbkreis um ihn und machten besorgte Gesichter. Alle standen vollkommen still, nur Åke Stålhandske nicht, der auf der Stelle trat, weil er immer noch das Bedürfnis hatte, Kreislauf und Körpertemperatur auf Touren zu bringen.

»Ich habe düstere Nachrichten«, sagte Carl und senkte den Blick, bevor er den Kopf hob und in entschiedenem Tonfall die Worte sprach, die gesagt werden mußten. »Wir haben einen Befehl, einen sehr klaren Befehl, an dem es nicht das geringste zu deuteln gibt. Die Gründe können uns gleichgültig sein. Die Absichten sind unter anderem von dem Präsidenten der Sowjetunion und unserer eigenen Regierung formuliert worden. Wir können uns leider nicht so schnell aus dem Staub machen, wie wir es wünschen. Ich kann euch noch nicht für euren glänzenden Einsatz danken. Es verhält sich so, daß alle identifizierbaren Überreste dieser Menschen verschwinden müssen. Mit Hilfe der modernen DNA-Technik kann man einen Menschen selbst dann noch identifizieren, wenn er schon verwest und mehrere Jahre tot ist, auch wenn man nur einen Körperteil findet. Aus diesem Grund muß alles verbrannt werden. Die Asche müssen wir sieben, um zu sehen, ob es noch identifizierbare Reste gibt, beispielsweise einzelne Zähne. Daher dieser große Scheiterhaufen, den ihr gerade aufbaut. Ich bin mir wohl bewußt, wie unangenehm das ist. Major Stålhandske und ich werden deshalb die Schlußphase dieser Arbeit übernehmen. Da ein großes Feuer schon von weitem zu sehen ist, sollten wir ein Alarm- und Wachsystem einrichten, sobald alles brennt. Diese Aufgabe werdet ihr übernehmen, während Major Stålhandske und ich hierbleiben. Wir verteilen also immer noch alles Material auf zwei Haufen, brennbares und nicht brennbares Material. Als brennbares Material gelten auch Leichen. Irgendwelche Fragen?«

Das Schweigen war ebenso erwartet wie zutiefst unangenehm.

Boris Jelzin hatte sich entschlossen, im Augenblick des Sieges großmütig zu sein. Er wußte, daß Mischa ihn verabscheute, doch dafür hatte er alles Verständnis. Warum sollte der Besiegte den Sieger lieben?

Er war zu einem Treffen um zehn Uhr morgens in Mischas Büro im Kreml bestellt und erwartete, daß das Ganze nur ein paar Stunden dauern würde. Sie hatten sich schon im voraus darauf geeinigt, was besprochen werden sollte: der Zeitpunkt der Übergabe der Kernwaffencodes, der Zeitpunkt für Mischas offiziellen Rücktritt und seine Stellung nach dem Rücktritt.

Vor allem der letzte Punkt würde vielleicht ein wenig zusätzliche Zeit erfordern, wie Boris Jelzin glaubte. Er hatte daher versucht, einen klugen Vorschlag auszuarbeiten, der seiner Ansicht nach recht großherzig war. Letztlich gab es keinen Anlaß, Mischas historische Bedeutung zu leugnen oder auch nur zu verkleinern. Er war in mancherlei Hinsicht ein Tolpatsch und für die Aufgabe, die er auf sich genommen hatte, ganz eindeutig zu weich und unentschlossen. Nun, er würde ein eigenes Forschungsinstitut erhalten, sein Präsidentengehalt weiterbeziehen und eine eigene kleine Leibgarde von zwanzig Mann bekommen; etwa so wie Napoleon auf Elba, gluckste Boris Jelzin vor sich hin.

Als er zu Michail Gorbatschow ins Zimmer trat, schien dieser mit einigen Dokumenten beschäftigt zu sein, die er in rasendem Tempo unterzeichnete. Er bat den Mann, in dem er seinen Meister gefunden hatte, fast nebenbei, sich zu setzen und zu warten.

Boris Jelzin wiederholte im stillen das Versprechen, sich großmütig zu zeigen. Es gab keinen Grund, jetzt Streit anzufangen. Mischa hatte nicht mehr viel Zeit, seinen Minister wie einen wartenden rangniederen Beamten zu behandeln.

Michail Gorbatschow beeilte sich jedoch, seine Arbeit abzuschließen, und ging dann freundlich, aber dennoch etwas reserviert auf Boris Jelzin zu und gab ihm die Hand. Eine Umarmung kam natürlich nicht in Frage. Dann setzte er sich auf einen Stuhl wie Boris Jelzin, damit sie einander an dem Couchtisch gleichberechtigt gegenübersaßen.

»Nun, Boris, laß uns jetzt nicht sentimental sein. Wir sollten uns wie Staatsmänner verhalten und nicht wie Politiker«, begann Michail Gorbatschow mit einer ausholenden und konzilianten Gebärde.

»Und was gibt es da für einen Unterschied, sozusagen unter uns Politikern?« knurrte Boris Jelzin, während er sich erneut an seine Großmut erinnerte.

»Sehr einfach, mein lieber Boris«, sagte Gorbatschow mit einem listigen Glitzern in den Augen. »Ein Politiker denkt nur an die nächste Wahl, ein Staatsmann an das Wohl der Nation. Und genau das müssen wir jetzt tun, denn unsere Situation ist nicht gerade unkompliziert.«

»Wann gedenkst du zurückzutreten, Mischa?« schnitt ihm Boris Jelzin den Gedankengang ab.

»Morgen, am Dienstag, werde ich die Rede ausarbeiten. Wir glauben, daß sie am Mittwochabend gegen sieben gesendet werden kann. Unmittelbar danach werde ich das, was einmal die Kernwaffencodes der Sowjetunion gewesen sind, an dich übergeben, Boris. Aber zuvor wollte ich noch über ...«

»Warum erst dann?« grunzte Boris Jelzin mißvergnügt. »Wie du sagst, ist unsere Situation nicht unkompliziert. Wir haben es in Tiflis mit einem Bürgerkrieg zu tun, und Kasachen, Weißrussen und Ukrainer zetern und faseln, sie wollen die Kontrolle über ihr Kernwaffenarsenal behalten. Wie du weißt. Das kann deiner Aufmerksamkeit ja kaum entgangen sein. Nicht wahr?«

»Durchaus nicht. Du hast ja so recht, mein verehrter Boris«, sagte Michail Gorbatschow, der sich sichtlich anstrengte, Ruhe und Geduld zu bewahren. »Wir sollten die Fragen aber vielleicht einzeln besprechen. Erstens halte ich es für unpassend, diese Verantwortung an dich zu übergeben, solange ich noch Präsident bin, denn es sollte zweckmäßigerweise erst nach meinem Rücktritt geschehen. Und zwei Tage wirst du dich wohl noch gedulden können.«

»Aber ja. Doch je schneller wir die neue Lage etablieren können, ohne daß Unklarheiten auftreten, um so besser, denn Unklarheiten könne in unserer, wie du sagst, komplizierten Situation gefährlich sein. Nun, ich will nicht mehr darauf herumreiten. Du trittst am Mittwochabend zurück, und die Übergabe erfolgt unmittelbar danach. Recht so?«

»Recht so. Aber da gibt es noch das eine oder andere, was du wissen solltest ...«

»Außerdem hatte ich mir gedacht, dir ein eigenes politisches Forschungsinstitut zu geben. Außerdem wird dein Gehalt als Präsident weitergezahlt, und du bekommst einen Stab von zwanzig Mann.«

»Sehr großzügig, mein lieber Boris, sehr großzügig. Aber wie ich schon sagte, gibt es einige komplizierte ...«

»Ein bißchen könntest du dich aber freuen, Mischa!« unterbrach Boris Jelzin. Er war enttäuscht darüber, daß das, was er als seine großmütige und großzügige Geste gegenüber dem Verlierer ansah, so schnell als Gesprächsthema beiseite gefegt worden war.

»Wie wahr, Boris, wie wahr. Du sollst nicht glauben, daß ich deine Großzügigkeit in dieser für uns alle so schweren Stunde nicht zu schätzen weiß. Es ist nur so, daß ich es für notwendig halte, dich schon jetzt mit bestimmten Problemen vertraut zu machen, die gerade mit unseren Kernwaffen zu tun haben.«

Jetzt endlich verstummte Boris Jelzin. Er kannte seinen Rivalen sehr gut und sah ihm an, daß er nicht über Katzendreck sprechen wollte.

Das tat er auch nicht. Das Gesprächsthema verlängerte ihr Treffen auf acht Stunden, ohne daß jemand in der Umgebung so recht begreifen konnte, worüber die beiden so lange gesprochen hatten. Nach dem Gespräch wurde offiziell nur mitgeteilt, wann der Präsident zurücktreten wollte, wann bestimmte strategische Befugnisse auf den Nachfolger übergehen sollten und welche Stellung Michail Gorbatschow nach dem Rücktritt erhielt. Und das konnte so viel Zeit erfordern.

»Also«, sagte Gorbatschow und holte tief Luft. »Wir wollen jetzt nicht mehr um den heißen Brei herumreden. Wir, das heißt die Führung der Streitkräfte der Sowjetunion, arbeiten seit einiger Zeit daran, jede Form einer Bedrohung durch Kernwaffen seitens bestimmter Republiken unmöglich zu machen. Du weißt, von welchen ich spreche. Nein, unterbrich mich jetzt nicht, Boris. Wie gesagt. Wir haben erstens mehr als ein Drittel ihrer Waffen an uns genommen oder sie unbrauchbar gemacht. Eine ganze Menge Material dieser Art lagert jetzt zum Beispiel in den Atom-U-Bootsbasen im Litsa-Fjord. Nun, als sie uns auf die Schliche kamen, haben sie uns einige Schwierigkeiten gemacht, so daß wir dieses Projekt nicht vollenden konnten. Hingegen haben wir sämtliche Waffen umkodiert, die wir nicht in die Hand bekommen haben. Das bedeutet, daß die Codes, die du am Mittwoch erhältst, die einzigen in der gesamten Sowjetunion sind, die tatsächlich funktionieren.«

»In der gesamten *ehemaligen* Sowjetunion«, korrigierte Boris Jelzin zufrieden. Was er bisher zu hören bekommen hatte, gefiel ihm sehr.

»Nun ja, in der gesamten ehemaligen Sowjetunion«, seufzte Michail Gorbatschow. »Du warst derjenige, der unsere Union sprengen wollte, und es ist dir gelungen.«

»Laß uns jetzt nicht schon wieder darüber streiten, Mischa«, grunzte Boris Jelzin zufrieden. »Was war das nächste Problem?«

»Das nächste Problem ist verwickelter«, begann Michail Gorbatschow mit einer sichtbaren Anstrengung, ruhig und gefaßt zu bleiben. Er erweckte den Eindruck, als sähe er eine recht unsanfte Reaktion des Mannes voraus, der ihn besiegt hatte. »Wie gesagt, wesentlich verwickelter.«

»Dann rede auch hier bitte nicht um den heißen Brei herum«, schlug Boris Jelzin leutselig vor.

»Wie du willst, Boris, wie du willst. Seit einiger Zeit gibt es einen großangelegten Versuch, Kernwaffen von unserem Territorium außer Landes zu schmuggeln. Sie sollen auf dem sogenannten freien Weltmarkt verkauft werden. Diese Versuche sind von bestimmten Kreisen, denen es nicht an Geldmitteln fehlt, sehr gut organisiert worden. Ich bin gezwungen gewesen, auf Unterstützung im Ausland zurückzugreifen, um mit diesen unangenehmen Intrigen zurechtzukommen, und ...«

»Unterstützung aus dem Ausland? Hast du den Verstand verloren, Mischa?« unterbrach ihn Boris Jelzin, der nicht mehr an sich halten konnte. »Was für Ausländer denn, wenn ich fragen darf?«

»In erster Linie Schweden und Amerikaner. Ich wäre dankbar, wenn ich es dir im Zusammenhang vortragen könnte. Können wir uns darauf verständigen?«

»Von mir aus. Nur raus damit«, brummelte Boris Jelzin.

»Nun. Die Lage ist trotz allem gar nicht so übel. Ich habe soeben von der amerikanischen Regierung Nachricht erhalten, daß der Schmuggelversuch zunichte gemacht worden ist. Die Waffen, um die es ging, sechs atomare Gefechtsköpfe, sind einige dutzend Kilometer von der finnischen Grenze entfernt von schwedischen Militärs beschlagnahmt worden. Also auf unserer Seite der Grenze, in Rußland, wenn du willst. Die Schmuggler sind alle tot, und im Augenblick ist man damit beschäftigt, sämtliche Spuren der Schmuggler zu vernichten. Wenn das erledigt ist, können wir die Dinger abholen. Das ist es, was geschehen ist.«

Zum ersten Mal in ihrem Gespräch verlor Boris Jelzin die Initiative. Er nahm sich etwas Zeit, um zu verdauen, was er gehört hatte, und mußte sich anstrengen, um nicht aufzubrausen.

»Erstens«, begann er mit einem ungewohnten Anflug von Zögern, »erhebt sich die Frage, wer ›wir‹ sind. Ich meine, welche ›wir‹ unsere Sachen abholen sollen.«

»In zwei Tagen fällt das wohl zweifelsohne in deinen Verantwortungsbereich, mein verehrter Boris«, entgegnete Gorbatschow ruhig.

Einige Sekunden später begann Boris Jelzin zu toben. Warum sei all das hinter seinem Rücken passiert? Warum erfahre er erst jetzt etwas? Welches Recht habe ein ehemaliger sowjetischer Präsident, ausländische Truppen auf russisches Territorium einzuladen, dazu noch, ohne dem Präsidenten Rußlands auch nur etwas davon anzudeuten? Wie solle die Außenwelt auf diese erwiesene Schwäche reagieren? Was werde passieren, wenn die Umwelt sich in den Kopf setze, Rußland als eine Art Klondyke für Kernwaffensucher zu betrachten?

Für Boris Jelzin war es nicht nur eine Frage des internationalen Ansehens und des Gesichtsverlustes. Er meinte auch, es sei gefährlich, wenn bestimmte Kreise im Westen die Vorstellung bekämen, man könne ohne weiteres militärische Aktionen auf russischem Territorium durchführen oder auf dem Gebiet anderer Republiken.

Schließlich habe man doch wohl genügend eigene Ressourcen, um da draußen in den Schneeweiten ein paar Gangster mit Konterbande einzufangen? Um diese Jahreszeit? Die müsse man doch abknallen können wie Hühner auf der Stange.

Michail Gorbatschow versuchte alle Geduld aufzubieten, zu der er fähig war, obwohl der Mann, der ihn besiegt hatte, diese Geduld auf sehr harte Proben stellte. Nicht zuletzt dadurch, daß er es ebenso plötzlich wie unerwartet geschafft hatte, eine große Wodkaflasche herbeizuzaubern, die er unbekümmert an den Hals setzte, bevor Gläser gebracht worden waren. Der Wodka machte Boris jedoch keineswegs einsichtiger, ganz im Gegenteil. Nach einiger Zeit saß er da und brüllte und fuchtelte mit der Schnapsflasche herum, deren Inhalt an den Seiten hochschwappte.

Michail Gorbatschow tat sein Bestes. Er erklärte, sämtliche Berichte in dieser Angelegenheit zusammen mit den Kernwaffencodes übergeben zu wollen, und zwar nach der Rücktrittsrede am Mittwochabend, also in nur wenig mehr als zwei Tagen. Aus den Berichten werde auch hervorgehen, daß es gar nicht so einfach gewesen wäre, eigene Kräfte einzusetzen. Andeutungsweise könne er jedoch schon jetzt sagen, daß bestimmte Kreise in der Organisation mit dem früheren Namen KGB in das Vorhaben verwickelt gewesen seien.

Boris Jelzin schimpfte, es werde gewaltige Säuberungen geben, sobald er offiziell die Macht habe, und Michail Gorbatschow nickte still dazu. Ja, das könne schon notwendig sein. Sehr wahr, in dieser Frage dürfe man sich nicht schwach und weich zeigen. Genau, größte Entschlossenheit. Aber so wie die Lage nun mal sei, lasse sich nichts mehr ungeschehen machen, und die unmittelbare Bedrohung sei ja immerhin aus dem Weg geräumt. Boris Jelzin begann jedoch mit der Hartnäckigkeit eines Betrunkenen nochmals von vorn, da er sich in relativ kurzer Zeit die ganze Wodkaflasche einverleibt hatte. Michail Gorbatschow hatte sanft, aber entschieden mehrere freigebige Vorschläge abgelehnt, im Laufe des Gesprächs sowohl diese als auch künftige Flaschen mit Boris Jelzin zu leeren.

Flammen und Funkenregen schossen manchmal mehr als zehn Meter hoch in die polare Dunkelheit. Das gewaltige Feuer dröhnte und knallte, als das völlig verdorrte und durch Umwelteinflüsse zerstörte Holz, das sie herbeigeschleppt und in Stücke zersägt hatten, Feuer fing und brannte. So konnten sie das Feuer direkt von oben füttern, da sie den Nachschub nur in die Felsspalte zu werfen brauchten.

Carl und Åke Stålhandske arbeiteten allein. Die anderen waren zu einem kilometerweiten Kreis ausgeschwärmt, um Alarm zu schlagen, falls sich Menschen oder Maschinen näherten; das Feuer war wahrscheinlich noch in einer Entfernung von mehreren dutzend Kilometern zu sehen.

Und natürlich auch direkt von oben; sowohl sowjetische als auch amerikanische Satelliten mußten die Wärmequelle an diesem ungewöhnlichen Ort schon längst bemerkt haben.

Carl und Åke benutzten den Proviantschlitten der Russen, um die Leichen zum Schauplatz der Vernichtung zu ziehen. Die nackten, verzerrten Körper waren starr wie Eisblöcke, und es zischte und sprühte vor Wasserdampf und Fett, als sie, mit der Motorsäge in handliche Stücke zerkleinert, in den Feuerschlund gekippt wurden. Sie verbrannten jeweils etwa zu dritt; erst die Überreste von drei Menschen, dann neue Holzschichten, dann wieder die Überreste von drei weiteren Menschen.

Åke Stålhandske meinte einen der Russen wiederzuerkennen. Er betrachtete das tiefgekühlte Gesicht und versuchte, Frost und Eis aus Bart und Haar zu kratzen, um zu entscheiden, ob er wirklich sah, was er zu sehen glaubte. Dann nickte er und murmelte, dieser Kollege habe versucht, ihm einen Roten Stern zu verkaufen, als er mit Anna zu der Erkundungsfahrt in Murmansk gewesen sei. Dann griff Åke mit einer Grimasse nach der Motorsäge.

In einem großen Plastiksack sammelten sie alles Material, das nicht verbrannt werden konnte. Armbanduhren, Messer und einzelne Handfeuerwaffen, die man eventuell zu einem Eigentümer zurückverfolgen konnte. Zum Glück hatten nur drei oder vier Männer Ringe an den Fingern. Es war hoffnungslos, die Ringe von den verhärteten, tiefgekühlten Fingern abziehen zu wollen. Sie mußten die Finger mit einer Axt abhacken, um die Ringe loszubekommen.

Alles Material aus den Zelten der Russen, das sich verbrennen ließ, ging den gleichen Weg auf den Schlitten und ins Feuer. Zeltbahnen, Brennstoff, Proviant, Kleidung und ein Sack mit zerknüllten, blutigen, gefrorenen Dollarbündeln. Das letzte von der Ausrüstung, was sie ins Feuer warfen, war der Schlitten. Dann blieb nur noch, vierundzwanzig Stunden lang das Feuer bei hoher Temperatur am Leben zu erhalten. Das würde ihnen keine Schwierigkeiten machen. Sie hatten die Holzmenge großzügig berechnet, und die trockenen Baumstämme waren leicht zu fällen gewesen.

In dem Teil der Ausrüstung, den Åke Stålhandske auf eigene Faust ergänzt hatte, befanden sich einige Rollen eines feinmaschigen Netzes aus Stahldraht. Daraus hatten sie ein großes Sieb angefertigt. Außerdem hatten sie Schneeschaufeln aus Aluminium, was zunächst heitere Kommentare ihrer Kameraden ausgelöst hatte (»Ja, da sieht man's wieder. Hier draußen gibt es viel Schnee wegzuschaufeln, aber die Streitkräfte denken eben an alles.«) In der Schlußphase mußten sie nach Zähnen suchen, die durch die Hitze noch nicht zerstört worden waren, nach Knochenresten mit Metallstiften von irgendeiner Operation.

In den letzten sechs Stunden schaufelten sie das Feuer immer mehr zusammen, so daß es sich in einen glühenden Haufen verwandelte, der aus der Ferne nicht mehr zu sehen war, aber doch eine sehr hohe Temperatur beibehielt. Auch dies war wohl vorbereitet und gehörte zu dem Wissen, das sie sich vorher angelesen hatten.

Während der hellen Stunden des folgenden Tages war der Rauch nicht mehr schwarz, und der Qualm von Fett und Ruß war verschwunden.

Carl gab über Funk Anweisung, die Überwachung der Umgebung zu beenden. Die Männer sollten sich sammeln und ein Lager für die Nacht aufschlagen, um sich etwas Schlaf zu gönnen. Das rein optische Entdeckungsrisiko war jetzt minimal, und wenn die Überwachung durch die Satelliten bis jetzt keine Maßnahmen ausgelöst hatte, würde sie es wohl auch künftig nicht tun; von dort oben hatte man sicher feststellen können, daß das eigentümlich konzentrierte Feuer allmählich verglomm.

Carl und Åke Stålhandske schliefen ein paar Stunden in einem ihrer eigenen Zelte, während die Glut immer schwächer wurde. Ihre harte Arbeit und die seelische Anspannung bewirkten, daß sie sofort und ohne jede Mühe einschliefen, da sie sich vermutlich einbildeten, das Schlimmste sei jetzt vorbei.

Es war jedoch sehr die Frage, ob nicht das, was noch zu tun blieb, in Wahrheit am schlimmsten war. Sie begaben sich am nächsten Morgen noch verschlafen zu den Überresten des Feuers. Sie sprachen noch immer nicht viel und rüttelten schweigend ihr großes Sieb und kippten den schwarzen Müllsack aus.

Anschließend schaufelten sie die Aschenreste mit ihren zwei Schneeschaufeln auf das Sieb, trugen es ein paar Meter weiter und begannen es zu schütteln, so daß die Asche durch die Maschen fiel und ein paar weiße zerbrechliche Knochenreste und anderes in kleinen Haufen übrigblieb. Die Maschen waren so eng, daß nicht einmal Zähne hindurchfallen konnten.

Es dauerte eine runde Stunde, einen Sack mit Dingen zu füllen, die entfernt werden mußten. Schließlich verstreuten sie die Aschenreste und schaufelten den Ort des ehemaligen Lagers mit Schnee zur. Es war nur noch anhaltender Schneefall nötig, um für lange Zeit und vielleicht auf ewig die Spuren der Vernichtung zu verbergen.

Jetzt hatten sie es natürlich eilig. Sie hatten den letzten Schlitten vollgepackt, und Carl machte sich bereit, den Peilsender zu montieren und einzuschalten, der irgendwann in der nächsten Zeit russische Hubschrauberverbände herführen sollte. Doch als die beiden Männer sich ansahen, überlegten sie es sich anders.

Sie packten einen Teil der Ausrüstung ein, setzten einen Spirituskocher in Gang und machten Wasser heiß. Dann wuschen sie sich sorgfältig und schüttelten und bürsteten ihre Kleidung, um sie von Ruß zu befreien. Wenn sie ihre Kameraden wiedersahen, wollten sie zumindest notdürftig sauber sein. Ihre weiße Schutzkleidung war von der Motorsäge mit Blut und Fett vollgespritzt worden. Sie verbrannten die Kleidungsstücke.

Erst danach aktivierte Carl den Peilsender und befestigte ihn mit Isolierband auf einem der stabilen Stahlkoffer.

Sie nahmen mit den anderen Verbindung auf und meldeten ihre berechnete Ankunftszeit und die Zeit für den Weitertransport. Dann schnallten sie sich die Skier an und fuhren los. Sie drehten sich nicht um, blickten kein einziges Mal zurück.

Ein Schwarm sibirischer Tannenhäher hatte sich dort, wo die Motorsäge gestanden hatte, laut kreischend niedergelassen. Sie fraßen gierig Knochenmarkreste und Fettstreifen.

9

Luigi Bertoni-Svensson saß vollkommen reglos auf seinem Schneemobil und starrte in die Dunkelheit und lauschte der Stille. Von Zeit zu Zeit sah er auf die Armbanduhr. Jetzt waren es nur noch zehn Minuten. Er versuchte Zehen und Finger zu bewegen, um die schleichende Starre loszuwerden. In seinem eingeschalteten Radio rauschte es leicht.

Heiskanen saß eineinhalb Meter von ihm entfernt und lauschte einer Nachrichtensendung der BBC. Luigi konnte nicht hören, was gesprochen wurde, da Heiskanen sich Kopfhörer aufgesetzt hatte. Er lauschte gespannt und gab Luigi Zeichen, irgend etwas sei passiert. Nach einiger Zeit nahm er die Kopfhörer ab und flüsterte Luigi zu, Gorbatschow sei vor einer Stunde zurückgetreten. Ob das etwas für ... die Operation zu bedeuten habe?

Luigi zuckte die Achseln. Er konnte es nicht beurteilen, dazu wußte er letztlich zu wenig über das Unternehmen, obwohl er selbst daran teilnahm. Er hatte ja meist nur auf dem Eis des Inari-Sees gestanden und Saiblinge geangelt. Auch eine Beschäftigung für einen Offizier des Nachrichtendienstes.

Er wußte nicht einmal, welche Kameraden da von der anderen Seite ankommen würden, ging aber davon aus, daß Åke Stålhandske dazugehörte. Warum hätte Åke sonst mit Heiskanen tauschen sollen?

Luigi versuchte seine Irritation zu verscheuchen, da sie nur darauf zurückzuführen war, daß er nicht wußte, was auf der anderen Seite der Grenze vorging. Er fragte sich, warum man überhaupt etwas so Kompliziertes und Riskantes unternahm. Wenn alles klappte, würden sie in ein paar Minuten losfahren und sich fünf Kilometer weit auf russisches Territorium begeben. War Carl Hamilton auf der anderen Seite dabei? Ja, es war nur zu wahrscheinlich, daß er das Unternehmen leitete. Aber was zum Teufel hatten die Männer dort nur getrieben?

Luigi sah auf die Uhr. Der Sekundenzeiger näherte sich jetzt dem vereinbarten Augenblick. Es war ein unwirkliches Gefühl, daß sich hier draußen in der Wildnis überhaupt noch andere Menschen befanden, dazu Freunde und Bekannte. Es schneite leicht. Es war vollkommen still, und kein Lüftchen regte sich.

Als der Sekundenzeiger den verabredeten Zeitpunkt erreichte, sahen sie einander gespannt an und drehten die Lautstärke des Empfangsgeräts etwas lauter.

Im selben Moment knackte es, und dann kam der Anruf mit einer Stimme, die unverkennbar war:

»Trident ruft Triton, Trident ruft Triton. Kommen, Triton!«

»Hier Triton. Empfang sehr gut. Kommen!« erwiderte Luigi mit heftig gesteigertem Pulsschlag.

»Zeit und Ort wie verabredet. Sofort zum Treffpunkt fahren, um uns abzuholen. Bitte Befehl wiederholen. Kommen!« sagte die wohlbekannte Stimme.

»Zeit und Ort wie vereinbart, sofort abholen. Befehl verstanden. Ende!« sagte Luigi, nickte Matti Heiskanen zu und drehte den Zündschlüssel des Schneemobils.

Einige Sekunden später hallte die Winternacht vom Geräusch der beiden Schneemobile wider, die mit höchster Motordrehzahl direkt über die russische Grenze rasten.

Carl und die fünf anderen standen fünf Kilometer entfernt neben dem elektronischen Überwachungszaun und lauschten intensiv. Nach ein paar Minuten hörten sie das Motorengeräusch direkt aus westlicher Richtung.

»Befehl wie folgt«, flüsterte Carl. »Wir werfen jetzt die gesamte Ausrüstung weg mit Ausnahme der persönlichen Waffen und des Eisbohrers. Du, Åke, bist für den Eisbohrer verantwortlich. Die Grenze ist also fünf Kilometer entfernt. Sobald wir uns auf finnischem Territorium befinden, gilt absolutes Feuerverbot. Ich wiederhole das letzte. Auf finnischem Territorium darf auf keinen Fall gefeuert werden.«

Die anderen nickten stumm, schnallten die Skier ab und legten die Rucksäcke in den Schnee.

»Die Grenzfritzen des KGB werden einigen Stoff zum Nachdenken bekommen, wenn sie dieses ganze Zeug finden«, scherzte Åke Stålhandske, als er den zerlegbaren Eisbohrer hervorholte und kontrollierte, daß er alle Teile bei sich hatte.

Die beiden Schneemobile näherten sich mit abgeschalteten

Scheinwerfern von der anderen Seite. Carl gab ein paar Signale mit seiner Taschenlampe, um ihre Position zu bestätigen. Da wurden die Scheinwerfer der Schneemobile eingeschaltet, die mit höchster Geschwindigkeit über das elektronische Warnsystem, die hundert Meter breite baumlose Schneise hinwegrasten.

»Jetzt ist im Alarmsystem der Teufel los«, sagte Åke Stålhandske lachend. Aber niemand reagierte. Alle konzentrierten sich ausschließlich darauf, sich sichtbar in zwei Gruppen aufzustellen, um jede Sekunde zu gewinnen, die sich überhaupt gewinnen ließ.

Die beiden Schneemobile verlangsamten die Geschwindigkeit und beschrieben einen recht weiten Bogen, um nicht Gefahr zu laufen, daß die Anhänger umkippten. Sie hielten nur eine Sekunde, bis die Fahrer feststellen konnten, daß alle an Bord waren. Dann gaben sie Gas und fuhren schnurgerade in derselben Spur zurück, auf der sie gekommen waren. Die meisten Männer kamen jetzt zu dem gleichen Urteil. Von dem Augenblick an, in dem es bei den russischen Grenztruppen Alarm gegeben hatte, würde es nur noch acht oder neun Minuten dauern, bis die Flüchtenden sich auf finnischem Gebiet und damit außer Reichweite befanden. Die Russen hatten kaum mehr Zeit, als ihre Samoware auszumachen und sich ihre wattierten Jacken anzuziehen, bis die Flüchtenden in Sicherheit waren; die Russen waren nicht dafür ausgebildet, Aktionen wie diese zu stoppen.

Doch das Gefühl von Triumph und zunehmender Erleichterung, das sich bei den acht Männern breitmachte, erwies sich schnell als übereilt. Sie bekamen schnell Kontakt mit Kettenfahrzeugen, die sie von hinten aus zwei Richtungen verfolgten. Sie würden sie zwar nicht einholen, sofern die Schneemobile nicht umkippten, aber die beiden Fahrer ermahnten sich dennoch, nicht mit Höchstgeschwindigkeit zu fahren.

Keiner von ihnen glaubte, daß das, was sie sahen, ein Anzeichen von normaler Alarmbereitschaft war. Die Russen mußten etwas erwartet haben.

Als sie durch das Loch im Rentierzaun brausten, das Luigi und Matti Heiskanen vor ein paar Stunden herausgeschnitten hatten, spürten sie weder Triumph noch Erleichterung darüber, sich auf finnischem Boden zu befinden, obwohl sie bald sahen, daß die russischen Verfolger an der Grenze haltmachten und nicht weiterfuhren.

Als sie einen Abschnitt mit schwierigem Hügelgelände bewältigt hatten, kamen sie auf einen schmalen langen See. Auf dem Eis ging es schneller; sie erreichten fast hundert Stundenkilometer. Das mußte genügen.

Als sie sich dem gegenüberliegenden Seeufer näherten, um dann erneut eine Waldpartie zu durchfahren, befahl Carl, anzuhalten und die Motoren abzustellen. Sie lauschten kurz und hatten keine Mühe festzustellen, daß in der Nähe Motoren dröhnten.

Carl überlegte ein paar Sekunden, bis er sich entschied. Er befahl Åke Stålhandske, das Eis zu durchbohren. Als Carl bei den anderen so etwas wie fragende Besorgnis spürte, sah er sich genötigt, seine Absichten zu erklären.

»Wir sind jetzt zu Hause. In dem Sinn, daß wir für jede Gesetzesübertretung zur Verantwortung gezogen werden und nicht mehr zurückschießen können. Alle Waffen müssen deshalb hier versenkt werden, bevor wir weiterfahren und das Risiko auf uns nehmen, mit illegalen Waffen erwischt zu werden«, erklärte er.

Åke Stålhandske ächzte schon vor Anstrengung, so schnell wie möglich die mächtige Eisschicht zu durchbohren. Er mußte zwei Löcher nebeneinander bohren, damit sie ihre Waffen sowie die beiden militärischen Funkgeräte versenken konnten.

Die anderen starrten mit einer Mischung aus Faszination und Unbehagen den ruhig und methodisch arbeitenden Åke Stålhandske an, während sie den Motorengeräuschen mehrerer Schneemobile in der Nähe lauschten; falls die russischen Grenztruppen in Bereitschaft gelegen hatten, war es bei den Finnen das gleiche.

Sie hatten einmal auf russischer Seite angehalten, weit draußen auf einem See, den sie für tief gehalten hatten. Dort hatten sie ein ähnliches Manöver durchgeführt. Durch das lange schmale Loch im Eis waren Asche und Knochenreste verschwunden; die Männer waren wie von einer unbekannten Kraft gezogen immer näher herangegangen und hatten mitangesehen, wie der letzte Inhalt der schwarzen Plastiksäcke in dem Eisbrei verschwand. Dann hatte jemand eine Ehrenbezeugung gemacht, und die anderen waren seinem Beispiel gefolgt. So hatten sie eine kurze Schweigeminute dagestanden. Carl hatte kein Wort gesprochen und spontan an dem Abschied von ihren Opfern teilgenommen.

Diesmal mußte auch der Eisbohrer im Wasser verschwinden. Åke Stålhandske kratzte mit dem Absatz den Eisbrei im Loch zusammen, gab ein Zeichen, daß er fertig sei, worauf sie weiterfuhren. Sie hatten noch höchstens eine Stunde bis zur Basis und begannen, sich sicher zu fühlen.

Doch als sie den nächsten See passierten und eine längere Waldpartie mit einem halbrunden Holzfällerpfad als möglichen Fahrweg vor sich sahen, entdeckten sie, daß Verfolger hinter ihnen her waren. Sie würden es nicht schaffen, die große Landstraße zu erreichen, auf der sich ihre Spuren mit denen tausender anderer Fahrzeuge vermischen würden. Man hatte sie also geortet. Da sie davon ausgehen mußten, daß ihre Verfolger sich viel schneller fortbewegten als sie selbst, war alles nur eine Frage der Mathematik.

Carl befahl anzuhalten. Sie lauschten den näherkommenden Geräuschen. Die beiden Männer mit den größten Erfahrungen auf Schneemobilen, Luigi und Matti, kamen zu dem gleichen Urteil. Sie würden es nicht schaffen zu entkommen.

»Befehl wie folgt«, sagte Carl nach kurzer Bedenkzeit. »Fahrzeug eins schlägt jetzt eine andere Richtung ein, weicht vom Kurs ab. Sobald ihr die Basis erreicht, verfahrt ihr nach Plan. Wir anderen bleiben hier. Los!«

Luigi, der Fahrer des ersten Schneemobils, zögerte etwas. Er begriff nicht, was Carl vorhatte, aber für Diskussionen blieb jetzt keine Zeit. Nach einer ungeduldigen Handbewegung Carls startete er und wählte eine andere Route.

»Wir anderen tun folgendes«, sagte Carl, als Luigi und seine Passagiere sich gut hundert Meter entfernt hatten. »Wir warten hier ab, bis die Verfolger Sichtkontakt mit uns haben. Dann fahren wir ein paar Minuten auf der vorhergesehenen Route weiter. Dann halten wir an, und ihr setzt mich ab. Ihr anderen macht nach Plan weiter. Irgendwelche Fragen?«

»Ja«, sagte Edvin Larsson. »Woher sollen wir wissen, daß es finnische Grenztruppen sind, die hinter uns her sind?«

»Das können wir nicht wissen, das ist eine Vermutung«, entgegnete Carl kalt. »Los jetzt, weiter!«

Ein paar Kilometer weiter auf der glatten Eisfläche tauchten zwei Scheinwerfer auf, die sich sehr schnell näherten.

Matti Heiskanen startete sein Schneemobil, schaltete den Scheinwerfer aus und fuhr langsam und nach Gefühl ein paar hundert Meter durch die Dunkelheit, bevor er den Scheinwerfer einschaltete und die Geschwindigkeit so sehr steigerte, wie es das hügelige und unwirtliche Gelände erlaubte.

Als die Lichter der Verfolger nur noch ein paar hundert Meter hinter ihnen waren, schrie Carl, Matti solle etwas langsamer fahren. Dann ließ er sich rückwärts in den metertiefen Schnee fallen, als hätte er eine Taucherausrüstung an und spränge ins Wasser.

Er fiel weich und hatte noch genügend Zeit, aufzustehen, sich mitten in die Spur zu stellen und die rechte Hand hochzuheben, um die Verfolger zu stoppen.

Die beiden Schneemobile bremsten knapp fünfzig Meter entfernt ab und hielten dann. Carl konnte keinen der Männer sehen, da die Scheinwerfer ihm ins Gesicht schienen.

Er fühlte sich vollkommen ruhig, als wäre alles vorbei, was jetzt auch immer geschehen mochte. Im nächsten Moment hörte er, daß man ihn auf finnisch ansprach. Jemand ging auf ihn zu, und er entdeckte, daß dieser Jemand mit einer Maschinenpistole bewaffnet war, die russisch aussah. Der Mann trug aber keine russische Uniform.

Als der Mann kurz vor ihm stand, sah er, daß es eine finnische Uniform war.

Auf den Schwall erregter Worte, der ihm jetzt entgegenschlug, konnte er jedoch nichts antworten. Er versuchte, etwas auf schwedisch zu sagen, und konnte dann mit einem Kopfnicken bestätigen, was er als das finnische Wort für »Schwede« auffaßte.

Er versuchte es mit Englisch, doch das hatte keinerlei Wirkung. Dann probierte er es mit Russisch. Da trat der zweite Fahrer vor. Wie sich herausstellte, verstand er so viel Russisch, daß Carl das einzige erklären konnte, was er bis auf weiteres zu sagen gedachte: Ich bin schwedischer Staatsbürger, bringt mich zu eurem Vorgesetzten.

Die beiden finnischen Grenzsoldaten berieten kurz. Dann ging einer zu seinem Schneemobil zurück und rief über Funk seine Einsatzzentrale an.

Carl vermutete, daß die beiden ihren Gefangenen bewachen sollten, bis jemand kam, um ihn abzuholen. Vielleicht gab der Grenzsoldat auch durch, in welche Richtung das zweite Schneemobil verschwunden war. Carl konnte nicht beurteilen, ob die Soldaten den Braten gerochen und gemerkt hatten, daß es ursprünglich zwei Schneemobile gewesen waren, von denen eines eine andere Richtung eingeschlagen hatte.

Die beiden Schneemobile kehrten aus verschiedenen Richtungen, jedoch im Abstand von nur wenigen Minuten zur Basis zurück. Anschließend dauerte es nur einige weitere Minuten, ihre Befehle auszuführen.

Major Edvin Larsson, Leutnant Gustaf Stridsberg und die Hauptleute Lars Andersson und Martin Edström rissen sich alle ihre Kleidungsstücke vom Leib, legten sie auf einen großen Haufen und erhielten von Luigi anschließend je eine Tasche, die mit einer Nummer versehen war. In den Taschen befanden sich Zivilkleidung, Ausweise, Geld und Toilettenartikel. Sie zogen sich schnell um und rasierten sich im Eiltempo, was infolge von Streß und der mehrtägigen Bartstoppeln ein paar Schnittwunden zur Folge hatte. Anschließend gingen sie zu einem der zwei geparkten Leihwagen hinaus und verschwanden, während Luigi in dem großen eisernen Ofen Feuer machte, ihn mit einem besonderen Brennstoff füllte und die militärischen Kleidungsstücke nach und nach verbrannte.

Matti Heiskanen tat das gleiche in dem offenen Kamin, und Åke Stålhandske zog sich dann ebenso um wie die vier, die schon verschwunden waren. Anschließend begannen sie, sich sorgfältig zu rasieren und zu waschen.

Die Kollegen waren auf dem Weg nach Rovaniemi, wo sie im Großen Hotel Zimmer gebucht hatten. Sie sollten dort den Abend verbringen und saufende Schweden spielen. Am nächsten Tag sollten sie ihren Leihwagen zurückgeben und auf verschiedenen Wegen nach Schweden zurückkehren. In ihrem Gepäck befanden sich Papiere, aus denen hervorging, daß sie vor zwei Tagen nach Nordfinnland geflogen waren. Wahrscheinlich waren sie schon jetzt außer Reichweite.

»So, was machen wir jetzt?« fragte Luigi, als sie wieder Zivil trugen und die beiden Feuer allmählich verglommen. Luigi kam es vor, als hätte er erst jetzt Zeit zum Nachdenken.

»Wir sollten in Stockholm anrufen und erzählen, was passiert ist. Dann fahren wir zu der Kneipe in Ivalo, wo du wie befohlen hoffentlich schon einen Tisch bestellt hast«, erwiderte Åke Stålhandske mit bemühter Ruhe. Dann griff er nach dem Handy und rief Samuel Ulfsson an, der schon seit Stunden neben seinem Telefon saß und auf die entweder sehr gute oder katastrophale Nachricht wartete. Die Nachricht, die er erhielt, lag irgendwo in der Mitte. Abgesehen davon, daß man Carl Hamilton gefaßt hatte, war alles gutgegangen.

Ich möchte gern wissen, warum er selbst abgestiegen ist? Warum hat er keinen namenlosen Kollegen dagelassen? dachte Samuel Ulfsson und rief den Verteidigungsminister an.

Carl war unterdessen zur finnischen Grenzstation in Raja-Jooseppi nahe der russischen Grenze gebracht worden. Dort hatte man ihm Handschellen angelegt und auf finnisch angeschrien, bis man einen jungen Wehrpflichtigen gefunden hatte, der ein wenig schwedisch sprach.

Carl erklärte fast arrogant, er habe nicht viel Zeit für Diskussionen. Er sei Schwede, soviel könne er sagen. Es gehe also nicht an, ihn einfach auf die russische Seite zurückzuschicken. Im übrigen habe er keine Informationen zu geben, sondern wolle nur einen bestimmten Wunsch äußern, nämlich daß irgendein Offizier hier am Ort sofort mit dem Chef der finnischen Sicherheitspolizei Kontakt aufnehme.

Zunächst lehnte der Chef der Grenzstation alle Vorschläge von Carls Seite ab. Er wollte das Verhör des einzigen Gefangenen, den man von der Gruppe erwischt hatte, vor der die russischen Kollegen gewarnt hatten, persönlich durchführen. Hier werde keine Sicherheitspolizei angerufen, hier würde nur auf Fragen geantwortet.

Als der Offizier damit nicht von der Stelle kam, wurde Carls Rat befolgt, und wenn auch nur aus Mangel an besseren Alternativen.

Es dauerte eine Weile, den Chef des Sicherheitsdienstes unten in Helsinki zu finden. Doch als es geschafft war und es dem Offizier gelungen war, sein Anliegen vorzutragen, brauchte der Chef der Sicherheitspolizei ebenfalls nicht viele Sekunden, um zu verstehen, was geschehen war. Und auch nicht viele weitere Sekunden, um in entschiedenem Tonfall zu befehlen, man solle Carl sofort freilassen und dürfe ihm keine weiteren Fragen stellen.

Der Chef des Grenzpostens weigerte sich empört. Man habe die Spur des Schneemobils verfolgt und ein Loch im Eis gefunden, aus dem man nicht weniger als sechs geladene Maschinenpistolen gefischt habe, dazu einiges an rätselhafter militärischer Ausrüstung. Nach den anderen Personen werde jetzt mit allen verfügbaren Mitteln gefahndet, und die Sicherheitspolizei habe keinerlei Befehlsgewalt über die Tätigkeit der Grenztruppen.

Nach kurzer fruchtloser Diskussion darüber, wer wessen Chef war, versprach der inzwischen recht erregte Chef der Sicherheitspolizei unten in Helsinki, er werde schon, wenn der Herr Grenzschutzkommissar nur die Geduld aufbringe, kurz an seinem Telefon zu warten, jemanden zu fassen bekommen, dessen Anweisungen vielleicht schneller befolgt würden als seine eigenen.

So geschah es. Zehn Minuten später kam ein Anruf aus Helsinki. Der nach dem bisher Vorgefallenen recht wütende Grenztruppenoffizier riß den Hörer an sich und knurrte eine Antwort, die Carl, der dabei zusah, nicht sonderlich höflich klang.

Doch plötzlich und sehr abrupt nahm der lokale Befehlshaber eine andere Haltung an. Er richtete sich auf, senkte die Stimme und verneigte sich mehrmals, bevor das kurze Gespräch beendet wurde.

Dann holte er tief Luft und drehte sich zu der neugierigen Versammlung dreier gescheiterter Vernehmer und eines recht erfolglosen Dolmetschers um und gab mit erstaunlich schwacher Stimme einen Befehl, der einfach zu sein schien. Doch niemand der Anwesenden rührte sich, weshalb er mit lauterer Stimme und sichtlicher Entschlossenheit seinen Befehl wiederholte und etwas wie eine Erklärung hinzufügte, in der Carl das Wort *presidenti* aufschnappte.

Der Anrufer, dessen Anweisungen jetzt sofort und selbstverständlich befolgt wurden, war der Präsident der Republik Finnland gewesen, Mauno Koivisto.

Die Anweisungen des Präsidenten wurden Carl sehr schnell, wenn auch etwas unbeholfen übersetzt. Es lief darauf hinaus, daß

Carl ohne weitere Fragen freigelassen werden solle, und daß man ihn dorthin fahren solle, wohin er wünsche, und zwar ebenfalls ohne weitere Fragen.

Carl schlug vor, man solle ihm der Einfachheit halber einen Wagen leihen. Er werde ihn vor dem Hotel Ivalo parken und die Schlüssel am Empfang abgeben. Man gab ihm den Wagen des Chefs, einen Volvo. Er bat noch um eine Karte der Region. Auch dieser Wunsch wurde auf der Stelle erfüllt. Und danach, erst danach, kam jemand auf den Einfall, ihm die Handschellen abzunehmen.

Unter den drei Schweden im Hotel Ivalo wollte sich die richtige Stimmung nicht so recht einstellen, obwohl es ein Tanzabend kurz vor Weihnachten war und obwohl mindestens zwei der Männer ein durchaus verständliches Finnisch sprachen und wenigstens wie normale Männer Bier und Schnaps trinken konnten. Der dritte hatte jedoch etwas Kanakenhaftes an sich und trank überdies nur Wein.

Zunächst wurde Tango getanzt, und die deutsche Reisegesellschaft, die das halbe Hotel füllte, tummelte sich auf dem Tanzboden. Doch nach dem Tango waren es Polka oder Schottis oder Snoa, Tänze, die im Norden Finnlands Menschen aller Altersgruppen beherrschen; die Ausländer resignierten schnell und begnügten sich daraufhin mit der Funktion von Zuschauern. Sie hatten Menschen noch nie auf diese dampfend ursprüngliche und dennoch bemerkenswert elegante Weise tanzen sehen. Es hatte den Anschein, als wären westliche Tänze noch kaum bis zu dem wilden Land vorgedrungen.

Die drei düsteren Schweden ließen sich von dem Schauspiel ablenken, und obwohl sie Männer waren, die grundsätzlich nichts überraschen konnte, schon gar nicht Menschen, die sich von hinten anschlichen, bemerkte keiner von ihnen den frischgebadeten und gutgekleideten, fast übertrieben eleganten Landsmann, der plötzlich den freien Stuhl an ihrem Tisch nahm und sich setzte.

»Ich hoffe, die Herren entschuldigen meine kleine Verspätung«, sagte Carl lächelnd, nahm die Weinkarte und tat, als studierte er sie, damit die anderen ein paar Sekunden Zeit hatten, die Lage zu erfassen.

Åke Stålhandske konnte sich nicht beherrschen. Er stand so heftig auf, daß der Stuhl hinter ihm umkippte. Beinahe hätte er den ganzen Tisch umgestürzt. Er riß Carl hoch und umarmte ihn.

»Du Idiot«, lachte er mit Tränen im Gesicht, »du gottverdammter Idiot. Stell dir vor, es wären Russen gewesen!«

»Aber es waren ja keine«, sagte Carl verlegen und wehrte weitere Attacken ab. »Denk an deine wilden Landsleute. Sie könnten glauben, *wir* seien Russen oder zumindest leicht pervers, wenn du mich nicht losläßt.«

Er machte sich frei, nahm sich noch einmal die Weinkarte vor, diesmal ernsthaft, bestellte dann schnell und blickte vielsagend auf das Handy, das mitten auf dem Tisch lag.

»Hast du zu Hause angerufen?« fragte er mit hochgezogenen Augenbrauen.

»Nein«, sagte Åke Stålhandske, »ich wollte ja nicht anrufen, bevor du wieder da bist.«

Dann nahm er das Telefon und rief Tessie und Anna an. Er berichtete, ihr kleiner Job hier oben in der Wildnis sei beendet. Es sei ein bißchen kalt und trist, aber sie würden am nächsten Tag mit der ersten Maschine nach Stockholm fliegen.

Dann bekam Carl den Hörer. Als er Tessie am Apparat hatte, konnte er Åkes Aussage nur bestätigen. Im Hintergrund hörte er, wie Anna mit lauter Stimme alles wiederholte, was Åke gesagt hatte.

Tessie verstand sehr wohl, daß es nicht der richtige Moment war, detaillierte Fragen nach dem zu stellen, was da oben in Finnland eigentlich vorgegangen war. Daß die Männer in Finnland waren, war unzweifelhaft, denn es war der Musik im Restaurant deutlich anzumerken. Aber habe es etwas ... etwas gegeben, weswegen sie sich Sorgen machen müsse?

»Ganz und gar nicht«, sagte Carl beruhigend und blickte nachdenklich auf die freudigen Menschen, die er auf der Tanzfläche sah, »ganz und gar nicht. Ich kann jedenfalls in aller Kürze sagen, daß ich diesmal gegen keine lebende Menschenseele die Hand erhoben habe. Falls es das ist, was du wissen willst. Wir sehen uns morgen. Pack die Koffer, denn zu Weihnachten dürfte es wohl Kalifornien werden?«

Epilog

Juha Salonen hielt sein Versprechen genau drei Wochen. Dann erzählte er alles seiner Freundin, die es wiederum ihrer Schwester erzählte, die unglücklich in einen Journalisten verliebt war, der bei einem etwas obskuren sogenannten Herrenmagazin arbeitete.

Dieser Herrenjournalist bekam also eine Geschichte, die nach Weltknüller aussah. Juha Salonen hatte jedoch nicht gesagt, was die von den Schweden aufgespürte und vernichtete Schmugglerexpedition aus dem Land hatte ausführen wollen, das zu Beginn der Expedition noch die Sowjetunion gewesen war. Er zeigte jedoch seine fünfzig Tausend-Dollar-Scheine als Beweis dafür vor, daß er die Wahrheit sprach. Und er erzählte von einem riesigen, finnisch sprechenden Schweden, einem finnlandschwedischen Offizier, der sein Leben geschont habe.

Die übrigen Medien Finnlands schenkten dieser unvollständigen und leicht bizarren Geschichte keinerlei Interesse. Vielleicht hätte sie aus dem sehr einfachen Grund, weil sie in dem falschen Blatt veröffentlicht worden war, in Vergessenheit geraten können.

Doch ein finnischer Staatsbürger, ein gewisser Jorma Kankonen, war tatsächlich verschwunden. Vielleicht würde das irgendwann dazu reichen, um Juhas Geschichte zu neuem Leben zu verhelfen.

Die Entscheidung kam jedoch noch viel schneller. Als nämlich der russische Präsident Boris Jelzin von Diplomaten einen Bericht über das erhielt, was in dem finnischen Skandalblatt gestanden hatte, erhielt er auch die Begründung, auf die er lange gewartet hatte. Er war die ganze Zeit der Meinung gewesen, daß Michail Gorbatschow grundsätzlich falsch gehandelt hatte, daß man dieses sehr gravierende Problem aus eigener Kraft und mit eigenem Personal hätte lösen müssen.

Doch jetzt gab es Grund zu berichten, daß finnische und schwedische Behörden intim mit Rußland zusammenarbeiteten, wenn es um Sicherheitsfragen und grenzüberschreitenden Schmuggel ging. Dazu gehörte die Mitteilung, daß jeder Versuch, Waffen außer Landes zu schmuggeln, vor allem Kernwaffen, um die es in Wahrheit gegangen sei, auf entschiedene Reaktionen stoßen werde. Entweder werde man die Täter schon im eigenen Land festnehmen, oder diese würden, falls es ihnen gelinge, sich über Rußlands Grenze in einen dieser freundlich gesinnten und in diesen Fragen außerordentlich entschlossenen Nachbarstaaten zu begeben, einem sicheren Tod entgegengehen.

Um der Dankbarkeit des russischen Volkes und der russischen Regierung Ausdruck zu verleihen, hatte Präsident Boris Jelzin folglich beschlossen, einer Gruppe schwedischer Offiziere den vor kurzem neugestifteten Sankt-Georgs-Orden zu verleihen, der während der gesamten sowjetischen Epoche verboten gewesen war. Doch der Sankt-Georgs-Orden war einst die vornehmste Auszeichnung Rußlands gewesen und war es jetzt wieder. Der Chef des schwedischen Einsatztrupps, der den Rang eines Kapitäns zur See hatte, erhalte deshalb das Großkreuz des Sankt-Georgs-Ordens. Die übrigen schwedischen Offiziere erhielten den Rang eines Kommandeurs.

Gleichzeitig, aber offenbar für ganz andere Dienste, wurde einem Unternehmer in Murmansk, dem amerikanischen Staatsbürger Mike Hawkins, der Kommandeursgrad des gleichen neugestifteten Ordens verliehen.

Die Äußerungen von Präsident Boris Jelzin erregten internationales Aufsehen. In der Flut spekulativer Publizität, die Präsident Jelzins Äußerungen folgte, kamen natürlich einige zu der Schlußfolgerung, daß es nicht viele schwedische Kapitäne zur See gab, die in Frage kamen.

Kapitän zur See Carl Hamilton hatte jedoch auf Anfrage nur die Standardantwort des Nachrichtendienstes zur Hand:

»Es gehört zu unserer Politik, Behauptungen dieser Art weder zu bestätigen noch zu dementieren.«

Eine etwas lustigere Variante eines Dementis erhielten die Journalisten, als sie sich an den schwedischen Verteidigungsminister wandten, denn dieser schien sehr guter Laune zu sein, als er antwortete:

»Es gibt in der ganzen Welt keinen Verteidigungsminister, der auf eine solche Frage antworten würde. Aber da Sie schon nach Kapitän zur See Hamilton fragen, kann ich wenigstens ein kleines Detail korrigieren. Er ist seit einiger Zeit Flottillenadmiral.«

Dem finnischen Präsidentenpalast fiel es schon schwerer, seine offiziellen Kommentare zu formulieren. Es war nämlich kaum möglich, den russischen Präsidenten zu dementieren.

Am Ende wurde ein sowohl hochkomplizierter als auch vorsichtiger Text verfaßt, in dem es hieß, zu keinem Zeitpunkt seien Kernwaffen auf finnisches Gebiet gelangt. Allerdings sei das Land in ständiger Bereitschaft, um darauf zu achten, daß dies auch nicht geschehe. In dieser Hinsicht gebe es eine gewisse Zusammenarbeit mit den Regierungen Rußlands und Schwedens.

Mauno Koivisto fiel es nicht im Traum ein, die schwedischen Militärs für ihren Einsatz zu belohnen. Hingegen wandte er sich mit einer diskreten Anfrage an den schwedischen Verteidigungsminister, ob an der Expedition ein hochgewachsener finnlandschwedischer Offizier teilgenommen habe. Er erhielt natürlich die Bestätigung, dies sei der Fall gewesen, und man nannte ihm auf Verlangen auch Major Åke Stålhandskes Namen.

Åke Stålhandske wurde daraufhin der Kommandeursgrad des finnischen Ordens der Weißen Rose zuerkannt, weil er unter sehr schwierigen Umständen das Leben eines finnischen Staatsbürgers gerettet habe.

Es dauerte sehr lange, bis Carl und Åke Stålhandske diese Angelegenheit zum Gegenstand eines Gesprächs machten.

Professor Jorma Lehtinen starb kurz vor Weihnachten 1991 an Strahlenkrebs, rund eine Stunde nach dem Rücktritt Präsident Michail Gorbatschows, als die Sowjetunion aufhörte zu existieren.

Kurze Zeit später starb auch Professor Lehtinens Mitarbeiter in dem Krankenhaus in Rovaniemi, in dem die hochgradig Plutoniumkontaminierten Überreste eines nie identifizierten russischen Mannes obduziert worden waren.

Weitere fünf oder sechs Personen kämpften ebenfalls mit dem Tod, weil auch sie an Krebs litten, der durch radioaktive Strahlung ausgelöst worden war. Es waren Polizeibeamte aus Ivalo, die die Leiche sichergestellt und für den Weitertransport hergerichtet hatten, der Fahrer des Beerdigungsinstituts und Angestellte des Krankenhauses in Rovaniemi.

Diese Personen hatten kaum Aussichten zu überleben. Die Antwort auf die Frage, wie die Überreste eines Menschen, der noch als Toter andere Menschen töten konnte, behandelt werden sollten, gestalteten sich sehr kompliziert. Die Außenministerien in Moskau und Helsinki mußten lange mit dieser Angelegenheit ringen, bis man sich von russischer Seite widerwillig damit einverstanden erklärte, eine unidentifizierte, in Glas und Stahl eingegossene Leiche in Empfang zu nehmen. Auf finnischer Seite hatte man sich hartnäckig an dem Argument festgebissen, daß die Radioaktivität ja nachweislich aus der Sowjetunion stamme.

Von russischer Seite hatte man gemeint, genau dies sei der springende Punkt. Da es keine Sowjetunion mehr gebe, könne Rußland nicht dafür verantwortlich gemacht werden, wie der frühere Staat mit radioaktivem Material umgegangen sei.

Schließlich konnten sich beide Parteien einigen, als man von finnischer Seite um Mithilfe bei einer Technologie bat, die es zwar in Rußland gab, aber nicht in Finnland. Es ist nicht bekannt, was mit der in Glas gegossenen Leiche geschah, als sie schließlich in Moskau ankam, aber am wahrscheinlichsten dürfte sein, daß diese Stahlkiste zusammen mit ähnlichen Stahlkisten in bestimmten Lagerräumen in der Region Murmansk verwahrt wurde.

Ein seltsamer Raubüberfall außerhalb von Haparanda erhielt lange Zeit später eine weit größere Bedeutung, als man sich in seinen finstersten Alpträumen hätte vorstellen können.

Der Fernlaster, der für Rechnung des Unternehmens Polar-Trans zwischen Haparanda und Murmansk verkehrte und normalerweise mit tiefgekühlten Multbeeren beladen war, manchmal mit Preiselbeeren, wurde eines Tages rund zehn Kilometer von seinem Bestimmungsort entfernt überfallen und ausgeraubt.

Da es sich auch um einen Mord zu handeln schien, wurde es zu einem Fall für die Reichskriminalpolizei. Der Fahrer, ein Urlaubsvertreter, den man tot auf dem Fahrersitz aufgefunden hatte, schien an einem Herzinfarkt gestorben zu sein. Wenn ja, ließ sich nur schwer erklären, wie die halbe Multbeeren-Ladung in sichtlicher Eile aus dem Laderaum hatte gekippt werden können. Die Kartons mit Multbeeren lagen überall auf dem Parkplatz verstreut, auf dem der Überfall offenbar stattgefunden hatte. Man fand Spuren eines weiteren Fernlasters, der sehr nahe an den beraubten herangefahren zu sein schien.

Als die Polizei das Verbrechen rekonstruierte, stellte sich jedoch heraus, daß höchstens zehn Kartons mit Multbeeren gestohlen worden waren. So viel Platz blieb nämlich in dem Fernlaster nach Berechnung der Beamten übrig.

Die gerichtsmedizinische Untersuchung erbrachte nach langer Zeit das Ergebnis, daß der Tod des Fahrers auf medizinische Weise ausgelöst worden war, und zwar durch eine außerordentlich raffinierte Methode. Die direkte Todesursache war Atemstillstand gewesen.

Die Beamten der Kriminalpolizei in Stockholm wandten sich deshalb schnell an den militärischen Nachrichtendienst des Landes, um sich in dieser Frage technischen Rat zu holen.

Übrigens auch in einer weiteren Frage. Es war mit dieser Multbeeren-Ladung offenbar noch etwas anderes aus Murmansk herausgeschmuggelt worden. Und dieses Etwas schien ein Gegenstand von unbekanntem Gewicht, jedoch mit einer Länge von gut drei Metern gewesen zu sein. Damit stellte sich natürlich die Frage, was für ein Gegenstand dies sein konnte, ein Gegenstand von gut drei Meter Länge, der so wertvoll war, daß man sogar einen Menschen ermordet hatte, um an ihn heranzukommen.

Mein besonderer Dank an:

Svante Andersson, Oberstleutnant, Fallschirmjägerschule, Karlsborg
Anders Björck, Verteidigungsminister, Stockholm
Lars Edvinsson, Major, Fallschirmjägerschule, Karlsborg
Anders Eriksson, Oberarzt, Gerichtsmedizinisches Institut, Umeå
Per Hagberg, Major, Fallschirmjägerschule, Karlsborg
Harry Helenius, Außenministerium, Helsinki
Vulf Hessulf, Oberst, Nachrichtendienst- und Sicherheitsbüro des Generalstabs, Stockholm
Tor Larsson, Forschungsanstalt der Streitkräfte, Stockholm
Lasse Lehtinen, AMER OY, Helsinki
Heikki Maijanen, Suojelupoliisi (Sicherheitspolizei), Helsinki
Boris Popow, Redakteur, Murmansk
Urmas Rinne, Suojelupoliisi, Helsinki
Matti Saarelainen, Suojelupoliisi, Helsinki
Ulf Samuelsson, Flottillenadmiral, Stockholm
Stefan Sundelin, LKW-Fahrer, Murmansk
Elisabeth Tarras-Wahlberg, Pressechefin des Königlichen Schlosses, Stockholm
Claes Tornberg, Konteradmiral, Militärhochschule, Stockholm
Viktor Warjonow, Redaktionschef von IAN, Stockholm
KGB, PR-Abteilung, Moskau
Stab der Grenztruppen, Helsinki

Ferner bin ich einer Reihe von Personen in geheimen Diensten zu Dank verpflichtet, die ich an dieser Stelle aus einleuchtenden Gründen nicht nennen kann.

J.G.